Vergelding

Van Jane Casey verscheen eveneens bij uitgeverij Anthos

Spoorloos
Brandbaar

Jane Casey

Vergelding

Vertaald door
Iris van der Blom

Anthos|Amsterdam

MIX
Papier van
verantwoorde herkomst
FSC® C004472

ISBN 978 90 414 2029 9

Oorspronkelijke titel *The Reckoning*
Oorspronkelijke uitgever Ebury
Omslagontwerp Studio Jan de Boer
Omslagillustratie © Mohamed Itani/Arcangel Images/Hollandse Hoogte
Foto auteur © Eliz Huseyin

Verspreiding voor België:
Veen Bosch & Keuning uitgevers n.v., Antwerpen

Voor James

Het licht is niet goed. Aanvankelijk kun je maar moeilijk iets zien.

Het beeld op het scherm flikkert en vervaagt bij de pogingen van de camera om iets te maken van wat hij kan oppikken in het schaars verlichte interieur. De videocamera wordt met de hand vastgehouden en beweegt schokkerig of wiebelt en vangt zo vage details op van een smalle ruimte, een laag plafond en een vies stuk geteerd zeildoek op de vloer. Na negentien seconden ziet de kijker aan de ronding van een wielkast dat de scène is gefilmd in een kleine vrachtwagen of een bestelbus.

Als de camera wordt gericht op datgene wat er op het zeildoek ligt, friemelt degene die de camera vasthoudt even ergens aan waarna er een lamp gaat branden. Het licht is helder genoeg om de schaduwen te verjagen tot ze alleen nog een zwarte rand om het beeld vormen. Dit is belangrijk. Dit moet je nauwkeurig kunnen zien.

Dit is de reden voor de filmopname.

De camera begint bij haar voeten, gekneveld en vol vieze strepen; ze draagt hooggehakte sandalen. Het beeld volgt haar lichaam omhoog en blijft hangen bij haar dijen, zichtbaar onder een witte jurk die toch al kort was. De plooirok is vrijwel tot op haar heupen omhooggetrokken. Ze ligt op haar zij en haar handen liggen er losjes en ontspannen bij; haar gezicht is verscholen achter losse blonde krullen. Er zitten heel kleine kunstbloemetjes doorheen geweven. Hier en daar licht haar huid op door het aangebrachte glitterpoeder. Haar ledematen glanzen in het licht. Op het zeildoek, naast haar gezicht, ligt een masker met siersteentjes. De lange roze linten waarmee het ooit was vastgemaakt liggen er in een wirwar van lussen bij. Het duurt even voordat het besef komt dat de schaduw op een van de linten geen speling van het licht is, maar een donkerrode vloeistof die in de stof is getrokken.

Op de plooien van haar jurk zitten minuscule donkerrode spikkeltjes; de fijne druppeltjes hebben de vorm van een komeet.

En op haar volle onderlip, net zichtbaar door een haarstreng, zwelt een dikke donkerrode druppel op die omlaag glijdt terwijl de camera erop scherp stelt, omlaag naar het kleine plasje dat uitdijt onder haar hoofd.

Juist de details zijn van belang maar het zicht is zo niet goed genoeg, met dat haar voor haar gezicht. De camera schiet opzij en heel even komt er een hand in beeld die een handjevol krullen pakt en opzij gooit. Nu kun je het zien.

Nu kun je alles zien.

Nu kun je de donkerblauwe plek op haar wang zien. Nu kun je de wimpers zien, met de klontjes mascara erop, en de restjes kleur in de groefjes om haar mond. Nu kun je de ronding van haar borsten zien. Nu kun je zien dat ze wel knap maar geen volmaakte schoonheid is. Daarvoor is haar neus te breed en te kort, zijn haar lippen te vol en is haar kaaklijn net iets te hoekig. Nu kun je zien dat ze jong is.

Een trilling, te licht om een beweging te noemen, en de camera gaat iets achteruit maar blijft op haar gezicht gericht. Er verschijnt een frons: haar wenkbrauwen trekken samen en haar mondhoeken gaan omlaag; haar gezicht doet heel even denken aan dat van een pruilende cherubijn op een schets van een oude meester. En dan gaan opeens haar nevelblauwe ogen open, aanvankelijk zonder iets te onderscheiden.

De camera kantelt op en neer, onbeheerst. Het komt doordat er wordt gelachen. Degene die de camera vasthoudt lacht.

Opeens klinkt er geluid bij de opname, wat een extra dimensie toevoegt aan de kijkervaring. Geritsel als het meisje overeind gaat zitten, met een hand opgeheven om haar ogen tegen het licht te beschermen. Ademhaling vanachter de camera, oppervlakkig, snel: opwinding en verwachting.

De blauwe ogen zijn nu spleetjes, haar blik is scherp; ze is alert. Ze gaat met haar tong over haar lippen, proeft bloed, stelt de schade vast.

Een korte stilte.

Dan, heel onverwacht, glimlacht ze; een driehoekig humorloos glimlachje, maar toch een glimlach. Ze heeft een katachtige, gevaarlijke uitdrukking op haar gezicht. Ze gooit haar haar achterover, trekt haar benen onder haar lichaam en strijkt haar korte rokje glad. En als ze spreekt, klinkt haar stem vlak. Er is geen spoortje angst te bekennen, een feit dat even opmerkelijk is als wat ze zegt voordat het geluid wordt uitgezet en het scherm zwart wordt.

'Jij hebt nu écht een heel groot probleem.'

I

Het is vreemd hoe onopgemerkt – in goede, kwade of neutrale zin – een mens kan leven en sterven in Londen [...] Er bestaat een grote klasse mensen in deze metropool die geen enkele vriend lijken te hebben en voor wie niemand genegenheid lijkt te koesteren.

Charles Dickens, *Sketches by Boz*

I

Woensdag

MAEVE

Als iemand me ernaar had gevraagd zou ik hebben gelogen en gezegd dat rechercheur zijn een baan was als alle andere: een hoop routinewerk met af en toe wat opwinding. Maar eigenlijk was dit werk met geen enkele andere baan ter wereld te vergelijken, afgezien van het feit dat je goede en slechte dagen had. Maar de slechte dagen waren ook wel heel verschrikkelijk, gruwelijk slecht. Op zo'n slechte dag moest je te dicht bij een rottend lijk blijven staan en je best doen niet te gaan kokhalzen. De slechte dagen behelsden oprispingen van geweld in de late uurtjes in een lege straat zonder getuigen. Op slechte dagen kreeg je te maken met huiselijke knokpartijen die uit de hand waren gelopen, dode drugsverslaafden in smerige kamertjes, aan huis gekluisterde bejaarden wier buren de politie pas belden als de stank ondraaglijk was geworden. Ik had er geen zin in bij te houden hoe vaak er een slechte dag voorbijkwam; ik had zo'n idee dat ik niet blij zou zijn met de uitkomst. Maar ik kon er wel mee omgaan. Ik kon het wel hebben.

Ik was er echter niet zo zeker van dat dit ook opging voor mijn nieuwe zaak. Nauwkeuriger gezegd: ik was er niet zeker van dat ik met mijn nieuwe baas overweg zou kunnen. Ik was er helemaal niet van overtuigd dat ik ertegen zou kunnen als er alleen maar slechte dagen zouden volgen, als ik per minuut dichter bij mijn breekpunt zou komen. Ik staarde uit het autoraam terwijl ik met een half oor luisterde naar de chauffeur naast me, en wenste dat ik ergens anders was, met iemand anders.

Zo'n gebrek aan enthousiasme was niets voor mij, maar er was dan ook niets positiefs aan mijn huidige situatie. Ik was onderweg naar een plaats delict die me gestolen kon worden, in het gezelschap van inspecteur Josh Derwent, een van de twee nieuwelingen met die rang in het team. Hij en de andere inspecteur, Keith Bryce, hadden al eerder met Godley samengewerkt. Dat was ongeveer het enige wat ze gemeen hadden. Bryce was een rustige, melancholieke man met een gezicht dat net zo verkreukeld was als zijn kostuums. Derwent was jonger en had de naam een obsessief harde werker te zijn, en daarbij mateloos ambitieus. Voor zover ik nu wist hield hij van hard rijden, van soft rock en van de klank van zijn eigen stem. Er werd gefluisterd dat hij er een hekel aan had als rechercheurs met een lagere rang hem tegenspraken. Het advies dat op het bureau de ronde deed luidde: met fluwelen handschoenen aanpakken, en ik keek steels zijn kant op terwijl hij reed. Hij accelereerde snel, remde hard, vloekte en draaide het stuurwiel met één hand rond alsof hij in een speelhal zat en niet bezig was zich zo snel mogelijk een weg te banen door de met verkeer dichtgeslibde straten van Londen. Magic FM tetterde uit de autoradio, muziek van het minst aanstootgevende soort voor een breed publiek. Derwent zong af en toe zonder enige gêne mee, ook al kende hij me helemaal niet. Niet dat het snel zou gebeuren dat iemand zich in mijn gezelschap opgelaten voelde, en hij zeker niet. Ik was van alle rechercheurs de laagste in rang en hij was inspecteur met vijftien jaar ervaring.

Ik was bereid geweest hem het voordeel van de twijfel te geven. Ik had zelf genoeg geleden onder misplaatste roddels, onder de vooroordelen op grond van mijn uiterlijk, mijn lengte, mijn jonge leeftijd en mijn naam. Dus toen hoofdinspecteur Godley me naar zijn kantoor liet komen en ik Derwent daar aantrof, geleund tegen de glazen wand die de chef scheidde van de rest van de afdeling, verwachtte ik geen problemen. Ik had beter moeten weten. Zelfs iemand met zo weinig ervaring als ik wist dat je alle reden had om nerveus te worden als de hoofdinspecteur je niet recht aankijkt.

'Maeve, je kent Josh Derwent nog niet, hè? Hij heeft de leiding over een nieuwe zaak die we vanuit Brixton hebben gekregen – een dubbele moord, zo lijkt het.'

Derwent schonk me een snelle blik, geen glimlach. Hij was van gemiddelde lengte, maar had een dikke nek en was breedgeschouderd, gespierd als een buldog. Zijn trekken waren te onregelmatig om hem knap te noemen, maar hij viel wel op door zijn gemillimeterde haar, zijn krachtige kaken en gebroken neus, en de zongebruinde kleur die hij had opgedaan tijdens zijn marathontraining. Voordat je de strijd met hem aanging zou je wel twee keer nadenken. Die marathons waren een hobby die mijn collega's had verbaasd; de meesten vonden het al een sportieve prestatie als ze op een sukkeldrafje naar de snackautomaat liepen. Volgens hen was een duurloop een openlijke uiting van masochisme en was dit het zoveelste teken dat Derwent niet te vertrouwen was. Ik snapte niet waar hij de tijd vandaan haalde om te trainen, maar verder interesseerde het me niet. En hij had beslist een uitstekende conditie. Eigenlijk was de enige reden dat hij er nogal gewoontjes uitzag het feit dat hij met hoofdinspecteur Godley in dezelfde ruimte vertoefde, maar er waren dan ook maar betrekkelijk weinig mannen die het haalden bij de chef. Godley was opvallend aantrekkelijk: hij was lang en zijn haar was op jonge leeftijd al zilvergrijs geworden. Hij moest zich wel bewust zijn van het effect dat hij op anderen had, maar hij leek wars van enige ijdelheid. Niemand zou het wagen hem te onderschatten om zijn uiterlijk; je kon niet om zijn scherpzinnige blik en de doelgerichte intelligentie heen die uit zijn helderblauwe ogen sprak.

Om de een of andere reden was er vandaag echter geen sprake van doelgerichtheid. Godley maakte een gespannen indruk en klonk alsof hij er met zijn hoofd niet bij was. Hij zocht tussen zijn papieren naar de notities over de nieuwe zaak en vond ze niet.

'Ik heb de details niet bij de hand, maar we hebben te maken met twee mannen, allebei doodgemarteld. De lijken zijn in de afgelopen vierentwintig uur op minder dan anderhalve kilometer van elkaar gevonden. Josh, ik weet dat je snel weg wilt, dus vertel collega Kerrigan onderweg maar wat ons tot nu toe bekend is.'

Het was niets voor Godley om vaag te zijn. Hij was onder andere zo'n uitstekende chef omdat hij op de hoogte was van elke wending in elke zaak waaraan zijn team werkte en erbovenop zat. Ik aarzelde even voordat ik achter Derwent aan het kantoor verliet. Het was niet aan mij om de hoofdinspecteur te vragen of hij zich wel goed voelde.

Bovendien had ik mijn eigen sores. Derwent had best wat enthousiaster kunnen kijken bij het vooruitzicht met mij te gaan samenwerken. Misschien had hij iets over me gehoord van iemand uit het team. Misschien had ik een verkeerde eerste indruk gemaakt. Misschien had hij gewoon een slechte bui. Zo naast hem in de politiewagen kon ik dat slecht inschatten.

'Aarde aan rechercheur Kerrigan. Spreekt u maar, rechercheur Kerrigan.'

Ik schrok op. 'Sorry. Ik was met mijn hoofd ergens anders.'

Derwent had zijn monoloog over de tekortkomingen van andere automobilisten onderbroken en me een vraag gesteld die ik niet had gehoord. Hij keek me geërgerd aan en roffelde met zijn vingers op het stuur terwijl het verkeerslicht voor ons het vertikte om groen te worden.

'Ik vroeg wat je van Godleys briefing vond. Ik hoopte dat je je inzicht misschien zou willen delen.' Het sarcasme droop ervan af en ik slaagde erin geen spier te vertrekken. Dat lukte maar net.

'De chef heeft niet zoveel gezegd. Alleen dat er twee gelijksoortige sterfgevallen waren in dezelfde buurt.'

'En dat zette je niet aan het denken? Je vroeg je niet af wat er dan aan de hand is?'

'Ik weet nog niet genoeg over die gevallen om met vermoedens te komen,' zei ik neutraal. 'Ik wil geen oordeel vormen zonder kennis van de feiten.' De feiten die jij me had moeten vertellen, dacht ik.

'Daar heb je een punt.' Derwent knikte alsof ik voor een examen was geslaagd, een examen waarvan ik niet wist dat ik eraan deelnam. 'Laten we de feiten even doornemen. Gisteravond belde mevrouw Claudia Tremlett het politiebureau bij haar in de buurt om haar echtgenoot als vermist op te geven. Ivan Tremlett was freelance softwareontwikkelaar en woonde in Clapham, even achter de Common. Hij had verderop in de straat in Brixton een kantoor gehuurd omdat hij drie kleine kinderen had die zoveel lawaai maakten dat hij niet thuis kon werken. Hij had twee kamers boven een wasserette en het was zijn gewoonte de deur op slot te draaien. Hij was zich uitermate bewust van zijn veiligheid, niet het minst vanwege zijn uitgebreide en dure computerapparatuur. Hij ontving geen klanten op kantoor, dus hij was er ook niet op ingericht bezoekers te ontvangen. Mevrouw Tremlett werd ongerust toen hij om zes uur nog niet thuis was, omdat hij altijd bijzonder stipt was: hij ging om halfnegen van huis en was om halfzes weer thuis. Ze had geprobeerd hem te bellen, maar kreeg geen gehoor op zijn mobiel noch op zijn vaste lijn. Mevrouw Tremlett was volledig van streek aan de telefoon en maakte zich ongerust over haar man. Ze wist de wachtcommandant te overtuigen en hij stuurde er een wagen op uit om na te gaan of alles in orde was.'

'Wat niet zo bleek te zijn,' zei ik, want ik kende de uitkomst al.

'Inderdaad. Tremlett was wel op kantoor, met zijn computers, maar hijzelf noch de apparatuur verkeerde in wat je zou kunnen noemen levensvatbare conditie. De verwondingen van Tremlett waren niet met het leven verenigbaar.'

Dit was een typisch politie-understatement: het betekende in het algemeen dat iemand zodanig dood was dat je je nauwelijks kon voorstellen dat hij ooit een mens was geweest. 'Wie heeft de zaak aangenomen? De recherche van Lambeth?'

'Zij hebben het eerste werk gedaan. Niet al te uitgebreid. Ze hebben alleen verklaringen opgenomen van de mensen die in de wasserette aan het werk waren, en van mevrouw Tremlett, en ze hebben de plaats delict zeker gesteld. Ik moet zeggen dat ze redelijkerwijs niet de kans hebben gekregen zich in de zaak te verdiepen, want rond lunchtijd kwam deze binnen.'

'Deze' was de plaats delict die ons uiteindelijke doel was, als we ooit weg zouden komen uit deze verkeersopstopping. Maar Derwent was nog niet klaar met de softwareontwikkelaar.

'De laatste keer dat iemand iets van Tremlett heeft gehoord is omstreeks twee uur gistermiddag; toen heeft hij zijn vrouw nog gesproken. De computers zijn aan gort geslagen, maar misschien kunnen we nog iets van een harde schijf plukken waardoor we te weten komen wanneer hij ze voor het laatst heeft gebruikt. Dan kunnen we een beter idee krijgen van het moment waarop hij is aangevallen, maar laten we zeggen dat het tussen twee en vijf uur gistermiddag is gebeurd.'

'Geen getuigen?'

'Tot nu toe niet. In de wasserette heeft niemand iets gehoord of gezien. Het is er kennelijk nogal lawaaierig, met machines die voortdurend aanstaan, mensen die in en uit lopen. Daarbij was het eigenlijk niet bekend dat Ivan Tremlett aanwezig was. Hij was nogal op zichzelf en zijn kantoor had een eigen ingang, dus zullen ze hem of wie dan ook niet hebben zien komen en gaan.' De auto voor ons remde en er verscheen een demonische glans op Derwents gezicht. Hij grijnsde naar me. 'Nu wordt het interessant.'

Ik glimlachte beleefd terug. Mijn beperkte ervaring had me geleerd dat interessant nooit goed was.

'Om ongeveer één uur vanmiddag kreeg de alarmcentrale een melding vanaf het adres van een drieënveertigjarige, werkloze man genaamd Barry Palmer. Hij woonde alleen in een driekamerwoning. Zijn zuster was bezorgd omdat ze al een dag of twee niets van hem had gehoord en was langsgegaan om te kijken of het wel goed met hem ging. Ze had een huissleutel en ging naar binnen. Het huis was totaal overhoop gehaald. Ze trof haar broer in de voorkamer aan.'

'En hij was dood.'

'Heel erg dood.'

'Is hij voor of na Ivan Tremlett gestorven?'

'Goede vraag. Helaas weet ik het antwoord niet, maar dokter Hanshaw komt er ook naartoe. Hij zal ons wel meer kunnen vertellen.'

'Waarom leg je een verband tussen de twee moorden?'

'Er waren overeenkomsten tussen de twee plaatsen delict – duidelijke overeenkomsten, zoals je zult zien als je zelf gaat kijken. Ik ben het met je eens dat we nog geen oordeel moeten vellen, maar neem van mij aan dat we te maken hebben met dezelfde moordenaar of moordenaars.'

'Wat hebben Ivan Tremlett en Barry Palmer dan gemeen? Wie zou hen hebben willen vermoorden? Kenden ze elkaar?'

'Een gouden ster voor rechercheur Kerrigan. Dat zijn precies de vragen die je moet stellen.'

Ik voelde me eerder betutteld dan aangemoedigd, maar de inspecteur leek in elk geval tevreden. Er kwam een licht, broos optimisme bij me op. Misschien viel de nieuwe inspecteur toch wel mee. Hij zou het wel bont moeten maken, wilde hij erger zijn dan zijn voorganger, Tom Judd met zijn rattengezicht, een onaangename manipulator die volstrekt onverdiend promotie had gekregen en nu in het East End een afdeling Berovingen leidde. Ons team had een gigantisch afscheidsfeest gegeven om het te vieren. We waren niet zo dom geweest Judd zelf ook uit te nodigen.

'Ik weet niet of ze elkaar kenden, maar ik kan je wel één ding vertellen dat ze gemeen hadden. Ze hebben beiden een strafblad. En er is geen gebrek aan mensen die hen dood wensten.' Derwent zweeg even om dat te laten bezinken. Ik wachtte geduldig op zijn uitleg. 'Tremlett heeft drie jaar geleden voor de rechtbank bekend schuldig te zijn aan het downloaden van kinderporno. Hij werkte voor een klein bedrijf in Kent en daar hebben ze die porno op zijn computer aangetroffen. Hij heeft negen maanden gezeten. Is zijn baan kwijtgeraakt, wat niet zo vreemd is, en dus is hij voor zichzelf begonnen toen al het stof eenmaal was neergedaald. Dat verklaart waarom hij zo op zichzelf was.'

'En de strenge beveiliging van zijn kantoor.' Ik fronste. 'Dus ze hebben kinderen en hij is ooit veroordeeld voor een zedenmisdrijf, maar zijn vrouw vond het geen punt om hem in huis te hebben?'

'Kennelijk. We kunnen haar ernaar vragen. Ze zou niet de eerste echtgenote zijn die niet wil inzien met wie ze eigenlijk is getrouwd.'

'Als dit allemaal in Kent is gebeurd, was zijn veroordeling dan eigenlijk bekend in de buurt waar hij woonde?'

'Ook iets om aan haar te vragen, maar de recherche van Lambeth zegt van niet. Hij stond in het register. Maar er staat geen vermelding bij dat er ooit iemand navraag naar hem heeft gedaan.'

Het register van zedendelinquenten was niet openbaar, hoewel een recente wet het particulieren mogelijk maakte om erachter te komen of bepaalde personen erop voorkwamen en zo ja, voor welk type misdrijf. Maar daarvoor moest er al een verdenking bestaan. De gewone man of vrouw leek niet te beseffen dat de echt gevaarlijke zedendelinquenten juist degenen zijn die je nooit zou verdenken.

'En hoe zit het met Palmer?'

'Palmer is een andere kwestie. Hij stond bekend als pedofiel. Afgelopen oktober is hij uit de gevangenis gekomen na een straf van zeven jaar voor de verkrachting van twee jonge meisjes. Tegen het advies van zijn reclasseringsambtenaar in is hij teruggekeerd naar Brixton, naar het huis waar hij woonde toen het misbruik plaatsvond. Zoals verwacht legden de mensen uit de buurt niet de rode loper voor hem uit. Hij heeft aangifte gedaan van een reeks pesterijen die varieerden van scheldpartijen tot een papieren zak met hondenpoep die iemand door zijn brievenbus heeft geduwd. Ze hebben die zak eerst in brand gestoken, dus toen hij de vlammen met zijn voeten stampend probeerde te doven, kwam hij onder de poep te zitten.'

'Bekend trucje.'

'Hij had beter moeten weten,' stemde Derwent in. 'Hij kreeg problemen met graffiti – ga weg viezerik, hier woont een pedofiel, dat soort dingen – en de mensen uit de buurt weigerden met hem te praten of hem te helpen in de winkels.'

'Waarom wilde hij eigenlijk weer terugkomen?'

'Vlak voordat we vertrokken van het bureau heb ik zijn reclasseringsambtenaar gesproken. Het huis was van zijn moeder geweest. Ze is overleden toen hij vastzat, dus het stond leeg toen hij vrijkwam. Hij had een verblijfplaats nodig en een woning zonder huur trok hem wel. Zijn zuster wilde niet dat hij bij haar introk. Ze heeft zelf kinderen. Palmer bezwoer haar dat hij onschuldig was en zijn zus zegt dat ze hem geloofde, maar zou jij het risico nemen?'

'Niet als er een alternatief was.' Tot nu toe klonk het allemaal niet goed. 'Het aantal verdachten is dus legio en als we gaan rondvragen zal niemand iets gezien of gehoord hebben.'

'Daar komt het wel op neer.'

'Geweldig zeg.' Ik keek hem nieuwsgierig aan. 'Het ziet er steeds meer naar uit dat deze zaak een nachtmerrie gaat worden. Jij lijkt je niet al te veel zorgen te maken.'

'Een win-winsituatie toch? Als ik de zaak rond krijg valt me de eer te beurt een dubbele moord te hebben opgelost. Zo niet...' Hij haalde zijn schouders op. 'De slachtoffers kunnen niemand immers veel schelen? Niemand zal eisen dat pedofielen beter beschermd moeten worden.'

'Cynisch hoor.'

'Realistisch. Maar goed, maak jij je er maar geen zorgen over, meisje. We komen er samen wel uit. Ik zal ervoor zorgen dat jij niet wordt overgeslagen als de medailles worden uitgereikt.'

Ik wilde mijn ogen ten hemel slaan, maar beheerste me. Geweldig. Alweer een rechercheur die me neerbuigend behandelde, alleen omdat ik vrouw was. Rot toch op met je 'meisje', eikel, dacht ik.

Derwent had niets in de gaten en praatte door. 'Volgens de chef is dit een belangrijke zaak, die met tact moet worden aangepakt. Daarom heeft hij me jou toegewezen om samen aan de zaak te werken, wat in zekere zin ook logisch is. Het laatste waar ik op zit te wachten is zo'n grofgebekte beginneling uit het team die in het rond stampt en de familieleden beledigt door steeds verkeerde opmerkingen te maken.'

'Ik zal mijn best doen dat te vermijden,' zei ik stijfjes.

'Mooi zo. Je hoeft helemaal niets te zeggen. Ga maar gewoon op een afstandje mooi staan wezen en laat mij het werk doen.' Derwent tuurde door de voorruit en ik was blij dat hij niet mijn kant op keek, want er lag een moordlustige uitdrukking op mijn gezicht. 'Dit wordt vast een makkie voor je. Loop me maar niet in de weg, dan kun je al kijkend een boel opsteken.'

In een fractie van een seconde daalde mijn enthousiasme voor de nieuwe zaak, en voor mijn nieuwe collega, tot het nulpunt.

En het zou alleen maar erger worden.

Barry Palmer had geleefd waar hij was gestorven: in een huisje van baksteen met twee kamers boven en twee beneden aan het eind van een lange rij gelijksoortige huizen, de enige overgeblevene van de rijen negentiende-eeuwse arbeidershuisjes die tijdens de blitzkrieg met de grond gelijk waren gemaakt. Derwent vond even verderop in de straat een parkeerplaats en ik was al uitgestapt voordat hij de motor had uitgezet, zo intens was mijn behoefte om verlost te zijn van het gezelschap van de nieuwe inspecteur, al was het maar een paar seconden. Met het smoesje dat ik de buurt wilde verkennen liep ik bij hem vandaan en nam de omgeving in me op. Aan weerszijden werd de huizenrij geflankeerd door straten met bedrijfspanden en torenhoge flatgebouwen met sociale huurwoningen die ver boven de daken uitstaken. Palmer had in het hoekhuis gewoond. Zijn huis deelde een zijmuur met een groot, luidruchtig café genaamd The Seven Bells, dat zijn huis overtrof in macaber voorkomen. Ik nam het risico en stak mijn hoofd om de deur. Ik trof een victoriaanse kroeg aan die al zijn karakter was kwijtgeraakt na een reeks verbouwingen, waarvan er geen van recente datum was. Nu had het café een te felle verlichting, smerige vloerkleden en neplederen stoelen. De muziek stond zo luid dat je er wel hoofdpijn van moest krijgen en rijen speelautomaten stootten elektronische piepjes en belgeluiden uit als de klanten er munten van een pond in gooiden. De kroeg stond aan een drukke straat waar bussen en vrachtwagens doorheen denderden. Een slechtere plek kon je niet treffen als je op zoek was naar getuigen van een moord, ook zonder je af te vragen of men je wel zou willen helpen de moordenaar van Palmer te vinden. Ik wilde wedden dat niemand iets vreemds had gehoord. Ook al had hij geschreeuwd.

Het huis zelf was afgezet met blauw-wit gestreepte politietape, die om een paar lantaarnpalen was gewikkeld, waardoor een rechthoek was ontstaan waarin niemand mocht komen, behalve degenen die aan het politieonderzoek meewerkten. Op het trottoir aan de overkant stond een groep buurtbewoners toe te kijken. Geen van hen leek bijzonder geschokt te zijn door het gebeurde. En ze wekten al helemaal niet de indruk er rouwig om te zijn.

Bij de voordeur van Palmers huis stond een politieman, fors in zijn reflecterende jas. Ik had niet voor mogelijk gehouden dat iemand zo verveeld kon kijken. Er was al een blauwe plastic tent om de deur geplaatst om het zicht voor de kijkers te beperken. De ramen waren nog niet afgedekt. Ze zagen grauw van het vuil, maar ik kon nog wel een bruinige vitrage met een ingeweven bloemetjespatroon onderscheiden. Het zag ernaar uit dat ze daar al tientallen jaren hingen en nooit waren gewassen. Erachter bewoog iets, en uit het herhaalde flitsen van een camera maakte ik op dat de technische recherche al bezig was.

Vlak voor het huis stond een zwarte bus met het woord AMBULANCE erop geparkeerd, klaar om het lichaam mee te nemen zodra dokter Hanshaw zijn eerste onderzoek op de plaats delict had afgerond en Derwent toestemming had gegeven het naar het mortuarium over te brengen. Ik kreeg altijd de kriebels van die bussen van het mortuarium. Ik liep er snel voorbij, met ingehouden adem om te voorkomen dat ik een vleugje rottingslucht zou opsnuiven. Ik wist wel dat ze goed werden schoongehouden, maar ik kon niet uit mijn hoofd zetten wat erin werd vervoerd, of wat ons daar in huis te wachten stond. Ik zou niet zo overgevoelig moeten zijn; ik verdiende net zo goed mijn brood aan de doden als een uitvaartverzorger. Maar ik hoefde ze in elk geval niet aan te raken.

Ik keek nog een laatste keer om me heen en liep toen naar Derwent, die me al grijnzend stond op te wachten. Hij had de politietape over zijn schouder gelegd zodat ik eronderdoor kon glippen, een simpel gebaar van beleefdheid waar ik me ongemakkelijk bij voelde. Ik had zijn hulp niet nodig, maar het zou ongemanierd hebben geleken als ik die had afgewezen. Anderzijds, als ik zou zeggen dat hij dat soort dingen niet moest doen, was het misschien afgelopen met dat 'meisje' en 'liefje' van hem.

'Ben je er klaar voor mee naar binnen te gaan? Of wil je eerst nog verder rondkijken?'

'Ik wilde de omgeving gewoon even op me laten inwerken,' zei ik, niet bereid mijn irritatie te tonen.

'Ik had verwacht dat je zo snel mogelijk naar binnen zou willen. Om het lijk te zien.' Hij snoof. 'Het lichaam stinkt waarschijnlijk nog niet, ondanks het warme weer. Maar van hieraf ziet het huis er behoorlijk smerig uit. Het zal er niet fris ruiken.'

In stilte dankte ik de hemel voor het feit dat ik was opgegroeid met een oudere broer die me graag treiterde. Waarschijnlijk was het de bedoeling dat ik met een meisjesachtige huivering zou reageren. Derwent deed zijn best maar; hij zou er nooit in slagen me zo'n reactie te ontlokken. In plaats daarvan glimlachte ik, alsof de inspecteur een geweldig geslaagde mop had verteld, en volgde hem naar de blauwe tent. Ik ging niet moeilijk doen over de papieren overall en papieren sloffen die ik moest aantrekken, maar was me ervan bewust dat ik er belachelijk uitzag en het bood geen soelaas dat dat ook voor alle anderen gold.

Iemand had de voordeur bijna dichtgeduwd en ik bekeek hem eens goed. Ik stelde me voor hoe hij er op een gewone dag voor een voorbijganger moest hebben uitgezien. De verf op de deur was donkerbruin en bladderde. Vlak boven de brievenbus had iemand er het woord VERKRACHTER in gekrast, tot op het hout. De letters waren fors en stonden vrij ver uit elkaar, maar ze waren goed te lezen. Het moest even hebben geduurd voordat ze erop stonden. Ik vroeg me af hoe het moest zijn geweest om in de gang van het huis te staan en te horen hoe iemand al die letters die aanduidden wat hij was in de verf stond te krassen. Hij moest te bang zijn geweest om de dader tegen te houden. Hij moest voortdurend bang zijn geweest.

En kennelijk met reden, want toen ik de gang in kwam, leek het alsof ik een nachtmerrie in stapte. De lamp aan het plafond brandde, een fel, witgloeiend peertje met een stoffige kanten kap die door de fijne structuur volledig uit de toon viel, en hij belichtte tot in detail wat zich hier had afgespeeld. De muren waren behangen met een gestileerd bloempatroon in lichtbruine en roomwitte tinten, een dessin dat moest dateren uit de jaren zeventig. De onderste dertig centimeter zag grijs van het optrekkende vocht. Hier en daar zaten er bellen in het behang, dat was gaan uitzetten door het vocht. Afgezien daarvan, en van een enkele slijtplek, had het interieur de tand des tijds redelijk doorstaan. Dat wil zeggen, tot iemand iets met bloedvlekken erop door de gang had gesleept, waardoor er een bruinrode veeg halverwege de muur was ontstaan, met dunne uitvloeisels aan de randen. Ik wist toevallig dat met bloed doordrenkt haar dit effect had. Deze bloedvlekken vertelden een triest verhaal aan eenieder die ze kon lezen. Hij had de deur opengemaakt – Joost mag weten waarom – en het eerste wat ze hadden gedaan was hem tot bloedens toe slaan. En dat was nog maar het begin geweest.

Ik volgde het spoor langs een onfris ruikende jas van schapenvacht die aan de knop van de trapleuning hing naar een deuropening links in de hal. Die gaf toegang tot de voorkamer, een kleine ruimte die nog kleiner leek door de rondom opgestapelde rommel en door het aantal mensen dat erin stond. De witte pakken maakten iedereen anoniem, maar toch pikte ik dokter Hanshaw er direct uit. Om te beginnen was hij de langste en de dunste in de kamer. Daarbij stond hij onder een hachelijke hoek voorovergebogen om beter te kunnen bekijken wat er op de vloer lag. Ik kon mezelf er niet toe brengen om omlaag te kijken – althans niet meteen. De kamer stonk naar bloed, naar menselijke uitwerpselen, naar volle asbakken, vuile kleren en vocht. Het was erg warm en de ramen zaten potdicht. De lucht in de kamer was om te snijden en het was onmogelijk te ontsnappen aan de stank.

Palmer had geleefd in wat je bijna een smerig hol kon noemen, en het was moeilijk te bepalen wat de indringers hadden verplaatst en wat deel uitmaakte van zijn normale leefomgeving. Zijn zuster had echter gezegd dat alles overhoop was gehaald. Het zag ernaar uit dat hij na het overlijden van zijn moeder geen van haar spullen had verplaatst, maar ze slechts had overdekt met zijn eigen rotzooi. Lelijke prulletjes en bosjes gedroogde bloemen vochten om een plekje met lege bierblikjes en mokken vol bruine aanslag van thee. De gashaard stamde uit dezelfde periode als het behang, en hij was sindsdien waarschijnlijk niet meer nagekeken. Overjarige tv-gidsen, een overvolle asbak en vuile borden lagen opgestapeld aan beide zijden van een rode leunstoel die in het midden van de kamer pronkte. De kale, vette plekken op de rugleuning en de armleuningen deden vermoeden dat dit zijn favoriete zitplaats was. Hij had een grote collectie video's – niet eens dvd's – en de doosjes lagen overal in het rond. De cassettes waren kapot en de tape was losgeraakt en lag in bruinzwarte lussen op de grond. Derwent duwde me opzij en draaide de doosjes in zijn gehandschoende handen om. Ik wendde me af en ging op zoek naar iets wat me zou afleiden van datgene wat op de vloer lag.

En dat vond ik: de sporen van geweld die me in het oog sprongen zodra ik begon te zoeken. Er zaten sterren van gebroken glas voor de ingelijste foto's die nog aan de muur hingen; de lichte plekken op het behang gaven aan waar er nog meer hadden gehangen. Op de biscuitkleurige tegeltjes rondom de haard zaten donker opgedroogde bloedspetters. De laden waren uit het dressoir gerukt en de inhoud lag verspreid over de vloer. Tussen de wirwar van bestek en servetjes lag gebroken glas en ertussenin lag de stop van een goedkope karaf. Het tapijt had een heftig patroon van bruine, beige en rode guirlandes, en ik moest heel goed kijken om de plek te zien waar het bloed erin was getrokken dat uit het lichaam was gestroomd en zich verspreid had over de vloerbedekking: daar waar de pool van het armzalige tapijt in plukjes opdroogde. Met tegenzin volgde ik het bloedspoor terug naar de bron.

Het stoffelijk overschot lag voor de leunstoel, alsof de man erin had gezeten en op het moment van overlijden voorover was gevallen. Hij was naakt vanaf zijn middel en zijn huid was verbleekt. Bloed dat niet langer door een kloppend hart wordt rondgepompt door het lichaam onderwerpt zich aan de zwaartekracht; de voorkant van Palmers lichaam zou vol blauwpaarse vlekken blijken te zitten als dokter Hanshaw hem omdraaide. Hij droeg alleen een onderhemd, vergeeld van ouderdom, dat tot boven zijn middel omhoog was geschoven. Zijn weinige haren waren doordrenkt van het bloed, waardoor ze roestig rood waren gekleurd; het was onmogelijk te zien wat zijn oorspronkelijke haarkleur was geweest. Zijn arm lag om zijn hoofd en zijn hand ernaast, alsof hij had geprobeerd zich tegen iets of iemand te beschermen. Ik keek te lang naar zijn hand en probeerde te bedenken wat er zo vreemd aan was. Op de een of andere manier klopte de vorm niet.

'Ze hebben er drie afgehaald.'

Ik schrok op uit mijn overpeinzingen. Derwent stond naast me te kijken hoe dokter Hanshaw het lijk nauwkeurig onderzocht. De patholoog had net de inwendige temperatuur opgenomen, een procedure die me altijd een plaatsvervangend gevoel van gêne bezorgde. De openlijke vernedering door de dood was enorm. Zelf hoopte ik op een rustig heengaan, waarbij geen autopsie nodig zou zijn. 'Pardon?'

'Drie vingers. Twee van zijn rechterhand. Een van de linker.' Hij wees en ik besefte dat er aan beide handen een stompje zat waar de wijsvinger hoorde te zitten, en aan de rechterhand ontbrak bovendien de middelvinger. Rond de wond zat een korstje opgedroogd bloed. 'Dat is geen kwajongenswerk.'

'Ik ga hem omdraaien,' zei dokter Hanshaw terwijl hij naar ons opkeek. 'Help eens even.'

Ik moest het Derwent nageven: hij boog direct voorover en greep de benen van het lichaam stevig vast, iets wat ik zelfs met handschoenen aan niet had willen doen. Op het teken van de patholoog rolden ze Palmer op zijn rug. Er ging een geschokt gesis door de kamer.

'Significante schade aan de genitaliën.' Hanshaw boog zich voorover om beter te kunnen kijken. 'Hij is gecastreerd. Soort van.'

Zelfs Derwent zag bleek. Hij vermande zich en vroeg: 'Waarmee hebben ze het gedaan?'

'Wellicht met hetzelfde ding waarmee ze zijn handen hebben bewerkt. Iets zwaars – een tuinschaar, een snoeischaar, iets dergelijks.'

'Het zou me niet verbazen als ze dat bij zich hadden,' zei Derwent. 'Degene die dit heeft gedaan wist wat hij hier wilde gaan doen. Hij is direct te grazen genomen toen hij de deur opende.'

'Maar waar was hij dan op uit?' Ik hoorde tot mijn genoegen dat mijn stem heel zakelijk klonk. Niemand zou hebben vermoed dat het me moeite kostte beheerst te blijven. 'Het ziet er niet naar uit dat hij iets bezat wat de moeite van het stelen waard was. En hij heeft een redelijk lange gevangenisstraf uitgezeten voor het kindermisbruik. Het is niet zo dat hij al na een paar maanden is vrijgekomen en dat iemand vond dat het recht zijn loop niet had gehad.'

'Verontruste buurtbewoners?' opperde Derwent. 'Misschien vonden ze dat hij met zijn gevangenisstraf nog niet voldoende was gestraft. Of ze wilden hem kwijt en meteen ook voorkomen dat iemand met net zo'n achtergrond in zijn huis zou komen wonen.'

'Maar waarom juist nu? Hij woonde hier al bijna een jaar. Hij is flink lastiggevallen – de buurt was zeker niet blij met hem – maar dit is veel erger.' Ik dwong mezelf nog eens naar het lijk te kijken ter bevestiging van wat ik al had bedacht. 'Ik wil niet zeggen dat ze het niet met plezier hebben gedaan, maar alles wijst erop dat er een bepaald doel achter zat. Ze hadden een reden om hem te martelen.'

Derwent trok zijn wenkbrauwen op. 'We mogen hopen dat dit niet voor de lol was.'

Dokter Hanshaw had ons gesprek genegeerd en zich geconcentreerd op zijn werk. 'Zijn gezicht is sterk opgezwollen; deels is dat na zijn dood ontstaan, maar het is vrij duidelijk dat er flink op hem is ingebeukt. Degene die hem heeft aangevallen heeft er alle tijd voor genomen.' Hij drukte op de schedel en bromde wat. 'Hij heeft een zware klap op zijn hoofd gehad, die een enorme schedelfractuur heeft veroorzaakt. Ik zal het beter kunnen beoordelen als ik zijn brein bekijk tijdens de autopsie, maar ik ben er vrij zeker van dat mijn conclusie zal zijn dat deze verwonding zijn dood tot gevolg heeft gehad.'

Het gezicht van het slachtoffer leek wel een masker van een waterspuwer: zijn tong hing uit zijn mond, zijn ene troebele oog staarde naar het plafond en het andere was zo gezwollen dat het dicht zat. Ik dwong mezelf ernaar te blijven kijken zonder een spier te vertrekken. Wat ze ook van hem hadden gewild, ze hadden hem bewust laten lijden. Ook hadden ze zich ervan verzekerd dat hij zou sterven toen ze eenmaal klaar met hem waren. Ik vroeg me af of hij hun ten slotte had verteld wat ze wilden horen. Ik vroeg me af of het hun iets had kunnen schelen. Ze hadden extreem geweld gebruikt, buitensporig veel geweld. En ze hadden ervan genoten.

Ik schatte in dat ik nu lang genoeg naar het lijk had gekeken om te hebben bewezen aan wie het maar interesseerde dat ik harder was dan ik eruitzag en wendde me tot Derwent. 'Vind je het goed dat ik even rondkijk in de rest van het huis?'

'Goed idee. Doe dat maar.' Hij klonk afwezig; zijn aandacht was nog bij het lichaam. Het viel me niet mee om sympathie voor de nieuwe inspecteur op te brengen, maar dat wilde niet zeggen dat hij zijn werk slecht deed. Misschien zou ik hem na verloop van tijd wel gaan respecteren, al zag het ernaar uit dat het nog lang zou duren voordat ik hem zou mogen.

Zigzaggend zocht ik mijn weg langs de technisch rechercheurs. Ten slotte bereikte ik de keuken en had er direct spijt van. Op elk oppervlak lag een dikke laag maanden oud vet, en de vensterbank was bezaaid met dode insecten. De keukenkastjes waren oud en gemaakt van gelamineerd materiaal waarvan hier en daar flinke stukken waren losgekomen, en de deurtjes hingen scheef in hun hengsels. Ook hier was het weer lastig te bepalen welke schade recent was en in welke staat de ruimte had verkeerd voordat Palmers nachtmerrie was begonnen met de komst van zijn bezoekers. De laden die omgekeerd op de vloer lagen en de blikjes die alle kanten op waren gerold wezen er echter wel op dat de indringers ook in de keuken waren geweest. Een technisch rechercheur was de tegels nauwkeurig aan het afzoeken op voetafdrukken. Iemand had de achterdeur opengezet en ik liep er voorzichtig naartoe onder het mom dat ik de achtertuin wilde bekijken, maar eigenlijk wilde ik gewoon wat frisse lucht inademen.

Het piepkleine betonnen plaatsje rook heilzaam naar uitlaatgassen en verschaald bier uit de kroeg, een geur die me na de afschuwelijke stank in het huis voorkwam als die van een bergweitje. Ik haalde gretig en diep adem en staarde omhoog naar de lucht die wolkeloos helderblauw was, doorkruist met condensatiestrepen van vliegtuigen.

Er was een grens aan de tijd die iemand kon doorbrengen met het staren naar een plaatsje van zo'n één bij drie meter, en ik dwong mezelf terug de keuken in te gaan, waar gemorste suiker onder mijn voeten kraakte, en vervolgens de gang in, waar ik tegen Sean Cottrell op botste.

'Mag ik naar boven?'

'Ja, als je uitkijkt waar je loopt. Blijf op de plekken die we hebben gemarkeerd. En laat geen water lopen in de badkamer. We denken dat ze zich daar hebben gewassen voordat ze weggingen.'

'Ik raak niets aan.' Ik beklom de smalle trap. De treden waren bedekt met dun bruin tapijt met slijtageplekken aan de randen en ik liep langzaam om niet uit te glijden en voorzichtig zodat ik niet onverhoeds de trapleuning zou aanraken, hoewel die al vol zat met vingerafdrukpoeder.

Cottrells advies over de badkamer was niet nodig geweest; ik zou niet in de verleiding zijn gekomen daar iets aan te raken. Het zag eruit alsof die voor het laatst was schoongemaakt in dezelfde periode als de keuken – met andere woorden: maanden, zo niet jaren geleden. De wc-bril stond omhoog en mijn gezicht vertrok bij de aanblik van de bruine strepen langs de zijkanten van de pot en de vunzige grijsbruine kleur van het stilstaande water dat me het gevoel gaf dat er dingen onder het oppervlak verscholen zaten die onbeschrijfelijk smerig waren. Een of andere arme donder zou opdracht krijgen alles wat er in de pot was achtergebleven eruit te zeven, voor het geval dat ons zou helpen de moordenaars te identificeren, maar ik zou het godzijdank niet hoeven doen. Het bad zag er vies maar verdacht ongebruikt uit vergeleken met de wastafel, die ooit wit was geweest maar nu donkergrijs was. De roestbruine kring om het afvoergat zag eruit als opgedroogd bloed en ik begreep wel waarom Sean de badkamer graag intact wilde houden voor nader onderzoek. Er was hier voor zover ik kon zien geen zeep of douchegel aanwezig. Er lag een oeroude tandenborstel op de wastafel. De borstelharen waren verkleurd en stonden wijd uiteen, maar tandpasta was er niet. Persoonlijke hygiëne leek voor Barry Palmer geen prioriteit te hebben gehad, net zo min als huishoudelijk werk.

De twee slaapkamers waren klein, koud en naargeestig. In de ene stond een afgehaald eenpersoonsbed en verder was hij vrijwel leeg. Bij het zien van de vlekken op de matras moest ik kokhalzen, wat me verbaasde, want ik had heus ergere dingen onder ogen gekregen, veel ergere zelfs, in datzelfde huis. Misschien was ik gewoon aan mijn taks van walgelijke dingen. Ik wierp een vluchtige blik in de andere slaapkamer en nam de verfrommelde lakens en dekens, de gordijnen bij het raam die half van de rail waren geschoven en de berg kleren op een stoel in de hoek in me op. In de kamer hing een vieze lichaamsgeur en het was er bedompt. De matras hing half van het bed af, alsof iemand hem had opgetild om te kijken wat eronder lag, en ik kreeg opeens een beeld voor ogen van de moordenaars, die haastig door het huis renden nadat ze zich hadden gewassen en met nog vochtige handen god weet wat aan het zoeken waren, terwijl Palmer beneden in die armzalige zitkamer zijn laatste adem uitblies.

Ik keerde op mijn schreden terug en trof onder aan de trap Derwent aan, diep in gesprek met dokter Hanshaw. Ik nam aan dat hij niet gestoord wilde worden en glipte door de voordeur naar buiten, waar ik behoorlijk opgelucht mijn papieren overall uittrok. De stank van het huis zat in mijn haar en op mijn huid; ik rook het toen ik de straat overstak naar het groepje buurtbewoners dat daar nog steeds met de armen over elkaar stond. Ze waren met elkaar redelijk representatief voor de diversiteit van de bevolking van deze wijk. Brixton was een echte smeltkroes en deze straat vormde daarop geen uitzondering. De groep leek me en bloc argwanend op te nemen terwijl ik naar hen toe liep, maar ik glimlachte toch maar en stelde me voor.

'Zoals u misschien al weet, onderzoeken we een verdacht sterfgeval op het adres hier aan de overkant. Heeft iemand van u de afgelopen dagen iets vreemds gezien? Iemand die rondhing en hier niet thuishoorde? Hebt u iets ongewoons gehoord?'

Een mollige zwarte vrouw schudde haar hoofd. 'Sorry, ik denk niet dat u veel aan ons zult hebben. We hebben geen van allen iets gezien, hè Brian?'

Brian was klein en mager en had een verweerde huid. Er zat een smerig ruikende sigaret verscholen in zijn vuist; hij had hem vast met zijn duim en wijsvinger, en nam een lange trek voordat hij antwoordde: 'Volgens mij niet, nee.'

Ik keek het kringetje rond – ze waren met z'n zevenen – en zag op elk gezicht dezelfde uitdrukking. Er zou niemand naar voren komen, in elk geval niet waar de buren bij waren. 'Oké. Namen en adressen.'

Het was alsof je in een kelder het licht aandoet en ratten ziet wegschieten naar hun hol. Het groepje viel uiteen en Brian mompelde dat hij naar zijn werk moest. Ik verhief mijn stem.

'Dit is geen verzoek, dames en heren. Namen en adressen. Nu meteen.'

Er is een bepaald toontje dat je leert gebruiken in de jaren dat je op straat surveilleert. Het is autoritair maar niet intimiderend, en heeft een wonderbaarlijk goede uitwerking, zelfs op de meest recalcitrante burgers. De buurtbewoners kwamen gedwee terug en vertelden me wat ik wilde weten. We zouden toch wel bij iedereen in de straat langsgaan, maar degenen die het nieuwsgierigst waren geweest – degenen die urenlang op straat waren blijven kijken terwijl er niets bijzonders gebeurde – waren juist degenen die ik wilde spreken. Zij waren degenen die buitenissige dingen zouden opmerken. En misschien zouden ze achter gesloten deuren niet voor zich kunnen houden wat ze hadden gezien.

Toen ik eenmaal klaar was met de mogelijke getuigen, draaide ik me om en zag ik Derwent achter me staan. Hij keek niet blij.

'Vond je het wel genoeg geweest?'

'Ik verzamel gewoon wat gegevens.'

'Had ik je gevraagd dat te doen?'

'Nee, maar...'

'Nee dus.' Hij boog zich naar me toe en zei, rood aangelopen en met harde stem: 'Laten we één ding even goed duidelijk krijgen, oké? Ik hou niet van eigen initiatief. Ik hou er niet van als mensen zelf gaan nadenken. Ik hou er niet van als ik op zoek moet gaan naar een ondergeschikte die uit zichzelf de benen neemt.'

'Ik wilde je gesprek met dokter Hanshaw niet onderbreken.'

'Juist ja. En je kon niet even wachten tot ik klaar was op de plaats delict.'

'Ik dacht dat het geen kwaad kon.'

'Nou, je eerste fout was dat je ging nadenken. Daar ben je hier niet voor.'

Ik opende mijn mond om ertegenin te gaan, en sloot hem weer. Het had toch geen zin. Derwent gaf me een kort, scherp knikje, alsof hij vond dat hij me voldoende op mijn plaats had gezet. Ik vroeg me af of het hem echt had geërgerd of dat hij deze kleine scène met opzet had gearrangeerd.

'Mooi zo. Laten we dan maar gaan.' Hij keek op zijn horloge. 'We moeten nog naar een andere plaats delict, maar eerst wil ik die zuster spreken. Ze verwacht ons. Ze wil niet dat we al te laat komen, anders zouden we haar dierbare kroost maar ongerust maken.'

'Waar woont ze?'

'In Chislehurst.' Dat was vanuit Brixton een heel stuk naar het oosten en Derwent verwoordde wat ik dacht. 'Het zal wel even duren om er te komen met dit verkeer.'

Ik liep doodongelukkig achter hem aan naar de auto. Op een afstandje mooi staan wezen, had hij gezegd.

Het zou een lange middag worden.

2

Ik gaf niet graag toe dat iemand anders een nog slechtere dag kon hebben dan ik, maar Barry Palmers zuster, Vera Gordon, kwam een heel eind in de richting. Ze was klein en pezig en zag er veel ouder uit dan achtendertig, hoewel het eigenlijk niet eerlijk was haar te beoordelen op haar huidige voorkomen. Door urenlang huilen was haar huid schraal en rood geworden en haar haar hing in slappe slierten langs haar gezicht. Ze zat met haar armen om haar lichaam geslagen onbedaarlijk te beven, met voor zich op de salontafel een onaangeroerde mok thee. De zitkamer was klein maar in tegenstelling tot het huis van haar broer brandschoon, en hoewel het meubilair versleten was, was het met zorg gekozen. In een van de hoeken stond een stapel kratjes met speelgoed, alles keurig geordend. Het was een gezellige kamer, een echte gezinskamer, bedoeld om er gezamenlijk tijd in door te brengen. Er stond een verzameling foto's op de vensterbank en ik boog me voorover om ze te bekijken.

'Hij zit er niet bij.' Haar stem klonk schor en vermoeid. 'Ik heb zijn foto weggehaald toen hij naar de gevangenis ging. Ik wilde niet dat er mensen naar hem zouden vragen.'

Derwent zat naast Vera en nu leunde hij voorover.

'Mevrouw Gordon, ik weet dat u erg van streek moet zijn door hetgeen uw broer is overkomen.'

'Dat ik hem... zo moest aantreffen. En het huis. Mijn moeder zou het zo vreselijk hebben gevonden van het huis.' Er welden tranen op en ze zocht in de mouw van haar grijze wollen vest naar een zakdoekje. 'Waarom moest dat nou? Waarom moesten ze hem zo laten lijden?'

'Daar proberen we nu achter te komen.'

Ergens achter in het huis klonk opeens een harde, boze kinderstem en Vera trok haar hoofd met een ruk opzij om te luisteren. De stem stierf weg tot gemurmel en ze wendde zich met een flauw glimlachje weer tot ons. 'Mijn zoontje. Hij heeft altijd ruzie met zijn grote zus.'

'Hoeveel hebt u er?' Derwent wist het antwoord al, maar het was slim om haar aan het praten te krijgen over haar gezin. We wilden dat ze rustig was, niet hysterisch. En we wilden dat ze ons zou vertrouwen.

'Alleen die twee.'

'Maar wel van elk een. Wat is makkelijker, een meisje of een jongen?'

'Dat kan ik niet zeggen. Ze hebben allebei hun kuren.'

'Dat geloof ik graag. Dat geloof ik graag.' Derwent grinnikte naar haar; zijn lach was te breed om oprecht te zijn, maar leek haar gerust te stellen.

'Mevrouw Gordon, ik weet dat het moeilijk is, maar kunt u ons iets over Barry vertellen? We weten alleen dat hij is veroordeeld voor misbruik van twee jonge meisjes,' zei Derwent.

'Dat was allemaal nonsens.' Ze ging iets meer rechtop zitten en haar wangen vertoonden identieke rode vlekken ter hoogte van de jukbeenderen. 'Die meisjes hebben gelogen. Ze waren gewoon uit op aandacht.'

'Wat was Barry voor iemand? Hij was niet getrouwd, hè? Heeft hij ooit een vriendin gehad?'

'Nee, maar dat betekende niets. Hij was gewoon erg verlegen. Hij was op zichzelf. Hij was… nou ja, je zou kunnen zeggen dat hij een beetje vreemd was, maar hij was niet gevaarlijk of zo. Toen hij opgroeide had hij geen belangstelling voor meisjes, en die zagen hem trouwens toch niet staan. Hij leefde grotendeels in zijn eigen wereldje. Hij ging graag naar de bioscoop; als het aan hem had gelegen was hij elke dag gegaan. De meeste tijd keek hij in z'n eentje naar video's.'

'Heeft hij ooit gewerkt?'

'Nee, afgezien van een zaterdagbaantje in de buurtwinkel toen hij een tiener was. Hij vond het moeilijk om met mensen om te gaan.

Hij voerde niet graag opdrachten uit. Ik weet niet wat hij met zijn leven zou hebben gedaan als hij de juiste stimulans had gekregen, maar onze vader gaf hem het gevoel dat hij volkomen waardeloos was. Hij had niet genoeg zelfvertrouwen om iets nieuws te proberen. Eigenlijk overleefde hij gewoon, thuis, teerde op mama's zak. Graham, mijn man, vond dat hij best iets had kunnen doen om zichzelf een bezigheid te verschaffen. Vakken vullen of een baantje bij een benzinepomp; iets wat niet moeilijk was. Hij dacht dat een baan hem wat zelfrespect zou geven, en hem ook wat zelfstandiger zou maken. Hij kon maar niet begrijpen dat Barry tevreden kon zijn met nietsdoen. Maar voor hem was het makkelijker om thuis te blijven. Minder riskant. Barry had faalangst en daardoor is hij het ontwend iets aan te pakken. En toen... met die meisjes...'

Ze brak haar zin af en begon weer te huilen. Derwent keek in mijn richting. Doe iets, zei zijn blik. Kennelijk had hij toch iets gevonden waarbij ik van nut kon zijn.

Ik stond op van mijn stoel, ging op de rand van de bank zitten en legde mijn hand op haar arm. 'Mevrouw Gordon, ik begrijp dat dit moeilijk is. Als het enigszins mogelijk was om dit gesprek later te voeren zouden we dat doen, maar aan tijd ontbreekt het ons nu juist. We willen degenen vinden die uw broer dit hebben aangedaan, en ik weet dat u dat ook wilt.'

Ze knikte en veegde ruw de tranen van haar wangen. 'Dat klopt. Ik wil u echt helpen, maar ik kan maar niet uit mijn hoofd zetten wat hem is overkomen.' Ze keek op en haar roodomrande ogen keken me strak aan. 'U vertelt me vast de waarheid. Wat is er precies met hem gebeurd? Ik weet dat ze hem hebben geslagen, maar wat hebben ze verder nog gedaan?'

Mijn adem stokte van afgrijzen bij de gedachte aan wat er met hem was gebeurd, bij de gedachte dat ik iemand die hem had gekend en die van hem had gehouden moest vertellen hoezeer hij had geleden voordat hij stierf. Mijn gezicht moet boekdelen hebben gesproken, want ze barstte opnieuw in snikken uit.

Ik ging weer in mijn stoel zitten, bang om Derwent aan te kijken. Na een paar minuten snoof Vera en gooide haar haar naar achteren.

'Misschien is het beter dat ik geen details te horen krijg.' We zeiden geen van beiden iets en ze knikte. 'Ik zie wel dat jullie dat ook denken. Ik zal er niet meer naar vragen. Maar ik wil wel dat jullie weten hoe mijn broer echt in elkaar zat.'

We bleven zitten en luisterden naar wat ze ons vertelde over hun jeugd, over kleine overwinninkjes en even kleine tegenslagen, over de manier waarop ze elkaar steunden ten opzichte van een gevoelsarme vader, over hun toegewijde moeder die, wat er ook gebeurde, standvastig was geweest in haar loyaliteit jegens haar zoon.

'Mijn vader... Ik heb nooit gedacht dat hij ook maar iets gaf om ons beiden. Maar ik had het mis. Op de dag dat Barry werd veroordeeld is papa ingestort. Hij is ongeveer drie weken later overleden; alsof we nog niet genoeg zorgen hadden.' Ze klonk verbitterd. Er renden twee paar voeten vliegensvlug de trap op, en voordat ze doorging wachtte Vera tot haar kinderen zo ver weg waren dat ze niets konden horen. 'De dokter zei dat het zijn hart was. Dat was het mooiste van alles. Zo kwamen we erachter dat hij een hart hád. Maar het was niet zo dat hij het erg vond voor Barry; het was zelfmedelijden. Hij kon niet verdragen dat zijn zoon in de gevangenis zat. Hij was altijd al teleurgesteld geweest in Barry, want papa wilde een zoon die was zoals hij: een zoon die dronk, voetbalgek was; iemand die hij kon meenemen naar de kroeg. En zo was Barry niet.'

'Mevrouw Gordon, u zei dat degenen die Barry hadden aangegeven uit waren op aandacht. Wat bedoelde u daarmee?'

Het venijn in haar stem verraste me. 'Het waren rotmeiden, allebei. Ze hebben samen een verhaaltje verzonnen over Barry. Als u het mij vraagt hadden ze er de grootste lol om. Er werd in de buurt weleens de spot met hem gedreven. Er waren mensen die zeiden dat hij een engerd was, dat hij niks goeds in de zin had en dat je voor hem moest uitkijken.' Ze snoof weer en wreef met haar handen over haar knieën alsof ze zich wilde verwarmen. 'Ze kregen vrij van school om naar therapie en naar de politie te gaan; daarom zullen ze het wel gedaan hebben. Het waren twee kleine krengen, dat kon je wel zien toen ze moesten getuigen. Dat gebeurde allemaal met een videoverbinding, zodat ze niet in de rechtszaal hoefden te verschijnen, en ze waren brutaal tegen de advocaten en de rechter, alsof het allemaal één groot spel was. Het was van a tot z gelogen en iedereen wist dat het gelogen was, en toch heeft de jury hem schuldig verklaard. De een was elf en de ander tien jaar, en ze wisten alles van seks wat er te weten valt; ze beschreven het gedetailleerd. Je kon zo zien dat ze het al gedaan hadden, en meer dan eens. Maar niet met mijn broer.' Haar woede leek af te zwakken en ze zuchtte. 'Niemand wilde geloven dat zulke jonge meisjes hun onschuld al hadden verloren. Maar Barry was onschuldiger dan zij, ook al was hij drie keer zo oud.'

'Maar hij heeft wel zijn straf uitgezeten. Hij is niet in hoger beroep gegaan.'

'Hij kon het niet aan om nog een keer voor de rechter te komen. Hij werd er ziek van. Trouwens, zijn advocaat zei dat er geen grond voor hoger beroep was. Het feit dat hij onschuldig was, was blijkbaar niet genoeg.' Ze scheurde een paar repen van de rand van het zakdoekje dat ze in haar hand had. 'Zeven jaar heeft hij gezeten. Zonder ooit te klagen. Hij bedankte ons alleen als we hem bezochten en vroeg hoe het met ons ging. Hij heeft nooit iets losgelaten over hoe het hem verging in de gevangenis. Hij zei gewoon dat ons leven interessanter was en dat hij het niet over het zijne wilde hebben.'

Derwent sprak vriendelijk en koos zijn woorden met meer tact dan ik van hem had verwacht. 'Barry's reclasseringsambtenaar had hem al gewaarschuwd dat het misschien niet veilig zou zijn als hij zou terugkeren naar uw ouderlijk huis, omdat hij in de buurt bekendstond als zedendelinquent. U lijkt er zeker van te zijn dat hij ten onrechte is veroordeeld, maar toch hebt u hem niet gevraagd hier te komen wonen.'

Ze schudde haar hoofd al voordat hij uitgesproken was. 'Niet waar. Dat heb ik wel gedaan. Dat heb ik wel gedaan, maar hij wilde niet. Barry wist dat Graham zich zorgen maakte; niet om de kinderen, maar vanwege de buren. Als zij erachter kwamen, hadden we moeten verhuizen. We maakten ons al genoeg zorgen dat iemand zou ontdekken dat we familie van hem waren. Ik heb hem nog niet half zo vaak bezocht als ik had gewild, voor het geval iemand zou merken waar ik naartoe ging en waarom. Graham mocht Barry graag. Hij wilde niet dat hem iets naars zou overkomen, en hij vond het goed dat hij bij ons zou komen logeren, in elk geval een poosje, tot hij een nieuwe start had gemaakt. Maar Barry wilde er niet van horen.'

'Wist hij dat hij gevaar liep? Heeft hij u ooit iets verteld over bedreigingen?'

'Hij heeft het er nooit over gehad. Hij wist niet van wie die bedreigingen kwamen; meer zei hij er niet over. Het kon iedereen zijn.' Haar korte lachje was vreugdeloos. 'Triest hè? Dat zoveel mensen mijn broer dood kunnen hebben gewenst. Terwijl het nooit bij hem zou zijn opgekomen iemand iets aan te doen.'

'Dus u weet niet van iemand in het bijzonder?'

'Nee. Barry... Hij was dapper. U denkt waarschijnlijk dat hij dom was, maar hij heeft er nooit aan toegegeven. Hij ging daarheen waar hij naartoe moest, en hij bemoeide zich met zijn eigen zaken en hij wilde dat niemand last van hem had en nu is hij dood...' Ze huilde weer.

'Kent u iemand die Ivan Tremlett heet, mevrouw Gordon?'

Ze schudde haar hoofd, kennelijk in verwarring gebracht door de vraag.

Derwent stopte zijn pen in zijn zak op een manier alsof hij klaar was met het gesprek en sloeg zijn map dicht. 'Goed. Heel hartelijk dank, mevrouw Gordon.' Hij liet een kaartje op de salontafel vallen en stond op. 'Als u nog iets te binnen schiet, belt u ons dan even.'

Ik betwijfelde of ze het had gehoord, maar toen Derwent de kamer verliet, dacht ik dat ik dat ook maar moest doen. Ik mompelde mijn condoleances en legde mijn eigen kaartje iets minder nonchalant dan Derwent had gedaan naast het zijne neer. Ik vond hem in de keuken, in gesprek met Graham Gordon, die langzaam en zorgvuldig vuile kopjes stond af te wassen. Hij was lang en kalend, en had de norse blik van een altijd stuurse man. In gelukkiger tijden was die blik waarschijnlijk grappig bedoeld, maar nu was er niet zoveel om te lachen.

Derwent had kennelijk besloten dat Gordon geen zachte aanpak behoefde.

'Kent u iemand die uw zwager had willen martelen en vermoorden?'

Hij haalde zijn schouders op. 'Nee.'

De deur van de zitkamer ging dicht en ik hoorde Vera's voetstappen op de trap. Ze was onderweg naar de plek waar dof gedreun en gebons aangaven dat er kinderen aan het spelen waren.

'Dat klopt niet met wat uw vrouw zegt. Ze zegt dat er heel wat mensen waren die hem weg wilden hebben.'

'Zou kunnen. Maar die ken ik niet. U vroeg me of ik iemand kende en dat doe ik niet.'

'U vat de zaken letterlijk op,' was Derwents commentaar. Hij glimlachte dunnetjes. 'Ik merk wel dat ik tegenover u mijn woorden zorgvuldig moet kiezen.'

'U gaat uw gang maar. Ik weet niks en Vera ook niet. Barry was nu eenmaal geen prater. Als hij was bedreigd, zou hij niet hebben gewild dat Vera dat wist, want dan had ze zich zorgen gemaakt. En tegen mij deed hij nauwelijks zijn mond open.' Hij zocht met zijn handen in het water en vond een handvol theelepeltjes die hij in een vakje van het afdruiprek zette.

'Ik dacht dat jullie beiden goed met elkaar overweg konden.'

'Dat is ook zo. Maar hij was erg zwijgzaam. Zei alleen iets als hij iets te vertellen had.' Hij trok de stop uit de gootsteen. Er weerklonken geluiden als van verstikking terwijl het water wegstroomde. Aan de uitdrukking op Gordons gezicht te zien, kon hij de terughoudendheid van zijn zwager wel waarderen. Derwent kwam dichterbij, waardoor hij Gordon achteruit dwong tot hij tegen het fornuis leunde en zich niet verder kon terugtrekken.

'Maar u kon hem natuurlijk niet vertrouwen. Gezien zijn aard. Wilde u echt dat hij hier kwam wonen, of zei u dat alleen maar om uw vrouw tevreden te houden?'

'Ik had het niet erg gevonden.'

'Niet erg gevonden? U had het niet erg gevonden om hem alleen te laten met uw dochter? Of zelfs met uw zoon? Mensen veranderen in de gevangenis, Graham. Ze proberen van alles uit. Barry had misschien wel een voorkeur voor jonge jongens ontwikkeld. Zou je het echt prima hebben gevonden om hem uit het oog te verliezen?'

'Ik had niets tegen Barry.' Zijn stem klonk toonloos en zijn gezicht stond onbewogen. Hij pakte een theedoek en droogde zonder haast zijn handen af. 'Ik ken hem al heel lang, al van voordat dit allemaal gebeurde. Ik was aanwezig bij de rechtszaak als ik kon. Ik heb gehoord wat voor bewijs er was. U niet.'

Derwent bleef even staan waar hij stond en overdacht Gordons woorden met toegeknepen ogen. Toen liet hij zich met een lachje terugvallen op zijn hakken. 'Ik probeer je alleen maar uit je tent te lokken, man. Gewoon om erachter te komen hoe je werkelijk over hem dacht.'

'Nou, dat weet u nu.' Gordon gooide de theedoek over zijn schouder. 'U weet ook waar de voordeur is. Jullie komen er zelf wel uit.'

Derwent liep al weg maar draaide zich weer om. 'Even serieus: hebben je kinderen veel contact met hun oom Barry gehad?'

Gordons neusvleugels verwijdden zich en het bloed steeg naar zijn gezicht. 'Jullie praten verdomme niet met mijn kinderen. Absoluut niet.'

'Dat vat ik maar op als "nee". Geen probleem, man. In jouw plaats had het ook niet prettig gevonden als ze met hem omgingen.'

Ik dacht dat Gordon Derwent zou aanvliegen. Hoe ontzettend graag ik ook had gezien dat de inspecteur een flink pak slaag kreeg, had ik er geen zin in Vera's echtgenoot te moeten arresteren voor het gebruik van geweld jegens een politiefunctionaris op de dag dat de moord op haar broer was ontdekt. Ik stapte snel naar voren.

'Dank u voor uw tijd, meneer Gordon. Chef, u wilde voor ons volgende verhoor die andere locatie nog bezoeken. Ik denk niet dat het zal lukken als we nu niet gaan.'

Ik klonk verontschuldigend en keek hem deemoedig aan, en Derwent was zo verstandig deze gelegenheid om zijn gezicht te redden aan te grijpen. Graham Gordon volgde ons de keuken uit; hij liep niet mee naar de voordeur, maar ging de trap op. Toen ik naar binnen reikte om de voordeur achter ons dicht te trekken hoorde ik stemmen: een korte vraag van zijn vrouw, waarop hij een nog korter antwoord gaf. Ik hoefde me niet af te vragen of hij haar zou vertellen wat er in de keuken was voorgevallen. Hij zou haar ertegen in bescherming nemen, zoals hij haar ook had laten denken dat hij het niet erg vond als haar broer in de buurt van de kinderen kwam. Want een van de redenen dat hij moeite had gehad met de vragen van Derwent was dat ze een gevoelige snaar hadden geraakt. Hij was opgelucht geweest toen Barry had geweigerd bij hen te komen wonen. Misschien had hij er niet op aangedrongen. Misschien had hij zich bij hem aangesloten en al Vera's tegenwerpingen afgewimpeld. Als zijn leventje maar ongestoord bleef. En nu moest hij wel wroeging hebben.

Verdriet was op zich al moeilijk te dragen. Verdriet waar schaamte bijkwam nog moeilijker.

Ik wachtte tot we in de auto zaten voordat ik Derwent erop aansprak. 'Wat had dat nu voor zin?'

'Wat? Dat ik hem kwaad maakte? Geen enkele, eigenlijk. Ik vroeg me gewoon af wat hij er echt van vond.'

'Hoezo? Hij wordt niet verdacht.'

'Je weet maar nooit.'

'Nou, in dit geval weten we het wel. Vera Gordon zei dat ze Ivan Tremlett niet kenden. Dan hebben ze geen reden om hem dood te wensen, ook al zouden ze van Barry af willen. Zo te horen gingen ze trouwens niet veel met hem om. Hij kwam niet langs; hij heeft ze niet lastiggevallen.'

'Hm.' Derwent klonk afwezig toen hij wegreed terwijl hij met zijn vinger het navigatiesysteem op het dashboard zat te bewerken. 'Vergeet niet dat zij het huis nu hebben. Een schoonmaakbeurt en het vervolgens verkopen: een leuk kapitaaltje voor ze. Wat financiële stabiliteit kan geen kwaad.'

'Je kunt toch niet echt denken dat ze Barry hebben vermoord om dat huis in bezit te krijgen?'

'Toevallig niet, nee.' Hij sloeg met zijn hand op de claxon, die een waarschuwing loeide naar een Renault voor ons die overwoog van rijbaan te veranderen. 'Maar je weet nooit wat er loskomt als je mensen een beetje stevig aanpakt. Die zachte, poeslieve aanpak werkt bij jou nu misschien nog wel, maar als je wat ouder bent en er niet meer zo leuk uitziet lukt dat niet meer.'

'Ik zal proberen dat te onthouden.'

'Je bent dus niet boos?' Hij klonk verbaasd, en misschien zelfs een tikje teleurgesteld.

'Zou dat moeten dan?' Het enige antwoord daarop was 'ja'. Na bloed te hebben geproefd tijdens zijn gesprek met Graham Gordon leek hij vastbesloten mij uit de tent te lokken, en ik was even vastbesloten hem dat plezier niet te gunnen.

'Ik denk het niet. Ik ben blij dat je gevoel voor humor hebt. Godley heeft daar niets van gezegd toen hij me over jou vertelde.'

Ik wilde dolgraag weten wat de chef had gezegd; of hij had gemeld dat ik mezelf het afgelopen jaar bijna de dood in had gejaagd, of dat hij zich ertoe had beperkt te vertellen of ik al dan niet een goede rechercheur was. Ik keek uit het raam en zei niets.

'Wil je daar niet meer over weten?'

En als ik ernaar had gevraagd, zou Derwent me met genoegen hebben verteld dat het gesprek vertrouwelijk was geweest. Ik haalde mijn schouders op. 'Ik kan me niet voorstellen dat hij veel te vertellen had. Zo lang werk ik nog niet voor hem.'

'Maar voor iemand als Godley lang genoeg om zich een behoorlijk duidelijke mening over je te kunnen vormen.'

'Dat klinkt positief.' Ik zei het luchtig, maar kromp ineen in mijn stoel. Tenslotte was er nogal wat reden voor kritiek. Hij had het meest met mij te maken gehad bij een zaak waarbij ik in het ziekenhuis was beland nadat ik zo dom was geweest om op het verkeerde moment naar de verkeerde plek te rennen. Ik had de plank volledig misgeslagen waar het een verdachte betrof en als gevolg daarvan had ik bijna de echte moordenaar niet gepakt. Niet iets om trots op te zijn.

'Hij zei dat je een goede intuïtie had en dat je moedig was. Hij zei dat je tot het bittere einde zou gaan om iemand te pakken te krijgen die in de gevangenis thuishoort.' Derwent keek mijn kant uit om na te gaan of ik me geneerde. 'Hij zei dat je een medaille kreeg voor iets wat er vorig jaar is gebeurd. Je hebt een collega het leven gered.'

'Gewoon toeval. Dat was niet iets om trots op te zijn.'

'Ja, hij zei al dat je dat zou zeggen.'

'O ja?'

'Ik denk dat hij me wilde laten inzien waarom hij jou op deze zaak had gezet.'

'En waarom is dat dan?'

'Dit zijn immers niet de aantrekkelijkste slachtoffers? Veroordeelde criminelen. En niet zomaar criminelen, maar het laagste van het laagste. Perverse geesten. Er zijn heel wat juten die het geen reet zou kunnen schelen of ze degene vinden die pedo's vermoordt. Ze zouden het eerder toejuichen dat iemand hier in de buurt de boel schoonveegt. Jij bent daarvoor te empathisch. Ik heb je gezien in Palmers huis. Je was van streek door hetgeen hem was overkomen.'

'Dat waren we toch allemaal?'

'Meer in de zin van "blij dat het mij niet is overkomen". Jij stond je voor te stellen hoe zijn leven eruit had gezien en wat hij voelde toen hij werd aangevallen. Jij vindt het erg voor hem.'

Het laatste zei hij snerend, als een belediging, en onwillekeurig steeg het bloed me naar de wangen. Nu hij eindelijk een reactie had gekregen, leek Derwent zich te ontspannen.

'Ik maak maar een geintje. Het is juist goed als je in staat bent je te verplaatsen in het slachtoffer, ook al is het slachtoffer een griezel van in de veertig met sterke neigingen tot kindermisbruik.'

'Laten we één ding rechtzetten, oké? Ik ben heus niet zo anders dan mijn collega's. Ik ben geen fan van pedofielen. Maar te concluderen uit hetgeen zijn zuster zei, zou Palmer heel goed binnen het autistische spectrum kunnen vallen, ook al is er nooit een formele diagnose gesteld. Hij was er de persoon naar om makkelijk te worden beschuldigd van allerlei vormen van afwijkend gedrag. Zulke aantijgingen zijn moeilijk te weerleggen, zelfs voor iemand die zich prima kan uitdrukken en het leven goed aankan, wat hij volgens zijn zuster niet kon en was.'

'Ja. Die arme kerel had geen schijn van kans.'

'Vera was er behoorlijk zeker van dat hij onschuldig was, en toch is hij schuldig bevonden. Jij weet meer van hem dan ik. Waar lag de waarheid?'

Hij gromde iets. 'Voordat we het bureau verlieten heb ik nog gesproken met degene die de leiding over die zaak had. Het was totale flauwekul. Oké, Palmer is veroordeeld, maar het proces vond plaats toen er een enorme hype tegen pedofielen heerste, net nadat er in Lancashire een klein meisje was verkracht en vermoord door een buurman. Alle jury's verklaarden iedereen schuldig die terechtstond wegens een seksueel misdrijf, hoe dun het bewijs ook was, en de straffen die ze kregen... Tja, geen enkele rechter wilde op de voorpagina van de *Daily Mail* terechtkomen omdat hij iemand een te lichte straf had gegeven. Ze deelden de zwaarste straffen uit.'

'Als die rechtszaak flauwekul was, hoe kwam hij dan eigenlijk in de rechtszaal terecht?'

'Justitie durfde de zaak niet te laten vallen. Het was allemaal politiek; niemand wilde het oordeel vellen dat de zogenaamde slachtoffers logen en zo ging het dossier van hand tot hand tot aan de strafrechter. De twee meisjes hadden volstrekt verschillende verhalen, hoewel het misbruik zou hebben plaatsgevonden terwijl ze samen waren. Ze bleven hun verklaringen maar veranderen, zelfs toen ze als getuigen in de rechtszaal stonden. De aanklager moest zich in allerlei bochten wringen om de schijn te wekken dat hetgeen ze hadden verklaard overeenkwam met wat hij oorspronkelijk in zijn eerste uiteenzetting had gezegd.'

'En Palmers advocaat heeft ze vast niet al te hard aangepakt.'

'Nee. Te jong voor een stevig kruisverhoor, en het zou de jury hoe dan ook tegen de haren in hebben gestreken. Je hebt gehoord wat Vera zei: hun getuigenverklaring ging per videoverbinding. Ben je ooit bij een rechtszaak geweest waarbij kinderen als getuigen werden gehoord over misbruik? Nee? Dat is heel gênant. Pruiken af. Toga's uit. De officier van justitie, de advocaat en de rechter die maar zitten te kirren, een en al vriendelijkheid en begrip. Iedereen doet alsof er niets raars gaande is, niets om je druk over te maken. Allemachtig!'

'Je gaat me toch niet vertellen dat je aan de kant van de verdachte staat?' Ik was meer eenhoorns tegengekomen dan politiemensen die tranen plengen voor de man of vrouw in het verdachtenbankje.

Derwent lachte. 'Zover wil ik niet gaan. Maar ik heb een enorme hekel aan zaken met een getuige die overduidelijk met een onzinverhaal komt dat door niemand in twijfel wordt getrokken. Ik breng liever geen krakkemikkige zaak voor de rechter, ook niet als ik vrij zeker weet dat er een veroordeling volgt. Ik heb meegemaakt dat advocaten hun zaak verliezen als ze hem hadden moeten winnen, alleen omdat de jury het bewijsmateriaal negeerde, maar ik heb ze ook ten onrechte zien winnen. Ik vind het allebei erg, om eerlijk te zijn. Ik speel het graag eerlijk.'

Ik borg dit op in mijn geheugen als een interessant inkijkje in Derwents karakter. Ik had hem ingeschat als het type dat tot elke prijs wilde winnen. Nu we langdurig zouden moeten samenwerken was het belangrijk om hoogte van hem te krijgen. Ik moest uitkijken dat ik me geen vooroordelen over hem zou vormen, alleen omdat hij zo'n onbehouwen eikel was. Godley had een goede reden gehad om hem bij het team te halen. Ik moest er alleen achter zien te komen wat die reden was, want dat zou mijn leven tijdens het werk een stuk veraangenamen.

'Nou ja, of hij nu schuldig of onschuldig was, voor Palmer was de gevangenis waarschijnlijk de beste oplossing. Hij kreeg daar tenminste bescherming. Hij leek de gevangenis zonder kleerscheuren te hebben overleefd, en pas daarna een doelwit te zijn geworden.' Kinderverkrachters waren de minst populaire leden van de gevangenispopulatie, maar werden over het algemeen weggehouden van andere gedetineerden. Pas toen hij was vrijgekomen en had geprobeerd een nieuw leven te beginnen was alles uit de hand gelopen met een opeenvolging van scheldpartijen, intimidatie en moord. 'Het klinkt alsof hij al lang voordat hij werd vermoord het slachtoffer was van vooroordelen, dus ja, ik heb wel degelijk met hem te doen. En trouwens, afgezien van wat hij al dan niet had gedaan, verdient niemand het zo te sterven.'

We moesten stoppen bij een splitsing, waar we rechtsaf stonden voorgesorteerd, en Derwent kon het zich veroorloven traag in zijn handen te klappen. 'Goed gesproken. Als het politiewerk je tegenvalt, zou je misschien een carrière in de juristerij kunnen overwegen. Zoiets zou de rechter zijn tranen doen stelpen met zijn pruik.'

'Je lijkt mijn moeder wel. Ze heeft altijd gewild dat ik jurist zou worden.'

'Ze vindt het dus maar niks dat haar lieve schat bij de politie ging?'

Ik schudde mijn hoofd. 'Ze had dolgraag gewild dat ze over me kon opscheppen als ik jurist of advocaat zou zijn geworden. Maar ze zou net zo blij zijn geweest als ik arts of dierenarts geworden was.'

'Komt ze uit Ierland?'

'Ja. Mijn vader ook. Maar ik ben in Londen geboren.'

'Je accent was me opgevallen. Of liever de afwezigheid ervan. Niet dat je iets anders dan Iers kon zijn met zo'n naam.' Weer een blik in mijn richting. 'Bovendien zie je er Iers uit. Een fiere Ierse *colleen*.'

Als ik ergens een hekel aan had, was het een colleen genoemd te worden. Er zat een wereld van verschil tussen dat woord en de benaming die me in mijn hele jeugd als muziek in de oren had geklonken, *cailín alainn*, een liefkozende uitdrukking die allebei mijn ouders gebruikten en die 'mijn lieve meisje' betekent. Uit hun mond klonk het liefhebbend, uit die van Derwent uiterst neerbuigend. Achthonderd jaar ongewenste aandacht weerklonk in die twee lettergrepen.

Er was niets waarvan ik meer spijt had dan van het feit dat ik zelf geen Iers had leren spreken. Ik kende wel wat zinnetjes, maar ik had niet dat begrip van de taal dat je krijgt als je kunt denken in die taal en de cultuur van binnenuit kent. En het hielp ook niet echt dat mijn neven en nichten in Ierland erover jammerden dat ze de taal op school moesten leren, dat ze elke seconde dat ze gedwongen waren hem te spreken haatten, en er evenveel energie aan besteedden hem te vergeten als ze ooit hadden gebruikt om hem te leren. Toch beheersten zij het Iers en ik niet. Het was nu eenmaal zo dat ik voor de Engelsen Iers was en voor de Ieren Engels, en ik had nooit het gevoel dat ik in een van beide samenlevingen thuishoorde. Dat zou Derwent er echter niet van weerhouden me op grond van zijn eigen vooroordeel in een vakje te stoppen. En hij was beslist het type man dat moppen over Ieren grappig vond. Hij mocht er dan nog geen hebben verteld, ik zette me alvast schrap; het was een kwestie van tijd voordat hij ermee zou komen.

Ik liet het maar bij: 'Ik ben niet bepaald een typisch Iers meisje. Ik heb geen rood haar en geen sproeten.'

'Die grijze ogen zijn als de Ierse Zee op een bewolkte dag. Je zou niets anders kunnen zijn.'

'Wat poëtisch.' Mijn stem droop van het sarcasme.

'Zo ben ik nu eenmaal.' Hij begon zachtjes toonloos te neuriën. Langzaam drong tot me door dat het 'Molly Malone' moest zijn.

'Zij kwam uit Dublin. Mijn ouders komen van het platteland.'

'Ik ken geen andere Ierse liedjes. Sorry.'

'Heb ik even pech.'

'Wacht maar tot je mijn versie van 'My Way' hoort. Ik zal je weleens mee uit nemen. Dan drinken we een paar biertjes en kun jij mijn jas vasthouden terwijl ik het gevecht met het karaokeapparaat aanga.'

Hij zou tot sint-juttemis moeten wachten voordat ik hem in mijn privésfeer zou toelaten. 'Ik denk niet dat dat gaat gebeuren.'

'Hoe dat zo? Een jaloers vriendje? Zou hij het niet prettig vinden als je iets ging drinken met een andere man?'

'Nee hoor.'

'Je gaat me toch niet vertellen dat een meisje als jij single is?'

Ik aarzelde, wist niet goed wat ik daarop moest antwoorden. Feitelijk wel. Emotioneel niet. En het was zeker niet iets wat ik met de inspecteur wilde bespreken. 'Laten we zeggen dat het ingewikkeld ligt. En dat het niet relevant is.'

'Aha, er zit dus een verhaal achter.' Weer zo'n steelse blik, deze keer vergezeld van een brede grijns die veel witte tanden liet zien. Het was net de glimlach van een hond. 'Je hoeft er niet met me over te praten, maar ik waarschuw je: ik kom er heus wel achter.'

'Er is niets om achter te komen. Het is gewoon niet zo zwart-wit, dat is alles. En het is niet de reden dat we niet samen uitgaan, chef.'

Opgetrokken wenkbrauwen. 'Chef? Gaan we formeel doen? Je kunt me gewoon Josh noemen, hoor.'

Ik had de indruk dat Derwent het begrip charmeoffensief verkeerd had begrepen. 'Liever niet... chef. Niks persoonlijks. Ik wil het gewoon liever professioneel houden. Ik vind het prettig als werk werk blijft. Ik ga privé niet zoveel om met collega's.' Behalve natuurlijk met degene met wie ik af en toe het bed deel, dacht ik.

'Ik snap het. Je neemt je werk serieus. Ik moet jou serieus nemen.'

'Dat zou wel prettig zijn.'

'Dat is trouwens het andere wat Godley over je zei. Dat ik je niet moest onderschatten.' Hij grijnsde me sardonisch toe. 'Hij is een grote fan van je.'

'Dus daarom heeft hij me op deze helse zaak gezet.'

'Ons allebei.'

'Dat is een goed punt. Je hebt me verteld waarom ik deze zaak heb gekregen. Waarom heeft hij jou er ook op gezet?'

'Omdat ik nog maar net in het team zit en niemand anders wilde.' Korte stilte. 'En omdat ik heel erg goed in mijn werk ben. Godley vertrouwt erop dat ik deze vent ga inrekenen, en dat ga ik dan ook doen.'

'Ik bewonder je zelfvertrouwen.'

'Met recht. Ik krijg hem zeker te pakken.' Hij klonk zeker van zijn zaak. 'Maar misschien hou ik me in tot hij nog een paar pedo's van zijn lijst heeft geschrapt. Want Barry Palmer mag dan onschuldig zijn geweest, Ivan Tremlett heeft bekend en niemand zal hem missen.'

Weer die grijns, en ik voelde me steeds ongemakkelijker. Het was helemaal niet de glimlach van een hond.

Het was die van een wolf.

3

'Welkom in Sidley Street, met de Kwik Kleen Wasserette en Ivan Tremletts kantoor, ruwweg twaalfhonderd meter van Barry Palmers huis vandaan. Zonder mazzel kunnen we niet eens in deze wijk parkeren, laat staan in de buurt van de plaats delict.'

Derwent overdreef maar een klein beetje. De straat was zo smal dat je niet langs beide stoepranden kon parkeren, dus stonden er maar aan één kant van de straat auto's en was een plekje moeilijk te vinden. Hij reed voetstaps en keek uit naar openingen in de rij auto's die bumper aan bumper stonden, maar vond die alleen bij dubbele gele strepen en laad- en losplaatsen. Honderd meter voor ons uit reed een busje weg en Derwent gaf plankgas om bij de parkeerplaats te komen voordat iemand anders hem zou inpikken. Ik besloot niet over een whiplash te gaan zeuren, want ik vermoedde dat hij weinig begrip zou tonen. Hij parkeerde en ik keek naar de overkant van de straat. We stonden toevallig bijna recht tegenover de wasserette. Die was gevestigd in het midden van een reeks haveloze winkels met flats en kantoren op de verdiepingen erboven. Oorspronkelijk waren de gebouwen opgetrokken uit rode baksteen, zoals gebruikelijk in de negentiende eeuw, maar sinds een verbouwing in de jaren tachtig van de vorige eeuw onderscheidde de wasserette zich met blauwe kunststof platen met een decoratie van schuimbelletjes. De grote winkelruit was beslagen door condens en ik kon vanaf de plek waar ik zat nauwelijks de vorm van de wasmachines onderscheiden. Ik zag wel in dat het de mensen daarbinnen had kunnen ontgaan als zich iets vreemds voordeed op straat of in de kantoren boven hen. Zelfs als ze er alert op waren geweest.

Mijn blik ging omhoog naar de drie ramen op de eerste verdieping. Daarachter bevonden zich de kamers waar Ivan Tremlett was doodgemarteld, maar van buitenaf leken ze neutraal anoniem. Pas als je nog eens goed keek vielen de tekenen van een lopend politieonderzoek op. De ramen waren afgedekt met geïmproviseerde papieren schermen en de deur was afgeplakt met tape waarop stond: POLITIE – NIET BETREDEN. De technisch rechercheurs waren echter klaar met hun werk en de rust was weergekeerd. Niets duidde op de aanwezigheid van politiefunctionarissen, afgezien van ons beiden. Ook leek niemand belangstelling voor het gebouw te hebben, of voor wat daar was gebeurd. Tremlett had in vrijwel totale afzondering geleefd en was zo ook gestorven, en ik vroeg me af wat zijn moordenaars naar de smalle, stoffige deur van zijn kantoor had gebracht.

We stapten uit en Derwent ging me voor naar de overkant van de straat. Voordat we het trottoir bereikten kwam een lange zwarte man het café naast de wasserette uit; hij schoot haastig een jasje aan. 'Inspecteur Derwent? Henry Cowell, recherche Brixton.'

'Sorry dat we je hebben laten wachten.' Derwent schudde hem de hand. 'We hadden het verkeer tegen.'

'Geen probleem. Ik hoor dat jullie het vandaag druk hebben. Ik ben blij dat het nu jouw zaak is en niet de mijne.'

'Ja, je hebt hem vast met plezier naar ons doorschoven.'

Ik boog me naar voren langs Derwent, die kennelijk niet van plan was me voor te stellen. 'Maeve Kerrigan.'

'Prettig kennis te maken.' In het beleefde glimlachje dat hij me schonk zat meer warmte dan ik de hele dag van Derwent had gekregen. We waren ongeveer even oud en hadden dezelfde rang, maar Cowell leek er geen moeite mee te hebben twee onbekende collega's, onder wie een inspecteur, een briefing te geven. Ik betwijfelde dat ik zoveel zelfvertrouwen zou hebben gehad. 'Sorry dat ik het maar ben. Mijn baas had hierbij willen zijn, maar hij werd opgehouden.'

'Als je maar een sleutel hebt, meer hebben we niet nodig.'

'Niet maar één sleutel.' Hij hield een sleutelbos omhoog. 'Wacht maar eens af.'

De voordeur vormde geen echt obstakel. Het enige wat tussen het gebouw van Ivan Tremlett en de buitenwereld stond was een simpel yaleslot. Ik liep achter Derwent en Cowell aan de smalle, smerige trap naar de eerste verdieping op en bleef staan op de kleine overloop voor Tremletts kantoor. 'Er zijn wel kantoren op de bovenste verdieping, maar die staan leeg,' vertelde Cowell, terwijl hij zocht tussen de sleutels van de bos die hij in zijn hand had.

'Dit ziet er beter uit,' zei Derwent.

'Ja, dit zijn zware sloten met veiligheidssleutels, geen standaardsloten. Aan de binnenkant van de deur zitten grendels. De huiseigenaar heeft het voordeurslot aangebracht, maar Ivan Tremlett heeft deze voor zijn rekening genomen.'

'Alleen een barricade ontbreekt nog,' merkte ik op. Er zat geen bordje op de deur, nergens stond de bedrijfsnaam. Het was er volkomen anoniem en discreet, afgezien van de beveiligingscamera die boven de deur was gemonteerd en de glanzend gepoetste sloten op gelijke afstand van elkaar. Geen brievenbus. Geen kijkgat in de deur. Geen verbinding met de buitenwereld.

'Je krijgt het gevoel dat Tremlett veel tijd doorbracht met over zijn schouder te kijken,' zei Derwent.

'Begrijpelijk.' Ik wees naar de camera. 'Ik neem aan dat die niets heeft opgeleverd.'

Cowell keek omhoog in de richting waarin ik wees. 'Het is een rechtstreekse verbinding naar een website, geen tv. Tremlett had hem op een van zijn computers staan, zodat hij kon zien wat er buiten zijn deur gebeurde als hij iets vreemds hoorde. Het signaal is versleuteld, dus alleen Tremlett kon het zien; zelfs de mensen die de website beheren hadden geen toegang tot de beelden en ze werden ook alleen direct uitgezonden. Er werd niets opgenomen. We hebben dan ook niks kunnen terugspoelen.'

'En we hebben geen flauw idee hoe de moordenaar hem zover heeft gekregen zijn eigen beveiliging te omzeilen en hem binnen te laten. Over beveiliging gesproken...' Derwent had zoveel haast om binnen te komen dat hij Cowell opzij duwde toen de deur openzwaaide. Eerder geamuseerd dan in zijn wiek geschoten maakte Cowell een hoofdbeweging naar mij en deed een stapje terug zodat ik Derwent kon volgen. Ik sloeg mijn ogen ten hemel terwijl Derwent door andere dingen in beslag werd genomen, en Cowell probeerde een geamuseerd gesnuif te laten klinken als gekuch, wat niet helemaal lukte.

Zelf liep ik langzaam naar binnen, want ik wilde niet gaan staan waar ik dat beter niet kon doen, gezien de hachelijke situatie die we hadden aangetroffen in het huis van Barry Palmer. Hier was de kamer tevoren in elk geval schoon geweest. Er hing slechts een nauwelijks merkbare geur van bloed in de lucht. Toch trok ik mijn neus op. Soms wenste ik dat ik een minder gevoelig reukorgaan had.

De eerste kamer was een kleine ontvangstruimte met een raam dat uitzag op de straat. Er stond vrijwel geen meubilair, alleen een leunstoel in de hoek. Niet dat hij een balie nodig had gehad; er kwam immers nooit iemand langs, maar toch deed het vreemd aan. De leunstoel was oud, de bekleding vaal en versleten. Hij was in alle opzichten te huiselijk voor de omgeving, want de kamer was verder volstrekt karakterloos. Op de vloer lagen goedkope, zeer dunne donkergrijze tapijttegels. De technische recherche had er een stel uit gehaald voor nader onderzoek. Daaronder had een deel van de ongelakte grenen vloer lange strepen bloed geabsorbeerd, daar waar het in een geometrisch patroon tussen de tapijttegels door was gesijpeld. Het bloed van Ivan Tremlett.

'We denken dat ze hem hier hebben geslagen,' zei Cowell. 'Het bloed is afkomstig van betrekkelijk lichte verwondingen. Daarom ligt er ook niet heel veel.'

'Er zijn al foto's van de vloer gemaakt en het bloed moet inmiddels opgedroogd zijn.' Derwent keek me sardonisch aan. 'Maak je er maar niet druk om.'

'Ik neem liever het zekere voor het onzekere.' Ik zou nooit van mijn leven op die vlekken gaan staan als het niet hoefde, ook al waren ze ingedroogd. De gedachte alleen al liet mijn maag weer opspelen.

'Hier bracht hij zijn pauzes door. Hij at en dronk, en deed zijn dutjes in de stoel. Zijn vrouw zei dat hij er overdreven strak de hand in hield dat voedsel en vloeistoffen buiten zijn kantoor bleven vanwege de mogelijke schade aan zijn computers door morsen.' Met een zwaai van zijn lange arm maakte Cowell ons opmerkzaam op een prullenbak in de hoek achter de stoel. 'We hebben een leeg kartonnen bekertje, wat gebruikte papieren servetjes en een draagtasje van de koffiebar verderop in de straat gevonden. Tremlett schijnt elke ochtend een broodje bacon en een beker koffie te hebben gekocht, en een sandwich voor de lunch. Over het algemeen verliet hij het pand daarna niet meer tot het eind van de dag. Het ziet ernaar uit dat hij beide maaltijden had genuttigd toen hij werd vermoord.'

'De autopsie zal dat bevestigen,' zei Derwent.

'Weten we al wanneer die wordt uitgevoerd?' vroeg ik.

'Vandaag nog.' Hij keek op zijn horloge. 'Misschien is het al achter de rug. Godley wilde dat Glen Hanshaw die zou doen, en ook die op Palmer, dus moeten we maar afwachten tot hij eraan toe komt.'

Ik snapte niet hoe dokter Hanshaw erin slaagde zijn werk goed te blijven doen. Telkens waren er weer nieuwe lijken, nieuwe plaatsen delict om te bezoeken, lijkschouwingen te verrichten en de bijbehorende verslagen te maken, keer op keer vergaderingen bij te wonen met de rechercheurs die op de zaak zaten en steeds opnieuw moest hij als getuige-deskundige in de rechtszaal verschijnen. Hij was messcherp, stond altijd boven de materie en had het zelden bij het verkeerde eind. Dat alles maakte dat het niet zo'n punt was dat hij niet zo sympathiek was, althans, naar mijn mening. Godley kon echter goed met hem overweg. En hij zou zich, net als ik, hebben geërgerd aan de laconieke manier waarop Derwent over de patholoog sprak, en dat ook nog eens in het bijzijn van twee ondergeschikten. Ik durfde hem er niet op aan te spreken en liet het bij: 'Hij is betrouwbaar. En snel.'

Derwent bromde iets. 'Dat moet ook.' Hij klopte op de rug van de leunstoel. 'Dus dit was Tremletts kantine. Gezellig.'

Ik trok een gezicht. 'Nogal deprimerend.'

'Zeker weten. En dan die herrie.'

Onder ons draaiden de wasmachines van de wasserette, onder andere omstandigheden een geruststellend geluid. Het was druk op straat; om de paar seconden reed er een auto of een vrachtwagen langs. De smalle rijstroken maakten het er niet beter op, want de bestuurders moesten steeds wachten tot ze konden doorrijden, wat veel motorlawaai veroorzaakte. Af en toe bracht een korte ruzie met harde stemmen en getoeter enige afwisseling.

'Het meeste hoor je op den duur niet meer. Je raakt eraan gewend.

Het zijn over het algemeen steeds dezelfde geluiden.'

'Hij had ook nog de airco aanstaan.' Cowell deed het licht in de aangrenzende kamer aan, waarna een zacht gezoem klonk: een ventilator die aan de verlichting gekoppeld was. 'Er is overal klimaatbeheersing.'

Derwent knikte. 'Dat is goed voor de computers, maar ik heb de indruk dat Ivan Tremlett zijn zaakjes hoe dan ook graag onder controle had. Laten we eens kijken waar hij zijn dagen verkoos door te brengen.'

Cowell duwde de deur van de computerkamer open. Ik verwachtte iets gruwelijks te zien te krijgen en zette me schrap. Maar het was niet zo misselijkmakend als ik me had voorgesteld. De kamer was voor een groot deel leeggehaald. Op de smalle, speciaal gemaakte tafel die rondom langs de muren van de kamer liep, hadden de computers gestaan die door de technische recherche waren meegenomen. Alleen wat plekken met stof gaven aan waar ze ooit hadden gestaan. De tafel zelf zat vol zwarte vlekken van het poeder dat was gebruikt om naar vingerafdrukken te zoeken. Bovendien zaten er op de meeste oppervlakken bruine spatten opgedroogd bloed. De rest van de kamer was leeg, op een grote, grillige bloedvlek midden op de vloer na.

'Het verbaast me dat die niet is doorgelekt naar het plafond beneden.'

'Dat heb ik inderdaad weleens gezien. Dat het van de armaturen afdruppelt en iemand een akelige schok te verduren krijgt.' Derwent lachte. 'Daarom zou ik alleen de bovenste verdieping nemen als ik in een flat moest wonen.'

'Het is nooit bij me opgekomen om me daar druk om te maken.'

Mijn nieuwe appartement lag op de begane grond. Het was al vervelend genoeg om de ramen altijd dicht en op slot te moeten houden. Een waterval van lichaamsvocht zou zelfs voor mij een dieptepunt zijn, en ik heb in wat gribussen gewoond.

'Hier heeft een stoel gestaan, op wieltjes, zodat hij zich makkelijk kon bewegen op zijn werkplek. Toen de uniformdienst de deur had geforceerd, zat hij erin vastgebonden.'

'Waarmee was hij vastgebonden?'

'Tie-wraps.'

Beroepscriminelen gebruikten die bij voorkeur om iemand mee vast te binden; ze waren onverwoestbaar en niet te traceren, en voor ons dus heel vervelend. Geen vezels die konden worden vergeleken, geen stukjes touw om te analyseren, geen tape waar een gedeeltelijke vingerafdruk, een haar of wat DNA op bleef zitten. Helaas waren niet alle criminelen dom.

Cowell gebaarde in het rond. 'Zo te zien zijn de moordenaar of moordenaars begonnen met de computers. Die hebben ze kapot geslagen en ze hebben het binnenwerk eruit getrokken.'

'Een gebruikelijke actie als je je slachtoffer wilt intimideren.'

'En als je hem zijn broodwinning wilt afnemen,' merkte ik op. 'Het is zijn gereedschap. Als hij dat niet heeft, verdient hij niets.'

Zoiets zette een man onder druk. Vooral als hij, zoals Ivan Tremlett, vanuit het niets een inkomen had opgebouwd. En geen gering inkomen ook, had Derwent gezegd.

'Het ging om technologie van het hoogste niveau. Kostbaar vandalisme. Toen ze dat hadden gehad, zijn ze aan hemzelf begonnen.'

Ik kromp ineen. 'Ik durf het bijna niet te vragen.'

'Kneuzingen. Een paar tanden eruit geslagen. Vingers en tenen gebroken.'

Ik keek naar Derwent. 'Dat klinkt minder gewelddadig dan bij Palmer. Gebroken botten zijn beslist minder ernstig dan amputaties.'

Derwent haalde zijn schouders op. 'Misschien heeft hij de moordenaar net iets sneller dan Palmer verteld wat hij wilde weten. Ik zou zeker mijn mond niet hebben gehouden.'

Ik wist niet wat ik gedaan zou hebben en hoopte er nooit achter te komen, maar ik vermoedde dat ik bij de eerste de beste dreiging van geweld zou hebben meegewerkt. De bibliotheek van mijn school bevatte een enorme collectie lugubere beeldverhalen waarin het leven van de heiligen werd verteld, hoe bloederiger hoe beter, wat de nonnen betrof. Ik was opgegroeid met geïllustreerde verhalen over vrouwen die omwille van hun geloof de martelaarsdood stierven: de heilige Agnes, die op haar dertiende was onthoofd zodat ze kuis zou blijven; de heilige Catherina, aan een rad met spietsen vastgebonden en gemarteld. Ik was me er indertijd al onaangenaam van bewust geweest dat ik niet voor heilige in de wieg was gelegd. En seks had me nooit zo'n verschrikkelijk vooruitzicht geleken als het alternatief onthoofding was. 'Hoe is hij gestorven?'

'Zijn keel was doorgesneden.'

'Dat verklaart al het bloed.'

Derwent zocht de kleine ruimte af met zijn gehandschoende vinger. 'Je bent één detail vergeten, hè? Lawlor heeft me verteld over zijn ogen.'

'Wat is er met zijn ogen gebeurd?'

Cowell keek me verontschuldigend aan. 'Die waren uitgestoken.'

'Net als bij de heilige Lucia,' mompelde ik, en mijn gedachten dwaalden af naar de zo lang onderdrukte herinnering aan een wel heel beeldende illustratie van bloederige oogbollen die op een zilveren dienblaadje heen en weer rolden. Zij was niet een van mijn favorieten geweest.

'Wat?' Derwent draaide zich snel om en staarde me niet-begrijpend aan.

'O, niets.' Ik concentreerde me. 'Voor of na zijn dood?'

Cowell haalde zijn schouders op. 'Sorry, dat weet ik niet.'

'Maakt het uit?' vroeg Derwent op hoge toon.

'Dat weet ik niet. Of eigenlijk weet ik het wel. Als hij nog leefde, was het een vorm van straf. Als hij al dood was, is het bedoeld als een bericht voor iemand anders. Misschien als een waarschuwing aan het adres van andere pedofielen.'

'Ik zou het waarderen als u dat woord niet voor mijn echtgenoot gebruikt.' De stem klonk ijzig en kwam uit de kamer ernaast. Ik maakte geschrokken een onwillekeurige beweging en Derwent draaide zich snel om.

De vrouw die had gesproken kwam in de deuropening staan. Haar blik was strak op de met bloed bevlekte vloer gericht en ze was doodsbleek. Claudia Tremlett, de vrouw van het slachtoffer, was lang en mooi als een witte aronskelk.

'Mevrouw Tremlett. Ik ben rechercheur Derwent en dit is mijn collega Kerrigan. We onderzoeken de moord op uw echtgenoot.' Er klonk heel wat meer bezorgdheid in zijn stem dan toen hij met de

Gordons sprak, maar Claudia Tremlett stond maatschappelijk gezien dan ook een treetje hoger. Bovendien was ze aantrekkelijk, en ik begon door te krijgen dat Derwent daar gevoelig voor was, evenals voor klassenverschillen. Ze was bijzonder lang, ongeveer even lang als ik. Met haar blonde haar en hoge jukbeenderen zou ze er schitterend hebben uitgezien als ze wat kleur op haar gezicht had gehad, afgezien van de felrode randen om haar ogen. Net als Vera Gordon had ze die dag duidelijk gehuild, maar daar hield de vergelijking op. Het lichte Londense accent met de verhaspelde medeklinkers van Vera kon niet tippen aan de fraai gemoduleerde klanken van Claudia, en Vera kon zelfs in haar jeugd niet echt aantrekkelijk zijn geweest.

Derwent was nog niet klaar met zijn geslijm. 'Het spijt me als u zich gekwetst voelde door de woordkeuze van collega Kerrigan.'

Dat was grootmoedig van hem. Ik staarde hem aan. Ik kan me zelf wel verontschuldigen, hoor, dacht ik.

'Ik wil gewoon niet dat jullie dat beeld van Ivan hebben. Hij was dat niet. Hij was zoveel meer,' zei ze zacht.

'Daar ben ik van overtuigd.' Tjongejonge. 'We waren van plan bij u langs te gaan zodra we hier klaar waren.'

'Ja, ik dacht wel dat er iemand zou komen. Ik ben blij dat ik u hier heb ontmoet. Ik zou het niet prettig hebben gevonden er thuis met u over te praten. Het is mijn huis. Óns huis. Het moet een toevluchtsoord voor me zijn, geen plek waar ik niet kan blijven vanwege de slechte herinneringen. Het spijt me, maar een politieverhoor zou zo'n slechte herinnering zijn.'

Ik begreep wel wat ze bedoelde; ik zou het waarschijnlijk net zo hebben gezien. Toch zou er op enig moment een doorzoeking moeten plaatsvinden, zodat we de eigendommen van Ivan Tremlett konden bekijken. Zoiets was een inbreuk, een soort officiële insluiping, en ik hoopte dat we haar ertoe konden overhalen voor die periode het huis te verlaten. We waren er heel goed in spullen terug te plaatsen waar we ze hadden aangetroffen; ze zou nooit hoeven weten hoe grondig we te werk waren gegaan.

Claudia keek langs Derwent heen; ze strekte haar hals om elk detail in de kamer in zich op te nemen, zoals wij dat hadden gedaan. 'Ik wilde zien waar hij is gestorven. Ik was van plan alleen maar langs te rijden, maar toen zag ik licht branden.'

'Hebt u uw man hier vaak opgezocht?'

'Ik ben hier nooit eerder geweest.' Ze moest mijn verbaasde blik hebben gezien. 'Ivan hield zijn twee werelden volkomen gescheiden. Hij werkte thuis niet. Hij had ook niets van thuis in zijn kantoor. En dat gold ook voor de kinderen en mij.'

'Hoeveel kinderen?'

'Drie. Allemaal jongens. Vier, zeven en negen.' Haar gezicht betrok. 'Ze blijven maar vragen wanneer papa thuiskomt.'

'Dat moet erg moeilijk voor u zijn,' zei ik zacht, wetende dat we niets konden zeggen wat haar troost kon bieden.

'Geef me een momentje.' Ze wendde zich af en bedekte haar gezicht met haar handen. Het was een pose die er melodramatisch zou hebben uitgezien als hij niet zo bij haar leek te passen. Ik vroeg me af of ze ooit als model had gewerkt. Haar bewegingen hadden een bestudeerde gratie, maar ze was te lang voor een danseres.

Nu Claudia Tremlett was afgeleid, nam Cowell de gelegenheid te baat om te vluchten. 'Eigenlijk is dat alles wat ik weet. Als u nog vragen hebt...'

'Dan nemen we contact op.' Derwent maakte de zin voor hem af. Cowell overhandigde hem de sleutels en knikte naar me voordat hij de kamer uit glipte, en ik hoorde met pure, oprechte afgunst hoe hij de trap af rende en de deur achter zich dichtgooide. Ontsnappen was een goed idee. Niets gaf je zo'n naar gevoel vanbinnen als praten met diepbedroefde familieleden. Vooral als de vragen die je moest stellen verre van makkelijk waren.

Nadat ze kort haar neus had opgehaald en haar schouderlange haar achterover had gegooid maakte mevrouw Tremlett bekend dat ze klaar was voor het verhoor. Derwent verraste me door enig gevoel te tonen toen hij haar het geplunderde kantoor uit en door de troosteloze zitkamer heen naar de gang leidde.

'Als u het niet erg vindt, praten we hier op de gang.'

Ze keek verbaasd om zich heen. 'We kunnen hier nergens zitten.'

In het hele kantoor van haar man kon je nergens zitten, behalve in zijn vettige oude leunstoel, maar ik had voldoende tact om haar daar niet op te wijzen.

‘U kunt op de vensterbank gaan zitten. En ik hier.’ Terwijl ik dit zei, liet ik me zakken op de derde tree van de trap naar de tweede verdieping.

‘En ik blijf wel staan.’ Derwent stopte zijn handen in zijn zakken en leunde tegen de muur, één brok amper beheerste mannelijkheid. Ik zag met vals genoegen dat ze hem nauwelijks een blik waardig keurde toen ze het stof van de vensterbank veegde, wat ze ondanks haar verdriet uiterst nauwgezet deed. Ze droeg een lichtgrijze spijkerbroek en een denim blouse die af en toe van haar smalle schouder gleed. Het was sexy op een ongedwongen en onbewuste manier, en ik vroeg me af hoe Ivan Tremlett tijdens zijn leven zou zijn geweest. Hij moest wel charisma hebben gehad om de aristocratische schoonheid die voor me stond te kunnen trouwen en behouden, zelfs als hij die veroordeling niet had gehad.

Derwent moest zich hetzelfde hebben afgevraagd. ‘Hield u van uw man, mevrouw Tremlett?’

Als hij had gehoopt haar op het verkeerde been te zetten, dan faalde hij. Ze beantwoordde zijn blik zonder met haar ogen te knipperen. ‘Jazeker. Uiteraard.’

‘U hebt nooit getwijfeld aan uw huwelijk? Ook niet toen hij bekende illegale kinderporno te hebben gedownload?’

‘Dat zeg ik niet.’ Ze ademde in en langzaam weer uit; ik herkende het als een trucje dat ze waarschijnlijk van een therapeut had geleerd, een manier om spanning te ontladen en haar gedachten te focussen. Het zou Derwent niet meevallen om haar uit haar evenwicht te brengen als ze steeds zoveel tijd nam voordat ze antwoordde. ‘Ik heb het moeilijk gehad toen dat onderzoek naar Ivan liep. Natuurlijk. Maar we hebben erover gepraat, en we zijn in therapie geweest, en ons huwelijk is er hechter door geworden.’

‘Toen hij eenmaal uit de gevangenis was.’

‘Ja.’

‘Hoe heeft hij die periode ervaren?’

‘Het was geen vakantie. Maar hij is er goed behandeld. Hij kon computerles geven aan een paar langgestrafte gedetineerden, en daarmee verwierf hij respect. Hij maakte zich er natuurlijk zorgen over dat hij vanwege zijn veroordeling een doelwit voor mishandeling zou worden, maar ze hebben hem met rust gelaten. Ze geloofden, net als ik, dat hij het niet had gedaan.'

'Dat was mijn volgende vraag. Hoe hebt u zichzelf ervan kunnen overtuigen dat hij onschuldig was nadat hij schuld had bekend?'

'Hij had het advies gekregen schuld te bekennen omdat het er op het eerste gezicht op leek dat hij honderden beelden had gedownload naar het account van zijn werk. Maar hij is erin geluisd. Een van zijn ondergeschikten was op zijn baan uit en heeft hem in de val laten lopen. Ze kende zijn wachtwoord omdat ze vaak allerlei klusjes voor hem deed als hij niet op kantoor was. Ze is onder zijn naam ingelogd en deed alsof ze hem was in chatrooms en op forums over kindermisbruik. Ze heeft een heel spoor op internet achtergelaten. Toen de politie eenmaal de tip had gekregen, was dat makkelijk te volgen. Ivan zei dat hij, als hij het zelf had gedaan, op z'n minst zou hebben geprobeerd zijn sporen uit te wissen, maar niemand luisterde; het bedrijf niet, de politie niet, de officier van justitie niet. En dat kreng heeft zijn baan gekregen toen hij eruit gegooid was, dus zij had haar zin.' Claudia had een kleur gekregen en haar ogen glansden toen ze die laatste zin uitsprak.

'En waarschijnlijk konden jullie daar niets van bewijzen.' Er klonk twijfel in Derwents stem door.

'Daarvoor was ze te voorzichtig geweest. Ivan kon niets vinden wat tegen haar getuigde. En de directeur weigerde gewoon te geloven dat zij erachter zat. Ik vond het zelf ook moeilijk. Ik had haar een paar keer ontmoet; ze had weleens bij ons gegeten. Na zijn veroordeling heeft ze me zelfs opgebeld om te vertellen hoe erg ze het voor me vond. Alsof ik zat te wachten op haar medelijden.' Ze schudde haar hoofd. 'Ivan vertrouwde haar en ik ook. Dat was de enige vergissing die we hebben begaan en die heeft ons de kop gekost.'

'Waarom heeft uw man zich niet verweerd toen de zaak diende?' vroeg Derwent.

'Onze advocaat was volstrekt incompetent. Ze heeft tegen Ivan gezegd dat de bewijslast overweldigend was en dat zijn verklaring in de rechtszaal geen stand zou houden. Ze zei dat hij, als hij bij de eerste gelegenheid schuld zou bekennen, een lagere, misschien zelfs een voorwaardelijke straf zou krijgen. Ze zei dat er geen gevolgen op de lange termijn zouden zijn als we zorgden dat het allemaal snel achter de rug was. Dus bekende Ivan schuld, waarop hij achttien maanden kreeg, hoewel hij er maar de helft van heeft uitgezeten. Toen kwam hij vrij en er was niemand die hem een baan wilde geven. Niemand belde hem terug. Zijn carrière was voorbij. Maar Ivan gaf het niet op. Mijn vader heeft hem het geld geleend om een eigen zaak te beginnen en hij werkte onvermoeibaar door om het terug te betalen. Geleidelijk aan heeft hij hier iets van gemaakt.' Ze gebaarde naar de deur die ons het zicht op het kantoor van haar man benam. 'Het ziet er niet geweldig uit, maar hij had succes. Hij was intelligent. Eigenlijk te intelligent om voor een ander te werken. Hij was beter af met zijn eigen zaak.'

Het klonk alsof hij een lastige werknemer was geweest. Het klonk ook alsof hij wel degelijk schuldig was geweest. Het verhaal over zijn ondergeschikte was voor mij net zo min geloofwaardig als het voor zijn directeur was geweest, en ik kende het meisje niet eens. Mensen namen inderdaad nogal eens aan dat ze onzichtbaar waren op internet. Zelfs degenen met grote technische expertise zoals Ivan Tremlett onderschatten weleens hoe makkelijk ze op te sporen waren en konden worden gevolgd op hun weg naar de duistere plekken waar gruwelen werden gedeeld en verkocht, en hoe makkelijk dat voor de rechter bewezen kon worden. Godzijdank vergisten ze zich daarin, want dat maakte ons werk een stuk makkelijker.

'We hebben gehoord dat hij nogal hechtte aan zijn vaste dagindeling.' Ik liet mijn stem vriendelijk klinken, om tegenwicht te bieden aan de rechttoe rechtaan benadering van Derwent. 'Was dat de reden dat u gisteravond ongerust werd?'

'Je kon de klok op hem gelijkzetten. Je kon je dag om hem heen plannen. Dat deed ik trouwens ook.' Ze lachte even. 'De jongens zaten altijd te eten als hij thuiskwam. We vonden het beiden belangrijk dat we als gezin tijd met elkaar doorbrachten, dus was het onze gewoonte bij ze aan tafel te gaan zitten praten terwijl ze aten.'

'Kon hij goed met ze overweg?'

Ze was direct op haar hoede en staarde Derwent vijandig aan. 'Wat bedoelt u daar precies mee?'

'Gewoon, dat hij dit kantoor had zodat hij uit de buurt van de jongens kon zijn, toch? Irriteerden ze hem?'

'Af en toe. Als hij zich probeerde te concentreren.' Haar lichaam ontspande zich; de spanning vloeide langzaam uit haar weg. Maar volgens mij wist ze evengoed als ik dat de vraag van Derwent over de verhouding tussen Ivan Tremlett en zijn zoons heel gericht was geweest. Ik vroeg me af of ze hem voldoende had vertrouwd om hem met hen alleen te laten, en wat ze vervolgens zei was precies het antwoord op die vraag.

'Mijn moeder woont bij ons. Ze heeft een appartementje in het souterrain. Ze is er ingetrokken toen Ivan werd gearresteerd en is niet meer weggegaan.'

'Wat vindt uw vader daarvan?'

Ze keek hem niet-begrijpend aan. 'Wat zou hem dat kunnen schelen? O, wacht even. Dat kon u niet weten. Ze zijn gescheiden. Ze zijn uit elkaar gegaan toen ik acht was. Ze zijn beiden hertrouwd en toen beiden weer gescheiden. Pa is aan zijn derde vrouw bezig, maar mama heeft nooit meer moeite gedaan iemand anders te leren kennen. Ze zei dat twee mislukte huwelijken genoeg was.'

'Bent u enig kind?' vroeg ik.

'Min of meer. Ik heb vier halfbroers en -zussen uit mijn vaders andere huwelijken, maar ik was mijn moeders enige kind.'

'U moet wel een goede band met haar hebben.'

'Ja, een heel goede band.' Haar trekken verzachtten zich. 'Voor de jongens en mij is het heerlijk om haar zo dicht bij ons te hebben. Ze zijn dol op haar.'

'Wat vond uw man van die regeling? Niet alle mannen zouden het prettig vinden als hun schoonmoeder bij hen introk zodra ze even van huis waren.' Derwent weer, direct als altijd.

'Hij heeft zich niet beklaagd.' Dat wilde niet zeggen dat hij het leuk had gevonden, en Claudia ging niet zover dat ze deed alsof dat wel zo was. 'Het appartement staat helemaal los van ons huis, met alles erop en eraan. Ze drong zich niet aan ons op. Ivan was verstandig genoeg om in te zien dat het goed was om haar daar te hebben. Ze zorgt voor de jongens als ik dat niet kan doen, dus voor hem was het ook een verlichting.'

Er was geen manier om het subtiel te vragen, dus probeerde Derwent dat niet eens. 'Dacht uw moeder dat hij schuldig was?'

Ze verstijfde. 'Daar hebben we het er nooit over gehad.'

'Eigenaardig, toch? Om er niet over te praten? Kwam dat doordat u liever niet wilde weten wat ze dacht?'

Claudia toonde zich niet verontwaardigd, maar hield haar hoofd opzij en dacht even na. Nog iets wat ze tijdens een therapie had opgestoken, vermoedde ik. Ze analyseerde het idee dat hij haar had voorgelegd in plaats van emotioneel te reageren. 'Het kwam misschien doordat ik geen onenigheid met haar wilde. Of misschien was het omdat ze dacht dat hij het niet had gedaan en ze wist dat ik dacht dat hij onschuldig was; als we er toch allebei hetzelfde over dachten, had het geen zin om erover te praten.'

'De eerste mogelijkheid is waarschijnlijker, denkt u niet? Als u vastbesloten was met hem getrouwd te blijven, kon zij er maar het best voor zorgen dat hij niet alleen met de kinderen was.'

Er welden tranen op in haar blauwe ogen, maar ze bleven op Derwents gezicht gericht. 'Zo zou u het kunnen bekijken. Maar zo zag ik het niet.'

'Hebt u nooit gedacht dat hij schuldig was? Geen minuut?'

Weer was ze verbijsterend eerlijk in haar reactie. 'Ik heb mezelf niet toegestaan te denken dat hij schuldig zou kunnen zijn. Ik wilde niet dat hij dat was, en hij zei zelf dat hij onschuldig was, dus heb ik die mogelijkheid nooit overwogen. Ik hield heel veel van mijn man. Ik bedoel, hij heeft me drie prachtige zoons geschonken, en zij zijn het belangrijkste in mijn leven. Ik wilde niet dat er een einde aan mijn huwelijk zou komen, want ik wilde niet dat ze het even moeilijk zouden krijgen als ik het als kind heb gehad. Het beste wat ik hun kon bieden was de stabiliteit van de aanwezigheid van hun papa en mama, en we brachten zoveel tijd samen met ze door als we konden. We hadden nooit ruzie. We hebben nooit met stemverheffing tegen elkaar gesproken. Het was allemaal heel beschaafd.' Ze beet op haar lip. 'Misschien wel te beschaafd. Misschien hadden we wat vaker confrontaties moeten hebben. Dan had ik u kunnen vertellen dat we er ruzie over hebben gehad, dat ik wilde dat hij wegging, maar dat hij me ervan had overtuigd dat hij onschuldig was en dan zou u me geloven.'

'Het doet er eigenlijk niet toe wat wij geloven,' zei ik vriendelijk. Ik had zo'n situatie nog nooit meegemaakt. Ik kon haar niet veroordelen om wat ze had gedaan, maar ik was ontzettend blij dat haar moeder de rol van officieuze bodyguard voor hun zoons op zich had genomen. 'Waar het nu om gaat is dat wij de indruk hebben dat iemand anders dacht dat hij schuldig was en hem ervoor heeft bestraft. We moeten natuurlijk te weten komen wie hem heeft gedood en waarom, en we gaan er voorlopig van uit dat het iemand was die hem heeft geïdentificeerd als een man met een veroordeling wegens kindermisbruik.'

'Kunt u een andere reden bedenken waarom iemand uw man iets had willen aandoen?' vroeg Derwent.

'Nee.'

'Denkt u dat hij dingen voor u achterhield?'

'Volgens mij had hij geen geheimen. Hij was aan het werk of hij was thuis. Hij ging nooit zonder mij van huis, behalve als hij hiernaartoe ging. En ik weet dat hij werkte als hij hier was, want ik doe zijn boekhouding. Hij hield een logboek bij waarin elk kwartier van zijn dag werd verantwoord. Hij was daar heel nauwkeurig in, en de facturen klopten altijd. Zijn cliënten zouden hem niet hebben betaald voor werk dat hij niet had gedaan, dus nam ik aan dat hij hier was als hij dat zei, en dat hij dan ook aan het werk was.' Ze moest onze identieke gelaatsuitdrukking hebben gezien, want ze stak haar kin naar voren. 'Ik controleerde het inderdaad. Ik wilde er zeker van zijn dat hij een succes van het bedrijf zou maken, omwille van mijn vader. Ik wilde hem wel vertrouwen, maar kon dat niet volledig na wat er was gebeurd. Dat was me trouwens nog steeds niet gelukt. Mijn therapeut is met me aan het werk zodat ik weer vertrouwen in anderen krijg, en ik doe echt mijn best. Maar het valt niet mee.'

Het verbaasde me geenszins dat Claudia Tremlett er moeite mee had om mensen op hun woord te geloven. Het feit dat ze dacht dat het háár probleem was en dat ze ervoor in therapie moest, was voor mij de bevestiging dat haar uiterlijke kalmte en haar schoonheid een extreme onzekerheid maskeerden.

'Wist iemand van Ivans veroordeling af?' vroeg Derwent. 'Uw vrienden en familieleden zullen wel op de hoogte zijn geweest.'

'We hebben het niet bepaald op de kerstkaarten vermeld,' zei Claudia bits, maar toen bedaarde ze weer. 'De meeste mensen dachten dat hij was ingestort. Ik heb gewoon gezegd dat hij een poosje weg was, dat hij onder stressvolle omstandigheden zijn baan was kwijtgeraakt en dat ik me zorgen om hem maakte, maar dat ik hoopte dat hij spoedig weer de oude zou zijn. De familie wist ervan, maar ik heb geen sterke band met mijn halfbroers en -zussen. Ze zijn allemaal veel jonger dan ik. Ik betwijfel dat ze erover hadden willen praten.'

'Hebt u gemerkt of er buren waren die het leken te weten? Keek iemand u vreemd aan, hield iemand zijn kinderen weg bij die van u, dat soort dingen?'

Ze glimlachte vaag. 'We zijn hier in Londen, meneer Derwent. Niemand kent elkaar. De jongens gaan naar een particuliere school een paar kilometer verderop en niet naar de basisschool hier in de buurt, dus ze gaan niet echt om met de kinderen van de buren. Het is me niet opgevallen dat iemand zich echt vreemd gedroeg, maar om nu te zeggen dat ze vriendelijk zijn: nee. Maar zo zijn de mensen hier nu eenmaal. Volgens mij werden we niet anders behandeld dan anderen vanwege Ivan.'

'Maakte Ivan de laatste tijd een afwezige indruk? Sliep hij goed, voor zover u weet? Leek hij zich zorgen te maken over zijn eigen veiligheid?'

'Hij gedroeg zich absoluut niet anders dan anders.' Ze gebaarde naar de deur. 'Hij was altijd bezorgd om zijn veiligheid, maar daarbij ging het meer om de zaak dan om hemzelf.'

'Dus voor zover u weet heeft hij het niet zien aankomen?'

'Absoluut niet.' Ze zuchtte diep en beverig. 'Ik dacht dat alles zo langzamerhand weer normaal werd. Ik heb al een paar telefoontjes gehad van journalisten die vragen over Ivan stelden, over zijn verleden. Iedereen zal het te weten komen. We zullen weer moeten verhuizen. En ik heb geen idee wat ik de jongens moet vertellen.'

Deze keer kwamen er geen tranen. Ik had zo'n vermoeden dat haar leven makkelijker zou zijn zonder haar echtgenoot. Misschien kwam Claudia nu ook tot die conclusie. Ze stond op en streek langs het zitvlak van haar spijkerbroek. Het was niet overdreven om dit te zien als het wegvegen van alle sporen van dit kantoorgebouw. Ik hoopte dat ze zonder om te kijken door zou kunnen gaan met haar leven. Ze verdiende het de fouten van haar man achter zich te kunnen laten. En als ze zonder bitterheid aan hem kon terugdenken, ach, dan was dat maar beter ook. Ik kon het me niet voorstellen, maar ik had dan ook aan meer kinderpornozaken gewerkt; ik had het met eigen ogen gezien. Ik hoefde me het soort beelden dat Ivan Tremlett had gedownload niet voor te stellen. Evenmin hoefde ik me voor te stellen welk type mens erdoor geprikkeld werd. Voor dit misdrijf was een reden geweest. De wetenschap dat hij zo grondig was gestraft gaf een zekere genoegdoening.

Verdomme. Dat kwam wel akelig dicht bij het gevoel dat de moordenaar leek te hebben. Deze dag duurde al te lang, dacht ik, terwijl ik afscheid nam van Claudia Tremlett en Derwent de deur achter ons zag afsluiten. Het was tijd om naar huis te gaan.

Maar daar dacht Derwent natuurlijk anders over. 'Kom op, Kerrigan. Het verkeer naar de stad zal één grote ellende zijn. We moeten er nu echt vandoor.'

Ik liep hem achterna. Mijn voeten deden zeer, ik had een pijnlijke nek en kon nauwelijks meer nadenken, maar durfde niet af te haken. 'Waar gaan we naartoe?'

'Terug naar het bureau. Ik wil hoofdinspecteur Godley voor het eind van de werkdag op de hoogte brengen van de vorderingen. Jij moet ook maar meegaan. Iemand moet de dossiers over Palmer en Tremlett doornemen en ik doe dat niet.'

De dossiers zouden dik zijn en de inhoud zou choqueren, en het was niet echt eerlijk van Derwent om alles op mij af te schuiven. Maar dat was niet de reden dat ik langzaam en met lood in de schoenen de trap af liep. Hoe naar het ook was geweest om de dag met Derwent door te brengen, en hoe gruwelijk de dingen waren die ik had gezien en gehoord, ik zou met plezier nog twaalf uur zijn doorgegaan als ik maar niet op het bureau hoefde te zitten. Er was daar het een en ander wat nog moest worden afgehandeld, dingen die ik niet wilde afhandelen. Dingen waarover ik niet eens wilde nadenken.

Maar wie weet, misschien zou ik geluk hebben. Misschien zou ik ze vandaag niet hoeven aanpakken. Het was al laat. De meeste mensen zouden naar huis zijn. Ik haalde alles wat ik kon uit de kleine eruptie van energie die was opgewekt door die ijdele hoop en haastte me de straat over, achter Derwent aan. Ik kon de gedachte niet onderdrukken dat het allemaal misschien goed zou komen.

Ik had echt beter moeten weten.

4

Achteraf gezien hadden we ons niet hoeven haasten. De hoofdinspecteur zat in een vergadering die voortduurde tot in de avond, een vergadering die werd bijgewoond door verscheidene hooggeplaatste politiefunctionarissen, en inspecteur Bryce stond Godley terzijde. De anderen waren zo hoog in rang dat ik ze nooit eerder in levenden lijve had gezien, alleen op foto's die op de website van de Metropolitan Police stonden. Er was iets groots aan de gang en, wat het ook mocht zijn, Godley was er niet blij mee. Bij de spaarzame gelegenheden dat de deur van zijn kantoor openstond had ik prima zicht op hem vanaf mijn werkplek. Hij zag eruit als een man die onder enorme druk stond, met de diepe groeven in zijn voorhoofd en bij zijn mond. Ik had hem nooit eerder zo gezien, zelfs niet toen de jacht op een actieve seriemoordenaar op zijn hoogtepunt was. De media waren op hem af gesprongen als een roedel dolle honden en ook toen had hij er niet ontdaan uitgezien. Vermoeid, dat wel. Maar niet opgejaagd, zoals nu.

De prettige kant van dit alles was dat ik door dit uitstel ruim de tijd had om me heel goed en gedetailleerd in te lezen in de dossiers van de vermoorde mannen. De transcripties van de verhoren van de twee meisjes in de zaak Palmer toonden aan dat hun verklaringen tegenstrijdig en warrig waren, zoals Derwent en Vera Gordon al hadden gezegd. Toch was het moeilijk kritiek te hebben op de officier van justitie omdat hij de zaak had doorgezet. Kinderen waren over het algemeen geen goede getuigen, vooral niet als het ging om iets wat zo traumatisch was als misbruik. Het kwam vaak voor dat ze de waarheid enigszins vertekend weergaven, dat ze te snel meegingen in suggesties van degenen die hen ondervroegen en dat ze cruciale details vergaten in de tijd tussen twee verhoren. Je kon het dus op twee manieren opvatten. Of ze hadden opzettelijk gelogen, of ze waren te zeer van streek geweest om zich alles accuraat te herinneren. Als ze hadden gelogen, had hun verklaring door de details iets deprimerend plausibels; je kon er niet omheen dat ze de dingen die ze beschreven ook echt gedaan hadden, al dan niet met Barry Palmer. Dat maakte hen geloofwaardig, ook al vertoonde hun verhaal zwakke plekken. Ook al was het niet accuraat, dan nog konden ze de waarheid vertellen en de jury had hen geloofd. Ik probeerde het sombere gevoel dat me bekroop van me af te schudden. Ik hield mezelf voor dat het niet mijn taak was de zaak opnieuw voor de rechter te brengen na de dood van de verdachte. Of hij nu schuldig was of niet, hij was aangewezen als iemand die kinderen had misbruikt en dat had zijn lot waarschijnlijk bezegeld. Maar het deed er nu niet toe of hij al dan niet schuldig was geweest. Hoe ik over hem dacht was volstrekt onbelangrijk. Hij was vermoord, en het was aan ons om erachter te komen wie het had gedaan.

De verklaringen van Ivan Tremlett stonden bol van de flauwekul; het verbaasde me niet dat ik de kant van politie en justitie koos. Tremlett had een wijdvertakte samenzwering bedacht als verklaring voor de beelden in zijn computerbestanden. De rechercheur die de zaak had onderzocht was echter uiterst nauwkeurig te werk gegaan en had spreadsheets vergaard waaruit bleek dat de beelden waren gedownload op momenten dat Ivan Tremlett aan het werk was geweest. De tijdsaanduidingen bewezen dat hij soms op zoek was gegaan naar beelden tussen het schrijven van e-mails door, alsof hij behoefte aan een pauze had gehad of vond dat hij een extraatje had verdiend. Hij had meer dan duizend beelden gehamsterd in diverse hoekjes, beschermd met wachtwoorden en vermomd als onschuldige privébestanden. Dat was niet per ongeluk gebeurd. En ik vond het moeilijk te geloven dat dit het werk was geweest van zijn ondergeschikte, een jonge vrouw die een positieve verklaring over hem had afgelegd nadát hij haar ervan had beschuldigd te hebben gerommeld met zijn bestanden. Als ze geprobeerd had zijn werkgevers zo te manipuleren dat ze zich tegen hem zouden keren, zoals Claudia had geopperd, dan had ze dat op wel erg lange termijn gepland.

Toen ik halverwege het dossier Tremlett was liep Derwent langs; hij floot om mijn aandacht te trekken en gooide een enveloppe op mijn bureau. 'Hanshaws autopsieverslagen. Ik dacht dat je ze misschien wilde lezen.' Hij deed een paar stappen achteruit om mijn gezicht beter te kunnen zien, toen hij eraan toevoegde: 'Ik heb er nog niet naar gekeken, dus vertel me de belangrijkste punten maar zodra het je schikt.'

Autopsieverslagen waren zo ongeveer mijn minst geliefde leesvoer; ik las ze vluchtig door en probeerde niet na te denken over hetgeen ik in me op moest nemen. Alleen al van het geweldsniveau werd ik beroerd. Het aantal verwondingen dat dokter Hanshaw in beide gevallen had opgesomd liep in de drie cijfers – sommige waren heel oppervlakkig, andere catastrofaal. Spierscheuringen, botbreuken, kneuzingen en snijwonden, steekwonden, amputaties en grove excisies; de woorden maakten dat ik voor me zag wat ik aan beelden uit Barry Palmers huis had geprobeerd weg te drukken, en riepen beelden op van Ivan Tremletts kantoor die ik nooit had willen zien. Ik schoof de verslagen opzij, staarde naar de deur van Godleys kamer en wenste vermoeid dat hij een eind zou maken aan zijn vergadering, zodat ik naar huis kon gaan.

'Daar ben je dus mee bezig. Je kijkt naar de remake van *Twelve Angry Men*. Jammer dat ze in het budget moesten snijden. *Five Angry Men* klinkt toch net even anders.'

Ondanks alles was mijn eerste reactie bij het horen van Robs stem blijdschap. 'Pas op hoor. Je loopt achter. Bij de Metropolitan Police van deze tijd zou het *Five Angry Individuals* worden. Je kunt de mogelijkheid dat een vrouw een rol speelt niet uitsluiten.'

'Ik ben er ook niet zo zeker van dat we met de aanduiding "angry" weg zouden komen. *Vijf individuen met verschillende maar even waardevolle meningen*.'

'Dat klinkt beter.' Ik leunde achterover in mijn stoel en keek naar hem op. Hij zag er ongewoon netjes uit in een donker pak. 'Wat doe jij hier nog zo laat?'

'Troep opruimen.'

'Wat voor troep?'

Hij schudde zijn hoofd. 'Dat vertel ik je nog weleens.'

Te veel mensen in de buurt, nam ik aan. Iemand had ergens een puinhoop van gemaakt en nu moest Rob het rechtbreien. Rob Langton was zo'n soort politieman: diplomatiek als dat nodig was, schrander zonder zich daarop te laten voorstaan en hard als de situatie daarom vroeg. De troep – waaruit die ook bestond – zou niet slecht voor zijn carrière zijn. Hij had veel baat bij de vaardigheid dat hij rampzalige situaties achter zich kon laten zonder dat ze zijn reputatie schaadden; sterker nog, zijn reputatie werd er beter van. Ik wenste dat ik iets van die vaardigheid had en wat meer van zijn geluk.

'Wat is dat?' Hij keek naar de autopsieverslagen op mijn bureau.

'Mijn nieuwste droomklus.' Ik dempte mijn stem. 'Heb jij ooit iets met Derwent te maken gehad?'

'Nee. Hoe is hij?'

'Dat vertel ik je nog weleens,' zei ik en ik gebruikte met opzet zijn woorden.

'Ik kan niet wachten.' Hij maakte aanstalten om naar zijn eigen bureau te gaan, maar bleef staan en kwam terug. Hij boog zich voorover zodat niemand kon meeluisteren. 'Als we elkaar toch zoveel te vertellen hebben, zullen we straks dan maar samen gaan eten?'

'Denk je dat dat een goed idee is?'

'Het is een voorstel om samen te gaan eten, Maeve. Ik heb je al een maand of twee nauwelijks gezien, maar ik neem aan dat je nog steeds eet.'

'Je hoeft niet zo sarcastisch te doen.' Ik begon de spullen op mijn bureau te ordenen, zodat ik hem niet hoefde aan te kijken. 'Het is alleen al laat en ik weet niet wanneer ik klaar ben.' En je hebt me er net aan herinnerd dat ik je al twee maanden ontloop en met reden, voegde ik er in gedachten aan toe.

'Ik wacht wel.'

'Dat hoeft niet.'

'Weet ik.'

Impasse. 'Hoor eens, ik kan toch niet van huis weg. Dec komt straks langs met de rest van mijn spullen.'

'Die arme donder. Hij brengt zijn leven door met het verhuizen van jouw spullen van het ene naar het andere huis. Hoe lang heb je op die vorige plek gewoond? Zes weken?'

'Negen. En als je probeert te suggereren dat ik bindingsproblemen heb, kun je daar beter mee ophouden,' zei ik onverstoorbaar. 'Ik ben alleen maar verhuisd omdat er iets afschuwelijk misging met de leidingen. Ik vond het prima in die flat totdat er rioolwater door de afvoer van het bad omhoog kwam borrelen.'

'Ik snap dat zoiets vervelend is. Toch lijkt het me sneu voor je broer dat hij dit om de twee maanden moet doen.'

'Declan vindt het niet erg. Nou ja, eigenlijk wel, maar hij moet het toch doen van mijn moeder.'

'Hoe is het met je moeder?'

'Hoeveel tijd heb je?'

'De hele avond.' Ik moest toegeven dat hij dat mooi had geregeld. Rob stootte door nu hij de kans had. 'We hoeven niet buitenshuis te eten. Dat kunnen we ook bij jou thuis doen.'

'Ik kook niet, hoor.'

'Nee.' Hij rilde. 'Dat mag je nooit meer doen.'

'Ik heb nooit gezegd dat ik er goed in was.' Ik had maar één keer voor Rob gekookt. Vegetarische lasagne. De saus was waterig geweest en de groenten waren veranderd in een onherkenbare drab. De pasta had de textuur van dakisolatieplaten gehad. De kaas was in de oven zwart en hard als asfalt geworden. We hadden het halverwege opgegeven en waren in plaats daarvan iets gaan doen waar ik wél goed in was, herinnerde ik me op ongeveer hetzelfde moment als Rob. Er verscheen een flauwe glimlach op zijn gezicht en ik kon niet anders dan om hem lachen, want hoezeer ik ook wenste dat we alles eenvoudig en professioneel tussen ons hadden gehouden, er waren ook momenten geweest waarop de complicaties zeer de moeite waard waren.

'Oké, we hebben dus vastgesteld wie wat doet: jij zorgt voor de plek en ik voor het eten.'

'Ik ben er helemaal niet zeker van dat de plek adequate faciliteiten biedt, waarmee ik bedoel dat ik niet weet of ik wel borden heb. Of bestek.'

'Dan eten we sandwiches.' Hij schudde zijn hoofd. 'Ik popel om te horen wat voor smoes je nu weer gaat verzinnen.'

'Ik wil gewoon even kwijt dat ik het nog steeds geen goed idee vind.'

'Alleen maar omdat je jezelf niet in de hand hebt als je met mij samen bent.'

'Ik ben heel goed in staat weerstand te bieden aan je charmes.'

'Bewijs dat maar eens.'

'Negen uur. Dec is dan vast alweer weg.' Ik bloosde toen ik hoorde hoe dat klonk. 'Niet omdat ik wil dat wij alleen zijn. Alleen omdat ik niet wil dat hij iets over jou tegen mijn moeder zegt.'

'Begrepen.'

'Je zult trouwens niet kunnen geloven hoe goed ik je kan weerstaan. Je bent uitgenodigd om te komen eten. Dat houdt in dat je eet en dan vertrekt.'

'Ik verwacht niet anders.'

'Zo. Nou ja, dan zie ik je om negen uur.'

'Negen uur precies.' Hij liep weg en ik keek de kamer rond met een bewust neutrale gelaatsuitdrukking om te controleren of niemand deze kleine scène had opgemerkt. De enige die onze kant op keek was Liv Bowen, de nieuwste rechercheur van het team en de enige andere vrouw. Ze blies haar pony uit haar ogen en schonk me een nietszeggend glimlachje, en ik glimlachte net zo terug.

Om de een of andere reden was ik er nog steeds niet toe gekomen een praatje met collega Bowen te maken. Ze was heel mooi, met haar gave huid en fijne, ovale gezicht. Ze had lang haar, maar droeg het in een knotje in haar nek. Ze had het lichaam van een danseres, sierlijk maar sterk, en ze zag er absoluut niet uit als een politiefunctionaris. Ik moest al mijn uiterste best doen om serieus genomen te worden, maar voor haar moest het tien keer erger zijn. Ze had eerder een kantoorbaan bij de politieke veiligheidspolitie gehad, en er werd flink gespeculeerd of ze het werk bij een afdeling zware criminaliteit met specialisatie moord aan zou kunnen. Ook wist ik toevallig dat er nogal wat geruchten over haar privéleven de ronde deden. Ik kon wel raden dat het team niet veel anders over mij had gezegd toen ik erbij kwam, maar ik kende geen bijzonderheden en zou nooit de fout maken ernaar te vragen. Door mijn lengte zou het moeilijk voor me zijn geweest om niet op te vallen, als ik dat al had gewild, maar ik probeerde niet te veel de aandacht te trekken. Ik droeg vormeloze pakken naar mijn werk en gebruikte slechts zelden meer dan het absolute minimum aan make-up. Liv Bowen leek helemaal geen make-up te gebruiken, maar zij had het dan ook niet nodig. En, zo hield ik mezelf voor, ze had mijn steun ook niet nodig als ze haar plek in Godleys team wilde veroveren.

Terwijl ik dat overdacht stond ze op en liep naar de plek waar Rob zat om hem een vel papier te laten lezen. Toen ze zich over hem heen boog zei ze iets waar hij om moest lachen. Ik slikte. Ze werkten samen aan de zaak waar Rob mee bezig was; ze moesten wel met elkaar praten, of ik het nu leuk vond of niet. En ik vond het niet leuk, merkte ik. Ik vond het helemaal niet leuk.

De deur van Godleys kamer ging open en de drie hoge functionarissen kwamen achter elkaar naar buiten, gevolgd door Bryce, die er nog somberder uitzag dan anders. De hoofdinspecteur bleef achter zijn bureau zitten en schreef iets op een vel papier. Dat was op zich al bijzonder; ik kon me niet herinneren wanneer hij zijn bezoek voor het laatst geen uitgeleide had gedaan. Normaal gesproken had hij onberispelijke manieren, en ik vroeg me af waardoor hij zo was afgeleid dat hij zich niet inspande voor deze drie mannen die zijn carrière het meest zouden kunnen beïnvloeden.

'We geven hem vijf minuten en dan gaan we naar binnen, oké?' Derwent hing over de rugleuning van mijn stoel en ik voelde zijn warme adem in mijn oor terwijl hij sprak. Ik weerstond de aandrang om mijn stoel keihard naar achteren te duwen en nam er genoegen mee me voor te stellen hoe die tegen hem aan zou knallen, hoe hij naar adem zou snakken en zachtjes kreunend op de vloer zou liggen met zijn handen voor zijn edele delen... waardoor ik moest denken aan Barry Palmer. Mijn plezier ebde weg en er kwamen schaamte en een lichte irritatie voor in de plaats. Maar ach, ik kon ook niet altijd een deugdzaam meisje zijn. En ik zou mijn quotum aan deugdzaamheid – en wat meer dan dat – reserveren voor mijn avond met Rob. Het zou niet meevallen om mijn beste beentje voor te zetten.

Rob zat met zijn rug naar me toe en terwijl ik zat te wachten tot ik werd geroepen veroorloofde ik me de luxe om een minuutje naar zijn schouderlijn te kijken, naar de vingers van zijn hand die ritmisch op zijn dij tikten terwijl hij aan het werk was, en naar de fraaie vorm van zijn donkere hoofd. Wat er voor Kerstmis tussen ons was geweest was niet verdwenen in het grauwe januarilicht, toen ik er een eind aan had gemaakt. De gevoelens bestonden nog steeds, als ik verkoos ze aan te spreken.

Maar ik zou sterk zijn. Verstand boven gevoel. Ik had de juiste beslissing genomen en die kon niet worden teruggedraaid. Ik voelde me opeens onrustig, ging verzitten en dwong mezelf weg te kijken. Toen ik dat deed, keek ik Liv Bowen weer recht in de ogen. Deze keer was ik degene die een glimlachje probeerde, wat me een lange, koele blik opleverde die me deed blozen.

'We kunnen.' Derwent beende naar Godleys kamer zonder op me te wachten, en ik zocht haastig mijn papieren bijeen en volgde hem. De inspecteur maakte er een gewoonte van me achter te laten.

Toen ik Godleys kamer binnenliep, hoorde ik hem nog net kortaf tegen Derwent zeggen: 'Als het maar snel kan, oké? Ik moet weg.'

Derwent knikte, ogenschijnlijk onverstoorbaar, maar ik had de hoofdinspecteur nooit eerder zo horen praten en ik was blij dat Derwent de leiding nam en vertelde hoe ver we waren met het onderzoek. De chef luisterde met zijn hoofd iets afgewend en zijn blik op de vloer gericht. Toen Derwent klaar was, keek Godley op.

'En wat zegt je intuïtie hierover, Josh? Kunnen we nog meer doden verwachten?'

'Ik zou zeggen van wel. We weten dan wel niet wat onze moordenaar wil en we kunnen niet met zekerheid zeggen waarom hij moordt, maar ik zie niet in waarom hij na de tweede zou stoppen. Als het iemand is die zichzelf beschouwt als een burger die het recht in eigen hand neemt en de straten schoonveegt, is hij nog wel even bezig voordat hij zich heeft ontdaan van elke bekende kindermisbruiker in Zuid-Londen. Hetzelfde geldt als het gaat om iemand die opgewonden raakt bij het doden van pedofielen, misschien een voormalige gedetineerde die ze in de gevangenis al had willen aanpakken, maar niet dichtbij genoeg kon komen.'

'Hebben Barry Palmer en Ivan Tremlett ooit in dezelfde gevangenis gezeten?'

Daar kon ik antwoord op geven. 'Nee. Tremlett heeft zijn straf op Sheppey uitgezeten.' Dat was een klein, nogal troosteloos eiland dat door een brug met de kust van Kent verbonden was, de perfecte plek om drie penitentiaire inrichtingen neer te zetten, volgens degenen die erover gingen. 'Palmer hebben ze een beetje heen en weer geschoven. Hij had geen familie en dus was hij makkelijk over te plaatsen wanneer de gevangenis waar hij zat overbevolkt raakte. Hij heeft een groot deel van zijn straf uitgezeten in de Midlands, een ander deel in Yorkshire en het laatste stukje in Portsmouth.'

'Lastig om erachter te komen of iemand met allebei in de gevangenis heeft gezeten,' was Godleys commentaar.

'Onmogelijk, zou ik denken, met al die overplaatsingen van Palmer na zijn veroordeling. Dan zou je een lijst moeten hebben van iedereen die tijdens Tremletts gevangenschap in dezelfde gevangenis gezeten heeft en vervolgens moet je uitzoeken waar ze nog meer hebben gezeten, en waar ze nu zijn, en zelfs dan zou je nooit kunnen bewijzen dat ze de slachtoffers ooit zijn tegengekomen.' Derwent schudde zijn hoofd. 'Ik ben net zo dol op hard werken als u, maar ik denk niet dat we de moordenaar op die manier zullen vinden.'

'Oké, maar wat kunnen we uitsluiten? Doet hij dit voor de lol?'

'Nee.' De twee mannen keken me aan in afwachting van een nadere verklaring. Mijn 'nee' was ondubbelzinnig en intuïtief geweest en ik nam even de tijd om mijn gedachten te ordenen. Vanuit de chaos van feiten die door mijn hoofd speelden begon zich een idee uit te kristalliseren. 'Er is bij deze twee moorden extreem geweld gebruikt, maar het doel is niet uit het oog verloren. De mannen hebben verwondingen die passen bij een ondervraging; de autopsieverslagen doen denken aan een rapport over marteling van Amnesty International. Ik denk dat onze moordenaar iets heel graag wil weten en dat Barry Palmer hem die informatie niet heeft gegeven. Misschien heeft hij meer uit Tremlett gekregen, maar misschien ook niet; we zullen het op z'n vroegst over twee dagen weten.'

'Tot we weer een lijk vinden, neem ik aan.' Godley keek nors.

Derwent schudde zijn hoofd. 'Ik heb nog nooit in een rapport over martelen iets zien staan over het afsnijden van iemands klokkenspel. Het moet daarna zinloos zijn geweest te proberen informatie uit hem te krijgen. Hij zal waarschijnlijk het bewustzijn hebben verloren door de pijn.'

'Inderdaad, ik denk ook niet dat dat deel uitmaakte van de marteling,' zei ik aarzelend.

'Denk je dat de moordenaar een sadist is?' vroeg Godley.

'Nee. Hoewel ik denk dat hij wel degelijk een zekere bevrediging putte uit het geweld, zie ik het niet als een seksuele afwijking. Volgens mij gaat het om een bestraffing, die hij aanpast aan hun misdrijven.' Ik bladerde door de autopsieverslagen. 'Ivan Tremletts ogen zijn uitgestoken. Aanvankelijk dacht ik dat de reden daarvoor was dat hij ze nodig had voor zijn werk, en dat hem blind maken het fysieke equivalent was van het kapotslaan van zijn computers; een nogal drastische laatste stap, maar die heeft meer te maken met zijn huidige leven dan met wat hij had gedaan. Maar toen dacht ik eens goed na over zijn misdrijf. Hij was iemand die keek, niet iemand die zelf iets deed. Hij had beelden van andere mensen die kinderen misbruikten gedownload en voor zover wij weten heeft hij zelf nooit misbruik gepleegd. Hij keek graag naar kinderen die werden gemolesteerd omdat het hem opwond, en daarvoor is hij gestraft.'

'En Barry Palmer?'

'Volgens de meisjes is het misbruik begonnen met betasten en is het vervolgens geëscaleerd tot seksuele gemeenschap. Ze waren er heel duidelijk over wat hun was overkomen, hoewel ze hun verhaal wel hebben veranderd wat betreft details als plaatsen en tijden. De moordenaar lijkt de details van hun verklaringen te kennen, want hij heeft de lichaamsdelen van Barry Palmer afgesneden waarmee hij de meisjes volgens hun verklaringen heeft aangeraakt.' Ik stak mijn handen omhoog, mijn rechterhand met uitgestoken wijs- en middelvinger, en mijn linkerhand met uitgestoken wijsvinger. 'Deze vingers worden specifiek genoemd in hun verklaring.'

'Maar om dat te weten moet hij toegang tot de politiedossiers hebben.' Er viel een korte stilte nadat de hoofdinspecteur had gesproken. De implicaties hiervan waren niet aangenaam. Ik was er vrij zeker van dat iedereen in de kamer de mogelijkheid al had overwogen dat we op zoek waren naar een politiefunctionaris. Er waren er genoeg die hun vertrouwen in het strafrecht hadden verloren. Er hoefde er maar één te zijn die had besloten er iets aan te doen. En diegene had daarvoor alleen een sterke maag nodig. Derwent verwoordde het uiteindelijk.

'Onze moordenaar heeft dus toegang tot de informatie die wij hebben. Hij heeft iemand bij ons rondlopen. Of de moordenaar loopt hier zelf rond. Hij is politieagent of misschien een burger die bij de rechtbank werkt. Een gevangenbewaarder die daar in de buurt woont. Een reclasseringsambtenaar die er genoeg van heeft om op dat soort cliënten te moeten passen.'

'Om het soort details dat Maeve noemde te weten te komen moet hij toegang hebben tot de CRIS-rapporten, zoals de specifieke aantijgingen jegens Palmer. Dat moet het aantal mogelijkheden beperken.' CRIS was het modieuze acroniem voor het Crime Reporting and Incident System van de Londense politie, het onlinearchief voor misdrijven gepleegd in de regio Londen.

'Dan hebben we het over politiefunctionarissen en een aantal burgerpersoneelsleden. Maar vergeet niet dat de moordenaar niet een van ons hoeft te zijn. Hij hoeft alleen maar toegang te hebben tot iemand die deze bestanden kan doorzoeken,' merkte Derwent op.

Godley keek Derwent aan en voor het eerst sinds ik de kamer was binnengekomen leek hij zich volledig op de zaak te concentreren. 'Oké. Neem contact op met de IT-afdeling. Ik wil weten wie het dossier van Barry Palmer hebben opgevraagd sinds dat is aangelegd. Ivan Tremlett heeft zijn misdaad in Kent gepleegd, dus zijn gegevens kunnen we bij de politie daar vinden en niet bij CRIS.'

'Maar in Tremletts geval hoefde de moordenaar alleen maar te weten waarvoor hij was veroordeeld. Er waren geen levende slachtoffers die konden getuigen, omdat hij alleen maar beelden had gedownload die anderen hadden gemaakt,' zei ik. 'Hij kan de informatie die hij nodig had uit het register van seksuele delinquenten hebben gehaald. Als hij toegang tot CRIS heeft, moet hij in staat zijn in het register te kijken, of iemand anders doet dat voor hem.'

'Of hij baseert zich op plaatselijk aanwezige kennis. Het zou iemand op een van de wijkbureaus kunnen zijn. Ze moeten daar weet hebben van eventuele pedofielen in hun buurt, om een oogje op hen te kunnen houden. En dus zullen ze op de hoogte zijn van Ivan Tremletts verleden.' Derwent zocht in zijn zak naar kauwgom en ging ermee rond voordat hij twee stukjes in zijn mond stopte. Ik rook de pepermunt aan de andere kant van de kamer, waar ik zat.

Godley wendde zich tot mij. 'Maeve, kijk jij eens in het register wie er nog meer in staan. Dan kunnen we bedenken hoe we mogelijke doelwitten gaan waarschuwen.'

'Wilt u hiermee echt de aandacht van het publiek trekken?' vroeg Derwent. 'Dat zal tot paniek leiden. Niet omdat de mensen zich zorgen gaan maken over een moordenaar die tussen hen rondwaart, maar omdat ze zich zullen realiseren dat er pedo's onder hun buren zitten. Dan loopt het volledig uit de hand en krijgen we lynchpartijen. Er zullen onschuldige slachtoffers vallen en dat wordt een nachtmerrie voor ons. En de plaatselijke politie zal worden overstelpt met zinloze verzoeken om informatie, nu degenen die "Sarah's Law" erdoorheen hebben gekregen hem zullen toepassen op deze wijken.'

'Als je de regeling bedoelt waarbij daders van kindermisbruik bekendgemaakt moeten worden, dan kan ik je vertellen dat die uitsluitend geldt voor ouders van kinderen die regelmatig in contact zijn met specifieke personen. Willekeurige belangstellenden kunnen haar niet gebruiken om het hele gebied erop af te zoeken en de plaatselijke politie zal de meeste verzoeken kunnen afwijzen, als ze inderdaad zinloos zijn,' zei Godley vormelijk.

Er verscheen een blik van afkeer op Derwents gezicht. 'U wilt toch niet zeggen dat u het een goede regeling vindt? Het is een klassiek voorbeeld van de wens die de vader van de gedachte is. Burgers uitnodigen willekeurige mensen aan te wijzen, waarbij er toevallig misschien een kinderverkrachter tussen zit. Als het zo makkelijk was pedofielen te identificeren, konden we ze gewoon bijeendrijven en ze met z'n allen droppen op een eiland met een beperkte hoeveelheid drinkwater en een gezonde populatie haaien eromheen.'

'Er zitten inderdaad beperkingen aan de regeling. Maar ze maakt ook dat de mensen zich veiliger voelen en daarnaast draagt ze misschien bij aan de veiligheid van een aantal kinderen.' Godley zag er weer vermoeid uit. Hij wreef in zijn ogen en ging toen verder. 'We moeten de informatiestroom bij deze zaak blijven beheersen, niet het minst vanwege de mogelijke reacties bij het publiek. Daarom zullen we personen die bescherming behoeven rechtstreeks benaderen. We zullen hen stimuleren om het gebied tijdelijk te verlaten, zodat we ons niet bezig hoeven te houden met hun bescherming. Er is hoe dan ook een grens aan wat we kunnen doen. Geen hoofd van een wijkbureau zal me mensen uitlenen die gaan zitten wachten tot er een pedofiel wordt aangevallen. Dat zou verspilling van mankracht zijn en als de media er lucht van krijgen zullen ze het als een zeer impopulaire maatregel beschouwen. Bovendien betwijfel ik of de potentiële slachtoffers dergelijke aandacht op prijs zouden stellen. We zullen vertrouwelijk met de waarschuwingen moeten omgaan, anders lopen we het risico deze mensen juist aan te wijzen als veroordeelde seksdelinquenten, en ik wil dat jullie beiden dit op je nemen omdat de kans redelijk groot is dat het lek ergens op het wijkbureau zit. We willen niet dat de moordenaar te weten komt wat we aan het doen zijn.'

Derwent stond op en liep naar de enorme plattegrond van Londen die aan de muur van Godleys kantoor hing. 'We moeten vaststellen wat de grenzen zijn van het gebied dat we afwerken. We hebben momenteel twee locaties, die grofweg anderhalve kilometer uit elkaar liggen. We hebben een derde locatie nodig om enig idee te krijgen van het territorium van de moordenaar. Deze twee moorden... Het feit dat ze geografisch zo dicht bij elkaar liggen hoeft niets te betekenen, behalve dan dat hij wist waar hij zijn slachtoffers kon vinden.'

Godley huiverde. 'Ik heb geen zin om op een volgend lijk te wachten, Josh. Ik wil niet het gevoel hebben dat er iemand is gestorven omdat wij niet snel genoeg hebben gehandeld.'

'Veel keus hebben we niet. We kunnen geen hulp inroepen van de wijkbureaus omdat we ze niet vertrouwen. De potentiële slachtoffers willen ook niet door ons worden gevonden. Ze willen alleen maar onzichtbaar blijven. En dat maakt het niet makkelijker voor ons. We zoeken op dezelfde plek als de moordenaar, kijken onder dezelfde stenen om te zien wat voor griezelige kruipertjes er wegrennen als ze aan het daglicht worden blootgesteld. Het enige verschil is dat wij ze niet willen vertrappen als we ze vinden.'

'Beeldend gesproken.' Godleys gezicht vertrok tot een glimlach, bijna tegen zijn wil.

Ik schraapte mijn keel en voelde me enigszins opgelaten bij het verstoren van hun verbroedering. 'We moeten ook uitzoeken waarom de moordenaar met Palmer en Tremlett is begonnen. Hun misdaden waren heel verschillend en veel meer hadden ze niet gemeen. Als we erachter komen waarom hij juist hen heeft uitgekozen, kunnen we misschien beredeneren wie de volgende zal zijn.'

'Goed. Dat is niet gek. Nog iets om in gedachten te houden.'

'Dat zal heel wat makkelijker zijn als we nog een slachtoffer hebben,' zei Derwent, breed grijnzend terwijl hij op zijn kauwgom kauwde. Godley fronste zijn wenkbrauwen.

'Ga maar aan het werk, Josh. Oké? Probeer me niet langer te provoceren en ga mijn kamer uit.' Maar er klonk geen ergernis in zijn stem door; hij klonk geamuseerd, niet geïrriteerd.

Derwent liep naar de deur en hield hem voor me open. 'Kom op. Laat de chef van zijn avond gaan genieten.'

Godley stak zijn hand op. 'Nee, wacht. Ik wil je even spreken, Maeve.' Hij keek op. 'Dank je, Josh. Jij kunt wel naar huis gaan. Wij praten morgen verder.'

Derwent knikte met een uitdrukkingsloos gezicht, en sloot de deur achter zich. De hoofdinspecteur en ik keken hem na toen hij het kantoor verliet, zijn jas pakte toen hij langs zijn bureau liep, en door de zwaaiende dubbele deuren liep zonder zijn pas in te houden.

'Hoe vind jij dat het verloopt?'

Ik keek Godley aan en wist niet zeker wat ik moest antwoorden. 'De zaak? Het is niet makkelijk. Maar het gaat wel.'

'Het is een nare zaak. Maar ik weet dat je het er goed van af zult brengen. Je hebt een grondige aanpak, en dat is nodig bij deze zaak. Ik wilde dat jij eraan zou werken, omdat ik denk dat je de sterke kanten van Derwent goed zult aanvullen.'

Ik knikte en probeerde mijn twijfels te verbergen. Godley kneep zijn ogen tot spleetjes.

'Je bent niet zeker van hem, hè? Het is niet makkelijk hem te leren kennen. Maar het is een fatsoenlijke vent. Ik heb een paar jaar geleden met hem gewerkt toen hij nog gewoon rechercheur was. Toen de vacature ontstond na het vertrek van Tom was hij de eerste aan wie ik dacht. Keith Bryce was de tweede. Ik ben erin geslaagd de hoge pieten zover te krijgen dat ik ze allebei in mijn team kreeg.'

'Inspecteur Derwent is vast erg goed. Ik kijk ernaar uit om hem in actie te zien.' Ik kon me er niet toe zetten iets aardigers over hem te zeggen, maar zo langzamerhand begon ik te denken dat ik de enige was die een probleem met hem had. Godley had een bijna magische vaardigheid om gedachten te lezen en schatte mensen zelden verkeerd in; als hij vond dat Derwent een waardevolle aanvulling op het team vormde, zou ik gewoon moeten zorgen dat ik met hem overweg kon. Ik zou hoe dan ook niet aan de chef toegeven dat ik de inspecteur lastig in de omgang vond. Niet alleen zou ik mezelf zo in diskrediet brengen; als Derwent erachter zou komen dat ik geklaagd had, zou hij mijn leven tot een ware hel maken.

'Het is wel iemand met een gebruiksaanwijzing. Hij vindt het leuk om mensen op stang te jagen. Als hij denkt dat hij je op de kast kan krijgen, zal hij je nooit meer met rust laten.'

Ik trok mijn wenkbrauwen op. 'Is dat een waarschuwing?'

'Een beetje wel. Niet dat ik denk dat je die echt nodig hebt. Je weet vast beter dan ik hoe je met hem moet omgaan. Ik wil alleen maar dat je niet altijd alles wat Josh zegt letterlijk neemt. Hij kan als een lompe eikel overkomen, maar hij gedraagt zich over het algemeen zo om een reactie uit te lokken.'

'Dan zal ik die aanklacht wegens ongewenste intimiteiten nog maar even niet indienen.' Ik glimlachte. 'Nee echt, ik heb er geen problemen mee. We zullen vast goed met elkaar kunnen opschieten.'

'Jij bent heel anders. Jij zult het echte werk gaan doen. Josh is meer iemand van het grote geheel. Laat niet toe dat hij je intimideert, maar negeer ook niet wat hij zegt. Hij heeft een paar grote zaken opgelost bij de centrale taakeenheid. Hij is er griezelig goed in om op het juiste moment op de juiste plek te zijn, en hij weet wat hij doet.' Het laatste klonk heel beslist, alsof dat het laatste was dat Godley over Derwent zou zeggen. Hij stond op. 'Het is al laat. Je moest maar eens naar huis gaan.'

Ik keek op mijn horloge en kon een gilletje van schrik niet onderdrukken. 'O jee. Ik had tien minuten geleden al in Crouch End moeten zijn. Mijn broer vermoordt me.'

'Nou ja, dat wordt dan tenminste een makkelijke zaak om op te lossen. Van zulke zaken hebben we er momenteel niet zoveel.' Hij glimlachte. 'Ga dan. Vlug. Hij vergeeft het je vast wel.'

Ik was al half zijn kantoor uit. Ik maakte een bende van mijn bureau en propte mijn aantekeningen in mijn tas voor het geval ik er later nog naar wilde kijken. Ik griste mijn telefoon mee en stuurde snel een verontschuldiging vol spelfouten per sms terwijl ik haastig de afdeling verliet. Ik had mijn ene arm in de mouw van mijn regenjas en de andere flapperde tegen mijn zij; ik had geen tijd om mijn jas goed aan te trekken. Het schema voor die avond lag volledig overhoop. Ik moest naar huis, Dec kalmeren, Dec de deur uit werken, mezelf opfrissen, de keuken schoonmaken, de badkamer schoonmaken, de flat opruimen en om negen uur klaar zijn om Rob te ontvangen. Kansloos. Ik liep in gedachten de lijst met taken af en wiste de onbelangrijke zaken terwijl ik snel en met tikkende hakken door de gang liep. Het geluid van mijn hakken weerkaatste tegen de muren. Ik hoefde de badkamer niet echt schoon te maken, maar ik moest wel iets aan de gootsteen doen. De rest van de flat zou toch al rommelig zijn vanwege de onuitgepakte dozen met spullen die overal stonden; het had geen zin me daarover op te winden. Ik zou wel tijd moeten vinden om het bed te verschonen. En ik moest echt mijn benen scheren.

Toen ik me aan het eind van de gang door de deuropening wrong en het trappenhuis in draaide, glimlachte ik. Ik was zo bezig met waar ik naartoe ging en met de noodzaak daar snel aan te komen, en was zo hopeloos in gedachten verzonken dat ik nauwelijks de vage geur van pepermunt registreerde die ik opsnoof voordat mijn arm werd gegrepen en vastgehouden. In mijn vaart zwaaide ik om, zodat ik oog in oog stond met Derwent voordat ik zelfs maar kon inademen. Ik was zo geschrokken dat ik hem roerloos en vol onbegrip bleef aankijken tot mijn hersenen weer begonnen te werken. Toen ik besefte wat er was gebeurd schoot er een warme scheut felle woede door me heen. Ik trok mijn arm los uit zijn greep en legde mijn hand op mijn borst, waar mijn hart zijn best deed zich al bonzend uit mijn ribbenkast te bevrijden.

'Jezus, wat laat jij me schrikken.'

'Sorry.' Aan zijn stem te horen speet het hem niet. 'Waar heb je het met de chef over gehad?'

Het had geen zin om eromheen te draaien; hij wist net zo goed als ik dat hij het onderwerp van gesprek was geweest. Hij was hoger in rang maar gedroeg zich er niet naar en ik trok me er dus ook niets van aan. 'Godley wilde me laten weten dat ik niet moest denken dat je een enorme kloothommel bent, ook al gedraag je je wel zo. Ik vat het nu even kort samen,' voegde ik eraan toe.

'Was dat alles?'

'Hij zei dat je je werk goed deed.' Ik wachtte even en nam de gelegenheid te baat om mijn jas goed aan te trekken. Ik legde een knoop in de ceintuur en trok hem strak. 'Mag ik gaan, nu we allebei weten hoe de chef over ons denkt? Ik ben al te laat.'

'Ja hoor.' Hij stapte opzij en ik maakte aanstalten hem te passeren. 'Voordat je weggaat... Als je nog eens slimme ideeën hebt over deze zaak, zou ik het prettig vinden als je ze met me bespreekt voordat we een vergadering in gaan, zodat het niet lijkt alsof ik onvoorbereid ben.'

'Je was onvoorbereid. Je had de autopsieverslagen niet gelezen,' merkte ik op. 'Maar dat is mijn werk. Volgens Godley is het de bedoeling dat jij de grote lijnen in de gaten houdt, en dat ik me beperk tot de details. Maak je dus maar geen zorgen over zijn mening over jou. Ik had het trouwens pas op een rijtje toen we gingen zitten om erover te praten. Ik zou het je hebben verteld als ik er eerder aan had gedacht. Het is niks voor mij om spelletjes te spelen; ik wil gewoon mijn werk goed doen en helpen om deze moordenaar te grijpen.'

'Zeer prijzenswaardig.' Derwent keek geamuseerd. Dat maakte me misschien nog wel onzekerder dan zijn boosheid. 'Ik mag je wel, Kerrigan. Je laat je niet kisten.'

'Niet zo vaak. Niet als ik gelijk heb.' Ik liep om hem heen en nam de trap naar beneden. Door de prikkeling tussen mijn schouderbladen wist ik dat hij me nakeek. Hij kon niet zien dat mijn hart nog steeds bonsde, of dat de hand die ik in mijn jaszak had gestopt nog beefde van de adrenaline. Ik liep met opgeheven hoofd en met een rechte rug, en dwong mezelf de tijd te nemen. Ik verwachtte nog steeds dat hij me zou terugroepen of me weer zou vastgrijpen, en ik hield mijn adem in tot ik de hoek om en uit het zicht was.

Ik kwam laat van mijn werk en Dec zou staan te wachten. Logisch dat ik me haastte. Maar eerlijk gezegd was dat niet de reden dat ik het laatste stuk naar mijn auto hard lopend aflegde.

5

Ik vreesde het ergste toen ik aankwam bij het slecht onderhouden dubbele huis uit het begin van de vorige eeuw waar ik tegenwoordig woonde. Declan zat niet op het vuile granieten trapje naar de voordeur. Declan zat evenmin chagrijnig de krant te lezen achter het stuur van zijn busje, dat vrijwel voor het huis stond geparkeerd. Declan was niet in de hal toen ik de voordeur opende, hoewel de stapels kartonnen dozen bij mijn voordeur er het onomstotelijke bewijs van waren dat hij hier kort geleden nog was geweest. Ik stond ernaar te kijken en dacht met bijzonder weinig enthousiasme aan de inspanning die het zou kosten om ze van de hal in mijn appartement te krijgen, en vroeg me af waar ik ze vervolgens zou laten, en hoeveel tijd ik daarna nog over zou hebben om schoon te maken en me op te tutten. Niet veel, was het deprimerende antwoord. Niet genoeg.

Mijn appartement lag aan een kant van de benedenverdieping. De donkere, stoffige hal, die nu vol stond met mijn troep was verder leeg, afgezien van een grote, barokke trap die erop duidde dat het huis een wat statiger verleden had. Die grandeur lag ver terug in de tijd; de treurige aftakeling tot een huis met meerdere bewoners was niet van vandaag of gisteren, zelfs niet van tien jaar geleden. Hoog in het dak liet een glas-in-loodraam een grijzige glimp daglicht door, maar op deze avond in maart was het al donker en de hal bood dan ook een sombere aanblik. Het enige vermeldenswaardige was de rij brievenbussen die vlak bij mijn voordeur aan de muur bevestigd was.

Aan de andere kant van de hal zat een deur die toegang gaf tot het appartement tegenover het mijne. Hij was anoniem wit geschilderd en stond iets open. Het geratel van elektronisch geweervuur zweefde door de opening naar buiten, het bekende geluid van iemand die een computerspel speelde, en ik was niet geheel verrast toen ik Decs stem hoorde, die er een overdreven opgewonden commentaar bij gaf.

Op mijn kloppen werd niet gereageerd, dus duwde ik de deur maar open en volgde de schietgeluiden naar de woonkamer. Het appartement bleek het spiegelbeeld van het mijne te zijn, maar de enorme erker waardoor ik verliefd was geworden op mijn appartement ontbrak. Ik had een paar vrij ernstige tekortkomingen van mijn nieuwe woning op de koop toe genomen om die erker te krijgen. Het raam zag uit op een parkje met een ijzeren hek eromheen, en in deze tijd van het jaar begonnen de kale takken zich te tooien met frisgroene blaadjes. Ik had er urenlang naar kunnen staren, en dat zou ik ook zeker doen zodra ik een beetje vrije tijd had, mocht dat ooit gebeuren. Ik had nooit eerder een uitzicht gehad en ik werd er elke ochtend vrolijk van als ik naar buiten keek. Mijn buur had twee smalle ramen die hetzelfde uitzicht moesten hebben, maar dat was afgedekt door zware gordijnen, die ook al het licht tegenhielden dat het zicht op het scherm zou belemmeren. In dit huis regeerde het computerspel, dat zag ik direct. De vloer was bezaaid met spelconsoles, waarvan de kabels wonderbaarlijk genoeg niet in de knoop lagen, maar verder lagen ze overal. Een van de muren ging schuil achter schappen met spellen. Ik zag geen enkel boek.

Op de vloer stonden twee stoelen voor de enorme breedbeeldtelevisie, waarop een animatie van een man in uniform de kijkers juist ernstig toesprak over de missie die ze binnenkort zouden uitvoeren.

'Ik heb zo'n hekel aan die stukjes,' klonk het uit de linkerstoel, waar mijn broer met een spelconsole op zijn schoot zat.

'Ik ook. Gewoon beginnen met schieten en stoppen met kletsen.'

'Wat maakt het verhaal nou uit. Dat is toch allemaal flauwekul. Je schiet op iedereen in een grijs uniform die naar je schreeuwt of een wapen op je richt en je probeert niet dood te gaan. Meer hoef je niet te weten.'

Ik moest denken aan dat sonnet van Shakespeare: Bij de echt' van trouwe zielen spreek' men niet van hindernissen.

'Sorry dat ik jullie stoor, jongens...'

Ze draaiden zich allebei om, Dec met een grijns en mijn buurman met een glimlach. Hij stond snel op en stak zijn hand uit. Hij bleek iets kleiner te zijn dan ik en had slordig blond haar, een pluizige sik en een brilletje met een metalen montuur dat steeds van zijn neus gleed. Er lag een verlegen, schuin lachje op zijn gezicht dat me direct voor hem innam.

'Ik ben Chris. Chris Swain. Sorry dat ik je broer in beslag heb genomen.'

'Geeft niks. Fijn dat je hem hebt beziggehouden.' Ik keek neer op Dec, die zo geconcentreerd bezig was met het instellen van zijn machinepistool dat ik het puntje van zijn tong bij zijn mondhoek zag uitsteken. 'Hoe gaat het, Dec? Sorry, ik werd opgehouden op mijn werk.'

Geen antwoord. Ik wendde me weer tot mijn buurman. 'Nu zit je met het probleem dat je hem weg moet zien te krijgen. Dit is een droomplek voor hem. Hij is in feite al bij je ingetrokken.'

'Ik wil alleen dit level nog afmaken,' klonk het vanaf de vloer, waar mijn broer vijftien jaar en het besef dat hij getrouwd was en twee kinderen had van zich had afgeworpen om zich grondig te kunnen wijden aan het uitroeien van alles wat zich op het scherm bewoog. 'Chris verdient hier zijn brood mee.'

Ik trok mijn wenkbrauwen op en Chris glimlachte; hij leek zich enigszins opgelaten te voelen. 'Ik recenseer computerspellen en de technologie voor een paar tijdschriften. Ik heb een vrij populair blog, en daarom krijg ik al die nieuwe dingen toegestuurd. Het is niet erg volwassen, maar het is wel leuk en het houdt net de armoede buiten de deur.'

'Klinkt als de ideale baan.' Ik vertelde hem niet wat ik zelf voor de kost deed. Dat zei ik nooit tegen vreemden. Je wist nooit wat voor reactie je dan kreeg. Zelfs keurige mensen die zich altijd aan de wet hielden werden vaak zenuwachtig als ze eenmaal wisten dat je de macht had iemand te arresteren. 'Het spijt me dat ik jullie avond heb verstoord. En dat ik ongevraagd je flat ben binnengedrongen.'

'Nee, nee. Ik heb je al eens gezien en ik zag ernaar uit je te leren kennen.' Hij streek met zijn hand door zijn haar en leek zich ongemakkelijk te voelen. 'Ik bedoel... Jezus, dat klonk wel erg gretig. Ik bedoelde gewoon dat het leuk is om je buren te kennen en het valt niet mee om mensen te leren kennen. Vooral niet in Londen.'

'Waar kom je vandaan?'

'Ik kom uit Suffolk. Niet zo heel ver van Londen, maar het is een andere wereld. Iedereen weet alles van iedereen.'

'Lijkt me een goede reden om te vertrekken.'

'Daar kun je weleens gelijk in hebben.' Hij lachte iets te hartelijk. Hij is nog aan het bijkomen van zijn opgelaten gevoel van daarnet, was mijn diagnose, en ik glimlachte want ik wilde hem op zijn gemak stellen. 'En jij?' vroeg hij.

'O, ik ben in een buitenwijk opgegroeid. Ik ben gewend aan de Londense gewoonte om mensen te negeren.'

'Ik ben blij dat hij mij niet heeft genegeerd,' zei Dec, en legde de console neer toen het scherm rood werd. Game over, je bent dood. Hij stond op en ik stapte achteruit, me ervan bewust dat we beiden boven Chris uittorenden. Dec was één meter drieënnegentig en breedgebouwd, dus hij nam nogal wat ruimte in.

'Waar bleef je eigenlijk?' Dec gebruikte zijn speciale oudere broertoontje en ik reageerde overeenkomstig, meteen in de verdediging.

'Dat zei ik toch: ik werd opgehouden. Kun je me voordat je weggaat nog helpen de dozen binnen te zetten? Het kost me een eeuwigheid als ik het alleen moet doen.'

'Waarom denk je dat ik hier ben blijven hangen?' Hij rekte zich uit. 'Mama heeft me laten beloven dat ik ervoor zou zorgen dat ze binnengezet werden. Ze schijnt je een paar van haar kostbaarste bezittingen te hebben gegeven.'

'O geweldig.' Ik deed niet alsof ik er blij mee was. De laatste tijd had mijn moeder veel tijd besteed aan het uitruimen van de zolder. Ze was geschokt geweest dat ik maar zo weinig spullen had weten te vergaren in de afgelopen achtentwintig jaar en nu ze de gedachte dat ik in de nabije toekomst zou trouwen had opgegeven, had ze besloten me de spullen die ze voor me had bewaard alvast te geven. Er was geen sprake van dat ik ze kon weigeren zonder haar te beledigen.

'Daar zit serviesgoed in. Dat weet ik in elk geval. Ik heb haar moeten beloven er voorzichtig mee te zijn.'

'Nou, daar heb ik tenminste wat aan. Ik heb me moeten behelpen met papieren bordjes.' Ik wendde me tot Chris. 'Nogmaals mijn excuses. We gaan nu. Prettige avond verder.'

Hij stopte zijn handen in zijn zakken en draaide zijn voeten zo dat hij op de buitenste rand ervan stond; het was bijna een parodie op verlegenheid. 'Ik kan wel even helpen. Ik bedoel: ik ben goed in het versjouwen van dozen.'

Ik aarzelde, want ik wist niet zeker of ik mijn nieuwe buurman wel in mijn appartement wilde uitnodigen, maar ik wilde zo'n aanbod ook niet afslaan. Anderzijds voelde het een beetje als misbruik van hem maken en dat hadden we al genoeg gedaan, vond ik.

'Heel graag.' Dec had duidelijk geen last van scrupules. 'Hoe meer mensen hoe beter. Dan zijn we twee keer zo snel klaar.'

'Oké. Waarmee wil je beginnen?'

Ik ging hen beiden voor naar de hal, waar we even met diverse gradaties van enthousiasme naar de dozen stonden te kijken: van nul (Dec) tot puppyachtig (Chris). Ik hing er ergens tussenin met een bescheiden nieuwsgierigheid naar de inhoud. 'Nou jongens, als jullie ze naar binnen dragen, zeg ik waar ze moeten staan.'

Dec kneep zijn ogen tot spleetjes. 'Even voor de duidelijkheid: wij tillen de dozen en jij staat een beetje te wijzen. Is dat de bedoeling?'

'Ongeveer wel, ja,' gaf ik toe.

'Dat lijkt me prima.' Chris was blijkbaar vastbesloten de vrede te bewaren. Ik liet hem de eerste doos optillen en Dec pakte mopperend de tweede.

'Hier zitten waarschijnlijk die loden gewichten in die je zo graag wilde hebben, Maeve.'

Ik negeerde hem en deed de deur open, knipte de plafondlamp aan en keek snel de kamer door om me te vergewissen dat ik niets gênants in het volle zicht had laten liggen. Het was gelukkig vrij netjes in de flat, wat zelden voorkwam. Ik was trots op mezelf. 'Zet de dozen maar tegen deze muur, als dat lukt. Alle dozen waar keukenspullen in zitten moeten daarheen. Dat is het eigenlijk.'

'Meer was je niet van plan te doen?' Dec liet de doos die hij ter hoogte van zijn middel vast had op de vloer vallen. Er klonk een onheilspellend gekletter toen hij de grond raakte. 'Oeps.'

'Dwing me niet je bij mam te verklikken,' zei ik bits. 'Ik moet alles natuurlijk in goede banen leiden.'

Chris zette zijn doos neer en keek ons aan. 'Hoe oud zijn jullie ook alweer?'

'Sommige dingen veranderen nooit.' Dec klopte me geruststellend op mijn arm en liep naar de hal om een nieuwe lading te halen.

'Als we samen zijn treedt er een soort regressie op.' Ik trok een gezicht. 'Ik heb het gevoel dat ik me weer moet verontschuldigen.'

'Niet doen. Het is wel grappig jullie te zien kibbelen.'

'In dat geval zou ik maar wat popcorn maken en een stoel bijtrekken. We doen nauwelijks iets anders.'

Dec zette een nieuwe doos op de eerste. 'Blijf je daar gewoon staan of was je van plan om te helpen, vriend?' Voor het gemak vergat hij even dat Chris vrijwillig zijn diensten had aangeboden en ik deed mijn mond al open om hem te berispen, maar Chris antwoordde voordat ik iets kon zeggen.

'Sorry, ik werd even afgeleid.' Hij keek me net iets te lang aan en volgde Dec naar de hal. De blik in zijn ogen was onmiskenbaar geweest en ik haastte me de slaapkamer in. Bij binnenkomst zag ik mezelf in de spiegel. Saai broekpak, gekreukte blouse. Haar dat, zoals gewoonlijk aan het eind van een lange, uitputtende werkdag, bijna krankzinnig alle kanten uitstak. Voor zover ik kon zien niets waardoor een man zelfs maar één keer zou kijken, laat staan twee keer.

'Kut,' zei ik tegen mijn spiegelbeeld, en begon er het beste van te maken voor de enige man op wie ik zeker geen indruk zou moeten willen maken.

Ik kom er eerlijk voor uit dat ik me in mijn slaapkamer bleef verschuilen tot ik er vrij zeker van was dat ze klaar waren met het binnenzetten van de spullen. Ik had intussen een spijkerbroek aangetrokken – om aan te geven dat ik niet al te erg mijn best deed – en een zacht, strak, askleurig truitje dat mijn grijze ogen accentueerde. Ik had met mijn haar gedaan wat ik kon, en genoeg mascara aangebracht om er enigszins wakker uit te zien zonder op een panda te lijken. Ik had een licht gevoel van opwinding in mijn buik dat maar niet wilde verdwijnen, een beetje zoals het gevoel dat je kunt hebben als je uitgaat en weet dat je te veel gaat drinken en je gaat misdragen en veel lol gaat hebben, terwijl je dat eigenlijk niet zou moeten doen.

En over een halfuur zou Rob er zijn.

Toen ik de slaapkamer uit kwam lag Dec op de bank met zijn handen achter zijn hoofd.

'Is je vriendje al weg?'

'Eerder jóúw vriendje. Hij vroeg van alles over je. Van welke films je hield, wat voor werk je deed, dat soort dingen. Maar maak je geen zorgen, ik heb niets over je werk gezegd. Hij wilde weten of je een vriend had.'

'En wat heb je gezegd?'

'Dat ik liever niet nadacht over je liefdesleven en dat het een groot mysterie voor me is, wat ook zo is. En dat wil ik graag zo houden.'

'En ik maar denken dat we er eens even voor konden gaan zitten om het allemaal door te nemen.' Ik ging op de leuning van de bank zitten. 'Is er iets? Ik had gedacht dat je naar huis zou vliegen zodra je de kans kreeg.'

Hij bewoog wrevelig zijn hoofd heen en weer, alsof hij geen prettige houding kon vinden. 'Nee hoor. Heb je mama pas nog gesproken?'

Je hoefde geen ervaren rechercheur te zijn om het verband te leggen. Ik prikte hem in zijn borst. 'Nu heb je je verraden. Je bent bang dat mama me iets heeft verteld. Dat betekent dat er iets te vertellen valt.'

'Ik kan ook nooit om je heen, Maeve. Het zal wel door die heupen komen.'

'Ha ha,' zei ik kalm. 'Maar nu even over jou. Wat is er aan de hand? Nu ik je van dichtbij zie, zie je er klote uit.' Zijn gezicht was opgezet, alsof hij niet goed at of sliep, en hij zag wit.

'Bedankt hoor.' Hij wreef over zijn wang, raspte langs de stoppels die hard op weg waren een baard te worden. 'Ik heb wat problemen met Abby, maar ik wil er niet over praten. En als mama er tegen jou over begint, kap het dan af. Ze zit er helemaal naast en ze blijft er maar over doorgaan.'

Het zou makkelijker zijn om een pitbull ertoe over te halen zijn prooi los te laten, zoals ik maar al te goed wist, maar dat was een ander verhaal. Ik was even van mijn stuk gebracht door het bericht dat Declan en Abby problemen hadden. 'Geef me dan een samenvatting als je het niet kunt opbrengen in details te treden. Wie heeft er een probleem?'

'Wij allebei.' Kreunend liet hij zijn handen over zijn gezicht gaan, waarbij hij zo hard aan zijn huid trok dat zijn onderste oogleden mee omlaaggingen. Ik deinsde even terug bij het zien van zijn rode slijmvliezen. De aanblik deed me te zeer denken aan het verslag van de autopsie op Ivan Tremlett. 'Het komt erop neer dat het niet zo goed gaat en dat we overwegen uit elkaar te gaan. Mama vindt het maar niks wat we doen. Ze zegt dat we elkaar een belofte hebben gedaan en als die ons niets kan schelen, en zij ons ook niets kan schelen, dan zouden we op z'n minst aan onze kinderen moeten denken.'

'Wacht even. Waarom zou je aan mama moeten denken als Abby en jij uit elkaar gaan?'

'Denk je de telefoontjes eens in, Maeve. Ze zal mensen op de hoogte moeten brengen. De familie in Ierland. Wat zal die er wel niet van denken?'

Het was een perfecte imitatie, en ik moest er wel om lachen. 'Wat heeft ze toch een geweldige visie op het leven. Alsof zij en papa een volmaakt huwelijk hebben. Dat lijkt gebaseerd op wederzijds onbegrip en de helende invloed van Sky Sports.'

'Ze geloven niet in echtscheiding,' zei Dec vlak. 'Dat betekent dat ze voor altijd bij elkaar zullen blijven. Ze weten niet eens of ze gelukkig zijn. Dat is niet van belang. Wat belangrijk is, is bij elkaar blijven, want er zou iemand op je neer kunnen kijken als je toegeeft je te hebben vergist.'

'Waarom zou het een ander iets kunnen schelen?'

'Mama doet niet anders dan anderen veroordelen, zelfs als ze die nauwelijks kent, en ze denkt dat haar vrienden zijn als zij. Alsof het ook maar iemand, binnen of buiten de familie, een reet zal kunnen schelen wat Abby en ik doen.'

'En wat gaan jullie doen?' Ik wilde niet horen dat ze gingen scheiden, maar als hij daartoe zou besluiten, zou ik hem steunen en ik hoopte dat hij dat wist.

Hij kwam overeind, zwaaide zijn benen van de bank en bedekte zijn gezicht met zijn handen. 'Ik heb echt geen idee. Vraag me iets anders, Maeve, want ik kan het je niet vertellen. Het is net zo goed Abby's beslissing als de mijne, en ze zegt momenteel niet veel tegen me.'

'Wat is er voorgevallen?'

'Ik wil niet in details treden. Maar mama heeft haar pijlen op Abby gericht, dus als ze je belt, luister dan alsjeblieft niet naar wat ze zegt. Haar uitgangspunt is dat haar zoon niets te verwijten kan zijn en ze is bepaald niet onpartijdig in het geheel.'

'Oké.'

'Is dat alles? Verder geen vragen?'

Ik haalde mijn schouders op. 'Je wilt er niet over praten en dan hoeft dat ook niet. Ik wil mijn neus er niet in steken. Het gaat me niets aan.'

'Dat is waar. Het gaat je niets aan.' Hij had zich al voorbereid op ruzie, en ik zag zijn schouders zakken als teken van ontspanning. 'Jij weet toch niet al te veel van relaties af.'

'Ik weet er meer van dan jij.' Ik gaf hem een stomp. 'Ik heb er in elk geval meer dan een gehad in mijn leven.'

'Onenightstands tellen niet mee.'

'Ik heb nog nooit een onenightstand gehad!' Af en toe een heel korte affaire, dat wel...

'Je weet best wat ik bedoel.' Hij wuifde me weg met zijn hand. 'Voor jou is het nog nooit serieus geweest met iemand. Je hebt je nog nooit echt aan iemand gegeven. Daar loop je voor weg.'

'Ik ben liever vrij in mijn doen en laten,' zei ik luchtig, hoewel zijn woorden me staken.

'Dat is volstrekt duidelijk. Niemand kan jou claimen, hè? Vriendjes niet, ik niet, papa en mama niet.'

'Niet weer dat gezeik,' zei ik bits. Nu was ik echt geïrriteerd. Dit was een oude discussie die we nooit hadden afgemaakt.

'Sorry. Ik vergat even dat je er niet graag over praat dat je je verplichtingen veronachtzaamt.'

'Ik veronachtzaam geen verplichtingen. Ik zoek ze gewoon niet op. Ik ben niet getrouwd, ik heb geen kinderen, ik loop papa en mama niet achterna, want ik woon niet bij hen in de buurt, en ik zie ze niet zo vaak omdat ik onregelmatige diensten heb. Jij bent totaal tegenovergesteld, maar dat is jouw leven, niet het mijne. Geef mij er niet de schuld van dat je baalt van de keuzes die je hebt gemaakt. En hoe komt het eigenlijk dat dit gesprek opeens over mij gaat? We hadden het over jou en je huwelijk.'

'Daar heb ik niets over te zeggen.' Met Dec kwam er altijd een moment waarop ik hem te hard had aangepakt. Hij stond op, die grote beer van een vent. En net als een echte beer, was hij het gevaarlijkst als hij gewond was. 'Het probleem met jou is dat je denkt dat je alles weet. Je hebt geen flauw idee, Maeve. Je kunt de realiteit niet eeuwig ontvluchten. Een dezer dagen zul je echt moeten overwegen je vrije leventje vaarwel te zeggen.'

'Omdat het jou zo goed is bevallen.'

'Omdat mensen dat nu eenmaal doen. Ze grijpen de kans aan om gelukkig te worden met iemand anders, en hopen dat het goed afloopt. Je kunt niet je hele leven de verwachting blijven koesteren dat het slecht zal aflopen, want dan blijf je uiteindelijk eenzaam en alleen achter.'

'Dec, ik zie niet anders om me heen, elke dag weer. Mensen die dachten dat alles goed zou komen maar opeens dood zijn.'

'Dat zijn extreme voorbeelden.'

'Oké dan, neem jezelf. Jij bent niet bepaald een wandelende reclame voor het alternatief van een leven alleen, toch? Je ziet er vreselijk uit, je bent uitgeput en je hebt het helemaal gehad. Niet erg aantrekkelijk.'

'Ik heb het in elk geval geprobeerd. Dat kun jij niet zeggen.' Hij sloeg zijn armen over elkaar. 'Waarom ben je eigenlijk zo opgetut? Ga je uit?'

'Nee. Rob komt zo.'

Zijn wenkbrauwen gingen langzaam omhoog. 'Dezelfde Rob met wie je een paar maanden geleden bijna een soort van relatie had?'

'Mijn collega Rob.'

'En omdat hij je collega is heb je je opgedirkt.'

Ik trok de hals van mijn truitje iets op, want ik was me ervan bewust dat het nogal laag uitgesneden was en voelde me daar opeens ongemakkelijk bij. 'Hij komt langs omdat we wat dingen moeten bespreken. Meer is het niet.'

'Weet hij dat ook?'

'Als het goed is wel.'

'Waarschijnlijk omdat je hem dat hebt verteld. En dan doe je toch de deur voor hem open zoals je nu gekleed bent? Je mag niet spelen met andermans gevoelens, Maeve. Je kunt niet pakken wat je wilt hebben zonder rekening te houden met wat een ander denkt. Rob is een goeie vent. Beter dan je verdient, zou ik zo zeggen.'

Terwijl hij dat zei ging de telefoon over. Ik boog me ernaartoe en pakte hem op, en terwijl ik dat deed wist ik dat ik waarschijnlijk een fout maakte. Ik kromp ineen toen de bekende stem uit de hoorn klonk.

'Maeve, ben jij dat?'

'Ha mam.' Ik deed mijn best opgewekt te klinken. Dec en ik keken elkaar aan en sloten woordeloos een wapenstilstand. Tegen een gemeenschappelijke vijand moesten we ons verenigen. 'Hoe gaat het?'

'Heb je je broer gesproken? Heb je het laatste nieuws al gehoord? Ze gaan uit elkaar. Heeft hij je dat verteld?'

Dec kon waarschijnlijk niet horen wat ze zei, maar de klank van haar stem sprak boekdelen. Hij stond op, pakte zijn jasje en liep achteruit naar de deur.

Ik bedekte de microfoon. 'Waar ga je naartoe?'

'Naar huis.'

'Laat me hier niet mee alleen.'

In mijn oor zei mama: 'Ze hadden ook nooit moeten trouwen.'

'Ik kan je niet helpen.' Hij opende de deur. 'Neem haar maar niet serieus. Ze weet niet waar ze het over heeft.'

'Ik spreek je nog.' Ik zwaaide.

'Ik had hem kunnen vertellen dat ze een verhouding zou krijgen.'

'Wat zeg je?' zei ik in de telefoon, opeens geïnteresseerd toen Dec de deur achter zich sloot.

'Je schoonzus. Heeft hij het niet verteld? Ze heeft een ander. Al een hele tijd zelfs.'

'Wie dan?' Het had geen zin om hierop een direct antwoord te verwachten.

'Hij zal natuurlijk nooit zeggen dat het haar schuld is, want je broer neemt haar gewoon in bescherming. Hij kan haar niet zien zoals ze is. Die kleine slet.'

'Mam, begin eens bij het begin. Ik snap er helemaal niets van.'

'Als je had geluisterd, zou je het weten. Ze heeft een verhouding met een getrouwde man, een vader van de school van de meisjes; nu vraag ik je! En je arme broer is er kapot van. Niet dat hem geen blaam treft. De situatie werpt op hem ook geen best licht.'

'Ik zie niet in hoe het zijn schuld kan zijn als Abby zich in een verhouding wenst te storten,' zei ik zwakjes.

'Voor een huwelijk zijn twee mensen nodig, Maeve. Niet dat jij daar iets van af weet.'

'Het begrip huwelijk is me wel bekend, mam.'

Ze reageerde als een cobra in de aanval. 'Nou, als ik kijk hoe jij je gedraagt, heb je geen idee.'

'Oké.' Ik haalde diep adem. Geef me geduld, dacht ik. 'Dit gaat niet over mij, mam. Abby heeft een verhouding gehad. Je denkt dat het op de een of andere manier Decs schuld is. Dat denkt hij zelf ook, trouwens.'

'Heeft hij dat gezegd? Arme jongen. Hij is erg van streek.'

Niet in de laatste plaats door het feit dat zijn moeder niet kan besluiten aan wiens kant ze staat. Ik keek op mijn horloge en kromp ineen. Ik moest maar hopen dat Rob te laat zou komen.

'Mam, luister eens. Vertel me wat er aan de hand is. Ik wil het echt weten en Dec was niet erg mededeelzaam.'

Meer aanmoediging had ze niet nodig. Het volgende kwartier bleef mijn aandeel in het gesprek beperkt tot 'ach jee', 'o nee' en 'echt waar?', terwijl mijn moeder me een zeer gekleurd en ongetwijfeld niet-kloppend verslag van een jammerlijk voorspelbaar verhaal gaf. Dec, die veel overwerkte om zijn bedrijf op de rails te zetten in een tijd van opkomende recessie. Abby, die zich verwaarloosd voelde, aan huis gebonden met twee kleine meisjes. Behalve als ze op school zaten, want dan had ze haar handen vrij om met andere moeders om te gaan, en met een huisvader, die zich ook een beetje verwaarloosd voelde. Geen van beiden dachten ze dat ze er kwaad mee deden. Geen van beiden dachten ze dat ze betrapt zouden worden. En dat gebeurde ook niet. Abby kreeg opeens last van haar geweten, verbrak de verhouding en vertelde Dec wat ze had gedaan, kennelijk in de verwachting dat hij haar direct zou vergeven. Maar zo was het niet helemaal gegaan. Het was echt iets voor mijn broer om het zichzelf kwalijk te nemen dat hij niet in staat was te vergeten wat zijn vrouw had gedaan, en ook dat hij zich er verantwoordelijk voor voelde dat hij haar daartoe had gedreven.

In alle eerlijkheid moet ik zeggen dat ik niet al te goed naar de details luisterde. Wat Dec had gezegd over het weglopen voor een relatie speelde nog steeds door mijn hoofd. Ik wilde heus wel de ware vinden met wie ik mijn leven kon doorbrengen, ook al was de gedachte zo te worden als mijn moeder uitermate onaantrekkelijk. Maar ik moest me er ook op richten mijn carrière van de grond te krijgen. Een serieuze relatie met Rob was ondenkbaar. Zoiets zou me niet alleen enorm van mijn werk houden, maar we zouden ook het risico lopen dat een van ons uit Godleys team zou worden gezet of dat we allebei moesten vertrekken. Er gold een regel die relaties tussen teamleden verbood; dat is geen probleem als een team bestaat uit alleen maar heteroseksuele mannen, zoals voor mijn toetreden. En ik wilde niet voldoen aan het stereotype van de gretige, jonge vrouwelijke rechercheur die met alle collega's het bed in dook.

En dan was Rob er natuurlijk ook nog. Ik was uitgegaan van de gedachte dat we beiden volwassen waren, dat we konden doen wat we wilden als we elkaar maar recht in de ogen konden kijken, en er geen schade van zouden ondervinden. Maar zo leek het niet te gaan. Ik wilde niet gekwetst worden en ik wilde Rob ook geen pijn doen. Het strakke truitje met het diepe decolleté leek steeds meer een slecht idee te zijn geweest. Ik ging mijn slaapkamer in en zocht iets minder opvallends, terwijl mijn moeder naadloos overging van 'Ik wist allang dat Abby een slechte keuze was; hij had nooit met haar moeten trouwen' naar 'in elk geval is een van jullie getrouwd. Ik krijg altijd zoveel vragen over jou.'

'Ach, je hoeft toch niemand iets te vertellen. Er is immers niets te zeggen.' Ik hield een lange zwarte trui met een ronde, nauwsluitende hals op. Er zat een gat in de mouw; het was zo'n trui die je aantrok als je griep had en je beroerd voelde en iets wilde aanhebben wat paste bij je stemming. Helemaal goed. Een habijt had er nog verleidelijker uitgezien. 'Mam, ik moet echt ophangen. Ik krijg iemand te eten.'

'Een man?'

'Gewoon een vriend.' Ik kruiste mijn vingers en liet ze weer los. Dat was tenslotte precies wat Rob was. 'Een collega. Je kent hem niet.' Als ze wist dat het Rob was, zou ze overdreven opgewonden raken. Gek genoeg was ze dol op hem, terwijl hij toch aan geen van de vele criteria voldeed die zij stelde aan potentiële echtgenoten.

'Het moet wel iemand van je werk zijn. Daarbuiten heb je helemaal geen leven.'

Ik sloeg mijn ogen ten hemel. 'Je hebt gelijk, mam. Kan ik je morgen bellen?'

Een korte, gekrenkte stilte. 'Ja. Niet vergeten, hoor.'

'Nee, ik bel.' De belofte klonk zelfs mij als loos in de oren. Maar misschien zou ik haar toch wel bellen. Als ik een masochistische bui had.

Ik legde de telefoon neer, maar voordat ik me kon omkleden werd er aan de deur geklopt. Met een onderdrukte vloek ging ik opendoen en trof Rob in de hal aan, beladen met drie boodschappentassen. 'Hoe ben jij binnengekomen?'

'Een van je buren had medelijden met me.' Ik stond me even af te vragen wie – Chris? – en hij zette de tassen maar neer. 'Mag ik niet verder komen? Moet ik hier in de hal gaan koken?'

'Sorry. Kom erin.' Hij pakte zijn spullen en liep met grote stappen langs me heen, terwijl ik bedacht dat ik niet had hoeven overwegen andere kleren aan te trekken; hij had me nauwelijks bekeken. Ik wachtte met mijn vraag tot hij binnen was: 'Welke buur?'

'Een vrouw. Als ik moest gokken, zou ik zeggen: Oost-Europees. Leuke glimlach.'

'Dat zal Szuszanna zijn geweest. Ze is Hongaarse, werkt volgens mijn huisbaas als kindermeisje. Ik heb haar nog niet ontmoet. Ik kan je alleen maar vertellen dat ze een zware tred heeft en dat ze houdt van de muziek uit musicals die op het West End draaien. Gisteravond was het de soundtrack van *Carousel*.'

'Interessante keuze.'

'Je hebt nog niet echt geleefd als je nog nooit om drie uur 's nachts "You'll never walk alone" hebt gehoord op de repeatstand.'

'Misschien is ze fan van Liverpool.'

'Dat zou natuurlijk kunnen.' Ik keek naar Rob, die in de woonkamer het meubilair liep te inspecteren, en was blij dat het niet Chris was geweest die hem had binnengelaten. Chris trok met hem vergeleken aan het kortste eind. Rob was slank en in goede conditie, paste fysiek in alle opzichten bij mij, terwijl Chris tenger en pezig was. Rob blaakte van zelfvertrouwen, terwijl Chris deed denken aan een altijd hoopvolle, maar veel geschopte hond. Onder zijn soepele omgangsvormen was Rob van zuiver staal. Chris was dat niet, afgaande op zijn gedrag tegenover mijn broer. Ik had medelijden met Chris, medelijden omdat hij me leuk leek te vinden, medelijden omdat ik me niet kon voorstellen zulke gevoelens jegens hem te koesteren. En medelijden met mezelf omdat ik die gevoelens niet voor Rob kon en mocht koesteren. Vrienden. We zijn gewoon vrienden. Mijn gedachten van zojuist betekenden niets, hield ik mezelf voor, behalve dan dat ik hem kon waarderen, op een zuiver esthetische wijze. En dat alles bewees maar weer eens dat de weg van zelfbesef naar de aangename staat van ontkenning kort was, en dat ik die weg vaak aflegde.

Rob, die zich geheel onbewust was van mijn emotionele verwarring, was klaar met rondkijken. 'Het ziet er hier goed uit. Waar is de keuken?'

'Achter je.' Ik wees. Het was niet veel meer dan een hokje dat met de kamer verbonden was, groot genoeg voor een normaal fornuis, een koelkast en een gootsteen, maar niet veel meer.

'Als ik de boodschappen uitpak, is er geen ruimte over om het eten klaar te maken.' Hij keek me beschuldigend aan. 'Alleen iemand die een hekel heeft aan koken kan dit appartement hebben gehuurd.'

'Een briljante deductie. Wat is je volgende truc?'

'Ik ben blij dat je het vraagt. Ik ga al je remmingen laten verdwijnen.' Hij wachtte niet af hoe ik zou reageren, maar nam een van de tassen mee naar de keuken en begon daar wat te rommelen. Welluidend gefluit zweefde de hal in: Rob was in een goede bui.

Ik ging op de rand van de bank zitten en probeerde me een houding te geven. Ik was me er opeens van bewust dat ik in de gevarenzone zat. Het was leuk dat iedereen, ikzelf incluis, zo bezorgd was geweest om Robs welbevinden op het romantische vlak. Ik begon te beseffen dat ik me heel wat meer zorgen moest maken om dat van mijzelf.

6

'Jezus, Maeve. Ik dacht dat ik echt alles had gekocht wat je ook maar nodig kon hebben. Wie heeft er nu geen houten pollepel?'

'Ik niet. Maar kijk eens in de dozen.'

Rob keek me verbolgen aan en liep toen naar de stapel in de gang. Hij was voortijdig opgehouden met koken toen hij een la had opengetrokken en had ontdekt dat de tekortkomingen van de keuken verdergingen dan alleen de afmetingen ervan en de continu druppelende kraan. Het was kennelijk onmogelijk spaghetti bolognese te maken zonder een houten lepel. Wie weet dat nou?

Ik stond tegen de muur en keek hoe hij de dozen systematisch doorwerkte.

'Je zou me kunnen helpen.'

'Je doet het prima.'

'Dit valt niet onder koken, dus hiervoor krijg je geen vrijbrief.' Er landde een doos bij mijn voeten. 'Zoeken.'

Ik ontdekte dat er lakens en handdoeken in de doos zaten. Ik had ze nooit eerder gezien. 'Geef er nog maar een.'

'Ik denk dat ik de schat heb gevonden.' Rob zat gehurkt bij de laatste doos van de stapel en haalde er een stel steelpannen uit. 'Kijk eens aan. Een houten pollepel. Ik wist wel dat je er ergens een moest hebben.'

'Die moet mijn moeder erin gestopt hebben. Wat zit er nog meer in die doos?'

'Een zeef, bakvormen, allemaal keukenspullen. En bestek. Geen borden.'

'Die moeten ergens anders zijn,' zei ik, in gedachten. 'Ik heb nog nooit een zeef gehad.'

'Nu dus wel.' Hij draaide hem aan de greep rond. 'Geweldig, die moeder van je. Ze heeft overal aan gedacht.'

'O ja, ze is fantastisch.' Mijn stem droop van het sarcasme. 'Alles in die doos is bedoeld om mij een schuldgevoel te bezorgen over het feit dat ik in de verste verte geen goede huisvrouw ben.'

'Het is best nuttig,' zei Rob voorzichtig, 'om jezelf te kunnen voeden zonder je toevlucht te moeten nemen tot de pagina's met afhaalrestaurants in de Gouden Gids.'

'Je kunt altijd een boterham roosteren.'

'Ik word bijna bang van je. Ik snap niet dat je al je tanden nog niet kwijt bent door vitaminegebrek.'

Ik grijnsde naar hem om te bewijzen dat ik nog een compleet gebit had. 'Geroosterd brood met Marmite. Of met jam. Geroosterd brood met kaas. Bonen in tomatensaus op geroosterd brood. Alle onderdelen van de schijf van vijf. Het is de perfecte voeding.'

'Nou, vanavond krijg je geen geroosterd brood.'

'Ik verheug me eigenlijk wel op een echte maaltijd,' gaf ik toe, en ik duwde hem terug naar de keuken, waar hij met zijn mes gehakte uitjes in een van de steelpannen schoof. 'Jij deed wel erg geheimzinnig over je zaak. Wat is dat voor rotzooi die je aan het opruimen bent?'

'Weet je nog van dat huiselijk geweld in Chiswick een paar weken geleden? Morty heeft toen de echtgenoot gearresteerd. Het slachtoffer was Andrea Tancredi. Ze was gewurgd met het snoer van haar föhn.'

Dat kon ik me inderdaad herinneren. Collega Mortimer had ons allemaal uitgebreid zitten vertellen hoe makkelijk die zaak op te lossen was geweest. Art Mortimer was een grote, slordige man met een baard, die meestal op het bureau rondliep alsof hij de laatste, eenzame mastodont was en permanent op zoek naar een voorwereldlijk bos dat hij zich kon toe-eigenen. Godley hield hem bij het team vanwege zijn jarenlange ervaring en zijn gave om mensen bekentenissen te ontlokken, maar hij was niet de meest dynamische politiefunctionaris.

'Ray Tancredi, de echtgenoot, zat in financiële moeilijkheden. Zijn vastgoedbedrijf zat zwaar in de shit. Op de dag van de moord was er ingebroken; dat wil zeggen: dat moesten we denken. Een gebroken raam, de safe die openstond, geld en juwelen verdwenen. O ja, en mevrouw Tancredi's snel afkoelende lijk in de echtelijke slaapkamer. De technische recherche trof op het raam bloed aan dat van Tancredi bleek te zijn, en hij had een verse snijwond aan zijn rechteronderarm. Je hoefde geen groot genie te zijn om naar de vermiste juwelen te gaan zoeken op plaatsen waar hij was geweest, en Morty trof ze aan in Tancredi's locker op zijn golfclub. Die middag had hij daar met zijn beste vriend gespeeld; dat was zijn alibi voor de moord.'

'Hij heeft de inbraak dus in scène gezet.'

'Zeker.' Rob hield zijn mes even stil halverwege het snijden van een champignon. 'Ik krijg dorst van al dat gepraat.'

'Wil je een glas wijn?'

'Ik dacht dat je het nooit zou vragen.'

Ik trok de kurk uit een fles robijnrode Zuid-Afrikaanse shiraz en schonk de wijn in twee niet bij elkaar passende glazen.

'Nog even over Ray Tancredi. Wat gebeurde er daarna?'

'Hij is gearresteerd, verhoord en aangeklaagd wegens moord. Hij heeft toegegeven de inbraak te hebben geënsceneerd, maar ontkende de moord. En ik moet toegeven dat hij behoorlijk van streek was door de dood van zijn vrouw.'

'Dat zegt niks,' zei ik, en ik trok me op tot ik op het aanrecht naast het fornuis zat. 'Wroeging.'

'Je gaat wel op een erg onhandige plek zitten.'

'Er is geen andere plek.' Dat was ook echt zo.

'Ik kan niet geloven dat je genoegen wilt nemen met deze keuken.'

Ik haalde mijn schouders op. 'Bij zulke tot appartementen omgebouwde herenhuizen heb je altijd te maken met compromissen. Ik hou van oude huizen. De woonkamer en de slaapkamer zijn naar mijn zin. Daarbij komt dat de huur laag is voor een gemeubileerd appartement. Ik heb geen moeite met de rottige keuken en de badkamer.'

'De woonkamer is inderdaad leuk,' zei Rob. Nog afgezien van de erker was de kamer groot, met een hoog plafond en brede, houten planken op de vloer. De oorspronkelijke open haard zat er nog in, ook al was die bedekt met een dikke laag witte emulsie. Ik had voor me gezien hoe ik opgekruld op de grote grijze bank zou liggen met een kop thee, en naar buiten zou kijken naar de bladeren van de bomen die deinden op een briesje. Terwijl ik Rob behendig bezig zag in die kleine ruimte, voegde ik er in gedachten aan toe: misschien terwijl iemand anders aan het koken was.

Hij keek me met opgetrokken wenkbrauwen aan en ik besefte dat ik iets had gemist. 'Hè?'

'Wat is er mis met de badkamer?'

'Die is gewoon een beetje oud.' Dat was het eufemisme van de huisbaas voor een niet te verwijderen streep kalkaanslag in het bad en een wc met een stortbak waar stukjes af waren gesprongen. De douche was er ook niet best aan toe. 'Ach, ik blijf hier niet eeuwig wonen. Het is goed genoeg voor een paar maanden.'

'Hm.' Hij kon een glimlachje niet verbergen; zijn mondhoeken krulden op.

'Waarom lach je?'

'Typisch Kerrigan. Je doet het hiermee, ook al had je waarschijnlijk iets leukers kunnen krijgen als je wat meer moeite had gedaan. Als je je maar niet hoeft vast te leggen, dan is het algauw goed genoeg.'

Ik keek hem wantrouwend aan. 'Heb je het nog steeds over het appartement?'

'Grotendeels.'

Ik verkoos niet door te vragen. 'Hoe ben jij betrokken geraakt bij het opruimen van rommel? Ray Tancredi zit achter de tralies. Dat lijkt me prima zo.'

'Het leek inderdaad prima. Het probleem was alleen dat hij het niet heeft gedaan.'

'Je laat me schrikken.'

'Ik ben er zelf ook van geschrokken. Ik raakte er alleen maar bij betrokken omdat ik het monnikenwerk voor Morty moest opknappen voor zover het ging om het onderzoek naar Tancredi's financiële problemen, want ze wilden bewijzen dat hij uit was op Andrea's levensverzekering. Ik moest achter de aanvragen om gegevens die we zijn bank hadden gestuurd aan gaan. Het openbaar ministerie wilde een volledig overzicht van zijn transacties van de laatste paar jaar en de bank had, zoals gewoonlijk, het verzoek volkomen genegeerd. Morty was buiten het bureau iets aangenamers aan het doen en daarom nam ik de telefoon aan toen ene Penny Quentin belde om te vragen of er een rechercheur kon langskomen in verband met informatie die ze had over de zaak Tancredi.'

'En Penny Quentin is...?'

'Penny Quentin is een prachtige vrouw, hoewel ze niet meer de jongste is; schitterend figuur, blond haar, hoge hakken, noem maar op. Bovendien was ze Andrea Tancredi's vriendin, zo leek het althans. Penny is daarbij getrouwd met Eric Quentin, de beste vriend van Ray Tancredi en zijn golfmaat op de middag in kwestie.'

Ik keek hem gespeeld streng aan. 'Vertel me niet dat je met die dame hebt geflirt.'

'Dat hoefde niet. Ze heeft me vrijwel direct nadat ik binnen was alles verteld wat ze wist. En wat ze wist, en ook kon bewijzen, was dat haar man alles had geregeld. Hij had contact opgenomen met een paar kerels die bereid waren de klus te klaren voor tienduizend pond per persoon. Ze had e-mails, telefoonspecificaties, een bankafschrift van voor de moord waarop een opname van twintigduizend pond voorkwam, het hele pakket. Hij had geen idee dat ze al zijn wachtwoorden kende en dat ze zo goed in de gaten hield wat hij deed.'

'Waar heeft hij die kerels gevonden?'

'Eric is opgegroeid in een achterbuurt van Basildon. Hoewel hij het gemaakt had in de wereld, vond hij het toch nuttig om contact te houden met een paar oude vrienden. Na een paar telefoontjes had hij een afspraak met twee boeven die het prima vonden een moord te plegen, als ze er maar voor werden betaald. Hij wilde begrijpelijkerwijs zijn handen niet vuil maken. Hij wist dat Ray geldproblemen had, dus heeft hij hem aangemoedigd die inbraak in scène te zetten en een verzekeringsclaim in te dienen voor de juwelen. Eric kende een man die een juwelier kende die het gestolen spul zou kopen zonder al te veel vragen te stellen over de herkomst. Ray was wanhopig op zoek naar geld om zijn zaak draaiende te houden en ging erin mee. Rond lunchtijd verliet hij zijn kantoor, haastte zich naar huis, brak het raam en nam de juwelen mee. Andrea was om die tijd meestal naar de sportschool. We hebben haar auto in de garage aangetroffen; hij wist niet dat ze het huis niet had verlaten.'

'Heeft hij haar lijk dan niet gezien?'

Rob schudde zijn hoofd. 'Alles wat er is gestolen kwam uit de safe in de studeerkamer beneden. Hij had haast; hij heeft een greep gedaan en is weggerend. Hij moet de schrik van zijn leven hebben gekregen toen hij erachter kwam dat ze daar al die tijd had gelegen. Eric kon niet hebben geweten dat hij zo'n puinhoop van de inbraak zou maken, maar Ray heeft hem in de kaart gespeeld. En toen heeft Eric hem meegenomen voor een rondje golf, net iets te laat om hem een overtuigend alibi voor de moord te geven.'

'Waarom wilde Eric Andrea laten vermoorden?'

'Eric en Andrea hadden een verhouding. Volgens Penny was Andrea een kreng. Eric had haar verteld dat hij van plan was Penny te verlaten en van haar te scheiden, maar dat was niet om met Andrea verder te gaan. Eric naait zijn secretaresse Saskia al een tijdje; zij is zesentwintig en Eric is vijfenveertig, voor het geval je je dat afvroeg. Penny zei dat het een typisch geval van midlifecrisis was; hij had er de leeftijd voor. Saskia is zo'n type dat duur in het onderhoud is en ze wil een ring aan haar vinger. Eric is hoteldebotel, volgens Penny, en is bereid alles te doen wat ze maar wil.'

'Die secretaresse moet nogal wat zijn.'

'Ze heeft een dubbele achternaam en woont in Parsons Green. Als ik tussen de regels door lees, ziet Eric haar volgens mij als dé manier om maatschappelijk aanzien te krijgen. Maar dat zal een stuk lastiger worden als hij eenmaal is veroordeeld wegens moord.'

'Wacht even. Waarom was het nodig dat Eric zijn minnares liet vermoorden? Je zou denken dat Penny degene was die uit de weg moest worden geruimd.'

'Andrea had de pest in dat Eric van plan was met Saskia te trouwen en niet met haar. Eric is een stuk welgestelder dan Ray; Penny denkt dat het Andrea's bedoeling was te scheiden van haar man en met Eric een veel comfortabeler leventje te gaan leiden. Toen hij haar vertelde dat hij de relatie met haar zou moeten verbreken, heeft ze gedreigd Penny én Saskia te vertellen van hun verhouding. En Eric was slim genoeg om te weten dat Saskia zou flippen, ook al had ze het prima gevonden hem gedurende de laatste anderhalf jaar te helpen zijn vrouw te bedriegen. Ze is er niet het type voor om overspel te pikken, althans volgens Penny, en zij heeft ervoor gezorgd dat ze Saskia heeft leren kennen. Zorg dat je je vijanden in het oog houdt, zoiets. Het scheelt enorm of je de minnares bent of degene die bedrogen wordt.'

'Maar Penny pikte het wél.'

'Omdat ze dacht dat hij uiteindelijk wel bij haar zou terugkomen. En toen ze besefte dat dat niet zou gebeuren, besloot ze dat hij het niet waard was om zich druk over te maken. Nee, Eric wist wel dat Penny het hem niet moeilijk zou maken. Omdat ze al zo lang met hem getrouwd is, heeft ze recht op een enorm geldbedrag als ze toestemt in een redelijk vriendschappelijke scheiding. Penny,' zei Rob terwijl hij in de saus roerde, 'is pragmatisch ingesteld.'

'En wat gaat er nu gebeuren?'

'Ray moet morgen voorkomen. De officier van justitie zal geen bewijzen wegens moord voorleggen, en ze moeten beslissen wat ze gaan doen met betrekking tot de juwelendiefstal. Hij heeft de kans niet gekregen een claim bij de verzekering in te dienen, dus is hij er in feite niet aan toegekomen fraude te plegen, en omdat hij van zichzelf heeft gestolen...' Rob haalde zijn schouders op. 'Ik betwijfel dat iemand hem al heeft verteld dat hij morgen vrij man zal zijn, dus dat wordt een leuke verrassing voor hem. Met een beetje geluk pakt de politie van Essex die twee boeven op, en Liv en ik gaan achter Eric aan.'

Ik voelde een lichte afkeer bij het horen van de naam van zijn knappe, nieuwe collega. 'Dat zal geen probleem zijn. Penny heeft je alles op een presenteerblaadje aangeboden.'

'Er valt nog heel wat routinewerk te doen, er moeten feiten gecontroleerd worden, getuigen opnieuw worden verhoord, en de zaak moet nog eens goed worden doorgenomen op bewijsmateriaal tegen Eric Quentin. Niet bepaald het leukste deel van het werk.' Hij proefde of de spaghetti gaar was. 'Bijna klaar.'

'Het ruikt heerlijk.' Ik liet me van het aanrecht zakken. 'Ik ga de tafel dekken.'

'Kijk maar even of je een paar borden kunt vinden in Kartondorp.'

Er stond een kleine tafel in de erker met aan weerszijden een rechte stoel. Ik legde messen en vorken neer en zag op de vensterbank een kandelaar staan met een kaarsstompje erin, vermoedelijk achtergelaten door de vorige huurder. Toen ik hem midden op tafel had gezet en had aangestoken zag het er geweldig chic uit. Tegen de duisternis achter het raam dansten drie gelijke vlammetjes als weerspiegeling in het vensterglas. Ik had besloten niet het risico te nemen de oeroude witte katoenen rolgordijnen te laten zakken. Bij mijn eerste poging was er eentje gevallen, en een van de punten op mijn lijstje van klusjes in het appartement was het vervangen van die rolgordijnen. Ik zette het in gedachten vrij hoog op mijn lijstje, toen Chris Swain op een sukkeldrafje langs het raam liep en mij recht in het gezicht keek. Hij stak zijn hand op terwijl hij het trapje naar de voordeur op liep en ik zwaaide snel terug.

'Wie was dat?' Rob was met onze glazen de keuken uit gekomen.

'De jongen die aan de overkant van de hal woont. Hij heeft Dec en mij geholpen met wat dozen.'

'Oké,' zei Rob. Zowel zijn stem als zijn gelaatsuitdrukking was neutraal, maar ik kende hem langer dan vandaag.

'Hou op zeg. Je bent toch zeker niet jaloers?'

'Hoe kom je daar nu bij?' Voordat ik kon antwoorden veranderde hij van onderwerp. 'Heb je borden kunnen vinden? Of kommen. Kommen zouden beter zijn.'

'Die zouden weleens in die doos kunnen zitten.' Ik wees. 'Dec zei dat hij zwaar was.'

Rob zette wat dozen opzij. Ik wilde hem helpen, maar hij zei kortaf: 'Ik kan het wel alleen.'

'Doe niet zo lullig.' Ik hurkte naast hem neer. 'Je hebt hem blijkbaar niet goed kunnen zien. Hij ziet eruit als een student; je weet wel: met een baard en een brilletje.'

'O, een intellectueel.'

'Een nerd,' pareerde ik. 'Hij ziet er niet naar uit dat hij veel buiten komt.'

'Oké.' Hij keek me zijdelings aan. 'Ik was heus niet jaloers.'

'Tuurlijk niet.' Ik vouwde de doos open en haalde er een stapel borden uit. 'Kijk eens aan. Rechtstreeks van de jaren zeventig naar je tafel.'

Mijn moeder had me het servies gegeven dat ze had gekocht bij hun trouwen; het was van blauwgroen geglazuurd aardewerk met een gestileerd reliëf langs de rand. Ik liet mijn vinger over het decor gaan. 'We zouden eigenlijk plakken ham met een schijf ananas erop moeten eten. En een vlaflip toe.'

'Sorry, dat zit niet in mijn repertoire.'

Onze neuzen raakten elkaar bijna toen ik me glimlachend naar hem omdraaide en heel even dacht ik dat hij de gelegenheid zou aangrijpen om me te kussen. Ik wachtte af en bewoog me niet. Maar nee, hij stond abrupt op. 'Ik ga het eten opdienen.'

Ik wist dat mijn gezicht roodgloeiend was toen ik mijn toevlucht zocht bij mijn wijnglas. Toen hij terugkwam had ik ogenschijnlijk mijn houding hervonden. 'Dat ziet er geweldig uit. Bedankt dat je hebt gekookt.'

'Ik doe het graag.' Hij schoof zijn stoel naar achteren en keek naar het tijdschrift dat op de zitting lag. Ik was vergeten het weg te leggen. 'Wat is dit? "Twintig manieren om je man vannacht te verwennen". Op zoek naar tips?'

Ik boog me voorover en haalde het weg, opnieuw knalrood. 'Absoluut niet. Wat mij interesseerde was het artikel over vrouwen die hun verkrachting niet aangeven.'

'Ach, natuurlijk. "Jouw stappenplan naar geluk",' las Rob terwijl ik het tijdschrift op de vloer legde. '"Hoe je krijgt wat je wilt. Wat je stijl over je zegt." Geloven vrouwen die rotzooi echt?'

'Sommige vrouwen wel. Ik niet.' Ik pakte mijn vork en begon te eten. 'Wat vind je van Liv?'

Hij keek op en zijn ogen waren heel blauw in het kaarslicht. 'Wat bedoel je?'

'Precies wat ik zeg.'

'Ze valt wel mee. Beetje stil.'

'Ze is erg knap om te zien.'

'Dat was me niet opgevallen.' Sceptisch trok ik mijn wenkbrauwen op. 'Ze is aardig. Maar je weet dat ik alleen oog heb voor jou.'

'Hm.' Hoe sarcastisch ik ook probeerde te kijken, ik kon het feit dat ik gevleid was niet verbergen. 'Is ze goed? Ze heeft niet veel ervaring, heb ik gehoord.'

'Ze heeft bij de politieke Veiligheidsdienst gezeten, voordat die werd opgeslokt door de Antiterrorismedienst.' De hoge omes hadden besloten de twee diensten samen te voegen en één antiterrorismeorganisatie te creëren. De veiligheidsdienst was er het slechtst van afgekomen, met bezuinigingen op ondersteunend personeel en agenten.

'Als ze de moeite waard was geweest, hadden ze haar vast willen houden. Hoe komt het dat ze niet wilde blijven?'

'Zo naïef kun je niet zijn. De veiligheidsdienst werd opgeheven. Ik zou ook niet afwachten wie er zouden worden toegevoegd aan het nieuwe commando en wie de zak kreeg. Bovendien was het volgens Liz een goede kans om eens iets anders te gaan doen. Ze was daar een beetje ingedut en het was tijd voor verandering. Ze lijkt me behoorlijk bij de pinken, als je het mij vraagt. En Godley zou haar nooit alleen om haar mooie gezichtje hebben gerekruteerd.'

Ik knikte en wond in uiterste concentratie spaghetti om mijn vork.

'Had jij liever met mij willen samenwerken aan de zaak Tancredi?'

'Nee hoor.' Ik nam de laatste flinke slok van mijn wijn en gaf toen toe: 'Nou ja, een beetje wel.'

Hij schudde zijn hoofd. 'Ik heb een akelig gevalletje van huiselijk geweld dat bij deze ene keer blijft. Jij bent op een veel grotere zaak gezet. Een potentiële seriemoordenaar.'

'Ja, en kijk eens hoe goed ik het er bij de vorige heb afgebracht.'

'Wat ik ervan weet is dat je niet behoort tot de doelgroep van deze moordenaar. Je loopt vast geen risico. Bovendien hoef ik me deze keer geen zorgen om je te maken. Je hebt collega Derwent om je te beschermen.'

Ik sloeg mijn ogen ten hemel.

'Is het zo erg?'

Ik had de rest van de maaltijd nodig om Rob verslag te doen van Derwents gedrag van de afgelopen dag. Dat had niet helemaal het gewenste effect. In plaats van direct partij voor mij te kiezen haalde hij ongeïnteresseerd zijn schouders op.

'Je moet je niet door hem op de kast laten jagen. Niet als hij zo in elkaar zit.'

'Hij heeft me laten schrikken.' Het klonk belachelijk nu ik het hardop zei.

'Hoe dan?' Rob had met zijn mes zitten spelen, maar nu hield hij daarmee op.

'Hij stond me op te wachten, in het trappenhuis. Hij wilde me op mijn nummer zetten omdat ik hem had verrast tijdens onze bespreking met Godley.'

'Het is nu eenmaal een controlfreak. Zoiets zei je al.'

'Dat weet ik.'

'Wat deed hij precies waar je zo van schrok?'

Ik fronste en probeerde het me te herinneren. 'Ik kwam de deur door en hij greep me vast, alsof hij me om te beginnen fysiek wilde intimideren. Toen schreeuwde hij dat ik buiten hem om was gegaan. Daarna zei hij dat hij het wel in me waardeerde dat ik niet terugkrabbelde.'

'Het klinkt alsof je goed op weg bent hem voor je te winnen.'

'Dat betwijfel ik.' Ik zuchtte. 'Ik snap hem gewoon niet. Ik heb geen idee wat hij denkt of wat zijn volgende stap zal zijn. Ik denk dat hij zo ongeveer tot alles in staat is. En het is onmogelijk om met hem te werken.'

'Nee, dat is het niet. Hij is lomp en hij daagt je uit, maar je bent gewend aan lastige mensen. Godley heeft je in feite al verteld wat je kon verwachten en hoe je met hem moet omgaan. Het is aan jou om er wat van te maken.' Hij knikte naar het tijdschrift op de grond. 'Lees dat artikel over hoe je krijgt wat je wilt maar eens, misschien staan er wat tips in over hoe je tactvol met mensen kunt omgaan.'

'Daar ben ik de laatste tijd al veel beter in. Bijna niemand heeft zich over me beklaagd.' Ik keek hem strak aan. 'Ik kan nauwelijks geloven dat je niet aan mijn kant staat.'

'Tot de dood aan toe, lieve schat, maar hier kun je niets aan doen. Je zult er gewoon mee door moeten gaan en het beste ervan maken zolang je aan deze zaak werkt. Dit is toch waar je van houdt? Zaken met veel publiciteit?'

'Ik ga er niet naar op zoek.' Onwillekeurig rilde ik. 'Dit is geen prettige zaak, Rob. Die mannen… ze zijn gemarteld. Afschuwelijk, meedogenloos, urenlang. Wie iemand is of wat hij ook heeft gedaan, niemand mag zo doodgaan.'

'Denk niet aan de manier waarop ze zijn gestorven. Vraag je af waarom.'

Dat was makkelijker gezegd dan gedaan. Ik schonk zijn glas nog eens bij. 'Je hebt wel een wijntje verdiend na die maaltijd. Waar heb je leren koken?'

Hij leunde achterover. 'Je bent toch zeker niet onder de indruk van een simpele spaghetti bolognese?'

'Zeer onder de indruk. Ik zou dat niet kunnen maken.'

'Je hebt er gewoon geen zin in. Dat is wat anders.' Hij rekte zich uit. 'Ik weet het eigenlijk niet. Ik keek altijd mee als mijn ouders kookten. Zij koken heel graag; dat helpt wel.'

'Mijn vader kan eieren koken, meer niet. En mijn moeder is gespecialiseerd in karbonaadjes, kliekjes en stoofschotels.'

'Eenvoudige, goede maaltijden.'

'Het meest experimentele voor hen is het vrijdagse gebakken visje met patat.' Ik schudde mijn hoofd. 'Ik heb de zin van koken nooit ingezien. Al dat werk en als je het goed hebt gedaan, is het zo weg. En je blijft achter met de afwas.'

'Ja, dat wilde ik al eerder zeggen: als ik kook, doe ik de afwas niet.'

'Geen probleem, die doe ik. Maar niet meteen.'

Zijn kaakspieren spanden zich. 'Het wordt er niet leuker op als je het laat staan.'

'Daar kun je niet tegen, hè?' Ik leunde over tafel. 'De steelpan staat daar uit te drogen terwijl wij hier zitten. Het eten is aangekoekt. Tegen de tijd dat ik eraan toekom te gaan afwassen, lukt het me nooit meer de pan schoon te schrapen. Waarschijnlijk zal ik hem uiteindelijk weggooien.'

'Ik weet waar je mee bezig bent en ik trap er niet in.'

'Verdorie,' zei ik zachtjes en schoot in de lach. 'Je kent me te goed.'

'Soms denk ik dat ik je helemaal niet ken.'

Ik staarde hem aan, even van mijn stuk gebracht door zijn stemmingswisseling, en was belachelijk opgelucht toen hij weer over koken ging praten, een lekker veilig onderwerp voor ons allebei. Na een tijdje luisterde ik niet meer zo goed en zat ik hem alleen maar aan te kijken terwijl ik van mijn wijn nipte; er vielen me details op, zoals de manier waarop er lijntjes in de huid rond zijn ogen verschenen als hij lachte, de vorm van zijn mond, zijn mooie handen...

Er is een grens aan wat iemand kan zeggen over voedsel, hoe enthousiast hij ook is. Toen Rob ten slotte zweeg, pakte ik mijn glas en stond op.

'Laten we op de bank gaan zitten.'

Hij nam de wijnfles en zijn glas mee. 'Wil je nog wat?'

'Probeer je me dronken te voeren?'

'Nee, dat is niet nodig.'

'Je bent wel zeker van jezelf, hè?'

'Redelijk.' Hij zette de fles naast de bank neer. 'Als ik dat niet mag zijn, ga ik weg, hoor.'

'Nee, niet weggaan.' Ik had niet eens nagedacht voordat ik het zei. Als het erop aankwam, wilde ik niet dat hij wegging. Maar wat ik ook had verwacht dat er zou gebeuren, het gebeurde niet. Rob veranderde van onderwerp.

'Wie woont hier nog meer, behalve die spichtige Chris en het verrukkelijke kindermeisje?'

'Boven, tegenover Szuszanna en boven Chris, woont Walter Green, oftewel mijn huisbaas. Hij schijnt hier in de straat vijf panden te bezitten.'

'Hij moet wel bulken van het geld. Waarom woont hij in een appartement met één slaapkamer?'

Ik haalde mijn schouders op. 'Hij woont alleen. Beetje eigenaardige man, geloof ik. Ik denk niet dat hij veel ruimte nodig heeft.' Ik had hem heel even gezien voordat ik mijn huurcontract ondertekende, en als ik door mijn werk niet gewend was met eigenaardige mensen te praten, zou ik hem misschien een engerd hebben gevonden. Hij had kroezig grijs haar, een stompe neus en lange bleke handen die slap langs zijn zij hingen, alsof er gewichten aan vastzaten. Ik had gemerkt dat ik er gefascineerd naar stond te staren en had mezelf ertoe moeten dwingen mijn blik naar zijn gezicht te verplaatsen, hoewel dat niet had gehoeven. Walter hield niet zo van oogcontact. Ik had er iets onder willen verwedden dat hij bij zijn moeder had gewoond tot ze stierf, en hij had inderdaad toegegeven dat de huizen waren betaald met geld uit de familie. Hij was de laatste van zijn genetisch doodlopende tak. 'Walter valt wel mee. Hij is volgens mij niet al te streng, voor een huisbaas. Maar ik geloof niet dat onderhoud hoog op zijn prioriteitenlijst staat.'

'Ach, dat staat het bij jou ook niet, dus dat geeft niets.' Ik merkte dat de lichte smoezeligheid van het appartement Rob niet lekker zat. Ik had hem al betrapt toen hij aan het rommelen was met het kapotte rolgordijn. Zijn eigen appartement was niet bijzonder proper, maar alles stond wel op een vaste plek en alles wérkte ook. Eén punt voor hem, dacht ik, en ik nipte van mijn wijn en had er totaal geen moeite mee.

'Op de bovenste verdieping woont een acteur. Brody Lee.'

'Is hij beroemd? Zou ik hem herkennen?'

'Misschien. Ik had nog nooit van hem gehoord en ik heb hem ook nog niet ontmoet, dus ik kan het je niet zeggen. Volgens Walter werkt Brody aan een jeugdfilm gebaseerd op Gawain en de groene ridder ergens in Oost-Europa, dus hij is er niet zo vaak.'

'Hebben we dan iedereen gehad?'

'Dat zijn ze allemaal.'

'Weten ze hoe jij de kost verdient?'

Ik schudde mijn hoofd. 'Ik heb er een beetje omheen gekletst toen ik Walter sprak. Ik heb wel gezegd dat ik op rare tijden zou komen en gaan vanwege mijn werk, maar hij zei alleen dat ik niet met de voordeur moet smijten. Joost mag weten wat hij denkt dat ik voor werk doe, maar hij heeft niet doorgevraagd.'

'Eens even zien.' Rob nam me fronsend op. 'Huurmoordenaar. Loodgieter bij calamiteiten. Piloot.'

'Medewerker van een callcenter. Visverwerker. Stripper. Drugshandelaar.'

'Allemaal heel redelijke manieren om je brood mee te verdienen. En allemaal minder controversieel dan politiefunctionaris.' Hij stond op. 'Ik ga je beetje oude badkamer eens bekijken. Ik kan de spanning niet langer verdragen.'

'De gang uit en dan rechts.'

Hij verdween, alweer fluitend. Ik hoorde hoe hij de badkamerdeur achter zich sloot en bedacht dat hij zich in elk geval thuis leek te voelen. Ik was hier nog niet helemaal op mijn gemak. Ik had nog last van de geluiden van het huis. De tikjes en het gekraak van een oud gebouw klonken honderd keer luider als je alleen in bed lag en de slaap niet wilde komen. De leidingen maakten in de vroege ochtend angstaanjagende geluiden waardoor ik meer dan eens wakker was geworden in de overtuiging dat ik een schreeuw had gehoord. Misschien zouden oordopjes wel helpen, maar ik hield er niet van me af te zonderen van mijn omgeving. Eigenlijk was dat niet zo vreemd. Dat ik op mijn hoede was had me een paar maanden eerder waarschijnlijk het leven gered. Als ik door te luisteren naar mijn overlevingsinstinct wat slaapgebrek kreeg, moest ik daar maar aan wennen.

Toen Rob terugkwam ging hij dichter bij me zitten, met zijn dijbeen tegen het mijne. De kaars was opgebrand en het enige licht kwam van een zwak lampje achter hem. Ik kon niet genoeg van zijn gelaatsuitdrukking zien om te weten waar hij aan dacht.

'Ik wil niet vervelend zijn, maar we moeten echt even praten.'

Ik verschoof ongemakkelijk. 'O ja? Liever niet.'

'Dat weet ik. Het is me opgevallen dat je me al twee maanden uit de weg gaat.'

'Nee. Ik bedoel dat ik dingen kan bedenken die ik liever zou doen dan praten.'

'Dat is niet wat je vorig jaar zei, toen we samen waren. Jij was degene die wilde praten over wat we aan het doen waren en of dat wel een goed idee was.'

Zijn arm lag achter mijn hoofd over de rugleuning van de bank en ik leunde ertegenaan. 'Klopt, maar nu ik absoluut zeker weet dat het een slecht idee is, wil ik er niet meer over nadenken.'

'Je kunt je niet eeuwig blijven verstoppen.'

Dat leek onaangenaam veel op wat Dec eerder die avond had gezegd. Ik keek hem ernstig aan. 'Denk je dat ik jou gebruik?'

Hij schoof een paar centimeter van me weg en lachte. 'Jezus, Maeve, wees eens wat directer.'

'Het is een serieuze vraag.'

'Oké, dan geef ik je een serieus antwoord. Nee, dat denk ik niet. Ik denk dat je je best doet om het juiste te doen voor ons allebei, maar dat je geen idee hebt wat dat is. Ik denk dat je wilt dat dit een ongecompliceerde relatie wordt en dat je doodsbenauwd bent dat het zo niet zal lopen. Ik denk dat je je verstand erbij wilt houden en dat je het niet kunt helpen dat je emoties er steeds tussen komen. Jij bent niet geschapen om emotieloos door het leven te gaan, Maeve. Niet op je werk. Niet thuis. En zeker niet in bed.'

Ik legde een plooi in de boord van mijn truitje en wilde hem niet in de ogen kijken. 'Het doet een beetje oneerlijk aan dat iedereen me heel wat beter kent dan ik mezelf ken.'

'Dat is een van de liefste dingen aan jou. Jij hebt echt geen idee hoe je in elkaar zit. Dat maakt je zo onvoorspelbaar.'

'Maar jij hebt zelf voorspeld dat ik je niet zou kunnen weerstaan.'

'O, maar dat stond vast.'

In plaats van hem te antwoorden leunde ik opzij en kuste hem zachtjes. Hij liet zijn hand naar mijn nek glijden en trok me naar zich toe voor een echte kus, een kus die me eraan herinnerde, als dat al nodig was, dat Rob een heel bijzonder mens was.

Toen we uiteen weken grijnsde hij me toe. 'Tenzij je erg veranderd bent, betwijfel ik dat je verder wilt gaan terwijl we zo in het openbaar zitten. En ik heb gezien dat er al lakens en kussens en een dekbed op je bed liggen.'

'Ik heb wel wát normen.' Ik stond op, pakte zijn hand en trok hem overeind. 'Kom.'

Toen we de gang in waren gelopen, de vissenkom die mijn woonkamer was achter ons latend, trok Rob me weer naar zich toe en kuste me hard. Ik was niet vergeten hoe het was om met hem samen te zijn – daar had ik vaak genoeg aan gedacht –, maar zijn vastberadenheid was nieuw voor me, zijn urgentie verraste me. Het was alsof hij mij, of zichzelf, iets moest bewijzen. Ik vond het allemaal net te serieus en ik leunde iets achterover, zodat ik hem in de ogen kon kijken en lachte een beetje.

'Wauw. Rustig aan zeg.' Hij boog zijn hoofd weer en ik dook weg. 'Even wachten.'

'Wat is er?'

'Niks. Maar we hebben toch geen haast?'

Hij ademde diep in en langzaam uit. 'Oké.'

'Voor zover ik me herinner ben je hier erg goed in. Ik wil er gewoon van genieten.'

Dat leverde me een flits van de oude Rob op. 'Laat me raden: ergens in dat tijdschrift staat een artikel over tien manieren waarop je je vriend in de stemming voor seks kunt brengen. Nummer vier: vlei hem door te zeggen dat hij er goed in is.'

Het was een quasinonchalante opmerking, maar ik kon het niet over me heen laten gaan, ook al wist ik wel beter. 'Je bent mijn vriend niet.'

Hij keek me langdurig aan, liet toen zijn handen van mijn lichaam vallen en stopte ze in zijn zakken alsof hij me zelfs per ongeluk niet wilde aanraken. De ruimte tussen ons in leek opeens wel kilometers breed. 'Je wilt het nog steeds op jouw manier doen, hè? Geen verplichtingen. Geen vertrouwen.'

'Geen complicaties,' was mijn weerwoord. Boosheid overviel me. 'Kom op, Rob. De meeste mannen hebben het zo het liefst.'

Hij antwoordde niet, maar liep weg, pakte zijn jasje van de armleuning van de bank, waarop hij het bij binnenkomst had neergegooid en ging naar de deur.

Ik liep hem achterna. 'Waar ga je naartoe? Je kunt er niet zomaar ineens vandoor gaan.'

Geen antwoord.

Mijn heel korte lontje vlamde nu hoog op. 'Dit is precies waarom ik altijd al dacht dat een relatie een slecht idee was. Ik heb je gewaarschuwd dat het zo zou gaan. We moeten samenwerken.' Hij luisterde niet. 'En het zou leuk zijn als je ermee ophield me te negeren. Mokken is erg onaantrekkelijk.'

'Jouw houding is dat ook.' Hij draaide zich om met zijn hand op de deurklink. 'Laten we even recapituleren, Maeve. Je wilt met me naar bed, maar je wilt er niet over praten. Je wilt de avond met me doorbrengen zolang er maar geen voorwaarden aan verbonden zijn en niemand erachter komt.'

'Ik heb vanaf het begin gezegd dat het riskant zou zijn als we samen iets zouden krijgen. We zijn in de eerste plaats collega's die goed met elkaar omgaan en dat is heel wat waard. Ik wil er geen puinhoop van maken.'

'Beetje laat om je daar druk over te maken.' Hij schudde zijn hoofd. 'Ik kan dit niet nog eens doen, Maeve. Ik kan niet achter je aan gaan en denken dat ik je heb, om dan uiteindelijk weer terug bij af te zijn. Ik wil weten waar ik sta. Dat is volgens mij niet te veel gevraagd.'

'Wat ben je toch hypocriet. Jij was degene die het daar niet over wilde hebben toen we voor het eerst met elkaar naar bed gingen. Jij was er veel meer in geïnteresseerd om mij in bed te krijgen dan in onze toekomst op de lange termijn, en als je er vijf minuten over had nagedacht, had je geweten dat het op niets zou uitlopen.'

'Ik dacht dat we het daar later wel over zouden hebben. Ik dacht dat ik je wel zover zou kunnen krijgen mij te vertrouwen, als ik je liet wennen aan de gedachte dat we een stel waren.'

'Wil je weten wat mijn regel over relaties is? Het moet de juiste persoon zijn op het juiste moment. En op dit moment wringt een van die twee dingen bij jou.' Ik keek hem kil aan. 'Ik weet alleen even niet welk van de twee.'

'Ik ben dit zo godvergeten beu.' Hij trok de deur open en smeet hem tegen de muur, en ergens was ik nog zo afstandelijk dat ik bedacht dat ik hem eigenlijk nog nooit echt boos had gezien. Ik liep hem achterna en bleef in de deuropening staan terwijl hij zijn jasje aantrok zonder mijn kant op te kijken. De gemeenschappelijke hal was halfduister en de trap verdween halverwege in het donker. Ergens zat een lichtschakelaar, maar ik kon me niet herinneren waar. Het licht dat door mijn open deur ontsnapte viel op de krullen van het pleisterwerk dat nog aan het plafond zat en deed de koperen roeden die de kale traploper op zijn plaats hielden glimmen. Het was stil in huis, maar het was de gespannen stilte van iemand die zijn adem inhield.

Even snel als mijn woede was opgelaaid was hij nu verdwenen. 'Rob, toe nou. Ga zo niet weg.'

Zonder zich om te draaien zei hij: 'Weet je, Maeve, ik denk dat je gelijk hebt. Dit is een slecht idee.'

Ik voelde een doffe dreun van teleurstelling in mijn borstkas. 'Dat is geen reden om weg te gaan.'

'Volgens mij is het juist een vrij goede reden.' Hij keek me aan. 'Voor iemand die dingen niet wil verkloten heb je er behoorlijk veel aanleg voor.'

'Rot maar op,' snauwde ik. Mijn boosheid was in een fractie van een seconde weer terug.

'Ik zal wel moeten.' Hij schudde zijn hoofd, traag en sarcastisch, en ik dacht dat hij nog iets zou gaan zeggen, maar hij sloeg alleen maar hard tegen de muur naast mijn voordeur.

Het was een fysieke uitdrukking van zijn frustratie, geen aanval op mij – dat begreep ik direct –, maar toch schrok ik er danig van. Het had ongelooflijk luid geklonken in dat stille huis, en gewelddadig.

'Jezus Rob, beheers je.'

Hij gaf geen antwoord. Hij was te druk bezig zijn hand te strekken om te zien of hij niets had gebroken. In de stilte hoorden we beiden een geluid, geschuifel, zoals van iemand die van de ene voet op de andere gaat staan. Rob draaide zich om en tuurde omhoog naar de trap. Hij stond er beter voor dan ik om een beweging in het halfduister te kunnen zien en wat hij zag maakte dat hij met drie treden tegelijk de trap op sprong.

'Waar sta jij naar te kijken?' zei hij.

'Nergens naar. Ik... Nergens naar.' Ik herkende de stem en zakte door de grond. Walter sprong van schrik een paar stappen opzij en nu kon ik hem zien; zijn gezicht was vertrokken van angst. 'Ik wil geen problemen.' Hij probeerde daadkrachtig te klinken. 'Ik bel de politie.'

'Ik bén de politie.' Rob haalde zijn politiekaart uit zijn achterzak en hield hem Walter voor. 'Maar maakt u zich geen zorgen, ik ben al weg.'

'Het is oké, Walter. Echt.' Ik liep de hal in om te laten zien dat ik nog heel was. 'Het is allemaal in orde.'

Hij knikte een tikje onzeker. Ik kon het hem niet kwalijk nemen. Aan de overkant van de hal klonk een krakend geluid: Chris opende de deur en ik vermoedde dat hij er al die tijd al achter had gestaan. En toen ik omhoog keek, zag ik Szuszanna aan de andere kant over de balustrade hangen met een forse man naast zich; ze keken beiden openlijk nieuwsgierig.

'De voorstelling is afgelopen, mensen.' Ik glimlachte nietszeggend, op halve kracht, en wachtte af tot ze de hint allemaal hadden begrepen en het schouwtoneel verlieten. 'Gaat het?'

Rob kwam langzaam de trap af en schudde zijn hand heen en weer alsof hij pijn deed. 'Komt wel goed.'

Ik kon er niet uit opmaken of hij het over zijn knokkels of over zijn emotionele toestand had en kreeg ook niet de kans daar achter te komen. Hij liep recht langs me heen de deur uit, waarbij er een vlaag koele nachtlucht binnenwaaide, en trok de deur achter zich dicht. Ik sloot mijn eigen deur en liep naar het raam. Van daaruit kon ik de hele straat uit kijken, maar toen ik er eenmaal stond was hij al weg.

7
Donderdag

Ik had het geluk dat ik de volgende ochtend niet naar het bureau of met Derwent op pad hoefde. Ik moest naar een hoorzitting in de Old Bailey over een schietincident dat tot een proces zou leiden. Het was meer dan rustgevend om in rechtszaal 18 te zitten en naar de eiken lambrisering te staren terwijl de hoorzitting zich voortsleepte. De advocaat en de aanklager speelden een beleefd wedstrijdje in slagvaardigheid. Ik hoefde niets te doen. Chris Pettifer vond het prima om alle vragen die de aanklager had te beantwoorden, en omdat hij een hogere rang had was hij daartoe ook gerechtigd.

Ik had de pech dat ik was vergeten dat Rob die ochtend ook aanwezig zou zijn op de rechtbank vanwege zijn moord die in het honderd was gelopen. Ik stond buiten in de grote hal met Pettifer te kletsen toen ik die prikkeling in mijn nek voelde waardoor je weet dat er iemand naar je kijkt. Ik was niet eens verrast toen ik omkeek en Rob aan de andere kant van de hal zag staan met Liv Bowen naast zich. Ik staarde hem aan, niet in staat mijn blik af te wenden, en ik probeerde zijn gelaatsuitdrukking te interpreteren.

'Is er iets?' Pettifer had zijn wenkbrauwen gefronst toen ik hem weer aankeek, en ik besefte dat ik halverwege een zin was opgehouden te praten.

'Nee hoor. Alleen... ik had niet gezien dat Rob er ook was.' Snel nadenken, dacht ik. 'Ik heb een bericht voor hem. Van de chef.'

'Dan moest je dat nu maar even gaan overbrengen.'

Ik had elk greintje koelbloedigheid dat ik in me had nodig om naar Rob toe te lopen, vooral omdat zijn gezicht steeds minder bemoedigend stond naarmate ik dichterbij kwam. Liv trok zich onopvallend terug met een knikje naar mij en ik was in de gelegenheid om haar tact te bewonderen voordat ik moest zoeken naar iets om te zeggen. Die moeite had ik niet hoeven doen, want Rob was me voor.

'Wat doe jij hier?'

'Die drugsgerelateerde schietpartij in Streatham is voorgekomen.'

'Daar heb je gisteren niets over gezegd.'

'Dat was wel mijn bedoeling, maar ik heb er niet aan gedacht.' Ik probeerde normaal te klinken, hoewel ik vanbinnen ineenkromp. Hij was duidelijk nog steeds furieus. 'Hoe gaat het met je?'

'Goed hoor.'

'Hoe is het met je hand?'

'Die doet zeer.'

'Je moet er ijs op doen.'

'Dat heb ik al gedaan.'

In plaats van door te gaan met een gesprek dat nergens toe zou leiden keek ik weg. Ik moest mijn uiterste best doen om niet te laten blijken hoezeer ik van streek was. Niemand had er wat aan als ik begon te snotteren.

Rob schudde zijn hoofd; hij ergerde zich nog steeds, maar zijn ergernis was nu op zichzelf gericht. 'Shit. Hé, ik was net van plan om koffie te gaan drinken. Ga je mee?'

Met een enorme krachtsinspanning slaagde ik erin luchthartig te klinken. 'Waarom niet? Dat is misschien beter dan hier in het openbaar te blijven praten.'

'Veel erger dan gisteravond kan het niet worden.'

'Hopelijk niet.' Ik keek hem zijdelings aan terwijl we naar de lift liepen. 'Het spijt me, als dat helpt.'

'Waarvoor zou jij je excuses moeten aanbieden? Ik had nooit zo mogen weggaan.'

'Het was mijn schuld.'

'Jij hebt me niet gedwongen die klap tegen de muur te geven, Maeve. Dat heb ik helemaal uit mezelf gedaan.'

'Maar ik heb het duidelijk wel uitgelokt.'

'Maak geen excuses voor mij. Dat is niet nodig.' Hij drukte op het knopje van de lift. 'Ik heb veel te heftig gereageerd. Punt uit.'

Ik wilde er op dat moment geen ruzie over maken. Ik zei niets meer tot we in de kantine in de rij hadden gestaan voor onze koffie en een tafeltje hadden gevonden. Ik keek om me heen om te zien of er ergens in de buurt iemand zat die we kenden en ik merkte dat Rob hetzelfde deed. Niemand die ik kende zat dicht genoeg bij ons om ons af te kunnen luisteren, maar er zaten heel wat politiemensen en juristen die het vast geweldig vonden om te speculeren over ons gesprek, en ik hoopte maar dat we deze keer de dramatiek zouden weten te mijden.

Toen we zaten ging ik verder waar we waren opgehouden. 'Te willen weten waar je staat is geen veel te heftige reactie. Je bent niet onredelijk als je wilt dat de dingen op een bepaalde manier gaan.' Ik kon hem niet aankijken; ik wilde geen teleurstelling, of boosheid, of kille afkeuring in zijn ogen zien. 'Ik dacht dat we dit konden, Rob, maar ik denk echt dat we ermee moeten stoppen.'

'Zover waren we twee maanden geleden ook. Jij hebt toen besloten dat we er niet mee door zouden gaan. Ik had niet veel in te brengen, weet je nog?'

'Ja. Dat heeft niet al te goed gewerkt.'

'Misschien omdat je nog steeds gevoelens voor me hebt.'

'Dat is zeker waar,' gaf ik toe. Ik wilde hem niet voorliegen, ook al was dat makkelijker geweest. 'Dat staat buiten kijf. Maar het doet ons geen van beiden goed.'

'Maeve...'

'Nee. Luister eens.' Ik dwong mezelf hem aan te kijken. 'Ik ga je dit niet aandoen. Niet nog eens. Dit gedoe van aan en uit is voor ons allebei te zwaar.'

'Ik kan er wel mee leven.'

'Dat kun je echt niet.'

'Wat is het alternatief?'

Ik had nu al mijn vastberadenheid nodig. 'We kappen het af. Voor eens en voor altijd. Nu.'

'Dus het is over en uit?'

Zeg het alsof je het meent, dacht ik. 'Het is over en uit.'

'Maar dat wil ik niet.'

'Ik kan er niets aan doen.' Ik nam een slokje koffie en had daar meteen spijt van toen ik mijn tong verbrandde aan de dunne, bittere vloeistof. 'Ik mis je echt, Rob. Maar ik mis de vriendschap. De grappen. Ik mis dat ik met je kan praten zonder onderliggende agenda. Ik mis dat je niet meer steeds in de buurt bent. Ik mis dat gevoel dat ik heb als je er bent, het gevoel dat alles in orde komt.'

'Niets daarvan sluit een echte relatie uit. Dat moet jij toch ook weten? Het is zelfs een heel goed uitgangspunt.' Rob klonk overtuigender dan ooit en zijn boosheid was vervangen door een tederheid die op de een of andere manier nog moeilijker te verdragen was.

'Het was idioot om te denken dat het wat kon worden tussen ons. Ik wil onze vriendschap niet verliezen, alleen omdat we af en toe met elkaar naar bed gaan.'

Hij leunde achterover. 'Ik zou weleens willen weten waarom je ervan uitgaat dat het op een drama zal uitlopen. Waarom kunnen we geen vrienden zijn en fantastische seks hebben zonder ook maar iets te verliezen?'

'Omdat het zo niet werkt.'

'Zo hoort het te gaan. Dat is juist waarnaar iedereen zijn hele leven op zoek is.'

'Dec en zijn vrouw gaan uit elkaar.' Ik gooide het eruit omdat dat het eerste was waaraan ik dacht. Er verschenen rimpels in Robs voorhoofd.

'Wat naar om te horen. Maar dat houdt niet in dat alle relaties gedoemd zijn te mislukken.'

'Misschien niet. Maar ze waren altijd dol op elkaar, ze hebben kinderen en toch hebben ze het samen niet weten te redden.'

'Dat is triest. Maar dat is geen reden om het uit te maken.'

'Je snapt het gewoon niet.'

'Ik snap het inderdaad niet. En volgens mij zal jouw voorstel ons geen van beiden gelukkig maken en daarom zie ik er niets in. Kom nou, Maeve, je lijkt wel zo'n dinosauriër die twee breinen nodig had om zijn lijf te coördineren, een in zijn kop en een in zijn kont. Dat in je kop lijkt defect te zijn.'

Ik concentreerde me uit alle macht op mijn koffielepeltje, dat ik snel tussen mijn vingers ronddraaide.

'Maeve, kijk me aan.' Met tegenzin liet ik mijn blik omhoog glijden tot ik Rob weer in de ogen keek. 'Wat wil je nu eigenlijk? Wat is jouw versie van een happy end voor ons?'

'Ik weet het niet.'

'Nou, ik ook niet. Maar ik wil niet dat het blijft zoals het nu is.' De stilte duurde voort. Ik voelde dat zijn vechtlust afnam en keek er niet van op toen hij zei: 'Misschien is het inderdaad beter om er radicaal mee te kappen.'

Ik knikte langzaam.

'Maar als we dat doen is het wel definitief, oké? Geen vriendschap met iets extra's. Geen heimelijke afspraakjes meer af en toe. Dan is het echt uit.'

'Het klinkt erger als jij het zegt,' fluisterde ik.

'Dat komt doordat ik niet van mening zal veranderen.' Hij wachtte, maar ik zei niets meer. Dit was wat ik had gewild, hoewel ik me dat moeilijk kon voorstellen nu ik tegenover hem aan tafel zat.

'Oké dan. Afgelopen.'

'Afgelopen,' herhaalde ik. 'En het spijt me.'

'Ik overleef het wel.'

'Daar twijfel ik niet aan.' Ik nam nog een flinke slok koffie voordat ik me herinnerde hoe die smaakte. Ik schoof het kopje van me af. 'En wat doen we nu?'

'We gaan door zoals vroeger.'

'Denk je dat het weer zo kan zijn als het was?'

'Dat ligt aan ons, toch?' Hij keek langs me heen terwijl hij sprak en zijn frons verdween toen hij naar iemand achter me zwaaide. Ik draaide me om en zag Liv in de deuropening staan. Ze maakte de indruk verdwaald te zijn. Ze zag ons een fractie van een seconde nadat ik haar had gezien, begon te stralen en kwam naar ons tafeltje toe.

'Ik moest maar eens gaan. Dan kun jij bijpraten met je nieuwe maatje.'

'Blijf zitten.'

'Ik moet weg, Rob.'

'Wat heb je toch? Blijf rustig zitten en gedraag je.'

Ik had geen tijd om nog iets te zeggen voordat Liv bij ons was. Ze stond met haar hand aan de rugleuning van een lege stoel en keek me vragend aan. 'Mag ik bij jullie komen zitten?'

'Natuurlijk. Ik stond trouwens net op het punt...' Ik ving Robs blik op en veranderde halverwege van gedachte. 'Maar ik kan nog wel een paar minuutjes blijven.'

Rob stond op. 'Ik haal even wat voor je. Thee? Koffie?'

'Koffie graag. Met melk en twee klontjes, en alsjeblieft geen preek over mijn suikergebruik.'

'Ik zeg niks. Maeve?'

'Nee, dank je.' Maar ik keek hem verontwaardigd aan: hoe durf je mij hier alleen met Liv te laten zitten, terwijl ik er al volstrekt geen zin in had om met haar te praten. Hij wist precies wat ik dacht; de grijns op zijn gezicht toen hij zich omdraaide sprak boekdelen.

'Ik hoop dat ik niet stoor,' zei Liv behoedzaam.

'Natuurlijk niet.'

'Nou ja...' Ze aarzelde. 'Zijn jullie een stel?'

'Absoluut niet.'

'O. Want ik dacht...'

'Er speelt niets tussen ons.' Niet meer, dacht ik.

'Oké. Heb jij altijd zulke heftige gesprekken met de mensen met wie je werkt?'

'Altijd. Jouw tijd komt nog wel.' Ik glimlachte. 'Je kunt vast niet wachten.'

Ze keek langs me heen naar Rob, die bij de toonbank stond en met zijn charmes de norse vrouw die de kantine runde tot een glimlach wist te verleiden. 'Wel jammer, eigenlijk. Rob is een aardige vent.'

'Ja, dat is hij zeker.' Ik voelde een steek van jaloezie die zo heftig was dat ik mijn best moest doen om gewoon door te ademen. 'Rob zei dat je met hem hebt gewerkt aan de zaak Tancredi.'

'Dat was geen lolletje. Maar met Rob kun je in elk geval nog lachen terwijl je zit te wachten tot de rechter een bak stront over je heen kiepert omdat je de verkeerde hebt gearresteerd.'

'Is dat dan gebeurd?'

'Hij was er niet over te spreken, laat ik het zo zeggen. En rechercheur Mortimer was er niet, dus moesten wij de schuld op ons nemen.'

'Het zou me verbazen als Morty op dat moment in dit postcodegebied was. Hij houdt er niet van berispt te worden.'

'Nou ja. We hebben het moedig ondergaan.'

Dat 'we' had iets intiems wat me opeens heel droevig maakte, maar ik dwong mezelf te lachen terwijl Rob een kopje voor Liv neerzette.

'Je drinkt het op eigen risico.'

'Ik had je nog willen waarschuwen,' zei ik berouwvol. 'Ik heb de mijne niet opgedronken. Het smaakt alsof er iets is doodgegaan in de pot.'

'Als er maar cafeïne in zit, maakt het me niet zoveel uit.'

Rob trok een wenkbrauw op. 'Eerlijk gezegd betwijfel ik of je de koffie kunt proeven met al die troep erin.'

'Ik zei toch: geen preek,' zei Liv bits.

'Ik zeg al niks meer.' Rob hield zijn handen omhoog en deed een stap achteruit, waardoor hij tegen iemand op botste die achter hem liep. 'Sorry.'

'Geeft niet. Een ongelukje.' De jonge vrouw glimlachte hem vergevingsgezind toe, streek toen haar hand door haar lange rode haar en schudde haar losse krullen, zodat ze als een waterval over haar schouders en rug hingen. Het leek wel een stukje uit een reclamespotje voor shampoo, maar als het een poging was om Robs geheugen op te frissen, dan werkte die wel.

'Jij bent toch Rosalba Osbourne?'

'En jij bent rechercheur Langton. Je hebt een goed geheugen voor gezichten.'

'Soms wel.'

Ze reageerde met een tinkelende lach en ik keek naar Liv, die haar wenkbrauwen optrok.

Rob herstelde zich. 'Hoe staan de zaken in de juridische wereld?'

'Druk. Maar het zijn niet zulke opwindende zaken als die van vorig jaar.'

'Vorig jaar was een tikje te opwindend naar mijn zin.' Rob keek op ons neer alsof hij onze aanwezigheid was vergeten. 'Rosalba is advocaat. Zij heeft afgelopen december Selvaggi vertegenwoordigd.'

Niet mijn favoriete zaak, en zeker niet mijn favoriete crimineel. Ik fronste. 'Dus daarom herinner ik me jou niet. Ik lag toen in het ziekenhuis.' Als Rosalba al wist waarom ik daar lag, liet ze het niet merken. Ze was trouwens veel te veel met Rob bezig om aandacht te besteden aan wat ik had gezegd.

'Het is aardig van je om te zeggen dat ik zijn advocaat was, maar ik ben alleen bij de eerste verhoren aanwezig geweest. Ik ben nog veel te onervaren voor zo'n belangrijke cliënt.'

'Je deed het goed, weet ik nog.'

'Ik kan me niet herinneren dat jij toen in de verhoorkamer zat.' Ze trok rimpeltjes in haar neus, alsof ze in verwarring was. 'Ik zou denken dat ik dat nog wel had geweten.'

'Ik heb de meeste verhoren via de monitors gevolgd.' Rob keek Liv en mij vluchtig aan, alsof hij besefte dat hij ons hier echt niet bij nodig had. Ik sloeg mijn armen over elkaar en dacht: flirt er maar op los, maar ik ben niet van plan te vertrekken, vriend.

'Ik heb je volgens mij wel een paar keer op de rechtbank gezien,' zei de advocaat langzaam.

'Ik ben af en toe meegegaan om de voorstelling te bekijken.'

'Het is leuk om je te ontmoeten, hoor. Ik heb altijd graag het verhaal van de arrestatie uit de eerste hand willen horen. Het klonk allemaal zo dramatisch.'

'Het had nogal wat voeten in de aarde,' stemde Rob in. Alleen iemand die hem heel goed kende zou hebben gezien dat zijn mondhoek omhoogging van plezier. 'Voeten in de aarde' was het understatement van het jaar.

Ze kwam iets dichter naar hem toe, zodat ze tussen Rob en ons in stond, en ging iets zachter praten, hoewel ze nog uitstekend te verstaan was. 'Ik zou het erg leuk vinden om eens samen iets te gaan drinken.'

Ik wachtte tot Rob zich van haar zou ontdoen.

'Prima. Waarom niet?'

'Je hebt toch geen vriendin of zo, hè?'

'Op het moment niet.'

'Mooi. Vat het niet persoonlijk op. Ik vraag er altijd naar.'

'Heel verstandig.'

'Wanneer zullen we dat doen? Heb je morgen tijd?' Ze had haar mobieltje tevoorschijn gehaald en liep met haar duim door de agenda. 'We zouden hier ergens in de buurt kunnen afspreken. Verderop in de straat is een erg leuke bar, bij St. Paul's. Zes uur?'

Rob keek lichtelijk onthutst. Hij was waarschijnlijk niet gewend aan afspraakjes met alfawijfjes.

'Prima.'

Ze pakte een van haar kaartjes. 'Alsjeblieft. Mijn mobiele nummer staat erop. Stuur me een sms, dan heb ik het jouwe ook.'

Hij nam gehoorzaam het kaartje aan en zei gedag, waarna mevrouw Osbourne weg wiebelde; ze wist nauwelijks haar evenwicht te bewaren op haar wolkenkrabberhakken. Gedrieën keken we haar na, wat waarschijnlijk de opzet was geweest toen ze dat strakke pakje en die wiebelhakken had aangetrokken.

Alsof er niets was voorgevallen trok Rob zijn stoel achteruit en ging zitten. Liv keek hem scherp aan.

'Dat was snel.'

'Ze liet er inderdaad geen gras over groeien.' Hij tikte op het tafelblad, zó onrustig dat ik wist dat het geen toeval was dat hij me nog niet had aangekeken.

'Ik bedoelde jou.'

Rob knipperde gekrenkt met zijn ogen. 'Heb jij hetzelfde gesprek gevolgd als ik? Wat heb ik gedaan? Ik liep per ongeluk tegen haar op. En het volgende moment vroeg ze me mee uit.'

'Ja, het viel me inderdaad op hoezeer je probeerde haar te weerstaan. Het was gewoon gênant, dat schoppen en schreeuwen van je.'

'Ik wilde niet onbeleefd zijn.'

Liv keek over de tafel naar mij. 'Maeve, zeg jij eens wat. Hij stond gewoon te hunkeren.'

Voordat ik antwoord kon geven klonk er een ringtone en we grepen alle drie tegelijk naar ons mobieltje. Het bleek uiteraard het mijne te zijn en ik kreeg een naar gevoel toen ik de naam van de beller op het schermpje zag staan. Ik wendde me half af en drukte mijn vrije hand hard tegen mijn oor om de herrie van de kantine uit te bannen.

'Hallo?'

'Waar hang jij in vredesnaam uit?'

Ook goedemorgen, inspecteur Derwent, dacht ik. 'Ik zit op de rechtbank.'

'Wat doe je daar, verdomme?' Hij klonk nog slechter gehumeurd dan gewoonlijk. Nog voordat hij het zei, wist ik al dat er weer een moord was gepleegd. 'We hebben een lijk. Als je klaar bent met rondlummelen, wil je misschien voor de afwisseling eens wat echt politiewerk komen doen.'

Ik klemde mijn kaken op elkaar. 'Ik ben hier voor een andere zaak. Ik heb toch gezegd dat ik vanochtend op de rechtbank moest zijn. Maar ik ben hier nu klaar, dus als je me even vertelt waar ik naartoe moet...'

'Breng me niet in verleiding, schat. Je maakt het me wel erg makkelijk.' Zijn toon veranderde. 'Vertel me eens over die heel belangrijke rechtszaak. Moest je echt aanwezig zijn? Daar ben ik wel benieuwd naar. Of zat je er alleen maar omdat er iemand bij moest zijn? Want ik zou zo denken dat je een lopend moordonderzoek prioriteit moet geven, vooral nu er een vers lijk op je ligt te wachten.'

Wees redelijk, hield ik mezelf voor, maar ik kon de irritatie niet helemaal uit mijn stem weren. 'Dat wist ik niet.'

'Je had het wel moeten weten.'

'En hoe dan wel?' De pot op met die tactvolle aanpak; hij irriteerde me zo dat al mijn mildheid was verdwenen.

Rob fronste zijn wenkbrauwen, wees naar het mobieltje en vroeg geluidloos: 'Derwent?'

Ik knikte, haalde mijn notitieboekje tevoorschijn, draaide met één hand de dop van mijn pen en schreef het adres op dat Derwent dicteerde. 'Oké, ik zie je daar straks. Zo gauw ik kan.' Ik verbrak de verbinding voordat Derwent nog iets kon zeggen. Het was uitstel van executie, daar twijfelde ik niet aan, maar ik kon zijn beledigingen op dat moment niet langer verdragen. Tegen Rob zei ik: 'Ik moet weg. We hebben weer een lijk.'

'Shit.'

'Zeg dat wel.' Ik zocht mijn spullen bijeen, blij met het nieuwe misdrijf als afleiding, ondanks het feit dat ik er behoorlijk tegen opzag.

'Maakte hij het je moeilijk?'

'Hij doet niet anders.' Ik stond op. 'Liv, het was leuk om je eens te spreken. Dat moeten we gauw nog eens doen.'

'Ik heb morgenavond wel tijd,' zei ze onschuldig. 'Er is een erg leuke bar in de buurt van St. Paul's.'

Ik lachte, deze keer gemeend, en liep met onverwacht lichte tred naar de deur. Het zag ernaar uit dat Rob toch gelijk had wat Liv betrof. Wat uiteraard niet inhield dat hij ook gelijk had gehad in andere kwesties.

Het adres dat Derwent me over de telefoon had gegeven bracht me naar Flocking Street, naar een rustig gelegen woningproject van twee rijen verlopen flats, opgetrokken uit grindsteen. Ze hadden een plat dak en elk woninkje had een eigen armoedige voordeur. De straat lag in een niet erg gewild deel van Brixton waar de renovatie nog niet had toegeslagen. In de stratengids had ik gezien dat het vanaf Ivan Tremletts kantoor slechts zo'n tien minuten lopen was, en hoogstens vijftien minuten vanaf Barry Palmers huis. Dit derde punt van de driehoek bood ons een werkgebied dat hoopgevend klein was, en ik liep met enig optimisme op de plaats delict af. Ik hoefde niet uit te kijken naar het nummer van het huisje dat ik zocht. De gebruikelijke drukke activiteiten waren geconcentreerd rond een huis dat ongeveer halverwege de straat lag; daar waren de busjes, de politiewagens, de agenten in T-shirts of fleecetruien die de voortuinen doorzochten, de afvoeren en de goten checkten, onder het toeziend oog van de buren. De straat was afgezet, zodat de media aan weerszijden werden tegengehouden. Niet dat er al veel pers was; het bleef bij een paar camera's en een handjevol journalisten die aantekeningen maakten. Ze leken voornamelijk elkaar te interviewen, bedacht ik boosaardig, terwijl ik onopvallend langs hen heen glipte. We hadden het geluk gehad dat niemand het verband tussen Barry Palmer en Ivan Tremlett was opgevallen; ik had het gevoel dat er, nu we een derde lichaam hadden, wel een slimmerik zou opstaan die de link zou leggen. En media-aandacht zou ons absoluut niet helpen.

Ik baande me een weg door de afzettingen en obstakels, legitimeerde me desgevraagd en liep het benauwde gangetje van de woning binnen, tegelijk met Derwent, die van de andere kant kwam. Hij spreidde zijn armen alsof hij me wilde omhelzen en ik verstijfde, maar hij bleef een paar stappen voor me staan. Van dichtbij zag ik dat zijn glimlach niet als welkom was bedoeld. En als ik al een bevestiging van zijn stemming nodig had gehad, zouden zijn eerste woorden daarvoor hebben gezorgd.

'Eindelijk, verdomme. Je hebt er wel de tijd voor genomen.'

Ik zei niets. Ik was hier in recordtijd gekomen doordat ik een lift had gekregen van een collega die ik op de rechtbank tegen het lijf was gelopen. Hij werd afgehaald in een onopvallende politiewagen met groot vermogen, en de bestuurder had het geweldig gevonden ons te laten zien waartoe de auto in staat was, zelfs als hij werd gehinderd door het Londense verkeer.

'Waar is het lichaam?'

'Slaapkamer.'

Als van de weeromstuit was in de kamer aan het eind van de smalle gang de flits van een camera te zien.

'Die kant op, neem ik aan.' Ik keek om me heen en zag een tapijt vol vlekken en een behangetje met een bloemmotief dat beslist uit de jaren tachtig stamde. Aan de muur bij de deur hing een klein kommetje met een spons erin. Een wijwaterbakje, besefte ik met een licht gevoel van verbazing. Ik tuurde erin en zag dat het sponsje doorweekt was. Het werd geregeld gebruikt.

'Wat is dat?' Derwent knikte naar het bakje.

'Dat hangt daar zodat je jezelf elke keer dat je weggaat of binnenkomt kunt zegenen met wijwater.'

'Moet dat geluk brengen? Dan lijkt het niet te werken. In elk geval niet voor deze arme drommel.'

'Het heeft niet met geluk te maken, maar met geloof.' Ik zei het scherper dan ik had moeten doen. Ik zag Derwents ogen glimmen toen hij begreep dat hij me had geïrriteerd. Maar er had zo'n bakje gehangen in mijn oma's huis in Ierland; het slaan van een kruis op de drempel, elke keer dat ik erlangs kwam, was een dierbaar ritueel voor me geweest. Ik moest aan die tijd terugdenken door het goedkope witte plastic wijwaterbakje dat scheef aan een spijker hing, hoewel het hare van porselein was geweest, met een in goudverf geschilderd kruis erop, een geliefkoosd souvenir van een pelgrimstocht van de parochie naar Lourdes. Ik herinnerde me dat ik op mijn tenen moest gaan staan om erbij te kunnen. Het koude water aan mijn vingertoppen, op mijn voorhoofd. De goedkeurende uitdrukking op haar gezicht. Deze onschuldige herinnering maakte deel uit van de ervaring met vakantie in Ierland te zijn, een herinnering waarvan ik niet wilde dat hij zou worden bezoedeld door moord.

'Ga me nu niet vertellen dat geloof en bijgeloof twee verschillende dingen zijn.'

'Dat zou niet bij me opkomen.' Niet het minst omdat theologische discussies met de inspecteur leuk noch productief zouden zijn. 'Wat is er eigenlijk gebeurd? Wie is ditmaal het slachtoffer?'

Derwent drukte zich plat tegen de muur om een technisch rechercheur voorbij te laten en trok een gezicht. 'We staan in de weg. De keuken is die deur door. Ik zal je op de hoogte brengen.'

De keuken was klein en ouderwets maar in wezen ordelijk. Er stond een minimum aan meubilair: hij was te klein voor een tafel met stoelen, maar er stond een houten krukje onder het aanrecht naast de deur, waar je redelijk comfortabel kon zitten eten. Een kleurig gordijntje onttrok de keukenkastjes onder het aanrecht aan het zicht en erboven hingen open planken met een willekeurige keuze aan niet bij elkaar passend porseleinen serviesgoed en glaswerk erop, waardoor ik me er thuis voelde, gezien mijn eigen lukraak vergaarde inrichting. Er was een kleine provisiekast. Naast een stuk boter op een schoteltje stond een halflege jampot, en daarachter lag een heel brood. Een plank lager stonden een doos theezakjes en een suikerpotje. Derwent boog zich voorover, trok de deur van een klein koelkastje open en liet zijn blik door het interieur gaan. De aanblik van het pak melk in de deur, het stuk kaas in plasticfolie, de plakjes ham en tomaat die alvast op een bord waren gelegd voor een maaltijd die nooit zou worden genuttigd, de totale afwezigheid van alles wat op genotzucht duidde had iets navrants. Aan de muur hing een kalender met voor maart een plaatje van een kitten die in de gordijnen klom. Er was niets opgeschreven en ik bladerde terug en zag lege pagina's, schattige babydieren, een leeg leven.

Het enige wat erop wees dat er iets anders dan anders was, was een mok met een theezakje erin die op het aanrecht stond naast het oude gasfornuis, waar een fluitketel schuin van de brander was gevallen. Ik had de indruk dat iemand die aan het theezetten was daarbij was gestoord, waardoor hij de ketel had teruggezet zonder te kijken of hij wel goed op zijn plaats stond. Op het fornuis en de vloer lagen plasjes water.

Opeens wilde ik niet meer weten over het slachtoffer, of wat er verder nog in de slaapkamer aan het eind van het smalle gangetje lag. Ik wilde weg uit deze troosteloze keuken en de slecht verlichte gang met dat zielige wijwaterbakje dat scheef aan een spijker hing. Ik wilde de confrontatie met de realiteit dat ik midden in een plaats delict stond niet aangaan.

'Het stoffelijk overschot van vandaag is dat van Fintan Kinsella, tachtig jaar oud,' meldde Derwent, zoals gewoonlijk zonder iets van mijn stemming te merken. Hij had de klemtoon op de tweede lettergreep van de achternaam gelegd, zoals Engelsen meestal doen. 'Hij is een van jullie.'

'Een van onze wat?' snauwde ik.

'Het is een Ier.'

'In dat geval wordt zijn naam uitgesproken als Kínsella, met de klemtoon op "kin".'

Hij wuifde onbewogen met zijn hand. 'Hij heeft hier negen maanden gewoond.'

'Waar zat hij daarvóór?'

'Ziekenhuis. Hij had een slecht hart. En daarvoor woonde hij in een verzorgingshuis voor priesters in Liverpool. Hij schijnt in de jaren zeventig jonge jongens uit zijn parochie lastiggevallen te hebben.'

Ik sloot even mijn ogen. Daar had ik echt behoefte aan. 'Veroordeeld?'

'Uiteindelijk wel. Niemand heeft ooit een klacht tegen hem ingediend tot al die rechtszaken prominent in de pers verschenen. Toen kwamen ze allemaal naar voren. Pastoor Fintan was niet wat je een zware misbruiker kunt noemen. Hij verzorgde de voetbaltraining van de jonge knullen en bekeek ze graag na afloop, als ze onder de douche stonden. Hij stelde sommige jongens weleens voor dat ze een bad konden komen nemen in de pastorie, terwijl hij de handdoek vasthield. Volgens alle verklaringen heeft hij nooit iemand aangeraakt. Niet fraai, niet toegestaan, maar niet zo erg als een aantal andere gevallen. Ik heb de indruk dat de meeste mensen het niet al te serieus namen, tot ze beseften dat een aanklacht geld kon opleveren.'

Ik accepteerde Derwents versie niet zomaar; de publiciteit rond andere rechtszaken had misschien wel andere slachtoffers doen besluiten hun verhaal te vertellen, maar dat hoefde niet uit financiële overwegingen te zijn geweest. Eerder om hun recht te krijgen.

'Hij was al een paar jaar met pensioen toen ze hem kwamen opzoeken. Hij heeft direct bekend. Dat en het feit dat hij een slechte gezondheid had leverde hem een veroordeling zonder gevangenisstraf op. Hij is onder de stress bezweken, waardoor hij in het ziekenhuis terechtkwam. Daar heeft hij een zware hartoperatie ondergaan, waar hij goed uit is gekomen. Toen hij weer was opgeknapt kon hij nergens naartoe. Het verzorgingshuis wilde hem niet terug omdat hij geen priester meer was. Ik vermoed dat ze dachten dat hij een slechte invloed op de anderen zou hebben.'

Weer die wolvengrijns. Onwillekeurig klemde ik mijn kaken op elkaar. Met moeite trok ik ze los en vroeg: 'En hoe is hij hier dan terechtgekomen?'

'Op jongere leeftijd heeft hij in dit deel van Londen gewerkt. Dit huisje is van een gezin dat hier in de buurt woont, leden van zijn vroegere parochie die contact met hem hadden gehouden. De moeder woonde hier, maar ze is vorig jaar overleden. Ze kwamen erachter wat pastoor Fintan was overkomen toen ze contact met hem zochten om te vragen of hij de begrafenis kon leiden. Toen ze hoorden dat hij een woning nodig had, hebben ze hem deze aangeboden, voor niets. Er is wat achterstallig onderhoud, maar dat vond hij niet erg.'

'Je zou denken dat ze hem op afstand wilden houden, gezien zijn verleden.'

'Christelijke naastenliefde, neem ik aan.' Hij haalde zijn schouders op. 'Misschien geloofden ze wel niet dat pastoor Fintan zoiets verschrikkelijks gedaan kon hebben. En naar verluidt was de moeder dol op hem.'

'De mensen geloven wat ze willen geloven.' Ik keek hem verbaasd aan. 'Hoe ben je hier allemaal achter gekomen?'

'Mary Driscoll was heel behulpzaam. Ze was een soort officieuze huishoudster voor hem. Zij heeft zijn lichaam vanochtend om tien uur gevonden.'

Nog maar een paar uur eerder. 'Wat heeft dokter Hanshaw over het tijdstip van overlijden gezegd?'

'De gebruikelijke flauwekul. Dat hij er niet met zekerheid iets over kan zeggen. Maar ik heb hem wel weten te ontfutselen dat het waarschijnlijk niet lang voordat het lichaam is ontdekt is gebeurd. Eerder vanochtend dan gisteravond.'

'Dat is alvast iets. Had mevrouw Driscoll een sleutel?'

'Ja, die had ze. Ze woont verderop in de straat. Deed zijn boodschappen, maakte het huis schoon, waste zijn kleren en hing ze te drogen. Je zou me een plezier doen door later met haar te gaan praten. Mijn oren tuiten inmiddels. En ik vroeg alleen maar hoe ze het slachtoffer kende.'

'Het klinkt alsof hij een heel rustig leven leidde,' was mijn commentaar. 'Hij zal niet veel gelegenheid hebben gehad opgemerkt te worden, als zij al zijn boodschappen en zijn schoonmaakwerk deed. Kwam hij de deur weleens uit?'

'Hij ging elke dag naar de mis. Waarschijnlijk om om vergeving te vragen. Verder nooit.'

Het kleine grijze, negentiende-eeuwse kerkje, opgetrokken uit blokken natuursteen, en waarschijnlijk gebouwd voor Ierse immigranten, had ik al opgemerkt. Het stond een paar honderd meter van het huis van de voormalige priester vandaan. Het zou geen lange wandeling of een vermoeiend uitje zijn geweest. 'Was hij bekend in de buurt?'

'Niet bij de jongere generaties. Volgens mevrouw Driscoll waren er mensen die zich nog herinnerden dat hij hier had gewerkt, maar de meesten wisten niet van zijn veroordeling af.'

'En geen enkel teken van soortgelijk gedrag in de tijd dat hij hier woonde, toen of nu?'

'Daarover heeft ze niets gezegd.' Derwent schudde zijn hoofd. 'Zoals ik al zei: vraag het haar maar. Als het je lukt. Ik kreeg er geen woord tussen.'

'Hij leefde in totale afzondering en toch heeft iemand hem gevonden.'

'Inderdaad.'

'Onze man?'

'Het lijkt erop. Het zou wel erg toevallig zijn als er nog iemand pedo's vermoordt.'

'Is hij gemarteld?'

'Zeker weten,' zei Derwent nonchalant. Hij stond tegen de muur geleund alsof we het over voetbal of het weer hadden en niet over dodelijk geweld. 'Zodra de kamer wat minder vol is, zal ik je het lichaam laten zien.'

'Dat hoeft niet,' zei ik te snel. 'Ik bedoel: ik zie de autopsieverslagen wel.'

'Die zijn geen vervanging voor de geur van de angst, Maeve.' Hij ging rechtop staan. 'Laten we meteen maar even gaan kijken.'

'Nu?' Ik stapte onwillekeurig naar achteren.

'Zinkt de moed je in de schoenen?' Zijn ogen glommen van plezier.

'Nee hoor.' Ik slikte. 'Maar ik hoef daar niet binnen te vallen als er al zoveel mensen zijn. Dan kan ik beter de rest van de woning gaan bekijken.'

'Daar ben je zo mee klaar. Oké, ga maar mee.' Hij keek geamuseerd toen hij me voorging de keuken uit en de hal in; hij wist dat ik daar niet wilde zijn, dat ik tijd wilde rekken.

'De badkamer.' Hij deed het licht aan. Lila tegels, bad, wastafel en toilet mosgroen: een oogverblindend lelijke combinatie die nooit had mogen worden bedacht. Er hing een bruine handdoek aan een haakje in de muur. Aan het plafond tierde de schimmel welig en de ruimte rook muf, maar was in principe schoon.

'De woonkamer ligt aan de achterkant.' Ook weer een kleine ruimte, deze keer met donkerbruine vloerbedekking en aan de muur een reproductie van Da Vinci's *Laatste avondmaal*, een gaskachel, een kleine radio. Geen televisie. De stoelen zagen er hard en oncomfortabel uit, en slechts één leunstoel met een houten frame vertoonde sporen van gebruik. Tegen de achterkant van de zitting zat een verfrommeld roze kussen gedrukt. Ik keek rond en dacht: een eenzaam leven. Een triest leven. Op een tafeltje bij het raam lag een koperen kruisje en op de vloer naast de stoel lag een misboek. De kamer zag uit op de tuin, een ongeïnspireerd grasveldje.

'De achterdeur zit aan het eind van de gang.'

Ik volgde Derwent. Hij draaide een sleutel in de matglazen deur om en duwde hem met een zwierig gebaar open. 'Voilà.'

De tuin was even deprimerend als het uitzicht had doen vermoeden; om het grasveldje stonden hoge afrasteringen die aan de huisjes van de buren toebehoorden. Derwent keek zonder commentaar naar de waslijn en de voerbakjes voor vogels, de enige andere elementen in de tuin. Aan de lijn waren op enige afstand van elkaar plastic wasknijpers bevestigd, klaar voor gebruik. De voerbakjes zaten driekwart vol, alsof ze de dag tevoren nog waren bijgevuld. In de tuin van een van de buren stond een boom in volle bloei en met elk zuchtje wind zweefden er kleine bloemblaadjes van over het gras. Ze verzamelden zich als een wuivende kanten volant tegen de afrastering. Op het eerste gezicht zag het er leuk uit, maar het verdorren van de bloemknopjes had al ingezet en ze kleurden lichtbruin.

Hij had een rustig leven geleid. Hij was schoon op zichzelf geweest en had de woning netjes gehouden, met hulp van mevrouw Driscoll. Hij had met plezier gezorgd voor de vogeltjes die zijn tuin bezochten en verder had hij weinig gehad. Hij had zijn status niet behouden, maar zijn geloof wel, en hij had zijn dagen gesleten met bidden, thuis of in de buurtkerk. Hij was aardig genoeg geweest om loyaal te worden behandeld door degenen die hij had gediend toen hij in Londen werkte, en fatsoenlijk genoeg om zijn schuld toe te geven toen hij erop werd aangesproken.

Ook was hij een kindermisbruiker geweest, een manipulator, een machtige man binnen zijn geloofsgemeenschap, die zijn positie had uitgebuit om onschuldige kinderen te beschadigen. Toch waren maar heel weinig mensen door en door slecht; weinigen waren trouwens door en door goed. Ik zou hem daarom niet veroordelen. Dat was ook niet nodig. Hij was het slachtoffer in deze zaak, geen verdachte, en ik zou net zo hard mijn best doen om zijn moordenaar te vinden als altijd.

En om dat te kunnen doen, moest ik zien waar hij was gestorven. Ik wendde me weer tot Derwent. 'Laten we de slaapkamer eens gaan bekijken.'

'Kom maar mee.'

De mannen van de technische recherche waren aan het opruimen toen we terug de gang in liepen en we wachtten terwijl ze een voor een met hun zware tassen en camera-uitrusting naar buiten kwamen. Ik zag dat de laatste die voorbijkwam Tony Schofield was, een voortijdig kalende politieman die altijd gespannen was. Ik had altijd het gevoel gehad dat hij te nerveus was voor het werk dat hij deed, maar hij had onlangs promotie gemaakt en was nu officieel manager plaats delict. Hij knikte naar ons.

'Vrij duidelijk allemaal. We hebben foto's en monsters genomen en dokter Hanshaw heeft het lichaam vrijgegeven. Als jullie klaar zijn stuur ik de mensen van het mortuarium naar binnen.'

'Moeten we ergens van afblijven?'

'Zorg maar dat er geen menselijk weefsel op je kleren komt. Dat is er verdomd lastig uit te krijgen.' Hij zag mijn blik. 'Sorry. Slechte grap.'

Derwent sloeg hem op de schouder. 'Geef je huidige baan maar niet op voor een carrière als komediant, vriend.'

'Waarschijnlijk geen goed idee, nee.' Schofield lachte nerveus en werd toen weer serieus. 'Nee, de kamer is vrijgegeven. Neem uiteraard wel de gebruikelijke voorzorgsmaatregelen.'

De inspecteur keek me aan. 'Wacht je nog ergens op?'

Ik stond te wachten op een wonder waardoor ik misschien niet naar binnen zou hoeven, maar pastoor Fintan was geen wonder overkomen, dus waarom mij dan wel? Ik trok dunne blauwe latex handschoenen aan en duwde de deur met mijn elleboog wijd open, zodat ik hem zo min mogelijk hoefde aan te raken. Ik ging naar binnen en stapte opzij om Derwent door te laten. Er was maar net genoeg plaats om naast elkaar aan het voeteneinde van het bed te staan. Het was een kleine kamer met een donkerblauw behang met knolvormige, rode Provençaalse rozen. Afgezien van het bed stond er niet veel in, alleen een kleine kledingkast en een ladekastje dat tevens als nachtkastje dienstdeed. Iemand had de lamp aan het plafond laten branden, maar die kon weinig doen aan de algehele sombere sfeer. Het enige positieve wat je kon zeggen van het behang en alles wat er stond was dat ze de ergste bloedspetters aan het oog onttrokken.

Het lichaam lag dwars over het bed, gekleed in een wit overhemd, een marineblauw vest en een zwarte pantalon, hoewel het overhemd en het vest niet waren dichtgeknoopt en de pantalon niet was dicht geritst. Boven de geruite slippers uit staken dikke grijze sokken. Zijn handen lagen ineengevouwen op zijn buik met eromheen een rozenkrans met zilveren kralen, alsof hij aan het bidden was toen hij stierf. De handen waren wasbleek; de nagels waren lang maar welgevormd en de vingers waren kort. Hij was klein van stuk geweest, maar niet dun: hij had een bolle buik. Het was moeilijk veel meer te zeggen over zijn verschijning omdat zijn hoofd in feite weg was. Stukjes bot en hersenen lagen als na een explosie over het bed verspreid en de sprei en het hoofdeinde waren bedekt met bloed en een ondefinieerbare brij. Wat er over was kon niet direct als menselijk worden geïdentificeerd.

'Jezus.'

'Ja. In je gezicht te worden geschoten met een afgezaagd jachtgeweer is niet zo best voor je huid.'

Ik had de gaten van verdwaalde hagelkorrels al in het beddengoed zien zitten. 'Denken we aan één schot?'

'Meer zal niet nodig zijn geweest.'

'Riskant, op zo'n plek met overal buren. En die directe aanpak past eigenlijk niet bij onze moordenaar.'

'Eén schot is niet zo riskant. Mensen negeren dat type geluid omdat ze niet weten wat het is.' Derwent liep naar het raam en tuurde naar buiten, waar het enige uitzicht een kale muur was. 'En hij heeft ook een omweg genomen om de niet zo brave pastoor te vermoorden.'

'Je zei dat hij is gemarteld. Hoe dan?'

'Zie je de kralen van die rozenkrans?' Ik knikte. 'Hij is ermee gebrandmerkt. Ze zijn verhit boven een gaspit in de keuken of in de haard in de woonkamer, zou ik zeggen. Hier op de vloer lag een ovenhandschoen. Het ziet ernaar uit dat de moordenaar zijn vingers niet wilde branden.'

Nu ik wist waar ik naar moest zoeken zag ik een rijtje brandblaren in de schaduw van het openstaande overhemd. Ik fronste mijn wenkbrauwen. 'Dat is afschuwelijk, maar het lijkt een beetje halfhartig voor onze man. Het ligt wel heel ver af van castratie en amputatie.'

'We weten niet wat er verder nog is gebeurd. Hij kan zijn tanden er wel hebben uitgeslagen, zijn aangezichtsbeenderen hebben gebroken, dat soort dingen. Er liggen genoeg stukjes van zijn gebit in deze kamer; we kunnen gewoon niet zeggen of ze uit zijn hoofd zijn geschoten of geslagen. Het ligt er nu niet meer, maar ze hebben een zwaar houten kruis onder het bed vandaan gehaald. Dat heeft aan de muur gehangen.' Hij wees naar een grote spijker vlak bij het bed, en nu ik ernaar keek zag ik een donkerder stuk behang waarop zich achter het kruis stof had verzameld. 'Het was een groot ding, zestig centimeter lang. Een heleboel bewijsmateriaal: bloed, haren, dat soort dingen, alsof iemand het als knuppel heeft gebruikt. Daarmee kun je behoorlijk wat letsel toebrengen.'

'Hm. Toch is het niet echt geëscaleerd. Maar Kinsella's misdaden waren dan ook niet zo erg als die van de twee andere slachtoffers, zou je kunnen zeggen. Als je ervan uitgaat dat de moordenaar de straf aanpast aan de daden van elk slachtoffer, is het niet zo vreemd dat hij hier niet zo gewelddadig is geweest.' Ik merkte zelf hoe afwezig ik klonk.

Derwent keek me onderzoekend aan. 'Waar denk je aan?'

'Dat hij misschien zijn belangstelling verliest.'

Hij keek sceptisch. 'Denk je echt dat het hem niet meer kan schelen? Ziet dit er naar jouw gevoel uit alsof iemand het emotieloos heeft gedaan?'

'In zekere zin wel. Misschien vond hij het niet prettig om een pastoor te doden. Dan zouden we op zoek kunnen zijn naar iemand die rooms-katholiek is. Of zo is opgevoed.'

'Best mogelijk.'

Ik liep om het bed heen en keek overal naar, behalve naar wat er van het hoofd over was. Eén blik was genoeg geweest.

'Ik neem aan dat het lichaam er niet zo bij lag toen het gevonden werd.'

'Dat neem je terecht aan. Maar Hanshaw heeft het lichaam niet al te veel verplaatst. Er is rigor mortis opgetreden in de handen; hij vond het niet nodig ze te breken, zei dat hij de rozenkrans wel tijdens de autopsie zou losmaken. De hoek waaronder het lichaam ligt klopt niet helemaal. Hij lag niet zo ver op bed als nu. En Hanshaw heeft zijn kleding losgemaakt.'

Ik keek snel op. 'O ja? Dus het overhemd is na het brandmerken weer dichtgeknoopt?'

Derwent knikte.

'Hij heeft hem in zijn waarde gelaten,' zei ik, bijna tegen mezelf. 'Hij moet – of ze moeten, want het kan er meer dan een zijn geweest – tot de conclusie zijn gekomen dat het slachtoffer niets bruikbaars wist. Hij heeft Kinsella zich weer laten aankleden. De moordenaar heeft hem zelfs toegestaan te bidden, hoewel het wel erg sadistisch is om hem dezelfde rozenkrans te laten gebruiken waarmee hij gemarteld was, vind je niet?'

'Hij zat op het bed,' zei Derwent, 'toen hij werd doodgeschoten. Zat op de bedrand te bidden.'

'Hij wist dat hij zou sterven.'

'Het is snel gegaan. En hij was oud.' Derwent maakte een beweging, ineens rusteloos. 'Ben je klaar?'

Ik was klaar. Ik ging de kamer uit met een sterk gevoel van opluchting dat ik weg kon van die akelige plek en toch zag ik de details nog afschuwelijk duidelijk voor me. Ik zou er nooit aan wennen naar lijken te kijken, bedacht ik somber; misschien zou een overplaatsing naar een andere afdeling toch niet zo'n slecht idee zijn. Ik zou het team kunnen verlaten en misschien naar de sectie financiële misdrijven kunnen gaan. Bij fraudezaken kwam je maar heel weinig lijken tegen. Dan ving ik twee vliegen in één klap, want als Rob en ik niet langer in hetzelfde team zaten...

Die gedachtegang drukte ik snel de kop in. Ik had volledig zorgeloos aan Rob gedacht, hoopvol. En dat was echt tijdverspilling. Het was voorbij, erkende ik terwijl ik blind door de smalle gang naar de deur liep. Hij was al doorgegaan met zijn leven en dat moest ik ook doen. Het had geen zin nog langer aan hem te denken, en het had ook geen zin om te overwegen het team te verlaten. Ik was immers nog steeds enthousiast over mijn werk en wilde het goed doen. Mijn gedachten gingen naar Godley en toen we de buitenlucht in stapten draaide ik me om.

'Is de chef hier al geweest? Komt hij hiernaartoe?'

Derwent schudde zijn hoofd. 'Te druk.'

'Ik had nooit gedacht dat hij iets anders prioriteit zou geven boven een seriemoordenaar.' Godley kwam als de werkdruk het ook maar even toeliet altijd zelf kijken en de vorige avond had hij zeer betrokken geleken bij de zaak.

'Praat wat zachter.' Hij pakte mijn arm en kneep er hard in. 'Of wil je dat het uitlekt?'

Ik keek om me heen. De enige burgers stonden mijlenver weg. 'Ten eerste ben je paranoïde. Er staat niemand zo dichtbij dat hij het kon horen. En ten tweede: denk je echt dat je dit nog veel langer stil kunt houden?'

'Misschien niet. Maar dat betekent nog niet dat ik wil dat jij het naar buiten brengt. De media zullen een hele kluif voor ons zijn; maak het niet lastiger dan nodig is.'

Daar had hij wel een punt. En ook al vond ik niet dat ik iets verkeerds had gedaan, zou een excuus op den duur misschien wel vruchten afwerpen. 'Sorry. Ik zal voorzichtig zijn. Zal ik met de buren gaan praten en nagaan of ze iets hebben gehoord?'

'Niet nodig.'

'Jij kunt het toch nog niet hebben gedaan?' Zo lang was ik niet bezig geweest dat adres te vinden.

'Ik niet. Colin Vale. Ik heb de chef gevraagd of we wat extra hulp konden krijgen en toen is hij gestuurd.'

Colin was een goede rechercheur, meer dan nauwgezet. Ik knikte. 'Die steun konden we wel gebruiken.'

'Ik had verwacht dat je kwaad zou zijn.' Ik verbeeldde het me niet: Derwent keek teleurgesteld. Hij keek langs me heen en ik draaide me om en zag hoe mijn slungelachtige collega zich dubbel boog om onder het tape van de plaats delict door te duiken. 'Daar is hij al. Hoe is het je vergaan?'

Colin keek op zijn beste dagen al mistroostig, maar nu zag hij er dieptreurig uit. 'Helemaal niet goed.' Hij wees met zijn pen. 'De buren links: op hun werk. Ze hebben het winkeltje op de hoek en gaan bij zonsopgang van huis en komen pas Joost mag weten hoe laat thuis. Ik ben naar de winkel gegaan en heb het toch maar even nagevraagd, maar ze hebben niets gehoord of gezien; ze weten van niks. De buren rechts: die dame is stokdoof en daarbij vrijwel stom. Voor zover ik het heb begrepen is haar niets opgevallen. De bovenverdieping staat al maanden leeg. Linksboven wordt momenteel gerenoveerd en de bouwvakkers hebben vanaf zeven uur 's ochtends met zwaar materieel gewerkt. Ze hebben niemand zien komen of gaan, maar ook hier was het niet zo makkelijk tot hen door te dringen vanwege de taalbarrière. Het zijn Oekraïners.'

'Rechtsboven?'

'Claire Halperin is haar naam. Ze is verpleegster en werkt in ploegendienst. Deze week had ze nachtdienst, om zeven uur 's ochtends klaar, meestal om acht uur weer thuis. Vandaag was ze een beetje laat, want ze is onderweg naar de supermarkt geweest. Kwam thuis kort nadat mevrouw Driscoll de alarmcentrale had gebeld en heeft de eerste politiemensen gezien, maar pas toen kreeg ze het idee dat er iets mis was. Ze had de laatste dagen niemand zien rondhangen en er is haar gisteren of vanochtend beslist niets bijzonders opgevallen, en naar mijn idee is zij de best mogelijke getuige van hen allemaal. Een jonge vrouw, maar het type dat dingen opmerkt.'

'Kende ze het slachtoffer?'

'Jawel. Ze ging af en toe even bij hem kijken. Mevrouw Driscoll heeft haar een keer geroepen toen pastoor Kinsella niet goed werd en mevrouw Halperin heeft hem toen onderzocht en is bij hem gebleven tot de ambulance kwam, dat soort dingen. Het ging wel met hem, zei ze. Ze hebben hem niet eens een nachtje gehouden. Maar hij was erg broos en ze maakte er een gewoonte van om de twee weken even binnen te lopen voor een praatje. Ze vond hem aardig. Was erg ontdaan toen ze hoorde dat hij dood was.' Colin keek me somber aan. 'Ik heb haar niet al te veel verteld over de omstandigheden.'

'Dat is waarschijnlijk het beste.'

Derwent keek geïrriteerd. 'Hij woonde in een schoenendoos met twintig anderen praktisch op een armlengte afstand; de muren zijn van bordpapier en niemand is verdomme iets opgevallen. Hij is doodgeschoten. Niemand heeft iets verdachts gezien. Niemand herinnert zich ook maar iets nuttigs, zoals een lange donkere vreemdeling die om negen uur 's ochtends onder het bloed door de straat rent, of een onbekende auto met draaiende motor. Bestaat er nog een kans dat iemand een woordenwisseling heeft gehoord? Een hulpkreet? Of goddomme een schot van een jachtgeweer?'

'Kennelijk niet. Maar ik heb de panden aan de overkant nog niet gedaan.' Colin zuchtte diep. 'Maar ik denk dat er weinig kans op is. Als je kijkt hoe die flats zijn ingedeeld. Eigenlijk moet je hopen dat er net iemand in de keuken was die naar buiten stond te kijken, of dat iemand het huis verliet op precies het moment waarop het slachtoffer zijn moordenaar binnenliet. Want anders kun je echt niets zien. En er is geen spoor van schade aan de deur of in de gang. Het ziet er niet naar uit dat iemand zich met geweld toegang heeft verschaft. Het lijkt eigenlijk vergeefse hoop dat een van de buren nieuwsgierig genoeg was om op te letten toen iemand daar aan de deur kwam. De kans is heel klein. Maar ik zal het ze toch vragen.'

'Het lijkt me geen verkeerde manier om je tijd te besteden.' Derwent liep te ijsberen. 'Ik hou je niet tegen.'

Hij leek volledig in gedachten verzonken. Als het iemand anders was geweest, zou ik nu zijn weggegaan om iets nuttigs te gaan doen. Maar bij Derwent durfde ik dat niet.

'Wat kan ik het beste gaan doen?' Hij keek me neutraal aan en ik riskeerde een voorstel. 'Je had het erover dat ik met mevrouw Driscoll kon gaan praten.'

'Ja. Natuurlijk. Waarom ook niet. Ga maar even met mevrouw Driscoll praten. En ga dan maar terug naar het bureau. Ik ga naar het mortuarium. Me ervan overtuigen dat we niets over het hoofd hebben gezien. Het zit me dwars dat er niet evenveel geweld is gebruikt. Dat zit me erg dwars.'

'Je ziet niet bij alle moordenaars dat het escaleert. Het zijn geen robots.'

Hij keek me niet aan. 'Misschien was de pastoor wat beter van de tongriem gesneden tegenover de moordenaar. Misschien heeft hij hem er wel toe overgehaald hem uit zijn lijden te verlossen. Ten slotte was hij dood echt beter af.'

Een passend grafschrift voor een in ongenade gevallen priester, maar wel kil, dacht ik terwijl Derwent naar zijn auto beende. Ik fronste mijn wenkbrauwen. Er zat mij ook iets dwars, maar dat had niet met de mate van geweld te maken. Daarvoor waren makkelijk verklaringen te verzinnen; ik had er zelf al twee genoemd. Waar ik geen bevredigend antwoord op kon bedenken was waarom de drie slachtoffers allemaal op zo verschillende manieren waren vermoord. Barry Palmers schedel was ingeslagen, Ivan Tremletts keel was doorgesneden en Fintan Kinsella's hoofd was eraf geschoten. Ik begreep wel dat er verschillende martelmethoden waren gebruikt, maar ik kon me niet voorstellen dat een moordenaar met gemak drie moorden op zo verschillende wijzen zou plegen. Er was brute kracht en een zeker gebrek aan finesse voor nodig om iemand dood te slaan. Een doorgesneden keel was het resultaat van ultieme vaardigheid en efficiëntie. Het was beslist gewelddadig om een priester dood te schieten, maar bij die methode werd een zekere afstandelijkheid tussen moordenaar en slachtoffer gehandhaafd, die tevens wees op bepaalde scrupules die niet goed pasten bij de andere sterfgevallen. Er klopte niets van. Ik begon me bijna af te vragen of we misschien niet moesten zoeken naar een en dezelfde moordenaar, maar naar drie moordenaars, wat vast belachelijk was. Toch was het de moeite waard die mogelijkheid te opperen.

En ik had hem niet geopperd. Het idee was bij me opgekomen zodra ik Kinsella's lichaam zag, maar ik had er niet eens op gezinspeeld. Het leek wel alsof ik het voor me wilde houden, zodat ik het bij de eerste gelegenheid met Godley kon bespreken. Maar zoiets zou ik nooit doen. Dat had ik de inspecteur de avond tevoren nog beloofd. Ik had gezegd dat ik geen zin had om spelletjes te spelen. Ik zou nooit hebben gelogen. Niet tegen hem.

Ik zag Derwent wegrijden en ik voelde mijn geweten in het geheel niet knagen.

8

Enigszins tegen de verwachting in werd de situatie beter naarmate de dag vorderde. Het was waarschijnlijk geen toeval dat Derwent de hele middag bij de autopsie moest zijn. Hij zou teleurgesteld zijn geweest als hij had geweten dat mijn gesprek met mevrouw Driscoll allesbehalve vervelend was. Ondanks de omstandigheden genoot ik van elke minuut.

Mevrouw Driscoll woonde aan de overkant, net niet recht tegenover de plaats delict, in een woning op de begane grond die het spiegelbeeld was van die van de priester. Ze was klein en pezig en had blauwzwart geverfd haar, dat eruitzag alsof het ruw moest aanvoelen. Ze was waarschijnlijk in de zeventig maar nog heel kwiek, en haar bleke, vochtige ogen misten absoluut niets. Ze praatte inderdaad erg graag, maar was ook amusant eigenwijs. Voordat ik haar ook maar één vraag kon stellen kreeg ik alles te horen over de buren van de voormalige pastoor en over de Loughlins, de eigenaren van de flat die hij bewoonde.

Haar woonkamer was onberispelijk op orde, en ik herkende de uiterst agressieve houding jegens stof die me in de flat van het slachtoffer was opgevallen: elk oppervlak was zodanig opgepoetst dat het glansde als een spiegel. Een enorm bankstel met een felgekleurd bloemdessin nam het grootste deel van de ruimte in beslag en de rest was geheel gewijd aan een gigantische flatscreen-tv. De gordijnen waren van hetzelfde materiaal als de bank en de fauteuils, maar werden opzij gehouden door ruim van kralen voorziene embrasses. Het vloerkleed, de plinten en de rand van de lambrisering waren kastanjebruin, en het behang was goudkleurig met een kastanjebruin krullenpatroon. Het geheel was nogal schrikwekkend maar toch was het een comfortabele kamer, dat wil zeggen: dat zou hij zijn als het er niet snikheet was. Op deze dag, waarop de geüniformeerde politie buiten in hemdsmouwen liep in het lentezonnetje, werd de kamer verwarmd door twee radiators en een open haard. Ik ging zo ver mogelijk bij de haard vandaan zitten en nipte van het glas water dat ze me had aangereikt; ik rantsoeneerde het water terwijl het zweet op mijn bovenlip parelde en langs mijn rug omlaag liep.

Op elk oppervlak dat er groot genoeg voor was stonden familiefoto's; ik had ze goed bekeken terwijl mevrouw Driscoll het water haalde. Het meest in het oog springend waren vier grote, in leer ingelijste eindexamenfoto's van drie jongens en een meisje met een baret op, die zich duidelijk niet op hun gemak voelden. Ze poseerden alle drie stijfjes met hun diploma in de hand en glimlachten alle drie even opgelaten. Aan hun kapsel en kleding te zien moesten de foto's halverwege de jaren negentig zijn gemaakt. Dezelfde gezichten glimlachten me toe op trouwfoto's die op een lage boekenplank waren weggezet; ze waren zo geplaatst dat de partners min of meer verscholen waren. Die arme Abby had net zo'n weinig prominente plek gekregen in de woonkamer van mijn ouders. Ze zou inmiddels wel verbannen zijn naar een lade, vermoedde ik, nu ik opeens werd herinnerd aan de problemen van mijn broer. Uit de hele legers in lijstjes vervatte baby's, peuters en kinderen die me rozerood aankeken en naar me zwaaiden maakte ik op dat de kinderen Driscoll voor een ruime hoeveelheid kleinkinderen hadden gezorgd. Ik durfde niet naar hen te vragen uit angst dat het me nooit meer zou lukken mevrouw Driscoll terug te krijgen bij het onderwerp waar het om ging. Bovendien was ze niet het type getuige dat je slechts met moeite tot medewerking kon bewegen. Ze was meer dan bereid tot praten en was zeer nadrukkelijk in haar verdediging van de reputatie van de overledene, 'nu hij er niet meer is om het u zelf te vertellen en moge het licht der eeuwigheid op hem schijnen en moge hij rusten in vrede, amen'.

'Amen,' echode ik. 'Dus u wist dat hij was veroordeeld wegens kindermisbruik?'

'Jazeker. En er was geen woord van waar. Die arme man, God hebbe zijn ziel, hij was een man die zijn eigen hart voor je zou breken. Hij was er niet de man naar om zich teweer te stellen. Hij accepteerde het maar in plaats van te zeggen dat die jongens hadden gelogen. Hij zei altijd tegen me: "Mary, het klopte ook eigenlijk wel. Ik was aanwezig als ze zich daar in huis wasten, maar ik wilde me er alleen maar van overtuigen dat ze het goed deden en ook goed met de spullen omgingen. Ik had geen kwaad in de zin."'

'Maar wat er werd beschreven heeft wel degelijk plaatsgevonden.'

Ze zwaaide met haar vinger naar me. 'U moet wel beseffen dat dit arme jonge knullen waren die niet de beschikking hadden over warm water. Niemand anders zorgde voor hen. Ze waren smerig en zaten vol neten en Joost mag weten wat nog meer. Pastoor Fintan waste hun kleren en zorgden dat ze zich wasten om hun wat zelfrespect te geven. Als je ze de rug toekeerde, roofden ze zonder aarzelen je huis leeg. Dus zorgde hij ervoor dat ze nooit alleen waren, voor hun eigen bestwil. Hij was zo naïef. Hij heeft nooit ingezien dat het kwaad kon om in dezelfde ruimte te blijven als zij. En het kon ook geen kwaad. Heeft Christus zelf niet de voeten van zijn apostelen gewassen?'

'Dat zeggen ze.' Dit alles werd als machinegeweervuur over me uitgestort en ik had moeite haar bij te houden. 'Heeft hij ooit zoiets gedaan toen hij hier in deze parochie werkte, voor zover u weet?'

Ze maakte zich zo lang mogelijk, wat neerkwam op ruwweg één meter vijftig. 'Nee, dat heeft hij niet. En dat was ook niet nodig. Dit is een fatsoenlijke wijk. Dit is geen omgeving waar de kinderen zonder toezicht opgroeien. Dat gebeurt misschien daar in Liverpool, maar hier niet. Ze zouden zich zo niet durven te gedragen. Geen kind zou ooit ongewassen naar de kerk gaan, want dan zou het de rug van zijn moeders hand wel voelen.' Aan haar gezicht te zien was daarover geen twijfel mogelijk. 'Pastoor Fintan was een lieve man. Een door en door fatsoenlijke man. We heetten hem graag weer welkom toen hij een woning nodig had.'

'Wilde hij niet naar Ierland teruggaan?'

'Hij had daar geen familie meer. Zijn zusters zijn naar Canada verhuisd, maar die zijn inmiddels allebei dood. Zijn ouders waren natuurlijk allang overleden. Zijn broer was ergens missionaris, misschien in Afrika. Of de Filippijnen. Ik zou het eerlijk gezegd niet weten. Nou ja, ze waren alle windrichtingen op gegaan, dus hij had geen thuis om naar terug te keren. Dit leek er nog het meest op.' De vochtige ogen knipperden tweemaal en er sijpelde wat traanvocht langs de verticale groeven in haar wangen. 'Ach, we zouden allemaal wel naar huis willen terugkeren, maar pas als je erover gaat nadenken kom je erachter wat dat inhoudt. Het is de plek waar ze nog weten wie je bent, waar van je gehouden wordt. En wat hem betrof, was dat hier. Hij was al te lang uit Ierland weg. Hij kende het land niet meer en de mensen daar kenden hem niet. Hier was hij beter af.'

Tot iemand hem bruut vermoordde, dacht ik, maar ik zei niets. Alsof ze mijn gedachten had gehoord, keek ze me vermanend aan.

'Was het een roofoverval? Waren ze op zoek naar geld?'

'We zijn nog niet zeker van het motief. We houden alle mogelijkheden open.'

'Dat zei die andere man ook. Die vreselijke idioot die hier al is geweest.'

Ik glimlachte breed. 'Rechercheur Derwent?'

'Ja die. Dat is toch een ontzettende idioot? Een betweter. Die weten het minst van allemaal.'

'Dat heb ik ook altijd gevonden.'

'Hij wilde helemaal niet luisteren. Bleef me maar onderbreken met zijn vragen, maar hij sloeg totaal geen acht op de antwoorden. Hij bleef maar zeggen: "ja, ja, ja" als ik iets vertelde en probeerde me dan te laten opschieten. Ik weet best dat het soms even duurt voordat ik ter zake kom, maar ik wilde er zeker van zijn dat hij zou begrijpen hoe het zat met pastoor Fintan. Niemand zou hem hebben willen vermoorden. Niet zo. God zegene ons en beware ons... Toen ik zag wat ze hem hebben aangedaan...' Ze sloot haar ogen. Op dat moment zag ze er opeens heel broos uit en ik zag voor me wat ze had aangetroffen toen ze de slaapkamerdeur opende. Ik wist tenminste wat me te wachten stond. Ik was in staat geweest me ertegen te wapenen. En desondanks had ik het moeilijk gevonden om te kijken naar wat er over was van die oude man.

'U moet ontzettend zijn geschrokken.'

'Dat ben ik inderdaad. Maar ik was al ongerust omdat hij niet op was. Hij was altijd zijn bed uit als ik aankwam. Meestal was hij al naar de mis van zeven uur geweest. Ik had hem daar die ochtend niet gezien, maar heb er verder niet bij nagedacht. Ik denk dat ik aannam dat hij niet zo lekker was, of dat hij zich verslapen had of iets dergelijks. Toen ik de deur opende en hem riep en geen antwoord kreeg, ja, toen wist ik wel dat er iets niet in de haak was, maar verder wees niets erop dat er iets was voorgevallen. Behalve dat zijn slaapkamerdeur dicht zat. Toen ik dat zag vermoedde ik wel dat hij dood was, maar ik dacht dat hij in zijn slaap zou zijn overleden.' In haar stem klonk geen enkele emotie door. 'Ik was al voor zijn ziel aan het bidden toen ik de deur opendeed en hem zag liggen.'

'Dat moet u erg van streek hebben gemaakt, mevrouw Driscoll. Dus er was niets anders dan anders in de flat? Niets waar u vreemd van opkeek?'

Ze schudde haar hoofd, maar voordat ze dat deed aarzelde ze heel even.

'In de keuken...' begon ik.

'O, dat hebt u dus gezien? De fluitketel.' Ze knikte en haar bleke ogen glansden. 'Dat vond ik inderdaad vreemd, want hij zette altijd een kopje thee voor zichzelf, voor de mis. Hij nam alleen thee. Geen ontbijt of wat ook. Pas naderhand, en zelfs dan at hij alleen een beetje brood. Maar hij dronk zijn thee voordat hij wegging, om ongeveer halfzeven, en als ik dan later die ochtend kwam, waste ik zijn mok en de rest van de vaat af.'

'Komt u altijd op dezelfde tijd bij hem?'

'Na de mis, maar de ene keer wat vroeger dan de andere keer. Heel af en toe ben ik er pas om halfelf. Vandaag was ik er trouwens bijna zo laat. Ik kreeg toevallig een telefoontje van een oude vriendin en daardoor werd ik vanochtend opgehouden. Dat zul je altijd zien, juist op deze ochtend. Hoewel: als ik binnen was gekomen terwijl die persoon er nog was, zou ik daar mooi dood hebben gelegen en dan zou u nu naar me staan kijken en niet met me praten.'

Ze had waarschijnlijk gelijk maar ik wilde het niet al te openlijk met haar eens zijn. 'U kunt beter niet nadenken over wat er had kunnen gebeuren, mevrouw Driscoll. Ik ben blij dat het niet zo is gelopen.' Ik aarzelde voordat ik haar een vraag stelde die me misschien zou nopen de rest van de dag in haar sauna van een woonkamer door te brengen. 'Is er nog iets anders waarvan u denkt dat we het moeten weten, over pastoor Fintan of over iets wat er vandaag is gebeurd? Iets waar we niet naar hebben gevraagd? Iets wat u niet lekker zit? Iets anders wat u is opgevallen?'

'Nou, er was nog wel één ding. Het is waarschijnlijk niets. Maar toen ik vanochtend de melk ging pakken – dat zal om tien over halfzeven zijn geweest, en dat weet ik zeker omdat de tv in de keuken aanstond – stond er een busje van de post voor de flat, en een postbode liep met een pakket in pakpapier naar de voordeur. Een groot pakket. Rechthoekig, ongeveer zo groot.' Ze gaf een vorm aan die grofweg een halve meter lang en dertig centimeter breed was.

'Weet u zeker dat hij naar pastoor Fintans voordeur liep?'

Ze knikte. 'Daar heb ik op gelet. Ik was van plan hem te vragen wat het was als ik hem zag.'

'Ik heb geen pakketje in de flat zien liggen,' zei ik langzaam, en ik dacht aan de karig gemeubileerde kamers waarin ik had rondgekeken.

'Ik ook niet.' Ze knipperde snel met haar ogen. 'Ik heb juist heel goed rondgekeken. Terwijl ik op de politie wachtte. Ik wilde zeker weten dat er niemand achter een deur verscholen stond, weet u. Ik kon niets doen voor pastoor Fintan, dus heb ik maar een paar gebeden voor hem opgezegd terwijl ik overal keek. Nergens een pakje te bekennen.'

'En ook geen pakpapier.'

'Niks.' Ze leunde triomfantelijk achterover in haar leunstoel. 'Geen enkel stukje papier.'

'En u weet echt zeker dat het zijn woning was?'

'Absoluut. Ik zag de deur opengaan.' Ze klonk overtuigd, een ideale getuige.

'Bent u er zeker van dat het een officieel busje van de posterijen was? Stond het logo op de zijkant?'

'Het was in elk geval rood.' Ik merkte direct dat we op minder zeker terrein waren aangekomen. Ze klonk opeens vaag. 'De afmetingen klopten. Volgens mij wel. Ik heb er eerlijk gezegd niet goed naar gekeken. Ik zou niet weten wat voor soort busje het was, van welk merk en zo. Ik zag hem uitstappen en zag de kleur. Hij droeg het uniform – het jasje en zo – dus heb ik gewoon aangenomen dat het een echt busje van de post was. Ik heb er verder niet bij nagedacht.'

'U hebt het kenteken niet gezien.' Het was geen vraag.

Ze schudde haar hoofd. 'Sorry.'

'Dat geeft niet. U hebt ons er erg mee geholpen. U hebt de postbode gezien en dat is belangrijker. Zou u kunnen zeggen hoe hij eruitzag?' Ik probeerde niet al te opgewonden te klinken, maar mijn hart gaf zijn beste imitatie van een op hol geslagen paard in volle galop.

'Ik keek naar het pakje, niet naar hem. Ik wist niet dat hij belangrijk zou zijn.' Ze klonk net zo ongelukkig als ik me voelde. 'Hij was blank. Bruin haar, geloof ik.'

'Oud? Jong?'

'Niet oud. Ongeveer even oud als Brian.' Ik keek verbijsterd en ze schudde haar hoofd uit ergernis over zichzelf en wees toen naar een van de foto's. 'Mijn middelste zoon. Hij is vierendertig.'

'Lengte?'

Ze kon niet meer zeggen dan dat hij niet heel lang maar ook niet bijzonder klein was geweest. Normaal eigenlijk. En met een normaal postuur. Ze had me geholpen de mogelijkheden terug te brengen tot ongeveer een kwart van de Londense bevolking. Als ik aannam dat de haarkleur, zijn lengte en zijn ras klopten.

Toch bedankte ik haar, oprecht dankbaar voor wat toch het begin van een aanwijzing kon zijn, en wist me uit haar flat terug te trekken, al moest ik daarvoor, zo beknopt als ik maar kon, alles vertellen wat ik wist van beide kanten van mijn familie. Ik ging maar drie generaties terug, een tijdsspanne die treurig kort en ontoereikend was, gaf ze me te kennen, maar desondanks gingen we op goede voet uiteen.

Ik haalde Colin op, die erin was geslaagd de rest van de straat af te gaan in de tijd die ik nodig had gehad voor dit ene gesprek, en we keerden gezamenlijk terug naar het bureau. Zodra we binnen waren, liep hoofdinspecteur Godley naar de deur van zijn kantoor.

'Ik neem aan dat Josh ergens anders bezig is. Kom even binnen en vertel me wat er vanochtend is gebeurd.'

Met Colins hulp bracht ik hem op de hoogte, met een beschrijving van de wijze waarop de priester was omgebracht en van wat mevrouw Driscoll had gezien. Hij luisterde aandachtig en maakte af en toe een notitie.

'We hebben nu dus te maken met een zeer actieve seriemoordenaar.'

'Of met moordenaars.' Ik zette mijn theorie over meervoudige moordenaars uiteen en kreeg het gevoel dat die niet echt aansloeg. Misschien kwam het door het mismoedig makende besef dat we nauwelijks aanwijzingen hadden voor één moordenaar, laat staan voor meerdere. Misschien kwam het door mevrouw Driscolls vage beschrijving van onze enige verdachte. Misschien was het een algemeen gebrek aan enthousiasme om te beginnen aan een serieus en gecompliceerd onderzoek dat tot grote krantenkoppen zou leiden. Elk van deze redenen afzonderlijk was al heel plausibel, en alle redenen tezamen waren dat zeker.

Godley zuchtte diep. 'Oké. Laten we maar beginnen met wat we weten. We moeten een rood busje zien op te sporen dat al dan niet een officieel busje van de posterijen is. Colin, neem contact op met het plaatselijke sorteerpunt en zoek uit of er iemand van daaruit rond dat tijdstip vanochtend pakketjes in die buurt heeft bezorgd, zodat we dat kunnen uitsluiten. We moeten ook maar even navraag doen bij de bewoners van de flats aan weerszijden van die van de priester, om te weten te komen of zij dat pakketje hebben ontvangen. Het kan zijn dat mevrouw Driscoll het verkeerd heeft gezien, ook al zegt ze van niet.'

'Oké. En als het er verdacht uitziet, ga ik op zoek naar het busje.'

'Controleer ook even of er in die buurt camera's voor kentekenregistratie hangen. Zo zou je het op z'n snelst kunnen achterhalen. Anders kun je de bewakingscamera's uit de omgeving gebruiken.'

'Er zullen geen beelden zijn van de straat zelf,' zei ik. 'Je hebt daar alleen woningen, geen bedrijfspanden. Ik heb aan geen van die flats particuliere bewakingscamera's zien hangen.'

'Ik ook niet,' zei Colin. 'We zullen geen beelden vinden van dat busje terwijl het voor dat huis staat. Ik kan alleen maar proberen beelden ervan verderop in de wijk te vinden, als het de juiste kant op rijdt, aannemende dat ik het kan identificeren. We hebben geen merk, niets van het kenteken en ook geen bouwjaar. En we zullen gegarandeerd merken dat rode busjes verbazingwekkend populair zijn in die buurt.'

'Positief denken, Colin.' Godleys gelaatsuitdrukking klaarde even op. 'Als identificatie mogelijk is, dan ben jij degene die dat voor elkaar krijgt.'

Colin wekte niet de indruk bijzonder vrolijk te worden van het vertrouwen van de hoofdinspecteur in zijn kunnen, maar ik moet zeggen dat ik zelf ook best chagrijnig zou worden bij het vooruitzicht om vele uren naar beelden van wisselende kwaliteit uit een bewakingscamera te moeten kijken, op zoek naar iets wat misschien helemaal niet zou opduiken.

'Het is duidelijk dat dit een belangrijk onderzoek is. We mogen verwachten dat de media van nu af aan belangstelling zullen tonen, en daarom zal ik de afdeling persvoorlichting inseinen.' Godley keek weer heel serieus. 'Als Josh terug is, zal ik met hem bespreken wat hij aan mankracht denkt nodig te hebben, maar tot dat moment zal ik mensen leveren naar behoefte. Maeve, wat ga jij nu doen?'

'Bij IT navragen of iemand die heeft ingelogd op de politiedatabank op zoek is gegaan naar Kinsella en Palmer, en of iemand in het register van zedendelinquenten naar mensen uit dat deel van de stad heeft gezocht. Het is beslist de moeite waard in gedachten te houden dat iemand uit onze gelederen de moordenaar of moordenaars zou kunnen helpen.'

'Inderdaad,' zei Godley instemmend. 'Daarom heb ik Peter Belcott meteen toen hij vanochtend binnenkwam gevraagd contact met hen op te nemen. Dat was nog voordat we wisten van deze nieuwe moord, dus hij zit al te wachten tot ze hem een bijgewerkte lijst sturen.'

Ik deed een redelijk geslaagde poging om blij te kijken, hoewel ik eigenlijk op de vloer wilde gaan liggen janken bij het vooruitzicht met mijn minst geliefde collega, de altijd irritante Belcott te moeten samenwerken; wat hij bij het team deed was mij nog steeds een raadsel. Ongeveer het enige positieve was de gedachte dat hij de hele ochtend aan de telefoon had moeten zitten met de IT-nerds, wat op z'n zachtst gezegd een ondankbare taak was.

Godley was al bij zijn volgende punt. 'Praat ook maar even met de lokale recherche. Zoek uit of er misschien informatie hierover door hun informanten wordt doorgespeeld. Heb je al contact met hen opgenomen?'

'Ik heb gisteren een van hun rechercheurs ontmoet.' Het leek al een eeuwigheid geleden.

'Ze zullen vast hun medewerking verlenen. Ze moeten blij zijn dat dit geen zaak voor hen is.' Hij wreef in zijn ogen. 'En hou er rekening mee dat we behoedzaam te werk moeten gaan als blijkt dat iemand uit het korps de moordenaar heeft geholpen. Ik wil het direct weten als er iets van dien aard uit het onderzoek naar voren komt.'

'Begrepen.'

Ik maakte op uit hetgeen hij zei dat hij niet wilde worden lastiggevallen als we geen resultaat hadden en liet hem achter met zijn overpeinzingen. Waar die ook over gingen, ze leken te zorgen dat hij 's nachts niet kon slapen, te oordelen naar de wallen onder zijn ogen. Niet mijn probleem, hield ik mezelf voor toen ik met tegenzin door de recherchekamer heen naar Belcotts bureau liep. Hij zat te bellen. Ik was net lang genoeg om te kunnen zien dat hij onlangs een genadeloze knipbeurt had gehad, die ervoor had gezorgd dat zijn haar nu te kort was om de rare vierkante vorm van zijn schedel te kunnen verdoezelen. Ik staarde neer op zijn hoofdhuid, die glansde tussen de borstelige donkere haren door en deed denken aan het onsmakelijke wit van iets wat leeft in een grot en nooit de zon ziet, en ik werd er misselijk van.

Hij keek op en ik trok mijn gezicht in de plooi, maar naar alle waarschijnlijkheid niet snel genoeg. Hij stak zijn vinger op om me te laten weten dat ik moest wachten en ging toen verder met zijn gesprek zonder dat hij haast leek te maken om het te beëindigen. Omdat zijn bijdrage voornamelijk bestond uit gegrom, was het me niet helemaal duidelijk of het een zakelijk of een persoonlijk gesprek was. Hoewel Belcott, voor zover ik wist, niet echt een privéleven had. Ik vond een leeg bureau, ging op de rand zitten en liet mijn benen bungelen. Ik kon best geduldig zijn als het moest.

Lang nadat mijn geduld op was, lang nadat ik het zitten had opgegeven en was gaan ijsberen hing hij eindelijk op en draaide hij zich naar me om.

'Ben je er nog?'

'Zoals je ziet. Wat ben je te weten gekomen?'

Hij antwoordde niet maar ging staan, hees zijn broekriem omhoog en zette zijn borst op. 'Ik denk dat ik hiermee rechtstreeks naar de chef moet.'

Mijn belangstelling was gewekt. 'Heb je resultaat? Echt waar?'

'Mogelijk.' Hij leunde voorover om bij Godley naar binnen te kunnen kijken. 'Ik heb misschien een naam. Hij lijkt het niet druk te hebben. Ga je mee?'

Ik volgde hem verbaasd. Ik had niet echt verwacht dat er een spoor van elektronische broodkruimels zou worden gevonden dat zou leiden naar degene die de moordenaar hielp, of wellicht naar de moordenaar zelf. Het was een goed idee geweest, maar negen van de tien keer liep een goed idee op niets uit. Het was nogal een schok te ontdekken dat er inderdaad één, en niet meer dan een, geregistreerde gebruiker van de politiedatabank was die de gegevens van alle drie de slachtoffers had geraadpleegd in de dagen vóórdat ze werden vermoord.

Belcott had er veel tijd voor nodig om de hoofdinspecteur, en daarmee ook mij, uit te leggen hoe ontzettend slim hij was geweest bij het elimineren van mensen op de lijst die de IT-afdeling hem had verstrekt. Ik zag Godleys oogleden trillen alsof hij eindelijk zijn geduld had verloren en zijn stem klonk scherp toen hij interrumpeerde.

'Goed, Peter. Kun je misschien een beetje sneller ter zake komen? Ik wil graag vandaag nog weten wie verantwoordelijk was voor wat er is gebeurd, als dat kan.'

'Natuurlijk.' Belcott klonk verbaasd en meer dan een tikje gekwetst. 'De enige die de gegevens de laatste twee weken heeft bekeken is een administratief assistente, als burger in dienst in Brixton, ene Caroline Banner. Ze werkt daar al elf jaar, dus het is vast de moeite waard om in haar verleden te duiken en te zien of ze al die tijd al kwaad in de zin heeft gehad. Hoewel ik moet toegeven dat niets in haar dossier daarop duidt. Ze is een modelemployee, en het onderzoek naar haar achtergrond laat ook niets zien: geen familie met een strafblad, geen banden met bekende criminelen.' Hij haalde zijn schouders op. 'Maar je weet nooit wie er in de fout gaat als er voldoende tegenover staat. Iedereen zal zijn prijs wel hebben.'

'Het hoeft geen geld te zijn,' merkte ik op. 'Niet iedereen wordt gemotiveerd door contant geld.'

'Wat kan het anders zijn?'

'Intimidatie misschien. Of iemand heeft haar er misschien van overtuigd dat wat ze deed terecht en goed was, in aanmerking genomen wie de slachtoffers zijn.'

'Daar is weinig tegen in te brengen. Het klinkt alsof de moordenaar de wereld een dienst bewijst, als je het mij vraagt.'

'Dank je wel, Peter.' Godley was waarschijnlijk de enig levende mens die Belcott met slechts drie woorden het zwijgen kon opleggen. Zijn toon, die geen tegenspraak duldde, was waarschijnlijk ook bedoeld om mij ervan te weerhouden Belcott aan te vallen, maar ik zou toch niet de moeite hebben genomen met hem in discussie te treden. Ik wilde er liever achter komen wat hij wist.

'Heb je een lijst van al haar andere zoekactiviteiten in de afgelopen twee weken?'

'Verbazingwekkend genoeg heb ik ook daaraan gedacht.' Hij wuifde met een stapel bladzijden naar me, maar gaf me niet de tijd om er iets van te kunnen lezen. 'Het is haar werk, dus legitiem, om in de politiedatabase op zoek te gaan naar informatie over veroordeelde criminelen die in de buurt wonen. Het gaat wel even duren voordat ik degenen eruit heb gehaald die passen in het slachtofferprofiel dat je nu ziet. Waarmee ik bedoel: kindermisbruikers.'

Godley fronste zijn wenkbrauwen. 'Je moest maar een lijst maken van alle plegers van seksuele misdrijven en niet alleen van pedofielen. We kunnen er niet van uitgaan dat hij zich beperkt tot katjes van één bepaalde kleur, alleen omdat we drie slachtoffers hebben met neigingen in die richting.'

'Toch zal het even gaan duren.'

'Stuur de lijst zodra je hem hebt door aan Derwent, aan Colin en Maeve en aan mij. Dat is je prioriteit.'

'Wat is de mijne?' Ik wist wel wat ik wilde doen, maar was er niet zeker van dat Godley dat goed zou vinden. 'Caroline Banner moet worden verhoord, maar moet ik daarmee wachten tot inspecteur Derwent terug is?'

'Is hij nog in het mortuarium?'

'Daar ziet het wel naar uit.'

Godley tikte met de punt van zijn pen op zijn bureau en dacht na. 'Oké. Je hebt volkomen gelijk: we moeten nu direct met die vrouw praten. Ik wil weten wat ze heeft gezegd en tegen wie. Maar ik wil haar ook niet de stuipen op het lijf jagen, dus ik laat haar niet meteen arresteren door de jongens van interne zaken. En ik heb er ook geen behoefte aan dat iemand in mijn nek zit te hijgen en me gaat vertellen dat ik haar niet mag verhoren zolang er een disciplinair onderzoek gaande is. Maeve, zoek haar op. Ondervraag haar, maar doe het met beleid. Zeg haar niet dat ze niet in de problemen zit, want dat zit ze zeker, maar zwak het iets af. Speel in op haar gevoel van empathie; vertel haar over de kinderen van Ivan Tremlett. We weten niet waarom ze de moordenaar helpt, maar we weten wel dat deze slachtoffers niet door veel mensen zullen worden betreurd. Maak ze dus tot echte mensen in haar ogen. Ze moet ons willen helpen. Des te beter als ze zich schuldig voelt.'

Ik knikte.

'Peter, bedankt voor je hulp hierbij.' Aan de stem van de hoofdinspecteur was duidelijk te horen dat hij het gesprek met Belcott als beëindigd beschouwde en ik was niet de enige die dat was opgevallen.

'Wilt u niet dat ik ook met die mevrouw Banner praat?'

Het antwoord hierop was overduidelijk nee. Godley leunde achterover en zag er opeens ondefinieerbaar gezaghebbend uit. 'Je kunt hier vast nuttiger werk doen. Zoals het opstellen van die lijst.'

'Ik vind het prima om alleen met haar te gaan praten,' zei ik, en zweeg na een boze blik van de hoofdinspecteur.

'Daar is geen sprake van. Je moet iemand bij je hebben, want dit draait uit op een strafzaak, en je moet jezelf indekken tegen de verdediging. Als ze erachter komen dat je haar voor haar arrestatie informeel hebt gesproken, zullen ze je te grazen nemen. Stel dat ze beweert dat je iets ongepasts hebt gezegd?'

'Maar dat zou ik nooit doen.'

'Daar ben ik ook van overtuigd. Maar dat wil niet zeggen dat ze je er niet van zal beschuldigen.' Hij keek langs me heen en liet zijn blik door de recherchekamer dwalen, en ik wist al wat hij ging zeggen voordat hij zijn mond opendeed. 'Waarom neem je Rob niet mee? Hij is goed in zulke situaties.'

Waarom ik Rob niet meeneem? Omdat dat hels gênant zou zijn, beste hoofdinspecteur Godley, dacht ik.

'Volgens mij is hij ergens mee bezig. Hij is vertrokken om de losse eindjes van de zaak Tancredi aan elkaar te knopen.'

'Ik heb het idee dat die eindjes niet meer loszitten. Hij zit aan zijn bureau.'

Natuurlijk zat hij daar. En ik wist geen redenen meer te bedenken waarom hij niet degene zou moeten zijn die met me meeging. Ik liep achter de gepikeerde Belcott aan de kamer uit en wenste bijna dat híj opdracht had gekregen met me mee te gaan. Bijna. Hoe opgelaten ik me ook mocht voelen als ik met Rob samenwerkte, het woog waarschijnlijk op tegen het kleine zweterige alternatief in de persoon van Peter Belcott.

Omdat Rob nu eenmaal Rob was, maakte hij het me gemakkelijk. Hij had de gebruikelijke kalmte en die geamuseerde gereserveerde houding weer terug die hem de avond tevoren zo volledig hadden verlaten, en die nog steeds onderhuids aanwezig waren geweest tijdens ons gesprek in de Old Bailey. Ik zou er misschien zelfs aan hebben getwijfeld dat hij zijn geduld had verloren, ware het niet dat de kneuzing aan zijn handrug nog steeds zichtbaar was. Hij luisterde hoffelijk naar mijn stuntelige uitleg van waar ik naartoe ging en waarom ik hem daarbij nodig had, of liever gezegd: waarom Godley had gezegd dat hij mee moest gaan terwijl ik zeker niet om hem had gevraagd, hoewel ik blij was dat hij vrij was en me kon vergezellen. Toen ik uiteindelijk stilviel, pakte hij zijn sleutels en stond op.

'Als ik maar mag rijden, kunnen we gaan waar je maar heen wilt.'

'Prima hoor.'

'Weten we zeker dat ze vandaag op haar werk is?'

'Godley heeft erheen gebeld. Ze hebben haar in afwachting van onze komst in een spreekkamer gezet.'

'Weet ze waarom?'

'Ik denk het niet. Hoewel je het nooit weet, misschien heeft ze een slecht geweten. Als je vertrouwelijke informatie doorgeeft aan een onbevoegde, neem ik aan dat je wel een vermoeden hebt waarover het zal gaan.'

'Jij vast wel.'

De wandeling met hem naar de auto voelde min of meer aan als vroeger, hoewel ik het, net als iemand met latente kiespijn, niet kon laten om de bron van de pijn aan te raken om te kijken of die echt weg was. Na één blik op hem te hebben geworpen wist ik dat de pijn niet was verdwenen. Ik was me overdreven bewust van zijn aanwezigheid naast me in de auto, en van het feit dat ik mijn best deed om fysiek contact met hem te vermijden en om de juiste woorden te kiezen als we met elkaar praatten. Maar van zijn kant was er geen enkel teken dat hij zich opgelaten voelde en ik deed mijn best om me te ontspannen.

Onderweg naar Brixton vertelde ik hem wat ik die ochtend had meegemaakt; ik beschreef het huis en het lichaam van de priester, althans wat ervan over was nadat het schot uit het jachtgeweer zijn leven had beëindigd.

'Dat klinkt een beetje vreemd in de context van de andere moorden. Wat zei Derwent ervan toen je opperde dat er meer dan één moordenaar kon zijn?'

Ik liet mijn zwijgen voor zich spreken en hij lachte. 'O, zit het zo?'

'Ik had het nog niet op een rijtje voordat hij vertrok. Ik heb de link pas gelegd vlak voordat ik op het bureau met de chef ging praten.'

'Wat een geloofwaardig verhaal.' Hij keek me even aan. 'Serieus, Maeve, je moet uitkijken. Derwent kwaad maken is niet de manier om met hem om te gaan.'

'Je kent hem niet eens.'

'Maar ik ken jou. Je bent een gevaar voor jezelf en voor anderen zodra je spelletjes begint te spelen.' Hij klonk heel neutraal, afstandelijk zelfs, en toen ik opzij keek, zat hij geconcentreerd naar de weg te kijken.

'Ik speel geen spelletjes. Ik heb gewoon de gelegenheid te baat genomen om met de chef te praten terwijl Derwent met iets anders bezig was. En het zag er trouwens niet naar uit dat Godley erg enthousiast over mijn idee was.'

'Dat is nog niets vergeleken met het enthousiasme van Derwent als hij er achteraf over hoort. Ik zeg niet dat je er verkeerd aan hebt gedaan het er met Godley over te hebben toen je de kans had, maar je moet echt uitkijken. Denk er nu alvast over na hoe je je gaat opstellen, niet pas als hij op hoge poten een verklaring van je eist.'

'Bedankt voor het advies.'

'Diplomatie is niet je sterkste punt,' zei Rob rechtuit. 'Ik probeer je tegen jezelf te beschermen.'

'En daar ben ik dankbaar voor.' En dat was ik ook voor het feit dat we net waren aangekomen bij het parkeerterrein van het politiebureau waar Caroline Banner werkte, waardoor een gesprek waarvan ik de kriebels kreeg op een nette manier werd afgerond.

Met een minimum aan gedoe slaagde Rob erin de auto op een smalle plek te parkeren, iets wat ik niet eens zou hebben geprobeerd.

'Opschepper.'

'Het gaat regenen dus wilde ik dicht bij de deur gaan staan.'

Ik schudde mijn hoofd. 'Je wilde bewijzen dat je beter rijdt dan ik.'

'Dat hoef ik echt niet te bewijzen. Dat heb jij al voor me gedaan.'

'Hoe kom je daarbij?'

'Hoeveel deuken heeft je auto dit jaar al opgelopen?'

'Hoeveel strafpunten heb jij op je rijbewijs staan?' was mijn weerwoord.

'Zes. Ik rij graag hard.' Hij grinnikte. 'Nu jij.'

'Drie deuken, een kapot achterlicht en een kras op de zijkant. Ik heb een hekel aan parkeren.' Ik keek naar de voorruit; hij had niet gelogen over de regen. 'Dat wordt rennen.'

'Jij eerst.'

Ondanks mijn voorsprong was hij eerder bij de deur en hield hem voor me open. Ik ging zonder aarzelen naar binnen en vroeg me af waarom het me irriteerde als Derwent zijn best deed het me naar de zin te maken en waarom dat niet het geval was als Rob dat deed. Misschien kwam het doordat ik wist dat Rob me als zijn gelijke zag op alle fronten, behalve misschien autorijden en zeker koken, terwijl ik daarentegen vrij zeker wist dat Derwent me minachtte. Hij zou woest zijn als hij wist waar ik was en wat ik daar deed, en die gedachte maakte mijn tred extra licht toen ik op de balie af liep om me voor te stellen en te vragen waar Caroline Banner zat te wachten. Gezien de ernst van de beschuldigingen had ik aangenomen dat ze in een spreekkamer was gezet, maar de magere, gestreste inspecteur die ons kwam ophalen vertelde dat ze in zijn kantoor zat. Ik moet verbaasd hebben gekeken, want toen hij ons de weg wees, in een tempo dat ik nauwelijks kon bijhouden, zei hij: 'Het was niet mijn idee. Jullie chef heeft daarom gevraagd. Hij zei dat hij de sfeer nog even prettig wilde houden.'

'Dat is inderdaad de opdracht,' bevestigde ik.

'Ik ben er zelf niet blij mee. Als het aan mij had gelegen, was ze het gebouw al uit geweest.' Hij draaide zich snel om en keek me aan. Zijn haarlijn liep bijna zichtbaar terug en zijn hoge voorhoofd was sterk gerimpeld. 'Ik had je gisteren al zullen ontmoeten. Geraint Lawlor. Maar ik moest Henry Cowell in mijn plaats sturen.'

'Hij heeft ons goed geholpen. Hij weet van wanten.'

De inspecteur bromde iets. 'Klopt, ja. Op weg naar de top; althans, dat denkt hij zelf.' Hij zei het nors, maar ik had de indruk dat hij oprecht trots was op zijn jongere collega.

'Nu ik toch hier ben, wil ik ook graag weten of u iets over de moorden hebt gehoord van plaatselijke informanten.'

'Als we iets horen, zullen we het onmiddellijk aan jullie doorgeven. Tot nu toe niets. En we zijn echt op zoek gegaan. Dat we de zaak naar jullie hebben door kunnen schuiven, wil nog niet zeggen dat we het prettig vinden om iets als dit in onze wijk te hebben.'

'Dat zal best.'

Hij gaf me een kort, scherp knikje en bleef voor een deur staan. 'Hier is het. Ben je zover?'

Ik knikte, voelde me alles behalve zover, en volgde hem een kleine kamer in die propvol dossiers en mappen stond. Er zat een vrouw met een bleek gezicht, die een uit tissues bestaande bal aan het kneden was.

'Mijn kantoor,' zei Lawlor overbodig. 'En dit is Caroline Banner. 'Ik laat jullie nu alleen.'

Uit haar gejaagde blik was duidelijk op te maken dat ze wist waarom we hier zaten, en dat ze schuldig was. Maar al heel snel bleek dat ze niet een door moraal gedreven actievoerder was, noch iemand die geregeld omging met geharde criminelen. Caroline Banner was een aardige vrouw van middelbare leeftijd en ze was doodsbang. Ik legde uit waarom we er waren en ze knikte.

'Ik wist wel dat het zou uitkomen. Ik heb nog gezegd dat ik betrapt zou worden.'

'Mevrouw Banner, u begrijpt wel dat we moeten weten aan wie u informatie hebt doorgegeven.'

'Ik kan u niet helpen.'

'Kunt u dat niet of wilt u het niet?' vroeg Rob vriendelijk.

'Ik kan het niet. Ik weet niet wie het is. En dat wil ik ook niet weten. Ik wil gewoon met rust worden gelaten.' Ze klonk alsof haar zenuwen op springen stonden.

'U weet natuurlijk dat we dat niet kunnen doen. Dit is een ernstige kwestie, mevrouw Banner. Dit is een vertrouwensbreuk die heeft geleid tot de dood van drie mannen. Misschien zelfs meer.'

'Denkt u dat ik dat niet weet?' Haar ogen stonden vol tranen, maar ze was boos. 'Denkt u dat ik dit heb gewild? Dit alles? Voor zover ik weet heb ik niets gedaan waardoor ik in deze situatie verzeild ben geraakt. Ik vind mijn baan leuk en ik werk hard. Ik zou mijn positie nooit hebben misbruikt als het aan mij had gelegen.'

'En waarom was dat niet het geval?'

'Ik moest kiezen tussen het opzoeken van wat gegevens en het risico dat mijn zoon niet langer veilig zou zijn. Dat is niet zo'n moeilijke keuze, hè? Als ik het niet had gedaan, had iemand anders het gedaan. En dan zou ik me de rest van mijn leven zorgen hebben gemaakt om Alan. Ik hoefde er echt niet over na te denken.'

'U zegt dus dat uw gezin is bedreigd?'

Ze knikte.

'Hoe is dat gebeurd?'

'Per telefoon. Vijf dagen geleden, in de avonduren. Thuis.' Ze moest slikken bij de herinnering. 'Ik nam de telefoon op, zei hallo en toen vroeg een man of ik Caroline was. Ik zei ja. Ik heb er niet eens bij nagedacht.'

'Herkende u de stem?'

'Nee.' Dat klonk beslist. 'Ik heb er veel over nagedacht, zoals u zich kunt voorstellen. Ik had hem nooit eerder gehoord. Hij klonk niet oud, maar ik had de indruk dat hij ook niet heel jong was. En zijn accent was heel gewoon. Netjes. Zoals het mijne.'

'Iemand uit Londen?'

'Ik denk het wel. Er was niets bijzonders aan die stem.'

'Zou u hem herkennen als u hem weer hoorde?'

'Ja hoor.' Het antwoord kwam direct, spontaan. Ze keek Rob aangeslagen aan. 'Maar ik kan u niet helpen. Ik ga niet getuigen. Dat risico wil ik niet nemen.'

'Wat heeft die man tegen u gezegd?' vroeg ik.

'Hij zei dat ik moest luisteren en niets moest zeggen. Hij zei dat hij wist dat ik bij de dossiers in de PNC en bij het register van zedendelinquenten kon, en dat ik een paar dingen voor hem moest opzoeken. Hij vroeg me te zoeken naar veroordeelde pedofielen in deze buurt, naar misdrijven jegens kinderen, waar en wanneer die dan ook gepleegd waren.'

Rob had aantekeningen zitten maken. Nu keek hij op. 'Heeft hij exact die woorden gebruikt? Noemde hij het de PNC, niet de politiecomputer of de politiedatabank?'

'Ja.'

Rob en ik keken elkaar aan. Dat wees op een insider. 'Wat moest u met die informatie doen?'

'Hij gaf me een e-mailadres waar ik de lijst naartoe moest sturen.'

Mijn belangstelling nam toe. 'Wat was dat adres?'

'Flauwekul,' zei ze bondig. 'Zomaar wat letters en cijfers. Het was een gratis internetaccount, geen abonnement. En de dag nadat ik de lijst had gestuurd, heb ik hem een mail geschreven waarin ik hem vroeg me voortaan met rust te laten, maar die kwam onbestelbaar terug, dus ik denk dat het account was opgeheven.'

'Toch hebben we de gegevens nodig.'

'Uiteraard.'

'Hebt u een kopie van die lijst?'

'Ik heb niks bewaard. Te gevaarlijk. En ik kan me er niets van herinneren, ik zweer het. Ik heb geprobeerd het snel te doen, en zonder erbij na te denken. Ik geloof dat er in totaal ongeveer tien of twaalf namen op stonden, maar zeker weet ik het niet.'

'U zult erover moeten nadenken,' zei ik met een opzettelijk autoritaire klank in mijn stem. 'U zult opnieuw moeten gaan zoeken, op precies dezelfde manier. We moeten te weten komen wat u aan de man die u bedreigde heeft doorgegeven.'

Caroline Banner was eraan gewend rechtstreekse bevelen op te volgen en knikte, hoewel ze zich er zichtbaar ellendig onder voelde. Ik voelde me een klein beetje schuldig over het feit dat ik haar zo op de huid had gezeten, maar dat was nu eenmaal noodzakelijk. Ik had die lijst nodig en zij had behoefte aan iets, wat dan ook, wat haar leven nu een beetje minder zwaar zou maken.

'Wat zei hij toen hij u het e-mailadres had gegeven?'

'Hij zei dat hij wist dat ik een ijverige werknemer was en dat ik zou willen weigeren, en dat hij me daarom een aanbod zou doen waarop ik geen nee kon zeggen.' Haar mond vertrok. 'Ik vond dat natuurlijk onzin. Het klonk als een enorm cliché. Ik wilde net ophangen toen hij zei dat hij Alan in de gaten had gehouden. Hij had hem tijdens de voetbaltraining gezien. Hij vertelde me op welke positie hij speelde en wat zijn rugnummer was. Hij zei dat Alan die dag was gevallen en dat hij zijn knie had geschaafd, en toen wist ik dat hij de waarheid sprak: hij had hem zelf in de gaten gehouden of iemand anders had dat voor hem gedaan. Hij zei dat hij, als ik nee zei of als ik iemand anders iets zou vertellen over dit telefoontje, zou kunnen zorgen dat Alan werd meegenomen en dat ik hem dan nooit meer zou zien, dood of levend. Ik zou nooit te weten komen wat hem was overkomen, maar ik zou wel beseffen dat ik het had kunnen voorkomen als ik dat had gewild.'

'En u geloofde hem.'

'Jazeker,' zei ze eenvoudig. 'Ik kon merken dat hij niet loog. Hij klonk heel kil. Alsof het allemaal heel redelijk was wat hij zei. Ik weet zeker dat hij het zou hebben gedaan. En wie weet doet hij het alsnog. U moet ons beschermen. U moet ervoor zorgen dat Alan veilig is.'

'Hoe oud is Alan?' vroeg ik.

'Elf.' Toen kwamen de tranen en ze wreef ze weg met de rug van haar hand, want haar tissue kon ze niet langer absorberen. 'Ik kon het risico niet nemen. Dat begrijpt u toch wel?'

Ik begreep het inderdaad, tot op zekere hoogte. Ze had haar besluit voor zichzelf, en voor ons, verantwoord. Maar haar acties hadden drie mannen veroordeeld tot een afschuwelijke dood, en het meest trieste eraan was dat ze er niet eens een goed geweten mee had gekocht. Wat ze ook deed of waar ze ook naartoe ging als ze uit de gevangenis kwam, ze zou de rest van haar leven over haar schouder kijken, waarschijnlijk terecht. Want ik begon zo langzamerhand één ding te begrijpen over de moordenaar die we zochten, namelijk dat niets hem ervan zou weerhouden te krijgen wat hij wilde, wat dat ook mocht zijn.

9

Caroline Banner had er absoluut geen zin in, maar toch kwam ze met de informatie op de proppen. Na iets meer overreding en nadat ze de beschikking over een computer had gekregen, gaf ze ons een lijst van twaalf namen, waarvan ik de eerste drie direct herkende als die van mijn slachtoffers.

Rob fronste zijn wenkbrauwen. 'Stonden ze op de oorspronkelijke lijst ook in deze volgorde?'

'Voor zover ik me dat kan herinneren wel.'

'Palmer, Tremlett, Kinsella, Merriman, Forgrave, Flanders, Johnson, Tait, Carey, Bardock, Lomax, Dyton. Dat is in de verste verte geen alfabetische volgorde.'

'Dat was ook niet de bedoeling. Daarom had hij niet gevraagd.' Ze keek van Rob naar mij. 'Heb ik dat niet gezegd? Hij wilde de namen van de zedendelinquenten die het dichtst bij de A23 wonen.'

'Hoezo?' zei ik niet-begrijpend. Ik vroeg me af waarom ons dat niet eerder was opgevallen; tenslotte liep die weg als een ruggengraat door Brixton en lag hij er op mijn kaart van de moorden midden tussen.

'Geen idee.'

Ik had ook eigenlijk niet verwacht dat ze het zou weten, maar toch ergerde de wezenloze manier waarop ze antwoord gaf me. Ze had zichzelf ontheven van elke verantwoordelijkheid voor wat ze had gedaan en leek volstrekt niet geïnteresseerd in de gevolgen van haar daden. Ik kon me niet inhouden en wees naar de namen boven aan de lijst.

'U beseft toch wel dat deze mannen dood zijn, mevrouw Banner? Ivan Tremlett had drie kinderen die nu zonder vader zullen opgroeien. De heren Palmer en Kinsella woonden alleen, maar ook zij hadden mensen die van hen hielden, mensen die om hen zullen rouwen en die hen zullen missen. Ze zijn gemarteld voordat ze stierven – gemarteld en gemutileerd – en we weten niet wat het motief van de moordenaar was, noch wie hiervoor verantwoordelijk is. U zou dus misschien iets serieuzer kunnen nadenken over wat u weet van de man die contact met u heeft opgenomen. Ervoor zorgen dat u ons deze keer alles vertelt wat u weet en niet langer al te gemakkelijk details vergeet die ons kunnen helpen hem op te sporen.'

Robs hand kwam hard neer op de mijne, onzichtbaar voor Caroline Banner. Ze zat weer te sniffen in haar zakdoekje. Ik keek hem strak aan en kreeg min of meer dezelfde blik terug.

'Laat zitten,' mompelde hij.

Ik kon hem daar, met haar erbij, niet tegenspreken, maar ik was vervuld van woede. Hij leidde haar nogmaals door hetgeen ze ons had verteld en vroeg nog eens bijzonder beleefd en vriendelijk naar elk detail, terwijl ik inwendig kookte. Ik wist me net zo te beheersen dat mevrouw Banner achterbleef met het gevoel dat ik haar dankbaar was voor haar hulp, en had ook nog de tegenwoordigheid van geest om bij ons vertrek nog even met de bezorgde rechercheur Lawlor te praten. Ik kon hem niet echt geruststellen. Caroline Banner zou vaker verhoord worden en inspecteur Lawlor stond nog een hoop ellende te wachten. Het verhoor was de moeite waard geweest, een eerste aanzet tot een doorbraak, en Rob was uiteindelijk degene die ervoor had gezorgd dat Caroline Banner ons vertrouwde. Toch kon ik Rob niet aankijken. Ik staarde door de voorruit naar buiten en verwachtte dat hij de auto zou starten. In plaats daarvan sloeg hij zijn armen over elkaar.

'Zeg maar op.' Hij klonk gelaten, maar ik hoorde ook een sprankje geamuseerdheid in zijn stem dat me razend maakte.

'Wat?'

'Je kunt het beter nu zeggen.'

'Ik heb helemaal niets te zeggen.'

'Je bedoelt dat je niet boos op me bent?'

'Dat zeg ik niet.' Ik wierp hem een korte blik toe, die op zijn kin was gericht zodat ik hem niet in de ogen hoefde te kijken. 'Ik ben zelfs woedend. Maar ik hoef daarover niet met jou in discussie te gaan.'

'Ik zou liever hebben dat je dat wel deed.'

'En ik zou liever hebben dat je me mijn werk liet doen. Er was niets mis met de manier waarop ik haar verhoorde. Helemaal niets.'

'Je joeg haar de stuipen op het lijf. Je zei tegen haar dat de man die zij heeft geholpen in staat is tot extreem geweld. In feite heeft ze zich door jou gerealiseerd dat zijn bedreigingen inderdaad aanleiding tot bezorgdheid geven.'

'Ze was al ongerust, maar dat ging over haarzelf en over haar kind. Ze had er niet eens over nagedacht wat haar daden betekenden voor andere mensen. Het is een egoïstische, domme vrouw, en zelfs nu deed ze niet eens moeite ons te helpen.'

'En dat neem je haar kwalijk?' Toen ik geen antwoord gaf, zuchtte hij. 'Hoor eens even, Maeve, ze had gelijk. Als ze hem geen informatie had gegeven, had hij die ergens anders vandaan gehaald. Die mannen zouden nog steeds dood zijn geweest. Of er hadden drie andere namen boven aan de lijst gestaan en dan zouden dat de slachtoffers zijn die je zo ter harte gaan.'

'Ze moeten iemand ter harte gaan.' Ik voelde iets kriebelen achter in mijn neus en knipperde heftig. Ik zou niet gaan huilen. 'Jij hebt Palmer en Kinsella niet gezien. Jij hebt niet gezien hoe ze leefden. Ze waren niet gevaarlijk. Ze verdienden het niet zo te sterven. En het leek haar niet te kunnen schelen wat ze had gedaan om de moordenaar te helpen.'

'Maar je kunt iemand als zij niet veranderen. Ze zal het nooit zo zien als jij.'

'Moet je nu echt altijd doen alsof je de wijsheid in pacht hebt? Verdomme Rob, je bent heus niet volmaakt, al denk je zelf van wel. Hou er dus maar mee op me zo minzaam te behandelen,' beet ik hem toe.

'Dat deed ik helemaal niet,' zei hij vriendelijk, wat er absoluut niet toe leidde dat ik rustiger werd.

'Blijkbaar weet je precies hoe je Josh Derwent moet aanpakken, hoewel je nog nooit met hem hebt hoeven werken. Blijkbaar weet je precies hoe je moet omgaan met de meest gruwelijke plaatsen delict zonder een greintje gevoel voor de slachtoffers. Denk er niet aan hoe ze zijn gestorven, maar vraag je af waarom. Dat zei je toch? Nou, ik kan dat niet. Ik kan die dingen niet zo goed scheiden.' Ik raakte opeens buiten adem en besefte dat ik er van alles had bijgehaald, besefte dat ik me meer had blootgegeven dan ik van plan was geweest.

'O, gaat het daarom? Om wat ik over Derwent heb gezegd? Ik wilde je alleen maar helpen.'

'Nou, misschien moet je hem maar aan mij overlaten. Het gaat je geen moer aan.'

Ik hoorde hem inademen, maar in plaats van te zeggen wat hij van plan was te zeggen, startte hij de auto. We reden de parkeerplek uit met heel wat minder finesse dan waarmee hij de auto had geparkeerd; godzijdank miste hij net de muur en de auto naast ons. Ik zei niets tot we Brixton ruim achter ons hadden gelaten; we zaten vast in het verkeer en kropen naar Vauxhall.

'Sorry dat ik tegen je heb geschreeuwd. Maar je gedroeg je als een arrogante klootzak.'

'Niet expres.'

'Dat zal wel niet.' Ik zweeg even. 'Godley had voorgesteld om haar te vertellen dat Ivan Tremlett kinderen had. Die uitbarsting kwam niet uit de lucht vallen. Ik hoop dat ik voor zoiets te professioneel ben.'

Een snelle, taxerende blik. 'Ik wilde niet suggereren dat je dat niet bent.'

'Zo kwam het anders wel over.' Ik kon het niet helpen dat ik agressief klonk en was niet echt verbaasd dat Rob niet reageerde. De rest van de rit legden we zwijgend af, en toen we terugkwamen op het bureau liet ik hem alleen met de hoofdinspecteur praten, terwijl ik op zoek ging naar Peter Belcott. Dit was waarschijnlijk de eerste keer van mijn leven dat ik blij was een reden te hebben Belcott aan te spreken, en je zou kunnen zeggen dat het gevoel niet geheel wederzijds was. Hij keek zonder enig enthousiasme op toen ik naderbij kwam.

'Alweer terug?'

Ik antwoordde niet maar legde een kopie van Caroline Banners lijst op zijn bureau en ging op de rand zitten, zodat ik kon meekijken naar wat hij had gevonden. 'Komen ze overeen met iets wat jij tot nu toe hebt gevonden?'

Hij keek de lijst snel door en bladerde toen door de stapel papieren die betrekking hadden op haar zoektochten op de PNC. 'Oké. Ik heb uiteraard de drie slachtoffers. Merriman... dat is Anthony Grayson Merriman, drieënveertig jaar, veroordeeld voor misbruik van zijn stiefdochter vanaf haar negende tot haar dertiende jaar. Leuk.'

'Heb je zijn adres?'

'Talavera Road.' Hij schreef het adres naast de naam van Merriman en ik strekte mijn nek om mee te kijken, terwijl ik probeerde me te herinneren of ik die straat op de plattegrond had gezien en of hij enigszins in de buurt lag van waar de andere drie waren vermoord.

'Stanley Flanders heb ik ook. Lijkt een gewone potloodventer te zijn geweest, een gluurder, dat soort dingen. Vierenzeventig jaar is de goede man.'

'Adres?' zei ik kortaf.

'Mayhew Estate.'

Die naam had ik op de plattegrond zien staan en ook gezien toen ik bij Barry Palmer op straat stond: het was een complex van acht vierkante, besmeurde, grijze, betonnen torenflats. Het was een maatschappelijk experiment van twaalf verdiepingen geweest, ontworpen als de nieuwste trend in modern wonen in de jaren zestig, en ze torenden hoog en dreigend boven de naburige straten uit.

'En deze?' Ik tikte met de punt van mijn pen op 'Forgrave'.

Hij liep de bladzijden door en zocht geconcentreerd de lijst af. 'William Forgrave. Hij is zesendertig en woont aan Camford Mews.'

Ik sloeg het stratenboek dat op Belcotts bureau lag open en vond in het register Camford Mews. Het was niet bepaald een verrassing toen ik net buiten de driehoek gevormd door de adressen van de drie slachtoffers uitkwam. 'De zoektocht breidt zich uit,' zei ik bijna tegen mezelf. 'Wat heeft hij gedaan?'

'Forgrave is in 1995 veroordeeld voor verkrachting van een vijftienjarig meisje in het jaar daarvoor en voor poging tot verkrachting van twee meisjes van dertien in 1993. Hij heeft tien jaar gekregen.'

Ik rekende het na. 'In 1995 moet hij twintig zijn geweest. Het lijkt erop dat hij vroeg is begonnen. Het verbaast me dat hij geen levenslang heeft gekregen.'

'Misschien vroegen ze er wel om.'

Ik rilde en liet me van zijn bureau glijden alsof het opeens roodgloeiend was. 'Bedankt voor de hulp.'

'Ik doe gewoon mijn werk.' Dat was niet meer dan de waarheid.

De deur aan de overkant van de recherchekamer ging open en Derwent liep naar binnen. Hij zag eruit alsof hij zich had gehaast om hier te komen. Hij zag me direct en trok zijn wenkbrauwen op: wat is er gaande?

Ik liep in zijn richting maar voordat ik in zijn buurt was stak Godley zijn hoofd om de deur van zijn kantoor. 'Josh, houd je jas maar aan. Maeve en jij moeten naar een paar potentiële slachtoffers. Maeve, is het Peter en jou gelukt om de adressen van de mensen op de lijst te vinden?'

'Peter heeft me de eerste drie gegeven. Hij is nog op zoek naar de rest.'

'Dat is alvast een begin. Ga er maar naartoe. Colin en Rob kunnen de volgende namen nemen.'

Derwent keek bedachtzaam. 'Mag ik nog een paar minuutjes? Ik wilde even een paar dingen nakijken.'

'Delegeer die maar. Harry Maitland is vrij. Je kunt hem vanuit de auto bellen en hem op de hoogte stellen. Blijf alleen niet hier hangen. Als we de kans hebben een volgende moord te voorkomen, moeten we die aangrijpen. Anders worden we door de media aan het kruis genageld, en terecht.'

'Ik doe het liever zelf.'

'Dat zal best. Maar Harry kan het aan. Opschieten, Josh.'

Ik had mijn jas en tas al gepakt. Ik stond bij de deur te wachten op de inspecteur, die langs me heen liep alsof ik lucht was. Ik volgde hem door de gang.

'Wil je dat ik rij?'

'Wat?' Hij keek niet eens om.

'Als jij onderweg moet bellen is het misschien handiger als ik rij.'

Hij vloekte zachtjes. Ik durfde het niet nog eens te vragen en toen we bij de auto aankwamen, ging hij achter het stuur zitten zonder er verder iets over te zeggen.

'Waarheen?'

'Anthony Merriman is de eerste op de lijst. Talavera Road.' Ik las de postcode op en hij stelde de navigatie in met nijdige bewegingen van zijn vinger, waarna hij achteruitreed en met piepende banden de parkeerplaats verliet. Ik leunde achterover in mijn stoel en berustte in weer zo'n zwijgzame rit door de stad. Ik kon alleen maar hopen op minder verkeer onderweg.

'Alweer zo'n fijne plek om te wonen,' merkte Derwent op toen we een stukje voorbij Camford Mews parkeerden. Het was een troosteloos zijstraatje waar een projectontwikkelaar een klein flatgebouw tussen het terrein van een uitvaartcentrum en een leegstaand fabriekspand had weten te proppen. Vanaf de plek waar we zaten konden we de voordeuren van de flats zien: vier per verdieping, twaalf in totaal.

'Forgrave zit op nummer negen.' Ik tuurde naar het gebouw. 'Wedden dat het op de bovenste verdieping is?'

'Het is altijd de bovenste verdieping. Ga jij maar vast kijken, maar klop nog niet aan. Ik kom zo. Ik moet nog even een belletje plegen.'

Ik voelde me niet helemaal op mijn gemak toen ik uitstapte. Dit was een bezoekje om iemand een dienst te bewijzen, dus waren we niet uitgerust met traangasspray of zo'n uitschuifbare wapenstok die we een Asp noemden. Dat was een gezellige verwijzing naar de dodelijke aspisadder, hoewel het eigenlijk het acroniem was van het bedrijf dat ze fabriceerde, Armament Systems and Procedures, en geen aanduiding voor het ding zelf. Ik had graag op z'n minst een steekvest gedragen maar had het niet willen voorstellen toen Derwent dat niet deed. Het was harder gaan waaien en zo vroeg in het jaar was de wind nog wat kil. Hij sneed dwars door mijn kleding en drukte mijn shirt tegen mijn lichaam toen ik naar de flat liep. Het herinnerde me eraan dat ik niets bij me had ter bescherming en ik stak mijn hand in mijn tas, op zoek naar mijn radio, terwijl ik links en rechts de straat in keek om te zien of zich daar iets ongewoons bevond.

In Talavera Road hadden we geen succes gehad. We ontdekten dat Merriman een paar maanden eerder was verhuisd zonder de overheid daarvan op de hoogte te stellen. Strafpunten voor hem, maar we konden tenminste één naam van onze lijst schrappen. De nieuwe bewoners waren Pakistanen, een jong stel dat zijn best had gedaan ons te helpen, hoewel ze geen adres van Merriman hadden. Derwent had hun zo goed mogelijk gewaarschuwd uit te kijken. Hij was natuurlijk niet in detail getreden omtrent de reden dat ze alert moesten zijn. Dat was echt niet iets wat ze hoefden te weten.

Er passeerde een voetganger, een grote man die werd uitgelaten door een zeer enthousiaste labrador. Hij was buiten adem en glimlachte toen hij voorbijkwam en ik hoorde hem hijgen toen hij verder de straat uit liep; de hond trok hem krachtig mee aan zijn riem. Ik kwam langs een busje van British Telecom dat met twee wielen op de stoep voor het flatgebouw stond geparkeerd. De monteur was nergens te zien en de auto was afgesloten. Ik schrok toen er een auto op volle snelheid voorbij kwam; het was een metallic blauwe Subaru met ramen die zo donker getint waren dat ik de bestuurder niet kon zien, en ik noteerde het kenteken zonder er eigenlijk bij na te denken.

De deur van het flatgebouw werd met behulp van een wig opengehouden. Lekker veilig. Het was waarschijnlijk de monteur geweest, die in het gebouw iemands breedband aan het repareren was en te veel haast had om de deurcode te onthouden. Daardoor kon ik makkelijk binnenkomen, maar ik deed het met bonzend hart en met mijn ogen wijdopen, hyperalert op tekenen van gevaar. Via de voordeur kwam ik in een hal, waarvandaan betonnen treden naar de volgende verdieping leidden, en ik strekte mijn nek om het trappenhuis te kunnen bekijken. Geen teken van leven. De voordeuren van de flats lagen per verdieping aan een galerij. Ik keek naar rechts en links en zag voor een van de flats bloempotten staan en voor een andere een fiets aan een ketting. De flats zagen er niet groot maar keurig uit. Het viel op dat er nergens graffiti te zien was en het trappenhuis was vlekkeloos schoon. Het uitvaartcentrum zou ook wel een vrij rustige buur zijn, vermoedde ik. Niet zo'n slechte plek om te wonen. Maar geen geweldige plek om te sterven.

Ik had nog steeds een ongemakkelijk gevoel toen ik de trap op ging. Ik nam er de tijd voor, liep rustig naar boven en was bij de eerste overloop aangekomen toen ik de voordeur met een klap hoorde dichtvallen. Derwent nam de trap met twee treden tegelijk en zijn voetstappen echoden door het trappenhuis. Ik draaide me snel om met mijn vinger tegen mijn lippen toen hij de hoek om kwam en mij zag.

'Heb je al iets?' Hij zei het zachtjes, maar ik vertrok toch mijn gezicht en schudde mijn hoofd. 'Loop dan door.'

Hij vond het dus prima als ik voorging. Ik zou blij moeten zijn geweest dat hij me de leiding gaf, maar ik zou er heel wat voor hebben gegeven, feministe of niet, als ik op dat moment achter hem had kunnen staan. De gedachte kwam bij me op dat compact spierweefsel toch wel het ergste effect van een jachtgeweer absorbeerde, om maar iets te noemen.

Niets te zien op de eerste verdieping. Ik liep de volgende trap op, niet zo snel als ik normaal zou hebben gedaan, maar ook weer niet zo langzaam als bij de vorige trap. Derwent liep vlak achter me, trapte me bijna op de hielen. De tweede verdieping. Op een nuttig bord stond dat zich hier flats 9 tot en met 12 bevonden. Forgraves flat was rechtsaf. Ik bleef weer staan, luisterde, maar hoorde niets anders dan de trage, regelmatige ademhaling van Derwent achter me. We liepen samen zachtjes maar doelgericht over de galerij. Ik voelde de spanning van me afglijden toen we in de buurt van Forgraves flat kwamen en niets hadden gezien wat op onraad duidde. Hij had geen bloembakken, geen enkele persoonlijke noot die de aandacht op hem vestigde. We passeerden flat nr. 10 en ik sprong geschrokken opzij toen binnen plotseling een hond begon te blaffen, hoog en schel. Ik hoorde hem aan het hout krabben in een poging zich een weg naar buiten te klauwen. Derwent lachte.

'Wat denk je dat het is, een Jack Russell?'

'Zoiets.' Ik had een droge mond. Ik slikte en schraapte mijn keel. 'Wel een goede waakhond, trouwens.'

'Er kan niet veel mis zijn als hij stil was voordat wij hier waren.'

Ik was geneigd het met hem eens te zijn. Derwent duwde me met zijn schouder opzij en liep voorbij. Hij roffelde op Forgraves deur en wachtte een paar tellen voordat hij zich vooroverboog en de klep van de brievenbus opende. 'Hallo? Meneer Forgrave?'

Geen reactie. Hij bleef even staan en keek door de smalle gleuf naar binnen.

'Iets te zien?'

'Nee.' Hij zette zijn mond tegen de opening en sprak zachter, zodat hij buiten de flat niet te horen was. 'Meneer Forgrave, wij zijn van de politie. Kunt u de deur opendoen?'

We hoorden de seconden voorbij tikken. Het enige geluid kwam van de hond, die aan de deur bleef krabben. Ik benutte de tijd door de voorzijde van de flat nader te bekijken, maar ik zag geen sporen van braak. Er zat een raam in de gevel, maar Forgrave had verkozen daar matglas in te zetten om redenen van privacy. Alleen het bovenste deel van het raam was van helder glas. Derwent kwam overeind en zag me ernaar kijken. 'Wil je even naar binnen kijken? Ik geef je wel een zetje.'

Ik zette mijn voeten in zijn verstrengelde handen en zocht steun aan het raamkozijn terwijl hij me optilde. Ik kreeg een paar tellen de kans om de kamer te bekijken, maar toen gromde hij iets en liet me op de grond zakken.

'Jezus, wat weeg jij wel niet?'

'Niet al te veel eigenlijk. Ik dacht dat je zo'n goede conditie had. Dat was gewoon treurig.'

'Ik loop hard, ik doe niet aan gewichtheffen.' Hij grijnsde naar me; weer zo'n onverwachte stemmingswisseling. 'Iets bijzonders gezien?'

'Niet echt. Ik kon het niet zo goed zien. Het was er niet bepaald goed verlicht. Maar alles lijkt normaal.'

'Oké. Nou, dan gaan we maar naar de volgende. Wie staat er nog meer op de lijst?' Hij liep naar het trappenhuis en ik volgde terwijl ik in mijn tas zocht naar het vel papier.

'Stanley Flanders. Hij woont in het Mayhew Estate.'

'Dat is een makkie. Ik zie het van hieruit liggen.'

'Ja, we hoeven alleen maar de juiste flat te vinden. Er zijn er maar tweeduizend of zo.'

'We hebben zijn huisnummer toch?'

'Jawel, maar het is een doolhof.'

We hadden de eerste verdieping bereikt. Derwent liep te fluiten. Hij rende de laatste trap af, liep naar de voordeur en duwde hem open. Ik zette mijn voet op de eerste tree en bleef toen geïrriteerd staan. Ik draaide me om, mompelde 'zo terug' en rende weer omhoog.

Derwent zei iets wat ik niet kon verstaan boven de klap van de dichtslaande deur uit.

'Ik wil alleen even een kaartje achterlaten,' riep ik over mijn schouder terwijl ik de trap met twee treden tegelijk op liep en in de helft van de tijd terug was op de tweede verdieping. Ik haastte me over de galerij naar Forgraves voordeur en schreef ondertussen op mijn kaartje: dringend verzoek om ons te bellen in verband met uw veiligheid. De hond blafte weer, deze keer vanaf de vensterbank. De vitrage lag om zijn kop gedrapeerd, waardoor hij een karikatuur van een bruid leek. Hij was lichtbruin en ruwharig, toch geen Jack Russell; helemaal geen rashond, zo te zien. Ik stak in het voorbijgaan mijn tong uit en hij viel extatisch van woede van de vensterbank. Ik wipte snel de brievenbus open en schoof mijn kaartje naar binnen. Ik zorgde ervoor dat het op de mat viel zodat niemand het zou zien uitsteken.

Ik had me al omgedraaid om weg te lopen toen ik een geluid hoorde, en eerst dacht ik dat het die stomme hond weer was. Het leek op gejank, een geluid waardoor mijn nekharen overeind gingen staan, en ik bleef stokstijf staan.

'Kerrigan!' Derwent stond op straat omhoog te kijken. 'Kom naar beneden.'

Ik maakte een gebaar met mijn hand naar hem en bleef luisteren. Diep gegrom van de hond met tussendoor af en toe gekef. Een lijkwagen met een zacht, hees motorgeluid die het terrein van het uitvaartcentrum op draaide. Stilte vanachter de deur. Ik had me dingen in mijn hoofd gehaald. Ik bleef nog even staan, boos op mezelf, en wilde weglopen.

En toen hoorde ik het weer.

Ik had al mijn zelfbeheersing nodig om in hetzelfde tempo te blijven lopen tot ik het trappenhuis had bereikt en toen ik buiten gehoorsafstand van de flat was zocht ik direct in mijn tas naar mijn radio. Ik schakelde door naar het algemene kanaal van de politie, vloekend omdat ik niet meteen de juiste knopjes vond.

'Centrale, centrale van hotel india zes vier, actief bericht. Dringend verzoek om assistentie op Camford Mews negen, Brixton. Verdenking indringers, mogelijk gewapend met jachtgeweer. Ik hoor binnen geluiden en vermoed dat de bewoner wordt gemolesteerd. Verzoek om Trojan-eenheden en ambulance.'

De centralist pakte het bericht geroutineerd op en nam vlot contact op met een gemotoriseerde eenheid van Trojan, het gewapende mobiele elitekorps van de Met, gaf het adres door, informeerde de ambulancedienst en gaf het incident vervolgens door aan een superieur die de leiding zou nemen zolang de kans bestond dat er wapens in het spel waren. Deze procedure zat er bij iedereen ingeramd.

'Trojan-eenheid over vier minuten bij u.'

Vier minuten was verdomd lang als je ondertussen werd gemarteld, bedacht ik. Toch was het opmerkelijk dat de cavalerie zomaar onderweg was.

Ik liep naar de galerij van de eerste verdieping en boog me over de balustrade op zoek naar Derwent. Hij stond beneden bij de hoofdingang.

'Dat kutding zit dicht. Laat me erin.'

'Ik heb iets gehoord. Assistentie is onderweg,' zei ik zo hard als ik maar durfde.

'Hè?'

Ik leunde iets verder naar voren. 'Volgens mij zit er iemand in Forgraves flat. Ik heb om assistentie gevraagd.'

'Wat is dat nu weer? Waarom heb je mij niks verteld?' siste Derwent me toe.

'Daar was geen tijd voor.' Ik keek de straat in en zag in de verte de neus van een politieauto om de hoek verschijnen, gelukkig zonder sirenes. 'Daar zijn ze al. Ze hebben ook een gewapende eenheid gestuurd.'

'Ik hoop voor je dat je zeker bent van je zaak, Kerrigan.'

Een ogenblik beving me totale paniek. Als ik me had vergist... als ik me iets had ingebeeld en al die manschappen voor niets had opgeroepen... de flat had er verlaten uitgezien. Derwent had niemand gehoord of gezien. Maar ik wel, dacht ik. Ik had een kreet van pijn gehoord die niet te vergelijken was met iets anders wat ik ooit had gehoord, en toch had ik intuïtief geweten wat het was.

De geüniformeerde agenten waren uitgestapt en achter de eerste patrouillewagen kwam er nog een te staan. Twee agenten liepen naar de achterkant van het gebouw, zo dicht mogelijk langs de muur zodat ze door de ramen niet te zien waren. Vanzelfsprekend droegen ze steekvesten, maar veel bescherming gaven die niet, en ik wachtte enigszins gespannen op een schot, waardoor ik zou weten dat ze waren gezien en onder vuur lagen. De andere twee voegden zich bij Derwent en ik zag dat ze stonden te overleggen. Hij boog zich achterover en keek me aan.

'Kom nu eindelijk die deur eens openmaken.'

Ik glipte de trap af en drukte op de knop die het deurslot opende. Derwent deed de deur open en kwam binnen, op de voet gevolgd door een van de geüniformeerde agenten, een inspecteur die de commandant van het team bleek te zijn. Hij had een peper-en-zoutkleurige baard en een geruststellende manier van doen.

'Paul Lancaster.' Ik stelde me voor en hij glimlachte. 'Nogal een drama, hè? We zullen het gebouw wel moeten ontruimen voor het geval het vechten wordt als de gewapende eenheden arriveren.'

'Dat kan niet lang meer duren.' Ik keek op mijn horloge en probeerde me te herinneren hoe lang het geleden was sinds ik de melding had gedaan: een paar minuten, maar het leken er wel twintig.

Lancaster wendde zich tot Derwent. 'Ontruim jij deze verdieping maar. Agent Snow zal assisteren. Collega Kerrigan gaat met mij mee naar de volgende verdieping en daar kijken we of er meer bewoners thuis zijn. We zullen met de bovenste verdieping moeten wachten tot de gewapende jongens er zijn.'

'Ik kan beter met jou meegaan. Het is een te groot risico om Kerrigan daar naartoe te sturen. Ze draagt geen beschermende kleding.'

'Jij ook niet,' merkte ik op. 'Het is absoluut niet nodig mijn plaats in te nemen.'

'Toch doe ik dat liever wel.' Hij trok zijn wenkbrauwen op. 'Wil je dat ik op mijn strepen ga staan?'

'Hou op met kibbelen en schiet op.' Lancaster liep naar de trap en Derwent volgde hem, met een laatste blik op mij, alsof hij zich ervan wilde overtuigen dat ik bleef waar het relatief veilig was. Chagrijnig liep ik naar de eerste flat en klopte zo zacht ik kon aan, terwijl Snow hetzelfde deed bij de buren. Ik had in elk geval iets te doen, iets waardoor ik niet hoefde te denken aan hetgeen zich twee verdiepingen boven me afspeelde.

We hadden de benedenverdieping ontruimd (één bewoner, een oude dame die boos elke hulp van Snow weigerde en het pand verliet met haar kostbaarste bezittingen in een supermarkttasje) toen er een BMW werd geparkeerd; door de gele sticker op het raam wisten we dat de eerste gewapende agenten ter plaatse waren. Lancaster en Derwent hadden hen vanaf de verdieping boven ons gezien en kwamen haastig naar beneden voor een briefing die slechts twintig seconden duurde. Ondertussen waren er nog twee teams aangekomen met hun commandant en alle negen liepen ze naar de trap. Ze hadden meer weg van soldaten dan van politieagenten met hun zwarte helm, blauwe werkbroek en kogelvrije vest. Zes van hen waren gewapend met een licht machinegeweer van Heckler & Koch, dat er zo ongeveer uitzag als het dodelijkste wapen dat je je kon voorstellen, en twee anderen droegen een Glock met vierkante vuurmond die daar maar weinig voor onderdeed. De laatste sjouwde een Enforcer mee, een klein model stormram die in politiejargon de 'grote rode sleutel' werd genoemd, omdat je er vrijwel elke deur mee open kreeg.

Lancaster en Derwent hadden beschutting gezocht aan de overkant van de straat; ik rende naar hen toe en hurkte neer achter een geparkeerde auto, die evenveel bescherming zou bieden als een papieren zakdoekje wanneer de machinegeweren onze kant op zouden vuren.

'Ze treuzelen bepaald niet, hè?' Lancaster draaide zich grijnzend naar me om terwijl de gewapende agenten zich over de galerij verspreidden en ondertussen in de andere flats naar binnen keken op zoek naar tekens van leven. Toen ze op dat punt gerustgesteld waren namen ze hun positie in rond de deur van flat 9. Ik had sterk de indruk dat Lancaster ervan genoot. Derwent kauwde kauwgom, zijn kaken bewogen snel en de spanning was van zijn gezicht af te lezen.

Vanuit onze positie beneden op straat hadden we maar beperkt zicht, maar wat er vervolgens gebeurde was makkelijk te reconstrueren. Op een teken van de commandant stapte de agent met de Enforcer naar voren, riep 'politie' en ramde op vrijwel hetzelfde moment het ding tegen de deur. Ik zag de houten deurpost bij de eerste dreun versplinteren, bij de tweede breken en bij de derde stoot volledig meegeven. De agent stapte opzij en direct daarna drongen zijn collega's de flat binnen. Ze schreeuwden om een mogelijke aanwezige die wellicht weerstand wilde bieden uit zijn evenwicht te brengen. Mijn hart bonsde alsof ik daar bij hen was. Ik had nooit een functie geambieerd waarbij ik een wapen moest dragen, maar ik zag er het aantrekkelijke wel van in. Het had iets atavistisch om een charge uit te voeren in een besloten ruimte, tot de tanden toe gewapend, met acht net zo goed uitgeruste collega's die erop waren getraind agressie te beantwoorden met doelgericht, weloverwogen geweld.

Bij deze gelegenheid leek er geen sprake te zijn van agressie die beantwoord moest worden. Na verbazend korte tijd hing de commandant alweer over de rand van de galerij om ons met zijn duim het signaal veilig te geven voordat hij zich weer op zijn radio richtte. Hij verzocht om een ambulance en ik werd misselijk bij de gedachte wat de reden daarvoor kon zijn. Misschien had de moordenaar zijn slachtoffer deze keer achtergelaten om alleen te sterven. Misschien had ik zelf de flat moeten binnendringen en niet om assistentie moeten vragen. Ik kreeg niet lang de tijd om over de mogelijkheden na te denken; Derwent was al achter de auto vandaan gekomen voordat ik rechtop stond, en was na een sprintje door de hoofdingang verdwenen. Lancaster en ik volgden en renden de trappen op terwijl in de verte sirenes loeiden. We haalden hem in bij de voordeur van de flat, waar de commandant stond uit te leggen wat zich er had afgespeeld.

'We hebben vier mannen in de flat; drie in hechtenis en één die hulp van het ambulancepersoneel nodig heeft.'

'Drie?' Derwents stem klonk snijdend.

De commandant knikte. 'Nog geen namen, maar dat laat ik aan jullie over. Geen van hen heeft een identiteitsbewijs bij zich. Twee oudere kerels, één jonge. Ze bevonden zich in de keuken achter in de flat toen we naar binnen gingen.'

'Waren ze gewapend?'

'We hebben een pistool gevonden op de vloer bij het fornuis, een Beretta 9mm. Het lijkt erop dat een van hen het wapen heeft laten vallen toen ze ons hoorden binnenkomen. Beter dan gepakt worden met een wapen op zak, denk ik. Ze hebben niet veel tegenstand geboden. We hadden agenten bij de brandtrap aan de achterkant staan en genoeg van ons aan de voorzijde om hen ervan te overtuigen dat het geen zin had zich naar buiten te vechten. Geen idee wie ze zijn of wat jullie van ze willen, maar ik zou zeggen dat het beroeps waren, gezien de manier waarop ze reageerden.'

Ik wilde dolgraag weten of alles goed was met William Forgrave. 'U zei dat er iemand was die medische zorg nodig had?'

'Hij moet behandeld worden voor brandwonden, zo te zien. Heel naar. Ze hebben een stoomstrijkijzer gebruikt.'

'Waren ze hem aan het martelen?' Lancaster klonk geschokt, en ik besefte dat hij geen idee had waarom we dit adres eigenlijk hadden bezocht.

'Daar ziet het wel naar uit. Ik denk niet dat hij er veel lol aan beleefde, laat ik het zo zeggen.'

Derwent bewoog onrustig. 'Is de flat vrijgegeven? Is het goed dat we naar binnen gaan?'

'Ga je gang.'

Ik volgde Derwent naar binnen, langs de versplinterde deur die tegen de muur was gezet. De woonkamer aan de rechterkant – de kamer waar ik naar binnen had getuurd – was vol mannen: vier gewapende agenten en drie zittende verdachten, met hun handen geboeid voor zich. Twee van hen zaten op de bank en de derde, een magere man van middelbare leeftijd met een behoorlijk gebruinde huid, zat met gesloten ogen achterovergeleund in een fauteuil.

Derwent bleef maar heel even staan en ik kon slechts een korte blik naar binnen werpen voordat we langs de enige slaapkamer doorliepen naar de keuken aan de achterkant. Daar bevonden zich twee agenten, die vrij rudimentair eerste hulp verleenden aan een man die op de grond lag. Zijn ledematen schokten alsof hij met elektrische stroom werd bewerkt. William Forgrave, nam ik aan. Hij was klein van stuk en had een bolle buik, alsof hij zelden meer aan lichaamsbeweging deed dan het beklimmen van de trappen naar zijn woning. Hij had alleen een spijkerbroek aan, waardoor de felrode driehoekige brandwonden die verspreid zaten over zijn bovenlichaam des te meer in het oog sprongen. Zijn voetzolen zaten vol kleine blaren. Het zou lang duren voordat hij weer zonder pijn kon lopen, en ook lang voordat hij in de spiegel herkende wat hij zag, want zijn gezicht zag er verschrikkelijk uit achter zijn zware, zwarte baard. Het was inmiddels ernstig opgezwollen, maar ik kon wel zien dat zijn neus was gebroken. Van zijn voortanden was de helft weggeslagen, en zijn mond hing zodanig open dat zijn kaak misschien ook wel gebroken was. De keukenvloer was hier en daar bevlekt met bloedspatten. Er stond een stoomstrijkijzer op tafel, met het strijkvlak van me afgewend. Ik zag dat de stekker nog in het stopcontact zat. De lucht in de keuken was warm en vochtig, bijna verstikkend als je bedacht wat daarvan de oorzaak kon zijn, en de ramen waren beslagen.

Derwent had na een korte blik vastgesteld dat het slachtoffer niet in staat was met ons te praten, en had zijn aandacht op het aanrecht gericht.

'Waar komt dat allemaal vandaan?'

Een van de agenten stond op. 'Persoonlijke eigendommen van de heren in de woonkamer, inspecteur. We vonden dat u er even naar moest kijken. Dat is alles wat ze bij zich droegen. Deels zijn het natuurlijk bewijsstukken.'

Ze waren in drie afzonderlijke stapeltjes neergelegd, een per persoon. Mijn aandacht werd getrokken door een koperen boksbeugel, een akelig uitziend geval met bloedspatten erop. Dat was een verklaring voor de verwondingen aan Forgraves gezicht. Derwent bekeek de stapeltjes met behulp van de punt van een pen, onderzocht elk object zonder het aan te raken. Ze hadden met z'n drieën maar één mobiele telefoon gehad, een goedkoop modelletje van Samsung. Ik wilde wedden dat het een wegwerptoestel met beltegoed was, waarschijnlijk dezelfde ochtend nog aangeschaft. Het had even geduurd voordat het tot de criminele wereld was doorgedrongen dat het bij je dragen van een mobieltje hetzelfde effect had als een permanent baken bij je hebben; de telecommaatschappijen konden de politie vertellen waar ze zich hadden bevonden, wanneer ze op die plek waren geweest en met wie ze hadden gebeld. En dat deden ze ook. De beroepscriminelen zorgden er inmiddels voor dat dit alles niet traceerbaar was door mobieltjes te gebruiken die ze na elke klus konden weggooien. Ik begon te begrijpen waarom de commandant meende dat hij hier met echte criminelen te maken had.

De eigenaar van de boksbeugel rookte: er stond een zilverkleurige Zippo-aansteker naast, samen met een pakje Benson & Hedges-sigaretten. Hij had ook een bundeltje tie-wraps bij zich gehad, met een elastiekje eromheen.

'Dat ziet er veelbelovend uit. Ivan Tremlett zat vastgebonden met net zulke tie-wraps.'

Derwent maakte een keelgeluid dat waarschijnlijk instemmend bedoeld was. Hij keek naar de derde stapel, naar een geldklem in de vorm van een beer. Die was van zilverkleurig metaal met glanzende, heldere steentjes voor de ogen en de klauwen, en tussen de poten zat een pond of duizend geklemd, te oordelen naar de dikte van de rol.

'Zijn dat diamanten?'

Het was niet serieus bedoeld, maar Derwent knikte. 'Gezet in platina. Wat zou dat hebben gekost?'

'Meer dan ik op mijn spaarrekening heb.' Niet dat ik het had willen hebben overigens. 'Opzichtig, hè?'

'Zeker. Net als de eigenaar.'

Mijn belangstelling steeg. 'Weet je wie dat is?'

'Ik heb wel een vermoeden.'

'Vertel eens.'

'Daar kom je wel achter.' Hij pakte zijn eigen mobiel en toetste een nummer in.

Ik schudde gefrustreerd mijn hoofd. 'Ik snap er niets van. Waarom zouden drie beroepscriminelen bezig zijn met een moordzuchtige martelcampagne? Geen van de slachtoffers had connecties met de georganiseerde misdaad.'

'Gek, hè?' Degene die Derwent aan het bellen was nam op dat moment de telefoon op. Uit deze kant van het gesprek maakte ik op dat het Godley was. Toen hij ophing, zei hij: 'De chef is over een paar minuten hier.'

'Per helikopter zeker?'

'Hij was niet op het bureau. Een vergadering ergens. Hij is niet ver weg en zat al in de auto toen ik belde.'

'Is hij blij?'

'Wat denk jij nou? Natuurlijk is hij blij.'

En ben jij dat ook? voegde ik er bijna aan toe, maar ik durfde het niet echt. Er was iets aan Derwents houding wat ik niet kon plaatsen, iets wat hij probeerde te onderdrukken en ik vermoedde dat het opwinding was.

Hij was al bij het tweede stapeltje gekomen en bekeek een klein knipmes, matzwart van kleur en met een lemmet dat niet langer dan acht centimeter kon zijn. Het was akelig scherp.

'Dat is iets voor de technische recherche.' Hij keek op en grinnikte naar me. 'Niet slecht. En ik wilde nog wel dat je daar wegging.'

'Jij stond buiten op straat. Het scheelde maar een haar of we hadden het gemist. Dat was ook gebeurd als ik niet was teruggegaan om mijn kaartje door de brievenbus te gooien.'

'Ach ja, iedereen heeft weleens geluk.'

En dat had Forgrave ook gehad, hoewel hij daar waarschijnlijk anders over dacht. Er waren twee ambulancemedewerkers binnengekomen, competent in hun groene overall, en zij hadden hem overgenomen van de agenten. Ze troffen voorbereidingen om hem op een brancard over te hevelen, en ik knikte naar Derwent.

'We staan hier in de weg. Wil je trouwens niet kennismaken met de drie verdachten?'

'Ach ja, waarom niet?' Hij klonk alsof hij probeerde zijn lachen in te houden. 'Wacht maar tot de chef hier is. Hij zal niet weten wat hij ziet.'

Ik liep achter hem aan de gang door en begreep er steeds minder van. Bij de woonkamer aangekomen bleef hij in de deuropening staan en ik botste bijna tegen hem op. De drie verdachten keken op met verschillende gradaties van belangstelling. De twee op de bank waren gewoon kleerkasten, meer niet. De een was jong en had gemillimeterd blond haar en overal puistjes op zijn kin en in zijn nek, en de ander zou zijn vader kunnen zijn. Hij was tweemaal zo breed en wat er nog van zijn haar over was, was grijs. Hij had de mismaakte neus en de bloemkooloren van iemand die vaak had gevochten. Hij droeg het uniform van een monteur van British Telecom, tot en met het identiteitsplaatje, dat aan een koord om zijn nek hing. Er liep een paars litteken over de arm van de jongen dat eruitzag als een souvenir van een gevecht met messen. Geen lieden met wie je ruzie wilde krijgen. Ze leken zich geen van beiden zorgen te maken over de positie waarin ze zich bevonden, alsof gearresteerd worden iets was wat nu eenmaal bij hun werk hoorde.

Ik richtte juist mijn aandacht op de man in de fauteuil toen Derwent zei: 'Zo zo, kijk eens aan wie we hier hebben. Dag John. Leuk je weer eens te zien. Hoe ben jij hier nu weer verzeild geraakt?'

'Gaat je niks aan.' Zijn zware oogleden knipperden niet eens; hij leek niet verbaasd dat hij bij zijn naam werd aangesproken. Ik keek eens goed naar hem, naar de gebruinde huid, die wees op een leven in een warm land, naar het dikke asgrijze haar dat over zijn boord krulde, naar de zware ring die hij aan zijn vinger droeg en naar de Rolex die niet zo goed paste bij de stalen handboeien om zijn polsen. Hij had een lange neus, volle lippen en vierkante kaken, en zijn huid was zo glad dat ik me afvroeg of hij botox gebruikte. Op de schouder van zijn overhemd zat een veeg bloed die bruin verkleurde. De algehele indruk die ik kreeg was van een kilheid die grensde aan het psychopathische, en ik wist dat ik zijn gezicht eerder had gezien, maar kon het niet plaatsen.

'Wat jij doet gaat mij wel degelijk aan en dat weet je best. Het moet wel iets groots zijn, als je hier zelf bent. Ik dacht dat we je nooit meer terug zouden zien.' Derwent had zijn handen in zijn zakken en wipte heen en weer op de bal van zijn voeten. Hij was dichter bij de verdachte gaan staan en hing nu over de man die hij toesprak heen. Ik glipte de kamer in en ging naast een van de gewapende agenten staan; hij wiegde zijn MP5 in zijn armen alsof het een baby was.

'Geen commentaar.' De gebruinde man moest achteroverleunen en zijn hoofd onder een rare hoek houden om oogcontact met Derwent te houden. Kennelijk was dat te veel moeite. Hij trok een grimas en keek vastberaden een andere kant op, alsof het gesprek hem verveelde.

'Toe nou, John. Zeg eens wat.' Hij ging zachter praten, waardoor ik maar net verstond wat hij zei. 'Je wilt toch niet dat ik je moet dwingen te praten, hè? Ik heb anders in de loop der tijd wel heel wat geleerd van jou en je mannen. Sommige van die dingen die jij verzint zijn echt heel inventief.'

'Maar niet legaal.'

'Ik zou genoeg hebben aan een paar minuutjes, denk je ook niet? Ik weet zeker dat ik jou wel een paar minuutjes voor mij alleen kan krijgen.'

De man leek absoluut niet onder de indruk te zijn. 'Klets maar raak, man, want ik doe dat niet.'

Van buiten de flat klonk het geluid van voetstappen. Er kwamen schaduwen voorbij; door het matglas waren de silhouetten niet te identificeren. Ik ving geroezemoes van stemmen op uit de gang en hoorde Godleys stem.

Het was Derwent ook opgevallen. 'Als je dan niet met mij wilt praten, wil je het misschien wel doen met een oude vriend.'

De man keek opeens belangstellend op toen Godley in de deuropening verscheen. Ze keken elkaar direct recht in de ogen. Ik liet mijn blik van de gearresteerde man terug naar Godley gaan en schrok van het gezicht van de hoofdinspecteur. Hoewel hij normaal gesproken geen open boek was, keek hij nu openlijk vijandig, moordzuchtig, zou ik hebben gezegd als hij iemand anders was geweest. Toch klonk hij rustig toen hij sprak.

'John Skinner. Wat een verrassing. Dat is lang geleden.'

Ik maakte van schrik een beweging en vroeg me af of ik het verkeerd had verstaan. Ik keek naar Derwent, die mij stond op te nemen in afwachting van mijn reactie. Nu had ik het door. Ik begreep waarom hij zo opgewonden was geweest, hoewel ik er verder niet veel van snapte. John Skinner was een beruchte moordenaar en kidnapper en gewapende roofovervaller. Hij was een gewelddadige schurk en beroepscrimineel, die naar de Costa del Sol was gevlucht en zich daar verzette tegen uitlevering op grond van een hele reeks aanhoudingsbevelen. Nu zat hij in de woonkamer van een veroordeelde pedofiel in een achterafstraatje in Brixton, en ik had geen flauw idee waarom.

Skinner glimlachte dunnetjes. 'Inspecteur Godley. O sorry, het is inmiddels hoofdinspecteur, geloof ik? Het is lastig om bij te blijven.'

'Heel begrijpelijk.' Godley keek behoedzaam. 'Ik had nooit gedacht dat je het zonnige Spanje ooit weer zou verlaten.'

'Daar had ik mijn redenen voor.'

'Dat heb ik gehoord.'

Het was nu Skinners beurt om zijn masker te laten vallen. Van spanning trilde er een spiertje in zijn wang. 'Je moet me laten gaan, Godley. Ik heb zaken te regelen.'

'Geen schijn van kans.'

Skinner trok zijn bovenlip op en ontblootte zijn voortanden; het had een glimlach kunnen zijn als het niet zo overduidelijk een grimas was geweest. 'Je bent niets veranderd. Ik had verwacht dat je wat medeleven zou tonen. Je hebt toch een dochter? Isabel. Leuke meid. Lijkt op haar moeder. Hoe is het trouwens met Serena?'

Godley schudde zijn hoofd. 'We hebben het niet over mij.'

'Integendeel. Als jij zorgt dat ik niet kan doen wat ik moet doen, gaat het helemaal over jou.' Skinner zweeg even en zei toen: 'Moorcroft Road toch? Moorcroft Road 47, NW3...'

Hij brak zijn zin af toen Godley zich afzette en de kamer door vloog, zich totaal niet bewust van de waarschuwing die de gewapende agent hem toeriep toen hij langs hem heen schoot. De kamer veranderde in een oogwenk in een chaos. De oudere man stoof op van de bank en graaide naar het machinegeweer, terwijl de jongere de strijd aanging om de Glock van de andere agent, nauwelijks gehinderd door zijn handboeien. Ik kon nog net zien dat Godley Skinner van zijn stoel had getrokken en systematisch op hem in beukte voordat Derwent tegen me op vloog en me tegen de vloer drukte. Ik viel verkeerd, knalde met mijn gezicht tegen de rand van het tv-meubel en zag sterretjes.

'Blijf liggen!' beval Derwent terwijl hij langs de gewapende agenten liep om Godley van Skinner af te trekken. Verdwaasd vroeg ik me af waarom hij zich niet met de anderen bemoeide, maar bij nader inzien was Skinner de belangrijkste. En toen deed een van de gewapende agenten een stap naar achteren, recht op mijn hand, en daarna was ik te zeer bezig bij bewustzijn te blijven om veel te zien van wat er gebeurde. Ik was me er slechts vaag van bewust dat er versterking arriveerde en dat de jonge man werd bewerkt met een stroomstootwapen, juist op het moment waarop hij het pistool had afgepakt, zich omdraaide en het richtte op de agenten die binnenkwamen. De grote man kreeg traangasspray in zijn ogen, waardoor hij op de grond neerzeeg en heen en weer begon te rollen. Hij blaatte met een onverwacht hoge stem: 'Mijn ogen! Mijn ogen!' Iemand kreeg medelijden met hem en leidde hem naar buiten. Skinner ging ook; het bloed droop van zijn mond en zijn neus en hij werd behandeld door een ambulancemedewerker terwijl hij werd geëscorteerd door gewapende agenten.

Iemand stak zijn handen naar me uit en trok me omhoog. Ik bood evenveel tegenstand als een lappenpop en voelde me ongeveer net zo stoer.

'Gaat het?' De stem van Derwent. Ik knikte sprakeloos. 'Je moet maar even naar je hoofd laten kijken. Je bloedt.'

Dat was het minste van mijn zorgen. Ik keek langs hem heen naar Godley. Hij zat met zijn hoofd gebogen en zijn mobiel tegen zijn oor geklemd. Hij ondersteunde zijn hoofd met zijn hand; de knokkels waren vuurrood van de vechtpartij. Hij maakte een verslagen indruk, alsof niet Skinner maar hijzelf was geslagen. Zijn stem klonk anders dan ik die ooit had gehoord, bijna panisch, en wat hij steeds herhaalde maakte duidelijk waarom.

'Hij wist mijn adres, Bill. Hoe wist hij mijn adres? Hoe kon hij in godsnaam mijn adres weten?'

10

Zoals deprimerend genoeg normaal begon te worden na een belangrijke arrestatie, kwam ik in het ziekenhuis terecht. Het enige wat deze keer beter was, was dat ik nu zelf kon lopen en niet bewusteloos in bed lag, en dat ik er alleen voor controle was. Een van de ambulancemedewerkers had me op de plaats delict onderzocht en verklaard dat ik waarschijnlijk geen hersenschudding had, waarschijnlijk niet gehecht hoefde te worden en waarschijnlijk mijn hand niet had gebroken, maar Godley had alleen het woord 'waarschijnlijk' gehoord, waarna hij me beval te doen wat me werd gezegd en naar de spoedeisende hulp te gaan. Wat prima was, afgezien van het feit dat zo de aandacht werd gevestigd op de niet zo heldhaftige rol die ik had gespeeld bij de ontsnappingspoging van John Skinner, en het feit dat ik nu het feestje vanwege de arrestatie van Skinner niet kon meevieren met de rest van het team. Het echt vervelende eraan was dat ik met mijn verwondingen drie uur moest wachten en de een na de ander die er ernstiger aan toe was moest laten voorgaan. De enige afleiding was een tijdschrift dat iemand had laten liggen. Het was zo'n blad waarin schokkende, waargebeurde levensverhalen de hoofdmoot vormden, zodat ze schreeuwerige koppen op het omslag konden zetten. De meeste koppen bleken bij lezing van het verhaal flauwekul te zijn. Toch spelde ik het tijdschrift en las elk woord van 'Ik beviel van mijn opa's BABY' en 'Ik ben 95 KILO afgevallen door HAMBURGERS te eten'. Het alternatief was een poster over malaria. Ik kon dus niet anders.

Ik was inmiddels bij de horoscopen aangeland en wond me zo op over de mijne – 'Je neemt niet graag advies aan, maar het wordt tijd dat je luistert naar iemand in je omgeving. In dit geval heeft diegene gelijk en niet jij!' – dat ik geen woord meer wilde lezen. Ik gooide het tijdschrift op de stoel naast me, keek op en zag de lange gestalte van Godley in de deuropening staan. Hij zocht met een ernstig gezicht de wachtkamer af; zijn stalen zelfbeheersing was weer helemaal terug. Verbaasd stak ik mijn hand op en zwaaide tot hij me in het oog kreeg. Zijn gezicht klaarde op. Hij draaide zich half om en zei iets over zijn schouder, en ik voelde me nog minder op mijn gemak toen Derwent naast hem verscheen. Terwijl ze zich een weg baanden door de volle wachtkamer dwong ik mezelf te glimlachen. Ik werd niet graag op mijn onvoordeligst gezien, zeker niet door hen. Ik wilde dat Godley me zou beschouwen als een betrouwbaar lid van zijn team, niet als een blok aan het been, en ik wilde dat Derwent me zo min mogelijk zou zien. Het kleinste teken van zwakte dat hij bespeurde zou hij tegen me gebruiken, dus ik was direct op mijn hoede.

'Waar heb ik dit genoegen aan te danken?' vroeg ik zodra ze binnen gehoorsafstand waren. 'Weten jullie geen prettigere plek?'

'We staan achter aan een lange rij mensen die met John Skinner willen praten. Op z'n vroegst krijgen we hem morgenochtend te spreken. En we wilden ons ervan overtuigen dat het goed met je ging.' Derwent had zijn oprechte blik uit de kast gehaald; zijn voorhoofd was gerimpeld van medeleven. 'Ben je al onderzocht?'

'Alleen door een verpleegkundige, die heeft gekeken of ik een urgent geval ben. En dat ben ik niet,' voegde ik er snel aan toe. 'Ik zou waarschijnlijk gewoon naar huis kunnen gaan.'

'Je blijft waar je bent.' Godley ging op de stoel tegenover me zitten en kromp even ineen, zo kort dat ik het zou hebben gemist als ik toevallig met mijn ogen had geknipperd.

'Gaat het met ú wel goed?'

'Een paar blauwe plekken van daarnet. Niets ernstigs,' zei hij kortaf, en ik had direct spijt dat ik er de aandacht op had gevestigd. Toen schraapte hij zijn keel; ik had hem nooit eerder zo slecht op zijn gemak gezien. 'Even over het gebeurde. Ik wilde mijn excuses aanbieden.'

'Aan mij? Dat is echt niet nodig.'

'Dat is wel degelijk nodig. Ik moet me voor mijn onprofessionele gedrag tegenover elke daar aanwezige politiemedewerker verontschuldigen. Maar ik wil jou in het bijzonder mijn spijt betuigen, omdat jij gewond bent geraakt.'

'Gewond is een beetje overdreven,' begon ik, maar hij bracht me tot zwijgen door zijn hand op te steken.

'Je hebt een fikse jaap op je voorhoofd, een gekneusde hand en wellicht nog een hersenschudding ook. Vorig jaar ben je ook al ernstig aan je hoofd gewond geraakt, dus wil je dit alsjeblieft niet te licht opvatten? Het is mijn schuld en ik neem er de verantwoordelijkheid voor, wat je ook zegt.'

'Het was eigenlijk niet uw schuld. Inspecteur Derwent heeft me omver geduwd. Als iemand zijn excuses zou moeten aanbieden, is hij het wel.' Ik deed luchtig, en hoopte van harte dat Derwent gevoel voor humor had.

'Vergeet het maar. Ik ga me niet verontschuldigen. Het was voor je eigen bestwil.' Hij glimlachte, wierp toen een blik op Godley en ik zag bezorgdheid in zijn blik. De hoofdinspecteur zag er afgemat uit, en het was meer dan een gewone vermoeidheid. Ik boog me impulsief naar hem toe.

'Chef, u moet het zich niet al te zeer aanrekenen. Het is volkomen begrijpelijk, als je bedenkt wat hij zei.'

'Dat betwijfel ik, Maeve, maar dank je wel.' Er viel een korte, pijnlijke stilte. 'Ik neem aan dat je hebt begrepen waar Skinner op doelde.'

Ik had er moeite mee het onder woorden te brengen, maar Godley wachtte geduldig. 'Hij zei dat hij wist waar u woont. En hij weet alles over uw gezin. Ik vermoedde dat hij het als dreigement bedoelde.'

'Dat klopt. En ik heb het er niet beter op gemaakt door op hem in te slaan. Het was niet bepaald de manier om hem aan mijn kant te krijgen.'

Derwent lachte. 'Heus, chef, dat zou u alleen maar lukken als u beschikte over een tijdmachine.'

'Hoe dat zo?' Ik keek van de een naar de ander. 'Wat is er voorgevallen?'

Godley antwoordde niet, maar stond op. 'Ik ga koffie halen. Wil jij ook?'

'Graag, chef. Melk, geen suiker.'

'Een kopje thee zou heerlijk zijn,' zei ik hoopvol, maar hij schudde zijn hoofd.

'Beter geen cafeïne voordat je de dokter hebt gesproken.'

'Thee kan toch geen kwaad,' protesteerde ik halfhartig. Ik wist dat het geen zin had, en Godley schonk me dan ook slechts een norse, afkeurende blik. Zoals gewoonlijk keek iedereen hem na. Ik betwijfelde of hij het in de gaten had. Het zou hem beslist niets kunnen schelen.

Derwent keek naar mij terwijl ik Godley nakeek. 'Vat het maar niet persoonlijk op dat de chef niet wilde blijven zitten. We vertellen dit verhaal al de hele middag. Hij trekt het gewoon niet om het nog een keer te horen.'

'Wat is er dan aan de hand? Heeft hij Skinner destijds gearresteerd of zo? Je zou niet denken dat hij om zoiets wrok zou koesteren. Voor zover ik weet is Skinner door elke Londense politieman boven een zekere leeftijd weleens gearresteerd.' Het was bijna een overgangsrite geweest, tot Skinner een eind aan de lol maakte door naar Spanje te vertrekken.

'Geloof daar maar niks van. Ze scheppen allemaal graag op dat ze John Skinner hebben gepakt, maar er zijn er niet zoveel die dat ook echt hebben gedaan. Godley wel, maar dat is niet de reden dat Skinner zo'n hekel aan hem heeft. Gearresteerd worden hoort er voor hem gewoon bij.' Hij boog zich dichter naar me toe en ging zachter praten zodat niemand anders kon horen wat hij zei. De wachtkamer was geen ideale plek voor vertrouwelijke gesprekken. 'Je weet toch dat Bryce en ik met de chef samenwerkten binnen de centrale taakeenheid? Hij was onze inspecteur toen ik nog agent was en Bryce brigadier. Destijds trok Skinner in zijn eentje de misdaadstatistieken scheef. Hij stelde ons in een heel slecht daglicht. Zo ongeveer elk ernstig misdrijf dat in oostelijk Londen werd gepleegd was op hem terug te voeren, maar we konden niemand zover krijgen een officiële verklaring af te leggen. Het kwam niet eens zover dat getuigen werden omgekocht; niemand durfde het risico te nemen hem tegen zich in het harnas te jagen door openlijk over hem te praten. Van hogerhand regende het bevelen om hem aan te pakken, maar we moesten hem op heterdaad betrappen. Godley kreeg opdracht een undercoveroperatie te leiden met als doel Skinner te grijpen.'

'En toen heeft hij hem gearresteerd.'

Derwent schudde zijn hoofd. 'Daar was geen kans op. Skinner gedroeg zich als een koorknaap. Hij hield zich afzijdig en toch bleven de lijken zich opstapelen. Hij had zijn bendeleden zo in zijn greep dat hij hun niet hoefde te vertellen wat ze moesten doen. Ze konden de boel regelen zoals hij dat wenste, ook al had hij zich volledig teruggetrokken. We hebben hem wekenlang in de gaten gehouden en toen werd van hogerhand besloten dat ze genoeg tijd aan hem hadden besteed en werden we van de zaak gehaald. Je kunt je wel voorstellen wat dat heeft gekost. Vierentwintig uur per dag surveilleren is niet goedkoop.'

'Ik begrijp nog steeds niet waarom John Skinner daar zo nijdig over was.'

'Laat me even uitpraten. Het irriteerde Godley nogal dat hij niets tegen Skinner had gevonden. Hij besloot dat hij het best op een andere manier wat druk op hem kon uitoefenen. We hadden tijdens het surveilleren Skinners vader in een gestolen auto zien rijden. Dat was genoeg voor een arrestatie, en we hadden mazzel met de rechter. Dean Skinner werd als vluchtgevaarlijk beschouwd en kwam daarom niet op borgtocht vrij. Zijn zoon was woedend.'

'Nou ja, dat was ook de opzet.'

'Inderdaad, maar het bleek uiteindelijk niet het beste idee te zijn geweest van Charlie.' Derwent keek uiterst nonchalant rond om zich ervan te overtuigen dat Godley nog niet terugkwam. 'Skinner senior is in het huis van bewaring overleden. Hij kreeg in de nacht na de hoorzitting waarin hem borgtocht werd geweigerd een zwaar herseninfarct. Hij leefde nog wel toen ze hem vonden, maar hij was in coma en is niet meer bij bewustzijn gekomen. John was uitzinnig. Hij wist dat zijn vader door hem in die situatie was terechtgekomen, maar hij gaf de chef de schuld, niet zichzelf.'

'Uiteraard.' Ik vroeg me af hoe Godley zich had gevoeld over wat er was gebeurd. Voor zover ik hem kende, zou hij het zichzelf net zozeer kwalijk hebben genomen als Skinner deed.

'Skinner heeft een zeker talent voor wraakneming; hij heeft sinds zijn tienertijd een spoor van lijken achtergelaten. Vergeeft nooit iets, vergeet nooit iets. Hij ging op volle kracht achter Godley aan. Die heeft met zijn gezin al twee keer moeten verhuizen, en heeft een alarminstallatie die nauwelijks voor te stellen is: alarmknoppen, bewakingscamera's, de hele rits. Godleys dochter is al een paar keer van school veranderd. Ze kon nooit vrienden thuis uitnodigen en mocht niemand vertellen over haar vader en wat voor werk hij deed. Ze heeft zelfs haar achternaam moeten laten veranderen, zodat er geen enkel verband met Godley zelf te vinden was. Zoals je zult begrijpen was zijn vrouw niet blij met al dat gedoe, om maar niet te spreken van het effect ervan op Isabel. Godley is er een tijdlang kapot van geweest. Hij heeft bijna ontslag genomen. Langzamerhand is hij eroverheen gekomen en heeft hij het met Serena weten te redden, maar ik geloof niet dat het makkelijk was, toen niet en nu nog steeds niet.'

'Is dat de reden dat hij geen foto's van zijn gezin in zijn kantoor heeft? Om zijn privéleven gescheiden te houden van het werk?'

'Je slaat de spijker op z'n kop. Dat is hij met Serena overeengekomen. Hij praat nooit over haar en Isabel. Hij staat niet in de telefoongids, geeft niemand ooit zijn privénummer, doet alles via zijn mobiel. Hij maakt lange dagen op het bureau omdat hij weigert werk mee naar huis te nemen. En hij vertelt maar weinig mensen – inclusief collega's – waar hij woont.'

'Een soort dubbelleven.'

'Ja. Ik geloof dat Serena het ook niet prettig vindt als hij over zijn werk praat. Hij heeft nu niemand met wie hij het erover kan hebben en dat moet wel moeilijk zijn.' Derwent schudde zijn hoofd. 'Het punt is dat hij erdoor veranderd is. Godley bedoel ik. Indertijd was niemand zo strijdlustig als hij. Superijverig en erg vindingrijk ook; ik bedoel: hij werkte niet altijd volgens het boekje. Maar hij is hierdoor veranderd, en niet ten goede als je het mij vraagt. Hij voelde zich schuldig over Dean Skinner, ook al was dat eigenlijk niet terecht. John heeft het van geen vreemde, want zijn vader was net zo. De ouwe Dean was door en door een schurk, en hij had dat herseninfarct op elk willekeurig moment kunnen krijgen. Oké, hij zat vast omdat Godley hem had gegrepen, maar hij had meer dan genoeg gedaan om in aanmerking te komen voor een verblijf achter de tralies, en het was ook echt niet zijn eerste keer.'

'Jij zou er geen probleem mee hebben gehad.'

'Absoluut niet.' Hij grijnsde naar me. 'Maar zo ben ik nu eenmaal. De chef is gevoeliger.'

Zoals gewoonlijk liet Derwent het klinken als een belediging, en ik nam aan dat hij het ook zo bedoelde. Wat ik allemaal had aangehoord maakte dat ik Godley hoger inschatte, niet lager.

'Hoe dan ook, Godley begon zich netjes te gedragen. Alles volgens het boekje te doen. Aftaaien als het risico bestond dat er slachtoffers zouden vallen. De hoge pieten hadden daar wel waardering voor. Hij heeft een paar promoties gekregen, buiten de taakeenheid, en ik ben hem uit het oog verloren.' Hij zuchtte. 'Het is wel een beetje zo gestuurd. De jongens en ik... we waren niet zo blij met de nieuwe versie van onze leidinggevende, ook al vond iedereen het geweldig wat hij deed. Hij had niet meer die passie voor het werk. Hij had er niet meer zoveel plezier in. En eerlijk gezegd maakte dat het moeilijk om voor hem te werken. Als je iets opperde dat hij helemaal oké zou hebben gevonden vóór het incident met Skinner, leek het nu alsof je voorstelde Moeder Teresa tussen haar billen te porren.'

Ik had zelf weleens afkeuring in de ijsblauwe ogen van Godley gezien, en ik kon een glimlach niet onderdrukken bij de omschrijving die Derwent ervan gaf. Maar toch snapte ik iets niet. 'Als je niet graag voor hem werkt, waarom ben je dan bij dit team gekomen?'

Hij haalde zijn schouders op. 'Misschien ben ik inmiddels wat weekhartiger.'

Als datgene wat ik tot nu toe van Derwent had meegemaakt de weekhartige versie was, wilde ik niet in de buurt zijn als hij een prikkelbare bui had. Maar voordat ik dat kon zeggen kwam Godley terug met een kartonnen dienblad.

'Wisten jullie dat er hier een Starbucks zat? Leve het particuliere ondernemerschap.' Hij reikte me een bekertje aan. 'Niet al te blij worden. Het is kamillethee.'

'Geweldig,' zei ik somber, niet in staat verheugd te klinken, en beide mannen lachten. 'Sorry, dat was erg onbeleefd van me. Het is vast heel lekker.'

'Beter dan niets.' Derwent wipte het deksel van zijn koffiebeker en inhaleerde de damp. 'Mm. Wil je even ruiken?'

'Plaag haar niet zo.' Godley ging weer zitten en concentreerde zich erop niet te morsen met zijn koffie toen hij de beker aan zijn voeten neerzette. 'Hoe ver ben je gekomen?'

'Tot vlak voordat Skinner het land verliet.'

'Wanneer was dat?' vroeg ik.

'Ongeveer vijf jaar geleden,' zei Godley. 'Hij had zich nogal in de nesten gewerkt. Hij runde een uiterst succesvolle bende die was gespecialiseerd in bankroof, waarbij steeds het gezin van de directeur werd gegijzeld om hem te dwingen de kluis te openen.'

'Tigerkidnapping,' kwam Derwent tussenbeide, wat hem een boze blik van Godley opleverde.

'Ja, dank je, Josh. Ik heb het nooit zo gehad op dat woord.'

Ik onderdrukte een glimlach. De chef was afkerig van alles wat zweemde naar verheerlijking van misdaad. Derwent maakte met een volstrekt neutraal gezicht even oogcontact met me, en ik wist wat hij duidelijk probeerde te maken: snap je nu wat ik bedoel?

'De laatste gijzeling liep gruwelijk uit de hand. Een van de gijzelaars probeerde te ontsnappen; voor zover ik me herinner ging het om de vriend van de dochter, die niet bereid was mee te werken. De gijzelnemers raakten in paniek en schoten hem neer, waardoor de buren in de gaten kregen dat er iets mis was en ze het alarmnummer belden. Je kunt je voorstellen hoe blij we waren toen we ontdekten dat de gijzelnemers Skinner direct na het schietincident belden op een nummer dat traceerbaar was. Die jongen was in zijn rug geschoten; hij was zwaargewond en de gijzelnemers konden maar niet besluiten wat ze moesten doen: hem achterlaten zodat hij kon overleven, de klus laten voor wat hij was, of hem uit zijn lijden verlossen. De andere gegijzelden hoorden hem Skinner om advies vragen en ze waren bereid te getuigen dat hij de leiding had.'

'Ik dacht dat niemand ooit tegen John Skinner heeft willen getuigen?'

Godley knikte. 'Dat was inderdaad ongewoon. Maar dat gezin was ontzettend kwaad, en vastbesloten om hem er niet mee weg te laten komen. Die jongen heeft het overleefd maar kan nooit meer lopen. Ik zou me kunnen voorstellen dat bij hun besluit een zeker schuldgevoel heeft meegespeeld. Bovendien hebben we hen naar een onderduikadres gebracht voordat een van Skinners kennissen ook maar op het idee kwam hun de mond te snoeren. We konden hem op de hele mikmak pakken: kidnapping, gewapende roofovervallen, moord. Het enige wat hij nog kon doen was vluchten, en dat heeft hij gedaan.'

'Op een vals paspoort?'

'Op een privéjacht. Hij is weggevaren met een paar koffers met contanten en juwelen, en een adresboek vol contactpersonen. Hij had al een villa aan de Costa del Sol gekocht, voor noodgevallen. Hij denkt vooruit. Dat is een van de dingen die hem zo gevaarlijk maken.'

'Waarom is hij dan teruggekomen? Het lijkt erop dat hij het goed geregeld had in Spanje.'

Godley ging verzitten, opeens niet meer op zijn gemak. 'Ik kan hem dat moeilijk kwalijk nemen. Toen hij vluchtte, weigerde zijn vrouw botweg met hem mee te gaan. Ze hebben een dochter, Cheyenne, en Gayle wilde niet dat zij in Spanje zou opgroeien. Skinner moest er wel mee instemmen dat ze achterbleven. Ze gingen er op vakantie naartoe; hij heeft contact gehouden. Hij heeft een leuk huis in Hertfordshire voor hen gekocht, de particuliere school van Cheyenne betaald, evenals tennis- en paardrijlessen. Ze had alles wat haar hartje begeerde.' Godley pakte zijn koffie van de vloer en nipte eraan, alsof hij tijd wilde winnen. Derwent nam het weer over.

'Vijf dagen geleden is Cheyenne Skinner verdwenen. Volgens haar vrienden was ze door iemand die ze alleen via internet kende uitgenodigd voor een besloten feest in Brixton. Het was zo'n eenmalig feest in een leegstaand pakhuis, één enkele nacht van dansen en losbandigheid, volgens de uitnodiging. Ze is alleen gegaan, wat dom was. En ze is niet thuisgekomen.'

Mijn hersenen kraakten. 'Was er ook echt een feest?'

Derwent knikte. 'Ze hebben de organisatoren weten te vinden; zij konden zich Cheyenne niet herinneren, maar er waren dan ook een paar honderd mensen aanwezig. Het was zo'n evenement dat van mond tot mond ging; je weet wel, ze hebben het aan vijftig mensen verteld en gevraagd of zij de coolste mensen wilden uitnodigen die ze kenden. Iedereen moest een masker dragen.' Hij maakte een ronkend geluid. 'Misschien word ik oud, maar ik zie niet in wat er leuk is aan een avond in een donker, vies pakhuis terwijl je high en dronken wordt met een stel vermomde sukkels.'

'Ik ook niet,' zei ik automatisch, en ik overdacht wat hij me had verteld. 'Dus ze weten niet of ze echt op dat feest is geweest.'

'Ze heeft op haar Facebook-account gezet dat ze daar was. Dat deed ze om tien voor tien en vervolgens is er niets meer van haar vernomen. De wijkrecherche is ermee bezig geweest, maar ze hebben eigenlijk niets gevonden: geen getuigen, geen spoor van haar spullen of haar mobiel.'

'Ze is dus in Brixton verdwenen.'

Derwent grinnikte me toe. 'Inderdaad. Je hebt het door, hè? Skinner vond het maar niks toen Gayle hem vertelde hoe het onderzoek werd aangepakt. Hij besloot het zelf te gaan oplossen. Allereerst: een lijst met mogelijke verdachten opstellen. Vervolgens ernaartoe gaan en ze in elkaar slaan tot je het zat bent, om hen daarna uit hun lijden te verlossen.'

'Maar zijn doelwit was steeds een pedofiel.' De radertjes van mijn brein draaiden ongeveer op halve snelheid toen ik probeerde te bevatten wat me werd verteld. Misschien had ik toch een hersenschudding. 'Hoe oud is Cheyenne?'

'Veertien,' zei Godley somber. 'Net zo oud als mijn dochter.'

Ik begon te begrijpen waarom Godley zo van slag was. 'Wie heeft de zaak onderzocht? U zei de recherche van Brixton?'

'Het is op wijkniveau aangepakt. Er is geen brief ontvangen waarin losgeld werd geëist, voor zover we weten, dus de afdeling ontvoeringen is er niet bijgehaald. Eerst dacht ik dat het misschien iets met Skinner te maken had – dat ze was ontvoerd om druk op hem uit te oefenen, om wat voor reden dan ook, of uit wraak vanwege een akkefietje uit het verleden –, maar dan zou hij geen tijd hebben verspild met pogingen de plaatselijke zedenpolitie tot actie aan te zetten.'

'Ook zonder haar verwantschap met Skinner is ze gezien haar leeftijd toch een vermiste met een hoog risico. Ik zou denken dat deze zaak het wijkniveau ontstijgt.'

'Ik ook,' zei Godley. Zijn mond werd een streep. 'Ik ben een groot deel van deze week bezig geweest de hoge heren ertoe over te halen ons team het onderzoek te laten voortzetten. Maar om redenen die alleen hun bekend zijn hebben ze besloten geen gehoor aan mijn verzoek te geven.'

'Cheyenne is wel een beetje een stout meisje, volgens de verhalen. Ze lijkt op haar pa. Waarschijnlijk hebben ze gedacht dat ze haar eigen boontjes wel kon doppen, ook al is ze pas veertien.' Derwent wierp een blik op Godley voordat hij verderging. 'En in alle redelijkheid: de hoge pieten hebben jou er waarschijnlijk buiten willen houden. Gezien het verleden.'

'Ik denk dat ze heus wel wisten dat ik me volstrekt professioneel zou opstellen, Josh,' antwoordde Godley stijfjes.

'Oké, maar alles wat jou in zijn blikveld brengt is foute boel, toch? Vanwege die eerdere kwestie.'

'Hij heeft zijn eigen idee van eerlijk spel. Ik denk dat hij misschien die oude gevoelens van wrok zou hebben laten varen als we zijn dochter hadden kunnen vinden.'

Derwent snoof. 'Je gelooft zeker ook in de Kerstman? Voor Skinner bestaat zoiets als eerlijk spel niet. En hij meende wat hij zei. Hij zal je nooit vergeven wat zijn pa is overkomen.'

Godleys gezicht vertrok en hij reageerde niet. Ik vermoedde dat Derwent iets te ver was gegaan. Ik vond het vreemd geruststellend om te zien dat hij zijn gevoelloze commentaar niet beperkte tot zijn omgang met mij. Ondertussen was het noodzakelijk diplomatiek van onderwerp te veranderen.

'En wat gaat er nu gebeuren?'

'We gaan Skinner morgen ondervragen. Hij zal natuurlijk in staat van beschuldiging worden gesteld voor de moorden die Josh en jij hebben onderzocht en ook voor wederrechtelijke vrijheidsberoving, mishandeling en wat we verder kunnen verzinnen wat betreft William Forgrave. De andere twee zijn al een keer verhoord, maar ze hadden niet veel zin om mee te werken. We zullen nog eens flink op hen inpraten.'

'En Cheyenne?'

'Ik neem het onderzoek over.' Godley klonk vastberaden. 'Ze mag dan haar pappenheimers kennen, toch is ze kwetsbaar. En op dit moment heeft niemand enig idee waar ze is. In zo'n situatie hoef je geen John Skinner te heten om in een moordlustige maniak te veranderen.'

'Neem je het voor hem op?' vroeg Derwent.

'Als je me eerder had verteld dat ik iets met John Skinner gemeen had zou ik je hebben uitgelachen, maar als míjn dochter werd vermist zou ik wellicht hetzelfde hebben gedaan.' Aan de blik in Godleys ogen zag ik dat hij het meende.

'Het raakt je, hè? Het feit dat de meisjes even oud zijn.' Derwent staarde Godley aan met een vreemde gelaatsuitdrukking: deels medelijdend, deels nieuwsgierig. 'Komt het doordat je je in zijn positie kunt verplaatsen? Of ben je bang dat hij achter jou en je gezin aan gaat als ze haar iets hebben aangedaan?'

Alweer was ik verbaasd over Derwents vrijmoedigheid, en nog verbaasder toen Godley hem niet met een boze blik de mond snoerde.

'Van allebei een beetje, denk ik. Ik maak me zorgen om Cheyenne. Ik vind het maar niks dat niemand iets van haar heeft gehoord. Dat bezorgt me een akelig gevoel. En natuurlijk maak ik me ook zorgen om Skinner. Als Isabel iets overkomt vanwege John Skinner...'

'Dan zul je nooit met je schuldgevoel kunnen leven,' maakte Derwent zijn zin af.

'Vast niet, maar dat was niet wat ik wilde zeggen.' Godley glimlachte vriendelijk naar Derwent, maar zijn ogen stonden even ijzig als zijn stem klonk. 'Als hij ook maar íéts doet wat haar of Serena van streek maakt, zal ik hem een lesje over wraak leren dat hij nooit zal vergeten.'

Derwent keek niet al te verbaasd, maar dat kon ik van mezelf niet zeggen. Ik had de indruk dat Godley mijn aanwezigheid was vergeten, dat wat hij zei spontaan en oprecht was, wat het des te schokkender maakte.

'Maeve Kerrigan?'

Ik keek op en zag dat er een verpleegster uit de spoedeisende hulp was gekomen en de wachtkamer rondkeek. Eindelijk. Ik liet mijn thee staan en was enigszins opgelucht dat ik het gesprek achter me kon laten. Terwijl ik wegliep nam ik snel afscheid van Godley en Derwent. 'Bedankt dat jullie zijn komen kijken hoe het met me ging. Tot morgen.'

'Niet te vroeg,' riep Godley me na. 'Doe rustig aan. Dat is een bevel.'

Ik glimlachte terug maar was echt niet van plan het bevel op te volgen.

Het duurde een poos voordat ik me door de rij medische professionals had gewerkt die me moesten onderzoeken en konden bevestigen dat ik geen hersenschudding of ernstige verwonding had, en ik was dan ook volledig uitgeput toen ik toestemming kreeg om naar huis te gaan met een groot wit verband om mijn voorhoofd. Toen ik terugkwam verwachtte ik niet dat er iemand op me zou zitten wachten. Onder andere omstandigheden was Rob misschien langsgekomen om te zien hoe het met me ging, maar dat leek nu niet waarschijnlijk. Hij zou inmiddels wel weten wat er was gebeurd. Iedereen trouwens. De arrestatie van Skinner en de omstandigheden waaronder die had plaatsgevonden zouden hét gespreksonderwerp op het bureau zijn. Ik rilde bij de gedachte wat mijn collega's over me te zeggen zouden hebben, vooral Peter Belcott. Niets gunstigs, dat was zeker.

Ik had gelijk. Rob zat niet in de wachtkamer, maar er zat wel een bekende. Derwent zat nog steeds waar ik hem had achtergelaten, met zijn armen over elkaar en zijn knieën wijd uiteen in de ballenluchtende houding die zelfbewuste machomannen zo graag aannemen. Ik liep naar hem toe.

'Zit je lekker?'

'Je maakt zeker een grapje.' Hij stond op en rekte zich uit. 'Alles goed?'

'Volgens de dokter is er niets aan de hand wat niet met een aspirientje en wat goede nachtrust te genezen is.'

'Nou, dan zullen we maar zorgen dat je goed thuiskomt. Kom maar mee.' Hij liet zijn sleutelbos voor mijn neus bungelen alsof ik een hond was die moest worden uitgelaten.

'Even voor de goede orde: je biedt aan om me naar huis te brengen?'

'Ga je liever met de bus? Je weet toch wel dat je aangestaard zult worden?'

Dat wist ik inderdaad. Er werd al gestaard.

Hij grinnikte. 'Ik heb de chef beloofd dat ik je thuis zou brengen. Alleen dan wilde hij weggaan. Bovendien vind ik het toch een beetje naar dat ik je omver heb gegooid. Dit is het minste wat ik kan doen.'

Mijn eerste ingeving was het aanbod af te slaan. Eerder op de dag zou ik er veel voor over hebben gehad een autoritje met inspecteur Derwent te vermijden, maar ik was moe en het aanbod was te aanlokkelijk om te weigeren. En trouwens, op een vreemde manier begon ik aan hem te wennen.

'Oké. Maar geen muziek. Ik heb wel hoofdpijn. En het is ook eigenlijk jouw schuld.'

Hij gedroeg zich de hele rit op z'n best, babbelde over onbenulligheden en hield zich verre van onderwerpen die met het werk te maken hadden, van al te persoonlijke zaken en van dingen waarvan ik de kriebels kreeg. Hij kon dus toch gezellig zijn, bedacht ik. Hij gaf er gewoon de voorkeur aan zich als een kloothommel te gedragen.

Hij floot toen hij de auto voor mijn huis stilzette. 'Chic, hoor.'

'Een grapje, hoop ik? Het staat bijna op instorten. Trouwens, ik heb er maar een heel klein stukje van.'

'Waar zit jouw appartement?'

Ik wees. 'Begane grond. Die erker is van mij.'

'Een magneet voor inbrekers,' merkte Derwent op. 'Huur nooit iets op de begane grond. Vooral als je een vrouw alleen bent. Te gevaarlijk.'

'Bedankt voor het advies.' Ik stapte uit en smeet het portier dicht, zo hard ik kon. Ik hoopte dat zijn oren ervan zouden tuiten. Ik hoorde zijn raam omlaag suizen toen ik naar de voordeur liep en zette me schrap voor zijn reactie.

'Zorg goed voor jezelf, Maeve.'

Ik draaide me wantrouwig om. 'Ben je aardig aan het doen?'

'Ik maak me alleen zorgen dat je me voor de rechter kunt slepen als je verwondingen van langdurige aard blijken te zijn.'

'Ik pluk je helemaal kaal.' Ik zwaaide toen hij met piepende banden wegreed. Derwent was niet bepaald subtiel te noemen. Ik liep het stoepje op en deed de deur open; ik had al een langdurig bad in gedachten om de viezigheid van het ziekenhuis kwijt te raken. Een avondje voor de televisie leek me een goed plan.

Het mocht dan een goed plan zijn, de werkelijkheid was anders. Chris Swain stond in de hal te praten met een blonde man met zo'n knap uiterlijk dat je mond ervan openviel. Hij was aan de kleine kant, maar zijn geringe lengte werd goedgemaakt door zijn groene ogen en zijn onweerstaanbare glimlach. Chris stak wat iel bij hem af, ook al was hij net iets langer. Maar hij was nu eenmaal iemand die naast een ander nooit zou opvallen. Ze draaiden zich beiden om en staarden me aan.

'Jezus, Maeve. Wat is er met jou gebeurd?' Chris balde zijn handen tot vuisten. 'Toch niet je vriend?'

'O nee. Néé. Beslist niet. En hij is trouwens niet mijn vriend.' Ik aarzelde, want ik had nog geen oorzaak voor mijn verwonding verzonnen. 'Het was gewoon een ongelukje op mijn werk. Niks ernstigs.'

'Wat voor soort ongelukje?' De prachtman had nog een fraaie stem ook: sonoor en warm. 'O jee, ben je soms van de paal gevallen?'

'Je bedoelt omdat ik zo lang ben? Je moet wel denken dat ik aan hoogspringen doe, gezien mijn lengte. Want ik ben ervan overtuigd dat je niet denkt dat ik stripteasedanseres ben.' Ik probeerde mijn lachen in te houden. Hij had een feilloze timing; ik had het gevoel dat ik mijn buurman de acteur voor me had, en zijn volgende woorden bevestigden dat.

'Brody.' Hij stak zijn hand uit. 'We hebben nog niet kennisgemaakt, maar ik heb al van alles over je gehoord. Je heet toch Maeve? Wat doe je voor gevaarlijks voor de kost?'

Mijn traag functionerende hersenen lieten me opnieuw in de steek. Ik vertelde hem de waarheid. 'Ik ben rechercheur bij de Metropolitan Police.'

'Meen je dat?' Chris keek verbijsterd.

'Jazeker.'

Hij schudde zijn hoofd en zei zonder enige aanleiding: 'Krijg nou de kolere.'

'Ik heb geen dienst,' zei ik droogjes. 'Je hoeft niet in paniek te raken. Of je moet bezig zijn de wet te overtreden natuurlijk.'

Hij lachte maar keek niet blij. Het was weer hetzelfde liedje, altijd die behoedzaamheid zonder dat er een reden voor leek te zijn, altijd die instinctieve reactie van wij en zij, en daar had ik echt geen zin in. Ik draaide me om naar de deur van mijn appartement.

'Waar ga je naartoe?' Brody nam een pose aan tegen de muur naast mijn deur, met één arm omhoog zodat hij zijn hoofd ertegenaan kon leggen op die karakteristieke mannelijke fotomodelmanier. 'Kom toch even boven een drankje halen.'

'Nee, ik ben moe en ik wil een bad nemen,' zei ik bits. Hij was heel leuk, maar ik had geen zin om te flirten. Alsof hij besefte dat ik niet veel meer kon hebben ging hij rechtop staan en hield op met zijn geflikflooi.

'Eén drankje maar. Chris komt ook. Hij heeft de gin en ik de tonic. Als jij ijsblokjes hebt, heb je daarmee een plekje aan tafel verdiend.'

Het enige wat er in mijn vriezer lag was een bakje met ijsblokjes. Ik weifelde. 'Die heb ik inderdaad.'

'Dan kun je ons echt niet laten stikken.' Hij keek me smekend aan. 'Eén drankje, meer niet. Je ziet eruit alsof je dat wel kunt gebruiken na zo'n dag. En ik zeker. Weet je hoe moeilijk het is om in Roemenië een fatsoenlijke gin-tonic te krijgen?'

'Zat je daar?'

'Maandenlang. En nu ben ik er eindelijk uit geschreven.'

'Doodgemaakt?'

'Niet helemaal. Getrouwd, wat in kinderprogramma's hetzelfde is. Mijn verhaallijn is afgelopen.' Hij boog diep. Toen hij overeind kwam lachte hij. 'Jezus, het zal wel even duren voordat ik die middeleeuwse hoofsheid kwijt ben. Ik hoop dat ik niet hoef te auditeren voor *Eastenders* totdat dit uit mijn systeem is verdwenen.'

Toegeven leek de enige manier om een einde te maken aan het gesprek. Ik moest al ontzettend mijn best doen om het te volgen. 'Jij woont toch op de bovenste verdieping? Ik kom er over een paar minuutjes aan met het ijs.'

'Ik wist wel dat je het vooruitzicht iets te drinken met de Vladimir en Estragon van Northcliffe Road niet zou kunnen weerstaan. Walter is natuurlijk Godot. Szuszanna is het rumoer op de achtergrond.' Hij begon te fluisteren. 'Heb je Gyorgy en haar al in bed bezig gehoord? Ze zetten muziek aan om de geluiden te overstemmen, maar toch klinken ze nog als een stel neukende vossen. Ik heb het hart niet het haar te vertellen.'

Ik keek naar Chris. 'Snap jij ook maar de helft van wat hij zegt?'

'Niet eens de helft.' Hij haalde zijn schouders op. 'Kom mee, Brody.'

De twee mannen klommen de trap op; Brody nam twee treden tegelijk en hield zijn arm uitgestoken alsof hij een zwaard in zijn vuist geklemd had. Chris sjokte met gebogen hoofd achter hem aan; hij keek naar zijn voeten terwijl hij de trap op liep. Er zat geen greintje aanstellerij in hem.

'Zo bestormde ik het kasteel,' hoorde ik hem zeggen. Ik opende mijn deur en schudde verbijsterd mijn hoofd. Ik had al wat rare huisgenoten meegemaakt, maar Brody Lee was een geval apart. Ik merkte dat ik me er onwillekeurig op verheugde nader kennis met hem te maken. Bovendien kon ik wel wat afleiding gebruiken. Ik had behoefte aan leven om me heen en een gesprek, zodat ik niet aan mijn werk hoefde te denken, aan de blik van Godley toen hij zei dat hij Skinner een lesje zou leren, of aan het feit dat er een veertienjarig meisje vermist werd en dat elke seconde die wegtikte de kans kleiner maakte dat we haar zouden vinden, dood of levend. Hier niet over nadenken leek me mijn beste idee van de dag te zijn.

11

Ik ben van nature niet traag, maar het duurde wel even voordat ik er klaar voor was om weer onder de mensen te komen. Ik had in bad willen gaan – had er zelfs van gedroomd – maar besloot toch maar een douche te nemen. Ik trok opgelucht mijn verkreukelde kleren uit en liet ze op een stapeltje op de badkamervloer liggen. Het zou me niets kunnen schelen als ik ze nooit meer hoefde te dragen.

Ik bleef minutenlang met gesloten ogen onder de douche staan en spoelde zo de dag van me af, voordat ik me onder het gewone volk mengde. Het was lastig de dingen die ik deed en die ik als onderdeel van mijn werk beschouwde uit te leggen, en ik hoopte tegen beter weten in dat ik Brody ervan kon weerhouden door te vragen als hij erover begon. Hij leek het type dat er geen been in zag de hele avond over zichzelf te praten. Anderzijds had hij een eigenschap die ik zelf graag zou hebben: de vaardigheid een vraag zo recht op de man af te stellen dat de ander antwoord gaf, of hij wilde of niet. Ik had er nu al spijt van dat ik mijn dekmantel had afgeworpen. Niet dat het uitmaakte. Ik was niet op zoek geweest naar redenen om mijn nieuwe huisgenoten te arresteren. Ik vond het prima als ze hun privacy behielden, als zij maar bereid waren mij de mijne te gunnen.

Ik had wel langer onder de douche willen blijven staan, maar ik kon er niet omheen dat het spattende water pijnlijk was op mijn huid. Toen ik me had afgedroogd ging ik voor de spiegel in mijn slaapkamer staan om de schade op te nemen, en ik ontdekte dat ik een schaafwond aan mijn elleboog had van het tapijt en ik zag ook een blauwige schaduw over mijn linkerdij lopen, de voorbode van een flinke blauwe plek, ongeveer vanaf mijn heup tot mijn knie. Ik was overrompeld geweest en was daardoor hard gevallen. Het was niet bijzonder dat ik er wat aan had overgehouden. Geërgerd door het enorme, forse verband trok ik de pleister los en gokte erop dat wat eronder zat wat minder in het oog zou springen. Het zag er niet fraai uit: een roodblauwe bult met een wondje in het midden waar de rand van het tv-meubel een snee in de huid had gemaakt.

'Ik overleef het wel,' zei ik tegen mijn spiegelbeeld, maar ik paste ervoor mezelf recht in de ogen te kijken. Ik kleedde me snel aan, alsof alles normaal was, maar ik voelde me toch wat van slag. Ik had mezelf na de aanval die me enkele maanden eerder in het ziekenhuis had doen belanden niet toegestaan het rustiger aan te doen, alsof ik moeilijker zou herstellen als ik toegaf dat ik behoorlijk gewond was geraakt. In vergelijking daarmee was dit een kleinigheid, en toch was ik niet in staat het van me af te zetten. Ik voelde me er kwetsbaar door en dat vond ik vreselijk.

Ik borstelde mijn haar ter ere van Brody, maar meer deed ik niet om me mooi te maken; ik was te moe en te zeer gehavend om te proberen er goed uit te zien. Het maakte me trouwens toch niet veel uit. Ik had Brody herkend als een flirt die vrouwen alleen charmeerde om een vinger aan de pols te houden, en hoewel hij prettig was om naar te kijken, maakte hij bij mij niets los.

Zijn appartement was daarentegen wel degelijk erg aantrekkelijk. Toen hij de deur opendeed stokte mijn adem, en niet alleen omdat ik het nog benauwd had na al die trappen.

'Wauw.'

'Die reactie krijg ik vaker. Je ziet er trouwens zelf ook uit om "wauw" van te zeggen. Leuk topje.'

'Ik had het over deze kamer.' Ik liep langs hem heen en draaide helemaal rond om alles in me op te nemen.

'Dat heeft mijn laatste vriendin gedaan. Ze was binnenhuisarchitect. Erg dol op verf.' Hij sloeg zijn ogen ten hemel. 'Je kunt je wel voorstellen hoe interessant dat was.'

Ik luisterde nauwelijks. Het appartement nam de hele zolderverdieping in beslag, en bestond vrijwel geheel uit een open ruimte. Het plafond liep erg schuin, maar dat verleende het geheel juist karakter, ook al zou ik me er ontzettend aan ergeren als ik er woonde. Brody, die klein van stuk was, stootte waarschijnlijk niet zo vaak zijn hoofd als ik dat zou doen. Alles was wit geschilderd: de planken vloer, het plafond, de muren. Er stond niet veel meubilair, maar wat er stond was een aantrekkelijke mix van moderne en oude meubelstukken in beige en roomtinten. Het was wel wat cynisch dat ik me afvroeg of dit kwam omdat die kleuren zo goed bij zijn haar pasten, maar ik was dan ook cynisch van aard. Ik dook onder een staande chromen booglamp door, die een bereik had van drie meter, met aan het eind een papieren lantaarn. De lamp wierp haar licht over de salontafel, die was gemaakt van aan elkaar gelijmde wijnkistjes. In deze ruimte was het duidelijk het toppunt van trendy chic en geen improvisatie zoals een student dat zou doen. Er stonden al drie glazen met lichte bubbels op de tafel. Chris leunde achterover in een sjofele, geelbruine leren fauteuil met zijn ene voet op zijn andere knie. Hij wuifde onhandig naar me en zijn gebaar was zo ongekunsteld vergeleken met Brody's bestudeerde élégance dat ik hem opeens graag mocht. Dat daar ook een element van medelijden in zat, hoefde hij niet te weten. Ik wuifde terug.

'Ik heb al ingeschonken,' zei Brody.

'Dat zie ik.' Ik overhandigde hem het bakje met ijsklontjes. 'Aan jou de eer.'

Hij liet drie blokjes in elk glas glijden terwijl ik in de stoel naast Chris ging zitten en reikte me een glas aan. 'Drink maar snel leeg. Je loopt er een achter. We konden niet wachten tot je kwam.'

'Je snakte naar een borrel?' Het verbaasde me niets; ik had het al geroken aan zijn adem toen hij de deur opende. Het verklaarde de rode wangen en de glanzende ogen van Chris.

'Meer dan je je kunt voorstellen, schat.' Hij keek naar de tafel. 'Shit. Ik ben de knabbels vergeten. Geen drank zonder knabbels.'

'Doe voor mij geen moeite,' begon ik, maar hij was al weg. Ik hoorde hem rommelen in zijn kleine keukentje: kastjes die opengingen en kletterend serviesgoed.

Ik draaide mijn hoofd weer om en merkte dat Chris zich naar me toe had gebogen.

'Negeer het meeste maar. Het duurt altijd even voordat hij weer gewend is, als hij van huis is geweest. Hij is niet altijd zo aaibaar.'

'Ik zal het onthouden.' Ik nam een slokje en het vuur van de gin overstemde bijna de zoete smaak van de tonic. 'Jezus christus.'

'Ja, hij weet wel hoe je een echte borrel moet schenken.'

'Niet verder vertellen, maar ik ben vroeger barman geweest. En misschien word ik dat wel weer als ik geen nieuwe opdracht krijg.' Brody zette een kommetje cashewnoten tussen ons in. 'Ik moet jullie waarschuwen: ze zijn een paar maanden over de datum.'

Chris wierp er een onderzoekende blik op. 'Ik heb een fobie dat ik op een stompzinnige manier zal doodgaan. Vergiftigd worden door een verdachte noot past op mijn lijstje. Weet je zeker dat ze oké zijn?'

'Nee.' Hij leunde voorover en pakte er een handje van. 'Het is net Russisch roulette, hè? Kom op, Chris. Je moet wel een beetje durven leven.'

Ik maakte gebruik van het gekibbel om mijn glas op tafel te zetten. Het ijs zou smelten en mijn drankje enigszins verdunnen als ik het een poosje liet staan. Ik dronk nooit veel en ik had er geen zin in dronken te worden met mensen die ik nauwelijks kende. Te veel verklaringen van slachtoffers begonnen met dat scenario. En dat was eigenlijk kort samengevat de reden dat politiemensen anders waren dan anderen.

Alsof Brody mijn gedachten had gelezen wendde hij zich nu tot mij. 'Maeve, wij hebben ons een ongeluk gespeculeerd over wat je nu eigenlijk doet. Wat voor soort zaken doe je?'

'Ernstige misdrijven.' Daar liet ik het bij, in de hoop dat een kort antwoord Brody ervan zou weerhouden door te vragen. Hij kneep zijn ogen tot spleetjes.

'En wat houdt ernstig in? Moord? Verkrachting? Kindermisbruik?'

'Dat soort dingen, ja.'

Hij zweeg en zijn glas bleef halverwege zijn mond hangen. 'Je houdt me voor de gek zeker? Jij onderzoekt geen moorden.'

'Best vaak, hoor.' Ik keek naar Chris, die nog steeds achteroverleunde met een raadselachtig half glimlachje om zijn lippen. Hij tikte rusteloos met zijn voet tegen de vloer, het enige wat erop duidde dat hij niet volledig ontspannen was. 'Is dat zo moeilijk te geloven?'

'Jazeker,' zei Brody direct. 'Daarvoor zie je er te leuk uit. Je zou nooit een rol in een politieserie krijgen. In elk geval niet als de heldin. Je zou wel heel goed zijn als de vriendin van de held.' Hij trok zijn wenkbrauwen op alsof hij me uitnodigde te opperen dat hij ideaal zou zijn voor de rol van held.

'Dan blijf ik maar het echte werk doen.' Ik pakte mijn glas en nam nog een piepklein slokje om maar iets te doen te hebben. Ik moest bijna hoesten van de alcohol.

'Waar ben je op het moment mee bezig?'

Ik kon het niet opbrengen hem over de moorden te vertellen. 'We zijn op zoek naar een vermiste tiener.'

'Lopen die niet voortdurend weg?' Brody klonk volstrekt ongeïnteresseerd.

'Sommigen wel. We willen dit meisje opsporen om ons ervan te verzekeren dat alles goed met haar is.'

Chris knikte, even ernstig als altijd. 'Hoe heet ze?'

'Cheyenne.'

'Deftige naam, zeg.' Brody gooide nog een noot in zijn mond. 'Wat is er met je gezicht gebeurd? Heb je klappen gehad?'

'Dat was een ongelukje.'

'Toe nou, vertel ons er wat meer over.' Hij keek naar Chris. 'Ze is weinig mededeelzaam, hè?'

'Misschien wil ze er niet over praten, Brody.' Chris klonk rustig maar resoluut.

'Ik denk dat onze Maeve dapper is geweest. Ik denk dat ze zichzelf voor iemand heeft geworpen om die persoon te beschermen tegen geweld en dat ze zelf de klap heeft opgevangen. Heb ik gelijk?'

'Volkomen gelijk,' zei ik langzaam knikkend. 'Je slaat de spijker op z'n kop.'

'Dacht ik al. Dat is een soort gave. En ik wed dat ik gelijk heb als ik zeg dat je het prettig vindt om gevaarlijk te leven.'

'Dat niet echt.'

'Ach, kom op nou. Ik heb het verhaal over je vriend gehoord. Sorry, je niet-vriend. Ik heb begrepen dat hij donker en dreigend is.' Hij wierp een snelle blik op Chris, om duidelijk te maken wie hem had verteld wat hij wist. 'Hij is ook bij de politie, hè? Werk je met hem samen?'

Ik glimlachte onbewogen. 'Hij is een collega. En helemaal niet zo dreigend als je hem eenmaal leert kennen.'

'Walter mocht hem niet. Maar Walter is dan ook niet zo dol op dienders. Ze keuren zijn hobby's niet altijd goed.' Brody kneep zijn wijsvinger en duim samen en trok stevig aan een zogenaamde joint.

'Brody! Hou je mond, oké? Ze zit bij de politie, hoor. En het is illegaal. Probeer je Walter nu in de problemen te brengen?'

'Ik heb niks gehoord,' zei ik snel. 'Het ene oor in en het andere uit.'

Brody lachte. 'Gelukkig maar. Wat kan ik nog meer bekennen, nu je zo'n vergevingsgezinde bui hebt?' Hij staarde Chris aan. 'Wat heb jij te verbergen, Swain? Wat doet jou sidderen van angst?'

'Niets natuurlijk.' Chris verschoof in zijn stoel. Hij voelde zich duidelijk niet op zijn gemak. 'Maar ik vind het niet prettig dat je achter Walters rug over hem praat. Laat hem erbuiten.'

Brody haalde zijn schouders op; misschien besefte hij dat hij te ver was gegaan. Hij draaide zijn glas ondersteboven, schudde en het laatste druppeltje viel op de vloer. 'Helemaal leeg. Wie wil er nog een glas?'

'Rustig aan, man.'

'Rot op.' Hij stond een beetje wiebelig op en tuurde naar het glas van Chris. 'Schiet op, mán, je hebt het jouwe nog nauwelijks aangeraakt. Doe eens even je best.'

Ik begon steeds meer genoeg van Brody te krijgen. Ik was moe, mijn voorhoofd deed zeer en ik wilde gaan slapen. De hoofdpijn waar ik eerder last van had gehad was weer terug, en ditmaal had hij versterking meegebracht. Ik had me naar boven gesleept om vriendelijk te zijn jegens een buurman, maar ik had geen zin in dronkenmansgedoe. Ik stond op.

'Ik zou heel graag nog even blijven, maar ik moet echt gaan. Morgen is een werkdag en die ernstige misdrijven lossen zich nu eenmaal niet zelf op.'

'En je drankje dan?'

'Dat mag jij hebben.' Ik schoof het over tafel naar Brody. 'Sorry, maar ik verdraag vanavond eigenlijk niets sterkers dan thee.'

'Dan drink je toch thee?' Het was Chris die dit zei. Hij was ook opgestaan. 'Maak je geen zorgen om Brody. Negeer hem gewoon. Hij probeert aandacht te trekken.'

Brody snoof. 'Als ik jouw aandacht wilde, zou ik heel wat drastischer te werk gaan om die te krijgen, geloof me maar.'

'Blijf nog even,' zei Chris. Het klonk bijna smekend. 'Dan zet ik thee voor je. Dan zet ik thee voor ons allemaal.'

'Een andere keer.' Ik glimlachte naar hem en inwendig beloofde ik mezelf dat die keer nooit zou komen.

'Brody, wat ben je toch een eikel. Bedankt voor het verpesten van een leuke avond.' Chris keek oprecht geïrriteerd.

'Hoe heb ik dat dan precies gedaan? Door te proberen een beetje lol te maken? Nou, sorry hoor. Jezus zeg.' Hij liet zich weer in zijn stoel vallen, nam een slok uit mijn glas en begon te hoesten.

'Je hoeft geen sorry te zeggen,' fluisterde Chris. 'Maeve, je hebt groot gelijk dat je hier niet wilt blijven. Ik wil dat ook niet. Ik loop mee naar beneden.'

'Dat hoeft echt niet. Ik kan mijn appartement zelf wel vinden.'

'Nou, ik ga nu ook. Dus we kunnen elkaar negeren en afstand houden, of gezamenlijk naar beneden lopen.' Hij schonk me zijn verrassend charmante scheve glimlachje. 'Ik weet wel wat ik liever doe, maar misschien zie jij het anders.'

'Nou, als je toch gaat, kan ik er niets tegen inbrengen.' Ik keek neer op Brody. 'Dank je voor de gastvrijheid. Het spijt me dat ik niet langer kon blijven.'

'Het spijt je helemaal niet. Jullie zijn een stel hufters en ik kan gewoon niet geloven dat jullie me hier alleen laten.'

'Jammer dan,' zei Chris met een onverzettelijkheid die ik niet van hem had verwacht. Hij keek me aan en trok zijn wenkbrauwen op. 'Zullen we dan maar?'

'Jullie komen heus wel terug,' zei Brody vanuit de diepte van zijn fauteuil. 'En dan ben je van harte welkom, Maeve. Maar Chris, jij kunt het vergeten. Voor mij ben je dood.'

Chris slaakte een gekwelde zucht maar reageerde niet, en ik ook niet. Ik wierp bij het weggaan een lange blik op de kamer. Ik had het gevoel dat ik er niet snel zou terugkeren.

Toen de deur achter ons dichtviel liet Chris zijn schouders hangen. 'Het spijt me ontzettend dat ik je daarheen heb meegesleurd. Hij is niet zichzelf. Ik denk dat hij gedeprimeerd is doordat hij uit die serie is gegooid.'

'Niemand vindt het prettig zonder werk te zitten,' zei ik en ik probeerde begripvol te klinken. Het was moeilijk om me te concentreren, nu ik het gevoel had dat mijn botten waren vervangen door vochtige watten. 'En je hebt me heus niet meegesleurd. Ik ben er uit vrije wil naartoe gegaan.'

'Je bent gekomen omdat Brody je niet met rust zou hebben gelaten als je niet had toegezegd te komen.'

'Wat niets met jou te maken heeft, dus je hoeft je niet te verontschuldigen.'

'Oké dan. Maar ik voel me toch schuldig.'

Chris staarde me aan met zijn grote, droevige puppyogen, maar ik had geen mededogen meer over, althans niet meer genoeg energie om het over te brengen.

'En je zei dat hij niet altijd zo is.'

'Hij is niet geweldig als hij heeft gedronken, laat ik het zo zeggen.'

'Ik heb nooit eerder zo'n sterk effect van tweeënhalve gin-tonic gezien. Hij lijkt er niet zo goed tegen te kunnen.'

'Normaal gesproken drinkt hij niet veel. Slecht voor de lijn en voor zijn huid, zegt hij. Dus áls hij dronken wordt, doet hij het ook goed.' Chris schudde afkeurend zijn hoofd. 'Maar genoeg over hem. Hoe gaat het met jou?'

Ik nam de tijd voor de trappen en hield me vast aan de leuning. 'Gewoon vermoeid, denk ik.'

'Weet je het zeker? Je ziet nogal bleek.'

'Hoe kun je dat zien bij dit licht?' Het was halfduister in het trappenhuis; ik kon zijn gezicht nauwelijks zien, hoewel het vlak bij het mijne was toen ik me omdraaide. 'Er is niets mis met me. Ik ben in het ziekenhuis onderzocht. Ze zeiden dat ik geen hersenschudding had.'

En toch voelde ik me licht in het hoofd. Opeens was ik even bang dat ze iets over het hoofd hadden gezien en dat ik niet naar huis gestuurd had mogen worden. Of misschien kreeg ik wel griep. Chris tuurde nog steeds naar me.

'Het gaat goed hoor, echt waar,' zei ik nogmaals.

'Je loopt als een gewonde. Die klap tegen je hoofd is niet je enige verwonding, hè?'

'Het is niks ernstigs.'

'Ik heb pijnstillers, als je wilt. In ieder geval ibuprofen, en misschien heb ik ergens nog wat codeïne. Ik kan even aanwippen.'

Geen mensen meer om me heen, dacht ik. 'Nee dank je, Chris. Dat is niet nodig.'

'Het is geen moeite.'

We kwamen om de hoek bij de laatste trap en bij het zien van mijn eigen voordeur klonk een 'Halleluja' in mijn hoofd, de belofte van rust en privacy. 'Ik wil gewoon mijn bed in duiken.'

Voordat Chris antwoord kon geven, bewoog er een schaduw achter het glas-in-loodraam van de huisdeur. Een tel later ging de bel.

'Ik doe wel open.' Chris glipte langs me heen en rende de laatste treden af. Hij frommelde wat aan de deur alsof hij zich er zo sterk van bewust was dat ik toekeek dat het hem onhandig maakte. Hij trok de deur open, niet meer dan tien centimeter, en tuurde wantrouwig door de smalle opening. Alles aan zijn lichaamstaal wees erop dat hij hem weer wilde dichtgooien, maar het niet echt durfde. In plaats daarvan zei hij op een toon die bijna onbeleefd klonk: 'Wat wil je?'

Nieuwsgierig boog ik me opzij om een glimp op te vangen van degene die buiten stond, en toen dat lukte sloeg mijn hart over.

'Rob.' Mijn stem beefde toen ik zijn naam zei. Hij duwde Chris opzij alsof niemand de deur vasthield en kwam naar me toe.

'Alles goed met je?'

Ik knikte en klampte me aan mijn laatste restjes zelfbeheersing vast, terwijl ik me afvroeg waarom ik het liefst in huilen zou uitbarsten. 'Het is niks ergs.'

Hij was op de tree onder de mijne blijven staan. 'Daar ziet het niet naar uit. Heb je er ijs op gedaan?'

'Was dat niet mijn tekst?'

'Het is al laat.' Ik was helemaal vergeten dat Chris er was, maar hij stond nog steeds bij de deur en keek naar ons. 'Maeve is moe. Ze ging net naar bed.'

Rob draaide zich snel om en keek hem onbewogen aan. 'Dan lijkt het erop dat ik precies op tijd ben gekomen, hè?'

Chris begon te blozen, maar ik wist niet of dat van verlegenheid of van boosheid was. 'Je kunt beter gaan.'

'Dat gaat niet gebeuren, vriend.'

Chris had evengoed in discussie kunnen treden met het meubilair; hij zou zijn zin niet krijgen. Alsof hij dat besefte richtte hij zich tot mij. 'Walter wil hem hier niet hebben. Je zou problemen met hem kunnen krijgen.'

'Ik praat wel met Walter als hij het vervelend vindt.' Ik hield mijn stem heel rustig om hem gerust te stellen. 'Hoor eens, Chris, ik weet dat je bezorgd om me bent en dat waardeer ik, maar het gaat heus goed met me. En ik ben heel goed in staat Rob te zeggen dat hij weg moet als ik dat wil.'

'Zeker weten.' Rob viel me bij en klonk eerder geamuseerd dan vijandig. 'Ik zou daarover ook echt niet in discussie durven gaan.'

Chris negeerde hem. Zijn blik was nog steeds strak op mij gericht. 'Je weet waar je me kunt vinden als je me nodig hebt, Maeve. Klop gewoon aan. Maakt niet uit hoe laat.'

Ik deed enorm mijn best niet te lachen, want ik wist dat het van het grootste belang was dat ik Chris liet geloven dat ik zijn hulp misschien nodig zou hebben. Ik wilde dat zijn zelfrespect intact bleef, ook al was zijn waardigheid allang verdwenen. 'Fijn. Nogmaals bedankt.' Ik wendde me tot Rob, maar keek hem net niet aan. 'We moesten maar naar binnen gaan en niet langer voor commotie in de hal zorgen.'

'Je hebt gelijk. Het is veel beter om dat binnen te doen. Meer privacy.' Hij knikte naar Chris, die alweer rood was aangelopen. 'Tot ziens.'

Ik draaide de deur van het slot en duwde hem naar binnen met een minimum aan bezorgdheid om zijn welzijn of het schilderwerk. Ik sloot de deur stevig achter ons en voordat hij dicht was zag ik Chris nog steeds naar me staren door de smaller wordende opening.

'Denk eraan: je kunt altijd aankloppen. Maakt niet uit hoe laat.' Rob leunde tegen de muur met een onschuldige uitdrukking op zijn gezicht, toen ik me omdraaide. Ik keek hem fronsend aan.

'Mag ik je erop wijzen dat ik hier moet wonen?'

'En dus?'

'Dus moet je ophouden met mijn buurman voor gek te zetten, alsjeblieft.'

'Kom nou, Maeve. Je kunt niet verwachten dat ik hem serieus neem. Het was alsof ik werd bedreigd door een niet al te agressief konijn.'

'Konijnen kunnen bijten,' zei ik vaag.

Rob keek me vragend aan. 'Heb je wel gegeten?'

Ik schudde mijn hoofd.

'Had ik kunnen weten. Ik had iets moeten meebrengen.' Hij maakte zich los van de muur. 'Ik vermoed dat het geen zin heeft te hopen dat er iets in de koelkast zit?'

'Je hoeft je niet verantwoordelijk te voelen voor mijn voeding.' Ik liep achter hem aan en bleef in de deuropening van de keuken staan terwijl hij de inhoud van de kastjes inspecteerde.

'Je hebt dus eigenlijk alleen maar eieren. Ik maak wel een omelet voor je.' Hij keek omhoog naar me en trok een gezicht. 'Laat me eens goed naar je kijken. Ik kon geen reet zien op die trap.'

Ik stapte achteruit maar hij pakte me bij mijn armen en trok me de keuken in, zodat hij me goed kon zien.

'Het was gewoon een dom ongeluk.' Ik voelde dat ik begon te blozen onder zijn onderzoekende blik.

'Ik heb gehoord dat je omver geduwd bent.'

'Ja, door Derwent. Hij duwde me op de grond. Voor mijn eigen bestwil, zei hij.'

'O ja?' Rob fronste zijn wenkbrauwen. 'Vertel me het maar terwijl ik aan het koken ben.'

Ik hees mezelf op het aanrecht en liet mijn benen bungelen. Mijn hakken tikten tegen de kastdeurtjes terwijl ik hem op de hoogte bracht van de gebeurtenissen van die dag. De situatie herinnerde me iets te veel aan de vorige keer dat hij in mijn appartement was geweest, en ik nam me voor deze keer geen ruzie met hem te maken. Hij had geen commentaar op wat Derwent had gedaan in de flat van Forgrave, maar hij toonde wel belangstelling voor Godleys reactie op het gesar van Skinner, en voor zijn houding in het ziekenhuis.

'Het klinkt alsof de chef aardig dicht tegen de rand zat.'

'Daar heb je geen ongelijk in. Ik heb hem nooit eerder zo gezien.' Ik rilde. 'Het was pure razernij. Hij is altijd zo rustig. Uiterlijk althans.'

'Ja, ik denk dat je daar een punt hebt. Er gaat heel wat meer door hem heen dan hij ons laat merken.'

'Vind je dat ook niet verontrustend? Dat hij zo zijn zelfbeheersing verloor?'

Rob antwoordde niet direct, alsof hij zijn woorden zorgvuldig wilde kiezen. 'Ik denk dat ik het zelf ook moeilijk zou vinden me in te houden als iemand die me lief is werd bedreigd.'

'Maar toch zeker niet in zo'n situatie?'

'Juist in zo'n situatie.' Hij keek op; zijn blik was vastberaden. 'Als je van iemand houdt, veranderen de regels. Je verstand weigert dienst. Je zou alles voor hem of haar doen. Dat is waar het om gaat.'

Tot mijn ergernis bonsde mijn hart tegen mijn ribben. Ik kon niet wegkijken. Wat ik uiteindelijk zei klonk een beetje scherp: 'Waarom was je ook alweer gekomen?'

'Ik maakte me zorgen om je. Ik wilde weten of alles goed was.'

'Je had moeten bellen. Dan had ik je wel verteld hoe ik me voelde.'

'Ik zou je niet hebben geloofd.' Hij lachte. 'Kom nou, Maeve. We weten allebei dat je zou hebben gezegd dat je je prima voelde.'

'Wat ook waar is.'

'Wat volstrekte flauwekul is. Je ziet er vreselijk uit.'

'Goh, bedankt hoor.'

Hij kiepte het eimengsel in de koekenpan en liet het in de pan uitlopen. 'Zo maak je trouwens een omelet.'

'Ik kan de gebroken eieren hiervandaan zien.'

'Kijk maar even, dan leer je nog wat.'

Ik wees met de neus van mijn schoen naar de kraan. 'Het is je niet opgevallen, maar ik heb de kraan gerepareerd.'

'Jawel hoor. Mooi werk.'

'Ik heb het gedaan toen je weg was.' Ik had gezocht naar iets waardoor ik niet meer hoefde te denken aan wat er was gebeurd.

'Hoe lang ben je ermee bezig geweest?'

'Uren. Ik moest Dec halverwege bellen voor advies.'

'Ik had het graag voor je gedaan.'

'Dat weet ik wel. Maar ik wilde het je niet vragen.' Ik aarzelde en gooide het er toen uit: 'En ik wilde je niet vragen vanavond hiernaartoe te komen, maar ik ben heel blij dat je er bent.'

'Wat een opluchting.'

Ik wachtte, maar meer zei hij niet. Ik snapte wel waarom niet. Ik was degene die het beslist had willen uitmaken. Nu al twee keer. Het laatste wat hij had gezegd was dat hij er niet op zou terugkomen, dat voorbij voorbij was, en Rob meende over het algemeen wat hij zei. Ik had hem verteld dat ik geen relatie met hem wilde omdat ik bang was dan alles op het spel te zetten waarvoor ik zo hard had gewerkt, maar opeens was ik er banger voor hem te verliezen. Ik probeerde de paniek te onderdrukken die me overviel door het besef dat ik wellicht mijn kans voorbij had laten gaan, en door het plotselinge besef wat dat voor me zou betekenen.

Hij had zijn volle aandacht op de pan gericht, hield hem schuin zodat het nog niet gare ei naar de rand schoof. 'Wat is er?'

Ik knipperde de tranen in mijn ogen weg. 'Niks.'

'Mag ik raden? Je voelt je prima.'

Iets aan de berusting in zijn stem maakte dat ik mijn zelfbeheersing verloor. Ik sloeg mijn handen voor mijn ogen om mijn gezicht voor hem te verbergen en snikte: 'Ik voel me helemaal niet prima, helemaal niet. En ik mis je. En ik weet dat ik er een gigantische puinhoop van heb gemaakt, maar ik probeerde gewoon te doen wat goed was.' Ik liet mijn handen vallen en zei enigszins wanhopig: 'Als je nu gewoon zou kunnen vergeten wat ik laatst allemaal zei...'

De rest van wat ik hem wilde vertellen is voor altijd verloren gegaan, want halverwege mijn zin trok hij mijn hoofd naar zich toe en kuste hij me. Ik sloeg mijn benen om hem heen en hield hem stevig vast en elk zenuwuiteinde tintelde bij zijn aanraking. Het was zo intens als een eerste kus, net zo verpletterend opwindend, maar ditmaal was de inzet hoger. Als het nu niet lukte, zou het nooit lukken. En waar ik ooit acuut de benen zou hebben genomen alleen al bij de gedachte aan een echte relatie, voelde ik daar nu, gek genoeg, geen enkele aandrang toe. Misschien kwam het door de klap op mijn hoofd, maar alles was veel helderder dan het diezelfde ochtend nog had geleken. Je had Rob en je had mij, en we werden er allebei gelukkig van als we samen waren. Niets anders was van belang, in elk geval niet op dat moment.

Uiteindelijk zorgde de brandlucht ervoor dat onze aandacht niet meer uitsluitend op elkaar was gericht. Rob vloekte, greep de rokende koekenpan en zette hem in de gootsteen. 'Eén verpeste omelet, en ik ben er niet zeker van of de pan het zal overleven.'

'Laat maar. Wat maakt het uit?' Ik voelde me licht in het hoofd van emotie, duizelig van opluchting. Ik wilde niets liever dan opnieuw te worden gekust.

'Heb je dan geen trek?'

'Totaal niet.' Ik knipperde met mijn ogen, nog een beetje versuft, en kon niets anders verzinnen dan de waarheid. 'Ik deed alsof, zodat je zou blijven.'

'Oké.' Hij kwam weer tussen mijn knieën staan. 'Waar waren we gebleven?'

Ik liet mijn armen om zijn hals glijden. 'We zouden net iets veel leukers gaan doen dan koken.'

'Ketterij.'

'Nee, dat was het geloof ik niet.'

Hij stapte naar achteren zodat ik precies genoeg ruimte had om me van het aanrecht te laten zakken, en toen duwde hij me ertegenaan zodat hij me nog eens kon kussen. Zijn handen gleden onderzoekend onder mijn topje.

'Voel je iets van je gading?' wist ik uit te brengen toen we naar adem hapten, en ik was best trots dat ik erin was geslaagd een samenhangende zin te produceren.

'Wel het een en ander.' Hij grinnikte en ik besefte meesmuilend dat Rob vrijwel nooit om een antwoord verlegen zat, in welke situatie dan ook. 'Moet ik nu meteen nijdig vertrekken of denk je dat het ons zal lukken deze keer je slaapkamer te bereiken?'

'Volgens mij is de kans vrij groot dat we daar in elk geval binnenkomen voordat er iemand woedend wegrent.'

'Nou, dat zou een hele verbetering zijn.' Rob volgde me de gang door.

Ik draaide me om bij de deur om me te verontschuldigen voor de rommel in de kamer en werd opeens door hem opgetild. 'Hé!'

'Ik ga me vanavond bazig gedragen.' Hij bond direct in. 'Dat vind je toch niet erg, hè?'

'Niet zo heel erg, nee.' Iets te laat zei ik: 'Pas op de deur – Au!'

'Shit. Sorry.' Hij liet me op de grond glijden en wreef over mijn achterhoofd, dat hard tegen de deurpost was geknald. 'Gaat het?'

Ik giechelde hulpeloos. 'Hou ermee op dat steeds te vragen, oké?'

'Dat doe ik zodra je ermee ophoudt jezelf te bezeren.'

'Eigenlijk heb jij dat deze keer gedaan.'

'Oké. Dan telt het niet mee. Ik zie dat we de deur nog niet helemaal zijn gepasseerd. Dus zijn we strikt genomen nog steeds op hetzelfde punt als de vorige keer.'

'Dat zie ik anders.' Ik stapte de slaapkamer in en trok hem mee. 'Je bent een volslagen idioot, en toch wil ik met je naar bed. Wat ben ik dan voor iemand?'

'Ik zou zeggen: een eetbaar iemand.' Hij was bezig zich geconcentreerd en efficiënt uit te kleden; geen ander dan Rob kon zo snel tot de kern van de zaak komen. 'Schiet eens op. Trek uit die kleren.'

'Zijn we weer bazig?'

Hij snoof. 'Eerder wanhopig. Heb je enig idee hoe lang het geleden is?'

'Wat mij betreft: ja. Wat jou betreft: geen idee.'

Hij trok zijn shirt over zijn hoofd en bleef staan, opeens serieus. 'Even voor de goede orde: er is niemand anders, Maeve. Jij bent de enige.'

'Mooi,' zei ik luchtig, maar ik voelde mijn hart een sprongetje van blijdschap maken, wat zelfs mij verraste. 'Laten we het zo maar houden.'

'Wil je me eraan herinneren waarom ik dat zou doen?'

'Jazeker.' Dat horende keek hij op en ik glimlachte hatelijk. Ik genoot van de uitdrukking op zijn gezicht toen hij door de kamer op me af kwam lopen.

Hij mocht zich dan wanhopig hebben gevoeld, aan zijn gedrag in bed was daar niets van te merken. Hij was heel zorgzaam en intuïtief, even volmaakt op mij afgestemd als hij altijd al had geleken. Ik vergat de kneuzingen, mijn zorgen over mijn werk, dat rare gedoe met mijn buren. Af en toe vergat ik bijna mijn eigen naam; niet dat iemand ernaar vroeg.

Naderhand lag ik achterover met zijn armen om me heen en verzuchtte: 'Waarom doen we dit niet de hele tijd?'

Hij kuste mijn kruin. 'Weet je nog dat je zei dat je een idioot was?'

'Ik zei dat jíj een idioot was.'

'Ik luisterde niet goed. Hoe dan ook: het heeft met mij niets te maken. Het komt allemaal door jouw koppigheid.'

'Zelfvoldane klootzak.' Ik geeuwde. Hij kuste me opnieuw.

'Ga maar slapen.'

'Mm.' Ik overdacht wat we net hadden gedaan, dat het totaal tegenovergesteld was geweest van uitsloverige seks met veel geschreeuw en gezwaai aan kroonluchters, en dat het zoveel beter was geweest dan dat. Ik had me nooit dichter bij iemand gevoeld dan bij hem, dichtbij maar niet verstikt of overweldigd. Ik was zo intens bezig met de conversatie in mijn hoofd dat ik mompelde: 'Wat is er eigenlijk mis mee het in stilte te doen?'

'Niks?' opperde hij enigszins van zijn stuk gebracht, en ik stond op het punt het uit te leggen, maar viel toen vrij plotseling in slaap. Mijn slaap was diep en droomloos, en toen ik enige tijd later wakker werd was ik alleen. Ik hoorde de douche lopen en kwam verward overeind. De wekker op het nachtkastje stond op kwart over een. Ik kon niet bedenken waarom Rob niet naast me lag. Ik controleerde mijn mobiel twee keer op tijdens mijn slaap gemiste telefoontjes.

Toen de deur openging kwam hij geluidloos binnen en begon zijn kleren op te rapen in de donkere kamer. Ik wachtte tot hij vlak naast het bed stond.

'Wat ben je aan het doen?'

'Jezus, ik schrik me een ongeluk.'

Ik deed het bedlampje aan. 'Wat is er zo dringend?'

Hij begon zich aan te kleden alsof het volkomen normaal en redelijk was. 'Niks dringends. Het is gewoon tijd om te vertrekken.'

'Het is één uur 's nachts.'

'Ja. Tijd om weg te gaan.'

'Ik snap het niet,' zei ik mat.

Hij gespte zijn riem dicht. 'Heb je mijn T-shirt gezien?'

'Daar ergens.' Ik wees, afgeleid door zijn naakte bovenlijf en de spieren die zich spanden onder zijn huid. Ik dwong mezelf me te concentreren. 'Verklaar je nader, alsjeblieft. Waar ga je naartoe?'

Hij draaide zich om voordat hij zijn T-shirt aantrok en er sprak genegenheid uit zijn blik. 'Nou, ik wil gewoon niet lastig zijn. Ik wil weg zijn voordat jij vindt dat ik moet gaan.'

'Maar ik wil niet dat je gaat.' Ik had het opeens koud en trok het dekbed tegen mijn borst.

'Nee, nu niet. Maar later denk je er misschien anders over. En ik heb liever dat je me mist dan dat je genoeg krijgt van mijn aanwezigheid.'

'Dat is niet eerlijk,' protesteerde ik.

'Het zou niet voor het eerst zijn.'

'Mensen veranderen. Misschien ben ik wel veranderd.'

'Ja, misschien wel.' Hij trok zijn sokken aan. 'Maar dat zul je eerst moeten bewijzen. Trouwens, zo is het makkelijker stil te houden, en dat wil jij.'

Vaag herinnerde ik me wat ik had gezegd voordat ik in slaap viel. 'Ik geloof niet dat ik dat bedoelde.' Ik beet op mijn lip. 'Zou het helpen je over te halen te blijven als ik zei dat het me op dit moment niets kan schelen wie van ons afweet?'

'"Op dit moment"? Niet echt.' Hij glimlachte spottend. 'Je wilde het toch zo? Geen relatie, alleen ongecompliceerde seks?'

'Je weet best dat zoiets niet bestaat.'

'Inderdaad. Maar jij moet daar schijnbaar nog van worden overtuigd.' Hij boog zich over me heen en kuste me nog eenmaal. 'Ik zie je morgen wel.'

'Vandaag,' zei ik pruilend.

Een snelle grijns. 'Je hebt gelijk. Tot straks dan maar.'

Hij was weg voordat ik hem kon tegenhouden en ik hoorde de deur van mijn appartement dichtgaan en daarna de doffe bons van de voordeur. Een minuut later hoorde ik een auto starten en ik stelde me voor hoe hij nu wegreed. Hij had gelijk; ik had het zo gewild. Ik was vrij.

Maar het voelde wel heel erg als alleen zijn.

12

Vrijdag

De volgende ochtend om halfacht zat ik alweer in het ziekenhuis, ditmaal niet als patiënt maar als bezoeker. Toch had ik zelf wel wat medische zorg kunnen gebruiken; ik had zo'n hoofdpijn dat pijnstillers niet werkten en mijn ogen schrijnden alsof ik helemaal niet had geslapen. Ik nam de lift naar de vierde verdieping en riskeerde slechts een korte blik in de spiegel, die bevestigde dat ik er net zo bleek en afgepeigerd uitzag als ik me voelde.

Toen de liftdeuren opengingen haastte ik me naar buiten en botste ik tegen Derwent op, die over de gang liep te ijsberen.

'Wat zie jij eruit. Ben je onderweg overreden?'

'Bedankt hoor. Moet ik je eraan herinneren dat de chef zei dat ik het vanochtend rustig aan moest doen? Ik mag hier eigenlijk niet eens zijn.'

'Als je in bed had willen blijven, had je dat best kunnen zeggen.'

'Blijkbaar wil ik dat niet. Maar onder de omstandigheden kun je geen *Vogue*-achtige glamour verwachten.'

'Zo'n hoog doel zou ik mezelf maar niet stellen, schat. Ga gewoon voor menselijk, dan is iedereen blij.'

Ik liet maar na hem erop te wijzen dat hij zelf ook niet bepaald een modelman was. 'Waar moeten we naartoe?'

'Forgrave ligt in kamer 422.' Derwent liep die kant uit en ik ging mee.

'Alleen?'

'Een eenpersoonskamer. Alleen het beste is goed genoeg voor onze William. Bovendien is hij zo makkelijker te bewaken.'

'Denk je echt dat Skinner nog een poging zou wagen hem te grazen te nemen?'

Hij haalde zijn schouders op. 'Je kunt niet voorzichtig genoeg zijn. Dat John Skinner vastzit maakt geen enkel verschil voor wat zich in de buitenwereld afspeelt. Als hij hem wil vermoorden, zorgt hij er wel voor dat iemand anders dat voor hem doet.'

'Een opwekkende gedachte.'

'Ik ga het Forgrave niet vertellen. Niet dat ik vind dat er veel aan hem verloren zou gaan.'

We stonden voor kamer 422 en Derwent wachtte ongeduldig terwijl de agent in uniform die voor zijn deur postte onze politiepasjes bestudeerde.

'Klopt het allemaal?'

'Gooi de beuk er maar in.'

Ik had wellicht gedacht dat het zomaar een opmerking was, als de blik van de agent niet was gericht op de bult op mijn hoofd. Het was de eerste sarcastische opmerking van die dag, maar gegarandeerd niet de laatste. Ik volgde Derwent Forgraves kamer in terwijl er boze gedachten door mijn hoofd speelden en het kon me niets schelen dat ze van mijn gezicht waren af te lezen.

Door zijn baard en de verwondingen viel het niet mee een idee te krijgen van William Forgraves gelaatsuitdrukking. Zijn ogen waren spleetjes, zo opgezet waren ze, en de huid eromheen had de kleur van rijpe pruimen. Zijn lip zat vol hechtingen en moest wel pijn doen. Zijn ene wang was opgeblazen, waardoor zijn gezicht scheef trok. Het verband op zijn ontblote borst onttrok gelukkig de brandwonden die ik de vorige dag had gezien aan het oog.

'Gaat het, William?' Derwent pakte de lijst die aan het voeteneind van het bed hing en bladerde erdoorheen. Hij floot. 'Ik spreek geen medisch, maar dit ziet er akelig uit.'

'Wie zijn jullie?' Forgraves stem klonk schor.

'Politie. Wij zijn degenen die je uit de brand hebben geholpen.' Derwent ging op de rand van het bed zitten en liet zijn voet heen en weer slingeren. Ik nam de rechte stoel naast het bed en schoof hem iets naar achteren zodat ik niet te dicht bij Forgrave zou zitten. Hij rook naar oud zweet en oud bloed, en zijn adem stonk. Het leek Derwent niet te deren; hij boog zich voorover en zei: 'Weet je nog dat de cavalerie gisteren verscheen? Wij hebben ze gebeld.'

Nou, eigenlijk heb ik dat gedaan, dacht ik. Ik besloot echter niet op mijn strepen te gaan staan. Het was de moeite niet waard.

'Ja.' Forgrave leek niet echt onder de indruk.

'Meer heb je niet te zeggen?' Derwent liep nogmaals door de lijst. 'Maar goed, gezien de toestand van je gezicht zal dat waarschijnlijk niet lukken.'

'Het gaat wel.' De medeklinkers klonken wat vaag, maar ze waren wel te verstaan.

'Geweldig. In dat geval kun je ons antwoord geven op een paar vragen. Wat is er gisteren voorgevallen?'

'Ben in elkaar geslagen.'

'Waarom?'

Forgrave liet zijn hoofd over het kussen heen en weer gaan. 'Vraag het hun.'

'Dat zullen we zeker doen. Maar ik wil jouw verhaal horen. Jij bent het slachtoffer.'

'Geen verhaal.'

'Je bent gemarteld, William. Dat is niet normaal. Hebben ze je verteld waarom ze het juist op jou hadden gemunt?'

Een knik.

'Dus je weet dat het was omdat je staat geregistreerd als kindermisbruiker.'

Weer een knik.

'Weet je wat onze William heeft gedaan, Maeve? Ik heb het eens uitgezocht.'

'Eigenlijk niet, nee.'

'Hij heeft een jong meisje verkracht.'

'Alleen formeel gezien.' Forgrave had zijn handen tot vuisten gebald.

'Praktisch gezien. Ze was pas vijftien.'

'Bijna zestien.'

Derwent schudde zijn hoofd. 'Het was bij wet verboden. Ze kon er niet mee instemmen, ook al had je haar ervan overtuigd dat het een goed idee was. Ze was minderjarig. Daarom ben je veroordeeld.'

'Ik had me vergist.'

'Je hebt haar zelf opgezocht. Je hebt haar op internet gevonden, in een chatroom voor kinderen. En je dacht dat ze eigenlijk nog jonger was, hè? Je was op zoek naar meisjes van dertien. Daar val je op.'

'Dat ziet u verkeerd.'

'Ik dacht het niet. Wat is er in 1993 gebeurd?'

'Niks.'

'Je bent lid geworden van een fanclub van een boyband om meisjes te leren kennen. Je bent gaan schrijven met een dertienjarige in Schotland; allemaal leuk en aardig, een vriendschappelijke correspondentie. Je hebt met haar aangepapt met de bedoeling haar te misbruiken. Je hebt haar verteld dat je van haar hield. Je hebt gezegd dat je met haar wilde trouwen. Je hebt haar ertoe overgehaald haar ouders voor te liegen en op de trein naar Manchester te stappen, waar je een hotelkamer had besproken. Wat je niet wist was dat ze haar beste vriendin had meegenomen. Ik kan me je verbazing voorstellen toen je de deur opende en twéé meisjes aantrof. Je moet in de zevende hemel zijn geweest.'

'Zo is het niet gegaan.'

'Je hebt geprobeerd seks met ze te hebben, hè? Maar je kon hem niet omhoog krijgen. En je vond het trouwens ook te lastig er twee in bedwang te houden. Uiteindelijk wist je het niet meer en ben je ervandoor gegaan.'

'Dat is uw versie.'

'Dat is wat er is gebeurd. De twee meisjes waren er heel duidelijk over. Bovendien heb je overal DNA achtergelaten.' Hij wendde zich tot mij. 'De DNA-databank bestond toen nog niet, maar William had pech. De monsters zijn bewaard en toen de databank werd opgezet, heeft de plaatselijke politie eraan gedacht hem te registreren. Ze wisten dat het slechts een kwestie van tijd was voordat hij het opnieuw zou proberen. Zulke mensen doen dat altijd.'

'Nee.' Forgrave klonk vastberaden. 'Het is heel anders gegaan.'

'De volgende heb je via internet leren kennen. Je hebt haar overgehaald tot een ontmoeting. Je hebt seks met haar gehad. Het enige afwijkende was de manier waarop je contact hebt gelegd, en dat je deze keer wel in staat was haar te neuken.' Derwent boog zich voorover. 'Je bent een gevaarlijk roofdier, William. Dat heb je bewezen. Je hebt tien jaar gekregen. Dat is geen geringe straf.'

'Ik heb in de gevangenis therapie gehad. Ik ben na vijf jaar voorwaardelijk vrijgelaten. Ik ben veranderd. De paroolcommissie geloofde me.'

'Mensen als jij veranderen niet. Ze worden er alleen beter in hun ware aard te verbergen. Je bent waarschijnlijk vrijgelaten omdat de gevangenis overvol zat.'

'Nee.'

'William, het gaat je niet lukken indruk op ons te maken, dus laat dat maar achterwege.' Derwent zweeg even en zei toen: 'Kende je Cheyenne Skinner?'

'Dat wilden zij ook weten.' Forgrave slikte. 'Ik had tot gisteren nog nooit van haar gehoord.'

'Je stond dus niet in contact met haar? Je hebt haar geen e-mails gestuurd?'

'Nee. Dat doe ik niet meer.'

'Echt niet?'

'Ik heb dat ook tegen hen gezegd, dat ik ermee was gestopt. Ik ben eroverheen gegroeid.'

'Heb je ooit een vriendin gehad? Ik bedoel, een die oud genoeg was voor een legale relatie?'

'Ik vind het moeilijk contact met vrouwen te leggen.'

'Je moet beginnen met het te proberen.' Derwent wees met zijn duim in mijn richting. 'Je hebt niet één keer naar mijn collega gekeken sinds we hier zijn. Ik geef toe dat ze er weleens beter uitziet, maar lelijk is ze niet.'

Ik had Derwent ter plekke kunnen vermoorden.

'Ik ben niet echt in de stemming om te flirten.' Forgrave hief zijn hand op en gebaarde naar zijn gezicht.

'Dan nog. Je zult moeten toegeven dat het raar is.'

'O ja?' Hij kuchte even en sloot toen zijn ogen. 'Bent u klaar?'

'Voor nu wel.' Derwent stond op. 'Kom, Kerrigan.'

Ik nam de moeite niet Forgrave gedag te zeggen en liep rechtstreeks op de deur af. Ik had wel gemerkt dat Derwent niet van zijn plaats was gekomen, maar besefte pas toen ik me omdraaide wat daarvan de reden was. Hij hield Forgrave in de gaten, die naar mij keek.

'Ja, nu kijk je wel. Precies wat ik dacht. Maar het is niet genoeg en het is nu te laat, William. We komen er zeker achter wie je gemaild hebt en wat je nog meer hebt gedaan sinds je uit de gevangenis bent gekomen. Want je hebt Skinner er niet van kunnen overtuigen dat je zo zuiver als pas gevallen sneeuw bent, en ons ook niet. Je zult hoe dan ook je verdiende loon krijgen.'

'Jullie zullen niets vinden.'

'Je denkt van niet?' Derwent glimlachte. 'Beterschap, meneer Forgrave. Probeer alles een beetje positief te bekijken.'

Zelf had ik er nogal moeite mee alles positief te bekijken. Ik had genoeg zelfbeheersing om te wachten tot we buiten gehoorsafstand van Forgraves bewaker waren voordat ik uitviel tegen Derwent.

'Hoe durf je?'

'Hè?'

'Je hebt me gevraagd hiernaartoe te komen. Je zei dat je mijn hulp kon gebruiken bij het verhoor, en je hebt me niet eens gevraagd of ik nog vragen had.'

'Ja, omdat dat niet het soort hulp was waar ik behoefte aan had.' Hij klopte me op mijn schouder. 'Maak je niet druk, Kerrigan. Je hebt je bijdrage geleverd.'

'Je hebt me gebruikt.'

'Ach, bespaar me die feministische onzin.' Hij drukte op het knopje voor de lift. 'Ik heb het je toch gezegd: je moet je voordeel doen met het feit dat je jong en vrij aantrekkelijk bent. Maak gebruik van het gereedschap dat je tot je beschikking hebt en hou verdomme eens op met erover te zeuren.'

Ik sloeg mijn armen over elkaar. 'Zoals jij gebruik maakt van je legendarische charme?'

'Kappen nou.' Hij wees nijdig met zijn duim in de richting van Forgraves kamer. 'Die vent stinkt naar vuile zaakjes. Ik weet gewoon dat hij rottigheid heeft uitgehaald.'

'Hij komt inderdaad wat achterbaks over,' gaf ik met tegenzin toe. 'Maar toch ben ik kwaad.'

'Oké.' De lift kwam, Derwent liep naar binnen en hield mij tegen met zijn hand. 'Koel in het trappenhuis maar even af. Ik heb er geen zin in dat je onderweg naar het bureau voortdurend op me gaat zitten vitten. Ik zie je wel op het parkeerterrein.'

Verstikt van woede stapte ik achteruit toen de liftdeuren zich sloten. Er zou heel wat meer voor nodig zijn dan een paar verdiepingen trappenhuis om me te kalmeren, maar Derwent hoefde niet bang te zijn dat ik zou blijven mekkeren. Hij wilde stilte en die kreeg hij, de hele weg naar het bureau. En als hij verkoos die stilte te zien als pruilen – wat hij ook deed –, vond ik het prima.

De ruimte waar de briefing zou plaatsvinden was al bijna vol en nog steeds kwamen er mensen binnen. Ik baande me een weg door de menigte op zoek naar een plekje, waarbij ik met een wijde boog om een stoel in de buurt van Rob liep; ik ging liever naast Liv Bowen zitten. Rob knikte me heel vriendelijk toe. Niemand die naar ons keek zou hebben gedacht dat we de vorige avond samen hadden doorgebracht, wat natuurlijk ook de bedoeling was. Ik besloot er niet te lang over na te denken, waarna ik dat natuurlijk juist deed. Het voelde bijna als een opluchting toen ik werd afgeleid door de spiedende blikken van mijn collega's. De meesten schenen een buitensporige fascinatie voor mijn kwetsuren te hebben. Ik had me een volmaakte harde, norse blik aangemeten om het lompe commentaar af te houden.

Liv, die ik meer verstand dan de meeste anderen had toegedicht, bekeek mijn gezicht nauwkeurig toen ik plaatsnam. 'Tot volle bloei gekomen, hè?'

'Het verdwijnt wel weer.'

'Vast wel.' Ze hield haar hoofd schuin en dacht erover na. 'Die blauwe plekken staan je eigenlijk wel.'

'O, bedankt zeg.'

Op dat moment kwam Godley binnen, in gezelschap van een vrouw van middelbare leeftijd, duidelijk een no-nonsensetype. Ze droeg een zwart broekpak dat net iets te krap zat en had een leren map onder haar arm. Als een klas vol ongehoorzame pubers lieten we het geroezemoes geleidelijk bijna verstommen terwijl de laatste collega's binnenschuifelden en gingen zitten.

'Is iedereen zover? Mooi.' Godley stond vooraan in de zaal; zijn zilvergrijze haar glansde onder de harde tl-verlichting die boven ons zoemde. 'Dit is inspecteur Marla Redmond van de recherche in Brixton. Ze is hier om ons op de hoogte te brengen van hun lopende onderzoek betreffende de verdwijning afgelopen zaterdag van een tienermeisje. De meesten van jullie weten al dat we John Skinner in hechtenis hebben genomen. Het meisje in kwestie is zijn dochter.'

Er klonk zacht geroezemoes gedurende de korte tijd waarin inspecteur Redmond en Godley van plaats verwisselden en zij haar gedachten op een rijtje zette. Ze zag er gespannen uit en haar bleke gezicht was vrij van make-up.

'Oké. We zijn momenteel op zoek naar Cheyenne Skinner, een veertienjarig meisje uit Hoddesdon in Hertfordshire.' Ze sloeg haar map open en haalde er een schoolfoto uit van een meisje in een blazer en een witte blouse. Ze hield hem omhoog zodat iedereen hem kon zien, gaf hem toen aan Liv en gebaarde dat ze hem moest doorgeven. Ik bestudeerde de foto belangstellend toen ik hem in handen kreeg. Het eerste wat me opviel waren de gebogen, zwaar geëpileerde wenkbrauwen en een dikke bos honingblond haar, met losse krullen erin voor de foto. Cheyenne had zware oogleden, een volle mond en een duidelijk stomp neusje. Op het geborduurde embleem op haar blazer stond 'Our Lady Queen of Heaven RC Girls School', een roomskatholieke meisjesschool die beslist minder streng moest zijn dan mijn eigen middelbare school. De nonnen zouden me nooit hebben toegestaan ook maar een tiende van de mascara en lipgloss te dragen die Cheyenne op had. Je kon haar met geen mogelijkheid knap noemen, maar ze had wel iets aantrekkelijks, een sprankje levenslust in haar zwartomrande ogen. Ze zag er ook veel ouder uit dan veertien.

'Cheyenne is niet meer gezien sinds ze zaterdagavond van huis is gegaan naar een pop-upnachtclub in een pakhuis vlak bij Coldharbour Lane.'

'Een wat?' Colin Vale keek verbaasd.

'Dat is een club voor slechts één nacht in een leegstaand, vervallen gebouw. Ze hadden er verlichting, een geluidsinstallatie en een soort bar, en alles liep op generatoren. Het was illegaal; ze hadden geen drankvergunning, wat de organisatoren ook hebben toegegeven. Maar het pakhuis bevindt zich op een industrieterrein dat niet al te dicht bij woonhuizen ligt en niemand heeft een klacht over geluidshinder bij ons ingediend, dus wisten we er niet van, tot het meisje verdwenen bleek te zijn.'

'Hoe wist zij ervan?'

'Ze was ervoor uitgenodigd door iemand die ze via internet kende. We weten niet wie die persoon was, hoewel we ons erg hebben ingespannen erachter te komen, zoals jullie je wel kunnen voorstellen. Het account dat diegene gebruikte lijkt te zijn opgedoekt en Cheyenne bewaarde niet veel op haar computer, waarschijnlijk omdat iemand haar had aangeraden dat niet te doen. We weten alleen van het bestaan van deze persoon af door een bericht dat Cheyenne aan haar vriendinnen had doorgestuurd om ermee op te scheppen.'

Ik keek de kamer door naar de plek waar Derwent stond en ving zijn blik op. Ik zei geluidloos: 'Forgrave?'

Hij haalde zijn schouders op, maar hij keek bezorgd.

'Was iemand bezig haar te groomen?' vroeg Colin Vale.

'Daar lijkt het wel op. Ik heb het bericht naar het kinderexploitatie- en online-beschermingscentrum doorgestuurd en ze bevestigden dat alle kenmerken waar zij op letten aanwezig waren. De toon is flirterig, commentaar op haar uiterlijk, haar kledingkeuze enzovoort. En die persoon, die zich Kyle noemde, vroeg haar ervoor te zorgen dat hun berichten geheim bleven, om het allemaal nog specialer te maken.'

'Manipulatief,' was Derwents commentaar, en hij keek opnieuw in mijn richting. Dit leek opvallend veel op datgene wat hij eerder te weten was gekomen over Forgraves misdrijven. Als er nog geen alarmbellen hadden gerinkeld, rinkelden ze nu beslist wel.

'Hoe weten we dat de uitnodiging van deze persoon kwam?' vroeg Rob.

'We gaan uit van hetgeen Cheyenne haar vriendinnen heeft verteld. Ze was hypernerveus bij het vooruitzicht naar dat clubfeest te gaan, want ze zou "Kyle" voor het eerst ontmoeten. En we hebben een kopie van de uitnodiging omdat een van mijn mensen eraan dacht op de reprintknop op haar computer te drukken. Gelukkig voor ons was die het laatste wat ze heeft uitgeprint.' Marla veroorloofde zich een voldaan glimlachje toen ze een vel papier uit haar map haalde en het Liv voorhield. Ik boog me opzij om het te bekijken en zag een tweetal gemaskerde doodshoofden boven aan de bladzijde staan.

'Wat is dat voor logo?'

'Dat is van de organisatoren, The Brothers Grim. Ze hebben al een aantal verschillende evenementen gedaan, vertelden ze: flashmobs, pop-upwinkels en galeries. Heel trendy. Heel populair in het uitgaanscircuit.'

Ik las en lette op de formulering van de uitnodiging. Dansen en losbandigheid, precies zoals Derwent had gezegd. 'Het lijkt wel of ze een orgie hadden gepland.'

Inspecteur Redmond haalde haar schouders op. 'Als dat de bedoeling was hadden ze vermoedelijk wel een wat comfortabeler locatie gekozen. Neem van mij aan dat dit pakhuis buitengewoon tochtig is.'

'Oké, maar dit is toch echt iets voor volwassenen? Dit is niet bedoeld voor tieners.'

'De organisatoren hebben niet specifiek vermeld dat de bezoekers boven de achttien moesten zijn. Dat hoefde ook niet, omdat ze toch geen vergunning hadden. Ze hebben ook niet erg goed gecheckt wie er binnenkwam. De uitnodiging is verspreid via mond-tot-mondreclame en ze hebben op de avond zelf het aantal bezoekers beperkt door ervoor te zorgen dat er nooit meer dan tweehonderd mensen binnen waren. Maar volgens alle berichten was het merendeel van de bezoekers wat ouder, midden twintig.'

'Is er kans op dat we een lijst van aanwezigen kunnen krijgen?' Dat was Colin weer.

'Dat hebben we geprobeerd. We hebben sociale media gebruikt om degenen die er geweest kunnen zijn te bereiken. We hebben via Facebook een oproep gedaan die nogal wat aandacht heeft gekregen en we hebben ook getwitterd. Gezien de manier waarop de uitnodiging is rondgegaan leek het internet ons de beste manier om in contact te komen met de bezoekers.'

'Ik heb in de conventionele media niets over haar gezien,' zei Belcott.

Inspecteur Redmond keek ongemakkelijk naar Godley, die opstond. 'Besloten is – niet door ons, moet ik zeggen – dat dit een kans was om druk uit te oefenen op John Skinner, zodat hij zou terugkeren naar het Verenigd Koninkrijk.'

'Jullie hebben Cheyenne als lokaas gebruikt. Jullie hebben het onderzoek getraineerd, zodat hij zou terugkomen.' Het had door mijn hoofd gespeeld, maar Liv zei het, en ze vond het zo te horen even walgelijk als ik.

'Zo ligt het niet. Inspecteur Redmond heeft zich bijzonder hard ingespannen om haar te vinden. Maar men dacht wel dat John Skinner zou terugkeren als hij zich maar genoeg zorgen om zijn dochter zou maken. Wat in feite ook is gebeurd.'

'En er zijn drie mannen vermoord voordat we in de gaten hadden dat hij hier was.' Ik deed geen moeite de bittere klank uit mijn stem te weren. Ik had het gevoel voor de slachtoffers te moeten opkomen, helemaal vanwege de reden van hun dood. Ik was blij dat ik Forgrave niet aan het rijtje hoefde toe te voegen. Ik vond het prima dat ik me om hem niet hoefde te bekommeren.

'Het waren anders wel pedofielen, hoor,' zei Belcott. 'Laten we er niet al te zeer om treuren.' Ik kon hem niet aankijken.

'Het was niet onze keuze.' Godley klonk mat. Einde discussie. Ik dacht aan de druk waaronder hij gedurende de laatste dagen had gestaan en kon accepteren dat hij het niet zo had willen aanpakken. 'Bovendien zouden de media de aandacht op haar vader hebben gericht, niet op Cheyenne. We hadden geen behoefte aan de complicaties voor het onderzoek die daaruit zouden zijn voortgekomen.'

'Weten we zeker dat dit internetvriendje geen stroman van een van Skinners vijanden is?' vroeg Rob. 'Zijn dochter te grazen nemen zou de ideale manier zijn om zich op hem te wreken, en ik stel me zo voor dat er heel wat mensen zijn die zo'n kans zouden aangrijpen.'

'Dat is een van de redenen dat ik blij ben dat dit team gaat meewerken aan het onderzoek. We komen om in de informatie en ik heb geen tijd om uit te zoeken wat er van belang is.' Marla Redmond glimlachte even. 'Jullie weten meer over Skinner dan wij. We dachten dat het de moeite waard zou zijn een kijkje in de dossiers te nemen om te zien wie hem ongunstig gezind is.'

'Het is makkelijker de mensen te tellen die dat niet zijn.' Peter Belcott sloeg zijn armen over elkaar en liet ze op zijn buik rusten; hij zag er zelfvoldaan uit en ik kon niet bedenken waarom, behalve dat hij eigenlijk altijd zelfvoldaan was.

'Daarom hebben we jullie hulp nodig,' zei de inspecteur geduldig. 'Jullie hebben meer kans de echte vijanden eruit te halen.' Ze keek naar Liv. 'Je hebt gelijk. Cheyenne was lokaas. Maar ze is ook een vermiste tiener. En hoe gewiekst ze ook is, ze is nog maar een kind. Met elke minuut die verstrijkt wordt de kans dat we haar levend terugvinden kleiner. Gayle Skinner is de echtgenote van een bekende crimineel en ze geniet van het leventje dat ze daardoor kan leiden, maar denk niet dat haar dochter haar daarom niet na aan het hart ligt. Ik wil haar niet moeten gaan vertellen dat we een stoffelijk overschot hebben gevonden en ik verdom het om minder dan mijn best te doen om Cheyenne te vinden, wie haar vader ook mag zijn.'

Ik mocht Marla Redmond wel. Ze voerde die strijd duidelijk al enkele dagen en dat zou haar gespannen gelaatsuitdrukking kunnen verklaren. Ik was ervan overtuigd dat haar prioriteit in de allereerste plaats bij het meisje lag.

'En als ze nu eens gewoon van huis is weggelopen?' Belcott had de foto in zijn hand. 'Ze ziet er veel ouder uit dan veertien en als ze een beetje op haar pa lijkt, is ze vast erg koppig.'

'Dat hebben we ook overwogen. We zien alleen niet in waarom ze dat nodig zou hebben gevonden. Ze woont met haar moeder in een mooi vrijstaand huis aan een rustige, lommerrijke straat. Volgens Gayle konden ze heel goed met elkaar opschieten, en volgens mij kwam ze met veel te veel weg. Gayle vond het bijvoorbeeld geen probleem als ze een nachtje in Londen bleef slapen, hoewel ze veronderstelde dat ze dan bij een vriendin overnachtte. Cheyenne en haar moeder doen alles samen, van winkelen tot bezoekjes brengen aan zonnebankcentra, en ik kan me gewoon niet voorstellen dat Cheyenne van huis weggaat en dan bijna een week lang geen contact met haar moeder opneemt.'

'Wat heeft ze om haar hals?' Rechercheur Bryce hield de foto op en wees naar een zilveren ketting die net zichtbaar was onder haar blouse. De ketting werd tot een V-vorm getrokken door iets zwaars wat buiten het zicht hing.

'Dat is een interessant punt. Het is een witgouden ovale hanger met diamantjes langs de rand. Ze schijnt hem altijd te dragen. Op de hanger staat een religieuze afbeelding van de maagd Maria, heb ik gehoord. Hij is aan twee kanten draagbaar; de achterkant is bezet met twaalf diamantjes en draagt de letter M in reliëf met een kruis erin gegraveerd. Het is een traditioneel sieraad voor rooms-katholieken, maar deze specifieke hanger is uniek. Hij is speciaal voor haar gemaakt, als geschenk ter gelegenheid van haar heilig vormsel.'

Ik wilde snuiven maar hield me in. Wat Redmond had beschreven was een bling-blingversie van een miraculeuze medaille, zoals ze over de hele wereld door devote katholieken werden gedragen. Ik had er zelf een gehad toen ik op school zat, maar de mijne was gewoon van zilver geweest, eenvoudig en onopvallend, zoals ze meestal waren. Het enige positieve aan Cheyennes exemplaar was dat hij er, zo te horen, anders dan anders uitzag.

Godley nam het over. 'Ik zal taken toebedelen aan diegenen onder jullie die in de gelegenheid zijn om aan deze operatie te werken. Deels zal het helaas neerkomen op het doorwerken van dossiers, maar ik wil ook de familie en vrienden opnieuw ondervragen, plus onze potentiële getuigen, en een kijkje nemen in dat pakhuis. Dat doet geen afbreuk aan het werk dat al is verzet.' Hij keek even naar Marla Redmond, die bloosde. Het kon niet prettig zijn als een hogere in rang je zaak overnam, juist op het moment waarop je geen ideeën en mankracht meer had. Ze moest de druk wel voelen. Ik hoopte uit de grond van mijn hart dat ik nooit in een dergelijke situatie terecht zou komen. 'Ik wil graag dat degenen die beschikbaar zijn hun namen doorgeven aan inspecteur Derwent. Een aantal van jullie zal naar Brixton gaan om daar te gaan samenwerken met inspecteur Redmonds team. Denk eraan dat inspecteur Redmond de leiding heeft over dit onderzoek; zij zal jullie vertellen wat je te doen staat.'

'En Skinner?' vroeg Belcott.

'Hem gaan we binnenkort verhoren. Hij zit vast op verdenking van de drie moorden die collega Derwent heeft onderzocht.' Godley keek de kamer door tot zijn blik op mij viel. 'Maeve, jij kunt erbij komen zitten.'

Ik was verbaasd eruit te worden gepikt en voelde me hevig opgelaten, vooral omdat Belcott me strak zat aan te kijken met alle rancune die hij in zich had, en dat was niet weinig. Anderzijds was dit een kans die ik niet wilde missen. En ik had er tenslotte hard voor gewerkt. Ik had de afgelopen dagen veel te veel van John Skinners werk gezien om hem niet in de ogen te willen kijken als hij zijn verklaring zou afleggen.

De stilte in de kamer begon rafelrandjes te vertonen; hier en daar begonnen mensen mompelend met elkaar te praten. Marla Redmond wendde zich tot Godley, die zijn hoofd boog om naar haar te luisteren. Hij knikte hoffelijk terwijl ze sprak, maar ik had het gevoel dat hij met zijn gedachten alweer elders was. Zijn volgende uitdaging was de confrontatie met John Skinner aan te gaan zonder hem de overhand te laten krijgen, zoals de vorige dag. Godley zou vastbesloten zijn zijn emoties te bedwingen, maar dat was makkelijker gezegd dan gedaan, en aan het trillen van zijn kaakspier kon ik zien dat hij uiterst gespannen was.

'Nou, dat was leuk,' zei Liv. 'Ik bedoel, dat jij bij het verhoor mag zijn.'

Ik grinnikte. 'Ja, ik had ook opdracht kunnen krijgen de dossiers over hem te lezen.'

'Hou op. Je weet best dat ik dat zal moeten doen.'

'In Skinners geval is het tenminste nog interessant leesvoer,' probeerde ik nog, maar zij sloeg haar ogen ten hemel, stond toen op en ging in de rij bij Derwent staan. Het zag ernaar uit dat hij daar nog wel even bezig zou zijn met het opnemen van namen en het toewijzen van taken. Ik besloot hem het voortouw te laten nemen als we Forgrave met de chef zouden bespreken. Door hem nu buitenspel te zetten zou ik me ongetwijfeld uitermate impopulair maken.

Buiten de vergaderzaal wachtte ik bedeesd terwijl Godley afscheid nam van inspecteur Redmond. Ik wilde niet te ver uit de buurt gaan, om mijn kans niet te missen met hem en Derwent de verhoorkamer in te gaan, maar ik wilde ook zijn gesprek niet afluisteren. Ik merkte dat er iemand achter me tegen de muur leunde; ik draaide me om en stond opeens veel te dicht bij Peter Belcott.

'Wat is er?'

'Ik wil weleens weten waarom Godley zo dol op jou is.' Hij praatte zacht en ik voelde zijn adem in mijn gezicht, warm en onwelriekend, op dit vroege uur al. Ik wendde me walgend van hem af. 'Wat is er gaande, Maeve? Zuig je hem af? Is dat het? Af en toe een pijpbeurt in het belang van je carrière?'

'Godsamme, natuurlijk niet.'

'Vreemd dat jij altijd degene lijkt te zijn die de beste klusjes krijgt, vind je niet?'

'Wie wilde er dan nog meer aan die dooie pedofielen werken, Peter? Jij? Ik kan me niet herinneren dat je erg enthousiast was. Het was een kutklus die uiteindelijk opwindender bleek te zijn dan iedereen had verwacht.' Ik haalde mijn schouders op. 'Wat kan ik zeggen? Misschien heb ik gewoon geluk.'

'Ik geloof niet in geluk.'

'Hou eens op met naar een samenzwering te zoeken. Die is er niet.' Mijn stem klonk neutraal, want ik vertrouwde het Belcott maar al te zeer toe het praatje te verspreiden dat ik iets had met Godley, en ik wist dat mijn collega's het maar al te graag zouden geloven.

Hij kwam nog dichterbij staan en zijn stem klonk zo zacht dat alleen ik hem kon horen. 'Als je maar beseft dat je hier alleen bent om aan de criteria voor minderheden te voldoen. Godley wil je waarschijnlijk alleen in de verhoorkamer hebben om Skinner af te leiden door hem je tieten te laten zien.'

'Neem een hobby, Peter. En laat mij met rust.' Ik liet mijn stem zorgeloos klinken hoewel ik kippenvel had gekregen. Ik gaf het niet graag toe, ook niet aan mezelf, maar Belcott had er een handje van mijn diepste angsten aan te boren – dat ik alleen in het team was opgenomen als stoplap, dat elke belangstelling van welke hoger geplaatste ook voor mijn carrière haar oorsprong kende in iets veel minder verheffends dan de wens een veelbelovende jonge rechercheur aan te moedigen. En het hielp niet dat Derwent me diezelfde ochtend nog had gebruikt voor precies het doel dat Belcott had genoemd. Ik zou echter ernstig de weg kwijt zijn als ik Godley van zoiets zou verdenken.

'Is alles oké hier?' Rob, die met opgetrokken wenkbrauwen naast ons bleef staan.

'Pico bello, man.' Belcott glipte langs me heen en ik knikte naar Rob om hem te laten weten dat het oké was, dat er hier niets te zien was en dat hij moest doorlopen. Hij leek niet helemaal overtuigd maar liep weg, hield de deur open voor inspecteur Redmond en volgde haar naar buiten. Godley had een goede keuze gemaakt. Het was Rob toevertrouwd het contact met de plaatselijke recherche te onderhouden zonder op tenen te trappen, wat meer was dan je van sommige teamleden kon zeggen.

Godley draaide zich om en zag me staan. 'Maeve, mooi zo. We gaan naar de verhoorkamers om de boel klaar te zetten. Als Josh hier klaar is, kan hij Skinner voor ons gaan halen.'

'Weet u zeker dat dat een goed idee is?' vroeg ik voorzichtig, maar ik was oprecht bezorgd.

Godley keek verbaasd naar me om terwijl hij de deur uit liep en op de trap afstevende. 'Hoezo?'

'Gisteren, voordat u aankwam bij het appartement van Forgrave, stelde inspecteur Derwent zich nogal vijandig op jegens Skinner.' Ik schrok ervoor terug om Godley de details te vertellen, maar ik was er vrij zeker van dat hij wist wat ik bedoelde.

'Maak je maar geen zorgen om Josh. Hij is een echte pro. Hij heeft zich gisteren een stuk beter gedragen dan ik.'

Ik schudde mijn hoofd. 'Dat lag anders. U werd gesard. Hij was vanaf het eerste moment domweg agressief.'

'Zo'n type is hij nu eenmaal. Dat is een van de redenen dat ik hem in het team wil hebben.' Godley grinnikte en ik ving een glimp op van de politieman die hij ooit was geweest, degene die het niet zo nauw nam met de regels. 'Trouwens, het is misschien niet zo slecht voor John Skinner om eens te babbelen zonder dat zijn advocaten erbij zitten, denk je ook niet?'

'Ik weet echt niet wat u bedoelt,' zei ik sereen en hij moest lachen.

'Houden zo. Josh zou weleens een heel slechte invloed op je kunnen hebben. Blijf jij je maar gewoon aan de regels houden.'

Ik liep achter hem aan de trap af en wist niet zeker of ik daar blij mee moest zijn of niet. Ik was niet zo iemand die bij de politie was gegaan omdat het de grootste boevenbende was die er bestond; ik wilde echt iets goeds doen, en op de juiste wijze. En ik had gedacht dat

Godley net zo was, dat hij de oprechtheid en rechtvaardigheid die het fundament van ons werk vormden onderschreef. Ik kreeg nu een niet geheel gewenst kijkje in zijn ware drijfveren. Ik wist niet zeker of ze me bevielen.

Maar wat me helemaal niet beviel was dat ik te horen kreeg dat ik beter geen regels kon overtreden. Het was één ding dat ik zelf besloot op het rechte pad te blijven, maar dat Godley me vertelde dat ik me met mijn eigen zaken moest bemoeien was heel iets anders. Er klonk iets licht neerbuigends in door, iets wat ik herkende uit Derwents scherpste kleineringen, en ik vroeg me af in hoeverre hij Godley had weten te beïnvloeden sinds zijn komst bij het team. Ik had altijd gedacht dat Godley een man was die wist waar hij voor stond en niet gevoelig was voor andermans mening, maar hij stond de laatste tijd enorm onder druk en ik had de indruk dat Derwent daar zijn voordeel mee had gedaan.

Zodra we alles hadden opgesteld stuurde Godley me naar de receptie om Skinners advocaat op te halen. Hij zat daar toevallig als enige te wachten, wat goed uitkwam, omdat hij er niet uitzag zoals ik had verwacht. Om te beginnen was hij veel jonger; ik schatte hem midden dertig. Hij was kalend, maar droeg zijn haar daarom kort, en hij zag er op een prettige manier ambitieus uit. Twee andere dingen zetten me volledig op het verkeerde been: de piercing in zijn ene oor en het feit dat hij de wachttijd had doorgebracht met het spelen van 'Angry Birds' op zijn iPhone. Het zag er al met al eigenlijk te menselijk uit.

'Mark Whittaker.' Hij sprong op en stak zijn hand uit. Ik stelde me voor en merkte het peperdure donkere pak op dat hem als gegoten zat, het gesteven witte overhemd, de zijden das en zijn gouden manchetknopen. Kennelijk was het lonend om John Skinner juridisch te vertegenwoordigen.

'Hoe is het vandaag met John?' Het accent van Mark kwam uit Essex en hij had ook de bijbehorende onbeschaamde, nonchalante charme. Alweer beslist niet wat ik had verwacht.

'Dat weet ik helaas niet. Ik heb hem sinds gisteren niet meer gezien.'

'Dat was een lange dag voor ons.' Hij klonk vrij ontspannen voor iemand wiens cliënt – onder andere – van moord was beschuldigd. 'Ik wed dat hij lekker heeft geslapen. Ik niet. Te veel te doen.'

'Bent u al lang zijn advocaat?'

'Een jaar of tien.' Hij moet mijn verbaasde blik hebben gezien, want hij begon te grinniken. 'Hij is een vriend van de familie.'

'Leuke vriend.'

'John is een goeie vent.'

Ik had drie slachtoffers van moord die het daarmee niet eens zouden zijn geweest, maar het had geen zin in discussie te treden.

'Ik wil niet nieuwsgierig zijn, maar wat is er met u gebeurd? Autoongeluk zeker?'

'Ik ben gestruikeld.'

Hij floot geluidloos. 'Ziet er akelig uit. U had zich een poosje ziek moeten melden.'

'En dit missen? Echt niet.'

Ik duwde de deur open en liet hem binnengaan. Godley had hem duidelijk al eens ontmoet en ze wisselden samen beleefdheden uit in afwachting van Derwent. De stemming was vriendelijk maar ik voelde enige reserve bij Godley en begreep dat er meer achter de relaxte houding van Whittaker zat dan je op het eerste gezicht zou denken. Of hij nu een vriend van de familie was of niet, Skinner zou een advocaat kiezen die net zo hard was als hijzelf.

Een arrestant van het formaat van Skinner had bij verplaatsing binnen het bureau geëscorteerd moeten worden door meerdere agenten, maar Derwent was alleen toen hij met Skinner binnenkwam. Hij had hem wel handboeien laten omdoen, en liep dicht achter hem met één hand op de stang tussen zijn polsen. Alleen ik kon zien wat hij deed: hij hield de staaf een paar centimeter hoger dan voor Skinner prettig kon zijn. Dat was een simpele manier om je te verzekeren van de medewerking van de arrestant en hem te intimideren, en Skinners schouders stonden strakgespannen. Ik vroeg me af wat Derwent tegen hem had gezegd toen er niemand toekeek, en wat hij verder nog had gedaan. Hij ontsloot de handboeien, stopte ze in zijn zak terwijl Skinner over zijn polsen wreef, en liep toen om de tafel heen om zich bij Godley te voegen.

Skinner begroette zijn advocaat zonder veel enthousiasme en keek vervolgens Godley boos aan. 'Ben jij nu aan de beurt?'

'Gaat u zitten, meneer Skinner.'

'Wat doen jullie om mijn dochter te vinden?' Skinner zag bleek onder zijn gebruinde huid en aan de wallen onder zijn ogen te zien had hij geen goede nachtrust gehad. Zijn neus was gezwollen en de ene kant van zijn kaak was opgezet, daar waar de hoofdinspecteur hem een klap had verkocht.

'Er wordt aan gewerkt.' Godleys gezicht leek wel van steen. Hij wees naar de stoel. 'Ga zitten. Alstublieft.'

Hij bleef staan waar hij stond. 'Ik ben haar vader. Je moet me op de hoogte brengen. Hebben jullie haar gevonden? Heeft iemand iets van haar gehoord?'

Mark Whittaker ging ook staan en legde zijn hand op zijn arm. 'John, ga even zitten. Laten we eerst de formaliteiten afhandelen en dan gaan praten.'

'Weet jij iets?' Hij staarde naar zijn advocaat, toen weer naar Godley, en, ondanks zijn reputatie als keiharde vent, leek hij net zo over zijn toeren als elke andere ongeruste ouder die ik had meegemaakt. 'Wat hebben jullie ontdekt?'

'Helemaal niets.' Ditmaal klonk Godley meer meelevend. 'Ik beloof dat ik u op de hoogte breng zodra we meer weten. U bent gearresteerd op verdenking van moord, meneer Skinner. Dat heeft op dit moment prioriteit. Maar we zijn in gesprek met Gayle en nemen de zaak gedetailleerd door. Als er iets over het hoofd is gezien, komen wij daarachter.'

'Ze hebben het niet eens geprobeerd.' Skinner slikte. 'U weet dat ze er een puinhoop van hebben gemaakt.'

'Ga zitten, meneer Skinner,' zei Godley opnieuw, met even weinig resultaat.

Derwent had er genoeg van. Hij stond op, beende om de tafel heen, greep Skinners stoel bij de rugleuning en schoof hem hard naar voren tot zijn knieën knikten. 'Je kent de regels, John. Meewerken.'

Ik had gedacht dat Mark Whittaker verontwaardigd zou zijn, maar die indruk wekte hij niet. Hij mompelde iets in het oor van zijn cliënt en Skinner capituleerde en ging zitten. Godley gaf Derwent een knikje als teken om de band te starten en wees de arrestant toen zoals gebruikelijk op zijn rechten.

'We zijn hier om u vragen te stellen over drie moorden die in de afgelopen week in de omgeving Brixton zijn gepleegd, en over een incident met een vierde man. U bent ook gearresteerd op verdenking van het toebrengen van zwaar lichamelijk letsel en gijzelneming in relatie tot deze vierde man.'

Skinner haalde onbewogen zijn schouders op. 'Jullie weten dat ik dat heb gedaan. Ik beken schuld. Kunnen we een beetje opschieten?'

Het was geen grote verrassing dat Skinner schuld bekende; hij was tenslotte op heterdaad betrapt, maar zijn nonchalante toon bracht me toch van mijn stuk. Hij moest weten dat hem een levenslange gevangenisstraf boven het hoofd hing, zelfs als hij een meevoelende rechter trof die onder de indruk was van een pleidooi om strafvermindering op grond van de verdwijning van zijn dochter. Er waren niet veel criminelen die zo'n straf licht opnamen, ook als ze vaker hadden gezeten.

'Meneer Skinner, waarom bent u in het Verenigd Koninkrijk? U woont nu toch in Spanje?'

'Je kent het antwoord al, Godley. Mijn kleine meid wordt vermist. Ik ben teruggekomen om haar op te sporen.'

'En hoe was u van plan dat te doen?'

'Door erachter te komen wie haar heeft ontvoerd.'

'Waar bent u begonnen met zoeken?'

'Daar waar jullie hadden moeten beginnen.' Hij wreef met zijn hand over zijn gezicht. 'Gayle vertelde dat haar vriendinnen hadden gezegd dat ze ergens een onbekende zou ontmoeten met wie ze had ge-e-maild, een jongen. Ik had gedacht dat ze verstandiger zou zijn.'

'Waarom?'

'Omdat jij natuurlijk net zo goed als ik weet dat het een pedo was. Een of andere smeerlap die mijn dochter wilde molesteren.' Zijn stem brak even bij het woord 'dochter'. 'Hij heeft haar ertoe overgehaald hem ergens te ontmoeten waar ze dacht veilig te zijn, ergens waar hij het gevoel had de controle over de situatie te hebben. Je hoeft geen genie te zijn om te bedenken dat hij daar uit de buurt moet komen. Dus heb ik ervoor gezorgd dat ik een lijst kreeg van de plaatselijke perverselingen en ben begonnen vragen te stellen.'

'Hoe bent u aan die lijst gekomen?'

'Geen commentaar.' Hij zou maar tot op zekere hoogte zijn medewerking verlenen, besefte ik. Hij gaf ons alleen wat we toch al konden bewijzen.

'We weten dat u iemand op het politiebureau van Brixton hebt geïntimideerd. Wie heeft u gezegd dat u haar moest benaderen?'

'Geen commentaar.'

'De slachtoffers waren degenen die het dichtst bij de plek woonden waar uw dochter voor het laatst is gezien. Klopt dat?'

'Jawel.'

'De drie vermoorde mannen – Barry Palmer, Ivan Tremlett en Fintan Kinsella – zijn gemarteld voordat ze zijn vermoord.'

'Klopt.'

'Hebt u ze gemarteld?'

'Verbaast u dat?'

'Waarom hebt u ze gemarteld?'

'Om erachter te komen wat ze wisten. Ze waren niet erg hulpvaardig. Ik heb er gewoon voor gezorgd dat ze alle reden hadden om zich alle bruikbare informatie te herinneren.'

'Is het bij u opgekomen dat ze u misschien niks konden vertellen omdat ze niet wisten wat er met uw dochter was gebeurd?' vroeg Derwent.

'Dan hadden ze pech.' Skinner was volstrekt onaangedaan. 'Ze hebben hun verdiende loon gekregen.'

'Ivan Tremletts ogen waren uitgestoken. Barry Palmer was verminkt. Waarom was dat?'

'De straf moet toch passen bij het misdrijf?'

Godley kwam tussenbeide. 'Hoe kende u de details van hun misdrijf? Wie heeft u die verteld?'

'Geen commentaar, verdomme.'

'Meneer Skinner, u bent gistermiddag gearresteerd op het adres van ene William Forgrave, Camford Mews nummer negen. Klopt dat?'

'Ja,' zei hij toonloos.

'U bent daar aangetroffen in gezelschap van twee van uw mannen,

Brandon Lennox en Howard Lennox, en op heterdaad betrapt tijdens het martelen van William Forgrave.'

Schouderophalen. 'We waren hem wat vragen aan het stellen.'

'Waren zij er ook bij u toen u met Barry Palmer sprak?'

'Geen commentaar.'

'En met Ivan Tremlett?'

'Geen commentaar.'

'Fintan Kinsella?'

'Je weet het antwoord op die vraag nu toch wel?' Een volstrekt humorloos glimlachje.

Godley veranderde van tactiek. 'Uw dochter is zaterdag verdwenen. Wanneer bent u teruggekeerd naar het Verenigd Koninkrijk?'

'Maandag.'

'En meneer Palmer is dinsdagochtend vermoord. Ik zou denken dat u wel wat sneller te werk had willen gaan.'

'Haastige spoed is niet altijd goed.' Hij ging verzitten alsof hij zonder succes een comfortabele houding zocht. 'Ik wilde met al die viezeriken praten zodra ik die lijst had, maar ik moest het rustig aan doen. Ze op het juiste moment benaderen. Alles regelen. En liefst niet gepakt worden, hoewel dat niet is gelukt.'

'Heel professioneel,' was Derwents commentaar.

'Krijg de kolere.'

Godley negeerde hem. 'U hebt Ivan Tremlett diezelfde middag nog vermoord.'

'Klopt.'

'En Fintan Kinsella donderdagochtend vroeg.'

'Hm.' Hij keek weg.

'Wat is er, meneer Skinner?'

'Die priester. Ik vond het niet prettig wat er met hem is gebeurd. Zodra ik hem had gesproken wist ik dat hij er niets mee te maken had, maar ik kon niet toestaan dat hij over ons zou gaan praten. Ik ben niet blijven hangen om te zien wat er gebeurde. Ik weet alleen dat er met hem is afgerekend.'

'Hij is in zijn gezicht geschoten,' zei Derwent droogjes.

'Nou, hij is nu in elk geval in een betere wereld.' Skinner leek zich nog steeds niet prettig te voelen en ik herinnerde me dat Cheyenne op een katholieke school zat. Die vreemde halfhartige manier waarop Fintan Kinsella was vermoord werd iets begrijpelijker.

'Hoe hebt u hen zover gekregen dat ze u binnenlieten?'

Hij ontblootte zijn snijtanden weer, een beweging die een glimlach moest voorstellen. 'Zijn jullie daar nog niet achter dan?'

'Jullie hebben je verkleed.' Het was niet mijn bedoeling geweest de aandacht op mezelf te vestigen, maar ik kon het niet helpen.

Skinner draaide op zijn stoel en keek me aan. 'Ikzelf niet, maar het klopt wel. Je slaat de spijker op z'n kop. En het heeft gewerkt. Mensen hebben vertrouwen in een uniform, ook in deze tijd nog. Je staat ervan te kijken hoeveel deuren er opengaan als je een klembord en een busje bij je hebt.' Hij wendde zich weer tot Derwent. 'Ben je trots op jezelf? Jij bent degene die dat heeft geflikt.'

Ik realiseerde me dat hij het over mijn gezicht had en bloosde diep, nog voordat Derwent zijn hoofd schudde. 'Het is allemaal jouw schuld, John. We zouden daar helemaal niet zijn geweest als jij er niet had gezeten. Ik neem daar geen enkele verantwoordelijkheid voor.'

Dat paste in elk geval bij zijn aard. Ineens leek Skinner het zat te zijn Derwent uit zijn tent te lokken.

'Zijn we hier klaar? Ik heb alles gedaan. Ik ga jullie niet vertellen wie me heeft geholpen. Ik ben niets te weten gekomen, maar jullie ook niet.' Hij boog zich over de tafel en keek Godley recht in de ogen, en het dringende verzoek in zijn stem was volstrekt oprecht. 'Toon in godsnaam wat mededogen. Ik heb je nooit gemogen, maar ik heb je hoog zitten als rechercheur. Als jullie vanaf het begin naar Cheyenne hadden gezocht, zou ze nu al thuis zijn. Val mij verder niet lastig en ga op zoek naar haar voordat het te laat is.'

In een vlaag van medeleven begreep ik dat hij zich opofferde om zijn dochter te kunnen redden. Dat verklaarde de afstandelijke houding van zijn advocaat, want hij was duidelijk geïnstrueerd Godley zo min mogelijk in de weg te leggen. Het verklaarde ook dat Skinner zich zo bereid had getoond zich schuldig te verklaren aan alles wat we hem voorlegden. Hij was trots genoeg om zijn handlangers niet te noemen als het enigszins te vermijden was, en hij had nog steeds een hekel aan Godley; daaraan twijfelde ik geen moment. Maar hij kon een hekel aan hem hebben en hem tegelijkertijd hard nodig hebben.

Godley keek somber. 'We hebben gewoon niet veel aanknopingspunten, John. Het spijt me. Ik zal haar thuisbrengen bij Gayle als ik kan.'

'Maar wel levend graag. Je denkt toch wel dat ze nog leeft?'

Godley kon zich er niet toe zetten hem gerust te stellen. Daarvoor was hij te eerlijk. 'Ik ga ervan uit dat ze leeft tot ik weet dat het niet zo is. En wat er ook gebeurt, ik zal degene vinden die haar heeft ontvoerd en ervoor zorgen dat hij zijn rechtmatige straf niet ontloopt.'

Skinners gezicht vertrok. 'Rechtmatige straf. Wat weten jullie nou van rechtmatig straffen? Jullie stoppen hem een paar jaar in de bak of in een inrichting. Je stopt hem achter de tralies, geeft hem drie keer per dag eten en hij krijgt gratis vrijetijdsbesteding. Ik heb gezien wat jullie doen als je mensen bestraft en het stelt geen ene reet voor. Daar is niets rechtmatigs aan.' Hij spuugde op de vloer alsof hij na dat woord zijn mond wilde schoonmaken.

Derwent schoof zijn stoel achteruit en Godley beet hem toe: 'Nee, Josh. Laat maar.'

'Je kunt hem vinden, Charlie. Vind hem en vertel me wie het is. Dan zorg ik voor de rest.'

'Nu stoppen, John,' waarschuwde Mark Whittaker hem. 'Niet te veel zeggen.'

Skinner negeerde hem. 'Zoals ik dat de afgelopen dagen heb gedaan. De boel rechtzetten. Dat is pas rechtmatig straffen. De rechtmatigheid van de straat.'

Godley keek hem nieuwsgierig aan. 'Was dat waar je mee bezig was, John? Rechtmatige straffen uitdelen? Waarom denk je dat je het beter weet dan een rechter en een jury?'

'Door jarenlange ervaring.' Hij ging zachter praten. 'Vertel me nu niet dat je zelf niet een beetje van die macht zou willen hebben, Charlie. Zeg niet dat je zelf niet graag wat mensen zou laten verdwijnen als je het kon laten doen met een simpel handgebaar.'

'Is dat wat je van plan bent? Die vent die Cheyenne heeft ontvoerd laten vermoorden?'

'Uiteindelijk wel.' Er zat een wereld van betekenis besloten in dat woord en ik rilde.

'Je zult niet in de positie zitten om dat te doen.' Derwent klonk innemend. 'Wat denk je dat je kunt bereiken vanuit de gevangenis?'

'Meer dan jij.' Skinner sloeg zo onverhoeds en hard met zijn handen op tafel dat ik ervan schrok. 'Jij moet hem voor me vinden, Charlie, en als je hem hebt, volgt er een passende afrekening. Niet die rechtspraak van jou, geen flauwekul over mensenrechten. Hij zal boeten voor wat hij mijn meisje heeft aangedaan. Al vind je haar levend en wel terug, dan nog wil ik dat hij wordt gestraft voor haar ontvoering, en ik wil dat het op mijn manier gebeurt. En jij kunt mij daarbij niet tegenhouden.'

Op dat ogenblik klopte er iemand op de deur, centimeters van mijn hoofd verwijderd. Ik stond op en deed open na een kort knikje van Godley. Toen ik naar buiten was geglipt trof ik Keith Bryce in de gang aan. Hij zag er altijd beroerd uit, maar op dat moment had hij iets wanhopigs over zich.

'Is de chef te spreken?'

'Alleen als het om leven of dood gaat.'

'Dan moet je hem maar even roepen.'

Ik stak mijn hoofd om de deur en ving Godleys blik op. Ik hoefde niet te zeggen dat hij moest komen; hij stond al op.

'Verhoor onderbroken om nul-negen-drieënveertig. Hoofdinspecteur Godley verlaat de kamer.'

De deur sloot zich achter hem en ik ging zitten. Ik had het gevoel dat ik erg in het oog liep; de drie mannen zaten in afwachting van Godleys terugkeer naar het saaie hout van de deur bij mijn rechterschouder te kijken. Na een paar minuten die wel jaren hadden geleken ging de deur weer open en kwam hij binnen. Zijn blik ging rechtstreeks naar Skinner en zijn gezicht sprak boekdelen voordat hij een woord had gezegd.

'John, ik heb heel naar nieuws.'

En toen barstte Skinner – onze meest gezochte crimineel, de plaag van de maatschappij, de meedogenloze, gevoelloze schurk die alleen in de afgelopen week al persoonlijk opdracht had gegeven tot de gewelddadige moord op drie mannen – in snikken uit.

II

‘Wil je in mijn salon komen?’ vroeg de spin aan de vlieg,
‘Het is de mooiste salon die je ooit heb gezien;
de weg naar mijn salon voert langs een wenteltrap,
en ik heb je veel bijzonders te laten zien als je binnen bent.’
‘O nee, nee,’ zei de kleine vlieg, ‘mij dat vragen heeft geen zin,
want wie jouw wenteltrap op gaat kan nooit meer terug omlaag.’

Mary Howitt

13
Vrijdag

MAEVE

Ik volgde Godley door een poort die toegang gaf tot een naargeestig terrein. Ik moest me haasten om hem bij te houden en Derwent liep vlak achter me. Het was het laadperron annex parkeerterrein geweest van het bedrijf dat ooit in het pakhuis gevestigd was. Wat voor soort bedrijf het ook geweest mocht zijn, het was inmiddels al lang verdwenen en de markering op de grond was weggesleten, vervaagd tot nauwelijks zichtbare sporen. Tussen de scheuren in het beton had zich onkruid genesteld. Het wuifde in het lichte briesje dat de zoom van mijn rok deed opwaaien en mijn haar voor mijn gezicht blies. Ik streek een lok achter mijn oor en keek op naar het pakhuis. Het keek somber terug. De bakstenen waren op veel plaatsen doorgeslagen en het metselwerk vertoonde scheuren waar het voegsel was afgebrokkeld en tot stof was vergaan. De meeste ruiten waren ingegooid, zelfs die op de begane grond, waar ze nog steeds beschermd werden door dicht naast elkaar geplaatste ijzeren tralies. Het rolluik van het laadperron was zozeer verroest dat ik betwijfelde dat de ketting en het hangslot waarmee het vergrendeld was nog wel zin hadden; het zou nooit meer in beweging komen. Er waren echter nog andere deuren, andere toegangswegen, voor ons en voor de duiven die koerden en hun veren schudden op de hoge vensterbanken. En ongetwijfeld ook voor de ratten, spinnen en kevers.

In de schaduw die over de verste hoek van het terrein viel stond een klein groepje donkere gestalten dicht opeen als nabestaanden tijdens een begrafenis. Godley liep op hen af en toen we dichterbij kwamen keerden ze zich een voor een naar ons om. Ik zou me misschien onbehaaglijk hebben gevoeld als ik niet had geweten dat alle aanwezigen slechts aandacht voor de hoofdinspecteur hadden en niet voor Derwent en mij. Derwent liep nog steeds een paar stappen achter me en ik weerstond de verleiding om om te kijken en te zien wat hij vond over de laatste ontwikkelingen. Hij noch Godley had in de auto op weg hierheen iets gezegd. Voor mijn gevoel was het een lange rit geweest, hoewel we goed waren opgeschoten.

Vier van onze teamleden maakten deel uit van het groepje daar voor ons; ze hadden elkaar opgezocht als olie die in water coaguleert. Het was een stilzwijgende demonstratie dat ze wel bij de anderen hoorden maar geen deel van hun groep uitmaakten. De lichaamstaal van de andere vijf wees in meer of mindere mate op ongemak en vijandigheid. In het middelpunt stond inspecteur Redmond, helemaal alleen, en mijn eerste gedachte was dat ze jaren ouder was geworden in de twee uur die was verstreken sinds ik haar op het bureau had gezien. Haar gezicht was ingevallen; haar huid leek te zijn verslapt door teleurstelling en doordat de spanning, die bijna ondraaglijk was geweest, was afgenomen.

'En?' Godleys stem klonk niet geruststellend en ik zag haar gezicht vertrekken voordat ze zich voldoende had vermand om te reageren.

'Ik wilde je teamleden hier rondleiden zodat ze een beter idee zouden krijgen van de locatie waarvandaan Cheyenne is verdwenen. Dat waren we overeengekomen: opnieuw het terrein afzoeken om te zien of dat iets nieuws zou opleveren.'

Godley knikte en ze liet haar tong over haar lippen gaan alsof ze uitgedroogd waren.

'We zijn hier drie kwartier geleden aangekomen. Ik heb hun het complex laten zien. We zijn niet elk gebouw binnengegaan omdat sommige te gevaarlijk zijn.'

'Maar ze zijn al eerder doorzocht,' zei Godley zo dat het niet echt een vraag was.

'Natuurlijk. De technische recherche heeft de volledige locatie onderzocht, ruimte voor ruimte.'

'Wanneer?'

'Afgelopen zondag.'

'Foto's?'

'Jazeker. We kunnen ze vergelijken, kijken wat er eventueel is veranderd.'

'Oké.' De hoofdinspecteur liet nu nauwelijks merkbaar zijn ongeduld doorschemeren; het was iets in zijn houding, de stand van zijn hoofd. Marla Redmond had het ook gezien, want haar kin ging omhoog.

'We hebben ons verspreid bij het doorzoeken van de grootste hal.' Ze wees. 'Die ligt achter je. Er staan alleen wat oude pallets en meubelstukken in. Ik denk dat het af en toe is gebruikt als slaapplaats, maar, zoals ik al zei, is het als onderkomen een beetje te tochtig.'

'Is dat waar die nachtclub was?'

Ze draaide zich om naar de andere kant. 'Die zat in dit deel van het complex. Vroeger zaten hier de kantoren. Op de tweede verdieping was de kantine, en daar hebben ze de club geïnstalleerd. Het plafond is kennelijk hoog genoeg om er lampen op te hangen, en er is een toonbank die ze als bar hebben gebruikt.'

Er zat aluminiumfolie tegen de ramen die ze aanwees. 'Hebben zij dat gedaan? De ramen afgeplakt?'

Ze keek langs Godley heen naar mij en knikte. 'Vanwege de privacy, en voor het afschermen van de straatverlichting, denk ik. Ze hebben het alleen aan deze kant gedaan, waar de ramen vanaf de straat te zien zijn. De andere kant van de kantine kijkt uit op een blinde muur.'

'Ben je vandaag daarboven geweest?' vroeg de hoofdinspecteur. We gaan weer even terug naar het onderwerp waarover je niet wilt praten, Marla... dacht ik.

'Dat zouden we net gaan doen.' Ze slikte. 'Er loopt een trap van de vloer van de opslagruimte naar de kantoren in dit deel van het gebouw. Halverwege zit een raam, maar niet in de buitenmuur. Het was de enige bron van licht van buitenaf in de ruimte waar de arbeiders van het pakhuis hun pauzes doorbrachten. Het is vrijwel het enige intacte raam op het hele terrein, maar het zit vol spinnenwebben en stof; je kunt er nauwelijks doorheen kijken.'

'Toch heeft iemand dat gedaan.'

'Klopt. Ja. Een van jouw teamleden keek naar binnen en zag een lijk liggen.'

'Op de vloer? Op een stoel?'

'Ze ligt op een bank. In een deken gewikkeld.' Marla's gezicht vertrok heel even, maar ze herstelde zich zo snel dat ik bijna dacht dat ik het me verbeeld had. 'Als je meegaat laat ik je haar zien.'

'Nog niet. Ik wacht nog op Glen.' Hij zei het afgemeten om duidelijk te maken dat er geen discussie over mogelijk was. De inspecteur knikte begrijpend. Misschien bespeurde ze, net als ik, Godleys tegenzin.

'Is die kantine bij de oorspronkelijke doorzoeking meegenomen? Weet je zeker dat het lichaam daar niet al die tijd heeft gelegen?' vroeg Godley indringend.

'De ruimte is doorzocht. Ze was daar niet. In elk geval zondag niet.'

De hoofdinspecteur draaide zich op zijn hielen om en keek naar het harmonicagaas vol gaten en de kapotte deuren.

'Heb ik gelijk als ik denk dat dit allemaal makkelijk toegankelijk was? Dat iedereen op elk uur van de dag of nacht naar binnen had kunnen lopen?'

Ze reageerde onmiddellijk defensief. 'We hadden het technische onderzoek gedaan en het terrein vrijgegeven. Ik heb niet genoeg autoriteit om de mankracht te kunnen regelen die nodig was geweest om het klokje rond te beveiligen, en de eigenaar is een bank die het ongeveer zes jaar geleden heeft opgeëist wegens wanbetaling. Het kan hun niets schelen wat er met die panden gebeurt. Ze wachten gewoon tot het terrein wordt vrijgegeven als bouwgrond voor woningen en dan verkopen ze het aan een projectontwikkelaar. Tot die tijd laten ze de gebouwen aan hun lot over.'

'Ja, maar je ziet het probleem toch wel? Nu hebben we geen idee wanneer het lijk hier is gedumpt en door wie.' Ik rilde bij het horen van de kille afkeuring die Godley niet eens probeerde te verbergen en was blij dat hij het niet tegen mij had.

'Dat begrijp ik, maar...'

'Begrijp je ook dat we geen idee hebben waar het meisje in de tussentijd was? We wisten al dat ze hier is geweest, en dat haar ontvoerder eveneens toegang tot de gebouwen had. Dat het lichaam hier is gevonden levert ons geen informatie op. En we hadden al geen enkele aanwijzing.'

'Dan zijn we nu niet slechter af dan voordien.'

Ik had haar kunnen vertellen dat het onverstandig was Godley tegen te spreken. Hij verhief zijn stem niet, maar dat was ook niet nodig. In elk woord klonk pure woede door, en op dat moment was die volledig gericht op Marla Redmond.

'Behalve dat we hier met een stoffelijk overschot zitten en geen stap verder zijn bij het vinden van degene of degenen die ervoor verantwoordelijk is of zijn. Behalve dat ik zojuist een vader heb moeten vertellen dat zijn enig kind dood is. Behalve dat we nu met een moord zitten en in godsnaam maar hopen dat het er niet een van een reeks is.'

'Wat kon ik anders doen? Je weet dat ik aan handen en voeten gebonden was. Juist jij zou moeten inzien dat dit volledig buiten mijn macht lag.'

Hij gaf geen rechtstreeks antwoord, maar het feit dat hij zich afwendde gaf me het gevoel dat hij dat inderdaad begreep en dat zijn frustratie niet alleen te maken had met Marla Redmond, maar ook met de superieuren die hen beiden in de steek hadden gelaten.

'Wil je Glen even bellen? Vraag maar wanneer hij hier kan zijn.'

Derwent pakte zijn mobiel en liep door de lijst met contactpersonen. Godley staarde afwezig voor zich uit en Redmond draaide zich vliegensvlug om en beende een hellende toegang tot het gebouw op. Haar hakken prikten bij elke stap in het afbrokkelende beton. Ik had medelijden met haar, maar wist ook dat Godley in principe een redelijk mens was. Op een bepaald moment zou hij voldoende tot rust zijn gekomen om te erkennen dat ze haar best had gedaan, ook al was dat rampzalig ver verwijderd van goed genoeg.

Ik slenterde naar de jongens van het team. 'Nou, dat was gezellig.'

'Je had erbij moeten zijn toen Colin het lijk zag liggen,' zei Harry Maitland luguber. 'Toen brak echt de hel los. *Zij* begon te krijsen, wilde weten waarom geen van hen het had gezien, alsof dat wat uitmaakte.' Hij wees subtiel met zijn duim naar de groep rechercheurs uit Brixton; niet dat er iemand onder hen was die het niet zag. Ik knikte naar Henry Cowell, die naar me zwaaide. Ik zou zo even met hem gaan praten, bedacht ik, en vroeg me af waar Rob zat. Hij was samen met Marla Redmond vertrokken; hij had bij de anderen moeten zijn. Ik ging onopvallend naast Colin staan. Hij was in emotioneel opzicht onvoldoende ontwikkeld om er iets achter te zoeken als ik naar hem vroeg, terwijl Harry Maitland direct zou aanvoelen dat er meer speelde.

'Is Rob er ook?'

'Daarbinnen.' Colin wees naar het gebouw waar het stoffelijk overschot lag.

Bezig een voorsprong op te bouwen, nam ik aan. Ik bedankte hem en overbrugde de onoverbrugbare kloof tussen het team ernstige misdrijven en de plaatselijke recherche door wat te kletsen met Cowell, tot grote irritatie van onze collega's van beide kanten. Hij trok zich zoals gebruikelijk nergens iets van aan, haalde zijn schouders op over de onwaarschijnlijke plek waar het lichaam was gevonden, en was volstrekt ongevoelig voor de boze blik van mijn teamleden.

Dokter Hanshaw was vlak achter ons aan gekomen, en hij en zijn assistente Ali verschenen nog voordat Cowell en ik het weinige wat we elkaar hadden te zeggen hadden uitgewisseld. Ze liepen naar Godley, die hen stond op te wachten, en gedrieën bleven ze even midden op het troosteloze terrein staan praten. De wind blies Hanshaws dunne haar op en deed de panden van zijn regenjas wapperen. De patholoog luisterde met opgetrokken schouders en gebogen hoofd als een spiedende reiger naar Godley, die hem op de hoogte bracht van het weinige wat we wisten. Ik had er moeite mee mezelf voor te bereiden op hetgeen ik spoedig zou zien, nu hij er ook was. Ik was stilletjes blij geweest over Godleys terughoudendheid om naar de plaats delict te gaan waar Cheyennes stoffelijk overschot lag.

Godley kwam weer naar ons toe lopen. 'We zijn zover. Ik wil het aantal pottenkijkers zo klein mogelijk houden. Als je het lichaam al hebt gezien of als je geen reden hebt om erbij te zijn, ga dan iets anders doen.'

Iedereen die eerder dan wij was aangekomen leek de gelegenheid te hebben benut om te gaan kijken en er was dan ook weinig animo om met Godley, dokter Hanshaw en zijn assistente mee te lopen toen ze de helling beklommen naar de deur waardoor Marla Redmond was verdwenen. Ik aarzelde, er niet zeker van dat ik mijn aanwezigheid in de groep kon rechtvaardigen, maar Derwent gaf me een duwtje toen hij langs me heen liep.

'Hou op met staren, Kerrigan. Ga je mee of niet?'

'Ik wilde niet zomaar aannemen...'

'Ja, ja.' Hij duwde de deur open en ik liep snel langs hem heen een bedompt, wit betegeld trappenhuis in, waar de stank van vocht en duivenpoep hing, vermengd met de zoete, gore lucht van opgedroogde pis.

In de verte hoorde ik de echo van voetstappen en ik liep snel die richting uit om de anderen in te halen.

'Leuk hier, hè?' zei Derwent gemoedelijk, vlak achter me. 'Wij mogen ook altijd naar de gezelligste plekken toe.' Hij stak zijn arm uit, greep de mijne en trok me met kracht opzij. 'Kijk uit.'

Ik keek verbijsterd omlaag en zag op de vloer gebroken glas liggen waar ik bijna op was gaan staan. 'Dank je.'

'Hoort bij het werk.'

Ik wreef over mijn arm waar zijn vingers me hadden vastgepakt. 'Kun je de volgende keer dat je wilt voorkomen dat ik me bezeer, iets minder sadistisch zijn?'

'Het doel heiligt de middelen.'

'Dat is meestal niet het geval, is mijn ervaring.'

In plaats van antwoord te krijgen werd ik getrakteerd op zijn grote-boze-wolfglimlach. Ik paste iets beter op waar ik mijn voeten neerzette terwijl we de echo van voetstappen volgden; na nog twee keer de hoek om te zijn gegaan hadden we de anderen ingehaald. Godley opende een van de dubbele deuren en liet ons een voor een passeren. Nu bevonden we ons in een lange donkere gang met aan weerszijden gesloten deuren. Het geheel deed onrustbarend veel denken aan een scène uit een nachtmerrie. Derwent stak zijn hand uit en drukte op de schakelaars aan de muur, maar de tl-verlichting bleef uit.

'Geen elektra.'

'Voor de club hebben ze generatoren gebruikt,' bracht ik hem in herinnering.

Aan het eind was een deur die een klein stukje openstond en door de kier kwam vaag wat daglicht, dat een lichtgrijs vierkant vormde tegen de muur. Toen werd het weer donker en stapte een gestalte die ik herkende als Marla Redmond de hal in. Ze keek in onze richting en stak haar hand op.

'Loop voorzichtig,' waarschuwde Godley. 'Ik wil niet dat iemand een gebroken enkel oploopt.'

'Ik ga wel voorop,' bood Derwent aan.

Dokter Hanshaw maakte zijn tas open en haalde er een zaklamp uit. 'Daar heb je vast wat aan.'

We liepen achter elkaar de gang door en bleven in het midden. Toen mijn ogen aan het weinige licht gewend waren kon ik her en der aan de tegels vuil zien zitten en oude mededelingen die lukraak tegen de muren geplakt waren en in het verlaten gebouw waren achtergebleven. Dat het vroegere leven van het gebouw nog zichtbaar was door de huidige vervuilde werkelijkheid heen had iets beklemmends.

'Jullie hebben ons gevonden,' zei Redmond volledig overbodig toen we bij haar aankwamen. Ze wees. 'Dit is de kantine.'

Het was een grote ruimte vol schaduwen en het zag er verschrikkelijk ongezellig uit. Dokter Hanshaw werd geheel in beslag genomen door wat er binnen lag en hij glipte langs Redmond heen zonder haar een blik waardig te keuren. Ik kon maar niet wennen aan dit moment, aan de eerste schok bij het zien van de dood door geweld in al zijn tastbaarheid, en de dag dat ik het niet meer als schokkend ervoer, zou de dag zijn waarop ik ontslag nam.

De patholoog had zijn zaklamp weer terug en boog zich over de bevlekte bank die tegen de muur stond. Hij begon met een inspectie van wat daar lag. Ik stond naast Derwent en keek naar Rob, die tegenover me stond. Zijn gezicht stond ernstig. Hij staarde als een wraakengel neer op het lichaam van het meisje.

'Je bent dus bij haar gebleven,' zei Godley tegen hem met gedempte stem om Hanshaw en zijn assistente niet bij hun werk te storen.

'Ik wilde de plaats delict niet onbewaakt achterlaten.' Bijna in zichzelf pratend voegde hij eraan toe: 'En ik vond dat ze niet alleen mocht blijven.'

Ik voelde Derwents reactie meer dan ik hem hoorde; hij spande zijn spieren, alert als een hond die een konijn ziet. 'Aardig van je, maar ik denk niet dat het haar veel zal uitmaken, man. Ze is dood.'

Godley draaide zijn hoofd om en keek hem nors aan, maar Rob

had niemand nodig die het voor hem opnam.

'Inderdaad. Dat is ze. En ik ga over ongeveer een halfuur met inspecteur Redmond naar haar moeder om haar op de hoogte te brengen. En dan wil ik haar graag kunnen vertellen dat we respectvol met haar dochter zijn omgegaan, dat we zo goed mogelijk voor haar hebben gezorgd, ook al waren we te laat om haar leven te redden. Ik hoop dat die wetenschap haar ooit een klein beetje troost zal bieden.'

'Heel zorgzaam van je. Dat is geloof ik de moderne insteek van de politiemacht, hè?' Derwent corrigeerde zichzelf. 'De politiedíénst. We mogen geen "macht" meer zeggen om de mensen niet te laten denken dat we agressief zijn.'

'Er was een reden voor dat ik jou nooit naar de nabestaanden wilde laten gaan om hen in te lichten over de dood van hun dierbaren, Josh,' zei Godley bars. 'Ik merk dat je nog niets bent veranderd.'

Derwent leek in de verste verte niet in verlegenheid gebracht. 'Niet veel.'

Ik stapte opzij om beter te kunnen zien wat Hanshaw aan het doen was. Hij scheen nog steeds met de zaklamp over het lichaam en nam alles heel secuur van dichtbij in zich op. De lichtbundel was opvallend helder en je kon details onderscheiden als afgebroken stukjes nagellak, een glimp van een oogbol tussen de in elkaar grijpende wimpers, de glans van een oorknopje in een met vuil besmeurde oorlel. De rest van haar lichaam lag verscholen in het duister totdat ik knipperde, mijn blik afwendde van de dansende lichtbundel en opnieuw keek.

Er stak een paar blote voeten uit de wollen deken die om het lichaam was gewikkeld. De deken zag er oud en ruw uit; de stof was versleten en zat vol vage vlekken die niet recent genoeg waren om iets te maken te hebben met hetgeen Cheyenne was overkomen. In het midden was hij samengebonden met zo'n elastische spin die wordt gebruikt om spullen op de bagagedrager van een fiets vast te zetten. Ik wendde mijn blik af van de deken en richtte mijn aandacht op de inhoud. De voeten. De voeten waren klein en een beetje mollig. De tenen waren dik, de nagels gelakt met iets wat glom in het bewegende licht. Haar voetzolen waren moeilijk te zien, maar ze leken donkerder dan ze alleen door de schaduw konden zijn; ik vermoedde dat ze vuil waren en vroeg me af of ze gedwongen was geweest om door de gangen achter me te lopen, of ze over het gruis en het glas en de veren en de rattenkeutels had gelopen voordat ze stierf, of ze was opgejaagd door de donkere kantoren, de eindeloze gangen, door die nachtmerrie van baksteen en cement van het vervallen pakhuis. Ik vroeg me af of ze het gebouw eigenlijk ooit had verlaten, ondanks Marla's stellige verzekering dat elke centimeter ervan was doorzocht. Godley vroeg zich hetzelfde af, vermoedde ik toen ik zijn grimmige profiel zag. Daarom had hij zo boos gereageerd op het parkeerterrein. Werk dat halfslachtig was uitgevoerd; een meisje dat morsdood was.

Aan het andere uiteinde van de deken zag ik haar hoofd en haar handen uitsteken. Haar handen waren losjes samengevouwen, met de vingers naar binnen. Ik dwong mezelf verder te kijken en zag honingkleurig haar dat in slappe strengen om haar hoofd lag; haar krullen waren veranderd in rattenstaarten. Haar bloedeloze gezicht stak grotesk wit af tegen het feloranje van de bank. Cheyennes gelaatstrekken waren nog herkenbaar; er was geen sprake van lijkvlekken of zwelling als gevolg van ontbinding. Ze lag er vredig bij en het was dus niet nodig haar ouders voor te liegen. Ze was gehavend, vuil en dood in een deken tot een bundeltje gerold, maar ze rustte nu in vrede.

Hanshaw gaf de zaklamp aan Ali, die hem hoog hield voor een maximum aan licht, onder een zodanige hoek dat de lichtbundel over de schouder van de patholoog scheen.

'We kunnen wat lampen laten komen,' zei Godley, en zonder zich om te draaien gaf Hanshaw met opgestoken hand aan dat hij het had gehoord.

'Op dit moment niet nodig. Het gaat zo wel. Als het lichaam eenmaal weg is heb je misschien wat meer zicht op de plaats delict nodig, maar ik ga hier niet veel doen. Een snel onderzoek en dan pakken we haar in.'

Hij sloeg de deken voorzichtig terug; zijn gehandschoende handen deden langzaam hun werk.

'Haar onderarmen zijn ook vastgebonden met een spin,' zei hij over zijn schouder tegen de anderen. 'De benen zijn niet vastgebonden. Ze is naakt. Lichte kneuzingen aan ribben en hals. Vingerafdrukken aan de binnenkant van de dijen en knieën.' Hij boog zich verder voorover en sondeerde. 'Waarschijnlijk seksueel misbruikt. Ik zal haar later uiteraard onderzoeken op sporen van verkrachting.'

Derwent boog zich opzij om zelf te kunnen kijken, maar wendde zich snel weer af. Ik zag hem wankelend de kamer uit lopen; hij botste tegen de deurpost op alsof hij die niet had gezien. Misschien toch niet zo'n harde. Godley stond stil als een marmeren beeld en zag er net zo koud, net zo afstandelijk uit.

Hanshaw werkte vlot door; hij maakte snel een reeks foto's, stopte Cheyennes handen en voeten in zakjes om aanwezige sporen te behouden, nam bloed en ander lichaamsvocht bij haar af. Hij was snel zonder zich te haasten, behoedzaam maar zelfverzekerd, en ik wist dat hij het zou vinden als er iets was wat het lichaam ons kon vertellen.

Ik vond dat ik wel genoeg had gezien en trok me achter in de kantine terug. Afgezien van de bank was het er bijna leeg. In de hoek stond een salontafel op z'n kop; drie poten staken omhoog en de vierde poot was voor altijd verdwenen. Iemand had hier een bureaustoel naar binnen gereden die schuin opzij hing als een dronkenman; de zitting viel nog net niet van het frame af. Ik moest aan Ivan Tremlett denken en ik voelde walging opkomen. Er was zoveel bloed vergoten voor niets. John Skinner had net zo weinig bereikt als wij. Dat zou hij net zo slecht kunnen verdragen als het verlies van zijn kind.

Een stem in mijn oor zei: 'Gaat het?'

Ik schrok op. 'Je laat me schrikken.' Ik keek Rob verwijtend aan en ging ervan uit dat de ergernis van mijn gezicht was af te lezen, nu ik mijn stem niet kon verheffen tot meer dan een zacht gefluister.

'Sorry. Ik probeerde zachtjes te doen.'

'Dat is je gelukt.' De scène voor ons leek wel een schilderij: het licht en het donker, het meisje dat daar zo stil op haar rug lag met de in schaduwen gehulde mannen die met haar bezig waren. Een Rembrandt, dacht ik, en ik herinnerde me vaag iets dergelijks met een ontleed lichaam als het centrale onderdeel van mijn kunstgeschiedenisboek op school. Toen al vond ik het niet prettig om ernaar te kijken. Ik wist toen nog niet dat ik er ooit mijn brood mee zou verdienen.

'Griezelig, hè?' Rob keek ongeveer net zo de kamer rond als ik had gedaan en nam het decor in zich op dat het toppunt van postapocalyptische chic was. 'Wat was er met Derwent aan de hand?'

'Hij trok het niet.' Ik zag zijn gezicht tot een grijns vertrekken en kon het mijne ook niet in de plooi houden, ondanks de situatie. Het was geweldig dat juist Derwent er niet in was geslaagd zijn zelfbeheersing te bewaren. 'Volgens mij staat hij op de gang.'

'Dan ga ik hem even vragen hoe sterk hij zich voelt.' Hij leek de daad bij het woord te voegen en ik greep hem bij zijn arm.

'Daag hem in godsnaam niet uit. Je hebt me daar zelf voor gewaarschuwd.'

'Jawel, maar die waarschuwing gold niet voor mij.' Zijn glimlach verdween. 'Dit is nogal een wending, hè?'

'We hadden het wel verwacht. Ze werd al te lang vermist.'

'Hm. Maar ik denk niet dat ze hier al die tijd heeft gelegen. Het is hier wel redelijk koel, maar je zou toch wel enige ontbinding verwachten?'

'Ik zou het niet weten. Hanshaw wel.'

'Die lijkenpikker,' zei Rob.

Dat had ik zelf ook vaak gedacht, maar ik vond het eigenlijk een beetje onredelijk. 'Hij doet gewoon zijn werk.'

'Over werk gesproken: hoe ging het met Skinner?'

'Voor- of nadat hij had gehoord dat Cheyenne was gevonden?'

'Erna?'

Ik schudde mijn hoofd. 'Niet best. Gebroken. Hij had de moorden al toegegeven. Niet dat hij veel keus had.'

'Heeft hij nog gezegd hoe hij wist wie hij moest hebben? En wat ze hadden gedaan?'

'Niets wat ons veel verder brengt. Hij heeft ons het absolute minimum verteld. Wilde niemand erbij betrekken, wat de chef ook probeerde.'

'Nou ja, dat is ook wel logisch, toch? Jij kent de regels net zo goed als ik. Nooit een samenzwering bekennen, omdat je daarmee je maten in de stront laat zakken, en nooit naar een ander wijzen om je eigen hachje te redden.'

'Dat is een soort morele code.'

'Lafaards hopen zo de gevangenis ongedeerd te kunnen overleven.'

'Volgens mij is John Skinner niet bang om in de gevangenis te zitten. Hij lijkt alles al helemaal te hebben uitgedacht.'

'Ongetwijfeld.' Rob keek even afwezig en somber. Ditmaal kon ik wel raden waarom.

'Je ziet zeker tegen je gesprek met Gayle Skinner op?'

Hij trok zijn wenkbrauwen een millimeter op, wat bij hem een verbaasde blik voorstelde. 'Meteen raak. Dat zal niet prettig worden.'

'Jij hoeft het woord niet te voeren.' We keken beiden naar Marla Redmond, die wezenloos op haar onderlip beet.

'Oké.' Hanshaw kwam overeind. Zijn gehandschoende handen hingen aan zijn polsen alsof ze eigenlijk niet van hem waren. 'Meer wil ik hier niet doen.'

'Kun je zeggen wanneer ze is gestorven?'

'Je weet wel beter.' Hanshaw sloeg nooit ergens graag een slag naar, en al helemaal niet als het om het tijdstip van overlijden ging. Hij zou met een schatting komen als de autopsie achter de rug was, eerder niet.

'Enig idee waarom haar handen waren vastgebonden?'

'Geen enkel. Lijkt na het intreden van de dood te zijn gedaan. Er zijn geen kneuzingen en het koord zat strak.'

Godley fronste zijn wenkbrauwen. 'Belangrijk voor de positionering, denk je?'

'Mogelijk. Het ziet ernaar uit dat het lichaam met zorg zo is neergelegd. Het is interessant dat het hoofd zichtbaar is. De moordenaar heeft niet geprobeerd te verbergen wat hij had gedaan. Anderzijds kan ik me wel beter bereikbare plaatsen voorstellen om een stoffelijk overschot achter te laten als je wilt dat het wordt gevonden en bewonderd.' Hanshaw haalde zijn schouders op. 'Misschien wist hij dat jullie nog zouden terugkomen.'

'Of misschien wist hij dat we, als hij haar hier achterliet, geen enkele aanwijzing zouden hebben over de plaats waar hij haar mee naartoe had genomen.'

'Er zitten heel wat sporen op de deken en op haar huid,' zei de patholoog. 'Genoeg om de technische jongens flink bezig te houden. Er komt heus wel wat uit.'

'Ik hoop het.' Godley draaide zich om. 'Oké. Ik zal mijn technische rechercheurs deze ruimte en het hele pakhuis laten doorwerken, zodat we zeker weten dat we niets over het hoofd hebben gezien.' De woorden 'deze keer' hingen onuitgesproken in de lucht. 'Kev Cox neemt de leiding over de plaats delict. Ik zal hem contact laten houden met jullie mensen, zodat iedereen op de hoogte blijft.'

Redmond knikte. 'Ik was van plan naar Hoddesden te gaan om met Gayle Skinner te praten.'

'Dat lijkt me een goed idee.'

Ze leek op haar hoede en ik begreep meteen dat ze bang was om zich in Godleys territorium te begeven. Dit was nu zeer beslist zijn zaak. 'Had jij het willen doen?'

'Haar op de hoogte brengen? Van mijn leven niet.' Hij glimlachte dunnetjes. 'Ik heb vandaag al één ouder op de hoogte gebracht. Dat was genoeg. Bovendien kent ze jou.'

Ze knikte en liep naar de deur, maar bleef bij Rob even staan. 'Ik ga nu. Als je nog steeds mee wilt, vind ik dat prima.'

'Absoluut.' Hij wachtte tot ze wegging en keek toen naar mij. 'Ik moet gaan.'

'Ik zie je straks dan wel.' Ik zei het zachtjes, zodat niemand het zou horen, en hij antwoordde op dezelfde zachte toon.

'Vanavond waarschijnlijk niet.'

Ik vroeg me af waarom niet, maar ik zou hem dat beslist niet vragen, en hij zei me gedag zonder verdere uitleg.

'Waar is Josh?' Godley keek om zich heen alsof Derwent zich ergens in deze troosteloze ruimte kon hebben verstopt.

'Hij is de gang op gelopen. Ik weet niet precies waarom.'

'Hij is niet zo gevoelloos als hij zich voordoet. Hij kent John Skinner al heel lang.'

'Ze zijn bepaald geen vrienden,' merkte ik op.

'Soms maakt dat het erger. Hij is het niet gewend iets positiefs als medelijden voor hem te voelen.'

'Cheyenne lijkt niet erg op Skinner.'

'Ze is sprekend haar moeder.' Godley trok een gezicht. 'Ik had waarschijnlijk met ze moeten meegaan naar Hertfordshire.'

'Inspecteur Redmond doet het vast heel goed.'

'Denk je?' Er hing een ongemakkelijke stilte voordat hij wat milder werd. 'Ze is de kwaadste niet. En ik vind dat ze Gayle vrij redelijk heeft aangepakt.'

'Karige lof.'

'Sorry, maar ik ga niet doen alsof ik onder de indruk ben.'

Ik wilde het zeker niet zomaar voor haar opnemen, maar ik moest gewoon vragen: 'Wat zou u zelf anders hebben gedaan?'

'Moet ik eerlijk zijn? Alles.' Hij draaide zich om en keek naar het lichaam. 'Maar ik weet niet of het anders zou zijn afgelopen.'

'Waarschijnlijk is het beter daarover niet na te denken.'

'Waarschijnlijk wel, ja. Maar denk je dat ik me daardoor laat weerhouden?'

Voordat ik hierop antwoord kon geven, kondigde een ratelend geluid in de gang de mensen van het mortuarium aan, die een brancard met een opgevouwen lijkzak bij zich hadden. Ik deed een paar stappen naar achteren en hield me staande aan de muur. Ik moet groen hebben gezien.

'Je hoeft hier niet bij te zijn. Je hoeft trouwens helemaal niet te blijven.' Godley pakte zijn mobiel en liep door het adresboek. 'Ik weet iets waar je beter op z'n plaats bent.'

Degene die hij had gebeld nam op voordat ik de kans kreeg meer te weten te komen.

'Marla, ben je al onderweg? Mooi. Heb je plaats in de auto voor nog iemand van mijn team?'

Ik kon mijn geluk niet op.

Godley verbrak de verbinding. 'Ze staan op de parkeerplaats op je te wachten.'

'Moet ik nog iets specifieks doen als ik daar ben?' Want ik heb het gevoel dat u me alleen maar kwijt wilt, dacht ik.

'Probeer erachter te komen wat voor meisje Cheyenne eigenlijk was. Ik heb de indruk dat haar vader geen idee had, maar dat is eigenlijk normaal bij vaders. Jij bent ook ooit een tiener geweest. Je moet wel enig inzicht in haar karakter kunnen krijgen.'

Ik trok een gezicht. 'Ik ben al een hele poos geen tiener meer, chef.'

'Maar toch.'

Tegensputteren had geen zin; hij had zijn besluit genomen. Ik volgde de bochtige gang terug naar het parkeerterrein, zo snel als ik kon in dat schemerige, verlaten gebouw. Knipperend tegen het daglicht kwam ik naar buiten en zag bij de toegangspoort een auto met draaiende motor op me staan wachten. Ik hief mijn vinger – geef me een tel – en rende naar de plek waar Godley had geparkeerd. Derwent stond tegen de auto geleund te bellen. Hij bedekte zijn mobiel met zijn hand.

'Waar ga je naartoe?'

'Hertfordshire.' Ik pakte mijn tas van de achterbank en zwaaide hem over mijn schouder. 'Gaat het wel?'

De blik die hij me toewierp deed me wensen dat ik niets had gezegd. Ik wachtte maar niet op een hartelijk afscheidswoord. Ik kon gerust aannemen dat hij zich geneerde voor zijn haastige vertrek uit de kantine. Ik vroeg me af wat er was voorgevallen, maar durfde er niet goed naar te vragen. Eerlijk gezegd was het al heel wat om te weten dat Derwent toch niet zo'n harde was. Op de een of andere manier maakte dat een hoop goed.

14

We maakten met z'n vieren de pelgrimstocht om Gayle Skinner het slechte nieuws te brengen: Rob, inspecteur Redmond, ik, en een kleine, slonzige rechercheur die Ray Small heette. Twee van het oude team, twee van het nieuwe. Het was niet strikt noodzakelijk dat we haar vier man sterk gingen vertellen dat Cheyenne dood was, maar Marla stelde niet voor Ray Small thuis te laten. Bovendien reed hij. Ik had het gevoel dat mijn aanwezigheid hier overbodig was en dat vond ik even vervelend als de gedachte dat Godley mij om wat voor reden dan ook weg had willen hebben en dat Hertfordshire de eerste plek was die hem te binnen schoot. Het leek er bijna op dat ik erom gevraagd had mee te gaan, besefte ik gegeneerd, en Rob leek zich niet helemaal op zijn gemak te voelen toen de auto door de grote fabriekspoort reed en zich bij het drukke middagverkeer voegde.

Ik moest misschien blij zijn dat ik niet veel hoefde te praten. Rob zat voorin met rechercheur Small, en Marla had de achterbank opgeëist om een dutje te kunnen doen. Ik verontschuldigde me er enigszins onhandig voor dat ik haar plannen had doorkruist, maar ze schudde haar hoofd.

'Ik kan ook zittend slapen. Het is gewoon comfortabeler achterin. Je hebt wat meer de ruimte.' Ze demonstreerde het door een steuntje te zoeken voor haar voeten en haar hoofd tegen de hoofdsteun te laten zakken. Haar ogen vielen vrijwel direct dicht en voordat we op de hoofdweg zaten was ze al diep in slaap.

Óf hij was bang haar te wekken, óf het lag in zijn aard, maar Small was zo kortaf in zijn antwoorden dat het bijna onbeschoft was. Rob verviel vrijwel direct tot zwijgen en ik zat achter hem te luisteren naar het rustgevende gezoem van de motor terwijl ik door het raam staarde naar het voorbijglijdende Noord-Londen.

Toen we eenmaal het vastzittende verkeer in het centrum achter ons hadden gelaten was het niet meer zo ver rijden. Hoddesdon lag ruim binnen de grens van het forensentraject en was makkelijk bereikbaar via de snelweg. Het was een welvarend stadje, en Cheyenne had in een van de betere wijken gewoond, aan een brede, lommerrijke laan waaraan grote vrijstaande huizen lagen, die ver van de weg stonden, meestal beveiligd met een omheining.

Small verbrak zijn stilzwijgen. 'We zijn er bijna, chef.'

Marla Redmond kwam overeind en overbrugde de afstand tussen diep in slaap en klaarwakker zijn in een enkel ogenblik. Ze leunde voorover om zichzelf te kunnen zien in de achteruitkijkspiegel, kamde haar haar met haar vingers tot het er redelijk ordelijk uitzag en begon toen in haar tas te zoeken naar haar lippenstift. Eigenlijk wapende ze zich. Dat was niet nodig geweest toen ze een team scherpe politiemensen voor zich had, maar voor straks met Gayle was het essentieel.

Small draaide de oprit naar Skinners huis op en leunde naar buiten om op het knopje van de intercom te drukken alsof hij dat al vele malen eerder had gedaan. Terwijl we afwachtten tot iemand op het belletje zou reageren en ons zou binnenlaten boog ik me voorover om het huis te bekijken. Het was nog maar kort geleden gebouwd van lichtgele baksteen en had een enorm voorportaal met pilaren, en grote vierkante ramen. De bebouwing liep aan beide kanten helemaal tot aan de rand van de kavel; elke centimeter ruimte was benut om de meer bescheiden huizen aan beide kanten te domineren. De voortuin was geheel bestraat om het wagenpark van het gezin beter uit te laten komen. Opzij van de voordeur stond een zilverkleurige Range Rover naast een zwarte Audi TT geparkeerd en daarachter stak de kofferbak van een Porsche 911 uit. Toen het hek openzwaaide, reed Small door en stopte achter een Mercedes van de duurste categorie, die daardoor werd geblokkeerd.

'Dat is niet een van Gayles auto's.' Redmond had zich ook voorovergebogen om beter te kunnen zien. 'Ik ken hem niet.'

'Hij zal van de werkster zijn.' Small had zomaar een grapje gemaakt, besefte ik enigszins verbaasd. Hij haalde zijn schouders op. 'Hier is alles mogelijk.'

'Oké.' De inspecteur had haar houding van leidinggevende weer aangenomen. 'Ik zal uiteraard het woord doen. Als een van jullie beiden iets wil vragen, moet je dat vooral doen, maar ik zou het waarderen als jullie ermee wachten tot we Gayle wat tijd hebben gegeven om te bekomen van het nieuws.'

'We zullen haar niet opjagen,' beloofde Rob. Ik zou er niets van zeggen dat hij voor mij sprak, maar hoopte wel dat hij er geen gewoonte van zou maken. Wat dat betreft had ik genoeg aan Derwent.

'Gayle is niet de makkelijkste in de omgang.' Marla Redmond aarzelde en besloot toen niet te proberen uit te leggen wat ze bedoelde. 'Jullie snappen straks wel wat ik bedoel.'

De voordeur ging open en een slanke vrouw van middelbare leeftijd met staalgrijs haar tuurde naar buiten.

'We zijn gezien.'

Small keek dezelfde kant op als ik. 'O, dat is Lydia, de huishoudster. Vraag me niet waarom Gayle personeel nodig heeft. Ze heeft het niet bepaald druk.'

'Status,' zei Redmond kortaf. 'Ze wil hetzelfde hebben als de buren. Ze kan dan misschien niet integreren, maar ze kan op z'n minst doen wat zij doen. Lydia werkt er trouwens al jaren. Uit mijn gesprek met haar kreeg ik de indruk dat zij zo ongeveer de enige was die flink wat energie in het meisje heeft gestoken. Gayle is niet zo van de discipline of het huishouden.' Ze opende het portier, stapte uit en zwaaide kort naar de huishoudster. 'Daar ben ik weer,' zei ze overbodig.

'Is er nieuws?' Haar stem klonk schor, alsof ze al een tijd niet had gesproken.

Redmond antwoordde niet, maar liep snel over de keurige bestrating naar haar toe. Ik liet Small haar volgen en Rob en ik vormden de achterhoede. Small droeg een tweed colbertje en een zwarte broek, en geen van beide was erop vooruitgegaan door de autorit. Hij had een eigenaardig haastig loopje en hij nam een omweg naar de voordeur. Ik besefte dat hij de Mercedes vanbinnen bekeek terwijl hij erlangs glipte.

Toen Redmond de beschutting van het portaal had bereikt zei ze zachtjes, zodat het in huis niet te horen zou zijn: 'Lydia, we hebben nieuws, maar geen goed nieuws. Waar is Gayle?'

'In de serre.' De huishoudster sloeg een kruis en haar lippen bewogen geluidloos. Haar gezicht was doodsbleek.

'Is er iemand bij haar? Een vriendin?'

'Er is inderdaad iemand op bezoek.' Lydia leek onzeker. 'Ik geloof dat het een vriend van meneer Skinner is.'

Marla Redmond was te goed opgeleid om een duidelijke reactie te geven, maar haar nieuwsgierigheid was bijna tastbaar toen ze de hal in stapte, met ons beiden en Small achter zich aan. De hal was vierkant en betegeld met roomkleurig marmer. De deuren waren van licht eiken, evenals de trap die met onnodige tierelantijnen in een bocht naar de eerste verdieping leidde. Er hingen geen schilderijen aan de roomkleurig geschilderde muren, maar op de tafel in het midden stond heel prominent een bronzen sculptuur van een springend hert. 'Dan lopen we wel door. Dank je, Lydia.'

De huishoudster bleef stokstijf staan. 'Wat is er met mijn lieve schat gebeurd? Is ze dood?'

Marla gaf geen antwoord, maar haar gezicht moest boekdelen hebben gesproken, want de vrouw draaide zich snel om en stootte een gedempte kreet uit. Ik herkende de hopeloze drang om te vluchten en je te verstoppen voor slecht nieuws.

'Ik vind het heel erg, Lydia.' De inspecteur gaf haar een schouderklopje. 'Ik kan je nog geen nadere bijzonderheden vertellen, maar we hebben vanmorgen haar lichaam gevonden.'

'Waar dan?'

'Ik moet eerst met Gayle praten. Ik vind het heel erg,' zei ze nogmaals.

'Ja natuurlijk. Natuurlijk.' Lydia draaide zich weer om. Ze zag eruit als een slaapwandelaar die ontwaakt aan de rand van een diepe afgrond. 'De hal door en dan door de zitkamer. Het is aan de linkerkant.'

'We vinden het wel.'

'Ik moet u eigenlijk voorgaan.'

'Dat hoeft niet.'

Small kwam tussenbeide. 'Als u nu eens thee ging zetten; dat zou fijn zijn. Goed heet en met veel suiker. En neem zelf ook een kopje, laat het even bezinken. Als je zo'n schok te verwerken krijgt is thee het allerbeste.'

'Mevrouw Skinner drinkt geen thee.' Haar stem was nog steeds schor, maar alle leven was eruit geweken en haar ogen stonden wezenloos. 'Ze gebruikt niets waar cafeïne in zit.'

'Maakt niet uit. Weet u, misschien wil ze het toch als ze het heeft gehoord. Dan is het fijn als het al is gezet.' Hij leidde haar naar de overkant van de hal en duwde haar zachtjes, naar ik aannam, de keuken in.

'Dank je wel, Ray.'

'Graag gedaan.' Hij wees met zijn hoofd naar een deur aan de andere kant van de hal. 'Daarheen?'

'Inderdaad.'

De zitkamer was een symfonie in roomkleur; banken, vloerkleden, gordijnen: de hele mikmak. Een enorme kamer, en hij was even blanco als het enorme tv-scherm dat aan de muur hing. Het deed me allemaal meer denken aan een hotel dan aan een woonhuis. Er was niets te bekennen wat iets verraadde over de mensen die hier woonden, niets persoonlijks in de keuze van het meubilair of de stoffering. Alles was echter even luxueus, en ik kon de neiging niet bedwingen mijn schoenzolen er even op te controleren of ze het vloerkleed niet zouden besmeuren. Ik moest glimlachen toen ik zag dat Rob hetzelfde deed. Small had geen last van dergelijke scrupules. Hij droeg zware veterschoenen met grove zolen die een duidelijk patroon achterlieten op de hoge pool toen hij de kamer door beende naar de dubbele deuren aan de andere kant. Ze waren van glas; hij ging ernaast staan om niet gezien te worden en keek even behoedzaam naar binnen. Hij fronste zijn wenkbrauwen en knikte toen.

'Hierheen, chef.'

Marla Redmond haalde diep adem, bekeek haar gezicht in de spiegel met vergulde rand boven de open haard en liep naar hem toe.

Ik zag Gayle Skinner eerst helemaal niet toen ik de serre betrad. Het zonlicht was fel, bijna verblindend. Toen mijn ogen eraan gewend raakten, zag ik dat ik me in een achthoekige ruimte bevond die voornamelijk uit glas bestond, inclusief het dak. De ramen zaten potdicht; er was geen zuchtje wind. De temperatuur moest boven de dertig graden liggen en mijn keel voelde direct droog aan. Na verloop van tijd kon ik, als ik mijn ogen tot spleetjes kneep, mevrouw Skinner ontwaren, die ergens opzij op een rieten stoel zat. Ze droeg een witte jurk die te strak zat om hem maagdelijk wit te noemen, en een zonnebril die haar gezicht grotendeels verborg. Ze leek niet veel ouder te zijn dan ik, hoewel haar leeftijd moeilijk te schatten was achter alle make-up en die zonnebril. Het was niet zo vreemd dat ze jong getrouwd was. Skinner was het type man dat een veel jongere vrouw zou willen hebben. Alleen al omdat die makkelijker onder de duim te houden zijn.

Inspecteur Redmond liep met uitgestoken hand op haar af.

'Gayle. Sorry dat ik je moet storen.'

'Jezus.' Het klonk lijzig. 'Jullie blijven maar terugkomen, hè?'

'Alleen als er nieuws is.' Marla slaagde erin haar stem neutraal te laten klinken en vriendelijk te blijven ondanks Gayles onbeschofte houding.

'Dit is die vrouw die de verdwijning van Cheyenne onderzoekt.' Gayle wuifde met een vermoeid handje naar de man met het smalle gezicht naast haar. Hij leunde volledig ontspannen achterover in zijn stoel. Zijn haar had een te donkere tint zwart en was te gelijkmatig van kleur om niet geverfd te zijn. 'Inspecteur Redmond, dit is Kenneth Goldsworthy. Kenny is een vriend van John.'

'Meen je dat nou?' Uit de klank van haar stem was op te maken dat Marla Redmond van hem had gehoord; wij allemaal trouwens. Bedfordshire en Hertfordshire waren Ken Goldsworthy's persoonlijke werkterrein. Hij was de belangrijkste drugsimporteur in beide graafschappen, de belangrijkste verkrijger van de winst uit de bordelen van Luton en Stevenage, de belangrijkste geldwitwasser via een reeks legale bedrijven en het belangrijkste object van aandacht en inspanning voor minstens twee politieregio's. Hij was een gladjanus die zich uitstekende advocaten kon veroorloven en had nog nooit ook maar één nacht achter de tralies doorgebracht, een feit waar hij enorm trots op was.

En hij had de reputatie geen vriend van John Skinner te zijn. Integendeel zelfs. Ze hadden in de jaren negentig een langdurige territoriumstrijd gevoerd die bloedig en gewelddadig was verlopen en waaraan een definitief einde was gekomen toen Goldsworthy zich uit de door hem geïnfiltreerde gebieden in Londen had teruggetrokken en zijn bedrijven in Surrey, Sussex en Kent had verkocht. Voor zover we hadden gehoord waren ze overeengekomen dat ze zich zouden beperken tot hun eigen terrein, waarbij Skinner het leeuwendeel had gekregen. In de afgelopen tien jaar hadden ze onafhankelijk van elkaar geopereerd en gedaan alsof de ander niet bestond, maar dat wilde niet zeggen dat Goldsworthy het prettig vond te zien dat Skinners rijk groeide en bloeide. Wat hij hier in Gayles serre deed, waar hij zich zo te zien geheel op zijn gemak voelde, alsof hij er thuis was, met zijn witte overhemd open tot het derde knoopje en zijn dikke Rolex glimmend in het zonnetje, kon ik absoluut niet bedenken.

Wij vieren stonden nog steeds en het werd langzaam duidelijk dat Gayle ons niet zou vragen te gaan zitten. Ze schudde haar dure gelaagde kapsel, van dezelfde kleur als het haar van haar dochter, en streek erdoorheen met haar lange nagels met de witte randjes.

'Wilden jullie iets van me?'

Marla keek heen en weer van haar naar Goldsworthy. 'Ik wilde je eigenlijk even alleen spreken.'

'Je kunt me niets vertellen waarvan ik niet wil dat Kenny het hoort.' Ze zei dit met een weids gebaar van haar arm en de ijsklontjes rinkelden in haar glas; ik begreep opeens dat ze stomdronken was.

'Het gaat om Cheyenne. Het is geen goed nieuws, Gayle.' Ik moest Marla in elk geval punten geven voor haar vasthoudendheid.

Achter haar zonnebril trok elke uitdrukking weg uit Gayles gezicht. 'Wat bedoel je?'

'Ik bedoel dat we vanmorgen haar lichaam hebben gevonden.'

Een heel korte stilte.

'Wil je zeggen dat ze dood is of zo?'

Marla zei met warme stem: 'Dat is precies wat ik zeg.'

'Rot op.' Ze stond licht wankelend op en wees naar ons. 'Rot op jullie allemaal. Jullie hebben het mis.'

'Het spijt me. Ik weet dat dit moeilijk te bevatten is. Ik weet dat je vragen voor me hebt, maar neem even rustig de tijd.'

'Doe niet zo uit de hoogte,' zei Gayle bits. 'Ik wil je hier niet hebben.'

Ze zette haar glas neer en kwam achter de salontafel vandaan, onvast lopend op torenhoge hakken. Vervolgens duwde ze Marla zo hard dat ze, uit haar evenwicht gebracht, achteruit stapte. Rob stak zijn arm uit en hield haar overeind, een beleefd gebaar waarvoor ze hem bedankte met een geïrriteerd knikje. Ze had haar dag niet als het om haar waardigheid ging.

Ken Goldsworthy was traag uit zijn stoel opgestaan, als een hagedis die door de warmte bevangen is. 'Toe nou, Gayle. Kom eens zitten. Je hebt een schok te verwerken.'

'Smeerlappen. Ga mijn huis uit. Klotesmerissen. Als John hier was, zou je niet durven.'

'Ik ben niet gekomen om problemen te veroorzaken, Gayle. Ik moest het je gewoon vertellen van Cheyenne.'

'Weet John het al?' Haar kin beefde en er gleden twee tranen vanachter de donkere glazen omlaag. 'Heb je het hem ook verteld?'

'Een van mijn collega's heeft dat gedaan.'

'O god. Hij moet razend zijn.' Ze legde haar hand tegen haar hoofd. 'Ik kan niet nadenken. Wat zei je net? Hebben jullie haar vanmorgen gevonden?'

'Ja. In het pakhuis waar dat nachtclubfeest is gehouden.'

'Bedoel je dat ze daar al die tijd heeft gelegen?' Gayle schoof haar bril omhoog en nu kon ik haar voor het eerst goed bekijken. Haar ogen hadden dezelfde vorm als die van haar dochter, maar de rest van haar gezicht had een fijnere structuur. Haar neus was verdacht recht en fraai van vorm, en ik was er vrij zeker van dat ik naar een upgrade stond te kijken en dat die arme Cheyenne het origineel had geërfd. 'Je bedoelt dat jullie haar gewoon over het hoofd hebben gezien?'

'Nee, dat denken we niet.' Marla stak van wal met een lang, uitgebreid verhaal waarin ze uitlegde dat het onmogelijk was geweest het lichaam niet te zien; dat het ernaar uitzag dat het daar onlangs was neergelegd, maar dat we het voorlopig nog niet zeker wisten; dat er echt niet veel meer te vertellen was, behalve dat ze het vreselijk vond geen beter nieuws te hebben, en dat het onderzoek vanaf nu was overgedragen aan een ander team, waarvan Rob en ik deel uitmaakten.

Ik pakte dit op om mezelf en vervolgens Rob voor te stellen, en had sterk het gevoel dat we ons nu in de vuurlinie begaven.

Gayle schudde me afwezig de hand. 'Ik vroeg me al af wie jullie waren. Ik wist wel dat ik jullie nog niet eerder had gezien.' Ze keek langs me heen naar Marla. 'Wie heeft nu de leiding? Waarom hebben ze jou aan de kant gezet?'

'Het is nu een grotere zaak. En daarom is er een hoger geplaatste nodig om die te leiden.' Ze klonk verbitterd. 'Degene die het overneemt is hoofdinspecteur Charles Godley. Hij staat aan het hoofd van de afdeling moordzaken.'

Dat zei Gayle blijkbaar niets, maar Ken Goldsworthy smoorde een lachje door het te laten overgaan in een volstrekt ongeloofwaardig kuchje. 'John moet wel dolblij zijn.'

'Hij wil er gewoon zeker van zijn dat de moordenaar van zijn dochter wordt gestraft,' zei de inspecteur stijfjes.

'Ja, vast.'

De komst van Lydia werd aangekondigd door gerammel van kopjes. Ze zette het dienblad neer, wierp zich met een gierende uithaal op Gayle en bleef om haar nek hangen.

'Onze arme schat. Wat moeten we nu zonder haar?'

Dat was voldoende om Gayles broze kalmte teniet te doen. Voor het eerst liet ze zich echt gaan; ze klampte zich snikkend vast aan de huishoudster.

'Ik denk dat dit voor mij het moment is om te vertrekken,' mompelde Ken Goldsworthy tegen niemand in het bijzonder.

Rob liep twee stappen achter hem toen hij de zitkamer in glipte, en ik liep een stap achter Rob. De zitkamer was heerlijk koel en schemerig. Goldsworthy bleef staan om zijn zonnebril af te zetten en ik sloot de dubbele deuren achter me, min of meer in Smalls gezicht. Ik keek hem aan door het glas met mijn duidelijkste 'rot op'-gelaatsuitdrukking. Het was zijn zaak niet meer en dat wist hij heel goed, maar leuk vond hij het niet.

'Meneer Goldsworthy, kan ik u nog even spreken voordat u vertrekt?' vroeg Rob vriendelijk.

'Ik denk niet dat ik iets te zeggen heb.' Hij viste zijn autosleutels uit zijn zak. Van dichtbij zag hij er zo oud uit als hij was, met lachrimpeltjes om zijn ogen en de wat losse huid van zijn hals. 'Doe Charlie de groeten van me. Hoe is het met hem?'

'Ik zal zeggen dat u naar hem gevraagd hebt. Weet John Skinner dat u hier bent?'

'Alleen als hij microfoontjes in het huis heeft laten plaatsen. Hij zit vast, heb ik gehoord.' Een glimlachje. 'Die arme ouwe John. Geen geluksvogel, hè?'

'Dat kun je wel zeggen.' Rob kwam een stap dichterbij staan. 'Het boeit me wel dat u hier bent. Jullie zijn niet bepaald dikke vrienden, hè? Wat doet u hier eigenlijk bij mevrouw Skinner?'

'Haar mijn medeleven betuigen. Ik had gehoord dat haar dochter werd vermist.'

'U hoort nogal eens wat, hè?'

'Ik zorg ervoor dat ik op de hoogte blijf. Kennis is macht, zoals een groot man ooit heeft gezegd.' Hij snoof. 'Geen idee wie, trouwens. Maar wie het ook was, hij had gelijk.'

'U hebt zeker niet gehoord wie Cheyenne heeft ontvoerd?' Het was een gok, maar het leek me de moeite waard een poging te wagen.

Hij schudde zijn hoofd. 'Geen woord. Maar als ik iets te weten kom, zijn jullie de eersten die het horen.'

'Dat is erg vriendelijk van u.'

'Ik doe mijn best.'

'We moeten er alleen wel rekening mee houden dat het een van Johns vijanden is geweest. U weet wel, iemand die nog een appeltje met hem te schillen had.' Rob zei het met een zogenaamd serieuze frons op zijn voorhoofd. 'Wie heeft er ook alweer gewonnen toen jullie in de jaren negentig dat conflict hadden? John kreeg toen toch het grootste deel van het territorium? U bleef zitten met Bedfordshire en Hertfordshire. Niet bepaald een goudmijn.'

'Als jullie mij op het oog hebben, kijken jullie de verkeerde kant op.' Zijn stem klonk mat. 'Ik ga niet achter iemands kinderen aan. Begrijp me goed: ik ben niet dol op John Skinner. Ik vind het geweldig dat hij is opgepakt. Maar ik heb niets te maken met de vermissing van het meisje.'

'Waarom zou ik u geloven? U bent beslist ergens mee bezig.' Rob zette nog een paar stappen tot hij opzettelijk te dicht bij hem stond.

Hij was langer en breder dan Goldsworthy, die zo dom was geweest hier zonder escorte naartoe te komen. Er was een tijd en een plaats voor fysieke intimidatie, en ik was blij dat Rob er was om daarvoor te zorgen. 'Waarom ben je hier, Kenny?'

'Ik heb gehoord dat John voorlopig niet zal vrijkomen.' Hij rammelde met zijn sleutels. 'Dan is er een vacature, nietwaar?'

'En hij zou woedend worden als je met zijn vrouw naar bed ging.'

De glimlach werd breder. 'Ik zal u dit vertellen: hij zou nog veel bozer worden als hij in een scheiding moest toestemmen zodat ze met mij kon trouwen.'

'Dat is dus het plan?'

'Is dat zo moeilijk te geloven? Ze is een heel aantrekkelijke vrouw.'

En jij bent niet bepaald de hoofdprijs, dacht ik. 'Ze blijft al heel lang achter haar man staan, ook al woonde hij in het buitenland,' zei ik. 'Waarom denkt u dat dat nu anders ligt?'

'De gevangenis is heel wat anders dan zonnig Spanje.' Hij stopte een heel klein pepermuntje in zijn mond. 'Lang niet zo leuk om daar op bezoek te gaan, toch? En wat hebben ze nog gemeen, nu die arme Cheyenne er niet meer is?'

'Niemand wist tot vanmorgen dat ze dood was.'

'Ik ook niet,' zei hij snel. 'Ik dacht toen ik het hoorde alleen maar dat Gayle het wel moeilijk moest hebben. Nu ze alleen is, bedoel ik.'

'Gevoelloos, hoor,' merkte ik op.

'Bespaar me die afkeuring. John Skinner zou het echt niet anders doen als het andersom was. Als je zwakte toont, kun je verwachten dat het misgaat.'

'Hoezo is het zwak om in de gevangenis te belanden omdat je hebt geprobeerd de ontvoerder van je dochter te vinden?'

Goldsworthy schudde zijn hoofd. 'Hij had er zelf buiten moeten blijven. Dat is namelijk zijn probleem. Hij kan niet delegeren. Kan zijn mensen niet vertrouwen. De regel is dat je nooit je handen vuil moet maken.'

'En jij weet je aan die regel te houden?' vroeg Rob.

Hij hield zijn handen voor zich uit en draaide ze om, zodat we de rug en de palm konden zien. 'Vlekkeloos. Je krijgt mij niet te pakken, manneke. Velen hebben het geprobeerd. Betere mensen dan jij.'

Over zijn schouder riep hij nog: 'Vraag het Charlie Godley maar als je hem weer spreekt. Hij weet er alles van.'

Dat zal ik zeker doen, dacht ik. Er was zoveel wat ik wilde weten over het vorige leven van Godley als de kwelgeest van de georganiseerde misdaad. Goldsworthy zou een mooi begin zijn.

Weer terug in de serre zag ik dat Marla het zover had geschopt dat ze in een stoel zat. Small stond nog steeds, maar hij leunde nu met zijn billen tegen een raamkozijn. Het viel me op dat hij zijn jasje had uitgetrokken. Gayle en Lydia zaten nog steeds op de bank, maar nu een stukje van elkaar af, en beiden omklemden ze een mok. Gayle keek naar ons op door vochtige wimpers als spinnenpoten. Ze zag er heel klein uit en hield haar hoofd gebogen als een kind dat stout is geweest.

'O, jullie zijn het.' Ze keek Rob onderzoekend aan. 'Hoe was uw naam ook weer?'

'Rechercheur Rob Langton.' Hij legde zijn kaartje op tafel en dat van Godley ernaast. 'Hoofdinspecteur Godley laat u groeten. Hij komt u morgen zelf bezoeken. Hij wilde u vandaag nog niet lastigvallen.'

'Dat is aardig van hem.' Ik kon niet inschatten of het sarcastisch bedoeld was of niet. Ze snifte en snoot toen haar neus in een tissue die de huishoudster haar had aangereikt. 'En wat gaat er nu gebeuren?'

'We gaan de zaak vanaf het begin opnieuw onderzoeken.' Mijn wang, waar Marla Redmond met haar priemende blik gaten in boorde, gloeide. 'In het licht van wat er is gebeurd moeten we alle bewijzen die tot nu toe door inspecteur Redmonds team zijn verzameld opnieuw bekijken. Het verandert onze kijk op de zaak.'

'Dus het is niet omdat ze er een rotzooitje van hebben gemaakt.'

'Absoluut niet.' Maar ik dacht: waarschijnlijk niet.

'En wat willen jullie van mij?' Ze klonk lusteloos, alsof ze geen enkele energie meer had. Ik vroeg me af in hoeverre ze zich die koele, lijzige manier van praten speciaal voor Goldsworthy had aangemeten.

'Nu? Niets. Behalve uw toestemming om even in Cheyennes kamer te gaan kijken.'

'Ga uw gang.' Ze nam nog een slokje uit haar mok en trok een gezicht. 'Dit is vies.'

'Blijf ervan drinken,' beval Small. 'Het zal u goed doen.'

'Ik weet dat ik raar doe. Ik lijk het gewoon niet te kunnen bevatten. Het lijkt niet echt waar. Ik blijf maar denken dat ze zo kan binnenlopen.'

'Dat is de schok,' zei Rob. 'Dat duurt wel een tijdje.'

'Waarom moest dit gebeuren?' Ze begon weer te huilen en wreef in haar ogen met de prop die ze van de tissue had gemaakt. 'Ik snap gewoon niet waarom dit moest gebeuren.'

'Ik zal u Cheyennes kamer wijzen.' De huishoudster stond op. 'Ik wil iets doen om te helpen.'

De beide anderen keken alsof ze wensten dat ze daaraan hadden gedacht als manier om de serre uit te kunnen komen. Het geluid van Gayles gesnik was ontregelend, vooral als je maar zo weinig troost kon bieden. Ik had het gevoel dat ik iets moest zeggen.

'Ik vind het zo erg voor u, mevrouw Skinner. Ik wilde dat we haar voor u hadden kunnen vinden.'

'Dat weet ik wel. Maar dat is niet gelukt.'

'Nee, dat is niet gelukt. Kunnen we iemand voor u bellen? Iemand die u graag bij u wilt hebben?'

'Lydia is er.' Ze snoof. 'Ik ben eraan gewend alleen te zijn. Zelfs Cheyenne was nooit thuis. Ik wist eerlijk gezegd nooit waar ze uithing, en u hoeft me heus niet zo aan te kijken. Ik ben er niet trots op, maar ik wilde haar niet opsluiten. Mijn ouders waren verschrikkelijk in dat opzicht en ik werd er rebels door. Ik ben getrouwd op mijn achttiende, alleen maar om bij hen weg te zijn. Achttien. Ik had geen idee.'

Ik gaf mezelf in stilte schouderklopjes omdat ik het bij het juiste eind had gehad. Zonder haar zonnebril zag ze er jonger uit dan tweeendertig, hoewel ze de onnatuurlijk gladde huid van een doorgewinterde botoxverslaafde had, net als haar echtgenoot.

'U moet zichzelf niets verwijten, mevrouw Skinner,' mompelde Rob.

'Wie moet ik anders de schuld geven?' Weer welden er tranen op in haar ogen.

'Degene die haar heeft ontvoerd,' opperde ik. Of misschien uw echtgenoot, omdat hij haar bij zijn vuige wereldje heeft betrokken, dacht ik.

'Jullie zullen hem toch wel vinden?'

'Dat beloven we.' Nu de tijdsdruk geen rol meer speelde, stond de hele Metropolitan Police ons ter beschikking. Ik hoopte dat haar de ironie ervan niet was opgevallen.

De huishoudster stond bij de deur te wachten en we volgden haar de hal in en de ronde eiken trap op. Waar je ook keek, overal lag roomkleurige vloerbedekking.

'Het zal geen lolletje zijn dit schoon te houden,' zei Rob.

'Mijn probleem niet. De werkster komt twee keer per week. Ik doe al het andere: koken, strijken, voor Cheyenne zorgen. En voor Gayle trouwens ook.' Ze gooide een deur open. 'Dit is Cheyennes kamer.'

Het was eerder een suite. Een klein gangetje leidde naar een zitkamer met daarin een bureau en een televisie, een grote bank en twee zitzakken. Het was in zoverre typisch een kamer van een tienermeisje dat er overal posters aan de muren hingen van bands waarvan ik nog nooit had gehoord, en foto's van jonge, knappe acteurs, op het androgyne af met hun lange wimpers en pruillipjes, veilig en niet bedreigend. Ik keek een paar minuten lang naar de collage van foto's die ze had ingelijst: haar vriendinnen, die op gekostumeerde feestjes poseerden in bizarre kleding of van een duikplank in een sprankelend blauw zwembad sprongen. Op de achtergrond en niet helemaal scherp stond een man gekleed in een poloshirt en shorts toe te kijken. Ik meende John Skinner te herkennen, wat niet vreemd was. Ik zag steeds weer dezelfde twee meisjes in het gezelschap van Cheyenne.

'Wie zijn die twee?'

Lydia kwam ver genoeg de kamer binnen om te zien wie ik aanwees. 'Cheyennes beste vriendinnen. Dat is Katie Harper en dat is Lily Flynn.'

Katie was degene met het donkere haar, Lily de smachtende blondine. Katie droeg op de meeste foto's een beugel, een mond vol metaal die haar er niet van weerhield breed te glimlachen. Ze waren beiden kleiner en slanker dan Cheyenne en ik bleef wat langer kijken naar de foto waarop ze gedrieën stonden afgebeeld, Cheyenne in het midden met haar armen stevig om de hals van de andere meisjes; ze duwde hen omlaag. Ze zag er overdreven opgewonden uit, met een rozerood gezicht en een wilde blik in haar ogen.

Cheyenne had allerlei rommeltjes bewaard – stukjes papier, stickers, een chocoladewikkel – en die op haar prikbord vastgemaakt. Aan de rechterkant hing een verzameling afgescheurde concertkaartjes en polsbandjes; ze was het jaar tevoren naar Glastonbury geweest, en naar Latitude. Op haar dertiende. Ik vroeg me af of haar moeder was mee geweest, of dat ze ook daar zonder begeleiding naartoe was gegaan.

Verder was de kamer keurig netjes. Op de sofa stond een rijtje lichtroze kussens met de punt omhoog en over de rugleuning lag een grote pluizige deken van dezelfde kleur gedrapeerd. Voor het raam en rondom de boogvormige doorgang naar de slaapkamer hing vitrage.

'Hield ze het zelf zo netjes?'

'Beslist niet. Ze was erg rommelig.' Lydia stond in de gang; ze was terughoudend. Ik begreep wel dat ze de kamer niet wilde betreden, en ik begreep ook dat ze een oogje op ons wilde houden. Ik zag mezelf opeens in de spiegel met Rob achter me. Hij viel uit de toon met zijn lengte en zijn kostuum leek nog donkerder dan het was, alsof het licht erin werd opgezogen. Mijn gezicht stond ernstig en strak. We zagen er onheilspellend uit, wat ook wel bij de situatie paste. We waren hier gekomen met het bericht van overlijden van Cheyenne, en als ze was blijven leven, waren we hier nu niet geweest.

'Stond haar computer daar?' Ik wees naar het bureau.

'Ze had een laptop. Een witte. Jullie mensen hebben hem meegenomen.'

Wat betekende dat we hem later op de dag zouden krijgen, samen met al het andere bewijsmateriaal dat het team had weten te verzamelen.

'Is de slaapkamer die kant op?'

'En de badkamer. En de garderobekast.'

Toen ik hem zag begreep ik dat ze de garderobekast apart had genoemd. Die was ongeveer zo groot als mijn eigen slaapkamer, met planken van de vloer tot het plafond en rails die vol kleding hingen. Ik keek op een paar labels.

'Dure spullen.'

'Ze had geen dure smaak, als je bedenkt dat Gayle haar alles zou hebben gegeven. Ze hield van winkelen met haar vriendinnen en die kopen bij de Topshop of bij Jane Norman of Oasis.'

Ik liep snel door de kasten heen. 'Maat 40. Maat 38. Welke maat had ze?'

De huishoudster sloeg haar ogen ten hemel. 'Waar ze maar in paste. Ze droeg alles heel strak. Ze puilde uit haar kleren. Weigerde een maat 42 te passen, wat in feite haar maat was. Ik kocht altijd haar ondergoed, maar moest dan eerst de labels eruit knippen zodat ze de maat niet zag.'

'Weet u wat ze naar dat nachtclubfeest aanhad? Het zou prettig zijn als we haar kunnen beschrijven voor andere mensen die daar waren.'

'Nee.' Lydia liet haar blik langs de rail gaan. 'Waarschijnlijk iets nieuws. Volgens mij ontbreekt er niets. Behalve haar jasje. Dat was donkergroen, een soort blazer. Van wol.'

'Hebt u misschien labels of betalingsbewijzen in haar prullenmand gevonden?'

'Nee.' Ze klonk niet erg zeker, en ik wachtte af. 'Er lag wel iets bij haar bed. Een prijskaartje van de Topshop. Ik weet niet wat het was.'

'Hebt u dat bewaard? Of weggegooid?'

Ze fronste haar wenkbrauwen. 'Ik geloof dat ik het heb weggegooid.'

Dood spoor. 'Oké.' Aan het eind van de garderobekast hingen een Schots rokje en een blazer aan een klerenhanger. 'Schooluniform?'

'Ja. Ik heb het gewassen. Voor als ze terugkwam.'

De kilt was ongeveer twee keer zo lang als de andere rokjes. 'Nogal een contrast met haar gebruikelijke kledingstijl.'

'Ja, ze had er een gruwelijke hekel aan, maar ze zag er zo leuk in uit. Zo leuk. Veel beter dan in die andere rotzooi.' Ze keek streng naar de rest van de kleding, haar gezicht een en al afkeuring.

Het kon bijna niet anders: Cheyenne had in een hemelbed geslapen. Het gedrapeerde baldakijn hing in plooien van voile die paste bij de gordijnen. Het zitje in de erker lag vol zachte knuffeldieren en op het hoofdkussen zat een roze olifant met zijn poten gespreid, die ons met een melancholieke blik in zijn zwarte kraaloogjes aankeek. Op de toilettafel stonden vele rijen flesjes met nagellak, parfum, haarverzorgingsmiddelen en allerlei soorten make-up, die de ingelijste foto's van haar ouders naar een plekje achter de spiegel hadden verdrongen. Rob schoof voorzichtig een lade open; er lagen een paar inhalators in, die rammelend heen en weer rolden. Hij pakte er een uit en keek op de houder.

'Ventolin. Ze was dus astmatisch.'

'Niet zo erg. Ze kon wel benauwd worden als ze gespannen was of nadat ze had gesport. Ik kon haar niet zover krijgen dat ze haar inhalator meenam als ze uitging, maar ik stopte er elke dag voor de zekerheid een in haar schooltas.'

In de lade ernaast lagen een krultang, een stijltang en een haardroger, allemaal netjes opgeborgen met het snoer eromheen gewikkeld.

'Ze liet ze meestal in het stopcontact zitten.' Lydia kwam naast hem staan en keek in de lade. 'Ik ging altijd even boven kijken voordat ik haar naar school reed. Ze liet die stijltang zo vaak aanstaan. Kijk maar.'

Ze tilde het kleedje dat over de tafel lag op om me een reeks bruine schroeiplekken op het geschilderde oppervlak te laten zien.

'U zorgde eigenlijk voor haar,' zei Rob.

Ze snoof. 'Ik zorgde ervoor dat ze het huis niet liet afbranden.'

'Dat ook.'

'Ik deed mijn best.' Ze keek weg en haar stem klonk gedempt toen ze zei: 'Ik was het niet altijd eens met haar moeders ideeën, maar wat kon ik doen? Ze had discipline nodig, maar Gayle had geen idee hoe ze dat moest aanpakken. Ze wist alleen hoe ze van haar kon houden. Ze had zelf nooit liefde gehad, weet u. Bij haar thuis was het andersom. Heel veel regels en geen liefde.'

'U lijkt haar erg goed te kennen.' Ik was zo gaan staan dat ik haar gezicht kon zien.

'Ik ben voor haar komen werken toen Cheyenne zes maanden oud was. Ze zijn familie voor me.' Ze legde een borstel en kam recht en haar vingers bleven er iets langer op liggen dan nodig was. 'Ik blijf zo lang ze me nodig heeft.'

'Hoe denkt u dat Gayle het gaat redden?'

'Op het moment weet ze niet wat haar is overkomen, nu John ook nog is gearresteerd.' Ze schudde haar hoofd. 'Joost mag het weten. Ik denk dat ze zal instorten. Zoals ik al zei, hield ze van haar. Ze wilde haar vriendin zijn. Dat was het probleem.'

'Over vriendinnen gesproken: hebt u het adres en telefoonnummer van Katie en Lily?'

'Hebt u een pen?'

Rob haalde er een tevoorschijn en ik had mijn notitieboekje bij de hand. Ze schreef hun mobiele nummer uit haar hoofd op, en van allebei het adres.

'Ze wonen alle twee de kant van Hatfield op. Ik haalde haar heel vaak op bij hen thuis. Ze kon nauwelijks wachten tot ze haar rijbewijs zou mogen halen, zodat ze naar believen kon komen en gaan. Weet u, ze wilde altijd onafhankelijk zijn.' Ze zuchtte diep en beverig. 'Je denkt steeds bij jezelf: wat had ik anders kunnen doen? Wat kon ik hebben gezegd waardoor ze niet naar dat afspraakje met een vreemde was gegaan? Waarom is ze toch zo dom geweest?'

Het waren vragen waarop geen antwoord te geven was. Ik keek de kamer rond en zag een meisje dat gevangenzat tussen de kindertijd en de wereld der volwassenen, waar ze zo dolgraag bij wilde horen. Ze had alleen de belofte van vrijheid gezien, niet de gevaren die daarmee gepaard gaan. Het was nutteloos de huishoudster te vertellen dat ze haar best had gedaan, dat het geen zin had spijt te hebben van dingen die ze niet had gezegd. Zij wist net zo goed als ik dat het allemaal te laat was.

Ik dwong Redmond en Small bijna me naar Hatfield te rijden zodat ik de vriendinnen, met hun moeders erbij, kon leren kennen. Ik moet hun nageven dat ze het bijna zonder morren deden, ook al moesten ze ervoor omrijden. Het zou nog een uur of twee duren voordat de meisjes uit school kwamen en ik ging ergens alleen in een cafeetje zitten wachten. Rob had zich verontschuldigd met een schutterige houding die ik niet begreep, en was met de twee anderen teruggereden naar Londen. Hij had gezegd dat hij ergens naartoe moest. Wat natuurlijk prima was. Ik bladerde nog maar eens een dom tijdschrift door zonder er een woord van op te nemen en dronk drie kopjes thee. Net toen ik wilde vertrekken schoot het me te binnen: het was vrijdag. Natuurlijk moest Rob ergens naartoe. Hij had een spannend afspraakje.

Ik pakte eerst Katie Harper aan. In levenden lijve was ze aan het uitgroeien van het giechelende beugelbekkie op de foto's tot een kordate jongedame met een innemende glimlach. Ze droeg veel uitgelopen oogmake-up, maar ook een spijkerbroek en een capuchontrui, zodat ze niet de indruk wekte al te graag voor een volwassene door te willen gaan, anders dan haar beste vriendin.

Van de glimlach bleef weinig over toen ik eenmaal had verteld dat Cheyennes lichaam was gevonden. Ik legde uit dat het nu een nieuw onderzoek was en dat ik daarom alle vragen opnieuw moest stellen, en Katie knikte, volledig bereid om mee te werken, maar ze kon slechts weinig toevoegen aan hetgeen ik al wist. Cheyenne had haar over Kyle verteld en gezegd dat hij contact met haar had opgenomen via Facebook.

'Moet je niet ouder dan zestien zijn om een Facebook-account te hebben?' vroeg haar moeder.

'Nee, dertien. Maar Cheyenne had haar geboortedatum veranderd; ze deed alsof ze negentien was. Dat controleren ze niet.' Haar moeder keek afkeurend en haar dochter praatte snel verder. 'Alleen Cheyenne deed dat, hoor. Ze zei dat iedereen zou denken dat ze een kleuter was als ze haar echte leeftijd opgaf.'

'Wie bedoelde ze met "iedereen"? Mensen die haar niet kenden?' vroeg ik.

Ze knikte. 'Ze chatte met mensen van over de hele wereld. Ze heeft een jongen in Australië weleens zover gekregen dat hij haar hielp met een project voor aardrijkskunde.'

'Dus dit was niet de eerste keer dat ze iemand via internet had leren kennen.'

'Het was wel de eerste keer dat ze zo iemand in het echt ging ontmoeten. Maar nee, ze had vet veel vrienden online.' Katie wendde zich tot haar moeder. 'Je hoeft je geen zorgen te maken, hoor. Ik zou zoiets nooit doen. Ik gebruik het alleen maar om contact te houden met mijn vrienden. Je moet er wel op zitten, anders hoor je er niet bij. Je weet toch dat ik geen vrienden op internet heb die ik niet in het echt ook ken.'

'Dat was de voorwaarde,' legde mevrouw Harper me uit.

'Heel verstandig.' Ik zei niet dat zo'n voorwaarde Cheyenne het leven zou hebben gered, maar ik kon niet de enige zijn geweest bij wie dat opkwam.

'Wat was de reden dat hij contact met haar opnam?'

Katie haalde haar schouders op. 'Ik denk dat hij haar foto's had gezien. Dat hij vond dat ze er leuk uitzag. Ze liet haar profiel open, zodat iedereen het kon bekijken. Dat vond ze leuk.'

'En keken er veel mensen naar?'

Een blos. 'Haar foto's waren nogal...'

'Volwassen?' opperde ik.

'Mm.'

'In welke zin?'

Katie schoof heen en weer op haar stoel. 'Nou... ze stond er in haar ondergoed op. Of geposeerd, zo ongeveer...' Ze trok haar capuchontrui omlaag over haar schouder en nam de pose van een glamourmodel aan.

'Wát?' Mevrouw Harper keek ontsteld. Haar dochter beet op haar lip. Hier zat iemand die flink zou moeten praten om haar Facebook-profiel te mogen behouden.

'Heb je ook berichten van Kyle gezien?'

'Alleen het bericht dat Cheyenne ons heeft doorgestuurd. Ik heb het al aan die andere mevrouw van de politie laten zien.' Ze bedoelde Marla Redmond.

Dat was alles. Ik kreeg geen nieuwe informatie los van Katie. Lily, die dankzij een sms'je van haar vriendin al wist dat Cheyenne dood was toen ik aankwam, had wat meer te vertellen, maar ik moest wachten terwijl haar moeder haar ertoe trachtte over te halen uit de badkamer te komen.

'Lily heeft een erg levendige fantasie,' fluisterde mevrouw Flynn. 'Ze heeft vreselijke nachtmerries door wat haar vriendin is overkomen. Ik weet niet of het beter of slechter is dat ze nu weet wat er is gebeurd.'

'Het is altijd beter om het te weten,' zei ik.

'Denkt u?' Ze speelde met haar halsketting en zag er zelf ook behoorlijk nerveus uit. 'Vertelt u haar alstublieft niet te veel details, als ze ernaar vraagt?'

'Eerlijk gezegd kennen we die nog nauwelijks. Maar ik zal op mijn woorden letten.'

De tiener die zich uiteindelijk de woonkamer binnensleepte zag erg bleek. Ze was zwijgzaam; haar antwoorden waren kort maar niet opzettelijk terughoudend.

Ik deed wat ik had beloofd en verwoordde mijn vragen zorgvuldig, want ik wilde niet dat mevrouw Flynn een eind aan het gesprek zou maken voordat ik mijn lijstje had afgewerkt.

'Weet je wat Cheyenne aanhad naar het clubfeest?'

Een knikje. Godzijdank, dacht ik.

'Kun je een beschrijving geven?'

'Het was een wit mini-jurkje. Het had één ontblote schouder en een strak lijfje. Het was van een heel dunne stof, bijna doorkijk, en het rokje was geplooid. En ze had gouden sandalen met dunne bandjes aan en een lichtroze masker op. In haar haar zaten kleine bloemetjes en glitters.'

'Wauw. Je weet het heel precies.'

'Ik hou van mode,' zei ze zachtjes. 'Cheyenne heeft het voor me aangetrokken voordat ze ernaartoe ging. Ze wilde er adembenemend uitzien.'

'Ging ze met die kleren aan in de trein zitten?' Haar moeder klonk oprecht verbijsterd.

'Nee, ze zou zich omkleden bij McDonald's. Ze had alles bij zich in een plastic tasje.'

'Wat zou ze doen met de kleren die ze in de trein had gedragen?' vroeg ik.

'Die zou ze verstoppen. Maar het boeide haar niet wat ermee gebeurde. Ze vond het niet erg om de volgende dag in haar jurk thuis te komen. Cheyenne hield wel van aandacht.'

Ze had iets te veel van aandacht gehouden, dacht ik. 'Is er verder nog iets waarvan je denkt dat ik het misschien zou moeten weten?' Ze schudde haar hoofd. 'Heb je zelf nog vragen?'

'Wat is er precies met haar gebeurd? Hoe is ze doodgegaan?' Lucy had haar ogen opengesperd en haar stem klonk zo zwak dat ik me voorover moest buigen om haar te verstaan, maar ze stelde de vragen op de man af en op een dwingende toon, alsof ze aan niets anders kon denken.

'We weten het nog niet exact. Maar we komen er wel achter.'

'Heeft ze pijn gehad? Voordat ze stierf?'

Ik zag wel dat mevrouw Flynn wilde dat ik nee zei. Ik besloot te zeggen: 'Dat is in dit stadium van het onderzoek moeilijk te zeggen, Lily. Maar ik heb haar vanmorgen gezien en het leek alsof ze sliep.'

'Echt waar?'

Ik knikte. 'Helpt dat?'

Ze schuifelde heen en weer op haar stoel.

'Mag ik je nog iets anders vragen?' Een hoofdknik. 'Cheyenne en jij waren heel verschillend, hè? Hoe kwam het dat jullie vriendinnen werden?'

'Ze was leuk,' fluisterde ze. 'Ik moest om haar lachen. En ik voelde me nooit stom bij haar. Ze kwam voor me op toen een meisje uit onze klas gemeen deed.'

'Wat deed ze dan?'

'Ze zei tegen haar dat ze haar vader zou vragen iemand te sturen om haar huis in de fik te steken. En dat meende ze echt. De volgende nacht ging hun tuinschuurtje in vlammen op.' Een glimlachje bracht Lily's mondhoeken in beweging. 'Daarna heb ik nooit meer last gehad.'

De treinen van Hertfordshire naar Londen waren vertraagd door 'iemand die onder de trein was gekomen' op Liverpool Street Station. De persoon in kwestie kon op slechts weinig medeleven van mijn medereizigers rekenen; het was tenslotte het toppunt van onbeleefdheid om het avondje uit van anderen te verstoren door je zelfmoord. Ik sleepte me afgepeigerd voort naar huis, en was me ervan bewust dat Rob, terwijl ik met het openbaar vervoer worstelde, gruwelijk verleid werd door de mooie Rosalba Osbourne. Ik werd er zo nijdig van dat ik de voordeur hard dicht knalde, waardoor hij bijna uit zijn sponningen viel.

'Kalm aan, meisje.' Walter stond halverwege de trap.

'Sorry. Rotdag.' Ik frommelde onhandig met mijn sleutels en moest opnieuw beginnen om de juiste sleutel te vinden.

'Ik wilde je eigenlijk even spreken.' Walter floot en piepte terwijl hij met moeite afdaalde tot onder aan de trap.

'O ja?' Ik draaide mijn rug naar mijn deur. Ik zou hem absoluut niet binnen vragen.

'Het is een beetje pijnlijk.' Zijn blik gleed langs mijn gezicht en omhoog naar de kroonlijst. De geur van hasj hing als een sluier om hem heen. Ik stond een halve meter bij hem vandaan en alleen daardoor zou ik waarschijnlijk al high worden. 'Ik had het er eerder met je over moeten hebben.'

Ik had het gevoel dat ik wist wat hij ging zeggen. 'Zeg het maar.'

'Ik wist gewoon niet wat voor werk je deed toen ik je dat huurcontract gaf.'

'Ik kan me niet voorstellen dat het een probleem is.'

'Dat is het ook niet. Ik ben iemand die zich aan de wet houdt.'

'Daar ben ik van overtuigd,' loog ik.

'Ik wil alleen geen toestanden. Mijn huurders zijn meestal net mijn vrienden.' Hij wees met zijn duim naar de deur aan de overkant. 'Chris woont hier al jaren. Brody idem dito.'

Ik hoopte hier geen maanden meer te hoeven blijven, maar dat zou ik hem niet vertellen. 'Het is helemaal niet nodig dat er toestanden ontstaan.'

'Nee, maar... de mensen willen zich kunnen ontspannen, snap je wat ik bedoel? Ze willen in hun eigen huis niet hoeven op te passen wat ze doen.'

'Meneer Green, ik heb er geen belang bij om wie dan ook problemen te bezorgen. Ik ben verplicht het te melden als ik iets zie wat tegen de wet is, maar ik ben niet het type dat zulke dingen opmerkt.' Niet als ik wel beter weet dan me bemoeiziek op te stellen. 'Dus stel dat iemand cannabis zou roken in zijn eigen appartement, achter gesloten deuren, dan zou ik daar niets mee doen.'

'Echt niet?'

'Zolang het gaat om persoonlijk gebruik.'

'Meer zou het niet zijn,' zei hij snel. 'Meer zou het vast niet zijn.'

'Anderzijds zou ik het wel degelijk een probleem vinden als er werd gedeald,' waarschuwde ik.

'Nee, zoiets gebeurt hier niet. Echt niet.' Hij zweette.

'Dan is alles toch in orde?' Ik wachtte even. 'Was dat alles?'

'Je vriend.'

'Hij gaat ook niemand problemen bezorgen.'

Walter trok een gezicht. 'Daar gaat het niet om. Niet echt.' Zijn tong schoot uit zijn mond en speelde om zijn mondhoek terwijl hij bedacht wat hij wilde zeggen. Ik wendde vol afkeer mijn blik af. 'Hoor eens, ik weet dat het mij niet aangaat en ik kan je niet verbieden hem te ontvangen, maar volgens mij zou het beter zijn als jullie elkaar ergens anders ontmoeten. Hij moet toch ergens wonen. Ga naar hem toe als jullie samen willen zijn.'

'U hebt gelijk, het gaat u niets aan.' Ik keek hem strak aan. 'Waarom zegt u dat in vredesnaam? Komt het doordat hij u die avond heeft laten schrikken?'

Hij schudde nerveus zijn hoofd. 'Nee. Het is gewoon beter, meer niet. Beter om niet te veel vreemden in huis te hebben.'

'Voor mij is hij geen vreemde,' zei ik vinnig. 'En ik heb gemerkt dat Szuszanna's vriend hier vaker wel slaapt dan niet.'

'Klopt, klopt.' Hij schuifelde bij me vandaan. 'Vergeet het dan maar. Ik wilde het gewoon even kwijt.'

'Nou, u bent het kwijt.'

Hij wuifde zonder zich om te draaien. Volledig perplex keek ik hem na terwijl hij de trap op liep. Ik zou absoluut niet doen wat hij had gevraagd. Ik stond volkomen in mijn recht als ik bezoek ontving in mijn appartement. Daarover stond niets in het huurcontract. En we zorgden ook niet voor geluidsoverlast. Integendeel zelfs.

Ik zeeg neer op de bank en keek een poosje naar een stompzinnig programma op tv terwijl ik me probeerde te ontspannen, wat niet lukte. Mijn mobiel lag doodstil op de salontafel. De uren gleden zonder een belletje of een klop op de deur voorbij. Ik was alleen met de afstandsbediening en een mobieltje dat niet afging.

Toen ik het ten slotte maar opgaf en in bed dook lag ik in het donker te staren, te boos om mijn ogen te sluiten. Ik hield mezelf voor dat ik me gewoon opwond over Walter en wat hij had gezegd. Dat was ook deels wat me wakker hield. Terwijl ik vergeefs op de slaap wachtte kwam ik tot de conclusie dat ik ervoor zou zorgen dat Rob bleef slapen, alleen maar om te bewijzen dat ik dat kon doen, alleen maar om duidelijk te maken dat ik me niet de les liet lezen.

Als hij dat ooit weer zou willen, natuurlijk.

15

Zaterdag

Na een woelige nacht bood mijn haar een opmerkelijke aanblik. Gelukkig werd ik vroeg genoeg wakker om de tijd te kunnen nemen het te temmen tot soepele lokken, met de stijlkam die ik meestal links moest laten liggen. Ik stapte opgewekt en op tijd met opgeheven hoofd de recherchekamer binnen. Ik droeg een antracietgrijs broekpak dat als gegoten zat: mooi strak om mijn heupen en taille. Het liet als geheel zo weinig aan de verbeelding over als mogelijk was bij kantoorkleding. Meestal hing ik het om die reden terug op het hangertje, maar vandaag bekommerde ik me daar niet om. Onder mijn kostuum droeg ik een heel subtiel doorschijnend zwart topje met een diep decolleté, in plaats van de alledaagse witte blouse die ik anders zou hebben gekozen. Het jasje zat zo ver dichtgeknoopt dat het topje nauwelijks te zien was, althans, dat had ik mezelf aangepraat toen ik nog heel even aarzelde voordat ik van huis ging. Uiteraard was ik in de hal Brody tegen het lijf gelopen, wiens bewonderende fluitje bijna maakte dat ik terugging om me te verkleden. Ik zou het wellicht gedaan hebben, als ik niet vroeg op mijn werk moest zijn. Ook had ik in principe meer belangstelling voor de zaak Cheyenne Skinner dan voor wat ik aanhad terwijl ik eraan werkte, hoewel ik het gevoel had gehad dat ik meer mijn best moest doen dan normaal. Ik was er vrij zeker van dat mijn collega's er net zo over dachten.

Ten onrechte. De eerste die ik tegenkwam was Liv Bowen, die haar wenkbrauwen optrok. 'Jij ziet er goed uit. Waar moet je vandaag naartoe?'

'Verhoren afnemen.'

'Dit kun je niet voor Belcott hebben gedaan.' Ze sloeg haar armen over elkaar, kneep haar ogen tot spleetjes en nam me op. 'Hm. Toen je binnenkwam keek je die kant op, hè? Dat is Robs bureau. Hij is er nog niet.'

'Dat zie ik, ja.' Ik liet mijn tas op mijn stoel vallen. 'Als ik je vertel dat ik onder de indruk ben van je rol van grootinquisiteur, hou je er dan mee op?'

'Misschien wel.' Ze keek weer naar Robs lege stoel. 'Jeetje, wat zou het zonde zijn als hij je zo niet te zien krijgt. Waar zou hij toch zijn?'

Waarschijnlijk in een innige omhelzing met een roodharige advocate, dacht ik.

'Ik heb geen idee,' zei ik neutraal. 'En ik ga het ook niet uitzoeken.'

'O, maar dat hoeft niet, hoor. Ik stuur hem wel een sms'je.' Voordat ik haar kon tegenhouden had ze haar mobiele telefoon al tevoorschijn gehaald en een berichtje gestuurd.

'Dank je wel, Liv. Daar heb ik echt wat aan.' Ik trok de halslijn van mijn topje omhoog, zodat er zeer zeker geen decolleté te zien was, liep naar Godleys deur en klopte aan. Hij zat aan zijn bureau en ik kreeg de indruk dat hij al een paar uur aanwezig was.

'Maeve. Kom erin. Wat zit je haar leuk.'

'Eh, bedankt.' Ik was volledig uit het veld geslagen. 'Ik vroeg me af waarmee u wilt dat ik vandaag begin.'

'Josh gaat de hele ochtend getuigenverklaringen afnemen. Je moest maar met hem meegaan.'

Altijd weer Derwent, dacht ik met een ingehouden zucht. Ik zorgde ervoor dat ik er opgewekt en alert uitzag. 'Bij wie gaan we langs?'

'We hebben degenen die tijdens dat clubfeest aanwezig waren opgeroepen zich te melden, en we hebben er bijna driehonderd weten te vinden; een aantal kwam uit zichzelf melden dat ze daar zijn geweest, van anderen zijn de namen door bereidwillige feestgangers aan ons doorgegeven. Er zitten er een paar bij met een strafblad. Die moeten worden verhoord. Josh heeft met een van hen een afspraak gemaakt.'

'En William Forgrave?'

'Wat is er met hem?'

'Toen hij actief was als pedofiel kwam zijn werkwijze overeen met de manier waarop Cheyenne is gelokt.' Ik voelde me opeens onzeker. 'Heeft inspecteur Derwent daar niets over gezegd?'

'Jawel. En ik heb Mortimer opdracht gegeven uit te zoeken wat Forgrave allemaal heeft uitgespookt – als hij al iets heeft gedaan – sinds hij uit de gevangenis is ontslagen.' Morty was als rechercheur bepaald geen toonbeeld van voortvarendheid. Mijn gedachten moesten enigszins van mijn gezicht af te lezen zijn geweest, want de hoofdinspecteur glimlachte. 'Maak je geen zorgen, Bryce houdt hem goed in de gaten.'

'Ze doen het vast geweldig.'

'Mm. Nou ja, concentreer jij je maar op jouw deel en dan laat ik je wel weten hoe het verder loopt met Forgrave.' Godley zweeg. 'Je mocht hem niet, hè?'

'Ik kreeg de kriebels van hem.'

'Dat zei Josh ook al.'

'O ja? Daar heb ik niets van gemerkt.'

'Hij verbergt het goed. En trouwens, over verbergen gesproken: boven aan de lijst staat een bezoekje aan het kantoor van de organisatoren van de nachtclub.'

'The Brothers Grim. Ik kan niet wachten.'

'Ik wil een uitdraai van hun mailinglist hebben. Die zit niet bij de spullen die Marla Redmond gisteravond hierheen heeft laten brengen. Ik heb haar vanmorgen nog niet te pakken gekregen, maar ik vermoed dat het betekent dat ze die niet hebben gekregen. Het is heel goed mogelijk dat de organisatoren ons die lijst niet willen geven, maar ik ben niet bereid hun de keuze te laten.'

'Oké. Ik zal er met klem om vragen.'

'Je moet hem indien nodig zelfs opeisen.' Hij trok zijn wenkbrauw op.

'Misschien laat ik dat wel aan Derwent over.'

'Heel verstandig. Hij houdt daar wel van. Als je de lijst hebt, stuur hem dan per e-mail naar Colin Vale. Hij gaat ervoor zorgen dat hun internetproviders ons de bijbehorende baksteen-en-specie-adressen geven. Ik ben het zat te moeten wachten tot mensen ons uit zichzelf willen helpen. Ik wil weten wie daar waren en wat ze hebben gezien, en als we ze moeten opsporen en hen net zo lang op hun nek moeten blijven zitten tot ze meewerken, vind ik het prima.'

'Mijn idee. Waar werken die Brothers Grim? Zijn het ook echt broers?'

'Drew en Lee Bancroft, zevenentwintig en negenentwintig jaar oud. Ze hebben niet echt een kantoor. Lee heeft een appartement in Hampstead en ze houden kantoor in een van de kamers daar. Josh heeft het adres.'

'Dan ga ik maar naar hem toe.' Ik stond op.

'Hij is nog onderweg. Hij is niet zo'n vroege vogel als jij.'

'O, hij staat heus wel vroeg op, hoor,' zei ik ernstig. 'Hij doet alleen uren over zijn make-up.'

Godley lachte. 'Ik zal hem maar niet vertellen dat je dat hebt gezegd.'

'Ik denk niet dat ik het eind van de dag zou halen als u dat deed.'

Ik sloot de deur zachtjes achter me terwijl de hoofdinspecteur naar zijn telefoon reikte; zijn gedachten waren alweer bij de volgende klus op zijn lijst. Ik draaide me om en zag Liv Bowen voor me staan. Ze hield haar mobieltje omhoog zodat ze kon lezen wat er op de display stond.

'"Heb een kater. Ga nu douchen. Heb meelij."' Ze knipperde twee keer onschuldig met haar ogen. 'Klinkt alsof hij het leuk heeft gehad, hè?'

Ik kon me niet inhouden. 'Je weet toch dat hij gisteravond is wezen stappen met die advocaat? Is het een goed of een slecht teken als je dronken wordt tijdens een eerste afspraakje?'

'Half om half, waarschijnlijk. Je bent toch niet boos? Gezien het feit dat jullie nooit echt een stel zijn geweest? Volgens jou?'

De deur achter haar ging open en Derwent liep snel de recherchekamer binnen in een nogal onbezonnen bruin leren bomberjack. Voor het eerst was ik echt blij hem te zien. Mijn gezicht moest iets van mijn gevoel hebben verraden, want Liv draaide zich om om te zien waarnaar ik keek.

'O.' Er was twijfel in haar ogen te lezen toen ze zich weer naar mij wendde. 'Je moet haast wel beter met hem overweg kunnen.'

'Ach, veel slechter kon het niet worden.' Ze dacht duidelijk dat ik

Rob had laten schieten om Derwent te kunnen inpalmen, en ik besloot haar niet uit de droom te helpen, hoe weerzinwekkend die gedachte ook was. Ik schonk de inspecteur een verblindende glimlach toen hij op ons afkwam lopen en Liv dribbelde tactvol weg. Derwent leek opmerkelijk weinig onder de indruk, maar dat was dan ook niet mijn bedoeling geweest.

'Alweer wij tweeën, Kerrigan. Kom maar op.'

'Waarmee je bedoelt: pak je spullen.'

'Waarmee ik bedoel: blijf daar niet staan poseren en schiet een beetje op. Zo te zien denk je dat het niet belangrijk is wat we moeten doen, maar dit is nog altijd een moordonderzoek.' Hij liep hoofdschuddend naar de deur, alsof mijn werkhouding zijn verstand te boven ging.

'Dat weet ik. Het was niet mijn idee om naar Hoddesdon te gaan.' Ik greep mijn tas en liep hem achterna, met grote stappen om hem in te halen. 'Trouwens, wat was er met jou aan de hand gisteren? Werd je even niet goed in de kantine?'

'Ik heb geen idee waar je het over hebt.' Hij smeet de deur open.

'Je rende naar buiten alsof je je ontbijt zou gaan uitkotsen. Je bent toch niet zwanger?'

'Probeer niet grappig te zijn, Kerrigan. Vrouwen zijn niet grappig.'

'Dat is nogal een generalisatie, vind je niet? Zoiets als wanneer ik zou zeggen dat alle mannen klootzakken zijn.'

Derwent rende met veel herrie de trap af. 'Ja, maar je zou wel gelijk hebben.'

'Echt?'

'Alle mannen zijn klootzakken omdat alle vrouwen irreële normen hanteren. We worden er allemaal weleens voor uitgemaakt, hoe of wat we ook zijn. Ik zal er altijd van uitgaan dat iemand die jullie een klootzak vinden een prima kerel zal blijken te zijn.'

'Leuk hoor.'

'Het is gewoon zo. Ik ben alleen maar eerlijk.'

'En onaangenaam.' Ik keek hem zijdelings aan terwijl we met grote stappen over het parkeerterrein liepen. 'Even serieus: wat is er toch met je? Breng ik het slechtste in je naar boven of zo?'

'Dat zeg jij, niet ik.'

'Oké, ik heb er genoeg van.' Ik bleef staan. 'Ik ga die auto niet in voordat we dit hebben uitgesproken. Je lijkt een enorm probleem met me te hebben, schijnbaar omdat ik een vrouw ben die ook nog eens jonger is dan jij. Je bent me constant aan het kleineren sinds we samenwerken en ik weet niet goed waarom, maar ik ben ervan overtuigd dat ik je kan bewijzen dat ik in de allereerste plaats een goede rechercheur ben, als je me die kans geeft.'

'Je hoeft me niets te bewijzen, liefje. Ik heb het je al gezegd. Je hoeft alleen maar mooi te zijn en me niet voor de voeten te lopen. Trouwens, een tien voor het eerste deel. Dat nieuwe kapsel staat je goed.'

'Hoor eens even, ik heb geen bescherming nodig. Ik heb geen vaderlijke bejegening nodig. Ik kan net zo nuttig voor je zijn als elke andere agent. En ik zal nooit op je getreiter reageren door in snikken uit te barsten en weg te rennen, dus stel ik voor dat je ermee ophoudt.'

Derwent steunde met zijn ellebogen op het dak van de auto en stond met een laconiek gezicht te luisteren.

'Oké.'

'Wat oké?'

'Oké, ik hou ermee op. Wat mij betreft ben je vanaf nu gewoon een van de jongens.'

'Houdt dat in dat ik mag rijden?'

Hij grinnikte. 'Van mijn leven niet.'

Nou ja, ik mocht ook geen wonderen verwachten. Ik ging naast hem zitten en trok het stratenboek uit het opbergvak achter me.

'Waar gaan we naartoe?'

'We hebben geen plattegrond of navigatie nodig. Ik kan de weg van hier naar Hampstead High Street zelf wel vinden.'

'Indrukwekkend hoor.'

'De straat zelf wel. Van het appartement weet ik het niet. Het ligt blijkbaar boven een winkel in mobiele telefoons. Op de derde verdieping.'

'Laat me eens raden. Na "ga nooit op de begane grond wonen" is Derwents tweede regel over het huren van appartementen: "ga nooit boven een winkel wonen".'

'In één keer goed.' Hij reed de parkeerplaats af. 'Je weet nooit wie daar intrekt. Je zou zomaar ineens boven een seksshop kunnen wonen.'

'Mocht je willen. Bedenk eens hoe handig dat zou zijn.'

'Je schat me verkeerd in, schat. Ik hou niet van kinky. Vanilleseks is voor mij goed genoeg.'

'Gewoon uit belangstelling: praat je zo ook met de andere jongens?'

'Uiteraard.'

'Nou, dat verklaart een hoop.'

'Ik heb zo'n idee dat ik niet te horen zal krijgen wat jouw seksuele voorkeuren zijn.'

'Je hebt volkomen gelijk.' Ik vond dat het tijd was het gesprek een andere kant op te sturen. 'Maar ik ben enorm benieuwd wat je andere regels zijn als het om de huur van een appartement gaat.'

'Trek nooit in bij een vriendin die je pas kent. Je weet nooit wat ze verzwijgen.'

'Regel vier?'

'Laat een vriendin die je pas kent nooit bij jou intrekken. Die zijn lastiger weg te krijgen dan optrekkend vocht.'

'Regel vijf?'

'Trek niet in bij iemand met wie je langer dan zes maanden omgaat.'

'Dan heb je niet veel speling.'

'Als je tegen die tijd nog niet samenwoont, is de enige reden om dat wel te doen te laten zien dat je in staat bent je aan iemand te binden. Voordat je het weet sta je voor de etalages van juweliers terwijl je aan het uitrekenen bent hoeveel van je salaris je kunt missen terwijl zij je haar droomringen aanwijst. En dat terwijl je alleen maar geld wilde besparen op de huur.' Hij schudde zijn hoofd. 'Het is een glijdende schaal. Begin er gewoon niet aan.'

'Je bent zeker niet getrouwd?'

'Nee.'

'Woon je samen?'

'Nog steeds op zoek naar de ware.'

'En dat terwijl je zo'n goede partij zou zijn,' mompelde ik.

'Er valt genoeg te neuken. Ik ben gewoon kieskeurig.'

'Weet je, ik denk dat ik het toch liever wil terugdraaien.' Ik legde mijn handen op mijn oren. 'Beschouw me toch maar niet meer als een van de jongens. Ik wil geen woord meer horen over je liefdesleven. Meer kan ik niet verdragen.'

'Je kunt niet meer terug, Kerrigan. En ik ben in een praatgrage bui.'

We konden wat mij betreft niet snel genoeg in Hampstead aankomen. Godzijdank was er niet veel verkeer en toen we het adres eenmaal hadden gevonden, was Derwent weer helemaal zakelijk.

'Bedenk wel dat ze al eerder ondervraagd zijn. Ze hebben al enig idee van wat hun te wachten staat. Wees niet bang om vragen te stellen die ze niet verwachten. Breng ze gerust van hun apropos.'

'Begrepen. Wat heeft het team uit Brixton over hen gezegd?'

'Niet veel. Ze schijnen behoorlijk coöperatief te zijn geweest. Maar het zijn gladde praters. "Vreselijk dat zoiets kon gebeuren op ons feest, als er iets is waarmee we u kunnen helpen, bla, bla, bla."'

Hij drukte op de bel en bleef wachten bij de intercom. Een stem vroeg: 'Ja?'

'Rechercheur Derwent.' De deur klikte en Derwent duwde hem open. 'Geen welkom met open armen, volgens mij.'

'Ze wilden waarschijnlijk niet dat je de reden van je bezoek midden op de High Street zou aankondigen,' fluisterde ik, terwijl ik achter hem aan de trap op liep. 'Niet iedereen loopt ermee te koop dat de politie belangstelling voor hem heeft.'

'Het staat waarschijnlijk al op Twitter.'

De derde verdieping leek ontzettend ver weg en toen we er eenmaal waren aangekomen hapte ik naar adem als een vis op het droge.

'Je moet wat aan je conditie doen,' zei Derwent terwijl hij op de deur klopte. 'Die is vreselijk.'

'Ik weet het.' Ik probeerde mijn ademhaling enigszins onder controle te krijgen. Het was warm in het trappenhuis en ik had ontzettend veel spijt dat ik geen blouse droeg, want ik kon mijn jasje natuurlijk niet losknopen. ('Hallo, ik ben gekomen om u wat vragen te stellen over de moord op een tiener. Hebt u trouwens mijn tieten gezien?')

Zodra de deur openging vergat ik dat allemaal op slag. Het was alsof ik met een klik op scherp stond. Ik was hier om mijn werk te doen, en om het goed te doen, en dat werk bestond erin te weten te komen wat de man die voor me stond wist over de nacht waarin Cheyenne Skinner haar moordenaar had ontmoet. Hij was blootsvoets, droeg een surfshort en een Superdry T-shirt dat strak om zijn borst en zijn zeer goed ontwikkelde biceps spande. Hij had lichtbruin krullend haar dat lang genoeg was voor pijpenkrullen en zijn gelaatskleur was die van een surfer. Dat was heel onverwacht allemaal als je bedacht dat we hier midden in Noord-Londen stonden, en al helemaal omdat ik iemand voor ogen had gehad van het type Chris Swain. De Brothers Grim hadden internetnerds moeten zijn, nerds die zich bezighielden met sociale media, en geen atleten.

'Kom binnen. Welkom.' Hij had een lage stem.

Derwent beende de gang in en compenseerde zijn geringe lengte met een groot zelfvertrouwen, maar het feit dat hij zijn hoofd achterover moest houden om de jongeman aan te kijken moest hem wel ergeren. 'Ik ben rechercheur Derwent en dit is mijn collega Kerrigan. Welke Bancroft bent u?'

'Lee.' Hij stapte opzij zodat we de woonkamer van het appartement binnen konden gaan, waar nog een man bij de bank stond, met zijn handen diep in de zakken van zijn spijkerbroek. 'Dit is Drew.'

Ik zag een opvallende gelijkenis, maar naarmate ik dichter bij Drew kwam, zag ik ook de verschillen tussen hen beiden. Hij was net iets korter en minder fors dan zijn broer, had een smallere kaak en een langer gezicht. Ze hadden dezelfde mond en neus, maar Drews ogen stonden dichter bij elkaar. Hij zag er echter vriendelijk uit en net zo fit als zijn broer, ook al was hij niet zo zwaar; zijn spieren liepen als touwen over zijn armen. Ook hadden ze hetzelfde haar.

Derwent draaide een rondje, bewonderde de kamer. 'Wie van jullie woont hier?'

'Ik.' Lee leek een man van weinig woorden te zijn.

'Niet gek. U hebt een mooi uitzicht over de hele straat. En het is hier groot, hè?' Hij keek om zich heen. 'Twee banken en een eettafel, maar het is niet overvol.'

'Daarom heb ik ervoor gekozen.' Het antwoord klonk nogal kortaf, maar ik voelde dat het niet onbeleefd was bedoeld. Hij gaf alleen maar de feiten weer.

'Niet iedereen wil boven een winkel wonen, maar er staat wel wat tegenover.' Drews stem klonk niet zo laag en hees als die van zijn broer – eerder een tenor dan een bas – en hij was wat meer gepolijst. Ik vermoedde dat de aanduiding 'gladde prater' hem betrof en ook alleen hem.

'Dat moet ik onthouden.' Derwent ging onuitgenodigd op een van de banken zitten.

Lee wendde zich tot mij. 'Alstublieft, neemt u plaats.'

Ze wachtten tot ik naast Derwent was gaan zitten voordat ze zelf plaatsnamen. Het was een wat ouderwetse beleefdheid, maar ik kon het wel waarderen.

Derwent sprak op een nonchalante toon, alsof het gesprek hem nu al verveelde. 'Ik weet dat u al met onze collega's hebt gesproken, maar dit is een nieuw onderzoek. Het lichaam van het vermiste meisje is gevonden, dus gaan we nu uit van moord.'

'Wat akelig om te horen.' Drew fronste zijn wenkbrauwen. 'Afschuwelijk, zeg. Dat arme meisje.'

'Waar hebt u het lichaam gevonden?' vroeg Lee.

'Daar kom ik nog op.' Derwent geeuwde. 'Sorry. Het is laat geworden.'

Hij was in de auto helemaal niet slaperig geweest, en ik wist toevallig dat hij tot de avond met Godley had doorgewerkt, dus hij was niet uit geweest voor een borrel. De vermoeidheid was een trucje om hen te laten denken dat hij niet goed luisterde. Hij wendde zich tot mij. 'Wil jij beginnen, Kerrigan?'

'Jazeker. Natuurlijk.' Ik glimlachte naar de broers, maar mijn gedachten waren niet bij de vragen die ik wilde stellen. Ik vroeg me af of ik mijn superieur wel goed begreep. Ik wist genoeg over Derwents voorliefde voor psychologische spelletjes om te beseffen dat hij mij het voortouw had gegeven om de broers op nog een andere manier gerust te stellen. Ik was tenslotte lager in rang dan hij. Ik was de jongste, degene die het aan ervaring ontbrak, degene die het werd toegestaan zich te proberen te bewijzen tijdens een ondervraging die in principe niet noodzakelijk was. Het was slim van hem hen dit te laten denken. Ik moest alleen wel die jeukende twijfel of hij er zelf ook zo over dacht wegduwen.

Ik schraapte mijn keel. 'Om te beginnen wil ik u graag het een en ander over uzelf vragen. Mag ik uw geboortedata noteren?'

'4 juni 1984. Die van Lee is 9 november 1982,' voegde Drew er met een brede witte glimlach aan toe.

'Wonen jullie hier allebei?'

'Nee. Ik woon in Archway.' Drew trok zijn wenkbrauwen op. 'Niet even chic, maar ik vind het er leuk.'

'Ik heb uw adres nodig.' Ik gaf hem mijn aantekenboekje en hij schreef het op. Zijn handschrift was slordig, de letters waren nonchalant van vorm en ze stonden schuin naar beide kanten. De grafologen zouden daar wel wat mee kunnen; het enige wat ik eruit kon opmaken was dat hij niet vaak met de hand schreef.

'Is een van u beiden weleens met de politie in aanraking geweest? Ooit veroordeeld?'

'Nee, nooit. We zijn altijd braaf geweest.'

'Zelfs geen overtreding als het gaat om een vergunning? Ik heb gehoord dat jullie zijn beboet omdat jullie er geen hadden voor de nachtclub.'

Drew keek zijn broer een fractie van een seconde aan en schoot toen in de lach. 'Ja, we hebben wel geprobeerd de administratie zo simpel mogelijk te houden. Dat is niet zo goed afgelopen. Onze interesse ging meer uit naar het organiseren van een echt geweldig feest dan naar het invullen van formulieren en het indienen van aanvragen bij de gemeente. Stom van ons.'

'Hebben jullie zo'n soort pop-upnachtclub al eerder georganiseerd?'

'Geen commentaar. Ik wil niet dat we weer problemen krijgen.'

'Neem van mij aan dat wij geen belangstelling hebben voor overtredingen van de horecawetten,' zei Derwent lijzig naast me.

'Goed dan. Niet precies hetzelfde. Maar we hebben wel een week lang een clandestiene kroeg gehad in een souterrain in een zijstraat van Brick Lane. De klanten verkleedden zich als dronkenlap uit de tijd van de drooglegging, met pakken en hoeden en naadkousen, u kent dat wel, en wij zetten elke avond voor de grap een politie-inval op stapel.' Drew wendde zich tot zijn broer. 'Hé, we hadden ons het geld voor de acteurs kunnen besparen als we hadden geweten dat de politie het gratis had gedaan.'

Lee schonk hem een half glimlachje. Hij was oplettender dan zijn broer, meer op zijn hoede, en ik had het gevoel dat hij zich niet in de luren had laten leggen door de ontspannen benadering van Derwent. Hij beet op zijn duimnagel en toen hij hem uit zijn mond nam om te glimlachen zag ik dat de nagel was beschadigd; hij was vervormd en krom, alsof hij niet goed groeide.

'Waardoor hebben jullie besloten een pop-upnachtclub op te zetten in een vervallen pakhuis?'

'Het kostte ons geen huur,' zei Drew oprecht. 'En clubfeesten zijn makkelijk. Harde muziek, drank, weinig verlichting, een dansvloer die groot genoeg is om de mensen in de stemming te brengen. Je zorgt ervoor dat het exclusief lijkt door wachtwoorden en ingewikkelde routebeschrijvingen en al die shit meer te verstrekken.'

'De mensen kopen zo exclusiviteit,' legde Lee uit. Ik probeerde niet te laten merken dat het me verbaasde dat hij in staat was een hele zin uit te spreken, met werkwoord en al.

'Als je het mij vraagt is er niets exclusiefs aan een duivenkerkhof vol ratten dat hard op weg is in elkaar te storten.'

Lee nam Derwent schattend op. 'U hoort niet tot onze demografische doelgroep. Te oud.'

Drew kwam snel tussenbeide voordat Derwent zich voldoende had hersteld om te kunnen reageren. 'Wij zijn ook te oud. Vat het niet verkeerd op. We richten ons op studenten en op degenen die net een baan hebben, in principe de groep van negentien tot vijfentwintig. Ze hebben genoeg vrije tijd en zijn op zoek naar interessante manieren om plezier te maken. Degenen die werken hebben geld; de studenten zorgen ervoor dat ons werk er goed uitziet door zich te verkleden en er helemaal voor te gaan. Iedereen heeft er baat bij.'

'Hoe hebben jullie dat pakhuis gevonden?'

'Internet. Er zijn een paar websites over vervallen gebouwen; iedereen heeft wel ergens belangstelling voor, toch? Dit stond op zo'n website beschreven als makkelijk toegankelijk, geen bewaking. We zijn altijd op zoek naar interessante ruimten, naar nieuwe uitdagingen. Een industriële ruimte was perfect voor dit feest. We vonden het contrast tussen het verval en elegante mensen wel leuk. Daaraan hebben we het thema ontleend. *The beautiful and the damned.* Van iedereen die kwam werd verwacht dat ze het een of het ander waren, maar het liefst allebei.'

'F. Scott Fitzgerald,' zei ik. 'Hebt u het boek gelezen?'

'Nee.' Drew lachte. 'Verbaast u dat? Zo grondig gaan we niet te werk. Bovendien is het niet nodig het te lezen als je alleen maar de titel gebruikt. Ik denk niet dat onze nacht was wat hij voor zich zag toen hij het boek schreef.'

'Hoeveel entreegeld rekenen jullie?'

'Hangt van het feest af. Als het een groot feest is, redden we het met vijftien of twintig pond. De kleinere, zoals die kroeg, waren duurder. Tot vijftig pond, maar als je boekte voor een groep van zes personen kreeg je een gereserveerde tafel met een fles champagne erbij. De organisatie van die feesten kost een hoop geld. Maar ze zijn het waard, geloof me maar. We krijgen nooit klachten.'

'Hoe brengen jullie de mensen op de hoogte van jullie feesten?'

'E-mail,' zei Lee.

'Mogen we een uitdraai van jullie mailinglist hebben?'

'Sorry, maar dat ligt commercieel gevoelig.' Het klonk alsof het Drew oprecht speet dat hij ons niet kon helpen, en ik moest mezelf eraan herinneren dat hij ons voor de gek hield.

'Denk je echt dat de recherche van plan is een organisatiebureau voor tienerfeesten te beginnen?' snoof Derwent. 'Doe me een lol. Geef ons die verdomde uitdraai, Drew, en doe niet alsof dat niet kan.'

Weer keek Drew zijn broer even aan en toen verzuchtte hij: 'Goed dan. We zullen hem jullie geven. Maar u moet beloven dat hij niet openbaar wordt gemaakt.'

'Dat kan ik niet garanderen.' Derwent rekte zich uit. 'De wet op de vrije informatieverstrekking. Waardeloos, maar ja. Als iemand hem wil inzien...'

'... dan vinden wij wel een reden om nee te zeggen,' maakte ik rustig zijn zin af. 'Maakt u zich geen zorgen. We zorgen er goed voor.'

Derwent gaf Drew een papiertje met Colin Vales e-mailadres erop. 'Stuur hem maar naar dit adres. Graag nu meteen.'

Er stond een laptop open op de salontafel en Drew boog zich voorover om te doen wat Derwent zei. Zijn vingers vlogen over het toetsenbord terwijl hij typte.

'Het is maar een begin. Het begint met de e-mail. Het is de steen in de vijver. De rimpelingen voeren ver. De helft van de mensen op de lijst zullen niet hebben overwogen te gaan. Maar ze hebben de mail waarschijnlijk doorgestuurd naar een paar vrienden, en die hebben hem weer naar hun eigen vrienden doorgestuurd, en het eind van het liedje was dat we mensen moesten afwijzen aan de deur.'

'Cheyenne is binnengekomen. Ze was pas veertien. Ze paste niet helemaal in jullie demografische doelgroep.'

'We hebben geen identiteitsbewijzen gecontroleerd.' Drew had een strakke trek om zijn mond die me niet eerder was opgevallen, en ik schoof het op schuldgevoel: als ze hun werk behoorlijk hadden gedaan, zou Cheyenne nooit zijn binnengekomen. 'Ik kan me nog wel vaag een meisje herinneren met lang blond haar en een massa make-up, maar er waren daar heel wat meisjes die er zo uitzagen. En het was een gemaskerd feest, weet u wel, dus ik kon haar gezicht voor het grootste deel niet zien. Ik weet niet zeker of zij het was.'

'Wie stond er nog meer bij de deur?'

'Lee niet. Hij had de leiding over de bar. We hadden een paar ingehuurde jongens – freelancers – als portier. Uitsmijters in uw en onze termen.'

'Hoe zijn jullie aan hen gekomen?'

'Het zijn vrienden. We hebben ze leren kennen in de sportschool. Ze zijn wat ruw en onbesuisd, maar ze halen de ruziezoekers er wel uit en niemand gaat met hen in discussie. Als zij zeggen dat het vol is en dat er een in mag als er een uit gaat, dan gebeurt het ook zo.'

'Ruw en onbesuisd? Houdt dat in dat ze misschien een strafblad hebben?'

'Daar vragen we nooit naar. Ze doen hun werk goed en dat is het, wat ons betreft.'

'Ik heb hun namen, adressen en telefoonnummers nodig. En ik moet weten wie er verder die nacht voor jullie heeft gewerkt.'

'Natuurlijk. We hadden een paar dj's en er stonden drie meisjes achter de bar. En een van onze vrienden heeft met de verlichtingsinstallatie geholpen, met het opzetten en het afbouwen.'

'Was hij er die nacht zelf ook?'

'Nee. Hij houdt niet van harde muziek.'

'Hoe laat zijn jullie daar aangekomen voor de voorbereidingen?'

'We waren er vanaf lunchtijd. Ik heb de bus met de verlichting en de geluidsinstallatie ernaartoe gereden en Sam is toen ook gekomen. Lee zou de drank halen, dus hij kwam met de auto. We hebben op het terrein uitgeladen en toen alles twee trappen naar boven gebracht. Eens maar nooit weer, toch?' Hij grijnsde naar Lee. 'Alleen nog maar feesten op de begane grond.'

'Sam is dus degene die de verlichting heeft aangebracht.' Ik wilde het bevestigd hebben.

'Ja. Hij is elektricien. Maar zoals ik al zei, was hij om zeven uur al weg.' Drew drukte op een knop van zijn laptop en in de hoek van de kamer kwam een printer zoemend tot leven. 'Dat is de lijst met personeel. Namen en nummers. Matthew Dobbs en Carl McCullough waren de portiers.'

'Enig idee waar we hen kunnen vinden?'

'Sportschool Cotter.' De broers zeiden het gelijktijdig en keken elkaar toen lachend aan.

'Dat is in Kentish Town,' voegde Drew eraan toe. 'Ze brengen het grootste deel van hun tijd daar door. Het is behalve een sportschool ook een soort gezelligheidsvereniging. Voor mensen die vinden dat een gesprek pas gezellig is als het gaat over spieropbouwende voedingssupplementen.'

'En zit jij daar ook vaak?' Ik keek naar Lee.

Drew was degene die antwoord gaf. 'We fitnessen daar. Maar we blijven niet hangen voor een praatje. Te druk.'

'Dus dat jullie de Brothers Grim zijn houdt jullie flink aan het werk?' Derwent klonk openlijk sceptisch.

'Het kost meer inspanning dan je zou denken,' zei Drew defensief. 'We organiseren per maand minstens twee feesten. We houden tentoonstellingen op ongebruikelijke locaties. Tijdens de London Fashion Week hebben we een winkel ingericht in een leegstaand pand, waar jonge ontwerpers en modestudenten een paar stuks konden verkopen aan de inkopers die in de stad waren. We hadden een modelscout in de winkel aan het werk gezet, die polaroidfoto's maakte van meisjes die er veelbelovend uitzagen. Daar hebben we veel nieuwe klandizie door gekregen. Iedereen wil tegenwoordig model worden. Makkelijk verdiend geld.'

'Ik zou zo denken dat alles wat jullie doen makkelijk verdiend geld oplevert.' Derwent schoof een klein stukje verder naar achteren op de bank, alsof hij zijn ogen nauwelijks open kon houden. 'Wat vinden jullie ouders ervan? Willen ze niet dat jullie een echte baan zoeken?'

'Onze ouders zijn er niet meer. We hebben alleen elkaar nog. En wij vinden het leuk wat we doen.'

'Bent u klaar?' vroeg Lee abrupt.

'Voor het moment wel.' Derwent stond langzaam op en kreunde licht. Hij boog zijwaarts van links naar rechts om zijn rug op te rekken. 'Ik word stijf. Moet de leeftijd zijn.'

'Ik wilde u niet kwetsen door te zeggen dat u te oud bent voor de feesten van de Brothers Grim.' Drew glimlachte. 'Als u wilt, zetten we u op de mailinglist. En u kunt gerust meekomen. Dan ziet u zelf of u erbij past.'

'Daar voel ik niet zoveel voor. We zijn bezig mensen op te sporen die het feest hebben bezocht, mensen die veroordeeld zijn voor een geweldsmisdrijf. Wat kun je daarover zeggen?'

Drew haalde zijn schouders op. 'Ik oordeel niet graag over anderen, oké? Ik zorg alleen maar voor de locatie. Ik hou me niet bezig met het verleden van mensen.'

Derwent schudde vol afkeer zijn hoofd. 'Jullie hebben echt geen idee, geloof ik. Jullie hebben een perfect jachtterrein geschapen. Het was er donker, er was nauwelijks supervisie, het vond plaats in een gebouw dat op het randje van gevaarlijk was, met veel plekken waar iemand zich kon schuilhouden. Jullie hebben alles op een koopje gedaan, en dat is te zien. Geen drankvergunning. Geen echte portiers. Kaartjes die aan de deur werden verkocht aan mensen die jullie niet kennen en van wie je de identiteitsbewijzen niet hebt gecontroleerd. Aan de bar kon alleen contant worden betaald, waardoor we geen bonnen kunnen controleren. Als jullie klanten niet even dom waren als jullie zelf zijn, zouden we de grootste moeite hebben om zelfs maar één bezoeker te traceren.'

'U laat het ranzig klinken, maar zo is het niet. U zou echt eens mee moeten gaan naar ons volgende feest.' Drew was tegenover Derwent nog steeds bezig met zijn charmeoffensief en zag kennelijk niet in dat dat geen enkele zin had. 'Ik stuur u wel een uitnodiging als u mij uw e-mailadres geeft.'

'Laat maar. Ik denk dat je het de eerste keer bij het rechte eind had.' Hij keek op me neer. 'En jij, Maeve?'

'Ook mijn smaak niet, denk ik. Niet vervelend bedoeld, hoor.'

'Ieder zijn meug,' zei Drew luchtig.

'Wat is uw voornaam ook alweer?'

Ik keek verbaasd naar Lee en Derwent antwoordde in mijn plaats. 'Maeve.'

'Hoe spel je dat?'

'Mike alfa echo victor echo,' zei Derwent. 'Niet zo moeilijk, althans voor een Ierse naam.'

'Bedankt hoor.' Ik keek hem boos aan en glimlachte naar de broers. 'En jullie ook bedankt. We waarderen het erg dat jullie tijd hebben vrijgemaakt om met ons te praten.'

'We willen u heel graag helpen. We vinden het echt heel erg dat u haar niet gezond en wel hebt teruggevonden.'

'Ja, wij ook.' Ik volgde Derwent naar de deur, draaide me om en schudde hen beiden de hand, waarna we vertrokken.

Derwent presteerde het eerst de trap helemaal af te lopen tot op straat voordat hij me op de hak nam. 'Nou, je hebt er wat uit gekregen, dat is in elk geval iets. "Hoe spel je jouw naam?"' bootste hij Lee na.

'Misschien was hij nieuwsgierig.'

'Misschien wel ja, maar waarom?' Hij hield zijn hoofd schuin in afwachting van een antwoord.

'Ik heb geen idee.'

'Echt niet?' Hij bleef lachen tot we bij de auto kwamen, waar een geel met zwart bonnetje van een bekeuring de glimlach van zijn gezicht vaagde.

'Het is een laad- en losplaats,' merkte ik op.

'Ik was met een onderzoek bezig. Ik had het bordje tegen het raam gezet.' Hij gooide zowel het bordje als de bekeuring op de achterbank.

'Had je er echt geen zin in hen te ondervragen?' Ik kon het niet laten ernaar te informeren. 'Vanwaar al dat zogenaamde gegeeuw?'

'Wie zegt dat dat zogenaamd was?' Derwent stapte de auto in en smeet zijn portier dicht. Ik haastte me hetzelfde te doen aan mijn kant van de auto, want hij was ertoe in staat zonder mij weg te rijden. 'Ik heb zo'n hekel aan zulke hippe vogels. Ik heb een hekel aan al die flauwekuldingen die ze doen. Je weet toch dat die twee waarschijnlijk meer verdienen dan wij? En wat doen ze er precies voor? Ze sturen e-mails rond en huren ruimten zodat anderen denken dat ze heel cool zijn. Alsjeblieft zeg!'

'Je kunt mensen niet verhinderen hun geld te verspillen.'

'Doodzonde, toch? En nu moeten we die uitsmijters ook nog gaan opzoeken.' Derwent zuchtte. 'Was het nou zo moeilijk geweest om er gewoon voor te zorgen dat de mensen die ze inhuurden geen strafblad hadden?'

'Ze komen niet op me over als lieden die zich over dergelijke zaken erg druk maken.'

'Op mij ook niet.' Hij keek me zijdelings aan. 'Misschien kun je dat bovenste knoopje van je colbertje beter even dichtdoen, schat. Je bent vast nog nooit naar een echte sportschool geweest. Ze zullen niet weten of ze je eruit moeten gooien of je aan de muur moeten hangen als je binnenkomt en je tieten zo tentoonstelt.'

Ik vond het vreselijk om te doen wat hij voorstelde, maar toen ik omlaag keek, moest ik toegeven dat hij wel een punt had.

Sportschool Cotter was een klein, wit geschilderd gebouwtje ergens onopvallend achter in een steegje dat uitkwam op Highgate Road. Het onopgesmukt te noemen zou een groot understatement zijn geweest: het was er in alle opzichten kaal en ongezellig, met eenvoudige apparatuur en een vloer met een rubberen laagje erop. Twee grote mannen waren met de losse gewichten bezig; ze hieven dumbbells ter grootte van vuilnisbakdeksels. Het waren niet Dobbs en McCullough, lieten ze ons bars weten. Als we Dobbs en McCullough wilden spreken, moesten we doorlopen naar de achterkamer.

De achterkamer was het sociale hoekje van de sportschool, waarmee ik bedoel dat er een waterkoker stond, met daarbij een verzameling mokken met stukjes eraf, dat er een paar posters van naakte vrouwen aan de muren hingen, zoals Derwent had voorspeld, en dat er een paar ronde tafels stonden waaraan je kon zitten en je kon onderdompelen in de sfeer. Vijf leden van de sportschool waren daar juist mee bezig. Drie van hen zaten te kaarten en de vierde keek toe. Een zwaargebouwde, zwarte man keek op van zijn krant.

'Joeten, als ik me niet vergis. Wat kunnen we voor u betekenen?'

'We zijn op zoek naar Matthew Dobbs en Carl McCullough.'

'In verband waarmee?'

'Moord,' zei Derwent zonder omwegen. Het had niet helemaal het sensationele effect dat je zou verwachten. De kaarters gingen onverstoorbaar door en de man die ons had aangesproken likte aan zijn vinger en sloeg de bladzijde om.

'Klinkt spannend.'

'Kom nou, ik heb niet de hele dag de tijd. Wie van u is Dobbs?'

De man die bij het kaarten zat toe te kijken stak zijn vinger op.

'McCullough?'

'Dat ben ik.' De zwarte man vouwde zijn krant op en legde hem met een air van berusting weg. 'Welke moord? Wie is er dood?'

'Een klein meisje dat niet met de grote jongens had moeten spelen.' Derwent sprak zachtjes maar daardoor klonk hij des te dreigender. Zonder te beseffen waarom ging er een rilling door me heen. Hij had een dergelijk effect op de twee mannen, want Dobbs ging bij McCulloughs tafel staan. Ze waren beiden ouder dan de gebroeders Bancroft, op z'n minst eind dertig, en massief gespierd.

'Hebben we het over dat meisje dat sinds zaterdag is vermist? Degene van het pakhuis?' vroeg Dobbs.

'Cheyenne Skinner.' Derwent haalde zijn exemplaar van de schoolfoto tevoorschijn en hield hun de foto voor.

'Is ze dood?' McCullough schudde zijn hoofd. 'O jee, o jee, o jee.'

'Wist u dat ze vermist werd?'

Dobbs zei: 'Drew zei het van de week tegen me. Hij vroeg ons of we iets vreemds hadden gezien. Maar dat hadden we niet.'

'Niets wat vreemder was dan anders bij zulke feesten.' McCullough keek misprijzend.

'Kunt u zich herinneren Cheyenne in het pakhuis te hebben gezien?' vroeg ik.

Er viel een nauwelijks merkbare stilte voor dat Dobbs antwoordde. 'Misschien wel.'

'Hoe bedoelt u?'

'Ze droegen maskers. Maar er was wel zo'n meisje. Alleen.'

Weer een korte stilte en toen haalde McCullough zijn schouders op. 'We wilden haar niet binnenlaten. Niet alleen. Dat zouden we ook niet hebben gedaan als ze zo bij een echte club was verschenen. We zijn professionals, begrijpt u wel? We doen die feesten van de jongens erbij als een gunst.'

'Als jullie haar dan niet binnen hebben gelaten, wie heeft het dan gedaan?'

'Een van de broers. Ik weet niet meer welke.'

'Hij kwam bij ons staan en pikte een paar mensen uit de menigte. Dat doen ze soms om de rij wachtenden een beetje leven in te blazen. Zij stond vooraan. Ik denk dat er een stuk of tien tegelijk naar binnen mochten. Voornamelijk meisjes.'

'Drew zei dat hij zich niet kon herinneren haar binnengelaten te hebben.'

'Dat is niet zo vreemd, als hij het was. Het ging allemaal vrij snel. "Jij en jij en jij en jij."' McCullough sloeg zijn armen over elkaar. 'Wij weten het alleen nog omdat ze ons had gesmeekt haar binnen te laten. Ze zei dat het een kwestie van leven en dood was.'

'Zei ze dat?' Ik keek naar Derwent. Ik kon niets van zijn gezicht aflezen. 'Hebben jullie haar later nog gezien?'

McCullough schudde zijn hoofd. 'Maar er was nog een andere uitgang. Via de achtertrap.'

'Je hebt altijd meer dan één uitgang nodig voor de veiligheid,' zei Dobbs wijs.

'Gebeurt het dan niet dat mensen daar naar binnen gaan, als er niemand bij de deur staat?'

'Daar waren ze niet zo bang voor, zeiden ze. Het was al lastig genoeg om de hoofdingang te vinden, laat staan de achteruitgang. Het leek daar wel een doolhof. En Lee had er trouwens ook zicht op. Het was in de buurt van de bar.'

'Hij heeft er niets over gezegd.'

'Misschien heeft hij haar ook wel niet gezien. Het was een drukke avond. Massa's mensen. En het was donker in die zaal.'

'Bent u al eens door andere rechercheurs over deze kwestie benaderd?'

'Jullie zijn de eersten.'

Alweer punten voor Godleys team. We bedankten hen en liepen naar de auto.

'Bel de meisjes die achter de bar werkten maar. Laten we voor de verandering eens grondig te werk gaan.'

Ik wist ze alle drie te bereiken, de een na de ander, in diverse stadia van alertheid en bereidwilligheid. Jazeker waren ze daar geweest. Nee, ze hadden niets vreemds gezien. Ja, ze hadden de hele avond met Lee gewerkt. Hij was alleen een paar keer weggegaan om de biervaten te verwisselen. Verder was hij er steeds bij geweest.

'Nou, hij heeft dus een alibi.'

'Drew heeft ook geen kans gehad om ertussenuit te knijpen. Hij is volgens de portiers de hele avond in het volle zicht geweest.'

'Ze waren best redelijk,' gaf Derwent toe. Elke agent die ooit op zaterdagavond in het centrum een dienst had gedraaid kende de waarde van goede portiers; ze konden een complete rel voorkomen door een riskante situatie onder controle te houden. 'Ik vertrouw hen eerlijk gezegd wel. Je wilt een veilig stel handen om die taak uit te voeren, en ze kennen hun zaakjes allebei.'

'Wees maar blij dat we een paar mensen van de lijst kunnen schrappen. Wat zou inspecteur Redmond eigenlijk hebben uitgespookt? Ze heeft deze zaak wel erg oppervlakkig behandeld,' zei ik.

'Ik weet dat je nu van me wilt horen dat je nooit een vrouw de leiding over een onderzoek moet geven.'

'Nee hoor.'

'Nou, maar zo denk ik er wel over.' Hij fronste zijn wenkbrauwen afwezig. 'Waarom denk je dat Lee niet heeft gezegd dat het zijn taak was om op de uitgang te letten?'

Ik haalde mijn schouders op. 'Misschien omdat we er niet naar hebben gevraagd.'

'Hm. Laten we de heren Bancroft maar eens opzoeken in het systeem zodra we weer op het bureau zijn. En de portiers. Iedereen die daar aan het werk was invoeren en kijken of er een strafblad uitkomt. Er is iemand die informatie achterhoudt, en ik ga me daar om de donder niet bij neerleggen.'

'Waar gaan we nu naartoe?'

'Naar het huis van Tom Malton, de trotse bezitter van een veroordeling wegens zwaar lichamelijk geweld. Hij heeft zelfs toegegeven daar te zijn geweest. Waardoor ik denk dat hij probeert open en eerlijk over te komen omdat hij iets te verbergen heeft.'

'Je bent een echte cynicus, hè?'

'En uiteindelijk blijk ik meestal gelijk te hebben.'

'Waar woont hij?'

'Camberwell. Niet te ver om naar de club te reizen.'

'Voor ons niet echt makkelijk bereikbaar,' merkte ik op.

'De wereld is niet geschapen om het jou makkelijk te maken, Kerrigan. Je begint al te klinken als de gebroeders Bancroft.'

Iets had Derwent een rotbui bezorgd, de parkeerbon of het saaie werk van die ochtend. Ik was verstandig genoeg om me gedeisd te houden en te wachten tot hij zijn chagrijn tijdens het volgende, of het daaropvolgende gesprek zou ventileren. De explosie zou komen, daar was ik vrijwel zeker van. Ik wilde alleen niet dat die op mij gericht zou zijn.

Binnen een minuut nadat we Tom Malton hadden ontmoet had ik je al kunnen vertellen dat hij de privileges van een dure kostschool had genoten; de sporen waren onuitwisbaar. Hij had het soort accent waardoor de o een eu wordt en omdat zijn lievelingsuitdrukking 'verdeurie, zeg' leek te zijn, hoorden we die klank vaak toen we uitlegden wie we waren en wat we kwamen doen. Hij droeg een onmodieuze uitgezakte spijkerbroek en een rugbyhemd, en hij had de bleke gelaatskleur en de roze wangen van een door Gainsborough geschilderde dame. Derwent hield zich de hele weg tot aan de zitkamer van Maltons moderne en zeer comfortabele appartement in, maar toen kwam hij er toch mee.

'Hoe komt iemand als u in godsnaam aan een veroordeling wegens het toebrengen van ernstig lichamelijk geweld?'

'Door een stommiteit eigenlijk.' Malton ging op het randje van een leunstoel zitten; hij klopte met zijn handen op zijn knieën en drukte zijn hielen tegen elkaar. 'Ik had ruzie met een knaap op de universiteit; ik bedoel: we waren allebei dronken.'

'En toen?'

'Toen heb ik hem uit een raam geduwd.'

'Op welke verdieping?'

'De derde.'

Derwent floot. 'En hij was niet dood?'

'Bijna wel. Hij had een schedelbreuk. Hij heeft tien dagen in coma gelegen.' Malton probeerde het nuchter te laten klinken, maar hij vond het duidelijk verschrikkelijk. De roze vlekken op zijn wangen waren nu dieprood geworden. 'Ze zeiden dat hij het alleen had overleefd doordat hij zo dronken was; hij was ontspannen toen hij viel.'

'Shit.'

'Ja, zeg dat wel.'

'Wat is er na zijn coma gebeurd?' vroeg ik.

'Hij is eruit ontwaakt. Geen idee wat er was gebeurd. Ik kon me zelf niet eens herinneren waarover we ruzie hadden, maar er waren zo'n tien mensen die me het hebben zien doen, dus ik kon niet doen alsof ik het niet had gedaan. Als ik dat al had gewild, wat niet het geval was.'

'Is hij weer helemaal opgeknapt?'

'Nee. Niet echt. Hij is gestopt met zijn studie. Heeft nog steeds geheugenproblemen. Loopt nog steeds mank.' Malton zag er zo somber uit als mogelijk was met zijn jongensachtige trekken. 'Ik houd contact met hem.'

'Hoe lang hebt u moeten zitten?'

'Verdeurie, zeg. Drie jaar.' Malton glimlachte toen hij onze gezichtsuitdrukking zag. 'Niet veel, hè?'

'Het is eerder dat u er nog bent,' zei ik. 'Het verbaast me dat u het hebt overleefd.'

Hij lachte. 'Zo erg was het niet. Ik heb mijn graad gehaald, maar dan door schriftelijke studie. Ik kon wel opschieten met de andere kerels. Ze wisten eigenlijk niet goed wat ze aan me hadden, en ik neem iedereen zoals hij is, dus dat ging best.'

Ik dacht nog steeds dat hij harder moest zijn dan hij leek. Derwent scheen er net zo over te denken.

'Wat weet u over het meisje dat in de nachtclub in Brixton verleden week is verdwenen?'

'Helemaal niets.'

'Hebt u haar daar gezien?' Derwent liet de foto zien, maar Malton schudde zijn hoofd.

'Beslist niet. Maar ik had mijn hoofd er niet helemaal bij.'

'Was u dronken?'

'Ik drink niet meer.'

'Wat dan? Drugs?'

'Gebruik ik ook niet.' Hij slikte. 'Mijn vriendin had me gedumpt. In de rij voor de ingang. Het was haar idee om ernaartoe te gaan. Het is eigenlijk niets voor mij. Ik had naar huis moeten gaan en het moeten accepteren. Maar ik ben toch naar binnen gegaan en heb geprobeerd haar ertoe over te halen me terug te nemen.'

'Dat lukte niet?'

'Totaal niet.' Hij glimlachte spijtig. 'Het zat er gewoon niet in, denk ik.'

'Hebt u hier een computer?'

'Alleen op mijn werk.'

'Wat doet u voor de kost, meneer Malton?'

'Ik werk bij het bedrijf van mijn vader.' Er klonk een heel lichte gêne in door. We wisten wat hij bedoelde. Papa had hem een nieuwe start geboden toen niemand anders hem in dienst wilde nemen.

'Als wat?'

'Investeringen in nieuwe bedrijven.'

'Een mooie omschrijving van gokken,' merkte Derwent op.

'Dat klopt wel enigszins,' beaamde Malton grimmig.

'Hebt u ooit onbekenden gemaild omdat hun voorkomen u wel aansprak op Facebook?'

'Nee.' Hij keek ontsteld. 'Wat een bizar idee.'

'Ja, vindt u ook niet?' Derwent stond op en knikte naar me. 'Ik denk dat we hier wel klaar zijn.'

In de auto zei hij: 'Als onze Little Lord Fauntleroy schuldig is, is hij de beste acteur die ik ooit heb gezien.'

'Mee eens.'

'Toch moeten we zijn achtergrond nagaan. Met zijn reclasseringsambtenaar gaan praten.'

'Mee eens. Zeg, wat denk je dat erger was, de kostschool of de gevangenis?'

‘Verdeurie, zeg. De school. Met afstand.’ Het was geen slechte imitatie en ik schoot in de lach. Heel even konden Derwent en ik bijna met elkaar overweg.

Het was druk in de recherchekamer; bijna elk bureau was bezet en de hele ruimte was gevuld met het geroezemoes van op zachte toon gevoerde gesprekken. Derwent bleef staan achter de stoel van Harry Maitland.

‘Waar heb je die vandaan? Is dat de nachtclub?’

‘Ja.’ Hij klikte langs de reeks beelden die hij op de monitor aan het bekijken was: gemaskerde gezichten die waren gevangen in het flitslicht tegen een achtergrond van lichamen en donkere muren. Het was de enigszins verlopen chaos van een dansvloer in de late uurtjes, als iedereen net te dronken is om zich er nog volledig van bewust te zijn hoe hij eruitziet. Rare poses, onflatteuze invalshoeken, uitgelopen make-up en zweterig nat haar vlogen voorbij toen Maitland de foto’s in hoog tempo aanklikte. ‘Dit zijn beelden die we van blogs en sociale netwerksites hebben geplukt. Rechercheur Google heeft ook geholpen. En de website van de Brothers Grim heeft een pagina waar je foto’s kunt uploaden. Daar komen deze foto’s allemaal vandaan.’

Nu ik nog eens keek, zag ik dat de beelden het watermerk met de doodskoppen van hun logo vertoonden.

‘Waar zoek je naar?’

‘Het meisje. We proberen haar ergens op de achtergrond van een van deze foto’s te vinden, zodat we enig idee krijgen over het moment van haar verdwijnen. Voor zover nu bekend is kan dat aan het eind van de nacht zijn geweest. Ik heb haar al op een paar foto’s zien staan. Kijk maar eens bij de printer.’

Derwent liep weg om ze te bekijken. Ik keek de kamer door en zag dat Rob inmiddels ook binnen was. Hij zat te bellen en schermde zijn ogen af met zijn hand. Hij zag bleek, en zonder een spoortje medelijden schoot me te binnen dat Liv had gezegd dat hij een kater had. Ik keek weer op het scherm en greep Maitland bij zijn schouder.

‘Stop! Dat is Lee.’ Ik wees naar een man met ontbloot bovenlijf; hij droeg een masker en zijn stralenkrans van krullen tekende zich scherp af tegen een lichtbron achter hem.

'Wat heeft hij nou aan?' Maitland boog zich verder naar het scherm. 'Zwarte shorts. Meer niet? Hij ziet eruit als een strip-o-gram.'

'Wees eerlijk, als jij zo'n lijf had, zou je nooit iets anders dragen dan een kort broekje.'

'Ik heb heel veel werk verzet om dit lichaam te krijgen, hoor.' Hij sloeg liefhebbend op zijn buik. 'Vele pinten Guinness en nog meer porties kebab.'

'Je zelfdiscipline siert je.'

Derwent kwam terug met een flinke stapel uitdraaien en tuurde naar het scherm. 'Wie van de twee is dat?'

'Lee.'

'Hoe weet je dat?'

'Ze zien er verschillend uit.'

'Niet heel erg.'

'Nee, niet heel erg.'

'Het verbaast me niks dat jij ze uit elkaar kunt houden.' Derwent wendde zich tot Maitland. 'Kerrigan stond verschrikkelijk te kwijlen bij een van die twee.'

'Niet waar.'

'Oké dan. Hij kwijlde over haar heen.'

'Klinkt smerig,' was het commentaar van Maitland. Hij hield zijn blik op het scherm gericht, wat heel verstandig was.

'We moeten ook te weten komen waar Lee en Drew uithingen. Kun je ook naar hen uitkijken?'

Maitland kreunde. 'Zeg nu niet dat ik helemaal overnieuw moet beginnen, Kerrigan.'

'Dat moet je inderdaad.' Derwent stond voor de verandering eens aan mijn kant. 'Kijk uit naar hem, en naar een vent die er precies hetzelfde uitziet.'

'Met dezelfde kleren? Hoe weet ik dan wie wie is?'

'Drew had een oortje in.' Ik keek naar de volgende foto's die voorbijkwamen. 'Dat is Drew. Hij draagt een zwart masker. Dat moet het makkelijker maken.'

'Oké. Wit masker, zwarte shorts: Lee. Zwart masker en shorts: Drew. Ik snap het. Worden ze verdacht?'

Derwent boog zich voorover. 'Kijk eens naar dit plaatje, Harry. Iedereen die erop staat – en ik bedoel iedereen – wordt verdacht. En op de volgende foto: iedereen. En de foto daarna. Snap je wat ik bedoel? We hebben verdomme geen flauw idee wie Cheyenne heeft ontvoerd, en dus moeten we bij gebrek aan ook maar de geringste aanwijzing precies te weten komen waar ze waren en wanneer ze daar waren, zodat we ze kunnen schrappen of op het bord moeten laten staan.'

'Wind je niet op,' zei Harry bedaard. 'Ik doe mijn best.'

'Goed zo.' Derwent sloeg hem op de schouder en wendde zich toen tot mij. 'Hoe zit het met het checken van de namen in de databank?'

'Dat ga ik nu doen.'

Ik ging achter mijn computer zitten, vouwde de lijst die de gebroeders Bancroft ons hadden gegeven open, terwijl Derwent ergens een stoel vandaan haalde en hem naast de mijne zette. Hij zat iets dichter bij me dan ik prettig vond, maar ik kon geen kant op; ik zat toch al bijna klem tegen mijn bureau.

'Begin maar met de uitsmijters, gewoon voor de zekerheid,' beval hij. Ik wilde er net aan beginnen maar kreeg de kans niet.

'Josh. Jou wilde ik net spreken.' Godley stond in de deuropening; zijn gezicht stond eigenaardig strak. 'Ik heb Glens autopsieverslag van Cheyenne.'

'En?' vroeg Derwent.

'En je zult het niet geloven.'

16

Het was niets voor Godley om met zo'n dramatische formulering te komen en overal in de kamer draaide men zijn hoofd dan ook naar hem om. Derwent duwde zijn stoel weg van mijn bureau en rolde hem naar de plek waar de hoofdinspecteur stond. Ik was benieuwd naar de inhoud van het verslag, stond op en liep een paar stappen in dezelfde richting en was me ervan bewust dat ik niet de enige was. We gingen in een wijde kring om Godley heen staan. Het was misschien niet de bedoeling dat we hoorden wat hij te zeggen had, maar het zou ons toch wel snel verteld worden.

'Wat bedoel je?' vroeg Derwent. 'Wat is er zo bijzonder aan?'

'De doodsoorzaak.'

Derwent balde zijn vuisten. 'Wat heeft hij haar aangedaan?'

'Absoluut niets.'

'Wát?'

'Ze is een natuurlijke dood gestorven.'

'Dat kan niet,' zei Derwent toonloos.

'Dat kan wel. Volgens Glen is ze inderdaad gestikt, maar dan als gevolg van een ernstige astma-aanval.'

'Ze had astma, ja.' Robs stem kwam van vlak achter me en ik weerstond de neiging me om te draaien. 'Uit wat de huishoudster erover zei, maakte ik op dat het niet zo ernstig was dat ze er altijd aan moest denken haar inhalator bij zich te hebben.'

'Ze is dus zonder inhalator van huis gegaan, heeft onverwacht een aanval gekregen, is eraan overleden, is een week lang weggebleven en heeft zichzelf toen in een deken gewikkeld, voordat ze poedelnaakt in een verlaten pakhuis is gaan liggen met haar handen vastgebonden. Nou, dat klinkt logisch.'

'Doe niet zo sarcastisch, Josh. Niemand suggereert dat deze doodsoorzaak ook betekent dat er geen misdrijf is gepleegd. Het is overduidelijk dat haar iets ergs is overkomen. Het is net zo duidelijk dat ze gedurende de zes dagen tussen haar verdwijning en de ontdekking van haar lichaam vermist werd en niemand heeft ons gemeld dat hij of zij in die periode voor haar heeft gezorgd. De enige conclusie die ik op grond van de doodsoorzaak kan trekken is dat het niet de bedoeling was dat ze op dat moment zou overlijden.'

'Wanneer is ze gestorven?' Iedereen draaide zich naar me om. 'In die zes dagen. Op welk moment is ze gestorven?'

'Tussen vierentwintig en zesendertig uur voordat ze is gevonden. Glen zegt dat hij niet specifieker kan zijn. Het was koud in het pakhuis. Haar lichaam is goed geconserveerd gebleven.'

'Was ze seksueel misbruikt?' vroeg Derwent.

'Ja.'

Dat was geen verrassing, maar ik voelde hoe iedereen om me heen reageerde op dat ene woordje, een minieme verandering in de sfeer die in de recherchekamer hing. De gezichten die ik kon zien stonden ernstig.

'Herhaaldelijk?'

'Daar lijkt het wel op. Glen heeft kneuzingen en schaafwonden in diverse stadia van genezing gevonden, die duidelijk in een periode van een aantal dagen waren toegebracht.'

'Nu we weten dat ze een natuurlijke dood is gestorven, bestaat dan ook de mogelijkheid dat ze heeft toegestemd in seksueel contact? Ruwe seks die verkeerd is afgelopen?' Maitland keek om zich heen toen er een afkeurend gemompel uit de kring opsteeg. 'Sorry, maar het is een plausibele vraag. Dat ze minderjarig was en dat het niet toegestaan was wil nog niet zeggen dat ze er niet graag aan heeft meegewerkt.'

'Het is inderdaad een plausibele vraag, maar het lijkt me niet waarschijnlijk. Ze had in de dagen voor haar dood niets gegeten. Er zat niets anders in haar maag dan wat bruinige vloeistof.'

'Dat klinkt alsof hij haar voedsel heeft onthouden om haar te verzwakken en meegaand te maken,' zei Derwent. 'Wat denkt Hanshaw ervan?'

'Hij denkt dat de astma-aanval is voortgekomen uit stress. Angst, pijn, dat soort emoties kan een aanval uitlokken. De symptomen kunnen na enige tijd zijn verergerd door paniek omdat ze niet goed kon ademhalen, dus het hoeft niet in het bijzijn van haar ontvoerder te zijn gebeurd. Het is best mogelijk dat haar ontvoerder niet eens wist dat ze ziek was, of dat het hem niets kon schelen, en dat hij is verrast door haar dood.'

'Je doet al die moeite om een meisje te ontvoeren en dan gaat ze gewoon dood.'

'Hou je mond, Peter.' Godley keek geïrriteerd en Derwent draaide zich om en staarde Belcott nijdig aan.

'Ik probeer de boel een beetje op te beuren.' Hij leek zich niet echt te schamen.

'Als je in een kuil zit, kun je beter niet gaan graven,' raadde Maitland hem aan.

'Als ik even mag onderbreken... Ik zou graag willen dat jullie je aandacht bij het verslag houden.' Godley klonk kil. 'De doodsoorzaak is niet de enige bijzonderheid. Glen heeft uitstrijkjes van Cheyennes handen en nagels genomen. Daarop is een grote hoeveelheid speeksel van iemand anders aangetroffen. Toen dat door de DNA-databank werden gehaald, bleek het bekend te zijn, maar het was van een vrouw.'

'Hij werkt dus met iemand samen,' opperde Belcott. 'Een Hindley en Brady van de eenentwintigste eeuw.'

'Wie is die vrouw?'

'Dat is juist zo interessant. Patricia Farinelli is negenentwintig. Ze is in 2003 in Cambridgeshire gearresteerd voor deelname aan een illegale demonstratie tegen dierproeven. Haar DNA is toen opgeslagen in de databank, maar ze is wel zonder aanklacht vrijgelaten.'

'Zo'n dierproevengek,' zei Maitland. 'Maar dat wil niet zeggen dat ze niet gemeen is tegen kinderen.'

'Ze heeft als bedrijfsleider bij een kinderdagverblijf gewerkt tot ze anderhalf jaar geleden op een dag niet op haar werk verscheen. Sindsdien is ze niet meer gezien.'

Even was het stil. Ik verbrak de stilte door te zeggen: 'Ze wordt dus vermist?'

'Het was niet zijn eerste ontvoering,' zei Derwent zachtjes.

'Daar lijkt het inderdaad op. Patricia woonde in Stoke Newington. Ze had een hechte band met haar ouders, dus toen ze een paar dagen lang geen contact met hen had opgenomen, hebben ze de politie gealarmeerd. Er is wel een onderzoek gevolgd, maar dat heeft niet veel opgeleverd. Degene die de zaak behandeld heeft, ene rechercheur Rai, werkt vandaag maar hij was niet op het bureau aanwezig toen ik belde. Zonder met hem te hebben gepraat kan ik niets met zekerheid zeggen, maar ik heb niet de indruk dat de zaak prioriteit heeft gekregen. Mevrouw Farinelli werd niet beschouwd als iemand met een hoog risico.' Hij boog zich naar me toe en gaf me een vel papier. 'Maeve, wil jij degene die het onderzoek leidde proberen te vinden? En uitzoeken wat er is gebeurd?'

'Doe ik.'

'Wacht even. Ze is anderhalf jaar geleden verdwenen, niemand heeft sindsdien iets van haar gehoord en op de handen van een dode tiener treffen we overal speeksel van haar aan. Wat is dit in godsnaam?' Derwent schudde gefrustreerd zijn hoofd. 'In deze zaak is nergens een touw aan vast te knopen.'

'Op dit moment niet.' Godley glimlachte kort en bars. 'Ik zei toch dat jullie het niet zouden geloven? En er is nog iets wat jullie misschien wel willen weten. Rob?'

'We zijn Ken Goldsworthy gisteren tegengekomen bij Gayle Skinner thuis.'

'Wat deed hij daar in jezusnaam?' Derwent klonk oprecht geschokt.

'Hij probeerde Gayle te versieren. Nu John uit de weg is, denkt Ken dat hij vrij spel heeft.'

'Godsamme.'

'Wie is Ken Goldsworthy dan?' vroeg Liv klaaglijk.

'Hij is iemand die graag John Skinner wil zijn,' zei Rob.

Derwent zoog lucht op tussen zijn tanden door. 'Het is maar goed dat hij je niet kan horen. Hij is niet zo succesvol als Skinner, maar het is een hele kwaaie.'

'Ze kunnen niet goed met elkaar overweg,' legde Godley uit met het understatement van de eeuw. 'Ze hebben een paar jaar geleden een territoriumstrijd gevoerd. Dat was... onaangenaam.'

Derwent schoot opeens in de lach. 'Herinneren jullie je Goldsworthy's oma nog?' Hij keek rond. 'Is er iemand die dat verhaal nog niet kent?'

'Ik niet,' zei Liv direct, en er werden nog meer hoofden geschud.

'Dat is een prachtverhaal. John en Ken hadden al een tijdje klappen uitgewisseld: over en weer drugs stelen, de een die een zaakje had afgehandeld dat de ander had opgezet, machtsspelletjes spelen. Het was allemaal nog niet ernstig, waarmee ik bedoel dat er nog niemand bij om het leven was gekomen. Dat gebeurde pas later. Maar een van Johns jongens was door een paar van Kens boeven in elkaar geslagen, en in coma op de intensive care terechtgekomen. John was pislink. Hij wilde Ken een boodschap sturen, zodat hij zich voortaan gedeisd zou houden. En hij wist toevallig dat Kens oma een maand eerder was overleden. Dus heeft hij haar opgegraven.'

'O mijn god.' Liv sloeg haar hand voor haar mond.

'Daarmee was het nog niet bekeken. Hij brak in bij Ken en legde het lijk in zijn bed. Afstandsbediening in de ene hand, gedoofde peuk in de andere. Zo zat ze met haar rug in de kussens en met de elektrische deken op de hoogste stand naar een pornofilm te kijken. Hij zei dat het enige wat hij betreurde was dat hij er niet bij kon zijn om Kens gezicht te zien toen hij zijn oma aantrof, die op hem lag te wachten.'

Er klonk gelach op in de kamer.

'Ik wil maar zeggen: als je dan toch aan een vete begint, zorg er dan voor dat je een tegenstander kiest die gevoel voor humor heeft.'

'Helaas heeft Ken dat niet.' Godleys gezicht stond somber. 'Het werd vanaf dat moment alleen maar erger. Ik kan me niet voorstellen dat Ken hem dit ooit zou vergeven, ook al hebben ze hun territoriumstrijd inmiddels achter zich gelaten. En daarom is zijn aanwezigheid in Johns huis...'

'... weinig minder dan een oorlogshandeling,' maakte Derwent zijn zin af.

'En zo staan de zaken dus.' Godley keek de kamer rond. 'Voor degenen die bezig zijn met het opsporen en ondervragen van potentiele getuigen uit het pakhuis: ga er alsjeblieft mee door. Josh, kun jij je best doen erachter te komen waar Ken mee bezig is? Ik kan me nauwelijks voorstellen dat hij betrokken is bij de dood van Cheyenne, maar zeker weet ik het nog niet, en ik wil beslist geen duidelijke aanwijzingen over het hoofd zien. Het is ook de moeite waard om de politiediensten in de graafschappen en de taakeenheid te waarschuwen als deze vete weer gaat oplaaien. Nu John een fikse straf kan verwachten, mogen we aannemen dat Ken denkt dat er niets meer staat tussen hemzelf en een overname.'

'Ik weet eigenlijk niet wat John erger zou vinden: zijn vrouw kwijtraken of zijn imperium.'

'Of allebei,' opperde Rob.

Het groepje dat zich om de hoofdinspecteur had verzameld begon uiteen te vallen. Ik ging terug naar mijn bureau om te proberen meer over Patricia te weten te komen in de aangename wetenschap dat ik een poosje van Derwent verlost zou zijn, nu hij iets interessanters te doen had.

'Rob, wil je me even vertellen wat Ken gisteren heeft gezegd?' vroeg Derwent.

'Geen probleem.' Ze liepen gezamenlijk naar de kleine vergaderkamer en Derwent deed de deur resoluut achter hen dicht. Ik wenste hun veel plezier in elkaars gezelschap. Voor zover ik wist had Rob niet eens naar me gekeken.

Blij dat ik iets omhanden had belde ik het politiebureau in Stoke Newington en vroeg naar rechercheur Rai.

'Hij komt net binnen.' Een korte stilte. Ik zag voor me hoe rechercheur Rai de vrouw met wie ik sprak boos aankeek. Toen ze weer aan de lijn kwam klonk ze alsof ze haar lachen inhield. 'Kan hij u misschien terugbellen?'

Ik vond het prima, liet mijn naam en telefoonnummer achter en voegde eraan toe dat ik belde over de vermissing van Patricia Farinelli en dat het vrij dringend was. Ik zou hem een kwartier geven, bedacht ik en zette mijn computer aan. Een kwartier was lang genoeg om je jas uit te trekken en koffie te halen, of wat Rai nog meer moest doen voordat hij aan zijn dienst kon beginnen.

Ik vulde de tijd met het opzoeken van de gebroeders Bancroft in de politiedatabank. Ze kwamen er geen van beiden in voor. Puur als formaliteit belde ik de dienst wegverkeer om te controleren of de geboortedata die Drew me had gegeven overeenkwamen met hun namen.

'De data passen bij geen van beide namen,' zei de prettige stem met een Welsh accent aan de andere kant van de lijn.

'Echt niet?' Ik vroeg me af of ik rijden zonder rijbewijs aan het lijstje overtredingen van de broers moest toevoegen. 'Drew kan een afkorting voor Andrew zijn.'

'Ik heb hier een Andrew Bancroft, maar de geboortedatum klopt niet. Vier, zes, drieëntachtig.' Hij las het adres voor en het was het adres dat Drew me had gegeven.

'Gelogen over zijn leeftijd. Foei.' Ik schreef de datum op. 'En hoe zit het met Lee Bancroft?' Ik gaf het adres van het appartement in Hampstead door en zijn geboortedatum.

'Ik heb wel een Alexander Bancroft.' Ik zou er in geen honderd jaar op zijn gekomen dat Lee een afkorting van Alexander was. 'Maar het jaar klopt niet. Eenentachtig.'

'Stoute jongens, dat ze leugentjes vertellen over hun leeftijd.' Het paste wel bij de jeugdcultus die ze aanhingen en bij hun minachting voor het gezag. Ik had niet verbaasd moeten zijn. 'Hartelijk dank.'

Direct nadat ik de hoorn had neergelegd ging mijn telefoon over.

'Rechercheur Rai, Stoke Newington. U was naar me op zoek.'

Hij klonk verveeld en een tikje vijandig. Ik voorzag mijn stem van zoveel honing als ik kon. 'Wat fijn dat u terugbelt. Het gaat om de vermissing van Patricia Farinelli.' Ik legde uit waarom ik navraag naar haar deed.

'Ik denk niet dat ik u veel verder kan helpen. Eerlijk gezegd heb ik niet zoveel tijd aan die zaak besteed.' De verveling was eerder toedan afgenomen. Ik probeerde mijn irritatie te verbergen.

'Hoe dat zo?'

'Omdat er niets te onderzoeken viel. Ze was een volwassen vrouw, alleenstaand, en er was niets wat haar aan Londen bond. Haar ouders waren woedend omdat ze was vertrokken zonder het hun te vertellen. Ze namen aan dat ze was ontvoerd en vermoord. Ik denk dat ze er gewoon vandoor is gegaan. We hebben rondgekeken in haar appartement. Haar paspoort was weg, en een koffer, en een hele berg kleding. Niet zo gek om te besluiten ergens anders een nieuw leven te beginnen.'

'Maar wel een beetje drastisch, vindt u niet? Van je werk wegblijven zonder officieel je ontslag in te dienen? Geen afscheid nemen terwijl je weet dat je ouders ongerust over je zullen zijn?'

Zijn schouderophalen was voelbaar door de telefoonlijn heen. 'Hangt ervan af wat je achterlaat. Misschien kon het haar niks schelen.'

'Hebt u iets aangetroffen waaruit bleek waar ze wellicht naartoe zou zijn gegaan? E-mails of internetcontacten?'

'Ze had haar laptop meegenomen.'

'Reisbrochures?' Ik was zo langzamerhand ten einde raad.

'Niets van dat al. Maar het was geen groot raadsel. Ze heeft haar bankrekening in de dagen erna leeggetrokken; nam telkens het maximale bedrag op tot er niets meer op stond. Ze had dus voldoende contanten om een nieuwe start te maken, en genoeg verstand om geen aanwijzingen over haar verblijfplaats voor ons achter te laten, dus kon ze niet worden opgespoord. Ik snap uw opwinding wel omdat haar DNA op uw slachtoffer is aangetroffen, maar wie weet is de uitslag wel vals-positief. Er is niets waaruit blijkt dat er een verband is.'

'Het kan inderdaad een vals-positieve uitslag zijn. Maar Patricia kan ook zijn ontvoerd door dezelfde persoon die Cheyenne heeft gekidnapt, en dat lijkt waarschijnlijker. We hebben tenslotte te maken met twee vermiste vrouwen. Dat doet denken aan een patroon.'

'Mogelijk.' Hij twijfelde kennelijk.

'Wilt u de zaak opnieuw bekijken, nu haar DNA is opgedoken?'

Er viel een stilte; ik kon zijn hersens bijna horen kraken. 'Zo te horen hebt u alles onder controle.'

'Ik zal met de Farinelli's moeten gaan praten.'

'Dat zult u telefonisch moeten doen. Ze wonen tegenwoordig in Toscane.'

'Zijn het ook echt Italianen?'

'Geboren en getogen. Maar Patricia is hier geboren. Ze is hun enig kind,' zei Rai terloops; hij leek niet te bevatten hoeveel erger dat haar verdwijning maakte. 'Ik zal u de telefoonnummers van de ouders geven. Ik weet zeker dat ze het zullen waarderen als u hen belt.'

'Dat denk ik ook,' zei ik kortweg; ik liet mijn zoetgevooisde stem maar achterwege, want die had kennelijk geen enkel effect. Ik schreef twee nummers van de Farinelli's op, hun mobiele nummer en dat van hun vaste lijn, en hoopte dat hun Engels goed genoeg was om de vragen te begrijpen die ik hun moest stellen. 'Hebt u nog een dossier dat u mij kunt toesturen?'

'Ik zal eens kijken.' Als ik er zin in heb, klonk er in zijn toon door.

Ik legde met een zucht de hoorn neer en bereidde me mentaal voor op het gesprek met Patricia's ouders. Ik wist niet wat erger was: hun hoop geven dat ze misschien nog in leven was of hun laten weten dat hun grootste vrees misschien bewaarheid zou worden.

'Wat is er aan de hand?'

Ik leunde met mijn hoofd in mijn handen op het aanrecht in de armoedige keuken van het bureau. Ik keek op en zag Liv in de deuropening staan.

'Ik was op zoek naar iets waar ik tegenaan kon schoppen en toen kwam ik hier terecht.' Ik legde mijn hoofd weer terug en wist dat mijn ogen roodomrand waren en dat zij het had gezien.

'Heb je iets gevonden?'

'Ik heb die deuk in de koelkast getrapt.' Haar schoenen tiktakten op de tegels toen ze ging kijken.

'Wauw. Doen je tenen erg veel pijn?'

'Erg veel.'

'Mag ik vragen waarom je de koelkast moest schoppen?'

'Hij stond voor bepaalde zelfingenomen, arrogante klootzakken die vinden dat het leven van een vrouw niet de moeite waard is om je druk over te maken.'

'O-o.' Liv pakte de waterkoker en vulde hem. 'Daar heb ik een kopje thee bij nodig.'

'Wil je er twee maken?' Ik ging rechtop staan en probeerde mijn haar te fatsoeneren, dat er niet zo fraai uitzag nadat ik er met mijn vingers in had rondgewoeld. 'Hoewel ik denk dat ik eigenlijk behoefte heb aan iets sterkers dan thee, en dat zeg ik eigenlijk nooit.'

'Je bent zeker van streek door Patricia Farinelli.'

'Ik ben van streek door die lapzwans in Stoke Newington die het niet nodig vond een onderzoek naar haar verdwijning in te stellen, hoewel haar ouders er honderd procent van overtuigd waren dat haar iets ergs was overkomen. Maar rechercheur Rai wist het natuurlijk beter dan de mensen die van haar hielden. Hij keek in zijn glazen bol en besloot dat alles in orde was en dat het goed met haar ging, en daarom hoefde hij er helemaal geen tijd aan te besteden. Hij kon het dossier gewoon sluiten en vergeten dat ze ooit had bestaan.'

'Hij heeft je dus niet kunnen helpen.'

'Nee. Mij niet en de Farinelli's niet.' Ik reikte Liv twee theezakjes aan en keek toe terwijl ze die in de mokken liet zakken. 'Toen ik belde, kreeg ik Patricia's moeder aan de lijn. Ze barstte in snikken uit zodra ik zei wie ik was. Ze ging ervan uit dat ik belde om te zeggen dat we Patricia's stoffelijk overschot hadden gevonden. En daarna, toen ik had gezegd dat dat niet het geval was, dacht ze dat we haar hadden gevonden. Ze ging van wanhoop naar vreugde en weer terug in twee minuten tijd.'

'Een vermissing is altijd vreselijk voor de familie.'

'Vooral als niemand de moeite neemt ze ook maar iets te vertellen, en ze ervan uitgaan dat iemand probeert hun geliefde dochter op te sporen, terwijl in feite geen mens de moeite heeft genomen een vinger voor hen uit te steken.'

'Wat was de reden dat hij hun ongerustheid niet serieus nam?'

'Voornamelijk het feit dat ze nogal "kleverig" overkwamen, en het feit dat ze als volwassene in staat was om haar eigen beslissingen te nemen. Maar er waren ook wat andere dingen die de zaak wat ondoorzichtig maakten.' Ik vertelde Liv wat Rai me had gezegd over de bezittingen van de vermiste vrouw. Ze keek nadenkend.

'Ik wil Rai niet verdedigen, maar dat klinkt best redelijk. Ik bedoel, als er spullen uit haar appartement weg waren en haar bankrekening is leeggehaald, lijkt het er toch wel op dat ze heeft besloten te vertrekken en het alleen wat slordig heeft aangepakt. Ik ben er niet van overtuigd dat ik het zou kunnen verantwoorden veel manuren van de politie te besteden aan het opsporen van een volwassen vrouw die niet lijkt te willen dat ze wordt gevonden.'

'In de eerste plaats was ze er niet de persoon naar om zonder iets te zeggen weg te blijven van haar werk. Ze had de leiding van het kinderdagverblijf en had een goede relatie met de eigenaren; er was dus geen werkgerelateerde stress waarvan ze wilde weglopen. Ze kon goed overweg met haar collega's. Erg goed zelfs: ze was bruidsmeisje van een van hen, en peettante van de kinderen van een andere. Volgens haar vader was ze dol op kinderen. Ze had het altijd over haar werk, allerlei lieve verhaaltjes over dingen die de kleintjes hadden gedaan en gezegd.'

'Oké, dat klinkt niet verkeerd,' zei Liv behoedzaam.

'Het klinkt zeker niet als het soort werk waarvan je wegblijft zonder zelfs maar te bellen. En Patricia was de enige van het personeel met een sleutel van het kinderdagverblijf. Als ze van plan was geweest voorgoed te vertrekken, zou je verwachten dat ze de sleutels wel had achtergelaten, in het gebouw of in haar appartement.'

'Maar ze heeft ze meegenomen?'

'Daar lijkt het wel op. Ze zijn nooit teruggevonden. En dat was niet het enige rare aan de manier waarop ze haar spullen heeft gepakt. Mevrouw Farinelli heeft tegen Rai gezegd dat ze zich ongerust maakte omdat Patricia haar doosje met contactlenzen en de vloeistof had achtergelaten. Dat klopte gewoon niet; ze had haar lenzen op de laatste dag dat ze was gezien nog gedragen, dus zou ze die hebben moeten schoonmaken, tenzij ze ze wilde weggooien, maar het waren geen wegwerplenzen. Patricia is volgens haar moeder enorm bijziend, en ze voelde zich niet op haar gemak met een bril op. Ze droeg haar lenzen als het maar enigszins mogelijk was, maar had wel altijd een bril bij zich voor het geval ze de lenzen om wat voor reden dan ook moest uitdoen. Ze had thuis een reservebril liggen en ook een op haar werk. Het leek wel een obsessie. Maar wel begrijpelijk, want haar moeder zei dat haar ogen zo slecht waren dat ze letterlijk niet zonder hulp van hier naar de deur kon lopen.'

'Ik ben ook weleens dingen vergeten in te pakken. Zelfs belangrijke dingen.'

'Mevrouw Farinelli bleef volhouden dat ze ze nooit zou hebben laten liggen. Het was altijd het eerste wat ze inpakte. Ze heeft nog iets achtergelaten. Een juwelendoosje met wat sieraden die ze van haar grootmoeder had geërfd: een ring met een diamant en een paar setjes oorbellen. Al had ze ze niet willen meenemen, dan nog was het vreemd dat ze ze niet had verkocht om meer geld voor haar reis te hebben, zei mevrouw Farinelli.' Ik nam een slokje thee. 'En dan nog haar kleren. Patricia was veel zwaarder geworden en in haar kast hingen kleren van maat 40 tot en met 48. Ze had alleen kleding in maat 40 en 42 meegenomen. Ze zou maandenlang niets hebben gehad om aan te trekken als het haar bedoeling was geweest af te vallen om ze aan te kunnen.'

'Daar heb je een punt.' Liv roerde in haar thee en staarde naar de vloeistof die ronddraaide in haar mok. 'Wat denk je? Dat ze haar spullen niet zelf heeft ingepakt?'

'Daar lijkt het wel op. Het klinkt allemaal alsof het in scène is gezet. Iemand heeft ervoor gezorgd dat het eruitzag alsof er niets te onderzoeken viel en, omdat we zo geconditioneerd zijn dat we volwassenen zien als onafhankelijke, vrije wezens, die niet in gevaar verkeren tenzij de omstandigheden op het tegendeel wijzen, is de dader ermee weggekomen.'

'Ja, maar wie is het? En als we ervan uitgaan dat het dezelfde is die Cheyenne heeft ontvoerd, waarom had hij het dan gemunt op een leidster van een kinderdagverblijf met overgewicht en een tiener? En hoe is hij bij hen terechtgekomen?'

'Ik weet niet waarom, maar ik durf te wedden dat zijn werkwijze iets te maken had met internet. Patricia's laptop is samen met haar verdwenen, dus was het niet mogelijk informatie te achterhalen over de websites die ze bezocht. Maar ze was ongewenst alleenstaand, als ik haar moeder mag geloven. Ik denk dat iemand eropuit is geweest haar vertrouwen te winnen en daarin ook is geslaagd, ongeveer zoals Kyle Cheyenne ertoe heeft overgehaald hem ergens te ontmoeten. Ik denk dat degene die we zoeken het heeft gemunt op vrouwen – en meisjes – met een laag zelfbeeld, die een duwtje in de rug nodig hebben en snakken naar liefde. Cheyenne wilde dolgraag volwassen zijn en mooi gevonden worden. Patricia leed aan overgewicht en was eenzaam. Allebei een makkelijk doelwit voor een charmeur met kwaad in de zin.'

'Het is mogelijk. Maar we kunnen het niet bewijzen.' Liv wilde nog iets zeggen, maar veranderde van gedachten.

'Wat is er? Ik beloof dat ik niet boos word.'

'Nou, je bent van streek vanwege Patricia. Je hebt met haar ouders gesproken; logisch dat ze zeggen dat ze volmaakt is. Ouders kunnen hun kinderen niet goed beoordelen. Maar stel dat ze toch is weggelopen met degene die Cheyenne heeft ontvoerd? Stel dat Belcott gelijk had en dat het was zoals met Hindley en Brady, die gezamenlijk kinderen hebben vermoord?'

'Als het zo ligt, waarom heeft het dan zo lang geduurd voordat ze tot handelen overgingen? Ze wordt al anderhalf jaar vermist.'

'We weten niet of ze niet al eerder iets hebben gedaan.' Liv liet die opwekkende gedachte even bezinken. 'Het kan ook zijn dat de fantasie een tijdlang voldoende was. Gewoon samen zijn, erover praten, plannen maken, dat kan best deel uitgemaakt hebben van de pret.'

'Ik ben het eens met wat je zegt over de ouders en dat we ze niet zomaar moeten geloven. Volgens haar moeder was ze een engel uit de hemel, en haar vader zei ook iets dergelijks. Niemand is zo volmaakt.'

'Het is ook zeker niet ondenkbaar dat ze geen idee hadden hoe ze leefde,' zei Liv fijntjes. 'Ik bedoel: de meeste mensen vertellen hun ouders echt niet alles, ook al denken de ouders van wel.'

'Je slaat de spijker op z'n kop. Mijn ouders zouden je niet veel over mijn liefdesleven kunnen vertellen. Althans, dat hoop ik.'

'Had ze goede vriendinnen met wie we kunnen gaan praten? Hoe zit het met de collega's van het kinderdagverblijf?'

'Goed idee. Zij zijn de laatsten die haar hebben gezien. Het lijkt me de moeite waard om even een praatje te gaan maken. Ik zal eens kijken of ik ze kan opsporen.'

'Als je dat hebt gedaan, wil je me dan vertellen wat ze hebben gezegd?'

Ik trok mijn wenkbrauwen op. 'Nieuwsgierig?'

'Dit is tien keer interessanter dan wat ik aan het doen was.'

'Wat was dat?'

'Het dossier lezen over een vent die Dave King heet, om te zien of hij reden had John Skinner van zijn voetstuk te stoten. Het is zo dik.'

Ze hield haar wijsvinger en duim ongeveer vijf centimeter van elkaar.

'Hij is een compagnon van Ken Goldsworthy. Ik had nooit verwacht dat geweld zó saai kon zijn.'

'Voor hen is het dat niet,' zei ik alleen maar. 'Iedereen heeft een hobby nodig.'

Uiteindelijk was het vrij makkelijk om Meg Spencer te vinden, Patricia's adjunct bij het kinderdagverblijf Happy Hoppy; het mobiele nummer dat Rai me met tegenzin had gegeven functioneerde nog steeds. Ik was blij dat ik met haar was begonnen en niet met Helen McCann, want Helen was naar Australië verhuisd, zei Meg zodra ik haar naam noemde. Meg was er de vrouw niet naar om dingen achter te houden. Ze was dermate praatziek dat ik haar een paar keer moest vragen iets rustiger te praten terwijl mijn pen op topsnelheid over mijn aantekenboekje gleed.

'Ze is ongeveer zes maanden na de verdwijning van Patricia vertrokken. We hebben het er nooit echt over gehad waarom ze wegging, maar ik denk, eerlijk gezegd, dat het veel met Pat te maken had.'

'Waarom denkt u dat?'

'Nou, Jamie, Helens echtgenoot, wilde toch al naar Australië emigreren, en nu Patricia weg was, leek het wel alsof dat een teken was dat ze zelf ook iets moest doen om haar leven te veranderen. U weet wel, het leven is te kort om op één plek te blijven hangen en ondertussen te wensen dat je de moed had om iets anders te gaan doen.'

'Dat wijst erop dat Helen dacht dat Patricia iets naars was overkomen.'

'Dat dachten we allemaal.' Meg lachte even. 'De enige die ons niet serieus nam was de politie.'

'Dat betreur ik. Ik beloof u dat we het nu wel serieus nemen.'

'Daarvoor is het een beetje laat.' Ze aarzelde. 'Waarom belt u nu eigenlijk? Is er nieuws?'

'We denken dat Patricia misschien betrokken is geweest bij de verdwijning van een tienermeisje.'

'Betrokken? Waar hebt u het over?'

'Meer kan ik op dit moment niet zeggen.'

'Nou, als ik niet weet waar u het over hebt, kan ik dat ook niet.' Het klonk vastberaden.

'Ik zou willen dat u dat wel deed. Het zou ons erg helpen.' Ik drukte gefrustreerd mijn pen in het bureaublad. 'Het zou Patricia kunnen helpen.'

'Ik wil haar uiteraard helpen, maar ik wil niet dat ze erdoor in de problemen komt.'

'Daar gaat het hier niet om,' zei ik snel. 'Het belangrijkste is dat we haar vinden.'

Toen ze antwoordde klonk haar stem zachter. 'Ik had nooit gedacht dat het zo zou aflopen. Ik dacht dat ze voor altijd verdwenen zou zijn. Ik heb het mezelf erg kwalijk genomen dat ik niet heb doorgevraagd naar waar ze die avond heen ging.'

Bingo. 'Dacht u dat ze uitging?'

'Jazeker. Absoluut. Ze had zich helemaal opgetut. Ze had zich opgemaakt en alles voordat ze wegging. Ze ging echt niet gewoon naar huis, zoals ze zei. Helen en ik lieten het er maar bij, want we wilden haar niet dwingen ons te vertellen wat ze ging doen als ze daar geen zin in had.'

'En wat dachten jullie dat ze ging doen?'

'We namen aan dat ze weer een afspraakje had.'

'Weer een afspraakje? Ik dacht dat ze geen vriend had?'

'Had ze ook niet.' Meg zuchtte. 'Patricia had zoveel pech, weet u. Ze kwam nooit de juiste persoon tegen. Ze was heel verlegen, maar ze wilde graag trouwen en kinderen krijgen. Het kwam niet eens in de buurt. Ze is ontzettend verliefd geweest tijdens haar opleiding, maar als ik het zo hoorde was het een volslagen idioot – een hippie met lang haar die volledig opging in een of andere dierenbevrijdingsbeweging – en hij had meer belangstelling voor konijntjes dan voor een vaste relatie. Pat volgde hem overal in de hoop dat hij haar zou opmerken en toen werd ze gearresteerd tijdens een demonstratie. Dat moest haar natuurlijk weer overkomen. Ik bedoel maar, Patricia was absoluut niet radicaal. Ze deed gewoon mee omdat ze dacht dat ze daarmee indruk op hem zou maken.'

Zo te horen had ze geen erg sterk karakter, waardoor ik me nog meer zorgen om haar maakte. Iemand als zij kon er door manipulatie toe gebracht worden verschrikkelijke dingen te doen. Ik hoopte van ganser harte dat ik erachter zou komen dat Patricia een onschuldig slachtoffer was, niet dat ze had samengespannen met de ontvoerder van Cheyenne.

Meg kletste vrolijk door. 'Het kostte haar letterlijk jaren om over hem heen te komen. En dan te bedenken dat ze nooit samen zijn uit geweest! Ze zei dat ze nooit meer iemand had ontmoet die aan hem kon tippen.' Ze snoof. 'Ik bedoel maar, die vent was zo'n loser. Ik geloof dat hij zelfs nooit een echte baan heeft gevonden. Pat zag gewoon in iedereen het beste, wat hun ware aard ook was.'

'Sommige mensen zijn nu eenmaal zo.'

'Tja, nou, hun leven wordt daar wel erg moeilijk door. Een beetje cynisme heb je wel nodig om je staande te houden, vindt u niet?'

'Dat helpt wel. Maar u zei daarnet toch dat ze weleens een afspraakje had?'

'Jazeker. Ja, dat zei ik. Dat wil zeggen, Helen en ik dachten dat. Ze had een jaar of drie geleden wat aan internetdaten en speeddaten en dergelijke gedaan, maar dat verliep nooit erg goed. Ze raakte dan helemaal opgewonden bij het vooruitzicht iemand te ontmoeten omdat zijn e-mails zo aardig waren. Vervolgens beeldde ze zich in dat het de ware liefde zou blijken te zijn, zodra iemand een beetje belangstelling voor haar toonde. Ze wilde echt de ware ontmoeten. Maar dat is nooit gebeurd. Zo'n man mailde daarna nooit meer, of hij deed onbeschoft over haar uiterlijk en dat was funest voor haar zelfvertrouwen. Ze heeft het toen volledig afgezworen, zei dat ze iemand op de traditionele manier zou tegenkomen of anders helemaal niet. Maar een maand of twee voor haar verdwijning gedroeg ze zich opeens heel anders; ze was steeds aan het sms'en, kleedde zich iets beter en deed meer haar best om er leuk uit te zien. We waren er vrij zeker van dat ze iemand had ontmoet en het ons niet wilde vertellen, omdat ze diegene via internet had leren kennen en dacht dat we dat zouden afkeuren. Of omdat ze bijgelovig was en er niet over wilde praten uit angst dat het weer misging en ze voor gek zou staan.'

'Of omdat hij tegen haar had gezegd dat ze het aan niemand mocht vertellen.' Ik dacht aan dat ene bericht dat we hadden waaruit Kyles bestaan bleek en waarin hij op geheimhouding had aangedrongen.

'Ze zou alles hebben gedaan wat haar werd gevraagd,' zei Meg somber. 'Ze had geen eigen wil. Ze wilde alleen maar dat er iemand van haar hield. En dat verdiende ze ook, hoor. We waren zo blij voor haar toen ze die avond wegging. Ze had een mooie jurk aan met een print van pauwenveren en ze droeg hoge hakken; ze zag er echt heel leuk uit. Dat zeggen ze altijd, hè, over meisjes die wat zwaarder zijn: "ach, ze heeft zo'n lief gezichtje". Maar Pat had dat absoluut.'

'Ik heb eigenlijk nog geen foto van haar gezien.' Als Rai ooit zijn kont uit zijn stoel zou hijsen en het dossier zou opzoeken, zou dat misschien nog gebeuren.

'Ik stuur u er meteen een paar als u me uw e-mailadres geeft.'

Ik bedankte haar, verbaasd over het aanbod.

'U bent de eerste die Patricia als mens behandelt.' Megs stem was hees geworden en ik vermoedde dat er tranen opwelden. 'Als u haar kunt vinden – als het goed met haar gaat –, wilt u haar dan zeggen dat ik haar mis? Wilt u zeggen dat ik haar dolgraag wil zien?'

'Dat zal ik doen,' beloofde ik. Ik hing op en Liv stond direct naast me.

'Vertel me alles wat ze zei.'

Ik streek met mijn handen door mijn haar; tijdens mijn telefoongesprek met Meg Spencer had ik het opgegeven er gesoigneerd uit te blijven zien. 'Weet je, hoe meer ik over haar te weten kom, hoe ongeruster ik word. En hoe woedender op Rai omdat hij geen onderzoek heeft ingesteld.'

Ik opende mijn mailbox en zag dat Meg woord had gehouden; ze had een bericht met drie bijlagen gestuurd. 'Wil je een foto van Patricia zien?'

'Natuurlijk.' Liv boog zich naar het scherm om de gedownloade bijlagen te bekijken.

'De eerste twee zijn foto's van de doopplechtigheid van Megs dochter, volgens de bestandsnaam.'

'Dat zal Meg wel zijn.'

Ik knikte en keek eens goed naar de tengere jonge vrouw met de gespannen uitdrukking op haar gezicht die een grappig bezorgd kijkende babyversie van zichzelf in haar armen geklemd hield. 'Niet wat ik me voorstelde tijdens ons gesprek. Ze klonk... forser.'

'Dat heb ik ook altijd. Ik maak me onwillekeurig altijd een voorstelling van mensen die ik aan de telefoon heb, en die blijkt nooit te kloppen.' Ze wees. 'Dat moet Patricia zijn.'

Op de eerste foto stond ze achteraan in het groepje familieleden, half afgedekt door Megs echtgenoot. Ze droeg iets zwarts, en haar enige concessie aan de feestelijkheid van de gebeurtenis was de enorme rode bloem die ze droeg als corsage. Ze stond wat voorovergebogen, alsof ze haar best deed minder plaats in te nemen, alsof ze wilde verdwijnen. Ze was mollig, maar beslist niet zo dik als ze zich kennelijk voelde.

De tweede was een kiekje van dezelfde dag, over iemands schouder heen genomen. Het was een close-up. Patricia keek weifelend in de camera, alsof ze net had ontdekt dat hij op haar was gericht. Ze had een volmaakt perzikhuidje en haar ogen waren prachtig chocoladebruin. Ze was leuk om te zien, zoals Meg al had gezegd, maar de algehele indruk die ik van haar kreeg was dat ze vreselijk ongelukkig was, slecht in haar vel zat en zich opgelaten voelde op deze feestelijke bijeenkomst.

De derde foto was ook niet geposeerd. Patricia was net bezig op te staan vanachter een bureau. Haar mond stond open en ik nam aan dat ze aan het praten was toen de foto werd genomen. Deze keer had ze geen make-up op en zaten haar ogen verscholen achter dikke glazen in een rood met zwart montuur. Haar haar was achterovergekamd tot een paardenstaart, waardoor haar volle gezicht en haar onderkin wreed werden benadrukt. In het meegezonden bericht legde Meg uit dat Patricia niet graag werd gefotografeerd, en dat dit de enige drie foto's waren die ze kon vinden.

'Arme Patricia. Ik weet niet of het komt door wat we nu weten, maar ze heeft voor mijn gevoel alles wat haar tot een potentieel slachtoffer maakt.'

'Misschien dacht haar ontvoerder er ook zo over,' zei Liv eenvoudig. 'Als hij online op zoek was, moet hij bij haar profielfoto "plaats in winkelmandje" in haar ogen hebben gelezen. Om beroerd van te worden.'

'Het is meer dan dat. Ik kan het gevoel niet van me afzetten dat Cheyenne misschien nog zou leven als iemand eerder had geluisterd naar Patricia's ongeruste ouders en de moeite had genomen uit te zoeken wie haar heeft ontvoerd.'

Ik staarde naar de hertenogen van de vermiste vrouw op de tweede foto en vroeg me af in wie ze vertrouwen had gesteld en wat diegene haar had aangedaan. Ik zag niets venijnigs aan haar; ze zag er zelfs niet uit als iemand die het in zich had venijnig te worden.

'Kom eens mee.' Liv stootte me aan. 'Je zei dat je wel een borrel kon gebruiken. Ik zou zeggen dat het ideale moment daarvoor is aangebroken. Niet meer piekeren; morgen is er weer een nieuwe dag.'

Ik keek de recherchekamer door en besefte opeens dat iedereen om ons heen was vertrokken terwijl ik aan de telefoon zat. Zelfs Godley was al weg. Het was later dan ik dacht – bijna zes uur – en de energie van die ochtend was langzaam geslonken toen de uitslagen van de autopsie eenmaal binnen waren. Het leek niet langer dringend noodzakelijk om John Skinners gecompliceerde beroepsleven na te trekken, en ik begreep wel waarom Liv er zo op aandrong haar te betrekken bij de zaak van Patricia.

'Ik kan waarschijnlijk beter hier blijven,' zei ik met tegenzin. 'Ik moet nog een paar dingen uitzoeken.'

Liv hield haar hoofd schuin alsof ze overwoog of ze zich door mijn woorden gekwetst zou moeten voelen, maar begon toen te lachen. 'Oké. Geen punt. Ik dacht alleen dat je er misschien even tussenuit wilde.'

'Nou, dat is ook wel zo,' gaf ik toe. Ik had hoofdpijn en het jasje van mijn stomme pak was omhoog gekropen. Ik trok het geërgerd omlaag.

'Zeg het maar als je van gedachten verandert.' Ze liep terug naar haar bureau en ik zag dat ze haar computer uitzette. Ik kwam ernstig in de verleiding. Er lag niets op mijn bureau dat niet tot de volgende dag kon wachten, en ik moest echt het dossier over Patricia van collega Rai lezen voordat ik verder kon. Het appartement in Stoke Newington was een paar maanden na haar verdwijning leeggehaald en opnieuw verhuurd; het enige waaraan ik kon zien wat ze had achtergelaten waren de foto's waarvan Rai me had verzekerd dat ze in het dossier zaten. En ze was al zo lang weg dat het spoor ijskoud was geworden. Het zou niet meevallen getuigen zover te krijgen dat ze zich herinnerden waar ze anderhalf jaar geleden waren. Wanneer ik er ook aan zou beginnen, lastig zou het zeker worden.

'Ik heb mezelf overgehaald.'

Ze was bezig haar jasje dicht te maken en keek op. 'Echt? Geweldig. Waar wil je naartoe?'

'Ik ga bijna nooit naar de kroeg, maar de vaste stek van de afdeling om iets te gaan drinken is de Silver Hook. Het is er een beetje groezelig, maar het is dichtbij. En het zal er nu wel vrij rustig zijn.'

'Prima. Laten we daar gaan kijken.'

Het was een logische, maar ook een verkeerde keuze, besefte ik direct bij binnenkomst. De eerste die ik zag was Peter Belcott, die met Chris Pettifer, Harry Maitland en Art Mortimer aan de bar hing. We waren niet de enigen die vonden dat de dag moest worden besloten met een pint, maar we liepen een paar drankjes achter bij de rest. En omdat de rest niet bestond uit de sympathiekste leden van onze afdeling, glimlachte ik naar hen en liep doelgericht naar het andere eind van de kroeg, gevolgd door Liv. In de hoek stond een tafeltje in een nis, buiten hun gezichtsveld, en ik gooide mijn jas daar neer.

'Wat wil jij drinken?'

Ze trok haar neus op. 'Is het een al te groot cliché als ik witte wijn neem?'

'Nee, en dat lijkt mij ook wel wat. Een droge?'

'Sauvignon blanc als ze die hebben.'

'Ik neem aan van wel,' zei ik enigszins weifelend. 'Ik haal een fles.' Dat had het bijkomende voordeel dat we niet zo vaak naar de bar hoefden te lopen. Ik vermande me en ging bestellen.

Kennelijk daartoe aangezet door een van de anderen draaide Belcott zich om. 'Kerrigan. Komen jij en die knappe Liv niet bij ons staan?'

'We komen even rustig wat drinken.'

'Wij ook.' Hij stond onvast op zijn benen en zijn blik was al wazig. Er gutste wat bier over de rand van zijn glas, dat langs zijn vingers omlaag liep. 'Oeps.'

'Ik denk dat we daar maar blijven zitten.'

'Weet je, Kerrigan, ik begin te denken dat je me niet zo graag mag.'

Er was geen enorme intuïtie voor nodig om dat te ontdekken, niet dat ik van Belcott had verwacht dat hij dat enigszins zou aanvoelen. Ik reageerde niet en bleef hem aankijken tot hij er genoeg van had me aan te staren en zich weer omdraaide naar zijn groepje. Hij maakte een opmerking die werd beantwoord door een luid lachsalvo en ik voelde een prikkeling van ergernis in mijn nek. Het was geen confrontatie waard. Maar ooit zou ik echt mijn geduld verliezen en dan zou hij zijn verdiende loon krijgen.

Ik ging terug naar Liv met de wijn in een koeler met ijs en twee glazen.

'Problemen?'

'Waarom vraag je dat?'

'Omdat je een kleur hebt gekregen. En ik zag de jongens tegen je praten.'

'Belcott praatte tegen me.' Ik sloeg mijn ogen ten hemel.

'Ik denk dat hij je leuk vindt,' zei ze zangerig.

'Ik denk dat hij een hekel heeft aan mij en aan alles waar ik voor sta,' zei ik minachtend. 'Als je lang genoeg blijft, zou hij ook best een hekel aan jou kunnen krijgen.'

'O, hij kan me nu al niet uitstaan, maar daar ben ik aan gewend.' Ze zei het terwijl ze haar glas hief om een slokje te nemen en ik kon haar gezicht niet goed genoeg onderscheiden om te weten of ze het meende.

'Ik kan me niet voorstellen dat er veel mensen zijn die je niet mogen.'

'Alleen homohaters. Ze lijken het eerst niet door te hebben. Als ze er dan achter komen dat ik lesbisch ben, doen ze alsof ik ze voor de gek heb gehouden of zoiets.' Ze nam nog een slokje, een tikje nerveus in haar gebaren, en ik realiseerde me dat ze gespannen mijn reactie afwachtte, wat wel grappig was. Ze was heus niet de enige lesbienne bij de politie, ook al was ze vrouwelijker dan een aantal andere die ik was tegengekomen. Ik was niet bepaald geschokt door haar onthulling, eerder lichtelijk verbaasd dat het me niet was opgevallen, maar ik had me er dan ook grote zorgen over gemaakt dat ze haar pijlen op Rob zou richten.

'Ach, je voldoet dan ook niet aan het stereotype, hè? Dat is ook misleidend. Het minste wat je kunt doen is stevige stappers dragen.'

Ze lachte en de spanning verdween direct. 'Ik probeer het echt niet te verbergen, hoor. Ik denk dat de meeste mensen van de afdeling het inmiddels wel weten.'

'Ik wist het niet. Ik dacht dat je een oogje op Rob had,' gaf ik schaapachtig toe.

'Helemaal niet. Ik heb een vriendin.'

'O ja? Werkt ze ook bij ons?'

Liv knikte. 'Op mijn oude afdeling bij de veiligheidsdienst.'

'Zijn jullie een relatie begonnen toen jullie bij hetzelfde team werkten?'

'Nee. Na mijn vertrek. Ze had me voor een afscheidsetentje uitgenodigd en van het een kwam het ander.' Nog een slokje. 'Oké, ik heb haar verleid.'

Ik leunde voorover en dempte mijn stem. 'Je beseft toch wel dat agressieve lesbiennes waarschijnlijk tot de favoriete fantasieën van Belcott behoren.'

Ze snoof. 'Zo was het niet. Ze had net een lange relatie achter de rug en was dus niet op zoek naar een andere vriendin. En ik eigenlijk ook niet. Maar die dingen gebeuren.'

'Hoe heet ze?'

'Joanne. Op het werk wordt ze Jo genoemd, maar ik noem haar liever Joanne.' Ze keek dolgelukkig toen ze de naam van haar vriendin uitsprak en ik grijnsde.

'Je bent echt verliefd, hè?'

'Jij niet dan?' De dromerigheid verdween. 'Hoe zit het toch met jou en Rob?'

Ik zou mijn hoofd op tafel hebben gelegd als die niet nogal plakkerig was geweest. 'Ik heb het verkloot.'

'Kom nou. Zo erg kan het niet zijn.'

'Wel waar. Ik heb geen beste beurt gemaakt.'

Ze schonk mijn glas vol. 'Neem een slok en vertel alles maar aan tante Liv.'

Ik deed wat ze zei. En toen nam ik nog een glas, en nog een, terwijl Liv me probeerde te laten inzien dat Rob geen spelletjes speelde, dat hij echt een goede vent was en dat hij niet compleet verliefd was geworden op Rosalba Osbourne en mij helemaal was vergeten, vooral omdat hij zijn afspraakje had afgezegd en in plaats daarvan met een stel vrienden naar de kroeg was gegaan.

'Hij was er heel duidelijk over. Je moet bewijzen dat je bereid bent een echte relatie aan te gaan.'

'Hoe moet ik dat precies doen als hij niets tegen me wil zeggen?'

Ze keek verbaasd. 'Ik ken hem niet zo goed, maar dat lijkt me niets voor Rob.'

'Ik heb ook niets tegen hem gezegd,' gaf ik toe.

'Jij zult de eerste stap moeten zetten. Je zult iets moeten doen waaruit blijkt dat je met hem samen wilt zijn.'

'Hij wil dat misschien helemaal niet.'

'Dat is het 'm juist. Je moet het risico nemen. Je best ervoor doen. Hij is het waard.'

De tweede fles raakte sneller leeg dan de eerste. Ik liep onvast naar de bar om wat water te halen en ontdekte dat Maitland en Belcott als enigen over waren. Belcott grijnsde vuil.

'Heb je het naar je zin?'

'Ja hoor, bedankt.'

'Ik wist niet dat jij je inliet met zulke dingen.' Hij legde zijn vingers aan weerszijden van zijn mond en maakte likkende bewegingen met zijn tong. Ik huiverde en keek weg.

'Hoe staan de kansen, Harry?' zei Belcott luid. Hij sprak een beetje met dikke tong. 'Twee vrouwen op de afdeling. De ene is een pot en de andere is Kerrigan. Dat is erger dan helemaal geen vrouwen.'

'Hou toch op, Peter.' Maitland zei wat ik dacht. 'Wees voor één keer eens geen klootzak.'

'Ik mag toch wel wat zeggen.' Hij klonk gekwetst.

'Liever niet.' Maitland wendde zich weer tot mij. 'Laat hem maar kletsen. Gezellige avond nog samen. Hier.' Hij graaide in Belcotts zak en haalde er twintig pond uit. 'Een rondje van hem.'

Ik riskeerde een blik op Belcott, die naar de vloer keek en zich kennelijk afvroeg wat er net was gebeurd.

'Dat kan ik niet aannemen.'

'Doe maar wel.' Hij hield de barman het biljet voor. 'Nog eens hetzelfde.'

Dus deelden we een derde fles, wat mijn tweede vergissing van die avond bleek te zijn. Mijn derde was dat ik niets at behalve een zakje dry-roasted pinda's. Mijn vierde was dat ik niet ver genoeg voorover-boog toen ik moest overgeven in de steeg buiten, zodat er spetters op mijn schoenen en de omslag van mijn broek belandden.

Toen ik veel later thuiskwam, liet ik mijn broekpak op de vloer liggen. Ik was te zeer van de wereld om te onderzoeken of het nog te redden was door de stomerij. Mijn maag deed zeer door het zuur in de wijn en door de fysieke inspanning van het braken. Mijn hoofd bonsde en ik dronk twee glazen water, waarbij ik me aan het aanrecht moest vasthouden in een poging de kamer te laten ophouden met ronddraaien.

'Wat is hier eigenlijk leuk aan?' zei ik hardop tegen niemand in mijn appartement. Toen ging ik liggen en wachtte af tot mijn bed zou stoppen met het nadoen van een achtbaan, zodat ik nog wat kon slapen.

17

De ochtend na zo'n avond is nooit erg leuk, vooral als je in de regel niet veel drinkt. Ik werd om halfzes wakker met een mond als de Sahara en een tong die tweemaal zo groot leek als normaal. Ik liet blind mijn hand over het nachtkastje gaan en ontdekte dat ik was vergeten een glas water neer te zetten voordat ik naar bed ging. Ik liet me weer in het kussen zakken en probeerde voldoende energie te vergaren om mijn benen over de rand van het bed te zwaaien en op te staan. Opstaan was helaas noodzakelijk. Zelfs als ik geen behoefte aan water had gehad, was mijn hoofdpijn te erg om die te negeren.

Gesteund door schietgebedjes slaagde ik erin overeind te komen en naar de keuken te wankelen, waarbij ik steun zocht bij de muur om niet te vallen. Ik wist dat ergens in de keuken aspirines lagen. Ik had ze in een la zien liggen. Zachtjes kreunend zocht ik tussen het bestek, de gebruiksaanwijzingen en losse spulletjes die ik in de laden had gedumpt en vervolgens was vergeten. Het doosje lag in de laatste lade die ik opentrok. Ik nam twee tabletjes en spoelde ze weg met een halve liter water met een metalige nasmaak.

Ik stond me daar af te vragen wat ik zou doen terwijl ik wachtte tot ik me beter zou gaan voelen. Ik zou onmogelijk weer in slaap kunnen vallen als ik me zo beroerd voelde. Ik ging dus maar onder een deken op de bank liggen en bleef kijken naar de wuivende boomtakken in het park, terwijl ik me concentreerde op een regelmatige en trage ademhaling in een poging de misselijkheid te bestrijden. Na het eerste uur was ik voldoende opgeknapt om een bad te riskeren. Na het bad slaagde ik erin een kopje thee te drinken. Na de thee luisterde ik de berichten op mijn antwoordapparaat af en de moed zonk me in de schoenen toen mijn moeders stem mijn hoofd vulde.

'Maeve, bel je ooit nog eens naar huis? Ik probeer je te bereiken. Het is belangrijk. En je mobiel lijkt niet te werken.'

Dat was een regelmatig terugkerende klacht. Ze liet er niet graag een bericht op achter omdat ik er nooit op reageerde. De voicemail op mijn mobiel was afstandelijk, anoniem. Ik kon doen alsof ze een verkeerd nummer had gebeld, of alsof haar bericht niet was opgenomen. Met mijn vaste telefoon wist ze dat ze mijn antwoordapparaat bereikt had. Als je zorgvuldig luisterde naar de melding die ik erop had ingesproken, kon je het gebrek aan enthousiasme in mijn stem horen. Ik wist toen al wie het apparaat het meest zou gebruiken en waarom...

Het volgende bericht was hetzelfde, alleen klonk haar stem wat schriller. Toen ze voor de derde keer belde had ze kennelijk de moed opgegeven dat ze me persoonlijk te spreken zou krijgen.

'Het is maar goed dat het geen medische calamiteit of zoiets was, want je lijkt onbereikbaar te zijn.' Ze had altijd tijd om me een schrobbering te geven, bedacht ik, hoe belangrijk haar telefoontje ook was. 'Ik belde omdat ik je wilde zeggen dat je broer heeft besloten de scheiding niet door te zetten. Hij zegt dat hij het haar vergeeft.'

Met 'haar' bedoelde ze Abby, nam ik aan.

'Ik snap niet hoe hij kan denken dat het huwelijk stand zal houden nu ze hem al een keer heeft beduveld, maar hij zegt dat het het niet waard is de kinderen verdriet te doen, alleen maar om haar te straffen.'

Mijn glimlach werd steeds breder. Die goeie, ouwe Dec. Ware liefde overwint alles.

'Ik kan maar niet beslissen of hij nu zo dom is of te romantisch voor zijn bestwil of allebei. Waarschijnlijk allebei. Nou ja, ik dacht dat je het wel zou willen weten.' Ze klonk opeens een beetje schichtig. 'En ik had nog niemand iets verteld. De familie. Dus ik denk dat we het allemaal maar moeten vergeten en het niet tegen je tantes moeten zeggen. Ik ben er niet zo zeker van dat ze het zouden begrijpen.'

Zoals gewoonlijk was ik zowel geamuseerd als geïrriteerd door mijn moeder, maar deze keer werden die gevoelens overstemd door mijn opluchting dat Dec en Abby het nog eens gingen proberen. Dec had veel meer reden dan ik om weg te lopen, maar hij hield stand. Hij was te koppig om toe te geven, te koppig en te toegewijd aan het leven dat hij wilde leiden. Ik vond dat Abby meer geluk had dan ze verdiende, maar ik zou het haar niet moeilijk maken, omwille van Dec. En ook, moest ik toegeven, omdat mijn moeder in staat was haar genoeg te straffen voor ons allemaal, dus kon ik achteroverleunen en haar het zware werk laten doen.

Het laatste bericht op het apparaat was het geluid van een hoorn die werd neergelegd. Ik draaide 1471 om erachter te komen wie me had gebeld en herkende het nummer direct. Mijn onvoorspelbare collega Langton had de avond tevoren om tien over elf gebeld. Hij had wel gebeld, maar geen bericht achtergelaten. Ik rolde, nog in mijn deken gewikkeld, van de bank en ging op zoek naar mijn tas. Mijn mobiel lag helemaal onderin, en toen ik hem eruit had gehaald, las ik op het schermpje dat ik zeven gemiste oproepen had met zes berichten. Ik scrolde erlangs en zag twee belletjes van Rob, een van Liv en vier van mijn moeder. Liv had met een dubbele tong een bedankje voor de geweldige avond ingesproken en ik zou in de lach zijn geschoten als ik me niet vaag herinnerde dat ik mezelf een aantal keren had moeten herhalen om ervoor te zorgen dat de taxichauffeur mijn adres kon verstaan. Ik wilde er niet aan denken wat een figuur ik had geslagen met mijn gekreukte kleren en mijn warrige haar. Ik was te oud om me zo te gedragen. En ik zag er op dit moment nog minstens tien jaar ouder uit, met mijn morning-after-gezicht.

De berichten van mijn moeder kon ik naast me neerleggen, want ik had al gehoord wat haar bezighield. Ik wiste ze zonder enig schuldgevoel. Daardoor was ik nu vrij om mezelf te kwellen met de vraag wat Rob had gewild. Hij had toen hij de tweede keer belde de voicemail ingesproken, om twaalf minuten over elf, net nadat hij zonder succes had geprobeerd me thuis te bereiken.

'Ze zoeken haar hier, ze zoeken haar daar.' Hij zei het met een glimlach in zijn stem. 'Ik kijk er erg naar uit om het met je te hebben over inspecteur Derwent, nu ik de kans heb gehad wat tijd met hem door te brengen. Hij is precies zoals je zei, erger zelfs.' Er was een kleine aarzeling en toen zei Rob snel, in één adem voordat hij ophing: 'Ik hoop dat het goed met je is. Laat het me even weten.'

Hij was bezorgd om me geweest. Ik legde mijn telefoon op de tafel voor me en liet hem rondtollen terwijl ik overwoog wat ik zou doen. Het was bijna zeven uur, nog te vroeg om hem te bellen. Maar daarvoor waren de sms'jes ook uitgevonden, bedacht ik, en ik toetste een kort berichtje in. *Tot laat uitgeweest. Telefoon niet gehoord. Alles oké.* Het deed een beetje kaal aan. Ik aarzelde en voegde toen 'met Liv' in na 'laat'. Niet dat ik het gevoel had hem te moeten uitleggen waar ik was geweest, maar hij was blijkbaar zo ongerust over me geweest dat hij had gebeld. Ik verzond het voordat ik me meer dan een paar honderd keer zou afvragen of ik het wel moest doen en gooide toen mijn mobiel met een zucht op de bank. Ik was nog niet eens bij de deur toen hij piepte.

Blij dat dat kapsel een uitje heeft gekregen, stond er.

'Aha,' zei ik hardop, 'dus het is je wel opgevallen.' Glimlachend maakte ik aanstalten om me te gaan aankleden. Ik voelde me nog steeds als een lijk, maar toch ondefinieerbaar beter. Een lijk na een weekend in een wellnessoord. Een lijk na een geslaagde winkelexpeditie op zoek naar schoenen. Een verliefd lijk? Ik zette die gedachte even uit mijn hoofd en probeerde mezelf eruit te laten zien als een brave burger en niet als iemand die tot in de kleine uurtjes in de kroeg had zitten slempen.

Vandaag kwam ik absoluut niet chic voor de dag: een zwarte pantalon, een simpel zwart topje, een grijs colbertje. Sober. Professioneel. In de spiegel zag ik grauw en de blauwe plek op mijn voorhoofd knalde eruit. Ik schudde mijn hoofd tot mijn haar over de plek hing; het kwam niet vaak voor dat ik blij was dat het er gewoon weer slordig uitzag. Verder liet ik elke poging mijn uiterlijk te verbeteren maar na. Ik zou de dag wel doorkomen. Ik zou hard aan de slag gaan, zodat ik vergat hoe ik me voelde. En uiteindelijk zou ik weer opknappen.

Het enige prettige aan zo vroeg wakker worden was dat ik nu veel eerder aan het werk kon, waardoor ik hopelijk kon goedmaken dat ik me de vorige avond had gedrukt. Toen ik een laatste blik op het appartement wierp en mijn tas pakte, bedacht ik dat een kater nog een klein voordeeltje bood. Ik moest er niet aan denken te gaan ontbijten, dus daarvoor hoefde ik ook niet te blijven.

Ik sloot de deur zachtjes achter me in de hoop het huis te kunnen verlaten zonder iemand anders tegen te komen. Ik was nog niet toe aan een praatje. Ik voelde me zo breekbaar als handgeblazen glaswerk, zo broos als een gedroogd blad. Een hard geluid zou me in duizend kleine stukjes doen breken. Het was godzijdank stil in huis, zo stil als het in het oude gebouw maar kon zijn. Ik begon eindelijk te wennen aan de zuchten, de tikkende leidingen en de krakende planken, maar vond het nog steeds niet prettig. Misschien de volgende keer nieuwbouw, dacht ik.

Alleen doordat ik op de automatische piloot functioneerde keek ik in mijn brievenbus voordat ik wegging, want op zondagochtend zou hij leeg moeten zijn. Ik herinnerde me dat ik de vorige avond mijn post had opgehaald, waarbij ik er pas bij de derde poging in slaagde mijn sleuteltje in het slot te krijgen. Niet bepaald een waardige vertoning. Deze keer bracht ik het er beter van af en toen het postvakje openging staarde ik verbaasd naar de inhoud. Ik wist zeker dat ik het de vorige nacht had geleegd. Ik had best iets onopvallends als een briefkaart over het hoofd kunnen zien, maar geen enveloppe met bubbeltjesplastic, ook al was hij heel klein. Hij had daar niet moeten liggen.

Iets – vermoedelijk mijn opleiding – zette me op scherp. Ik graaide in mijn tas naar mijn mobiel en nam een paar foto's van de enveloppe voordat ik hem eruit haalde. Ik voelde me eigenlijk een beetje belachelijk. In een zijvakje vond ik een paar latexhandschoenen die ik in het pakhuis niet had gebruikt. Ik trok er een aan om te voorkomen dat mijn huid in aanraking zou komen met de enveloppe als ik hem uit de brievenbus haalde. Hij was licht maar niet leeg: er zat iets in wat heen en weer schoof. Mijn naam en adres stonden in het neutrale lettertype Times New Roman op de adressticker vermeld en ik staarde ernaar met toenemende onrust. Mijn naam was geschreven als 'Hoofdagent der recherche Maeve Kerrigan – Afd. Ernstige Delicten'. Geen afzender. Geen postzegel. Geen poststempel. Persoonlijk bezorgd. Op mijn huisadres.

Negen van de tien keer zou ik de enveloppe direct hebben opengemaakt, maar nu werd ik er nerveus van. Het leek erop dat ik de gedachte niet opzij kon zetten dat John Skinner in het verleden nogal eens politiemensen aan wie hij een hekel had het leven had zuur gemaakt, dat hij zeer goed in staat was erachter te komen waar ik woonde, en dat hij nog lang niet was verslagen, ook al zat hij nu in hechtenis. En natuurlijk als voornaamste: dat ik degene was geweest die daarvoor verantwoordelijk was.

Ik hield de enveloppe nog steeds bij een hoek vast en trok me terug in mijn appartement, waar ik hem uiterst voorzichtig op de salontafel legde. Hij lag daar maar, geelbruin en zonder dat ik er wijzer van werd, terwijl ik door de kamer liep en me afvroeg wat ik ermee aan moest. Het was belachelijk te denken dat de enveloppe een boobytrap was. Hij was te klein om een ontstekingsmechanisme te bevatten. Behoedzaam tastte ik de randen af, waardoor ik erachter kwam dat het object dat erin zat smaller was dan een luciferdoosje, maar wel ongeveer die lengte had. Ik zou de explosievenopruimingsdienst niet bellen voor zoiets nietigs. Ik zou hem gewoon zelf openmaken. Voorzichtig.

Ik legde een paar nieuwe velletjes kopieerpapier op de tafel om eventueel sporenmateriaal dat uit of van de enveloppe kwam op te vangen. Met gehandschoende handen trok ik heel langzaam het randje van de flap los. Het was een zelfklevende enveloppe en de strip kwam verbazend makkelijk los, vrijwel zonder scheurtjes, alsof hij maar heel licht was dichtgedrukt. Ik trok net zo ver dat ik naar binnen kon turen met behulp van mijn kleine Maglite. Hij was leeg, behalve helemaal achterin, waar een zilverachtig metalen voorwerpje het licht weerkaatste. Ik hield de enveloppe schuin zodat het voorwerp op het papier gleed. Het was zoiets bekends, zoiets onschuldigs dat ik ondanks mijn ongerustheid bijna in de lach schoot: een usb-stick voor een computer. Zulke sticks waren goedkoop en overal te krijgen en konden enorme hoeveelheden informatie bevatten. Van deze werd ik op dat moment niet veel wijzer, maar om de geheimen die erin zaten te ontsluiten, had ik alleen maar een computer met een usb-poort nodig. Ik keek de enveloppe na om er zeker van te zijn dat ik niets over het hoofd had gezien en pakte hem samen met de usb-stick in voor nader onderzoek op mijn werk. Ik haastte me iets meer toen ik voor de tweede keer van huis ging. Ik vond het niet prettig dat ik de stick bij me droeg en evenmin dat hij me was toegestuurd. Ik wilde weten wat erop stond en ik wilde ook wat tijd vrijmaken om naar de advertenties met huurwoningen te kijken. Ik had het gevoel dat ik maar weer eens moest verhuizen.

Ik had de enveloppe zelf al serieus genomen, maar dat was niets vergeleken bij de manier waarop Godley en Derwent reageerden toen ze ervan hoorden. Beiden waren al op het bureau toen ik binnenkwam.

'Ik vind dit zeer onrustbarend.' De enveloppe lag op Godleys bureau, met de usb-stick ernaast. De hoofdinspecteur tikte met een pen tegen zijn lippen terwijl hij peinzend naar beide voorwerpen keek.

'Moeten we even kijken wat erop staat?' Derwent beefde van nieuwsgierigheid, smachtte als een kort aangelijnde hond die een verleidelijke geur opsnuift.

'Heeft er al een forensisch technicus naar gekeken?' vroeg Godley. Ik schudde mijn hoofd. 'Oké. Nou, dan raakt niemand hem aan tot hij is gecontroleerd op vingerafdrukken en DNA-sporen.'

'Ik bel ze even.' Derwent kwam direct in actie, enkel om iets te doen te willen hebben. Het was benauwd in Godleys kantoor en ik voelde me wat licht in het hoofd; ik vond het meer dan prettig om hem de telefoontjes te laten plegen en het voetenwerk te laten doen. Mijn brein kwam traag op gang.

'We moeten eigenlijk iemand van de IT-afdeling inschakelen, voor het geval er een virus of iets dergelijks in zit. Ik denk niet dat we hem gewoon in een van de computers daar kunnen stoppen en er maar het beste van hopen.'

'Het zou inderdaad niet erg worden gewaardeerd als we het hele computersysteem van de Met ontregelen,' zei Godley ernstig. 'Josh, regel dat ook even.'

'Anders nog iets? Koffie? Croissantjes?'

'Als jij trakteert.'

'Het was sarcastisch bedoeld.'

'Weet ik,' zei de hoofdinspecteur nuchter. 'Toch een goed idee. Ga maar even halen, nu we toch op versterking moeten wachten. Je wekt de indruk iets te willen doen terwijl je wacht.'

Met een somber gezicht werkte Derwent zijn telefoontjes af,

waarna hij zich opmaakte om het bureau te verlaten. Ik bestelde met veel plezier mijn broodje en koffie, ook al noteerde hij mijn bestelling met grote tegenzin. Godley vroeg om fruitsalade, wat hem een sneer opleverde. Maar in een van zijn zeldzame momenten van innemendheid liep Derwent de hele recherchekamer door om bestellingen van de vroege vogels die al binnen waren op te nemen. Ik zag Liv aan de andere kant van de kamer. Ze schudde haar hoofd en wees naar de superformaat koffiebeker die dampend op haar bureau stond. Ze zag er beter uit dan ik me voelde, maar dat zei niet veel.

Ik wendde me weer tot Godley en grijnsde. 'Verrassend genoeg zou hij het prima doen als serveerster.'

'Wacht maar even met je een mening te vormen tot je ziet wat je krijgt. Ik verwacht alles behalve een fruitsalade.'

'Het moet wel leuk zijn om inspecteur Derwent orders te kunnen geven.'

'Soms wel. Niet dat hij vaak naar me luistert.' De hoofdinspecteur stond op en rekte zich uit. 'Ik zou je er eigenlijk flink van langs moeten geven voor het openen van de enveloppe. Als het een boobytrap was geweest, had je ernstig gewond kunnen raken.'

'Ik ben voorzichtig geweest.'

'Je hebt geluk gehad.' Hij liep naar het raam en staarde naar buiten. 'Is het bij je opgekomen dat Skinner erachter kan zitten?'

'Jawel.'

'En toch heb je hem opengemaakt.'

'Ik wilde weten wat erin zat.'

Hij lachte kort. 'Uiteraard.' Nog steeds met zijn rug naar me toe zei hij heel rustig: 'Als John Skinner het op je gemunt heeft, moet je weten dat ik alles wat in mijn macht ligt zal aanwenden om je te beschermen. Ik zal niet toestaan dat hij je iets aandoet.'

'Maar de mogelijkheid bestaat wel, hè?' De inspanning om mijn stem neutraal te laten klinken maakte dat ik mijn vuisten balde. 'Zo iemand is hij wel. Wraakzuchtig.'

'Hij vindt dat mensen moeten boeten voor wat ze hebben gedaan. Maar op dit moment houdt hij zich meer bezig met het uitzoeken van wat er precies met zijn dochter is gebeurd en het straffen van degenen die er verantwoordelijk voor zijn. Ik heb wel overwogen dat hij, als dat eenmaal achter de rug was, misschien zou gaan nadenken over de vraag hoe hij is beland waar hij nu zit.'

'Maakt u zich zorgen dat hij achter u aan gaat?'

'Altijd.' Het klonk zo terloops dat de toon voor mijn gevoel niet strookte met hetgeen hij had gezegd.

'Wat bent u van plan te doen?'

'Er met mijn vrouw over praten. De opties doornemen. Misschien nog eens verhuizen.' Hij legde zijn hoofd tegen het glas. 'Het is niet wat ze had verwacht toen ze met me in zee ging.'

'Het spijt me.'

'Jij kunt er niets aan doen. Dit is ook niet wat jij had verwacht toen je met ons in zee ging.' Hij keek me zijdelings aan. 'Hopelijk ben jij hem niet opgevallen en heeft dit niets met hem te maken.'

'Ik ben niet bang,' loog ik. Godleys reactie stelde me niet gerust.

'Wees op je hoede, ook al ben je nu niet bang. Gebruik je intuïtie en neem geen onnodige risico's. En als iemand je nog eens een geheimzinnig pakje stuurt, maak het dan in godsnaam niet gewoon open.' Hij liep terug naar zijn bureau. 'Ik moet een paar mensen bellen.'

Ik begreep dat hiermee ons gesprek beëindigd was en glipte zijn kantoor uit. Het had geen zin om ergens mee aan de slag te gaan terwijl ik afwachtte wat er op de usb-stick stond. Onderweg naar mijn bureau ving ik een blik van Liv op, en ze kwam naar me toe. Heel zacht fluisterend vertelde ze hoeveel last ze van hoofdpijn had en bespraken we hoeveel we precies hadden gedronken en wie er een stokje voor had moeten steken voordat we in die staat waren geraakt.

Derwent onderbrak ons door chagrijnig het ontbijt af te leveren, en niet lang daarna kwam ook de hoofdinspecteur weer binnen.

'Een forensisch rechercheur zit nu naar de usb-stick te kijken, maar ik krijg slecht nieuws wat betreft de computerondersteuning. Tot morgen hebben ze niemand beschikbaar.'

'Wilt u zo lang wachten?'

'Beslist niet.' Hij zette zijn laptop op mijn bureau neer. 'We kunnen deze gebruiken, zodat niemand anders problemen krijgt als er een virus in zit. Ik heb hem losgekoppeld van het intranet van de Met. Ik zie dat Colin binnen is. Hij is waarschijnlijk van ons allemaal het best gekwalificeerd om hierin de leiding te nemen.'

Ik was blij dat Godley zijn oog had laten vallen op die aardige, vriendelijke Colin en niet op de andere techneut van ons team die op kantoor was, Belcott, die achter in de kamer zat.

'Wat is er aan de hand?'

Ik vertelde Liv wat ik die ochtend in mijn brievenbus had aangetroffen en was me ervan bewust dat mijn verhaal de aandacht van mijn andere collega's trok. Colin was naar ons toe gekomen toen hij de chef zijn naam had horen noemen. Inspecteur Bryce reed openlijk geïnteresseerd op zijn bureaustoel naar ons toe.

'En waar kwam hij dan vandaan?' vroeg Liv.

'Geen flauw idee. Ik vond hem daar vanochtend.'

'Het was gisteren zaterdag. Dan wordt er post bezorgd. De enveloppe kan toen zijn aangekomen.'

'Nee, hij zat gisteravond niet in de brievenbus. Ik heb gekeken.'

'Weet je het zeker? Ik bedoel: als je bijvoorbeeld erg moe was, heb je hem misschien niet zien liggen...'

Of als ik dronken was. Ik schudde mijn hoofd. 'Ik heb mijn post eruit gehaald toen ik thuiskwam. Ik kan de enveloppe niet over het hoofd hebben gezien. Daarvoor is hij te groot.'

'En hij zat in je brievenbus in de hal. Dus degene die hem erin heeft gestopt, moet toegang tot je huis hebben gehad.' Zonder dat ik het had gemerkt was Rob binnengekomen.

'Nee, dat hoeft niet. Als iemand een brief door de gleuf in de voordeur heeft gegooid, zal hij door iemand die hem zag liggen in de juiste brievenbus zijn gestopt. Chris staat erop dat de hal netjes blijft.'

'Dat zal best. Hoe laat kwam je thuis?'

'Dat was na middernacht.'

'En hoe laat heb je vanochtend gekeken?'

'Om ongeveer halfacht. Voor zover ik wist was er nog niemand anders wakker. Hij moet er vannacht in gegooid zijn.'

'Dan zoeken we dus naar een nachtbraker,' was Livs commentaar.

'Dat zijn ze allemaal. Het meisje van boven gaat elk weekend tot diep in de nacht uit in clubs. Chris lijkt wel altijd aan het werk te zijn als ik langs zijn raam loop, of het nu dag of nacht is.' Ik kon er niets aan doen; ik moest altijd door de spleet in de gordijnen kijken en dan zag ik hem meestal aan zijn bureau zitten met de spookachtige blauwwitte glans van het computerscherm op zijn gezicht. 'Ik heb geen idee hoe het met Brody zit, maar ik vermoed dat hij komt en gaat als hij er zin in heeft en mijn huisbaas is in principe een nachtmens. Maar zoals ik al zei, ben ik ervan overtuigd dat een van hen de enveloppe gewoon heeft opgeraapt en in de juiste brievenbus heeft gestopt.'

'Nou, ga dan maar uitzoeken wie van hen dat heeft gedaan, zodat we hem kunnen vragen of hij heeft gezien dat iemand hem heeft bezorgd. Of zij natuurlijk,' beval Derwent.

'Dat is precies wat ik van plan was,' zei ik liefjes. 'Het leek me de voor de hand liggende plek om te beginnen.'

Rob was omgelopen naar de andere kant van het groepje en toen hij opkeek zag ik de pretlichtjes in zijn ogen. Zijn sms schoot me te binnen en ik wenste dat ik nu met hem over Derwent kon praten om te horen wat er de vorige dag was gebeurd en wat Rob van hem vond.

De terugkeer van de hoofdinspecteur voorkwam dat Derwent kon antwoorden, wat waarschijnlijk maar beter was ook.

'Oké. We hebben groen licht om hiermee aan de gang te gaan.' Hij legde de usb-stick in Colins uitgestoken hand. 'Geen vingerafdrukken, zoals te verwachten was. Ze stuurt de uitstrijkjes ter analyse naar het lab. Ik zou er maar niet op rekenen dat er iets op wordt aangetroffen.'

'Laten we dan nu maar eens kijken naar de bestanden, aangenomen dat er bestanden op staan.' Colin stopte de stick in de usb-poort en het apparaat zoemde gehoorzaam. 'Hé. Oké. Dat is interessant. Er staat een Worddocument op met de naam "Lieve Maeve".' Hij keek naar me op. 'Dat zul jij wel zijn.'

'Dat zou je wel denken,' antwoordde ik. 'Ga eens door.'

'Verder is er nog een map met fotobestanden. Die heet "Album Een". En het laatste, in een map genaamd "Present" is een videobestand met de naam… nou, met die naam dus.' Hij wees ernaar. De titel van het videobestand was een betekenisloze verzameling letters en cijfers, lukraak bij elkaar gezet. 'Dat doet vermoeden dat het van een website gekopieerd is. Je zou een bestand nooit zo'n naam geven, maar het is mogelijk dat die tag gelinkt is aan een website.'

'Nog meer?'

'Voor zover ik kan zien niet.'

'Oké,' zei Godley. 'Een beeld zegt meer dan duizend woorden, maar laat ons eerst "Lieve Maeve" maar eens zien, zodat we te weten komen wat de bedoeling hiervan is.'

'En als het een privézaak is?' Ik probeerde luchtig te doen, maar mijn hart bonsde.

'Dan vergeten we dat we het hebben gelezen. Kom op. Maak maar open.'

Het leek een eeuwigheid te duren voordat het bestand openging. Ik boog me naar het scherm en merkte dat iedereen hetzelfde deed. Rob en Liv moesten hun nek strekken om vanaf hun plaats iets te kunnen zien, maar ik had er uitstekend zicht op over Colins schouder heen.

Lieve Maeve,

Ik hoop dat je het niet erg vindt dat ik zomaar uit het niets contact met je opneem. Jij kent mij helaas niet, maar ik ken jou wel. Ik hoop dat je daar niet van schrikt.

Ik wilde je een cadeautje geven als bedankje voor al het plezier. Je zou het niet geloven als ik je vertelde hoe lang ik erover heb gedaan om iets speciaals te vinden.

Wat geef je een politievrouw die alles al heeft?

Ik vond dit en dacht aan jou. Ik denk dat je het leuk zult vinden. Ik hoop dat het is waar je naar zocht.

Je moet meer glimlachen, Maeve. Je bent zo leuk om te zien als je glimlacht. Begrijp je wat ik bedoel?

Misschien nu nog niet. Maar dat komt nog wel.

Liefs,
je bewonderaar

'Waar heeft die vent het verdomme over?' zei Derwent.

Ik had een akelig voorgevoel. 'Open die beeldbestanden eens.'

Colin selecteerde ze en opende ze allemaal, zodat het scherm zich vulde met de ene na de andere foto, elk boven op de vorige. Toen ze een voor een opflitsten voelde ik het bloed uit mijn gezicht wegtrekken. Ik had eigenlijk niet verbaasd mogen zijn – ik had immers gezien wat er in de brief stond – maar toch kon ik nauwelijks geloven dat dit foto's van mij waren. Allemaal. Ik voor mijn huis, in gesprek met een voorbijkomende glazenwasser die me bijna bewusteloos had geslagen met zijn ladder. Ik in de winkel op de hoek terwijl ik tijdens het afrekenen stond te praten met de jongen achter de kassa. Wandelend in het zonnetje met mijn mobiel aan mijn oor, lachend, met een spijkerbroek en een katoenen topje aan. Door het raam van mijn woonkamer, ik zittend op de bank met mijn hoofd opzij om iets te zeggen tegen iemand die buiten beeld stond. Lopend tegen de wind in met wapperende haren terwijl ik haastig de straat uit liep. Het laatste stukje van een rondje hardlopen om het park, waarbij ik lachte, en ik herinnerde me dat ik had moeten lachen omdat 'Eye of the Tiger' net was begonnen op de random-afspeellijst van mijn iPod, een liedje dat wel erg toepasselijk leek. Niet glimlachend in de regen. En toen, opeens, niet langer in mijn buurtje. Niet glimlachend, pratend met Derwent op straat voor het bureau. Hysterisch lachend met Liv toen we de avond tevoren het bureau verlieten.

'Dat was gisteren.' Liv wees naar de foto.

'Helemaal up-to-date,' dwong ik mezelf te zeggen. Ik had het gevoel dat ik geen vaste grond meer onder mijn voeten had. Dat kwam door de schok, dacht ik. Dat en ook dat ijskoude gevoel.

Vaag was ik me ervan bewust dat iemand mijn hand pakte, zijn arm om me heen sloeg en me ondersteunde toen ik wankelde. Ik had verwacht dat het Rob was, maar toen ik keek bleek het Derwent te zijn die me opmerkzaam aankeek met een bezorgde blik in zijn ogen. Dat bracht me nog meer uit mijn evenwicht.

'Wil je even gaan zitten?'

'N-nee. Het gaat wel.'

'Heus?'

Ik antwoordde niet, maar keek naar het deel van het kringetje waar Rob stond, en tot mijn opluchting zag hij er net zo kalm uit als altijd. Geïnteresseerd maar niet uit zijn evenwicht gebracht. Ik maakte Derwents hand zachtjes los van mijn arm en ergens diep vanbinnen was ik verbaasd dat een enkele blik van Rob meer effect kon hebben dan alle bezorgdheid en schouderklopjes van Derwent.

'Dit is niets voor John Skinner.' Ik bespeurde iets van opluchting in Godleys stem.

'Nee. Echt zo'n huis-tuin-en-keukengek. Niets om je druk over te maken.' Ik lachte beverig. Niemand lachte mee.

'Hij zei dat hij een cadeautje voor haar had. Wat is dat cadeautje dan?' vroeg Liv.

'De video?' Colin klikte erop en het scherm werd donker toen het bestand begon te laden.

Het verschil tussen het lege scherm en het begin van de video was subtiel; aanvankelijk had ik niet eens in de gaten dat hij al werd afgespeeld. Het licht was niet best, want het beeld werd steeds donkerder tot het onzichtbaar was en vervolgens flikkerde het weer enigszins op tot iets wat te onderscheiden was. De camera bewoog en liet ons een laag, licht gebogen plafond zien, een smalle ruimte die er vaag bekend uitzag.

'Het is de laadruimte van een busje,' zei Rob een paar seconden voordat de wielkap in de hoek van het beeld verscheen en zijn observatie bevestigde.

'Wat ligt daar op de vloer?' vroeg Godley.

'Zeildoek, denk ik.' Colin boog zich voorover om beter te kunnen zien en ging weer achterover zitten toen het scherm opeens fel oplichtte.

'O jezus. Dat is Cheyenne.' Derwent klonk verontrust. Ik dwong mezelf weer naar het scherm te kijken.

Ze lag op de grond, op het zeildoek, en de rok van haar jurk zat hoog opgetrokken om haar dijen. Haar haar lag over haar gezicht.

'Weet je zeker dat zij het is?' vroeg ik.

'Absoluut.'

'Dat is de jurk die ze droeg toen ze verdween,' zei Rob.

'Wat is dit toch?' Ik hoorde mijn stem breken.

'Dit is wat er naderhand is gebeurd.' Godley was ergens anders gaan staan zodat hij het beeld beter kon zien en zijn gezicht was zo dicht bij het mijne dat ik de douchegel die hij die ochtend had gebruikt kon ruiken. Mijn geest wendde zich af van hetgeen zich voor mij afspeelde en stortte zich op elke afleidende gedachte, als een hert dat alle kanten op springt. Ik beet zo hard op de binnenkant van mijn wang dat ik iets metaligs proefde en de pijnscheut bracht me terug in de kamer, terug bij mijn werk. Terug bij het meisje dat daar op de vloer lag met haar haren over haar gezicht en een hand die werd uitgestoken om het opzij te strijken.

'Is ze dood?' fluisterde Liv.

'Nee. Je kunt haar borstkas op en neer zien gaan.' Derwent had zijn ogen niet van het scherm af gehad. 'Lichte verwondingen.'

Cheyenne bewoog zich even en toen kwam er geluid bij, schokkend hard na de stilte tot nu toe. Geritsel, ademhaling vanachter de camera, vervolgens gelach toen het meisje bijkwam, overeind ging zitten en verward om zich heen staarde. Ze was veertien jaar oud en alleen met iemand die het duidelijk slecht met haar voorhad, maar ze was ook John Skinners dochter.

Gefascineerd keek ik toe hoe ze zich vermande, een waardiger houding aannam en zich erop voorbereidde de situatie onder ogen te zien. Toen ze sprak, deed ze dat met het zelfvertrouwen van iemand die nooit eerder was geconfronteerd met de mogelijkheid van falen, omdat ze altijd haar gewelddadige, gevaarlijke papa achter zich wist.

'Jij hebt nu écht een heel groot probleem.'

En toen werd het scherm zwart.

Ik liet mijn adem ontsnappen uit longen die leken te knappen; ik had niet eens gemerkt dat ik mijn adem had ingehouden.

'Is dat alles?' vroeg Godley.

'Ik denk van wel. Misschien zit er nog iets anders op verscholen. Bestanden die zijn overschreven komen soms toch nog tevoorschijn als je ernaar op zoek gaat. Hangt ervan af of dit een nieuwe usb-stick was of een die hij heeft hergebruikt.'

'Nou, zorg dat je daarachter komt. En snel, Colin. We moeten alles weten wat daarop staat. En waar die man de videobeelden vandaan heeft. Je zei dat je dacht dat ze van een website waren gehaald.'

'Zou kunnen.' Colin haalde zijn schouders op. 'Maar het kan ook zijn eigen persoonlijke video zijn, en dat hij het er laat uitzien als iets wat hij ergens anders vandaan heeft gehaald.'

Ik vond mijn stem terug. 'Het zou wel heel erg toevallig zijn dat de vent die Cheyenne en Patricia heeft gekidnapt zijn aandacht nu op mij richt, vind je niet?'

'Jij onderzoekt de zaak,' zei Derwent. 'Er zijn wel gekkere dingen gebeurd.'

'Nee.' Ik stootte Colin aan. 'Ga nog eens terug naar die foto's van mij. Kun je ze als *thumbnails* laten zien?'

Er verscheen een venster met de foto's in keurige rijtjes. Ik slikte de paniek weg die me overviel toen ik ze allemaal bij elkaar zag en wilde niet nadenken over het vele werk dat het had gekost ze te verzamelen en het feit dat ik volstrekt niets in de gaten had gehad.

'Oké. Die daar.' Ik wees naar de foto waarop ik aan het joggen was. 'Die is van twee weken geleden. Lang voordat Cheyenne was verdwenen. Nog voordat ik was begonnen aan de pedofielenzaak, en door die zaak raakte ik pas betrokken bij deze ellendige toestand.'

'Weet je het zeker?' vroeg Godley.

'Absoluut zeker. Het was zulk lekker weer die dag dat ik ben gaan hardlopen, en dat had ik al een poosje niet gedaan, dus kon ik de dagen erna nauwelijks lopen, en deze week heb ik er geen tijd voor gehad. Sinds mijn verhuizing ben ik maar één keer gaan joggen, en meer niet.'

'Oké. Dus wie het ook is die je dit heeft gestuurd...'

'Moet gewoon een idioot uit de buurt zijn, zoals ik al zei.'

'Iemand die weet dat je bij de politie werkt en met welke zaak je bezig bent,' voegde Rob eraan toe.

Ik beet op mijn lip. 'Ik heb mijn buren wel zo'n beetje verteld wat ik doe. Maar het kan niet een van hen zijn.'

'O nee?' Hij trok zijn wenkbrauwen op.

'Al die foto's zijn op straat genomen, hier of vlak bij mijn huis. Iemand heeft mijn doen en laten in de gaten gehouden. Als diegene me toch volgde...' Ik zweeg even om mijn keel te schrapen; bij de gedachte was hij dicht gaan zitten. '... kan hij hebben gezien waar ik werkte. En het zou niet al te veel onderzoek vergen om erachter te komen wat ik precies deed. Eergisteren heb ik de dag doorgebracht in Brixton, en de ontdekking van Cheyennes stoffelijk overschot is in de *Standard* gepubliceerd.'

'Laten we eens aannemen dat er geen rechtstreeks verband is.'

Godley de vredestichter kwam tussenbeide om orde te scheppen en richting te geven aan iets wat op ruzie dreigde uit te lopen. 'Laten we dit als een afzonderlijk onderzoek beschouwen. Ik wil weten wat hij weet. Colin, jij en Peter Belcott kunnen er samen aan werken. Spoor hem voor me op.'

'En voor mij,' zei ik luchthartig. 'Ik zou hem best even willen spreken.'

'Het ziet ernaar uit dat jij alleen maar uit je doppen moet kijken, Maeve.' Derwent grinnikte. 'Weet je zeker dat hij hier nu niet ergens binnen is?'

'Dat is ongeveer het enige wat ik zeker weet.' Ik slaagde er niet in mijn bezorgdheid te verbergen, hoezeer ik ook mijn best deed, en hij keek schuldbewust.

'Sorry. Ik mag er geen grapjes over maken.'

'We moesten die video nog maar eens bekijken,' opperde Liv.

'Dat was mijn volgende voorstel,' zei Godley rustig. 'Colin?'

Hij speelde hem opnieuw af, helemaal, deze keer voor een publiek dat bestond uit elk teamlid dat op deze zonnige zondag aan het werk was, en dat waren de meesten. Ik hoorde op de achtergrond een beat, heel zachtjes, vanaf het moment waarop het geluid erbij kwam. Ergens in de buurt werd muziek gemaakt.

'Ik denk dat dit zich bij het pakhuis afspeelt. Volgens mij is dit het geluid van de muziek uit de club.'

Godley knikte; zijn aandacht bleef op het scherm gericht. Toen de video zwart werd zei hij: 'Nog een keer.'

De derde keer speelde Colin hem beeld voor beeld af. Hij stopte op het moment waarop de hand van de cameraman in beeld kwam. Het stilstaande beeld was onscherp en ik fronste mijn voorhoofd.

'Volgende?'

De hand kwam een centimeter verder in beeld, nog vervormd door de traagheid en de slechte kwaliteit van de opname. Toen hij zover was dat hij haar haar aanraakte, bleef zijn hand een moment hangen en kwam hij duidelijk in beeld, maar daarna was hij weer onscherp.

'Ga eens terug naar het vorige beeld.' Ik boog me voorover. Het was zijn rechterhand. Er knaagde iets in me. Iemand die ik had ontmoet. Iemand met wie ik had gesproken. Ik zag een hele rij gezichten voor me: Tom Malton, Matthew Dobbs en Carl McCullough, Lee en Drew Bancroft, Ken Goldsworthy, William Forgrave. Malton, open en eerlijk en bijna te behulpzaam. Forgrave, die op internet op meisjesjacht was gegaan. Ken Goldsworthy. Jij maakt nooit vuile handen... Dobbs? Derwent had gezegd dat de club bij hem in goede handen was. Handen. Wiens hand?

Plotseling schoot het me te binnen. Die duim. Met die vervormde nagel. Lee, die er nerveus op zat te kauwen. Ik zat naar de hand van Lee te kijken op het scherm van de laptop. En toen herinnerde ik me meer en huiverde: Drew, die zo ontspannen en praatgraag was. Ik heb de bus met de verlichting en de geluidsinstallatie ernaartoe gereden, had hij gezegd.

Ik keek op en zocht naar Derwent in het groepje dat zich rond het bureau had geschaard. 'Zij zijn het. Het zijn de broers. Zij zijn de daders.' Hij keek verbijsterd, zoals iedereen om hem heen. Ik kon niet snel genoeg de woorden vinden of bedenken hoe ik het moest uitleggen. 'Ze moeten van masker hebben gewisseld om elkaar van een alibi te voorzien. En ze hadden een busje, dat zei Drew zelf. Zíj hebben het gedaan.'

'Waar heb je het over?'

Ik had het gevoel dat ik honderden kilometers op alle anderen voor was. Ik dwong mezelf zoveel geduld op te brengen dat ik kon uitleggen wat ik had gezien, en toen ik eenmaal klaar was, knikte Derwent. 'Harry, heb jij die beelden bij de hand die je gisteren van internet hebt gehaald? Ik wil alle beelden hebben waarop de Bancrofts te zien zijn.' Maitland ging ze halen en Derwent keek me aan. 'Jij kunt ze toch uit elkaar houden? Je weet wie wie is.'

'Ze zien er niet hetzelfde uit.' Het klonk alsof ik mezelf probeerde te overtuigen. 'Ze zullen er wel op hebben gerekend dat die twee maskers, zwart en wit, voldoende dekking boden.'

'Ik stel me voor dat het eenvoudiger is de verschillen te zien als je ze naast elkaar ziet,' zei Godley. 'Ze konden de mensen makkelijker voor de gek houden als ze zich niet op dezelfde plek bevonden.'

'En vooral als het een donkere plek was, zoals een nachtclub in een verlaten pakhuis.'

Derwent tikte op de ordner die Maitland hem had gegeven. 'Kom, laten we allemaal "zoek de verschillen" gaan spelen. Het is hoe dan ook een gezamenlijke actie geweest, maar ik wil weten wie van de twee haar heeft ontvoerd.'

'Nou, degene op de video is beslist Lee.'

'Oké. Laten we daarop voortborduren. Was Lee degene die haar heeft meegenomen uit de club?'

Het antwoord daarop leek nee te zijn. Drew was gedurende een groot deel van de avond verdwenen en zijn plaats werd ingenomen door Lee, die was gefotografeerd terwijl hij met het zwarte masker op bij de uitsmijters stond.

'Daarop kun je zijn hand niet zien,' merkte Godley op.

'Het is hem beslist. Kijk maar naar zijn huid. Drew heeft geen acne, Lee wel. En Lee is forser. Leg dit maar naast die andere afdruk van Drew met Carl McCullough en dan zie je dat hij lang niet zo fors is als de uitsmijter, maar Lee is wel bijna even groot.'

'Lee moet achter de bar vandaan zijn gekomen, zogenaamd om het biervat te verwisselen of zoiets. Toen hoefde hij alleen maar een ander masker op te zetten, als Drew de andere trap op te lopen, ervoor te zorgen dat hij werd opgemerkt en later zijn eigen masker weer op te zetten.' Derwent haalde zijn schouders op. 'Simpel, hè?'

'Ja, en het klopt ook. Drew is de prater van de twee. Als je iemand met mooie praatjes zover zou willen krijgen dat ze je vertrouwt, dan zou je Drew sturen.'

'En ze moesten haar vertrouwen wel winnen om haar ertoe over te halen de club te verlaten zonder dat iemand het merkte.' Godley slaakte een zucht. 'Oké. Deze twee moeten worden aangehouden.'

'Ik wist wel dat er iets fout zat bij die twee.' Derwent hief zijn vuist en sloeg met de zijkant op het bureau. 'Heb je iets over hen gevonden in de politiedatabank, Maeve?'

'Ik heb ze niet opgezocht.' Ik zei het met een zacht stemmetje maar iedereen hoorde het en bleef stokstijf staan.

'Waarom in godsnaam niet? Ik heb tegen je gezegd dat je ze moest natrekken.' Derwent was kennelijk razend en ik kromp ineen, want ik was niet fit genoeg voor een confrontatie. De collega's begonnen zich los te maken uit de groep en liepen weg van het gesprek, alsof ze opeens beseften dat er dringende zaken lagen te wachten op hun bureau.

'Ik heb het wel geprobeerd, maar ze hadden een verkeerd geboortejaar opgegeven. Bovendien heten ze in werkelijkheid Alexander en Andrew, wat ze waren vergeten te zeggen. Daar ben ik pas achter gekomen toen ik de gegevens bij de dienst voor het wegverkeer ging checken, en daarna heb ik niet meer de kans gehad ze nogmaals in te voeren, omdat de rechercheur die Patricia Farinelli's verdwijning had onderzocht me terugbelde. Het leek me belangrijk om uit te zoeken wat er met haar was gebeurd en daardoor heb ik mijn aandacht even op iets anders gericht.' Ik wierp een snelle blik op Godley, die zorgelijk keek. 'Rechercheur Rai in Stoke Newington heeft een potje gemaakt van die zaak en dus moest ik de details bij haar ouders en vriendinnen navragen.'

'Te lang. Ik luister al niet meer sinds "Ik heb het wel geprobeerd",' snauwde Derwent. 'Dacht je niet dat het natrekken van de Bancrofts misschien prioriteit zou hebben, toen je eenmaal wist dat ze tegen ons hadden gelogen?'

'Ach, mensen liegen wel vaker over hun leeftijd. Zo vreemd vond ik het niet, gezien het feit dat ze werken in een wereld waarin je jong en trendy moet zijn. En als ze altijd hun bijnaam gebruiken...'

'Hou verdomme op met jezelf te verdedigen!' Zijn neusvleugels hadden witte randjes gekregen en over zijn voorhoofd liep nu een dikke ader. 'Als je je werk fatsoenlijk had gedaan, zouden we het gisteren al hebben geweten. Dan hadden we ze direct kunnen arresteren.'

'Nou, we kunnen ze vandaag oppakken.' Ik slikte. 'Het spijt me, oké? Ik heb een fout gemaakt.'

'Marla Redmonds team ook,' merkte Liv op. 'Zij hebben niet eens opgemerkt dat ze over hun leeftijd logen.'

'Slimmer zijn dan zij is niet iets om over op te scheppen,' snauwde Derwent. 'Je had goede gronden om belangstelling voor ze te hebben en je hebt het verprutst. Ik hoop voor je dat die extra dag geen verschil maakt voor Patricia Farinelli.'

'Hoor eens, ik vind het al erg genoeg. Ik weet dat ik het had moeten doen.'

'Het is niet nodig haar zo hard aan te pakken, Josh. Ik heb haar te veel te doen gegeven,' zei Godley kalm.

Gepikeerd schudde ik mijn hoofd. 'Het was niet te veel. Het had me moeten lukken. Onderschat alstublieft mijn bekwaamheid niet omdat ik hier een steek heb laten vallen.'

'O, maar ik denk dat we inmiddels een heel aardig beeld van je bekwaamheid hebben.' Derwents stem klonk zacht en juist daardoor erg dreigend. 'Trek ze na. En doe het nu goed. Wij gaan ze arresteren en als we terug zijn kun jij verslag uitbrengen over je bevindingen.'

'Is dit mijn straf? Dat ik achter moet blijven?'

'Nee, het is je werk. Ik ben niet verbaasd dat je dat niet inziet. Doe voor de verandering eens gewoon je werk in plaats van dat je loopt rond te paraderen op zoek naar eer en glorie.'

Ik draaide me om en liep naar mijn bureau, waar ik verblind door tranen ging zitten. Ik was kwaad op mezelf en voelde me opgelaten omdat Godley had meegemaakt dat Derwent me een verdiend pak slaag had gegeven. Maar het ergste was dat ik me gefrustreerd voelde omdat ik Patricia in de steek had gelaten ondanks al mijn minachting voor rechercheur Rai. Ik had me niet veel beter gedragen dan hij, als puntje bij paaltje kwam.

Vanuit mijn ooghoek zag ik dat Godley en Derwent zich in Godleys kantoor opsloten om de strategie van de arrestatie door te nemen. Ik wilde dolgraag meegaan, maar ik wilde nog veel liever dat ze Patricia zouden vinden en haar naar huis zouden brengen.

18

Zondag

ROB

In de zaal waar de briefing werd gegeven zat ik met ongeveer tien procent van mijn aandacht te luisteren naar wat Derwent over de gebroeders Bancroft te vertellen had. De rest was alleen maar ruis. Het zou prettig zijn geweest als mijn reactie op mijn bezorgdheid over Maeve constructiever was geweest, maar ik was verlamd door een redeloze paniek. Iemand had haar in de gaten gehouden. Haar gevolgd. Haar bewegingen nagegaan, zodat hij te weten kwam waar ze werkte, wat er in haar omging, en waar ze mogelijk naartoe zou gaan. Hij was bezig geweest al haar gewoonten te leren kennen. Ik wist al meer dan genoeg over stalken; ik had, toen ik pas bij de recherche was, de zaak behandeld van een vrouw die aangifte had gedaan, maar had toen niet ingezien hoe ernstig de inbreuk op iemands leven was. Iemand had om redenen die alleen hijzelf kende, zijn volledige aandacht op Maeve gericht. Ze kon alleen maar hopen dat we hem zouden pakken en bidden dat hij niets gewelddadigs in de zin had. Dat laatste deed ik ook wel enigszins. Ik vond het maar niks dat ik haar niet in mijn blikveld had, hoewel ik wist dat ze op het bureau veilig was. Ik wilde niet dat ze ook maar één stap alleen zette.

Wat me echt benauwde was dat de griezel die Maeve in de gaten hield degene was die op dit moment de lakens uitdeelde. Hij had zelfs de wijze waarop hij zich aan ons vertoonde bepaald. Hij moest worden gepakt, en snel ook. Alleen moesten we eerst die kleine formaliteit van de arrestatie van de Bancrofts afhandelen.

Godley verdeelde voortvarend de verzamelde leden van de brigade in twee teams, waarvan er een zou worden geleid door Derwent en het andere door de hoofdinspecteur zelf. Ik probeerde Godley er telepathisch toe aan te zetten mij voor zijn team te kiezen en was rationeel genoeg om te weten dat hij me niet daarom uitkoos.

'Rob, jij kunt mijn auto besturen. Dan kan ik in contact blijven met Josh en je rijdt hoe dan ook sneller dan ik.'

Er zaten prettige voordelen aan mijn levensfilosofie van 'rij ermee alsof je hem gestolen hebt', ook al leverde die opvatting nogal wat snelheidsboetes op.

'We beginnen in Archway en arresteren Drew Bancroft.' Hij deelde plattegronden van beide locaties uit en draaide zich toen om. 'Josh, jij bent in Lee Bancrofts appartement geweest. Kun je de indeling aan je team beschrijven en hun de strategie vertellen?'

Derwent knikte en ging midden op het podium staan om de groep toe te spreken. Hij kauwde in rap tempo op zijn kauwgom en knipperde nauwelijks, opgefokt als hij was door de adrenaline.

'De aanlooproute is smal, drie trappen op. Aan de achterkant zit waarschijnlijk een nooduitgang; ik wil dat twee van jullie dat uitzoeken voordat iemand anders iets doet. We laten CO19 hun Action Man-werk doen, maar ik wil niet dat hij de achteruitgang neemt voordat we ook maar de kans krijgen aan de voorkant binnen te komen, dus zorg ervoor dat die vanaf het allereerste moment bemand is.' Zijn woorden schoten als mitrailleurvuur de zaal in.

'Wie zitten er verder nog in het gebouw?' vroeg iemand achter in de zaal.

'Op de begane grond zit een winkel, op de eerste verdieping een kantoor. Daarboven appartementen. Ik weet niet hoeveel mensen er wonen, maar op zondag zou het kantoor leeg moeten zijn. We gaan er hard in, grijpen hem en hopen dat hij wat tegenstand biedt, als jullie begrijpen wat ik bedoel.'

Derwents agressie was buiten alle proporties. Mijn opluchting dat Godley verantwoordelijk voor mijn team was werd nog groter. De hoofdinspecteur vertoonde geen spoortje opwinding. Hij sprak eerder meer afgemeten dan gebruikelijk, juist om de spanning wat af te zwakken. Gewoon een dagje de hort op voor de arrestatie van twee gewelddadige ontvoerders die de dood van een tienermeisje op hun geweten hadden. Eigenlijk was het bijna een routineklus.

‘En als ze eens niet thuis zijn?’ vroeg Maitland. ‘Kunnen we niet beter tot morgenochtend wachten?’

‘Ik wil niet wachten. Niet nu Patricia Farinelli mogelijk in gevaar verkeert. We blijven die adressen in het oog houden en wachten zo nodig tot ze terug zijn. Zorg dus dat jullie niet opvallen. Alleen onopvallende politieauto’s, en probeer alles wat erop wijst dat jullie van de politie zijn buiten beeld te houden.

Zoals Josh al zei, krijgen we ondersteuning van CO19. Ze zijn gewapend, dus zorg ervoor dat jullie je vest dragen.’

Hierop steeg gegniffel op uit de zaal. De politievesten van de Met werden omschreven als steekwerend, niet kogelwerend, wat in de praktijk betekende dat ze dik genoeg waren om je te beschermen tegen niets wat dodelijker was dan een kordate peuter, gewapend met een houten lepel. Godley stak zijn handen op.

‘Ik weet het, ik weet het, maar iets beters hebben we nu eenmaal niet. Trek ze nou maar aan, oké? En hoop maar dat de jongens van CO19 hebben geleerd gericht te schieten.’

Godley nam door wat we wisten over het appartement waarin Drew woonde, wat niet veel was. Het lag in een straat achter Archway Road, een tweekamerappartement op de begane grond. Van de straat hadden we slechts een vaag beeld van bovenaf met een pijl die naar het betreffende gebouw wees.

‘Er is een tuin, maar van daaruit kun je niet op straat komen; je moet door het huis. De tuinen grenzen ook aan de achterkant aan elkaar, dus we zullen er via de buurhuizen in moeten komen om alle vluchtwegen af te sluiten. Maar dat is gunstig voor ons, want hij kan zo ook niet makkelijk ontsnappen. We benaderen het appartement vanaf de voorkant. De gewapende agenten nemen de leiding. Volg hun bevelen op of de consequenties zijn voor jezelf.’

‘Drew is de prater; Lee is forser. Vertrouw hen geen van beiden,’ zei Derwent. ‘Ze doen aan bodybuilding en hangen rond in het soort sportscholen waar in de boksring zaagsel op de vloer ligt om het bloed te absorberen. Ik vermoed dat ze wel weten hoe ze zich in een hard gevecht moeten handhaven. Kom niet te dichtbij tenzij je bereid bent een partijtje met ze te knokken.’

Godley hield een foto van een mollige vrouw met donkere haren en ogen omhoog. 'Dit is Patricia Farinelli zoals ze was toen ze anderhalf jaar geleden voor het laatst werd gezien. Misschien ziet ze er nu niet meer zo uit. We zullen uiteraard iedereen aanhouden die zich bij de broers in hun appartement bevindt, maar hou je ogen open voor iemand die eruitziet als Patricia. We moeten er rekening mee houden dat ze vrijwillig met hun spelletjes meedoet, dat ze vrij is om te komen en gaan wanneer ze wil, dus als je haar bij een van beide woningen ziet, pak haar dan op. Het is waarschijnlijker dat ze haar gevangen houden, en ik betwijfel dat ze in het appartement in Hampstead aanwezig was, omdat de broers ervoor kozen jou daar te ontvangen, Josh. Waar ze ook is, na de arrestatie van deze twee is het onze allerhoogste prioriteit om haar te vinden.'

Overal werd ernstig geknikt. Vanaf het begin had al niemand deze zaak licht opgevat, maar door het zien van de video was het voor ons allemaal heel realistisch geworden. Dat kwam door de manier waarop Lee Cheyenne had aangeraakt. Hij had haar behandeld als een ding, alsof ze iets was wat hij naar believen kon neerleggen en tonen. Hij leek er plezier in te hebben gehad. Ik was er vrij zeker van dat ik niet de enige was die vond dat het de hoogste tijd was dat er een eind kwam aan dat plezier.

'We vertrekken om elf uur. Het is niet nodig om in konvooi te rijden, maar houd de radio aan om op de hoogte te blijven. We ontmoeten de gewapende agenten op de afgesproken plaats, die ik bij beide adressen heb aangegeven.'

We schuifelden de briefingzaal uit, pratend en geeuwend en ons gedragend alsof onze zenuwen niet strakgespannen waren. Dat leek te helpen om ze in bedwang te houden. Ik liep rechtstreeks naar Maeve, die zich met een afwezige blik een weg door de menigte baande. Ik pakte haar arm, trok haar mee de naburige kleine verhoorkamer in en sloot de deur, alles in één beweging. Ik denk niet dat het iemand opviel. Ze verzette zich niet, maar toen ik me omdraaide stond ze waar ik haar had losgelaten voor zich uit te staren.

'Gaat het?'

Een heel licht schouderophalen. 'Niet echt.' Haar gezicht was doodsbleek, haar ogen stonden wijd open en haar blik was somber.

'We krijgen hem wel, Maeve. Je hoeft je geen zorgen te maken. Hij komt er niet langer mee weg jou overal te volgen.'

'O, dat.' Ze klonk vaag. 'Dat zal wel, ja.'

'Wat is er dan nog meer? Dat je hen niet hebt nagezocht in de databank?' Ik schudde mijn hoofd. 'Laat je toch niet opfokken door Derwent. Dat had iedereen kunnen overkomen. En het maakt waarschijnlijk geen enkel verschil.'

'Lee heeft een strafblad.' Ze zei het luid en duidelijk, maar ik merkte dat het haar wel moeite kostte om het toe te geven. 'Hij is op zijn vijftiende in een jeugdgevangenis geplaatst.'

'Waarvoor?' Ik hoopte op iets als vandalisme.

'Verkrachting. Van een meisje van twaalf van zijn school, volgens de databank.'

'Achter het fietsenhok?'

'Min of meer. Het dossier is niet erg informatief. Er zit een briefje bij van de rechercheur die de zaak heeft onderzocht, waarin hij vraagt of iedereen die het dossier van Lee raadpleegt hem wil bellen, dus wacht ik nu tot hij terugbelt.'

'Dat klinkt ernstig.'

'Ja. Ik geloof niet dat Lee een erg prettig mens is.' Ze schonk me een strak glimlachje. 'Dus het had best verschil kunnen maken als ik hem gisteren had nagetrokken, zoals ik had moeten doen.'

'Leg het naast je neer. Je kunt er nu niets meer aan doen behalve jezelf kwellen en dat heeft geen zin.'

'Nee.' Ze slaagde erin een hele lading sarcasme in dat ene woord te leggen.

'Je lijkt je niet al te veel zorgen te maken over het feit dat iemand je in de gaten houdt.'

'Ik probeer er niet aan te denken.'

'Ik kan aan weinig anders denken,' zei ik naar waarheid. 'Het zit me niet lekker, Maeve.'

'En wat wil je daaraan doen? Voor lijfwacht spelen?'

'Als dat nodig is.' Ik wachtte even voordat ik doorging. Ik wist wat ik moest zeggen, en ik wist ook wat haar reactie zou zijn. Als ik haar te snel te ver zou pushen, zou ze de barricaden weer opwerpen en zou ik alles kwijtraken wat ik had gewonnen door haar meer ruimte te geven. Maar dat zou me er niet van weerhouden het juiste te doen. En uiteindelijk was de keuze tussen haar veiligheid en proberen haar ervan te overtuigen dat ze me kon vertrouwen helemaal niet moeilijk. 'Ik vind niet dat je alleen in je appartement moet blijven. Ik wil dat je bij mij intrekt.'

Ze keek verrast, alsof het idee niet bij haar was opgekomen. 'Heb jij met Derwent gepraat?'

'Wat heeft dat ermee te maken?'

'Hij heeft daarover allerlei regeltjes,' zei ze vaag.

'Fijn voor hem.' Ik stopte mijn handen in mijn zakken om afstand tussen ons te bewaren, zodat het niet leek alsof ik me aan haar opdrong. 'Maak je geen zorgen, ik bedoel niet dat je voor altijd bij me moet intrekken. Een poosje maar, tot we hem van de straat en uit jouw leven hebben gehaald.'

'O.'

'Wat is er?'

'Niks. Gewoon...' Ze zweeg. 'Niks.'

'Nee, vertel maar.' Ik wapende me tegen een sarcastische opmerking.

'Ik had nooit gedacht dat je me om zoiets zou vragen bij je in te trekken. Om mijn veiligheid, of als... als huisgenoot, of wat je ook in gedachten hebt.'

'Het is ook nooit goed.' Ik ging verslagen op de rand van de tafel zitten. 'Ik probeer gewoon te doen wat goed is.'

'Natuurlijk doe je dat. Dat doe je altijd.'

Ik wachtte af, maar meer zei ze niet. 'Was je nog van plan antwoord te geven?'

Ze sloot haar ogen even. 'Ik moet wel nee zeggen.'

'Waarom?'

'Ik kan het gewoon niet doen.'

'Wat is het alternatief? Dat je weer bij je ouders intrekt? Dat je haastig iets anders probeert te vinden? In een derderangs hotel gaat zitten? In dat appartement kun je niet blijven. Dat wil ik echt niet hebben.'

'O, dat wil je niet hebben. Laat me in dat geval maar snel gaan inpakken.' Sarcasme. Ze had haar ogen tot spleetjes geknepen. Ik herkende de waarschuwingssignalen. Ze zou over ruwweg dertig seconden een woede-uitbarsting krijgen. Zelf was ik er ook dichtbij.

'Ik snap niet wat hier zo moeilijk aan is. Ik wil niks van je.'

'Misschien is dat wel de reden dat ik er geen zin in heb.'

'Maeve, wat wil je van me horen? De waarheid?'

Het woord landde als een granaat tussen ons in. Het was zo stil in de kamer dat ik mijn horloge hoorde tikken. Maeve zweeg. Ze streek haar haar naar achteren en ik zag dat ze zich wapende tegen hetgeen ik zou zeggen. 'Uiteraard.'

'Daar leek het anders niet op. Maar geef mij niet de schuld als de waarheid je niet bevalt.' Ik ademde diep in. De kaarten op tafel, dacht ik. 'De waarheid is dat ik wil dat je bij me komt wonen zodat ik elke minuut met je kan doorbrengen. Ik wil dat je er 's avonds, de hele nacht en 's ochtends bent als ik wakker word, en als we ooit nog eens een dag vrij hebben, wil ik die met jou doorbrengen zonder er eerst over na te hoeven denken. Ik wil me geen seconde zorgen hoeven maken waar je bent en wat je misschien overkomt. Ik weet dat het niet is wat jij wilt, dus pak ik wat ik krijgen kan, wat in dit geval gemoedsrust is. Ik vraag je niet je aan me te binden; ik vraag je bij me te blijven omdat dat veiliger is. En je kunt gaan wanneer je maar wilt, als je dat wenst.'

'Goed dan.'

'Wat?'

'Goed, ik kom bij je wonen. Maar dan op mijn voorwaarden.'

'Ik verwacht niet anders.' Ik wachtte gelaten op de voorwaarden. Het was al genoeg dat ze met het basisidee had ingestemd, hield ik mezelf voor.

'Geen halve maatregelen. Als we gaan samenwonen, is het echt.' Ze had weer kleur op haar gezicht. 'Ik wilde het toch al voorstellen. Voordat dit allemaal gebeurde.'

'Echt waar?' zei ik sullig.

'Ik heb er eens over nagedacht. Over ons. En ik heb me gerealiseerd dat samen zijn met jou niet het ergste is wat ik me kan voorstellen. Het ergste wat ik me kan voorstellen is zonder jou te moeten zijn.'

Ik kon niets anders uitbrengen dan: 'Wanneer was je van plan me dat te vertellen?'

'Ik wachtte op het juiste moment.'

Moment. Ik keek op mijn horloge. 'O shit. Ik moet weg.'

Ze lachte beverig. 'Nou, dat is pas romantisch.'

'Ik wil je eigenlijk kussen maar de lamellen staan open.' Het hele team zat eerste rang achter de ramen van de vergaderkamer en er was maar één ding dat meer aandacht zou trekken dan haar in mijn armen nemen en dat was de lamellen sluiten.

'Je houdt het te goed.'

'Bij jou of bij mij?'

'Bij jou natuurlijk. Ik moet eerst eens kijken waar ik mijn spullen laat.'

Ik kon haar niet achterlaten zonder haar te hebben aangeraakt; ik greep haar hand en trok haar naar me toe, zodat de massief houten deur ons beiden aan het zicht onttrok. Het was een korte kus, maar wel een kus die het volle gewicht droeg van een vervulde belofte.

Ik hield haar even stevig vast en legde mijn wang tegen haar haren. 'Doe voorzichtig tot ik terug ben.'

'Jij ook. Laat je niet neerschieten.'

Ik had de grootste moeite de grijns van mijn gezicht te houden toen ik de verhoorkamer uit liep, en toen ik mijn steekvest aantrok in de kluisjesruimte was ik de enige die een deuntje floot.

'Zijn dat gele veertjes die uit je mond steken?' Derwent was net de kluisjesruimte binnengekomen, later nog dan ik, en trok zijn stropdas los om vervolgens iets minder formeels dan een kostuum aan te trekken voor het intrappen van deuren.

'Sorry?'

'Je kijkt als een kat die de kanarie heeft verschalkt. Wat is er aan de hand?'

'O, niets hoor. Ik ben gewoon dol op arrestaties.'

Hij keek me aan met de blik die mijn opmerking verdiende. 'Maak jezelf niets wijs. Je komt echt niet in de buurt van Drew Bancroft, behalve misschien om de jas van de baas vast te houden.'

'Vind ik prima,' zei ik rustig. Derwent trok zijn overhemd uit en ontblootte daarmee een bovenlijf dat een en al spierbundel was. Ik was er echter vrij zeker van dat hij zijn buik introk om dat effect te bereiken.

'Nou, ga maar ergens anders vrolijk doen, wat de reden ervoor ook is.' Hij trok een marineblauw T-shirt over zijn hoofd. 'Godley staat op je te wachten.'

Ik kleedde me snel aan en stond op slag van elven op de parkeerplaats, waar ik de hoofdinspecteur al op de bijrijdersstoel van zijn auto aantrof. Ik sprong achter het stuur en graaide naar mijn veiligheidsgordel.

'Je bent laat.'

'Sorry, chef.' Ik riskeerde een blik op het dashboardklokje. 'Hoewel ik technisch gesproken nog op tijd ben. En inspecteur Derwent is nog niet buiten.'

'Josh maakt zijn eigen wetten en het is één minuut over elf.' Hij schudde zijn hoofd. 'Rijden maar.'

Ik deed wat me gezegd werd en haalde tijdens de rit wat tijd in met een paar manoeuvres die de chef deden grijpen naar de fuck-handgreep boven het portier, die zo heet omdat dat woord bij je opkomt als je je er in doodsangst aan vastklampt.

'Ik wil er graag heel aankomen, als je het niet erg vindt,' zei Godley welwillend toen we bijna een botsing hadden met een vrachtwagen.

'Ik dacht dat u wilde dat ik snel reed.'

'Dat dacht ik ook, maar ik ben van mening veranderd.'

Daar stoorde ik me echter nauwelijks aan. De enige manier waarop ik stoom kon afblazen was door roekeloos te rijden. Godleys auto was een chique, gestroomlijnde Mercedes die eerder dan ikzelf wist wat ik dacht en ook de pk's had om er wat mee te kunnen. We hadden een mobiele blauwe lamp op het dak en ik maakte er ten volle gebruik van. Ik wenste bijna dat de ontmoetingsplaats tweemaal zo ver weg was; ik had het enorm naar mijn zin. Aan Godleys gezicht te zien nadat ik tot stilstand was gekomen, was het onwaarschijnlijk dat ik op de terugweg weer achter het stuur zou zitten.

Hij stond voordat ik de motor had afgezet al buiten te overleggen met het hoofd van het CO19-team, dat stond te wachten tot ze de deur mochten inrammen. Ik liep in een wat rustiger tempo naar hen toe en luisterde naar de laatste discussies. We stonden om de hoek van Bancrofts woning, ongeveer tweehonderd meter ervandaan, en de jongens met hun overalls die grote semiautomatische wapens meesjouwden ontlokten de buren menig bezorgde blik.

'We zullen de bus de straat in rijden, zodat de jongens hem als dekking kunnen gebruiken. We willen niet dat uw man weet dat we er zijn tot we er klaar voor zijn.'

'Mooi zo.'

'Weten we iets over wapens?'

'Vuurwapens zijn onwaarschijnlijk. Verder weet ik net zo weinig als u.'

'Dan zullen we het eerst proberen zonder dodelijke wapens.'

'De jongens met de stroomstootwapens eerst naar binnen sturen?'

'Zo ongeveer, ja.' De twee mannen schoten in de lach, een korte verlichting van de spanning die zich altijd opbouwde voor een inval.

Bancrofts appartement had een eigen voordeur, dus we hoefden ons geen zorgen te maken dat we in de hal tegen een buurman zouden oplopen. Het plan was om snel naar binnen te gaan, hem met vijftigduizend volt tot overgave te dwingen als hij niet direct zou meewerken, en dan de woning te doorzoeken naar eventuele sporen van de vermiste vrouw. Simpel. En, zoals Derwent had gezegd, ik zou niets hoeven doen wat meer van me vergde dan in de buurt blijven.

Het was best moeilijk niet jaloers te zijn op de mannen van CO19 met hun vuurkracht. Ik ging bij een klein groepje van ons team staan, dat stond te kirren bij de MP5's. Een overplaatsing naar CO19 zou best leuk zijn, dacht ik, dan kon ik me eens flink stoer gedragen. De hele dag deuren intrappen en doelwitten neermaaien had wel wat.

Het belangrijkste waar we aan moesten denken was dat we niet in de weg mochten lopen, en daarom bleven Godley en ik, toen het bevel om aan te vallen werd gegeven, enigszins op de achtergrond, waar we van een afstandje de gebeurtenissen gadesloegen. Het CO19-team had de procedure tot een kunst verheven: ze kwamen geluidloos de hoek om, onzichtbaar in hun ongemarkeerde busje, en glipten eruit naar hun positie zonder dat er ook maar een gordijntje bewoog in Bancrofts straat. Ik hoorde meer dan dat ik zag dat ze de voordeur insloegen: één waarschuwingskreet en een enkele klap, die zorgde dat de deur krakend naar binnen viel. Ze waren waarschijnlijk niet gewend aan niet-gepantserde deuren, dacht ik. Hij lag vast in stukken.

De stilte bleef akelig lang hangen, wel een minuut, waarin ik me ongerust afvroeg wat er gaande was. Ik was de enige niet.

Godley sloeg op zijn zakken, op zoek naar iets. 'Ik heb mijn radio in de auto laten liggen,' zei hij ten slotte.

'Ik ook.'

'Wat heb ik nou aan jou?'

'U hebt niet gezegd dat ik er een moest meenemen. U zei alleen dat ik moest rijden.'

Maitland stond achter ons en had zijn oortje in. Hij boog voorover en trok aan Godleys arm.

'Chef, er is iets mis.'

'Wat dan?'

'Zo te horen hebben ze een lijk gevonden.'

We begonnen tegelijkertijd te rennen, liepen met zware tred de straat door, gehinderd door ons steekvest. Godley was snel; ik hoefde me maar een beetje in te houden om hem als eerste te laten aankomen. In de deuropening botste hij bijna tegen de teamleider van CO19 op.

'Wat is er aan de hand?'

'Er ligt een dode in de slaapkamer. Ziet eruit als je doel. De rest van het huis is schoon. Geen tekenen van andere aanwezigen.' De teamleider was bleek en voordat hij verderging wreef hij met een gehandschoende hand over zijn mond. 'Hij is doodgeschoten. Naderhand.'

'Waarna?' vroeg ik, maar Godley wachtte niet op het antwoord. Hij baande zich een weg door de groep gewapende agenten in de smalle gang en drong de slaapkamer binnen. Ik liep vlak achter hem, want ik vermoedde dat ik nooit binnen zou komen als ik niet opschoot.

'Jezus christus.' Godleys stem was vervuld van walging en toen ik de hoek om kwam zag ik waarom. Drew Bancroft – dat wil zeggen: ik nam aan dat hij het was – lag met zijn armen en benen uitgespreid naakt en heel erg dood op de kale, witgeschilderde vloer van zijn slaapkamer. Zijn gezicht was één grote wond, het resultaat van het gewelddadigste pak slaag dat ik ooit had aanschouwd. Op de foto's die ik van hem had gezien stond een knappe, arrogant zelfverzekerde man met een wit, gelijkmatig gebit. Daar was niets meer van te zien; hij zat onder het bloed, dat nog zo vers was dat het een helderrode kleur had. Zijn knieën waren licht gebogen, evenals zijn ellebogen, zodat zijn handen bij zijn schouders lagen, en zijn ledematen lagen in die positie gefixeerd door de spijkers die met een hamer door zijn handpalmen en voeten waren geslagen. Zijn mond hing open, waarschijnlijk doordat degene die er een wapen in had gestopt en zijn achterhoofd had weggeschoten niet de moeite had genomen hem naderhand weer dicht te doen. De spetters van bloed, hersenen en de stukjes bot waaierden uit vanaf de bovenkant van zijn schedel als een imitatie van een werk van Jackson Pollock.

'Ruikt u dat?' Ik wendde me tot Godley. 'Cordiet. Dit is pas gebeurd.'

Hij staarde nog steeds naar de vloer met te veel zelfbeheersing om te kokhalzen, zoals Chris Pettifer achter me wel deed, maar niet in staat om zich los te maken van de enigszins surrealistische ontmanteling van het lichaam dat voor ons lag, de vernietiging van iets wat ooit dicht bij fysieke volmaaktheid kwam.

'Skinner.' Hij zei het bijna tegen zichzelf.

'Hè?'

Hij dwong zichzelf met merkbare krachtsinspanning om me aan te kijken. 'Dit is John Skinner in actie. Wat zei hij ook alweer? Er zou een afrekening volgen?' Hij wees. 'Daar is je afrekening. Gerechtigheid à la Skinner.'

Maitland, die vlak achter Pettifer in de deuropening stond, was me net voor. 'En die ander?'

'Die ander?'

'Lee Bancroft,' zei ik, terwijl ik al begon te lopen, want ik voorzag wat de reactie van de chef zou zijn. 'Als ze met Drew zijn begonnen...'

'Dan is Lee nu aan de beurt. En Josh was verlaat.' Hij keek op zijn horloge terwijl hij naar de deur beende. 'Zijn team is vast nog niet begonnen.'

Maar als ze zouden beginnen, was de kans groot dat ze in een hinderlaag zouden lopen.

'Harry, kijk eens of je de commandant van CO19 kunt bereiken en vertel hem wat zich hier heeft afgespeeld.' Godley pakte zijn mobiel en zocht naar Derwents nummer. Ik maakte vrij baan voor hem tussen de gewapende agenten die de gang verstopten en lette op waar hij liep zodat hij dat niet zelf hoefde te doen.

'Wilt u dat ik de auto haal?'

'We gaan wel samen.' Hij hield zijn mobiel tegen zijn oor. 'Hij neemt niet op.'

We renden naar de auto en ditmaal besloot ik dat het belangrijker was zo snel mogelijk bij de auto aan te komen dan me tactvol in te houden. Ik had mijn radio op het dashboard laten liggen, afgesteld op de meest gangbare bandbreedte, het kanaal dat door het hele politieapparaat kon worden beluisterd. Het was een gewoonte die ik me in mijn tijd bij de uniformdienst had eigen gemaakt om op de hoogte te blijven van ernstige incidenten in mijn wijk, voornamelijk om te zorgen dat ik niet in de weg zou lopen. Het was altijd goed om te weten wat er nog meer gaande was.

Wat er op dit moment gaande was, was een operatie die volledig misliep, merkte ik toen ik de radio pakte en mijn oortje in deed. Aanvankelijk hoorde ik alleen hier en daar wat woorden en werd de rest overstemd door omgevingsruis en een strak, herhaald krakend geluid dat vuurwerk zou kunnen zijn. De stemmen klonken luid, wat even ongebruikelijk als onrustbarend was; de meeste agenten probeerden te allen tijde elke suggestie van bezorgdheid in hun stem te vermijden, en het was dus een vrij duidelijke indicatie dat er ergens iets totaal uit de hand liep.

En toen hoorde ik eindelijk iets wat duidelijkheid verschafte.

'Trojaan vier twee alfa, dringend assistentie gewenst, dringend assistentie gewenst, politie wordt beschoten op Hampstead High Street.'

Ik keek over het dak van de auto naar Godley, die net was aangekomen. Hij nam niet de moeite naar zijn eigen radio te zoeken, die uit stond.

'Wat is er aan de hand?'

'Het andere team wordt beschoten. De commandant van CO19 heeft zojuist toestemming gegeven om terug te schieten. Het klinkt klote.' Er was geen ander woord voor de chaos die uit de radio kwam.

'Iemand geraakt?'

'Weet ik niet.'

'Rijden.'

Ik dook de auto in en Godley deed hetzelfde aan zijn kant. Hij nam mijn radio over, trok het oortje eraf en draaide het volume hoger zodat we beiden konden horen wat er gaande was. De sirene loeide terwijl ik me een weg baande door het verkeer in de richting van Hampstead. Uit de radio schalden de stemmen van steeds hogere functionarissen die probeerden de situatie onder controle te krijgen, van eenheden ter plaatse die bezig waren te bepalen welke straten dienden te worden afgesloten en van de gewapende agenten die telkens schreeuwend de laatste stand van zaken doorgaven boven de harde knallen van een heftige schietpartij uit.

Godley zat onbeweeglijk naast me en ik moest me op de weg concentreren, dus kon ik het niet riskeren naar hem te kijken.

'Alles goed met u?'

'Dat hangt er nogal van af hoe het afloopt.' Ik hoorde de spanning in zijn stem. Hij had de eindverantwoordelijkheid voor de operatie. Als iemand gewond zou raken – als er iemand zou omkomen – was hij degene die het aan zijn superieuren, aan de hele brigade, aan de klachtencommissie van de politie en aan de nabestaanden van de getroffen collega moest uitleggen. Het was niet zo gek dat hij wat spanning ervoer.

'De kans is groot dat wij meer mankracht en meer wapens hebben. De mannen van het gewapende crisisteam doen niet anders dan dit soort werk. Het zal niet lang duren voordat ze hen overmeesterd hebben.'

'Misschien niet.' Godley zweeg even. 'Hoe is hij erachter gekomen, Rob?'

'Wie? Skinner?'

'Wie heeft hem dit verteld? Of zijn jongens. We wisten het zelf niet eens tot een uur geleden.'

Het moest iemand van het team zijn geweest, dat was het voor de hand liggende antwoord. Ik wist dat Godley dat ook al moest hebben uitgevogeld, dus zei ik maar niets.

'Laten we even aannemen dat jij het niet bent geweest.' Zo te horen was Godley iets meer zichzelf. 'Waar moet ik beginnen met zoeken naar het lek?'

'Dat moet u niet doen. Laat dat over aan de toetsingscommissie. Degene die dit heeft gedaan moet er direct uitgeschopt worden.'

'Ik vind het niet prettig om die commissie binnen te laten voordat ik weet wie ze moeten hebben. Die mensen gedragen zich als een vos in een kippenhok als ze geprikkeld raken. Ik wil de schade beperken, niet nog meer schade aanrichten.'

'Maar toch mag u zelf niet op zoek gaan naar het lek. Stel er een vertrouweling voor aan.'

'En wie kan ik vertrouwen?'

'Wilt u dat ik mezelf opwerp als vrijwilliger?'

'Niet iedereen zou zoiets graag doen,' zei Godley ernstig.

'Voor het geval ik erachter kom dat het iemand is die ik graag mag.' Ik haalde mijn schouders op. 'Jammer dan, zou ik zeggen. Als hij in de fout is gegaan, moet hij de gevolgen onder ogen zien. Ik snuffel wel wat rond. U kunt het aanpakken zoals u wilt.'

Alle voertuigen van de gewapende eenheden die dienst hadden raceten naar de plaats delict en vanuit elk afzonderlijk voertuig werd om autorisatie gevraagd om de wapens gereed te maken voor gebruik. Ik liet er twee passeren; zij hadden wapens, hield ik mezelf voor, en wij niet. De passagiers in beide voertuigen deden hetzelfde: ze waren bezig hun wapens te kiezen en te verdelen. Het was beslist een gelegenheid om de lichte mitrailleurs die ze in de auto achter slot en grendel bewaarden uit de safe te halen. Ik huiverde bij de gedachte aan al die vuurkracht in zo'n klein gebied; het risico op bijkomende schade was in alle opzichten te hoog. Dat een verdwaalde kogel, van onze of van de andere kant, iemand onbedoeld zou raken werd met de seconde waarschijnlijker.

En het was ook inderdaad secondewerk. Er zaten maar een paar minuten tussen het eerste salvo en dat moment. We waren er niet meer ver vandaan en raceten langs de rand van de Heath.

'Het is in elk geval dichtbij.'

Godley reageerde niet. Hij concentreerde zich op de radio, waarop een ademloze stem zei: 'Trojaan vier twee alfa, er moeten ambulances komen. Schietverwondingen. Eén bij bewustzijn en ademend, wond aan linkerarm. Tweede buiten bewustzijn, geen ademhaling. We zijn aan het reanimeren.'

'Hebben jullie een defibrillator bij de hand?' vroeg de centralist.

'In de auto.'

'Onze kant of hun kant?' vroeg ik.

Godley schudde zijn hoofd.

Ik reed in een lus door het kordon dat een plaatselijke geüniformeerde agent voor ons openhield en nam de verkeerde kant van de weg om op veilige afstand van de plaats delict te kunnen parkeren, achter het commandovoertuig van CO19. Het geweervuur was verstomd, besefte ik toen ik de motor had uitgezet en daarmee ook onze sirene.

'Kom op.' Godley rende weg, naar de voordeur van het flatgebouw van Lee Bancroft. Op het trottoir ervoor lag iemand op de grond. Een agent zat geknield bij zijn hoofd en hield het vast terwijl andere agenten om beurten borstmassage en mond-op-mondbeademing toepasten. Ze zweetten hevig onder hun beschermende kleding. Toen we naderbij kwamen keek een van hen op en riep: 'Waar is die defibrillator?'

Jezus, dacht ik, foute boel.

Derwent ving ons op; zijn gezicht stond strak en zorgelijk. Ik bleef langs hem heen kijken en probeerde zicht te krijgen op de man op de grond. Met een bijna schandalig gevoel van opluchting besefte ik dat het niet iemand van het team of van de gewapende eenheid was. Ik herkende hem niet. Ik kon gerust aannemen dat dat kwam doordat hij niet een van ons was. Toen we dichterbij kwamen zag ik dat de grond was bezaaid met groene stukjes glas van de etalageruit van de winkel. In de ruiten die niet helemaal kapot waren zaten sterretjes van kogelgaten. Ik hoopte dat het winkelende publiek en het personeel zo verstandig waren geweest de benen te nemen toen het vuurgevecht begon.

'Josh, vertel,' beval Godley.

'Een van hen is dood, of bijna.' Derwent keek om naar de man op de grond, naar het bloed dat het trottoir doordrenkte. 'Drie opgepakt.'

'En onze kant?'

'Voornamelijk oké. Een van de gewapende collega's is gewond aan zijn arm. Twee hebben het gepresteerd om in de verwarring over elkaar te struikelen en zijn van de trap gevallen. Ze hebben alleen wat kneuzingen, verzwikte enkels, dat soort dingen. We waren te ver weg om echt gevaar te lopen.'

Godley liet zijn adem langzaam ontsnappen. 'Bancroft?'

'Hij is gewond. Niet door een schot,' verduidelijkte Derwent snel, toen hij zag hoe Godley keek. 'Hij is behoorlijk in elkaar getimmerd, voordat we hier aankwamen.'

Er reden drie ambulances met blauwe zwaailichten in konvooi om de hoek van de straat. Het ambulancepersoneel sprong er met apparatuur en al uit en rende langs ons heen om het over te nemen van de agenten van CO19, die steeds meer moeite hadden met het beademen. De agenten maakten plaats, zwaar ademend en volledig uitgeput.

'Waar is de collega met de schotwond?' vroeg Godley.

'Die hebben ze zelf al naar het ziekenhuis gebracht. Ze hebben niet op de ambulance gewacht. De kogel is door zijn arm heen gegaan.' Derwent kneep in zijn arm, waarmee hij aangaf welk traject de kogel had genomen door de spiermassa van de agent heen. Als je zo'n groot gat in je spieren kreeg, voelde je wel wat pijn, maar het was niet te vergelijken met bijvoorbeeld een verbrijzelde schouder, een verwonding die veel gecompliceerder was en je behoorlijk kon slopen.

'Is er een reden dat we hier buiten moeten blijven staan?'

'Niet echt, nee. Lee is nog boven; daar gaan de ambulancemedewerkers naartoe. En de drie schutters zijn nog niet naar buiten gekomen.'

'Ze zullen wachten op busjes om hen te vervoeren,' zei ik.

'En op agenten in uniform. We moeten vermijden dat ze later zeggen dat het residu van de afgevuurde schoten van de gewapende politie als sleepspoor op hen is overgedragen, als er ook maar enige twijfel bestaat over wie wat heeft afgevuurd.'

'Het klinkt alsof ik naar binnen moet.'

We liepen naar de deur, vlak langs de met bloed bevlekte man, die kennelijk niet naar wens reageerde op de hulp van het ambulancepersoneel.

Godley staarde naar de man op de grond. 'Is dat...?'

'Felix Crowther, inderdaad.'

'Wie is Felix Crowther?' vroeg ik.

'Een van John Skinners maatjes. Het laatste wat ik over hem heb gehoord is dat hij zich in Spanje zou hebben teruggetrokken.'

'Ik wed dat hij wenst dat hij daar was gebleven,' zei Derwent somber. 'Wat een klerezooi.'

Ik stapte achteruit om hem voor te laten gaan en ving een glimp op van zijn gezicht toen hij aan de zijkant het gebouw binnenging. Hij zag er afgepeigerd uit nu zijn aanvankelijke opwinding was omgeslagen in een gevoel van verbittering. Ik begreep niet helemaal waardoor hij zo van de kaart was. Oké, de operatie was niet goed verlopen, maar dat was Derwents schuld niet. Het was ook Godleys schuld niet, maar hij zou zich als eerste moeten verantwoorden, dus alles bij elkaar had Derwent weinig reden om zich druk te maken. Maar ik realiseerde me dat ik zelf wel heel erg onverstoorbaar was, en vrijwel alles zodanig kon rationaliseren dat ik niet snel van slag raakte. Alleen bij Maeve lukte me dat niet, moest ik met een verholen grijns toegeven, toen we met twee treden tegelijk de trap op snelden. Door Maeve raakte ik wel degelijk van slag.

Op weg naar boven kwamen we langs muren met gaten erin en onder onze voeten knerpte pleisterwerk. De deur van Lee Bancrofts woning stond open; hij was versplinterd rondom de sloten, waar ze hem hadden ingetrapt, en het appartement zag eruit zoals te verwachten was als je wist dat de ingesloten schutters op zoek naar een uitweg wild om zich heen hadden geschoten. We liepen achter elkaar naar binnen en troffen drie mannen aan, liggend op de vloer tussen het stof en het puin van het vuurgevecht. Hun handen waren achter hun rug geboeid en ingepakt in zakjes om ervoor te zorgen dat de kruitsporen op hun handen intact bleven. Ze waren redelijk effectief onschadelijk gemaakt, dacht ik, maar er werd geen enkel risico genomen: om hen heen stond een kordon gewapende agenten die duidelijk elk excuus zouden aangrijpen om hun wapen te trekken. De mannen op de grond waren zeer gespierd en hadden kortgeschoren haar; Derwent wees hen een voor een aan.

'Laurence Murray, Wes Roberts en Phil McKenzie. Lager in de pikorde dan Felix, maar desondanks leden van de Skinner-familie die vertrouwen genieten.'

'In mijn tijd waren die er nog niet,' was Godleys commentaar. 'Ze moeten nog op school hebben gezeten toen ik achter John en de zijnen aan zat.'

Derwent lachte. 'De tuchtschool zeker.' Hij boog zich naar hen toe. 'Nu hebben we niet meer zo'n grote mond, hè jongens? Ik heb nog niks gehoord. Waarschijnlijk houden jullie je klep tot jullie erachter komen wat de baas wil dat jullie zeggen, want ik zie echt niet in hoe jullie je hieruit kunnen kletsen.'

Geen van hen reageerde op welke manier dan ook. Ik was verbaasd dat de inspecteur ze probeerde te tergen. Ze waren beroeps, niet het soort klootzakjes dat je zover kon krijgen dat ze brutaal werden en ons ongewild informatie verschaften. Trouwens, er waren heel veel getuigen die hadden gezien dat ze hadden geprobeerd al schietend uit het gebouw te vluchten. Ze waren de klos, wat ze ook zeiden of juist niet zeiden. Het was beter om ze met rust te laten, zodat ze konden nadenken over de celstraffen die ze naar alle waarschijnlijkheid zouden krijgen. Het zou wel ongeveer levenslang worden, voor vuurwapenbezit met de bedoeling levens in gevaar te brengen en daarbij nog een flink aantal gevallen van poging tot moord.

'Weet je, ik begin te vermoeden dat Ken Goldsworthy terecht zijn kans schoon ziet. Skinner is bezig zich van zijn mannen te ontdoen alsof het zakjes zand zijn die zijn heteluchtballon omlaag trekken. Als hij daar niet mee ophoudt, komt hij straks betrouwbare gorilla's tekort om door te gaan met zijn zaakjes.'

'En dan kan Ken de vrijgekomen plek innemen.' Derwent schudde zijn hoofd. 'Het is moeilijk om je voor te stellen dat John het allemaal zo uit de hand laat lopen.'

'Misschien heeft hij het gevoel dat hij niets meer heeft om voor te werken.' Godley klonk beheerst en ik vermoedde dat hij zich Skinners situatie goed kon voorstellen. Skinner gedroeg zich irrationeel en boos, zoals elke vader die zijn kind had verloren, met het cruciale verschil dat hij de mogelijkheid had te handelen naar zijn emoties. Murray, Roberts en McKenzie, om nog maar te zwijgen van Crowther daarbeneden, waren niets meer dan bijkomende schade en dat leek hen inmiddels te dagen.

'Klop, klop, ik heb beneden drie taxi's staan voor de heren op de grond.' Een opgewekte agent van de uniformdienst uit de buurt knikte naar Godley. 'Is het goed dat we ze meenemen?'

'Wat mij betreft is dat prima.'

We keken toe terwijl de mannen omhoog werden getrokken en overdreven zorgvuldig door de deuropening en de trap af werden geleid. Het zou mooi zijn als we konden voorkomen dat er beschuldigingen van excessief geweld door de politie zouden volgen die een kristalheldere kwestie van heterdaad zouden vertroebelen. Gelukkig leek de lokale politie dat memo te hebben ontvangen.

'Waar is Lee?'

'In de slaapkamer.' Een van de gewapende agenten zei dit met een diepe basstem, die helemaal uit zijn laarzen leek te komen. 'Hij moest even gaan liggen nadat Pricey hem had bewerkt.'

De man die hij aanwees grinnikte schaapachtig naar ons en sloeg liefkozend op zijn stroomstootwapen. 'Ze stribbelen nooit lang tegen.'

'Wat heeft hij gedaan?' vroeg ik, oprecht nieuwsgierig. 'Geprobeerd zich naar buiten te vechten?'

'Toen we hier aankwamen werd hij net in elkaar geslagen door twee van de kerels die net weg zijn. We hebben een eind aan het feestje gemaakt, maar een van de twee had iets tegen hem gezegd over zijn broer, dat die meer tegenstand had geboden. Zodra het wat rustiger werd, vroeg hij wat hij daarmee bedoelde.'

'En toen heeft die grapjas met het rode haar hem verteld dat ze hem hadden doodgeschoten,' kwam de andere agent tussenbeide. 'Waarop hij een beetje doordraaide.'

'Hij heeft niet geprobeerd ons aan te vallen,' verklaarde Price. 'Hij probeerde hen aan te vliegen. Maar hij had geen oor voor redelijke argumenten.'

'Wanneer heb je hem die stroomstoot gegeven?' vroeg Derwent. 'Zou hij zo langzamerhand niet boven Jan moeten zijn?'

'Het ambulancepersoneel zegt dat hij een hersenschudding heeft. Niet vanwege mijn stroomstoot, maar door wat zij met hem deden toen we binnenkwamen.'

Godley liep naar de achterkant van het appartement en duwde de slaapkamerdeur open om naar binnen te kijken. 'Hoe is het met hem?'

Ik kon het antwoord niet horen, maar de hoofdinspecteur trok een gezicht en wendde zich weer tot ons. 'Ziekenhuis. Wie wil zijn babysitter zijn?'

Derwent verdween als sneeuw voor de zon terwijl hij mompelde dat hij even wilde controleren hoe de arrestatie van de schutters verliep.

'Dan blijf ik alleen over.'

'Bedankt, Rob. Je kunt me bellen als de artsen zeggen dat hij verhoord kan worden.'

'Oké,' zei ik en legde me neer bij het vooruitzicht van urenlang zitten nietsdoen.

'Ik geef je nog iemand mee als gezelschap. Chris misschien?'

Ik kreunde. 'Pettifer praat alleen maar over de Spurs, chef. Dat wilt u me toch niet aandoen? Kan ik Maitland niet mee krijgen?'

'Jawel. Maar ik had niet gedacht dat hij zoveel beter was.'

'Is hij ook niet, maar hij zal me vervelen met Arsenal. En dat kan ik net aan.'

Ik hoopte van harte dat Maitland er niet achter zou komen dat ik degene was geweest die hem had genomineerd om de rest van de dag in de gang van een ziekenhuis door te brengen. Mijn hoop daarop werd nog groter toen ik hem de hele weg over dat onderwerp moest aanhoren, nadat Lee Bancroft op een brancard was geschoven en onzacht de trap af was gedragen. Zoals Price me vertelde had hij eruitgezien als 'stront die met een hamer was bewerkt', met zijn ingebeukte gezicht, zijn wijd open ogen en zijn verwarde blik. Godley was weggereden in zijn Mercedes om de hoge bazen op de hoogte te brengen en uit te leggen waarom het nodig was geweest half Hampstead High Street af te sluiten. Derwent was nergens te bekennen. De rest van het team had ons succes gewenst en was aan het werk gegaan; ze moesten de appartementen van de twee broers overhoop halen op zoek naar aanwijzingen die ons naar Patricia Farinelli zouden kunnen leiden. Want we waren nog steeds geen stap verder gekomen met onze pogingen haar te vinden, levend of anderszins. Tenzij Lee zou meewerken.

Ik verdroeg veertig minuten van het gemekker van Maitland toen we buiten de kamer zaten waar Lee Bancroft lag bij te komen. Ten slotte stuurde ik hem eropuit om een sandwich en een kop koffie te gaan halen. Volgens het ziekenhuis was er een vestiging van Marks & Spencer, compleet met koffiebar in huis, maar de locatie ervan scheen een goed bewaard geheim te zijn. Ik rekende op z'n hoogst op een bekertje thee uit een automaat, en applaudisseerde toen hij triomfantelijk terugkeerde met een dienblad met kopjes en een zak met iets te eten.

'Goed werk, man.' Ik dook eropaf. 'Mag ik het ontbijt dat vierentwintig uur per dag verkrijgbaar is?'

'Nee, dat mag je niet.' Hij stak zijn hand uit en griste het weg. 'Ik heb eerste keus. Regel van de holbewoner. Het is mijn buit.'

'Dat is waar. Je hebt er trouwens niet zo lang over gedaan als ik had verwacht.'

'Nou ja, ik ben wel een beetje geholpen.' Hij scheurde de verpakking open en propte de helft van de sandwich in één keer in zijn mond. Desondanks slaagde hij erin te zeggen: 'Liv Bowen vertelde me waar ik moest zijn.'

'Is Liv hier?' Ze had in geen van beide teams gezeten, bedacht ik. Ik was er vrij zeker van dat ik haar niet had gezien sinds we van het bureau waren vertrokken.

'Ze zit beneden. Met Kerrigan.'

Ik verstijfde. Beneden was de spoedeisende hulp. 'Maeve? Wat is er dan gebeurd?'

'Ik heb haar niet gezien. Ik liep daar rond en opeens stond Liv daar. Ze zei dat ze met Kerrigan was meegekomen. Ik heb niet gevraagd waarom... Waar ga je naartoe?'

Ik was al halverwege de gang en liep snel door. Ik gaf geen antwoord. Het enige wat ik had kunnen zeggen was het enige wat door mijn hoofd speelde.

Ik wist dat ik haar niet alleen had moeten laten.

19
Zondag

MAEVE

Ik had nooit gedacht dat het mogelijk was om tegelijkertijd dolblij en moedeloos te zijn. Ik liep de gang door en probeerde daarbij om twee redenen de blik van mijn collega's te mijden: ik vond het verschrikkelijk dat ik was vergeten de Bancrofts in ons systeem na te trekken, en ik wilde ook niet dat iemand zou vragen waarom ik er zo gelukkig uitzag. Er was een tijd en een plaats voor rondzweven op een wolk van gelukzaligheid en dit was niet het moment, noch de plaats. Ik vermande me en deed mijn uiterste best om niet aan Rob te denken terwijl ik de puinhoop die ik had veroorzaakt aan het opruimen was.

Steeds als ik aan Lee Bancroft dacht kromp mijn maag samen. Het moment waarop ik het dossier over Alexander Bancroft in het politie-informatiesysteem zag zou me lang bijblijven. Het systeem bleef altijd erg vaag over de details; het programma gaf de rechercheur die de zaak behandelde op zijn scherm slechts twee regels om te vertellen wat er was gebeurd. Ik kon niet zeggen waarom, maar ik kreeg kippenvel van de sobere omschrijving. 'De dader heeft een twaalfjarig meisje verkracht op de Evanston School, Enfield.' Hij was toen vijftien. Alleen al uit het feit dat de rechercheur had verzocht om het dossier in het algemene register langer te bewaren dan de voorgeschreven zeven jaar, kon ik opmaken dat hij de zaak ernstig had opgevat, dat hij bezorgd was geweest dat Lee een dergelijk delict mogelijk vaker zou plegen, en dat hij hem dus als gevaarlijk had beschouwd.

Het unieke referentienummer van het dossier vermeldde onder andere de code YE, waaraan ik kon zien dat de zaak was behandeld op het politiebureau van Edmonton. Ik had gebeld in de hoop rechercheur Tony Stone te spreken te krijgen, maar was niet verbaasd te horen dat hij in de afgelopen elf jaar carrière had gemaakt. Tony Stone was zelfs vele malen overgeplaatst in de tijd dat hij zijn promoties had gemaakt met als laatste standplaats Croydon, waar hij de functie van inspecteur bekleedde. Ik belde Croydon in de hoop dat hij dienst zou hebben, maar dat was uiteraard niet het geval. Met smeekbedes lukte het me iemand over te halen me zijn privénummer te geven. Toen ik zijn mobiel belde kreeg ik helaas van een vriendelijk klinkende vrouw te horen dat Tony met de kinderen naar voetbal was en per ongeluk zijn mobieltje thuis had laten liggen. Ze zou hem vragen terug te bellen, beloofde ze, en daarmee moest ik het doen.

Eigenlijk had ik nu geen werk meer liggen. Ik had het rapport op CRIS gelezen, wat in de verste verte niet zo leerzaam was als ik had gewenst, en ik had het dossier opgevraagd bij het algemene register. Er was geen enkele kans dat het op zondag boven water zou komen en ik zou wel erg optimistisch zijn als ik erop rekende het de volgende dag te krijgen. Ik kon niet anders doen dan afwachten tot inspecteur Stone me zou terugbellen, en hopen dat zijn vrouw eraan zou denken het bericht door te geven.

Ondertussen probeerde ik uit de buurt te blijven van de collega's die de broers zouden arresteren. Ik wilde er niet over nadenken. Derwent had gelijk; ik had mijn werk niet goed gedaan en verdiende het niet om met de anderen mee te gaan, maar het stak toch. Het was één ding om gezichtsverlies te lijden, maar om het vertrouwen van Godley te verliezen was iets heel anders. Ik zou mijn excuses aanbieden – ik had mijn excuses aangeboden –, maar ik verwachtte niet dat ook maar iemand het zou vergeten tot ik me opnieuw bewezen had.

Ik sloop de recherchekamer weer binnen tegen de tijd dat ik verwachtte dat ze waren vertrokken en trof die vrijwel verlaten aan. Het enige bureau dat was bezet behoorde toe aan Liv, die ijverig aan het werk was.

'Waarom ben jij niet met de anderen meegegaan?'

Ze draaide zich om in haar stoel. 'Ik voelde me gek genoeg niet zo lekker. Ik heb aangeboden het papierwerk te doen. Het openbaar ministerie heeft documentatie over de zaak nodig als ze snel willen ingaan op ons verzoek om gewapend te mogen aanvallen.'

Ik trok een gezicht. 'De meesten zouden hard weglopen voor dat soort werk.'

'Ik vind het niet erg. Ik hou wel van formulieren invullen.'

'Dat is tegennatuurlijk.'

'Ik vind het wel leuk. Ik hou van nature van orde.' Ze draaide zich om en werkte door, met als enige onderbreking af en toe een slokje water. Ze had haar hoop duidelijk nog steeds gevestigd op het aanvullen van vocht teneinde zich beter te gaan voelen. Ik glimlachte wrang. Ik was me in de loop van de dag steeds meer mens gaan voelen, tot op het moment dat de hemel op me neerkwam. En daarbij had ik nog niet eens gedacht aan het feit dat ik op de een of andere manier aan een griezel van een bewonderaar was gekomen. Meer was hij niet, sprak ik mezelf vermanend toe. Ik ergerde me aan de foto's en het had me enigszins uit het lood geslagen, maar bang was ik niet. Toch was ik blij dat Rob in Battersea woonde, helemaal aan de andere kant van de rivier vanaf de plek waar ik momenteel woonde.

Ik ging aan mijn bureau zitten en legde mijn mobiel midden op het blad. Het had geen zin ernaar te staren tot hij overging. Dat wist ik.

Toch kon ik mijn ogen er niet van afhouden.

'Is alles in orde?' Liv kwam naar mijn bureau lopen.

Ik legde uit wat ik aan het doen was en ze knikte. 'Sorry. Als ik je niet had meegesleurd om iets te gaan drinken, zou je eraan toe zijn gekomen ze na te trekken.'

'Dat moet je echt niet zeggen. Ik heb zelf besloten mee uit te gaan. Je hebt me niet gedwongen. Je hebt me de kans geboden me te drukken en de rest heb ik zelf gedaan.' Ik schudde mijn hoofd naar haar alsof ik boos was. 'Daarom komen vrouwen niet hogerop. We nemen de verantwoordelijkheid voor de rotzooi van anderen. Je zou er je voordeel mee moeten doen en bij Derwent gaan slijmen, nu ik uit de gratie ben.'

Ze kokhalsde. 'Alsjeblieft, zeg. Ik zou het waarderen als je me even waarschuwt voordat je zulke gestoorde dingen zegt.'

Ik grinnikte. 'Maar toch...'

'Maar toch spijt het me.'

'Oké. Je volslagen onnodige excuses zijn aanvaard.'

Ze keek me met een lichtelijk verbaasde blik aan. 'Je hebt niets gezegd over de foto's. Doet het je dan helemaal niets?'

'Ja en nee. Ik vind het uiteraard niet leuk dat iemand me volgt, maar wat me het meest ergert is dat hij me niet is opgevallen. Ik bedoel maar, zo moeilijk kan dat niet zijn.'

'Maar zulke kerels zijn er behoorlijk goed in zich gedeisd te houden. Hij liep immers niet rond met een spiegelreflexcamera of zo; je weet best dat er allerlei trucjes bestaan om een camera te verbergen. En de meeste foto's zijn in de buurt van je huis genomen, en daar zou je het niet vreemd vinden als je steeds dezelfde persoon tegenkwam.'

'Ja, maar ik heb helemaal niemand gezien. Ik heb niet eens een kriebel in mijn nek gevoeld. Mijn intuïtie heeft het af laten weten.' Ik probeerde er een grapje van te maken, maar het stoorde me echt dat ik niets in de gaten had gehad.

'Ach, je hebt ook wel erg veel aan je hoofd.'

'Ik zal er wat van moeten opruimen om te kunnen zien wat er achter me gebeurt.'

'Nee, ik meen het.'

'Ja mam.'

Mijn mobiel begon te zoemen, trilde tegen het bureaublad en ik griste hem eraf. 'Kerrigan.'

'Tony Stone. U was naar me op zoek.' Hij klonk vriendelijk, uiterst kalm en volstrekt niet verbaasd dat hij op zondag werd gezocht. Het hoorde bij het werk, vooral als je jarenlang ervaring had. Misdadigers recidiveerden. Zaken herhaalden zich. Je liet de grote zaken nooit echt achter je. En de kwalijke, begon ik te beseffen, volgden je als de staart van een komeet, als onvoltooide kwesties die je niet kon vergeten.

'Het spijt me dat ik u moet lastigvallen, maar ik heb hier een zaak met hoofdverdachten van wie er een op jeugdige leeftijd door u is gearresteerd, en er zit een notitie in het dossier dat u het graag zou horen als hij ooit weer met ons in aanraking komt.'

'O ja?' Hij had zijn ontspannen houding laten varen en klonk nu alert en geïnteresseerd. 'Om wie gaat het dan?'

'Lee Bancroft. Officieel Alexander Bancroft; ik weet niet of hij zich Lee noemde toen u met hem in aanraking kwam. Dat speelde in...'

'Enfield. Ja, ik weet het nog. Moet in '96 zijn geweest. Nee, 1997.'

'Dat klopt. Volgens het dossier heeft hij toen een twaalfjarig meisje verkracht.'

'Blijf heel even hangen.' Ik hoorde voetstappen en een deur die werd gesloten. 'Oké. Ik wilde er niet over praten in het bijzijn van de kinderen. Alexander Bancroft.' Hij zuchtte. 'Ik wist wel dat hij weer zou opduiken. Wat heeft hij gedaan?'

Ik vertelde hem wat we vermoedden, over Cheyenne en Patricia en de mogelijkheid dat ze nog leefde.

'Niets, maar dan ook niets van wat u zegt verbaast me. Behalve misschien het feit dat het zo lang heeft geduurd voordat hij weer boven water kwam.'

'Wat is er in Enfield gebeurd? Wat heeft hij gedaan?'

'Alex – hij heette toen Alex – was nogal een onruststoker op school. Andy was het tegenovergestelde: hij leek zo onschuldig als een lammetje, maar in werkelijkheid zat hij vol streken. Hij werd alleen nooit gepakt. Alex was ontregelend, kon niet omgaan met autoriteit, raakte altijd betrokken bij vechtpartijen. Het schoolhoofd was van het type wereldverbeteraar; ze wilde hem de hand reiken, vooral vanwege de situatie thuis.'

'De situatie thuis?'

'Hun ouders leefden niet meer; ze zijn overleden toen de jongens elf en dertien waren. Er was sprake geweest van huiselijk geweld en drugsgebruik. Dat stel is vaker uit elkaar gegaan en weer samengekomen dan de jongens een warme maaltijd hebben gegeten. Uiteindelijk had de moeder er genoeg van; ze zei dat ze hem niet meer zou terugnemen en dat ze wilde scheiden. De vader heeft haar gewurgd en zich opgehangen. De jongens hebben de lichamen gevonden.'

'Jezus. Als je daarvoor nog niet labiel was, zou je het dan wel worden.'

'Zeker. Er is voldoende achtergrond om te verklaren waarom Alex zo is geworden. Waarmee ik niet wil zeggen dat hij niet verantwoordelijk was voor zijn daad. Heel veel kinderen hebben een traumatische jeugd maar worden geen gewelddadige verkrachter, maar het scheelde wel bij het bepalen van de strafmaat door de rechtbank.' Hij aarzelde. 'Waar was ik ook weer? O ja. Het schoolhoofd. Vita Mountford. Ze was geobsedeerd door Alex. Dacht dat ze hem wat stabiliteit zou kunnen bieden, een beetje discipline, zodat hij op het goede pad zou komen. Ze liet hem drie middagen per week nablijven zodat hij in haar kantoor zijn huiswerk kon maken en wat klusjes in en om school kon doen in plaats van gewoon nablijven. Ze wilde hem scheiden van Andy, omdat hij de neiging had het praten aan Andy over te laten. Ze wilde dat hij voor zichzelf zou gaan denken. Wat een verkeerd idee was, dat kan ik u wel vertellen.'

'Wie was het meisje?'

'Carly Mountford. De dochter van het hoofd. Geen meisje met veel zelfvertrouwen, niet al te goed opgewassen tegen de wereld. Een jong ding dat nauwelijks iets zei toen ik haar ondervroeg. Hij heeft ervoor gezorgd dat hij alleen met haar in een klaslokaal kwam te zitten en heeft toen de deur gebarricadeerd. Hij heeft haar daar meer dan een uur vastgehouden, tot haar moeder hen uiteindelijk heeft gevonden en ons heeft gebeld. In die tijd heeft hij haar herhaaldelijk verkracht en bont en blauw geslagen. De mate van geweld was schokkend, zelfs voor mij.'

'Stompen? Schoppen?'

'Dat, en bijten. Volgens hem voor de lol. Haar hele lichaam zat vol beetwonden.'

Ik begon in te zien waarom deze zaak Stone zo ongerust had gemaakt. 'Hij beet haar voor de lol? Toen hij vijftien was?'

'Hij zei dat hij het leuk vond. Haar bevelen te geven, haar zomaar dingen te laten doen, alleen maar om haar te laten merken wie de baas was. Ik vroeg ernaar toen ik hem verhoorde en hij zei dat hij het leuk vond om haar te zeggen wat ze moest doen.'

'Hij heeft dus wel meegewerkt.'

'Hij was inderdaad heel behulpzaam. Hij zei dat hij zoiets al lang had willen doen. Hij had gewacht tot de gelegenheid zich voordeed. Ik vroeg hem waarom hij juist Carly had gekozen en toen zei hij dat hij zo haar moeder wilde leren dat ze niet zoveel vertrouwen in mensen moest hebben.'

'Jezus.'

'Ik kan me niet herinneren ooit een tiener te zijn tegengekomen die zo apert gevaarlijk was. Hij sprak broodnuchter over zijn daden. Als je hem aankeek was zijn blik helemaal leeg. Zonder enig gevoel voor het meisje. Hij vond het wel grappig. Daarom is het me vermoedelijk bijgebleven. Ik kon zo al zien dat hij nooit zou veranderen.'

'Hoe lang heeft hij moeten zitten?'

'Vijf jaar. Vrijgelaten na tweeënhalf.'

'Meer niet? Ondanks het hoge geweldsniveau en zijn motivatie voor de keuze van dat meisje?'

'Meer niet. Hij had een zielige achtergrond en hij bekende schuld. De rechter wilde in een happy end geloven. Mevrouw Mountford is weggegaan van die school en ik geloof dat het gezin niet lang erna naar de Verenigde Staten is geëmigreerd. Ze is als een blad aan een boom omgekeerd. Ze was zo'n *Guardian*-lezende liberaal die elk probleem uit de weg ging, maar als we voor Bancroft een elektrische stoel beschikbaar hadden gehad, zou ze zelf de knop hebben omgezet.'

'Dat is toch niet zo vreemd? Ik neem aan dat ze zich alleen al schuldig voelde over het feit dat hij daar wás.'

'Inderdaad. Geen leuke zaak.'

'Hebt u ooit een dergelijk gevoel over Drew – Andy – gehad? Dat hij gevaarlijk was?'

Hij slaakte een zucht. 'Ik moet bekennen dat ik er niet zeker van was. Hij leek erg geschrokken van wat zijn broer had gedaan. Hij heeft mevrouw Mountford zelfs een brief met verontschuldigingen geschreven, maar die heb ik haar niet laten zien. Niets zou kunnen maken dat ze zich beter voelde en ik vond het geen prettige gedachte dat het mogelijk was dat hij haar wilde manipuleren, ook al was de brief misschien wel oprecht. Het was beter het erbij te laten. Toen kreeg ik ongeveer vijf jaar geleden een telefoontje van iemand van de politie in Manchester. Andy zat daar op de universiteit en iemand had hem ervan beschuldigd zijn dochter te hebben ontvoerd. Ze hadden Alex in de politiedatabank zien staan en wilden het verhaal erachter horen.'

'Ontvoering? Wat was er gebeurd? Ik heb er niets over gezien toen ik hem opzocht.'

'Andy is nooit in staat van beschuldiging gesteld. Het meisje is opgespoord en zei dat er niets aan de hand was. Ze zei dat het haar eigen keuze was geweest het contact met haar ouders te verbreken. Ze maakten zich ernstige zorgen dat hij een slechte invloed op haar had en dat hij haar had bestolen. Ze zei dat dat niet waar was; ze had hem vrijwillig haar spaargeld gegeven, waaronder een leuk erfenisje van haar oma. Als ik het me goed herinner liep het in de duizenden.'

'Wauw. Niet gek voor een studente.'

'Inderdaad. Ze was gestopt met haar studie en had een baantje achter de bar gevonden, en Andy incasseerde haar inkomen ook. Het hele zaakje stonk eerlijk gezegd, maar ze konden niets doen, nu het meisje volhield dat ze niets te klagen had. Mensen kunnen domme dingen doen als ze verliefd zijn, en verliefd was ze. En Andy was heel gewiekst toen hij werd verhoord, dus hebben ze de zaak geseponeerd.'

'En wat denkt u ervan?'

'Ik denk dat ze geen van beiden deugen. En ik denk ook dat Andy het beter weet te verbergen. Voor hen maakt dat het alleen maar leuker.'

'Wie heeft er voor hen gezorgd toen hun ouders waren overleden? Is jeugdzorg eraan te pas gekomen? Een pleeggezin?'

'Er was een oudoom, Michael Bancroft. Hij had een groot huis even buiten Enfield, erg afgelegen. Hij heeft ze in huis genomen. Hij zei dat hij niet wilde dat ze naar een tehuis gingen. Ze waren een stuk slimmer dan hij. Hij was er kapot van toen Alex werd veroordeeld. Uiteindelijk gaf hij toe dat hij ook Andy niet aankon en toen is de sociale dienst ingeschakeld.'

'Hoe is het verder gegaan met Alex?'

'Hij heeft zijn straf uitgezeten. Toen hij vrijkwam was hij achttien. Ze hielden beiden contact met Michael en gingen weer bij hem wonen toen ze niet langer onder jeugdzorg vielen.'

'Het verbaast me dat hij het goed vond dat ze weer bij hem kwamen wonen, als ze zo moeilijk in de hand te houden waren.'

'Ik denk dat hij niet veel keus had. Ze intimideerden hem voortdurend. Hij zei altijd dat het hemd nader was dan de rok. Hij was de goedheid zelve. Hij kan u vast wel vertellen wat ze hebben uitgespookt sinds ze voor het laatst met ons in aanraking zijn gekomen.'

'Dat is geen slecht idee.' Ik tikte met mijn pen op het bureaublad en dacht erover na. 'Wat me zorgen baart is dat we afweten van Cheyenne, en van Patricia, maar er is een periode waar we niets van weten, hè?'

'Dat klopt, ja. Geen van die twee jongens had veel geduld. Ik kan me niet voorstellen dat ze stil hebben gezeten.'

En ergens onderweg was Andy Drew geworden, was Alex Lee geworden en waren ze begonnen te liegen over hun geboortedata. Niet zo spectaculair als een verandering van achternaam, niets waar een vergunning voor moest worden verleend, maar het was wel een vorm van camouflage. Ik wilde weten wanneer die veranderingen hadden plaatsgevonden. Ik wilde weten of ze nog meer te verbergen hadden.

'Weet u hoe ik Michael Bancroft kan bereiken? Weet u zijn adres nog?'

'Daarvoor zult u de namenlijst van stemgerechtigden moeten raadplegen. Het was ergens ten noorden van Enfield, dat weet ik nog wel, maar het huis stond ergens in de rimboe. Een groot huis dat aan het vervallen was. Een rare plek om te wonen voor twee jongens in de tienerleeftijd. Het was echt het huis van een oude man. Maar ze zeiden dat ze het er prettig vonden.' Hij dacht even na. 'Bonamy Lodge. Zo heette het.'

Ik bedankte de inspecteur voor zijn tijd en hij wenste me succes. 'Als het lukt, laat me dan weten hoe het afloopt. Alex Bancroft is zo iemand... je slaapt lekkerder als je weet dat hij heel ver bij je vandaan is.'

Ik beloofde het en hing op. Via de namenlijst van stemgerechtigden kon ik er snel en makkelijk achter komen dat Michael Bancroft inderdaad nog in Bonamy Lodge woonde, en toen ik eenmaal de postcode wist, had ik heel snel de route ernaartoe gevonden. Bij het opvragen van het telefoonnummer kreeg ik het teleurstellende bericht dat de vaste lijn buiten werking was. De rit naar Enfield voerde recht door Noord-Londen, en als ik niet zo volledig uit de gratie was zou ik het misschien niet hebben gedaan, gezien het feit dat ik op de gok moest gaan. Maar het was echt nodig alles uit de kast te halen om me te rehabiliteren in de ogen van mijn superieuren. En als dat inhield dat ik een tocht maakte die op niets kon uitlopen, dan moest het maar. Ik draaide me om en zag dat Liv haar bureau aan het opruimen was met de houding van iemand die een klus heeft geklaard. 'Ben je klaar?'

'Alles ligt klaar voor de jongens, als ze terug komen.'

'Heb je in dat geval zin om een ritje met me te maken?' Ik legde snel uit waar ik naartoe wilde en waarom.

'Lijkt me leuk. Waar wachten we op?'

Ik maakte een stapeltje van mijn spullen en stond op. 'Helemaal nergens op. Laten we gaan.'

Het was wel bevrijdend om even het bureau te ontvluchten. Maar ik had het eigenlijk iets rustiger aan moeten doen; dan was het me misschien opgevallen dat mijn mobiel akelig leeg begon te raken. Toen we tien minuten onderweg waren begon hij wanhopig te piepen.

'Shit.' Ik pakte mijn tas en stopte hem Liv in handen, zonder mijn ogen van de weg te halen. 'Zorg alsjeblieft dat hij ophoudt met jengelen. Wil je even in het handschoenkastje kijken of mijn oplader erin zit?'

'Ik heb gekeken en hij zit er niet in,' verkondigde ze even later. 'Pech.'

'Ik heb hem laatst aan Derwent uitgeleend. Meestal laad ik mijn mobiel 's nachts op, maar...'

'Ik weet het, ik weet het. Je was afgeleid. Ik heb de mijne bij me.'

'Fijn. Heb je ook een radio mee?'

'Ja.' Ze wiebelde ermee aan de rand van mijn gezichtsveld.

'Oké. Dan gedraagt althans een van ons zich professioneel.'

Liv drukte op de toetsen van de radio-handset. 'Het enige is dat hij het niet doet.'

'Nee toch.'

Ze draaide het volume hoog, zodat ik de statische ruis kon horen. 'Dat is de basisset.'

Er zou een ononderbroken transmissie van en naar de meldkamer moeten zijn, geen vlak, vaag geluid. Ze ging de kanalen af.

Klik...klik...klik... Ruis op elk kanaal. 'Sorry. Ik wist wel dat hij kuren had, maar ik dacht dat het wel mee zou vallen.'

'Nou, ik had er helemaal geen bij me.' Ik slaakte een zucht. 'Vertel dit nooit aan iemand. Dan zouden we de reputatie van dom mokkel krijgen dat er niet aan denkt om haar uitrusting te controleren.'

'Eh, en jij zegt dus dat we dat niet zijn? We hebben samen één mobiele telefoon en geen radio. Volgens mij kunnen we onszelf geen pluim geven.'

'Oké, zover wil ik niet gaan. Ik waarschuw je alleen dat je nooit iemand reden moet geven om te denken dat we domme mokkels zijn. Ze hebben maar een kleine aanleiding nodig. Geen fouten maken als het niet nodig is.'

'Ik zal proberen eraan te denken.'

'Ik wed dat het bij de veiligheidsdienst niet zo was.'

'Dat meen je niet. Het was honderd keer erger. In elk geval behandelt Godley je als een mens. Mijn vorige baas was een ontzettende hufter.'

De rest van de weg wisselden we gruwelverhalen uit. Voor iemand die niet bij de politie werkte was de alomtegenwoordige machocultuur moeilijk te bevatten, evenals het feit dat gelijkwaardigheid slechts met de mond werd beleden. De aard van het werk maakte dat het beroep van politiefunctionaris behoudende types aantrok, degenen die hechtten aan traditionele waarden, zoals de overtuiging dat vrouwen hun plaats dienden te kennen. Je had er niets aan overgevoelig te zijn op dat vlak. Het was maar al te makkelijk om de reputatie te krijgen dat je geen humor had, snel op je teentjes getrapt was en een blok aan ieders been. Dus leerde je te lachen als je bespot werd, je weerwoord klaar te hebben, op je hoede en niet loslippig te zijn. Ik nam het zoals het kwam. Liv had het lastiger gevonden om eraan te wennen.

'De eerste paar jaar wilde ik beslist niet dat iemand ontdekte dat ik lesbisch was. En daarna heb ik besloten dat het geen zin had om in de kast te blijven.'

'Ja, maar waarom zou je het eigenlijk vertellen? Ik vertel toch ook niet iedereen wat ik doe en met wie ik naar bed ga? Waarom zou jij dat wel doen?'

'Omdat het te maken heeft met wie ik ben. En het houdt de griezels op afstand.'

'Maar er moeten wel mannen zijn die aanbieden je te laten zien dat je helemaal fout zit.'

'O, natuurlijk. Voor mijn eigen bestwil, zodat ik ga inzien wat ik misloop. En dan heb je degenen die best aardig lijken, maar die dan geleidelijk toewerken naar de vraag of ze eens mogen toekijken, of opperen dat mijn vriendin en ik misschien een beetje pit in onze relatie willen brengen door eens een triootje te proberen.'

'Wat aanlokkelijk.'

'Ik heb tot nu toe niet al te veel moeite gehad om nee te zeggen, maar zeg nooit nooit.'

'Nou, ik denk dat je in bepaalde situaties best nooit mag zeggen.'

Ze lachte snuivend. 'Nu we het over nooit nooit zeggen hebben, zag ik het daarnet goed dat Rob en jij een rustig momentje samen beleefden? Is er iets wat je me wilt vertellen?'

'Niet echt.' Ik kon de steeds breder wordende glimlach echter niet tegenhouden, dus klapte ze in haar handen.

'Ik dacht het wel.'

'Jezus, je bent net een heks. Hoe wist je dat?'

'Ik let op lichaamstaal. Toen jullie uit de verhoorkamer kwamen, deden jullie allebei overdreven goed je best serieus te kijken.'

'Is het nog iemand anders opgevallen?' Ik was enigszins verontrust over het feit dat het zo zichtbaar was geweest.

'Vast niet. Ze waren allemaal opgewonden over de ophanden zijnde arrestatie van de Bancrofts.'

Ik draaide mijn pols om zodat ik op mijn horloge kon kijken. 'Die zullen ze nu waarschijnlijk wel achter de rug hebben. Dan is alles voorbij. Misschien hebben ze Patricia wel gevonden.'

'Of haar stoffelijk overschot.'

Liv had gelijk, maar mijn goede humeur verdween als bij toverslag. Haar arme ouders, ik moest er niet aan denken. Mijn telefoontje moest hun voor het eerst sinds jaren weer hoop hebben gegeven en ik zou ervoor verantwoordelijk zijn die hoop de grond in te boren bij slecht nieuws. Niet voor het eerst verwenste ik collega Rai. Als hij zijn werk beter had gedaan en meer aandacht aan zijn eigen zaak had besteed, had ik de Farinelli's met rust kunnen laten tot we zekerheid hadden, in positieve dan wel negatieve zin. De daaropvolgende minuten was het stil in de auto, tot we de rand van Enfield bereikten en op de juiste weg de stad uit reden.

'We zijn op zoek naar een groot huis dat iets van de weg af staat. Bonamy Lodge heet het. Het was tien jaar geleden al in verval volgens inspecteur Stone, dus zal het er niet bepaald indrukwekkend uitzien.'

'Ik snap het.'

Aan beide kanten van de weg bevond zich een haag en je kon de huizen slecht zien tot je er min of meer met je neus bovenop stond. Ik reed langzaam en afwisselend trok ik op en minderde ik vaart tot Liv mompelde dat ze een kotszakje nodig had.

'Ik kan er niet veel aan doen.'

'Je zou een vast tempo kunnen aanhouden, niet te snel, zodat ik de namen op de huizen kan lezen. O kijk, daar is het.' Ze wees voor me langs.

Ik gaf een ruk aan het stuur en toen schoot de auto door de smalle poort waarop de naam van het huis stond. Onder de wielen klonk geknars van kiezels, maar het was lang geleden dat de oprit was onderhouden: overal woekerde onkruid en ik stopte op een groot, kaal stuk voor de voordeur, waar alle bezoekers leken te parkeren.

'Dat ziet er gezellig uit,' was Livs commentaar toen ze omhoog keek.

'Die betekenis van gezellig kende ik nog niet.' Het huis was een sombere kolos uit de periode rond 1900, grijs en streng en voorzien van een laag pleisterwerk met grind erin verwerkt dat niet bijdroeg aan een gemoedelijke uitstraling. Het had aan alle kanten puntdaken, alsof de architect geen inspiratie meer had en ze inderhaast had toegevoegd waar het ontwerp te simpel leek. De tijd had het geen goed gedaan. Het houtwerk was verweerd en gebladderd, het dak vertoonde gaten waar er pannen waren afgevallen die niet waren vervangen. Aan de rechterkant zat een dakgoot die was doorgezakt onder het gewicht van een jonge plataan. De ramen waren vuil en donker. Het zag ernaar uit dat ik Michael Bancroft niet te spreken zou krijgen.

We stapten uit en ik liep naar de voordeur. De bel deed het niet, dus gebruikte ik de klopper. Het geluid klonk te hard. Achter me zoefde af en toe een auto voorbij en in de hoge naaldbomen die het terrein omzoomden floten vogels, maar verder hoorden we niets. De bomen waren zeer slecht onderhouden, overwoekerd met klimplanten, en ze schermden het pand uitstekend af van de huizen aan weerszijden van de weg. Ik was erg gespannen en probeerde te bedenken of dat door slaapgebrek kwam of dat mijn nervositeit een verlate reactie was op het bericht dat ik werd gestalkt.

Er kwam geen reactie op mijn geklop en dat had ik eigenlijk ook niet verwacht. Ik stapte naar achteren, hield mijn hand boven mijn ogen en keek op naar de ramen op de eerste verdieping, speurend naar tekenen van leven.

'Wat denk jij ervan?'

Liv was over de knerpende kiezels naar een raam gelopen en stond nu op haar tenen naar binnen te kijken. 'Er staat niet zoveel meubilair. Het ziet er verlaten uit.'

'Misschien is hij verhuisd sinds het register voor het laatst is bijgewerkt.'

'Misschien is hij wel dood.'

Ik keek haar fronsend aan. 'Dat is zo'n beetje je standaardreactie, hè?'

'Mensen gaan nu eenmaal ooit dood, Maeve.' Ze liep weg, naar de zijkant van het huis. 'Ik kijk wel even aan de achterkant.'

'Oké.' Ik liep over de kiezelstenen naar het raam aan de andere kant van de voordeur en schermde mijn ogen af, zodat ik zoveel mogelijk van het interieur kon zien. Het was een eetkamer, een grote, donkere kamer met in het midden een tafel, omringd door stoelen met een krullerig bewerkte rugleuning. Er was niets waaraan je kon zien dat de kamer werd gebruikt, maar het feit alleen al dat er meubels stonden was hoopgevend. Ik liep terug naar de voordeur, knielde en tuurde door de brievenbus. Ik had geluk; er zat geen tochtbeschermer achter en ik kon de parketvloer, de hoekige houten trap en het glas-in-loodraam halverwege de trap, die het interieur een rode gloed verleende, goed zien. Ik ging met gefronste wenkbrauwen op mijn hurken zitten en zo trof Liv me bij terugkomst aan.

'Ik ben helemaal rond om het huis gelopen en heb niets gezien waardoor ik de indruk kreeg dat het bewoond wordt.'

'Vuilnisbak?'

'Bij de achterdeur, leeg.'

'Briefje voor de melkboer?'

'Nou maak je het te bont.'

Ik stond op. 'Oké. Kijk hier eens doorheen en vertel me wat je ervan denkt.'

Ze boog voorover en duwde de klep van de brievenbus omhoog om naar binnen te kijken, net als ik had gedaan. 'Heel veel leegte.'

'Inderdaad. Kijk eens omlaag.'

'Twee folders van afhaalrestaurants en een brochure, zo te zien reclame van een schoonmaakbedrijf. Ik zou zeggen dat hij dat maar eens moest bellen. Het ziet ernaar uit dat hij best een grote schoonmaak kan gebruiken.' Ze liet de klep vallen en wendde zich tot mij. 'Moet een van die dingen mijn belangstelling wekken? Het zijn gewoon reclamefolders.'

'Precies. Wat doe jij elke dag als eerste als je thuiskomt van je werk?'

Er verscheen een glinstering in haar ogen toen ze haar mond opende om me te antwoorden en ik stak mijn hand op. 'Laat ik even heel duidelijk zijn: ik ben niet benieuwd naar de manier waarop je je vriendin begroet. Ik bedoel: wat is het eerste wat je doet als je de voordeur van het slot hebt gehaald?'

Ze dacht even na. 'Als ik de eerste ben, haal ik de post van de mat.'

'En?'

'De reclamefolders.'

'Elke dag. Stapels. En zelfs als we er rekening mee houden dat dit een nogal landelijk gebied is, kun je me niet wijsmaken dat wat hier ligt meer is dan wat er in een of twee dagen is bezorgd.'

'Hé, je hebt gelijk. Wie zou het dan hebben weggegooid?'

Ik gaf geen antwoord, maar klopte nog eens op de deur. Ik hoorde hoe het geluid in het huis weerklonk en wegstierf. We wachtten een volle minuut, maar er was binnen verder niets te horen.

'Het liefst zou ik naar binnen gaan om eens rond te kijken.' Ik boog achterover om nog eens naar de bovenramen te kijken.

'Ach, waarom ook niet? Je hebt je knuppel in de auto liggen. Een klein tikje tegen het keukenraam en je geeft me even een knietje en klaar is Kees.'

'Ik neem maar aan dat je niet voorstelt om in te breken. We hebben een huiszoekingsbevel nodig. De enige uitzondering die ik kan bedenken is paragraaf zeventien van de Police and Criminal Evidence Act: "in geval van een levensbedreigende situatie". En ik geloof niet dat we daarmee te maken hebben.'

Liv leunde voorover, met haar oor tegen het hout van de deur. 'Hoorde je dat?'

'Wat?'

'Ik dacht dat ik iemand om hulp hoorde roepen.'

'Ja hoor.'

Ze trok haar wenkbrauwen op. 'Wil je naar binnen of niet?'

Dat wilde ik toevallig inderdaad. 'Je moet een uitstekend gehoor hebben. Waar is dat raam?'

'Ga je knuppel halen en volg me.'

Ik pakte behalve mijn uitschuifbare politieknuppel ook mijn zaklamp en liep om het huis heen naar een klein raam naast de achterdeur met een regenton eronder, die goed van pas kwam.

'Weet je zeker dat je erdoorheen kunt?'

'Heel zeker.'

'Ga dan even opzij.' Ik beschermde mijn gezicht met mijn arm en sloeg midden op het raam; een scherpe tik met het uiteinde van mijn knuppel die het glas deed breken en ervoor zorgde dat er een paar driehoekjes binnen op de vloer neervielen. Er kwam niemand aansnellen op het geluid van de klap en het gerinkel van de stukken glas die op de grond terechtkwamen. Ik tikte met mijn stok langs de randen van het kozijn en sloeg de puntige stukken glas er zo goed mogelijk uit. Het was nog lang niet veilig.

'Zo kom je vol snijwonden te zitten, Liv.'

'Ik leg dit wel over de vensterbank.' Ze had een zak gevonden, een geval van ruige stof waar ooit steenkolen in hadden gezeten. 'Maar goed dat ik vandaag heb besloten iets zwarts aan te trekken.'

'Dat geldt voor mij ook.' Ik strekte mijn hals om door het lege kozijn naar binnen te kijken. 'Ik denk niet dat deze keuken sinds mensenheugenis is schoongemaakt, en ik ben er vrij zeker van dat de rest van het huis zich in net zo'n staat bevindt.'

'Laten we eens gaan kijken.' Ze duwde me met haar elleboog opzij en legde de zak over de onderkant van het kozijn.

'Heb je een zetje nodig?'

'Het lukt wel.' Ze klom op de regenton en bleef even gehurkt op de vensterbank zitten voordat ze met een plof en gekraak van gebroken glas binnen neerkwam. Haar stem klonk hol en werd in de schaars gemeubileerde ruimte weerkaatst. 'Ik ga de achterdeur opendoen.'

Ik liep ernaartoe en terwijl ik stond te wachten hoorde ik hoe ze de grendels probeerde los te trekken en de sleutel in het slot om te draaien. Het slot was stroef en gaf niet mee. Te zien aan de spinnenwebben die van de ene deurpost naar de andere liepen, was het al lang niet meer gebruikt, en toen Liv het slot eindelijk open kreeg, moest ze de deur over de vloer heen opentrekken. Het hout maakte zo'n schril geluid over de tegels dat ik er kippenvel van kreeg. Ik duwde er met mijn schouder tegenaan terwijl zij trok, en gezamenlijk kregen we de deur zo ver open dat ik door de kier kon glippen. De lucht die op me af kwam was onverwacht fris en koud. Ik keek om me heen en zag het ventilatiegat in de muur waar een kille tocht doorheen kwam die langs mijn wang streek, en een kier bij de rand van de tegels waar de plint net niet tot aan de vloer kwam. Het huis was een stuk minder stevig dan het leek. De wind die de coniferen buiten heen en weer deed zwiepen waaide er met een gierend, bijna klaaglijk geluid doorheen.

'De lamp doet het niet.' Liv knipte de schakelaar een paar keer aan en uit en liep toen naar het aanrecht waar een kleine waterkoker stond. Hij kwam met een zucht in actie toen ze hem aanzette. 'Oké. Er is dus wel elektriciteit. Alleen geen licht.'

'Beetje somber hier, hè?' Ik knipte mijn zaklamp aan, draaide langzaam rond en bleef hangen bij het gasfornuis, compleet met een koekenpan erop; onderin zat nog een laagje vet. Naast de gootsteen stond een kopje, ik boog me eroverheen en zag een bruin restje zitten. 'Iemand drinkt hier thee. Of misschien koffie.'

'Kort geleden?'

'Er zit geen schimmel in.' Er was trouwens nergens schimmel te bekennen. 'Er klopt hier iets niet. Er is hier onlangs nog iemand geweest, maar het huis is volkomen verwaarloosd.'

'Nou, we zijn nu binnen, dus laten we maar eens rondkijken.'

We spraken zachtjes, ook al hadden we bij onze inbraak genoeg lawaai gemaakt om de aandacht van eventuele aanwezigen te trekken. Ik merkte dat ik op mijn tenen liep toen ik Liv volgde naar de hal en vanaf dat moment dwong ik mezelf gewoon te lopen, vol zelfvertrouwen, zoals het een politiefunctionaris in functie betaamde.

Liv ging naar de ene kant van de hal en ik nam de andere voor mijn rekening. Ik opende deuren en kasten. Hierbinnen zagen de kamers er nog triester, nog meer verwaarloosd en doods uit.

'Wat vind jij hiervan?'

Ik liep naar de andere kant van de hal om te zien wat Liv bedoelde en trof er een kleine zitkamer propvol meubels aan. De muren leken wel die van een kraam op een rommelmarkt vlak voor de opening; er waren lukraak schilderijen en wandtapijten op ongebruikelijke plaatsen opgehangen. Op de schappen van een bamboe etagère die in een hoekje was weggestopt stond een uitgebreide verzameling ornamenten en echte rotzooi: oude batterijen, een haarborstel, een bril die op zijn glazen lag en waarvan de poten gevouwen waren als die van een dode kever, een stapeltje enveloppen, wat verschillende sleutels, een metalen rekje dat al lang geleden was gescheiden van wat er ook op had gelegen. Er stond een heel oude televisie op een laag tafeltje, met een rood lampje dat aangaf dat hij op stand-by stond. Op de bank ervoor lag een opgevouwen deken naast een halflege zak chips. Het rook er naar kaas en uien. Ik pakte een chipje om eens te kijken en merkte dat het zacht was, want het gaf een beetje mee toen ik er met mijn vinger en duim druk op uitoefende. Ik maakte eruit op dat de zak al een tijdje open was. De bank voelde koud aan en de kussens lagen er geplooid bij.

'Het lijkt erop dat iemand in deze kamer heeft gezeten, maar de laatste paar uur zeker niet meer. Misschien gisteren of eergisteren.'

Liv knikte. 'Boven?'

'Ja. Ik ga wel voor.' Ik had er helemaal geen zin in, wat des te meer reden was om mezelf ertoe te dwingen dat wel te doen. Liv had tenslotte het initiatief genomen het huis binnen te gaan; ik was het haar verschuldigd nu het voortouw te nemen.

Uiteraard kraakten de treden en ik liep langzaam naar boven, langs het glas-in-loodraam. De overloop was vierkant, duister en er hing een putlucht; ik keek Liv met opgetrokken neus aan en zag haar reageren toen ze het ook rook.

'Jakkes.'

Alle deuren waren gesloten. Ik probeerde de dichtstbijzijnde deur, die toegang bleek te geven tot een slaapkamer waarvan de muren waren voorzien van een afschuwelijk groen behang met scheuren erin. Een van de muren vertoonde spetters die misschien ooit soep waren geweest. Aan de ene kant van het bed hing een heel dun kussen half van het matras af en iemand had een sprei slordig over het voeteneind gegooid. Behalve een donkerroze porseleinen lamp met kwastjes aan de kap stond er niets op het nachtkastje naast het bed.

'Chic hoor,' was het commentaar van Liz. Ik liep zo ver naar binnen dat ik de kledingkast voorzichtig met mijn vinger kon openmaken, maar zag niets dan kale klerenhangers. De geur van mottenballen die er hing vond ik bijna geruststellend; beter dat dan een mottenplaag. De plankenvloer kreunde onder mijn voeten toen ik me omdraaide om naar buiten te lopen en ik trok een gezicht terwijl ik met grote stappen naar de betrekkelijk veilige overloop liep.

'Als ik door de vloer zak, moet je een ambulance bellen.'

'Dat zal ik zeker doen, als ik tenminste bereik heb.' Liv haalde haar mobiel tevoorschijn en zette hem met haar duim aan om dat even te checken. 'Twee streepjes. Dat zal wel lukken. Waar zijn we ook alweer?'

'Bonamy Lodge, ook wel bekend als Bancroft's House of Horrors. Stel je eens voor hoe dit er tien jaar geleden moet hebben uitgezien.' Ik opende de volgende deur, die toegang gaf tot een vervallen badkamer; de muren waren voorzien van groezelig witte tegels en de wastafel was grijs van het vuil. 'Niet zo heel anders, vermoed ik.'

Liv stak haar hoofd om de deur naast de badkamer. 'Een plee. Daar hou ik me verre van.'

'Daar moet die stank vandaan komen.'

'Ja, dat zal wel.' Ze snoof. 'Het is hier in elk geval niet fris.'

Ik moest om haar gezichtsuitdrukking lachen terwijl ik de volgende deur probeerde. Die klemde een beetje en ik duwde ertegenaan met mijn schouder. Toen hij meegaf struikelde ik de kamer binnen. De gordijnen zaten dicht en ik kon aanvankelijk nauwelijks iets zien; vaag zag ik iets wat op een tweepersoonsbed leek, een ladekast, een toilettafel met een uit drie delen bestaande spiegel waarin ik mezelf drie keer zag terwijl ik mijn evenwicht probeerde te hervinden. De sprei was van het bed af gevallen en de lakens waren opzij gegleden, alsof iemand er haastig was uitgesprongen en het onopgemaakt had achtergelaten. Ik draaide me om en liet mijn zaklamp over de meubels gaan; ik zag een stel zilveren borstels en het glas van enkele fotolijstjes op de ladekast lichtten op.

'Dat is Drew. En dat is Lee.' Ik liep ernaartoe om beter te kunnen kijken en zag magere en onhandig uitziende jeugdige versies van de zelfverzekerde mannen die ik had ontmoet. Op de foto's hadden ze gelaatstrekken die te groot leken voor hun gezicht; ze hadden tijd nodig gehad om in hun uiterlijk te groeien. Lee keek ongeïnteresseerd, Drew glimlachte breed. 'Dit moet Michaels kamer zijn.'

Toen Liv sprak klonk haar stem onzeker. 'Daar op de grond. Daar ligt iets... op de grond.'

Ik liet mijn zaklamp schijnen op de plek die ze aanwees en besefte huiverend van ontzetting dat het omgewoelde beddengoed over iets heen lag wat zich op de vloer naast het bed bevond, nog geen meter vanwaar ik stond. Het was een lange, smalle vorm, die om de een of andere reden onmiskenbaar menselijk was, ook toen ik de wasbleke hand nog niet had gezien die zich tot onder het bed had uitgestrekt alsof hij smeekte om genade die niet was verleend. Ik liep met ingehouden adem naar voren en bescheen met de zaklamp van bovenaf de zijkant van het hoofd van het lichaam. Ik nam aan dat het Michael Bancroft was, en er bestond geen twijfel aan dat hij dood was. Al enige tijd zelfs.

'Er hangt geen geur van ontbinding.'

'Het is hier droog en behoorlijk koud.' Ik boog me verder naar voren. 'Ik wil niet in Glen Hanshaws schoenen gaan staan, maar het ziet ernaar uit dat hij is gemummificeerd.'

'Niet veel activiteit van insecten in huis. Vooral als het in de winter is gebeurd.'

'Inderdaad, en ik zou er niet eens van opkijken als het niet deze winter zou blijken te zijn.' Ik stapte voorzichtig achteruit, lette goed op waar ik mijn voeten neerzette. 'We moesten het maar gaan melden. Godley zal beslist willen weten of het hier om moord gaat.'

Liv had haar mobiel in haar hand en keek bezorgd. 'Als hij geen koffie heeft gedronken en televisie heeft gekeken, wie dan wel?'

'Goede vraag.' Ik liet haar op de gang achter om de meldkamer te bellen en ging zelf door naar de volgende kamer, ook een slaapkamer, die er even onaangeroerd en ongezellig uitzag als de eerste die we hadden aangetroffen. Een voor Lee, een voor Drew, en ome Michael dood in de middelste. Gezellige familie. Misschien kwamen de broers hier wel graag logeren. Misschien was het een soort ouderlijk huis voor hen.

Ik was weer terug bij de trap. Ik liet mijn blik over de overloop gaan en vroeg me af wat ik over het hoofd zag. Ik liep in gedachten na wat ik had gezien, ruimte voor ruimte: de keuken, de eetkamer, de kleine zitkamer, de hal, de slaapkamer... de kleine zitkamer. Wat was daar toch mee? De sleutels. Iedereen had wel ergens in huis oude sleutels liggen. De bril. Je zou je eigen bril nooit zo neerleggen: dan komen er krassen op de glazen. Gedumpt was het woord dat bij me opkwam. Zwarte poten, gevouwen. Stof erop. Lag daar al lange tijd. Vergeten.

Liv gaf de centralist de route naar het huis door. Ik wachtte tot ze klaar was met bellen. 'Heb je nog bijgebouwen gezien toen je dat rondje om het huis maakte? Schuren of zo?'

'Nee. Er zijn alleen velden achter het huis. Aan de linkerkant staat wel een garage, maar die was leeg.'

Ik keek nog eens om me heen en zag de paneeldeuren waar niets van af te lezen viel, een slecht landschapsschilderij aan de muur, een lelijke lamp met opaliserend glas, die als een mislukte kerstbal in het midden van het plafond omlaag hing. Mijn blik volgde de ketting van de lamp naar het kapotte roosornament aan het plafond en vandaar naar het vierkante luik ernaast dat toegang gaf tot een zolder.

'Heb jij onderweg misschien ergens een stevige stoel zien staan?'

Liv ging de derde slaapkamer binnen en kwam naar buiten met een houten stoel met een rechte rugleuning. 'Heb je hier wat aan?'

'Perfect.' Ik plaatste hem onder het luik en stapte erop. Ik rekte me zo ver mogelijk uit om een duwtje tegen het luik te geven. Ik kon er net met mijn vingertoppen bij. Het was niet voor het eerst dat ik blij was met mijn lengte. Ik probeerde alle vier de zijkanten in de hoop dat het luik zou openspringen, maar het bleef onbeweeglijk gesloten.

'Probeer het eens in het midden. Misschien kun je het zo optillen.'

Ik deed wat Liv had voorgesteld, duwde hard, en viel bijna van de stoel toen het luik meegaf. De putlucht werd direct sterker en ik hoestte, maar slaagde er toch in om het luik naast de opening te schuiven en de ladder te pakken die over de rand stak. Ik trok hem omlaag en wilde mijn voet erop zetten.

'Kun je hem even voor me vasthouden?'

Liv greep de onderkant vast. 'Voorzichtig hoor.'

Ik keek omhoog naar het grijze daglicht dat de ruimte boven me verlichtte. Er moesten dus dakramen zijn, of dakkapellen. De balken onder het dak deden vermoeden dat het schuine dak voldoende ruimte bood voor een echte zolderkamer en niet alleen een vliering. Ik vond het niet prettig om de ladder op te gaan, vooral niet omdat mijn hoofd dan een paar seconden lang boven de zoldervloer zou uitsteken. Ik voelde dat mijn spieren zich spanden toen ik besefte hoe kwetsbaar ik zou zijn als ik werd aangevallen, maar ik zou in elk geval niet het duister in stappen. Ik stopte mijn zaklamp in mijn zak en beklom snel de overige treden, zonder mezelf de tijd te gunnen erover na te denken. Direct nadat ik door het gat heen was liet ik mijn blik driehonderdzestig graden rondgaan en zag opgestapelde rommel, dozen, oude koffers: de gewone afgedankte spullen uit een mensenleven. Het licht viel door de ramen in de vier muren. Het was eigenlijk een heel leuke ruimte, bedacht ik, met een vage herinnering aan Brody's appartement, dat ik in gedachten op deze ruimte projecteerde. Ik hees me op en ging rechtop staan, er nog steeds op bedacht dat ik mijn hoofd zou kunnen stoten.

'Het is hier oké,' zei ik tegen Liv, die nu ook de ladder op kwam. 'Hierboven is niets. Er is...'

De woorden bestierven op mijn lippen. Nu ik rechtop stond kon ik de hele zolder overzien, over de bovenkant van een stoffige boekenkast en een paar opgestapelde tafels heen. In de verste hoek, naast het raam dat uitzag op het achtererf van het huis, stond een radiator. En naast de radiator lag een matras. En op het matras lag iemand, dit keer iemand met lang donker haar, iemand die was gekleed in een grijs sweatshirt en een zwarte trainingsbroek, iemand met vuile blote voeten. Ze lag opgekruld, stijf opgerold tot een bal en over haar schouders was een stuk van een oude deken gegooid. Ik zag de lege waterfles, de plastic bakjes waar geen eten meer in zat, en de rode plastic emmer die de bron van de stank was. Ik hoorde de kreet van Liv achter me, maar reageerde niet. Dat kon ik niet. Ze was mager, akelig mager zelfs, maar ik wist dat het Patricia was, ook al had ik haar gezicht niet gezien, ook al was ze fysiek inmiddels volledig onherkenbaar.

En ik wist dat ik het telefoongesprek moest voeren dat ik had gevreesd. Ze bewoog niet. Ze was slap. Levenloos.

Zoals gewoonlijk waren we net te laat.

20

Toen mijn hersenen weer begonnen te werken werd de trance verbroken. Als ik oog in oog met de dood stond, moest ik altijd mijn plicht als politiefunctionaris doen, die ervoor zorgde dat ik mijn gedachten niet de vrije loop liet, en ik liep dan ook om het opgestapelde meubilair heen om bij dat ineengedoken lichaam te komen. Ik moest de plaats delict zeker stellen en Patricia goed bekijken voordat Liv de meldkamer opnieuw zou bellen. We zouden een tweede ambulance nodig hebben, maar verder hadden we ruim de tijd. De technisch rechercheurs die onderweg waren naar Michael Bancroft konden wel twee plaatsen delict afwerken; Glen Hanshaw zou twee lijken kunnen schouwen.

'Je moet Godley ook even bellen,' zei ik over mijn schouder. 'Hij wil dit ook weten.'

'Is ze...?'

'Dood? Ik zou denken van wel.' Er zat geen druppel meer in de waterfles. Ik vroeg me af hoe lang hij al leeg was, hoe lang ze in leven was gebleven. Drie minuten zonder zuurstof, drie dagen zonder water, drie weken zonder voedsel. Dat was de regel die ik altijd had aangehouden, hoewel Glen Hanshaw me erom had uitgelachen toen ik het eens tegen hem zei, omdat er bij die regel wat water en voedsel betrof geen rekening werd gehouden met de variabele omgevingsfactoren noch met de conditie van de persoon. Het was onwaarschijnlijk dat Patricia in goede gezondheid had verkeerd, onder de omstandigheden.

Ik stak mijn hand uit naar haar hals om te voelen of ze een hartslag had en streek daartoe haar haar opzij. Het deed me al te zeer denken aan de video die ik had gezien, aan de onverschillige manier waarop Lee met Cheyenne was omgegaan, en ik moest het trillen van mijn handen zo goed mogelijk zien te bedwingen. Ik hield mezelf streng voor dat ik nu geen emoties kon gebruiken. Mijn woede kon wachten.

Ik bewoog mijn hand naar de slagader naast haar luchtpijp, maar op het moment dat mijn vingertoppen haar huid raakten bewoog ze plotseling. Haar ogen gingen open en in één beweging ging ze haastig rechtop zitten. Ik verloor mijn evenwicht toen ik mijn hand snel terugtrok en viel onelegant met uitgestrekte ledematen achterover. Achter me maakte Liv een geluid dat bijna een schreeuw was en ik had nog net de tegenwoordigheid van geest om te bedenken dat ik blij moest zijn dat mijn adem was gestokt door de schok, dat ik te zeer geschrokken was om het uit te schreeuwen.

Patricia keek me verdwaasd aan, alsof ze gedrogeerd was. Ik herkende haar direct, ook al was haar huid vaal en slap en had ze holle wangen. Haar mooie ogen waren halfgesloten en lagen diep en donker in hun kassen. Volgens mij had ze geen echt realiteitsbesef. Ik vermoedde dat ze niet wist dat Liv er ook was en ik bleef waar ik zat, achterovergeleund, bijna bang om haar aan het schrikken te maken door me te bewegen. Ze tilde haar hand op om in haar ogen te wrijven en ik zag de middelzware ketting die om haar pols zat gedraaid. Ik volgde hem met mijn blik naar de ouderwetse gietijzeren radiator, waar de ketting omheen was gewikkeld met aan het uiteinde een zwaar hangslot en ik voelde diep vanbinnen woede opborrelen. Ze hadden haar genoeg ruimte aan de ketting gegeven om bij de emmer te komen, maar meer ook niet. Er zaten wonden aan haar pols, daar waar het metaal haar huid had kapot geschuurd.

Toen keek ze me aan en fronste haar wenkbrauwen.

'Het is oké, Patricia. Wij zijn van de politie. Je bent nu veilig. Alles komt weer goed.' Ik herhaalde het steeds weer met zachte stem, in de hoop dat het tot haar zou doordringen. Achter me liep Liv weg naar de opening in de vloer. Ze daalde de ladder naar de overloop af en ik hoorde haar telefoneren; ze bracht de meldkamer op neutrale toon op de hoogte. Ik kon haar niet verstaan en was blij om haar tact, blij dat Patricia niet hoefde te horen wat er over haar werd gezegd. Ze wiegde heen en weer als een vermoeide uil en haar ogen stonden glazig.

'Kun je praten, Patricia? Heb je pijn?'

Ze raakte haar mond aan. 'Dorst.'

'Ik heb water bij me.' Ik had een literfles in de auto liggen; nog nooit was ik zo blij met een kater geweest. 'Ik ga hem voor je halen als mijn collega terug is. Ik ben Maeve. Zij heet Liv.'

Ze knikte, maar haar blik was nog steeds wezenloos en ik betwijfelde of ze had begrepen wat ik had gezegd.

'Je bent nu in veiligheid. Alles komt goed.'

Er verscheen een glimlachje op haar gebarsten lippen; ze gingen uiteen, waardoor ik zwarte gaten zag in haar voorheen mooi symmetrische gebit.

'Liv komt zo terug. Ze blijft dan bij je. En ik haal het water voor je.'

'Dank je.'

Het was een automatische reactie maar toch kreeg ik er een brok van in mijn keel. Ze was in staat beleefd te zijn, zelfs nu nog, zelfs na alles wat ze had doorstaan.

'Lee en Drew... Ze zijn gearresteerd. Ze kunnen je geen kwaad meer doen.' Ze leek niet te weten over wie ik het had en ik herinnerde me een beetje laat dat de broers twee verschillende namen hadden. 'Alex en Andy?'

Niets.

'De mannen die je hebben ontvoerd.'

Er daagde begrip. 'Ik wist niet... hoe ze heetten.'

'Hebben ze je dat nooit verteld?'

'Ik dacht dat er een Vincent heette. Dat was de naam van het profiel.' Ze zweeg en hoestte even.

'Probeer maar niet te praten.'

Dat negeerde ze. 'Wat zei je daarnet? Lee?'

'En Drew. Afkortingen van Alexander en Andrew. Hun achternaam is Bancroft.'

'Wie is wie?'

'Lee is iets forser. Drew praat het meest.'

'De goeierik en de gemenerik. Maar het waren allebei gemeneriken.' Haar gezicht vertrok even smartelijk en toen vervaagden die trekken weer. Haar zombieachtige houding was weer terug en ik was erg opgelucht toen ik Liv hoorde op de ladder.

'Ze zijn onderweg. Vijf minuutjes. De vorige keer schatten ze het in op een uur, dus we zijn gestegen op de prioriteitenlijst.' Ze klonk ademloos, overmatig opgewonden. Ik liet mijn stem bewust langzaam en rustig klinken toen ik antwoord gaf.

'Mooi zo. Heb je de chef te pakken gekregen?'

'Ja. We zien hem in het ziekenhuis.'

'Zou je even bij Patricia willen blijven? Dan ga ik wat te drinken voor haar halen.'

'Natuurlijk. Geen probleem.' Ze keek langs me heen naar de vrouw op de matras en wendde toen haar blik af. Ze ging op de rand van een hutkoffer zitten, een meter of drie van Patricia verwijderd, en ik vroeg me af of ze bang was om iets tegen haar te zeggen, te bang was om te dichtbij te komen.

Ik stond langzaam op en zorgde ervoor dat ik niet te dicht bij Patricia kwam en me niet over haar heen boog. 'Ik ben zo weer terug.'

Ik wist niet helemaal zeker of Patricia wel merkte dat ik wegging. Ik liet haar en Liv in stilte achter; ze zaten beiden voor zich uit te staren. Liv vond het niet makkelijk om met een levend slachtoffer om te gaan. Ik was daar ook niet bepaald aan gewend, maar het was een stuk beter dan de gebruikelijke confrontatie met doden. Ik rende halsoverkop de trap af en nam de kortste weg naar de voorzijde van het huis. Ik draaide de voordeur van het slot en liet hem bij terugkomst openstaan, zodat het ambulancepersoneel snel naar binnen kon gaan.

Toen ik door de hal liep kwam ik op het idee om de sleutels uit de televisiekamer mee te nemen, voor het geval er een paste op het hangslot aan Patricia's ketting. Ik boog me om de deur heen en pakte ze van de bamboe etagère in de hoek. Ik bedacht me en liep nog eens terug en draaide de bril om. Mijn adem stokte toen ik de zwart-met-rode strepen aan de zijkant zag. Als ik de bril eerder beter had bekeken… dan had ze nog steeds achttien maanden in gevangenschap doorgebracht, hield ik mezelf voor. Ik zou er op een gegeven moment achter gekomen zijn dat ze daar zat. En omdat ik steeds meer geneigd was geweest te denken dat ze dood was, zou het helemaal niet zoveel hebben uitgemaakt. Vanuit mijn ooghoek zag ik iets glinsteren en ik keek naar de etagère, waar een deel van een dun zilveren kettinkje onderuit stak. Ik trok er voorzichtig aan en was niet eens erg verbaasd om te zien dat er uiteindelijk een ovaal medaillon bezet met glinsterende diamanten tevoorschijn kwam. Cheyennes miraculeuze medaillon. Ik liet het liggen waar het lag, zodat het met het andere bewijsmateriaal kon worden ingepakt, maar ik verliet de kamer met opeengeklemde kaken. Een prulletje dat met alle andere prullen kon worden weggegooid. Weggegooid als het meisje zelf.

Weer terug onder aan de ladder stopte ik de bril in de ene zak van mijn jasje, de sleutels in de andere, en klemde ik de fles water onder mijn arm, waarna ik langzaam omhoog klauterde, bang om te vallen. Het zou echt iets voor mij zijn om mijn concentratie te verliezen, uit te glijden en weer in het ziekenhuis te belanden.

Liv zat nog steeds op dezelfde plek, met haar armen om haar knieen, alsof ze zich ervan wilde verzekeren dat geen enkel lichaamsdeel in contact zou komen met Patricia. Ik bedacht opeens dat ze uitermate kritisch op haar uiterlijk was – haar kleding en haar kapsel waren altijd onberispelijk; en wie weet kwam dat wel doordat ze altijd haar uiterste best deed om uit de buurt van vuile dingen te blijven. En Patricia was verre van schoon – niet dat ze de kans had gekregen daar iets aan te doen. De matte dofheid van haar haar wees erop dat ze nooit shampoo had gebruikt; al haar vingernagels vertoonden rouwrandjes. Toen ik dicht bij haar zat, had ik haar geroken, ondanks de stinkende emmer en de jarenlang opgebouwde deken van stof op de zolder, die bij elke stap opwolkte. Als het enige water dat ze kreeg in de tweeliterfles had gezeten die leeg naast haar matras lag, kon ik wel begrijpen dat een wasbeurt geen prioriteit had gekregen.

Ik benaderde haar langzaam en bleef een halve meter van haar af staan. Ze had zich enigszins omgedraaid en zat nu met haar gezicht meer naar de muur, en ik vroeg me af of de aanwezigheid van vreemden haar van streek maakte.

'Hier is het water.' Ik ging op mijn hurken zitten en reikte haar de fles aan. Ze graaide blind in de lucht voordat ze hem te pakken had, maar toen ze hem eenmaal vast had, haalde ze de dop ervan af en dronk gulzig.

'Doe rustig aan,' waarschuwde ik. Te veel water kon net zo slecht zijn als te weinig; althans, dat had ik gehoord. Maar ze stoorde zich er niet aan en slokte het water op terwijl er twee dunne stroompjes langs haar kin en hals liepen.

'Heb je honger?' Liv was naast me komen staan en keek op haar neer. 'Wil je misschien iets eten?'

'Ze mag niets hebben tot ze is onderzocht,' mompelde ik.

'Ik heb geen honger.' Ze hield de fles omhoog. 'Nog wat water.'

'Denk je dat het water uit de kraam oké is?' Liv leunde voorover en pakte voorzichtig de fles aan. 'Ik kan wel even snel naar de keuken gaan.'

'Ja, het water uit de badkamer zou ik maar niet vertrouwen. Kijk anders of er nog wat in de fluitketel zit. En gooi de fles niet vol.' Dit laatste zei ik zachtjes, zodat Patricia het niet zou kunnen horen. Ik vond het naar om haar op rantsoen te zetten, maar ik wilde niet dat ze er misselijk van zou worden. 'Had de ambulance er niet al moeten zijn?'

'Ze moeten het huis zoeken,' zei Liv terwijl ze wegliep. 'Dat valt niet mee, zelfs als je weet hoe het eruitziet.'

'Waar zijn we eigenlijk?' Patricia keek knipperend met haar ogen naar me op. 'Zijn we in Engeland?'

Ik lachte niet. 'We zitten net ten noorden van Enfield.'

'Enfield bij Londen?'

'Nog binnen de ringweg om Londen.'

'Ik snap niet...' Haar stem stierf weg; ze leek van haar stuk gebracht. 'Ze zeiden dat ik niet moest weglopen. Ze zeiden dat er geen buren waren, dat ik zou sterven van de kou, dat niemand me zou kunnen verstaan. Ik dacht dat we heel ver weg zaten. In IJsland of Noorwegen of zo.' Ze slikte. 'Als ik was weggelopen, had ik naar huis kunnen gaan.'

Het was een lang en geruststellend samenhangend verhaal. Ze leek door het water weer op krachten te zijn gekomen. 'Ze hadden je misschien wel iets aangedaan als je het had geprobeerd.' Ik zocht in mijn zak naar de sleutels. 'Trouwens, ze hadden je behoorlijk stevig vastgelegd.'

'Dit is een nieuwe ketting.' Ze rammelde eraan en trok zo hard als ze kon, zich kennelijk niet bewust van het feit dat de metalen schakels in haar arm sneden, hoewel ik ervan moest huiveren. 'Ze hebben een betere gehaald. Zeiden dat ik te kostbaar was om kwijt te raken, na wat er met die nieuwe was gebeurd.'

'De nieuwe?'

Haar gezicht verstijfde, haar mond werd een streep. Ze maakte een afwerende en angstige indruk. 'Ik wil het niet over haar hebben.'

'Over Cheyenne?' Ik verbeeldde het me niet; de naam deed haar magere lichaam sidderen. Ze rammelde nog eens aan de ketting, wat heftiger nu, en ik zocht tussen de sleutels die ik had gevonden. 'Misschien past een van deze.'

Maar het hangslot was nieuw en de sleutels die ik had gevonden waren allemaal oud; het metaal was verkleurd. Ik had alle sleutels die ik op de etagère had zien liggen weggegrist, zonder erover na te denken of ze in aanmerking kwamen. Nu legde ik ze naast elkaar op de matras, waarbij ik de twee setjes huissleutels direct buiten beschouwing liet. Er waren drie mogelijkheden en ik probeerde ze uit. Patricia zat voorovergebogen te turen naar de sleutels.

'Waar heb je die vandaan?'

'Van beneden. Er lagen er nogal wat in de televisiekamer.'

'Die kamer ken ik niet. Ik ben alleen in de keuken en in de slaapkamers geweest.' Ze legde haar vinger op een van de sleutelringen, waaraan een Yale- en een Chubb-sleutel hingen. De sleutelhanger was een plastic muisje waar de verf grotendeels van was afgesleten; ik kon nog net een vrolijke glimlach onderscheiden. 'Die zijn van mij. Mijn huissleutels.'

Het was haar huis niet meer, maar ik had het hart niet haar dat te vertellen. 'Heb je ze aan een van de broers gegeven?'

'Volgens mij zaten ze in mijn tas toen ik naar de plek ging waar ik met hem had afgesproken.' Weer dat strakke gezicht, dat terugtrekken in zichzelf. Niet drammen, Maeve, dacht ik.

Ik rommelde wat met het hangslot, maar moest met tegenzin toegeven dat het niet lukte. 'Geen geluk met de sleutels, helaas, maar we kunnen de brandweer vragen je los te maken. Ze vinden het altijd geweldig als ze hun gereedschap kunnen gebruiken.' Ik zocht ondertussen mijn zakken na om me ervan te overtuigen dat ik geen sleutel over het hoofd had gezien, en toen voelde ik de bril tegen mijn vingers. 'O ja, volgens mij is deze ook van jou.'

'Wat is van mij?'

Ik hield haar de bril voor, iets dichterbij toen ik besefte dat ze hem niet duidelijk genoeg kon zien om te weten wat het was. Tussen het totale onbegrip en de herkenning zat niet meer dan een fractie van een seconde; het kostte haar nauwelijks meer tijd om hem uit mijn hand te grissen en op te zetten. Ze knipperde een paar keer, keek me aan, keek langs me heen, strekte haar hals om de andere kant van de zolderkamer te zien en ging toen rechtop op haar knieën zitten om over de vensterbank te kunnen staren naar de velden die zich uitstrekten tot in de verte.

'Waar lag hij?'

'Naast de sleutels.'

'Beneden?'

'Ja, in de televisiekamer.' Ik was gedachteloos bezig de sleutels weer te verzamelen en haar stem had zo gewoon geklonken dat ik het totaal niet had verwacht. Ik had niet gemerkt dat haar zenuwen het begaven, maar het leek wel een damdoorbraak. Ze stortte zo volledig in dat het leek alsof haar pezen met één houw waren doorgesneden, en intuïtief en door puur geluk slaagde ik erin mijn armen om haar heen te slaan voordat ze op de grond smakte. Ze lag tegen me aan te huilen en hield het montuur van haar bril vast alsof ze bang was dat ik hem weer van haar zou afpakken. Door het dikke katoen van haar sweatshirt heen voelde ik haar ribben en de knokige bobbels van haar ruggengraat deden me denken aan de gekartelde rug van een stegosaurus. Ze had helemaal geen spierweefsel; ze was zo broos als iemand van negentig.

Toen ze zich voldoende had hersteld om te kunnen praten, wist ze uit te brengen: 'Ik vroeg...'

'Om je bril?'

Een knikje. 'Dat was het enige... waarom ik ben blijven vragen. In het begin vroeg ik om van alles, maar daar ben ik mee opgehouden. Ik wist dat het geen zin had. Maar ik ben blijven vragen om iets waardoor ik kon zien. Hij zei dat het hem speet maar dat ze mijn bril waren kwijtgeraakt. Hij zei dat ze wel ergens een bril vandaan zouden halen en dat hij nog altijd uitkeek naar mijn eigen bril. Hij zei dat ik alleen maar hoefde te doen wat hij wilde en ervoor moest zorgen dat hij kon geloven dat ik het fijn vond.'

'Was dat Lee? De forse van de twee, bedoel ik?'

'Nee.' Ze vertrok haar gezicht van afschuw. 'Die andere.'

Alsof ze zich had vermand, duwde ze me weg. Ik hoorde nu geluiden van beneden: Livs stem en de zware tred van mensen met een officiële taak. De eerste die de ladder op kwam was een vriendelijk uitziende, grijsharige ambulancemedewerker; ze gaf me een knikje en richtte toen haar aandacht op Patricia.

'Laat me eens even kijken, lieverd.'

Ik stapte opzij om haar wat privacy te gunnen. Ik was onvoorstelbaar blij om haar te kunnen overdragen aan iemand die wist wat ze deed.

'Waar ga je naartoe?' Patricia's stem klonk paniekerig schel.

'Nergens.' Ik ging terug naar waar ik had gestaan. 'Ik blijf hier.'

'Hoe heet je ook alweer? Sorry, ik ben het vergeten.'

'Maeve.'

'Wil je alsjeblieft niet weggaan?'

'Nee hoor,' beloofde ik en ik meende het. Ik zou zo lang blijven als ze me nodig had, tot iemand die van haar hield mijn plaats kon innemen. Dat was voor mijn gevoel het minste wat ik kon doen.

'Ik verveel me.'

'Het is wel moeilijk om jou tevreden te stellen, hè? De dramatische redding van een gijzelaar, een vrouw die op 't nippertje van de dood is gered, een gewoonweg weerzinwekkend lijk en de beste koffie die in dit ziekenhuis te vinden is.' Liv reikte de koffie aan en ik nam een flinke slok, ook al wist ik dat hij te heet zou zijn om te drinken.

'Au.'

'Kalm aan, sensatiezoeker. Blaas eerst even.'

'Ik heb behoefte aan cafeïne. Ik val bijna in slaap.' Ik zette het bekertje op de vloer, wapperde met mijn hand voor mijn mond en zakte toen nog een paar centimeter verder onderuit in de stoel. 'Het enige wat me overeind houdt is het aangaan van weddenschappen over de volgende verwonding die ik oploop.'

We zaten in de gang van een druk gedeelte van de spoedeisende hulp en net als altijd stond ik ook nu weer versteld van de diversiteit aan manieren waarop mensen zich konden verwonden.

'Als je slaperig bent, ga dan een stukje lopen.' Liv keek hoe laat het was. 'Godley moet nu gauw hier zijn. En ik denk niet dat de artsen nog lang bezig zullen zijn met Patricia. De ambulancemedewerkers schenen te denken dat ze in redelijke conditie verkeerde.'

'Dat is de reden dat we hiernaartoe mochten komen, toch? Omdat het geen spoedeisend geval was. Maar toch denk ik dat ze nog wel een poosje bezig zullen zijn voordat ze haar helemaal door de molen hebben gehaald, in aanmerking genomen dat ze al meer dan een jaar geen dokter heeft gezien.' Godley had gevraagd of Patricia naar dit specifieke ziekenhuis in Noord-Londen kon worden gebracht, omdat – zo bleek – Lee Bancroft daar al was, en hij hen beiden in de gaten wilde houden, liefst zonder heen en weer van het ene naar het andere ziekenhuis te hoeven rijden.

Liv ging naast me zitten en leunde met haar hoofd tegen de muur. 'Doe er even je voordeel mee dat het nu rustig is, als je kunt. Je moet echt even uitrusten. Patricia doet een enorm beroep op je.'

'Kun je haar dat kwalijk nemen? We zijn de eerste goedwillende gezichten die ze in lange tijd heeft gezien.' Ik huiverde. 'Ik kan me in de verste verte niet voorstellen wat ze heeft moeten ondergaan. Dat ze het heeft overleefd is al onvoorstelbaar.'

Ze antwoordde niet direct. Ze prikte met haar vinger tegen haar bekertje, rolde de kartonnen rand op en fronste haar wenkbrauwen.

'Wat is er?'

'Niks. Alleen... je denkt dus niet dat ze heeft meegedaan?'

'Liv, ze zat vastgeketend aan een radiator. Ze is broodmager.'

'We hebben een hoop lawaai gemaakt toen we het huis binnenkwamen. We hebben aangebeld, een ruit ingeslagen, en zij lag al die tijd boven te slapen.'

'Op zolder, ja. Ik heb de mensen van de ambulance ook niet horen binnenkomen. Ik hoorde ze pas toen ze onder aan de ladder stonden.'

'Oké, goed argument. Maar ze had naar boven kunnen rennen, de ketting om haar pols kunnen leggen en kunnen doen alsof ze sliep.'

'Je hebt haar toch gezien? Heb je haar gebit gezien? Zoiets gebeurt niet met iemand die vrijwillig meedoet aan wat voor spelletjes de Bancrofts ook speelden.'

'Ik denk alleen maar dat het goed is in gedachten te houden dat ze misschien niet totaal onschuldig is. We hebben nog geen enkele verklaring van haar gekregen over het DNA op Cheyenne.'

'En ze wilde ook niet over haar praten,' gaf ik toe. 'Maar eigenlijk denk ik dat dat normaal is. Wat er ook is gebeurd, leuk was het niet.'

'Godley krijgt het er wel uit.'

'O ja, hij zal zijn charmes wel inzetten. Waar is hij trouwens?'

Ze haalde haar schouders op. 'Onderweg? Hij zal misschien willen beginnen met Lee. Ik heb gehoord dat hij er niet zo slecht aan toe is.'

'Van wie heb je dat gehoord? Wie heb je gezien?' Als ik geprikkeld klonk, kwam dat doordat ik me geprikkeld voelde. Liv en ik zaten al uren in de gang. Ik snakte ernaar dat er iets zou gebeuren, dat er een nieuw gezicht zou verschijnen, wat interessante informatie zou opduiken om de tijd te verdrijven. Het zou mij niet best zijn afgegaan op die zolder, bedacht ik. Ik had mijn twijfels of ik het achttien dagen zou hebben volgehouden, laat staan zoveel maanden.

'Ik kwam Maitland tegen bij de liften. Hij was ook op zoek naar de koffiebar. Ik heb hem de weg gewezen.'

'Dat was aardig van je.'

'Ja, vind je ook niet?' zei ze onverstoorbaar. 'Maar het was de moeite waard. Je gelooft nooit wat we zijn misgelopen bij de arrestaties.'

In het kort vertelde ze me wat ze van Maitland had gehoord over de schietpartij en over de afschuwelijke dood van Drew Bancroft. Ik huiverde.

'Ik heb de afgelopen week voor de rest van mijn leven genoeg gemartelde mannen gezien. Ik ben wat blij dat ik deze ben misgelopen.'

'Ik wed dat Patricia er ook blij mee is,' zei Liv ironisch. 'Als jij niet naar die oom was gegaan om hem te ondervragen...'

Ik onderbrak haar, want ik voelde me niet prettig bij het idee wat er zou zijn gebeurd als ik dit of als ik dat... 'Wie is er verder nog hier?'

'Wat grappig dat je dat vraagt.' Ze trok haar wenkbrauwen betekenisvol op en keek langs me heen.

Toen ik me omdraaide zag ik Rob snel op ons af komen lopen met een bezorgde blik in zijn ogen. Ik stond op om hem te begroeten.

'Hoi. Wat is er aan de hand?'

Hij legde zijn handen op mijn schouders en keek me onderzoekend aan. 'Alles goed?'

'Beter dan ooit. Hoezo?'

'Miscommunicatie. Laat maar.' Hij schonk me een scheef glimlachje.

'Je keek alsof het einde der tijden was aangebroken,' zei ik, niet zonder reden.

'Daar lijkt het ook vaak op, als jij in een ziekenhuis bent.'

'Ha ha.'

'Je weet best dat het zo is.'

'Ik weet van niks. Hoor jij niet op Lee te letten? Ik neem aan dat je daarom hier bent.'

'Ik heb Lee even aan Maitland overgelaten. Dat kan hij wel aan. En jij?'

'Wij hebben Patricia Farinelli gevonden.' Ik kon een stralende glimlach niet onderdrukken; ik kon het zelf nog nauwelijks geloven. 'Ze leeft. Het gaat goed met haar. Min of meer.'

Ik beschreef hoe we haar hadden gevonden. Toen ik klaar was zei Rob heel zachtjes: 'Die klootzak.'

'Hè?'

'Godley heeft Lee gevraagd waar Patricia was, vlak voordat ze hem de ambulance in droegen. Toen zei hij dat het geen zin had naar haar te zoeken. Hij zei dat ze dood was.'

'Dat zou ze over een paar dagen ook zijn geweest,' merkte Liv op.

'Er staat hem hoe dan ook een levenslange gevangenisstraf te wachten. Patricia's verklaring zal daar geen verandering in brengen. Waarom zou hij haar dood willen laten gaan?'

Rob haalde zijn schouders op. 'Omdat hij door en door slecht is. Omdat hij vindt dat ze het niet verdient te leven. Omdat hij het grappig vindt om tegen ons te liegen. Kies maar uit.'

'Ik zou zeggen: alle drie de mogelijkheden.'

'Waarschijnlijk heb je nog gelijk ook.'

'Hij wilde dat ze een langzame en pijnlijke dood zou sterven, zomaar, zonder reden.' Ik schudde mijn hoofd. 'Het valt niet mee om het gevoel kwijt te raken dat het jammer is dat Skinners mannen hun klus niet hebben kunnen afmaken.'

'Heb je er geen vertrouwen in dat ons rechtssysteem hem voldoende zal straffen?'

'Geen enkel.'

Rob en ik stonden midden op de gang. Hij keek naar links en naar rechts de gang in. 'Ik moet weer terug.'

'Oké, ik zie je straks wel.'

Hij zwaaide naar Liv en leek zich te gaan omdraaien, maar kwam terug en nam mijn gezicht in zijn handen. 'Ik ben heel blij dat jij deze keer niet de patiënt bent.'

'Ik ook.' Er klonk emotie door in mijn stem.

Hij boog zich naar me toe en kuste me; de kus duurde tot Liv haar keel schraapte. 'Eh... jongens.'

Ik verwachtte dat ze iets spitsvondigs zou gaan zeggen, maar toen we omkeken leek ze zich erg slecht op haar gemak te voelen. Rob wilde snel bij me vandaan lopen en toen ik over mijn schouder keek besefte ik dat hij had gezien wat ik niet had gezien: hoofdinspecteur Godley, die snel naar ons toe kwam lopen. Hij zou wel blind en oliedom moeten zijn geweest om niet te hebben opgemerkt wat we aan het doen waren en het was zonneklaar dat hij geen van beide was. Ik zette me al schrap voor wat hij zou zeggen en voelde me doodongelukkig bij het besef dat we er niets ter verdediging tegen in konden brengen.

Maar het leek erop dat onze afstraffing zou worden uitgesteld. Uiterst zakelijk vroeg hij: 'Hoe gaat het met Lee?'

'Weinig verandering. Hij slaapt erdoorheen. Ze hebben een breuk in zijn arm gevonden, dus die moet worden behandeld. Ik denk dat we pas morgen met hem kunnen gaan praten.' Rob klonk heel rustig, alsof er geen reden voor nervositeit was, en ik wenste dat ik maar een fractie van zijn zelfverzekerdheid had.

Godley richtte zich nu tot mij. 'En Patricia?'

Voordat ik antwoord kon geven, dook er een verpleegster naast me op. 'Bent u Maeve? Ze vraagt naar u.'

'Mogen we nu met haar praten?' vroeg Godley.

'Als ze met u wil praten is daar niets op tegen, maar ze is misschien wel wat versuft. De dokter heeft haar iets kalmerends toegediend, omdat ze steeds probeerde het infuus eruit te trekken.' De verpleegster keek ons beurtelings aan. 'Ze is nogal over haar toeren, hè? Wat is haar overkomen?'

'Dat wilt u niet weten,' zei Rob vriendelijk, op een toon die duidelijk maakte dat verdere vragen niet gewenst werden. De verpleegster haalde haar schouders op en liep haastig weg.

Godley knikte naar Rob. 'Je moest maar eens teruggaan naar Harry. Ik kom naar boven als we hier klaar zijn. Maeve, wil jij eerst naar binnen gaan en even kijken hoe het met Patricia is? Zeg maar dat we hier zijn en dat we haar graag willen spreken, maar laat het aan haar over. Als ze niet ondervraagd wil worden, zal ik niets forceren.'

'Prima.' Ik liep naar de deur van haar kamer en zag dat Rob de andere kant op liep. Ik zou er veel voor over hebben gehad als ik op dat moment met hem had kunnen praten. Maar hoewel het me grote moeite kostte zette ik die gedachte van me af, evenals de ontmoedigende gedachte dat mijn carrière zich alweer in zwaar weer bevond. Of, zoals Derwent het misschien zou formuleren: op het punt stond door de plee te worden gespoeld. Reden te meer om een uitstekende indruk te maken met mijn aanpak van Patricia. Ik rechtte mijn rug en klopte op de deur, waarna ik hem zonder op een reactie te wachten opende.

Ze zat rechtop in bed en zag er nog kleiner en fragieler uit tegen de opgestapelde ziekenhuiskussens. Ze hadden haar een ziekenhuishemd gegeven in plaats van haar smerige kleren en dat zat veel te ruim, wat haar broosheid benadrukte. Haar hoofd leek te groot voor haar smalle schouders. Haar gezicht was bleek, haar lippen waren bloedeloos en door de valium die ze haar hadden gegeven waren haar oogleden half over haar ogen gezakt achter de dikke brillenglazen.

Ik glimlachte. 'Hoe voel je je?'

'Gaat wel.' Het viel me op dat het even stil bleef voordat ze antwoord gaf, alsof het even duurde voordat haar gedachten door de nevel van de medicatie heen konden komen. Ze hief haar dunne arm op; haar pols was verbonden op de plaats waar de ketting haar verwond had. 'Ze hebben er een naald ingestopt.'

'Ze dienen je alleen maar vocht toe, omdat je bent uitgedroogd.'

'Ik vind het niet prettig om ergens aan vast te zitten.' Ze schudde zwakjes haar arm heen en weer, waardoor de plastic buisjes tegen de bedrand tikten. Het deed me op een onaangename manier denken aan de manier waarop ze met de ketting had gerammeld.

'Het infuus hangt aan een standaard op wieltjes.' Ik trok hem een stukje bij het bed vandaan en liet het haar zien. 'Als je je beter voelt – als je wat aangesterkt bent – kun je opstaan en ermee rondlopen.'

Ze boog zich even naar voren om het goed te kunnen zien en liet zich toen weer met een diepe zucht in de kussens zakken.

'Ben je moe?'

'Een beetje wel.' Ze streek met haar handen over de lakens. 'Dit is heel raar.'

'Dat zijn ziekenhuizen altijd.' Ik wist wel dat ze dat niet bedoelde, maar ik wilde haar het gevoel geven dat alles normaal was, dat zíj normaal was. Ik scheen alleen op een volstrekt onnatuurlijke, nonchalante, luchtige manier met haar te kunnen praten. 'Voel je je sterk genoeg om even met mij en een paar van mijn collega's te praten, Patricia?'

Haar handen vielen stil. 'Waarover?'

'Over de afgelopen anderhalf jaar.'

'Sinds ik ontvoerd ben?'

'Precies.'

Ze keek omlaag, leek het te overwegen. 'Anderhalf jaar. Heeft het zo lang geduurd?'

'Ongeveer wel ja.'

'Ik heb geprobeerd het bij te houden, maar dat was moeilijk. Ik mocht niets op de muur of de vloer aanbrengen. Af en toe controleerden ze dat. Als ze iets vonden...' Haar stem stierf weg en ze balde haar hand tot een vuist, om een vuistslag na te bootsen.

Het was zo'n primair menselijke drang om het voortschrijden van de tijd te willen bijhouden, zo'n fundamentele behoefte om orde in je leven te houden en zelfs die hadden ze haar afgenomen.

'Zou je het aankunnen? Het zijn alleen Liv, die je al eerder hebt ontmoet, en mijn chef, Charles Godley.'

'Is hij eng?' Ze fluisterde.

'Helemaal niet.' Ik kruiste mijn vingers terwijl ik dat zei, maar ik meende het wel. Hij zou voor haar niet eng zijn. Ik moest Patricia hebben overtuigd, want ze stemde met een hoofdknikje toe. Ik was zelf niet zo hoopvol toen ik naar de deur liep om Liv en hem binnen te roepen. Ik was als de dood dat ik iets onbekends in zijn blik zou bespeuren; op z'n minst veroordeling, als ik pech had teleurstelling. Maar ik zag niets aan hem wat anders dan anders was, toen hij Liv de kamer in volgde en bij het voeteneind van het bed bleef staan.

'Fijn om je eindelijk te ontmoeten, Patricia. Het spijt me dat we je in dit stadium al moeten lastigvallen met vragen, maar het zou ons geweldig helpen als we wisten wat er is voorgevallen voordat we met de heer gaan spreken die we in hechtenis hebben genomen.'

'De heer?'

'Lee Bancroft.'

'De grootste van de twee broers.' Ik legde aan Godley uit: 'Patricia kende hun namen niet.'

'Waar is de andere?' Ze zag er ondanks de kalmerende middelen doodsbang uit.

Zonder aarzeling, zonder ophef zei Godley: 'Die is dood.'

'Weet u dat zeker?'

'Ik heb zijn lijk gezien.' Hij voegde er verder niets aan toe en ik hoopte dat Patricia niet zou vragen hoe of wanneer.

Haar gezicht vertrok en ze slaakte een kreetje waar ik kippenvel van kreeg. 'Hij is dood. Hij is echt dood.'

'Ja, hij is dood.'

Voor de tweede keer zag ik haar huilen, maar deze keer gleden de tranen onder haar bril vandaan stilletjes langs haar wangen, waarna ze van haar kin druppelden. Ze leek het niet te merken.

'Gaat het, Patricia?'

'Het komt gewoon doordat ik gedroomd heb dat hij doodging. Ik wilde hem zó graag dood hebben. En nu vertellen jullie me dat hij er niet meer is, en ik... ik háátte hem zo verschrikkelijk.'

'Soms kan haat je op de been houden, als je niets anders meer hebt,' zei ik zachtjes.

'Ja, je hebt gelijk. Zo was het. Ik gunde hem het plezier niet dat ik zou instorten.'

'Waarom haatte je Drew zo erg?' vroeg Godley.

'Omdat hij degene was die me in de val heeft laten lopen. Hij heeft de e-mails geschreven.'

'Op de datingwebsite?'

Ze knikte. 'Hij liet me denken dat hij iemand anders was.'

'Vincent,' zei ik, en opnieuw knikte ze.

'Hij was zo charmant in zijn e-mails. Zo grappig. Ik wilde geen afspraakje maken omdat ik wist dat dat alles zou verpesten.' Ze lachte verbitterd. 'Daar heb ik heel veel over nagedacht. Dat ik het zonder het te weten bij het rechte eind had.'

'Hoe heeft hij je weten over te halen?'

'Ik vertelde hem dat ik te dik en te lelijk was voor afspraakjes. Ik heb hem een foto van mezelf gestuurd die me echt niet flatteerde; het was de enige die ik had. Hij zei dat ik er prachtig uitzag. Hij zei dat hij mijn innerlijke schoonheid zag, en dat het daarom ging.' Er gleden nog twee tranen langs haar wangen. 'Die e-mail heb ik uitgeprint. Die had ik altijd bij me. Ik las hem vaak in de bus of als er op mijn werk even niemand keek. Ik voelde me er bijzonder door. Daardoor ben ik hem gaan vertrouwen.'

'En dat was precies de bedoeling,' zei Godley zacht. 'Het lag niet aan jou dat je erin trapte.'

'Ja, maar toen... toen heeft hij er nog eens voor gezorgd dat ik hem vertrouwde. Hij heeft me twéé keer voor de gek gehouden. Maar dat was pas later.'

'Wat gebeurde er toen je hem ontmoette?'

'Hij was precies zoals ik had gehoopt,' zei ze eenvoudig. 'Enorm attent. Echt een heer. We hadden in een bar afgesproken en ik dacht dat iedereen naar ons zou kijken omdat ik zo dik en lelijk en hij zo knap was. Het leek alsof hij had aangevoeld dat ik me opgelaten voelde. Hij had een tafeltje achterin geregeld, in een nis, zodat ik niet zo opviel. Ik nam aan dat hij het uit zorgzaamheid had gedaan, maar later besefte ik wel dat hij gewoon wilde dat niemand zich zou herinneren ons samen te hebben gezien.'

'Zijn jullie daar de hele avond gebleven?'

'Nee, we hebben maar twee drankjes genomen. Maar in het tweede zat iets. Hij had me gevraagd of ik iemand iets over hem had verteld, of ik tegen iemand had gezegd waar ik naartoe ging. Hij controleerde eerst of het wel veilig was om me te ontvoeren. En ik heb het hem heel gemakkelijk gemaakt.'

'Je moet jezelf niet de schuld geven,' zei ik snel. 'Hij wist waar hij mee bezig was, jij niet.'

'Ik had moeten weten dat hij te mooi was om waar te zijn.' Ze slaakte een lange, beverige zucht. 'Hij stelde voor ergens te gaan eten. Hij zei dat hij een leuk restaurant wist. Ik was te zeer van de wereld om me af te vragen of dat eigenlijk wel een goed idee was, maar zelfs als ik helemaal nuchter was geweest, zou hij me hebben overgehaald. Ik wilde gewoon geloven dat hij was wie hij leek.'

'Zijn jullie inderdaad naar een restaurant gegaan?' vroeg Godley.

'Nee. Hij zei dat het een stukje rijden was en hij wilde zijn busje meenemen omdat hij het niet in die straat geparkeerd wilde laten staan. Hij had niet gedronken omdat hij nog naar huis moest rijden, zei hij, dus ik zag er geen kwaad in om met hem mee te rijden naar het restaurant. Maar hij is er niet naartoe gereden. Hij zei dat hij iets achter uit de bus moest halen, en toen hij de deuren had opengemaakt, duwde hij me erin. Die andere man zat daar te wachten en hij heeft me zo hard geslagen dat ik bewusteloos raakte. Toen ik bijkwam was ik in het huis.'

'Op zolder?' vroeg ik.

'In een slaapkamer. Die met het groene behang. Ik wist niet waar ik precies was.'

'Was je vastgebonden?'

'Nee, maar de deur zat op slot. Toen die openging, stond zijn broer daar. Hij sloeg me nog een keer en toen verkrachtte hij me.' Ze zei het toonloos, alsof het iets gewoons was. 'Dat gebeurde om de paar uur. Geen eten. Geen water. Ik dacht dat ik dood zou gaan. Dat wilde ik ook. Steeds maar weer. En toen... toen kwam die ander een poos niet meer terug. De volgende keer dat de deur openging, was het Vincent. Ik zie het nog voor me: ik lag daar, op de vloer, en hij kwam binnen met een dienblad. Hij tilde me op en zette me op het bed neer; hij gaf me water en eten, en hij deed een desinfecterend middel op mijn wonden. Hij was liefdevol. Ik dacht dat hij me zou redden.'

'Nog meer manipulatie,' zei Godley.

'O, zeker. Dat besefte ik pas een hele tijd later. Maar op dat moment dacht ik dat hij mijn beschermengel was. Toen hij wegging liet hij het dienblad staan; en ik smeekte hem om me niet achter te laten, echt waar, en toen ik weer genoeg bij zinnen was om ernaar te kijken, zag ik mijn paspoort erop liggen. Ik snapte niet hoe dat daar terecht was gekomen. Ik wist dat ik het in die bar niet bij me had. De volgende keer, toen Vincent weer hetzelfde deed nadat – Lee, zei u toch? – nadat hij me weer had verkracht, liet hij een wekkertje bij het bed achter. Het was mijn eigen wekker, van mijn nachtkastje thuis. Ze moesten in mijn flat zijn geweest. Ze hadden mijn spullen meegenomen. Toen Lee terugkwam heb ik hem ernaar gevraagd, en hij zei dat het idee van zijn broer kwam. Vin – Drew – zei dat hij dacht dat het prettig voor me zou zijn als ik mijn spullen bij me in de buurt had.'

'Heb je hem naar je bril gevraagd?' vroeg ik.

'Die keer en alle andere keren dat ik samen met hem in de kamer was. Hij zei dat hij ernaar op zoek was, maar dat ze mijn handtas waren kwijtgeraakt. Hij liet me weten dat hij voor me zou zorgen als ik aardig voor hem was. Als ik... dingen voor hem deed... dan zou hij dingen voor mij doen. Ik dacht dat hij me misschien zou helpen te ontsnappen als ik hem kon laten denken dat ik hem mocht, dus deed ik wat hij wilde. Wat dan ook.' Ze snikte, één keer. 'Het was makkelijker met die ander, want die gaf me geen keuze. Met Vincent was ik degene die het initiatief nam. En ik gruwde van mezelf toen ik eenmaal besefte dat dat nu juist het spelletje was. Hij speelde met me alsof hij een kat was. Hij liet me denken dat er hoop was en dan vermorzelde hij me weer.'

'Wat gaven ze je te eten?'

'Na de eerste twee maanden of zo kwamen ze niet meer dagelijks. Toen lieten ze wat eten en water achter, maar ik wist nooit wanneer ze zouden terugkomen, en het was trouwens nooit genoeg. Ik moest maar raden hoeveel ik per keer kon eten. Ze genoten ervan als ik niets over had; dat vonden ze leuk.' Ze glimlachte zwak. 'Op een keer namen ze me mee naar beneden, naar de keuken. Ze dwongen me een maaltijd voor hen klaar te maken. Ik had al twee dagen niet gegeten en voelde me slap; eigenlijk was ik misselijk, en honger had ik niet, dus het maakte me niet uit. Maar zo ging het voortdurend. Ze waren wreed, gewoon omwille van het wreed zijn.'

Er klonk geen sprankje zelfmedelijden door in haar stem en dat maakte het eigenlijk nog erger.

'Hoe lang ging dit zo door?'

'Tot een maand of twee geleden. Ze waren me beu. Ik was mager en mijn gebit zag er vreselijk uit, en ik was vies; ze lieten niet langer toe dat ik me goed waste, want ze raakten me al nauwelijks meer aan, dus maakte het ook niet uit of ik schoon was of niet. Het was te veel moeite om met me naar de badkamer te gaan. Ik wist dat ze iets aan het beramen waren, want Drew was opgewonden, barstte van energie; hij had al weken geen woord tegen me gezegd. Toen vertelde hij me dat ze goed nieuws voor me hadden. Ik zou heel blij zijn als ik het hoorde, zei hij. Ik dacht dat ze me misschien zouden laten gaan. Of me zouden vermoorden. Eerlijk gezegd kon het me niets schelen.'

'Wanneer kwam je erachter wat het was?'

'Vorige week. Voordat het meisje kwam. Drew zei tegen me dat het bijna zover was. Hij liet me het bed in de groene kamer opmaken met schone lakens. Hij zei dat ik gezelschap zou krijgen.' Ze wendde haar gezicht van ons af en sloot haar ogen. 'Ik kon er niet tegen. Ze deden het weer, vlak voor mijn neus. Mij deelgenoot maken.'

'Wist je wanneer Cheyenne was aangekomen?'

'Het meisje?' Een wrang lachje. 'Dat kon niet missen. Ze krijste de hele boel bij elkaar. Bleef maar doorgaan. Ze dachten dat ze wel moe zou worden, maar ze heeft alles in de kamer kapotgeslagen. Maar Lee was te sterk voor haar. Nadat hij bij haar was geweest, was ze stil. Maar dat bleef niet zo.' De kalme stem ging door, vertelde van gruwelen alsof ze bij het normale dagelijkse leven hoorden. En dat was in haar geval ook zo. 'Op het laatst stuurde Drew me naar beneden om met haar te praten. Door de deur heen. Ik zei tegen haar dat ze beter kon meewerken en dat ze haar dan minder pijn zouden doen.'

'Wat zei ze toen?' Godley klonk uiterst verontrust, maar nog steeds beheerst.

'Ze vroeg me wat ze mij hadden aangedaan. Dat heb ik haar verteld. Ze vroeg hoe lang ik daar al was en ik zei dat ik er vast langer dan een jaar moest zijn, maar dat ik het niet zeker wist.'

'Wat gebeurde er toen?'

'Ze begon te huilen,' zei Patricia alleen maar. 'Ze heeft niet meer geschreeuwd, dat hoorde ik wel. Ze heeft het gewoon opgegeven. En de volgende ochtend kwam Drew me vertellen dat ze dood was. Ik dacht dat ik haar hart had gebroken.'

'Ze heeft een astma-aanval gehad,' zei Godley. 'Daar kun jij niets aan doen.'

'O nee? Maar ik ben de laatste die haar heeft gesproken.' Ze zuchtte. 'Ik wilde toen dat ik haar was.'

'Hoe is jouw DNA op haar hand terechtgekomen?' Ik kon het niet laten het te vragen. 'Jouw speeksel zat op haar handpalm.'

'Dat klopt. Ik hoopte dat jullie het zouden vinden. Ze hebben me namelijk gedwongen haar in bad te doen en haar in te pakken. Ze wilden niet dat er sporen van henzelf of van het huis op haar lichaam zouden achterblijven. Dus toen ik haar afdroogde, heb ik aan haar hand gelikt. Ik heb haar handen bijeengebonden, zodat het bleef zitten.' Ze hield haar polsen omhoog om het te demonstreren. 'Ik wist dat er niemand naar me op zoek was. Ik wist wat ze hadden gedaan om mijn verdwijning in scène te zetten. Ik kon alleen maar hopen dat er zoveel bewijsmateriaal zou zijn dat de politie hen zou verdenken.'

'Je hebt ons laten merken dat je in moeilijkheden zat, Patricia. Dat heb je goed gedaan.' Godleys stem klonk vriendelijk.

'Heeft het ertoe bijgedragen dat ze konden worden gegrepen? Wist u daardoor dat ze de schuldigen waren?'

'Niet helemaal.' Godley aarzelde heel even, alsof hij niet wist hoe verder te gaan. 'Heb je ooit nog iemand gezien? Een vriend van de broers? Of vrienden?'

'Nee, niemand.' Dat klonk beslist.

'Ook hun oom niet? Het was zijn huis.'

'Nee. Maar ik ben niet in alle kamers geweest. Alleen op de zolder, en in de groene slaapkamer, in de hal en de keuken. En nooit alleen. Was hij daar dan?'

'In zekere zin wel,' zei ik behoedzaam, want ik wilde haar niets vertellen over het lijk dat maandenlang haar naaste buur was geweest.

'Hebben ze weleens een videocamera gebruikt om je op te nemen?' vroeg Godley.

Ik verbeeldde het me niet; haar hele lichaam verstijfde. 'Hoe wist u dat?'

'Andere bewijzen die aan het licht zijn gekomen. Niet jij. Cheyenne.'

'Ja,' zei ze enigszins moeizaam. 'In het begin. En als ze iets creatíéfs deden. Ze probeerden altijd indruk te maken.'

'Maar wie keek er dan naar? Op wie maakten ze indruk?'

'Op de andere leden van de club.' Ze zei het alsof we zouden moeten weten waarover ze het had. 'Op internet.'

'Welke club, Patricia?'

'Ze waren lid van een website voor freaks en perverselingen. Hoe erger het materiaal dat je uploadde, hoe hoger je op de ladder kwam te staan. Hij heeft het me een keer uitgelegd. Ze hadden de hoogste privileges, zei hij.'

'Wat was de naam van die site?'

'Dat weet ik niet.'

'Hadden ze voor jou ook al eens iemand ontvoerd?'

'Dat weet ik niet.'

Godley probeerde nog wat vragen, maar het was duidelijk dat Patricia uitgeput was, te moe om na te denken. Bovendien had ze ons alles wat ze zich herinnerde al verteld, daar was ik redelijk zeker van. Ik boog me naar hem toe en legde mijn hand op zijn arm terwijl zij met haar ogen dicht achterover in de kussens lag.

'Ik denk dat we nu beter even kunnen stoppen. Geef haar de kans om wat te rusten.'

'Je hebt gelijk.' Hij ging iets harder praten. 'Patricia, we laten je nu met rust. Je bent een heel dappere jongedame en je mag je niet schuldig voelen over wat dan ook, van het begin tot het eind. Je hebt gedaan wat je kon, en wat je moest doen, en je hebt het overleefd. Daar mag je trots op zijn.'

Ze knikte, maar ik zag wel dat ze hem niet geloofde.

'Op den duur wordt het makkelijker.'

'Ik hoop het maar.' Ze klonk uitgeput.

'Denk je dat je kunt slapen?' vroeg ik.

'Ik denk het wel.' Ze keek naar me op. 'Je bent erg aardig voor me. Bedankt dat je hier bent.'

'Graag gedaan.' Terwijl ik dat zei, werd er zacht op de deur geklopt. Ik keek naar Godley en vervolgens naar Liv, die ging opendoen. Patricia keek uitgeblust toe; haar ogen waren al half dichtgevallen; ik vroeg me af of ze ook maar probeerde de op zachte toon gevoerde conversatie in de gang te volgen. Ik deed dat wel, maar ik wist dan ook wie ik kon verwachten. Ik hoorde de stem van Keith Bryce, wat betekende dat hij terug was van het vliegveld. Dat had hij snel gedaan.

Godley was achter Liv aan naar de deur gelopen en nu draaide hij zich om. 'Patricia, er is bezoek voor je.'

Ze fronste alsof ze probeerde te bedenken wie dat kon zijn. Godley knikte naar iemand die ik niet kon zien, en direct daarna klonken er haastige voetstappen en stoof er een kleine, stevige vrouw met grijs haar de kamer in, direct gevolgd door een slanke, gebruinde oudere heer met een brede glimlach op zijn gezicht. Ik nam aan dat het de heer en mevrouw Farinelli waren, die net waren aangekomen uit Pisa.

Bij die aanblik sperde Patricia haar ogen open en toen vertrok haar gezicht en barstte ze in tranen uit. Mevrouw Farinelli snikte ook; ze had haar dochter in de armen gesloten en kuste haar keer op keer. Patricia's vader had haar hand gepakt, streelde hem en zong haar zachtjes toe in lyrisch, ritmisch Italiaans. Niemand hield het droog, ook ik niet.

Na enkele minuten liep ik naar de deur met de gedachte dat de Farinelli's wel wat tijd samen hadden verdiend.

'Een gelukkige afloop,' was Godleys commentaar toen we allemaal in de gang stonden en de deur achter ons werd dichtgedaan.

'Min of meer,' zei ik. 'Ik denk niet dat het Patricia zal meevallen om te verwerken wat haar is overkomen. Het zal wel helpen dat haar ouders er zijn, maar...'

'Ze heeft tijd nodig,' zei Liv, waarmee ze mijn gedachten afmaakte. 'En therapie. Het is echt een verschrikkelijk verhaal.'

'We moeten meer te weten komen over die site.'

Godley keek me met een snelle blik aan. 'Dat is jou dus ook opgevallen? Ik denk dat het goed mogelijk is dat we net hebben ontdekt waar die video vandaan kwam.'

'Maar zou dat echt zijn geweest wat hen hiertoe aanzette? Het lidmaatschap van een website?' Liv klonk verbaasd.

Ik schudde mijn hoofd. 'De website was ook gewoon een spelletje. Wat hen ertoe heeft aangezet is pure slechtheid, niet meer en niet minder. Ik wilde dat ik het kon opbrengen het jammer te vinden dat Drew dood is, maar dat lukt niet.'

'Maak je geen zorgen,' zei Godley grimmig. 'Nu ik Patricia's verhaal heb aangehoord, lukt mij dat ook niet meer. Wie had gedacht dat John Skinner ons ooit nog eens een dienst zou bewijzen.'

21

Maandag

ROB

De rest van de zondag werd besteed aan het losweken van Lee Bancroft uit het behaaglijke plekje dat hij zich in het ziekenhuis had verschaft. De artsen deden veel meer hun best voor hem dan ik zou hebben gedaan, en Lee kende alle oude trucjes die je kon verwachten van iemand die behoorlijk wat tijd achter de tralies had doorgebracht. Hij klaagde over hoofdpijn, misselijkheid, lichtgevoeligheid, pijn in zijn nek die kwam en ging, en een fluittoon in zijn oren, en tegen vijf uur die middag was ik er vrij zeker van dat het allemaal gelogen was. We hadden Skinners vergeldingsactie in een vroeg stadium afgebroken en hoewel ze hem een paar keer tegen de muur hadden gesmeten, was de schade die ze daarmee hadden toegebracht tamelijk oppervlakkig. Hij was een fanatieke bodybuilder met een uitstekende conditie, maar als je hem nu hoorde praten was hij een gehandicapte die op het punt van totale fysieke instorting stond. Godley ergerde zich evenzeer als wij, maar stelde zich terecht behoedzaam op, om hem geen voordeeltje aan te reiken wat zijn verdediging betrof. We konden hem pas ondervragen als de artsen klaar met hem waren en zijn advocaat vond dat hij in staat was met ons te praten, dus restte ons niets anders dan afwachten.

Nadat er twee collega's waren gearriveerd om ons af te lossen, slenterden Maitland en ik het ziekenhuis uit. Onderweg naar de auto hielden we ons bezig met speculaties over de klachten waar hij hierna nog mee zou komen.

'Pijn in zijn buikje.'

'Een loszittende teennagel.'

'Ontstoken ogen.'
'Jeuk in zijn bijholtes.'
'Oorpijn.'
'Aangezichtspijn.'
'Kontgatpijn.'
'Volgens mij neem je dit niet serieus, Harry.'
'Je hebt gelijk. Ik moet meer begrip tonen.' Hij klonk niet heel erg schuldbewust.

We vonden het geen van beiden prettig dat we Bancroft hadden moeten achterlaten. De kans bestond dat hij zou besluiten dat hij voldoende was hersteld om te worden ondervraagd als wij er niet bij waren. Maitland had ter compensatie natuurlijk geen avond met Maeve in het vooruitzicht, en hij bleef de hele weg naar het bureau sarcastische opmerkingen maken.

Zonder er veel woorden aan vuil te maken sloeg ik het aanbod om wat te gaan drinken met een paar collega's af, maakte even het hoognodige af van wat er op mijn bureau lag en vertrok naar huis. Maeve zat met gebogen hoofd te werken en ik probeerde niet haar aandacht te trekken. We hadden afgesproken dat ze naar me toe zou komen en ik wilde haar niet lastigvallen met de vraag of dat nog doorging, maar ik zou er geen geld onder hebben verwed dat ze het echt zou doen. De minuten tikten weg terwijl ik van de ene naar de andere kamer ijsbeerde en wenste dat ik haar had gezegd dat we elkaar op het bureau zouden zien.

Met een mengeling van opluchting en ongeloof hoorde ik haar uiteindelijk aankloppen. Ik trok haar naar binnen.

'Waar heb jij uitgehangen?'

'Ik moest wat werk afmaken.' Ze sloeg haar armen om mijn nek. 'Ik wilde er zeker van zijn dat ik deze keer helemaal klaar was, zodat niemand me ervan kan beschuldigen dat ik mijn werk niet goed heb gedaan, en dan heb ik het over die klootzak van een Derwent. Maar nu ben ik er.'

'Ja. Ja, je bent er.' Ik lachte naar haar en zag op haar gezicht de vervoering die ik voelde. Ik had verwacht dat ze nerveus zou zijn – eerlijk gezegd had ik verwacht dat ze zou proberen eronderuit te komen – maar daarvan leek geen sprake te zijn.

'Ik heb onderweg een tandenborstel gekocht, maar meer spullen heb ik niet bij me. Ik moet eigenlijk echt even terug naar huis om een tas in te pakken.'

'Niet zonder mij. Morgen, na het werk.' Ik schudde haar zachtjes. 'Maeve, beloof me dat. Zet geen stap meer in je oude buurt zonder mij.'

'Waarom zou ik? Jij bent er toch om mijn spullen voor me dragen.'

'Ja hoor. Maak er maar grapjes over.'

'Wat moet ik anders? Begrijp me goed: ik ben meer dan blij om hier te zijn. Maar de omstandigheden zijn allesbehalve ideaal, vind je niet? En het is niet echt een optie om me te verstoppen tot degene die de foto's heeft gemaakt is gepakt.'

Ik zag wel in dat ze gelijk had, maar voelde me niet in het minst gerustgesteld. 'Als je er maar verstandig mee omgaat. Dat moest ik even kwijt. Hij is er nu van op de hoogte dat je van hem afweet. Hij weet dat we op zoek naar hem zullen zijn. Als hij meer van plan is dan je in de gaten te houden, is het moment daarvoor nu aangebroken.'

'Dat had ik ook al bedacht, dank je.'

'Heeft iemand je gevolgd vanaf het bureau?'

'Rob, alsjeblieft zeg, ik heb niet de hele weg over mijn schouder gekeken.'

'Dat was misschien wel beter geweest.'

'Dat is precies wat hij wil. Daarom heeft hij zich blootgegeven. Hij wil me van streek maken. Hij is eropuit dat ik mijn gedrag verander. Hij heeft me al uit mijn huis verjaagd; het is puur geluk dat ik op een betere plek terecht kan.'

'Zeg, ik wil echt geen ruzie maken...'

'Doe dat dan ook niet.' Ze liet haar tas van haar schouder glijden en leunde tegen de muur. Ze zag er afgepeigerd uit. 'Ik weet waarover je je zorgen maakt en ik zou liegen als ik zei dat het me niets doet. Ik ben heus voorzichtig, dat kan ik je verzekeren. Maar ik wil niet dat het alles verziekt. Ik wil niet leven met angst voor iemand die in feite een lafaard is. Ik zal hem die voldoening niet geven als hij niet eens het lef heeft zich aan me te vertonen.'

'Nou, als je hem maar niet uitdaagt zich brutaler op te stellen, oké? Ik kan wel leven met een verlegen stalker.'

'Ik ook. En omdat ik op het moment geen keuze heb, moet ik het daar maar bij laten.' Ze ging op haar tenen staan en kuste me. 'Wat eten we?'

'Aha, dus daar gaat het om.'

'Waarom zou ik anders bij je intrekken?'

'Iemand zei laatst dat ze graag met mij samen wilde zijn en dat het niet het ergste zou zijn dat haar kon overkomen. Dat was jij toch?'

Ze haalde haar schouders op en glipte langs me heen, de onschuld zelve. 'Goh, dat weet ik eigenlijk niet meer zo goed.'

De volgende ochtend ging ik een paar minuten na Maeve met een glimlach op mijn gezicht naar mijn werk. Ze had erop aangedrongen iets eerder van huis te gaan, zodat niemand zou vermoeden dat we van hetzelfde adres kwamen. Ik had niet het hart haar te vertellen dat het waarschijnlijk het meest publieke geheim was binnen de Met; Liv was er al achter toen ze nog maar enkele minuten bij het team zat, en ze kon haast niet de enige zijn. Het werken in een kamer vol rechercheurs bracht uiteraard bepaalde risico's met zich mee en gebrek aan privacy was daar een van, maar ik liet Maeve alleen naar het bureau gaan. Toen ik binnenkwam begroette ik haar met een opgewekt 'goeiemorgen', voor het geval iemand vermoedde dat we dat al een paar uur eerder tegen elkaar hadden gezegd, op een heel andere manier.

Godley wenkte me naar zijn kantoor zodra hij zag dat ik binnen was.

'Ik sta op het punt Lee Bancroft te gaan ondervragen.'

'Mag ik erbij zijn?'

Hij keek me verontschuldigend aan. 'Beter van niet. Ik wil niet te veel mensen in de kamer hebben. Alleen Pettifer en ik, hij en zijn advocaat. Je kunt meekijken op de monitor.'

Het was jammer dat ik het zou mislopen, maar ik ging er niet tegen in. Ik kon goed met Godley opschieten, maar hij was wel hoofdinspecteur en het was goed om dat in gedachten te houden, was mijn ervaring. Ik had nog nooit meegemaakt dat hij op zijn strepen ging staan – hij straalde zoveel zelfverzekerdheid uit dat dat niet nodig was – maar hij had nu eenmaal een hoge rang, en dat was niet vanzelf gegaan. Dus knikte ik en probeerde de indruk te wekken dat ik het niet erg vond.

'Heb je nog gelegenheid gehad om over dat lek na te denken?'

'Jazeker.'

'En?'

'Ik heb wel wat ideeën,' zei ik. 'Laat het maar even aan mij over. Ik wil eens gaan praten met de jongens die gisteren de arrestatie van Murray, Roberts en McKenzie hebben afgehandeld. Ik wil ook nagaan wat voor persoonlijke bezittingen Felix Crowther bij zich had toen hij naar het mortuarium werd overgebracht.'

'Hoezo?' Godley was ongewoon kortaf, maar het schoot me te binnen dat hij persoonlijk belang bij deze zaak had en dat degene die de namen van de Bancrofts had doorgegeven waarschijnlijk ook degene was die Skinner zijn huisadres had gegeven.

'Dat vertel ik u nog wel. Maar het is misschien beter om dat later te doen, als ik meer feiten dan vermoedens heb.'

Hij dacht daar even over na en ik merkte wel dat hij er niet gelukkig mee was, maar hij liet het erbij. 'Oké, ik zal me met mijn eigen zaken bemoeien.'

'Ik doe het vandaag nog, chef. Vanmiddag zullen we weten hoe het in elkaar zit.'

'Je klinkt wel erg overtuigd.'

'Ik heb een redelijk vermoeden wie er verantwoordelijk voor was. U niet?'

'Ik denk het wel. Er is een duidelijke kandidaat.' Hij liep naar het raam en keek naar buiten, met zijn rug naar me toe. Het was niets voor hem om zo onbeleefd te zijn, maar hij was er persoonlijk bij betrokken, en daarnaast was het heel begrijpelijk dat hij ontdaan was door het bedrog. En het was duidelijk dat degene die Godleys persoonlijke gegevens had doorgespeeld dat had gedaan in het volle besef van hoe en waarom ze zouden worden gebruikt, en om de beschikking te krijgen over die gegevens, moest hij Godleys vertrouwen hebben gehad. Hoe je het ook bekeek, die persoon moest worden gegrepen en gestraft voor hetgeen hij had gedaan. Ik keek ernaar uit om daar een rol in te spelen. Dat woog bijna op tegen het feit dat ik naar het schellinkje was verwezen bij het verhoor van Lee Bancroft.

Ik was bij lange na niet de enige die wilde weten wat hij te zeggen had. De vergaderkamer zat tot de nok toe vol; er was geen stoel meer over toen ik binnenkwam nadat ik een interessant halfuurtje aan de telefoon had gezeten en nog eens twintig minuten het bureau had afgestruind om het een en ander uit te zoeken. Ik ging ergens achter in de kamer staan, wat toch al de plek van mijn voorkeur was. Ik vond het prettig snel weg te kunnen lopen.

Helemaal vooraan zat Derwent nogal overdreven de collega's om hem heen tot stilte te manen terwijl Godley en Pettifer om de beurt een onbewogen Bancroft vroegen te verklaren wat hij had gedaan, waarom hij het had gedaan en hoe vaak. 'We willen kunnen horen wat hij te zeggen heeft, niet wat jullie gisteren hebben uitgespookt.'

Ik zag opeens Maeves gezicht in de menigte en trok mijn wenkbrauwen op; ik vond het wel grappig dat ik vanaf de andere kant van de kamer het bloed naar haar wangen zag stijgen.

In de hoek van het scherm zat een kleiner schermpje waarop het stuk van de kamer waar de politie zat te zien was, en ondanks de geringe afmetingen van het beeld kon ik het gezicht van de ondervragers heel duidelijk zien. Ze waren veel te professioneel om hun aversie op enigerlei wijze te tonen, maar ik kende ze goed genoeg om te merken dat ze zich steeds meer ergerden aan het gebrek aan medewerking van Lee, die nu al voor de derde maal sinds ik de kamer was binnengelopen 'geen commentaar' zei. Zijn stem kwam vanuit zijn tenen en hij zag er op het scherm nog groter uit dan hij al was. Zijn advocaat, van wie ik wist dat hij van gemiddelde lengte was, was ongeveer half zo groot als hij.

Lee's kleding was bij het gevecht met Skinners schurken met bloed bevlekt geraakt, maar iemand had ergens een schoon T-shirt en een spijkerbroek voor hem vandaan gehaald. Het T-shirt spande om zijn borstkas en leek zijn armen af te knellen.

'Kijk eens wat een enorme vent,' zei Ben Dornton verwonderd.

'Zo groot is hij niet. De camera maakte hem vijf kilo zwaarder. Dat weet iedereen.' Maitland was niet snel onder de indruk, maar in dit geval was het bedoeld om Dornton te ergeren, die er met open ogen intrapte.

'Vijf kilo? Dat maakt op zo'n lijf geen verschil. Het is een reus.'

'Dat zijn alleen maar spieren,' was het commentaar van iemand anders. 'Geen grammetje vet.'

'Dit komt niet allemaal door zijn eigen inspanning. Hij nam een paar soorten steroïden; die heb ik in zijn appartement zien liggen.'

'Je bent gewoon jaloers, Rob.' Maitland hing in zijn stoel met zijn hoofd achterover, zodat hij mijn reactie ondersteboven kon zien.

'Ja hoor. Ik wil heel graag opzwellen. Ik moet hem eens vragen waar hij zijn T-shirts koopt.'

'Alleen als je eruit wilt zien als iemand die uit een boyband is gegooid,' zei Liv sarcastisch.

'Voor de laatste keer: hou je mond.' Derwent had zich omgedraaid en keek ons woedend aan. 'Als het je niet interesseert, donder dan op.'

'Je mist er niet veel aan.' Keith Bryce stond naast me met zijn handen in zijn zak. 'Hij heeft toch nog niets interessants gezegd?'

'Niet echt, nee. Of je moet "geen commentaar" interessant vinden. Maar dat wil nog niet zeggen dat het niet meer kan komen.' Derwent wendde zijn blik weer naar het scherm en keek ernaar met een intensiteit die op den duur doodvermoeiend moest zijn.

Op de monitor was Godley voor zijn doen razend aan het worden. 'Je hebt ons verteld dat Patricia Farinelli dood was. Dat was gelogen. Ze was toen in leven, maar ze zou het niet lang meer hebben gered. Was je bereid haar te laten sterven? Was dat wat je wilde?'

Lee keek door hem heen met een klein glimlachje op zijn gezicht.

'Vertel ons eens hoe jullie je slachtoffers uitkozen.'

'Geen commentaar.'

'Was het idee afkomstig van jou of van je broer?'

Stilte, maar Lee wendde zijn blik van de verste muur in de kamer naar Godleys gezicht.

'Hij was de prater, hè? Hij was de charmeur. Jij bent alleen de spierbundel. Zonder hem heb je niet veel te vertellen, hè?'

'Hebben jullie al ontdekt wie hem heeft vermoord?'

'Hij praat,' mompelde Bryce, en toen ik omkeek glimlachte hij.

Pettifer legde zijn armen op tafel en leunde voorover. 'Wij stellen de vragen, Lee. Jij bent gearresteerd op beschuldiging van ontvoering, vrijheidsberoving, poging tot moord en een veelvoud aan verkrachtingen. Het is misschien beter dat je daarover nadenkt in plaats van je druk te maken over de vraag of wij ons werk wel doen.'

'Wie van de twee heeft het gedaan? Wie van hen heeft hem doodgeschoten?' Lee had zijn schouders tot aan zijn oren opgetrokken, zo gespannen was hij. 'Hebben jullie eigenlijk de moeite genomen om daarachter te komen?'

'Dat heeft voor ons momenteel geen prioriteit,' zei Godley zacht. 'Onze zorg gaat meer uit naar jullie slachtoffers dan naar je broer. Als we over hen meer duidelijkheid krijgen, dan kunnen we ons daarna op Drew richten.'

'Slachtoffers?'

'Cheyenne Skinner.'

Hij maakte een beweging die zuiver ongeduld uitdrukte. 'Wij hebben haar niet vermoord. Ze is vanzelf doodgegaan.'

'Je hebt haar verkracht.'

Een lach. 'Dat was gewoon een spelletje van haar, dat ze niet wilde. Dat pikte ik niet. Ze vond het lekker.'

'Zo is het ons niet verteld. En het forensisch bewijsmateriaal wijst daar ook niet op.'

'Ze vond het niet leuk om vastgehouden te worden.'

'Jullie hebben je vergist wat haar betrof, hè? Jullie dachten dat ze ouder was. Jullie dachten dat ze alleen woonde, zodat jullie haar konden laten verdwijnen zoals jullie Patricia lieten verdwijnen. Jullie moeten wel erg nijdig zijn geweest toen bleek hoe het zat.'

'Dat was pech.'

'Waarom hebben jullie haar niet laten gaan?'

'Daar was het te laat voor.'

'Je had haar al verkracht. Je had haar in elkaar geslagen. Haar voedsel onthouden.'

'Ze probeerde steeds over de grens te gaan. Ze moest de huisregels leren.'

'Ik kan gewoon niet geloven dat Godley hem zover krijgt dat hij zijn mond opendoet,' zei Maitland.

'Met Skinner deed hij het net zo.' Maeve keek nog steeds naar het scherm. 'Hij wilde dat we zijn dochter zouden vinden en daarom vertelde hij ons alles wat we wilden weten. Zo zie je maar weer dat iedereen wel iets heeft waar hij van houdt, hoe slecht hij ook is.'

'De huisregels. Wat hielden die in?' vroeg Godley.

Lee haalde zijn schouders op. 'Doen wat je gezegd wordt.'

'Patricia deed wat haar gezegd werd, nietwaar? Toch heeft dat haar weinig goeds gebracht.'

Lee wendde zijn blik weer af; hij keek verveeld.

'Waarom wil je het niet over Patricia hebben?'

'Ik zie er het nut niet van in.'

'Haar getuigenverklaring zal jou een levenslange gevangenisstraf opleveren,' zei Pettifer. 'Je kunt ons beter jouw versie vertellen. Daarmee geef je jezelf een kans voor de rechter.'

'Jullie willen me helemaal niet helpen. Jullie zijn gewoon nieuwsgierig.' Hij verschoof op zijn stoel. 'Ik heb dorst.'

Pettifer schonk een glas water voor hem in uit de kan achter hem en schoof het over de tafel. 'Wat maakt het jou uit of ik nieuwsgierig ben? Vertel ons eens over Patricia.'

'Ik ken niemand die zo heet.'

'Oké. Laten we haar de vrouw die je anderhalf jaar gevangen hebt gehouden in het huis van je oom noemen. Laten we haar degene die je hebt uitgehongerd en zodanig hebt geterroriseerd tot ze bijna dood was noemen. Helpt dat om je geheugen terug te krijgen?'

'Het zegt me nog steeds niks.' De spottende glimlach was weer op Lee's gezicht verschenen.

'Wil je daarmee zeggen dat je haar niet als een mens beschouwt, Lee?' Godley sprak met zachte stem. 'Je hebt haar niet als een mens behandeld. Je hebt haar behandeld als een slavin. Zou het helpen als we haar de slavin noemen?'

Zijn glimlach werd breder. 'Uw woord, niet het mijne.'

'Wat voor woord zou jij gebruiken?'

'Als ik ertegen praatte, wat niet vaak gebeurde, noemde ik het "kut".'

Hij had het gezegd uit effectbejag en hij zou de reactie erop van het team geweldig hebben gevonden. Ik wist dat ik niet omringd was door koorknaapjes, maar toch ging er een golf van verontwaardiging door de kamer. Ik keek even naar Maeve, die daar stond met samengeknepen lippen. Ik had iets van haar gehoord over de staat waarin ze Patricia had gevonden en over het verhaal dat ze Godley had verteld. Ik had gemerkt dat het Maeve enorm had aangegrepen wat haar was overkomen en ik wist dat ze nu haar best deed niet te laten merken hoeveel het haar deed. Het was beangstigend om te horen dat er zo over een mens werd gesproken, maar het was eigenlijk geen verrassing dat Lee er zo over dacht.

Godley had niet eens met zijn ogen geknipperd. 'Hoe komt het dat je zo over haar denkt?'

'Verspil uw tijd en de mijne toch niet.'

'Je hebt haar gebruikt. Je hebt haar behandeld alsof ze waardeloos was.'

'Op een gegeven moment was het niet leuk meer. Dus werd het vervangen.' Lee wendde zich tot zijn advocaat. 'Kunnen we hier nu mee ophouden? Ik heb hoofdpijn.'

De advocaat trok zijn wenkbrauwen op en Godley schudde zijn hoofd. 'Nog een paar vragen. Dan lassen we een pauze in.'

Lee sloeg zijn armen over elkaar met het air van iemand die had besloten voorlopig niet meer mee te werken.

Ik boog me voorover naar Bryce. 'Heb jij hier belangstelling voor?'

'Niet echt,' mompelde hij.

'Kan ik je dan even spreken? Buiten?'

Hij was als rechercheur te ervaren om door te vragen; hij liep zonder haast of gedoe langs me heen naar de deur. Ik volgde hem even later, nadat ik op mijn horloge had gekeken alsof ik ergens anders naartoe moest. Het was een volkomen nodeloze pantomime; zolang Lee Bancroft werd ondervraagd had ik met een masker van een gorilla op naakt door de kamer kunnen rennen zonder de geringste aandacht te trekken.

Bryce was de kleine vergaderkamer in gegaan; ik volgde hem en sloot de deur. Het had absoluut geen zin er doekjes om te winden.

'De chef is er vrij zeker van dat iemand van deze afdeling lekt. Iemand heeft Skinner voortdurend op de hoogte gehouden van onze acties.'

Er bewoog geen spier in zijn lange gezicht. 'Dat klinkt aannemelijk. Hij is altijd goed geïnformeerd geweest.'

'De grote vraag is wie.'

'Inderdaad.' De ogen met de zware oogleden staarden me aan. Hij gaf niks zomaar weg.

'De chef heeft me gevraagd wat rond te snuffelen.'

'Hij moet een hoge pet van je op hebben.'

Ik glimlachte even. 'Dat is vast niet de reden. Ik ben niet rechtstreeks betrokken bij deze zaak, en ook niet bij die van Skinner. Hij kan er vrij zeker van zijn dat ik het niet ben geweest.'

'Als jij het zegt. Maar er zijn heel wat mensen die het wel kunnen zijn.'

'Iemand in het bijzonder?'

'Jij eerst.'

Hij zou me dwingen het te zeggen. Ik vermande me. 'Heb je ooit je twijfels gehad over Josh Derwent? Jij werkt al lang met hem samen.'

Bryce liet zijn schouders een klein stukje zakken. 'Aha. Ik hoopte eigenlijk dat je dat niet zou overwegen.'

'Nou?'

'Ik heb nooit willen denken dat hij smeergeld aannam. Hij is een goeie vent. Hij werkt hard, op zijn manier.'

'Hij zit tot over zijn oren in deze zaak. Er zijn niet veel mensen die op een betere plek zitten om informatie door te spelen aan John Skinner. En Godley vertrouwt hem. Ze zijn buiten het werk om vrienden. Hij zal een van de weinigen zijn die zijn adres kennen.'

'Dat is waar. Heb je al met hem gepraat?'

'Nog niet.'

'En de chef?'

'Ik moet bewijzen hebben.'

'Ja, dat klopt. Waar denk je aan?'

'Toen Crowther bij Lee Bancrofts appartement werd neergeschoten, had hij twee mobieltjes bij zich. Het ene was zijn eigen iPhone, voor privégebruik. Het andere was een goedkoop ding dat hij kennelijk voor zijn werk gebruikte. Ik heb de inlichtingendienst voor telefoonverkeer de berichten ervan laten downloaden en, ja hoor, zo bleken ze met degene van onze afdeling te communiceren. Dus als jij het geen probleem vindt me te helpen om Derwents spullen te bekijken, zouden we misschien de telefoon kunnen vinden die hij gebruikte om contact te onderhouden met Crowther.'

'Zou hij die inmiddels niet hebben weggedaan? Gezien het feit dat alles gisteren is opgeblazen?'

'Mogelijk. Maar het is zijn middel om met de bende van Skinner te communiceren. Hij zal hem niet weg willen doen zonder eerst voor een alternatief te hebben gezorgd, en ik denk niet dat hij daarvoor de tijd heeft gehad. Ze moesten hem het nieuwe nummer geven dat hij kan gebruiken en Skinner is nogal wat van zijn mensen kwijtgeraakt. Ik heb het idee dat Felix Crowther de informatie beheerde; dat klopt toch met zijn reputatie?'

'Hij was waarschijnlijk de slimste van het stel,' gaf Bryce toe. 'Maar dat zegt niet veel.'

'Alles bij elkaar is het de moeite waard om een verkenner in de buurt te hebben. Maar ik moet snel zijn en ik ken hem niet goed genoeg om een excuus te hebben als hij ziet dat ik in zijn bureau of in zijn auto rondkijk.'

'Ik snap het. Je wilt dat ik dat doe.'

'Dan kijk ik in zijn locker.'

'En als hij hem bij zich heeft?'

'Zou jij zo'n risico willen nemen?' Ik glimlachte vaag. 'Hij heeft hoe dan ook alleen een overhemd aan en zijn broek zit nogal strak. Je kunt zo zien hoeveel munten hij in zijn zakken heeft. Als hij daar een mobieltje heeft zitten, dan is dat zo klein dat het niet zichtbaar is met het blote oog.'

'Daar heb je een punt.' Hij schudde zijn hoofd. 'Ik vind het maar niks.'

'Als ik ongelijk heb, zal hij het nooit weten.'

'Als je gelijk hebt, heeft hij een heel groot probleem.'

'Daar kan ik niets aan doen.'

'Misschien niet.' Een diepe zucht. 'Ik zal je helpen. Maar ik hoop dat je ongelijk hebt.'

'Om de waarheid te zeggen: ik ook.' En ik meende het.

'Josh? Kun je even binnenkomen?'

'Wat is er aan de hand?' Derwent kwam nonchalant binnenlopen en schopte de deur met zijn hak dicht. Hij keek het kantoor rond, naar Bryce in een stoel, naar mij leunend tegen een dossierkast, naar Godley die achter zijn bureau zat met zijn vingers ineengestrengeld. 'Wie is er dood?'

'Ga zitten.' Godley wachtte tot Derwent in een lege stoel was geploft en met zijn vingers op zijn knieën zat te tikken. Ik had nooit eerder iemand die geen drugs had gebruikt zo opgefokt gezien en ik dacht er even over na, maar zette het vervolgens uit mijn hoofd. Concentreer je op de dingen die je kunt bewijzen, dacht ik.

'Josh, jij weet even goed als ik dat John Skinner sinds het begin van deze zaak de beschikking lijkt te hebben gehad over informatie van ons. Rob heeft de mogelijkheid onderzocht dat iemand met opzet die informatie heeft gelekt.'

'Goed idee.' Derwent keek me verwachtingsvol aan. 'Heb je iets gevonden?'

'Ja.'

Dat horende keek Godley snel op; ik had het hem niet verteld. Ik hield Derwent in het oog. Het gefriemel was niet opgehouden, nog geen seconde. Het was een goede dekmantel voor eventuele schrikreacties die hem konden verraden en die hij anders niet had kunnen verbergen, en ik kon dan ook niets aanwijzen waardoor ik overtuigd raakte van zijn schuld.

Derwent trok zijn wenkbrauwen op. 'Hou ons niet in spanning. Wie was het?'

'Jij.'

'Wat?' Hij viel even stil; zijn mond viel open. 'Waar heb jij het verdomme over?'

Bryce zat naar zijn voeten te kijken. Godley was doodsbleek geworden. Ik was niet iemand die het leuk vond op theatrale wijze een schurk te ontmaskeren; snel en kalm legde ik uit wat ik had gevonden.

'Deze zaak was duidelijk van bijzonder belang voor John Skinner, maar uit wat ik heb gehoord maak ik op dat het niet de enige zaak is die in gevaar is gebracht door gelekte informatie. Bryce en jij hebben voor hoofdinspecteur Godley gewerkt binnen de taakeenheid die een paar jaar geleden op Skinner was gezet. Hij was ons altijd te slim af. Jullie zijn er nooit in geslaagd hem op heterdaad te betrappen, hoe jullie het ook aanpakten. Niemand is zo goed. Hij handelde toen op grond van informatie van binnenuit, net als hij bij deze gelegenheid heeft gedaan.'

Derwent had zijn armen over elkaar geslagen. Hij glimlachte, kon niet geloven wat hij hoorde. Hij leek te hebben besloten dit niet serieus te nemen. 'Skinner maakt er een gewoonte van mensen te corrumperen. Het is goed mogelijk dat iemand van die taakeenheid fout was en dat het bij dit team iemand anders is. Waarom moet het dezelfde persoon zijn?'

'Dat hoeft ook niet. Maar het moet iemand zijn die hoofdinspecteur Godley vertrouwt.' Ik riskeerde een blik naar de chef. 'U hebt inspecteur Derwent heel vaak thuis uitgenodigd. Dat klopt toch? Hij kende de naam van uw vrouw en van uw dochters. Hij wist veel over uw gezin.'

'Vroeger stond ik dicht bij mijn team. Tegenwoordig pak ik het beter aan.'

'Keith voldoet ook aan die twee criteria,' argumenteerde Derwent. Bryce trok verbaasd zijn wenkbrauwen op.

'Bryce reageerde niet heftig toen hij het lijk van Cheyenne Skinner zag. Ik was erbij toen jij de kantine uit liep. Jij reageerde er lichamelijk op en dat verbaasde me toen. Zoiets zou je verwachten van iemand die het slachtoffer had gekend.'

'Ga je me nu vertellen dat ik niet van streek mag raken door de dood van een veertienjarig meisje?' Zijn stem klonk nu norser; hij begon kwaad op me te worden. Eigenlijk vond ik dat prettiger dan die spottende luchthartigheid.

'Ik zeg alleen dat het een onverwachte reactie was van iemand die zich presenteert als een diender van de oude stempel. De chef heeft een dochter van veertien. Ik ben ervan overtuigd dat het moeilijk voor hem was om het lichaam van Cheyenne te zien. Maar toch bleef hij.'

'Je bent een stomme lul. Je denkt dat je slim bent, maar je weet geen ene ruk van me.'

'Wat zou ik dan moeten weten?'

'Ik had persoonlijke redenen om van slag te raken door wat ik in dat pakhuis zag. Die redenen zijn niet relevant voor deze discussie.'

'Met alle respect, maar dat zijn ze wel als ze enig licht kunnen werpen op je gedrag van toen.'

'Met alle respect, maar je kunt de tering krijgen.'

'En die schietpartij van gisteren? Die was al afgelopen toen we er aankwamen. Drie in hechtenis, één gewond. Geen van onze jongens had een schotwond. Jij was niet verantwoordelijk. Je was er een eind uit de buurt. Maar je zweette als een otter toen we met je stonden te praten.'

'Ik hou niet van schietincidenten,' pruttelde Derwent. Hij was opstandig, hoewel hij zich leek te schamen. 'Ik zat hiervoor bij de landmacht. In de jaren negentig was ik in Noord-Ierland gelegerd, op het eind van de strijd daar, en ik heb toen een flinke tik van de molen gekregen van wat ik daar heb gezien. Ik heb naderhand ontslag genomen, kon niet met de stress omgaan. Ik vind het nooit prettig om in de buurt van CO19 te zijn en ik kan er niet tegen als er geschoten wordt.'

Bryce hief zijn hoofd op. 'Dat is waar. Hij heeft altijd moeite gehad met wapens.'

'En toen heb je die drie boeven laten weten dat ze hun mond moesten houden tijdens het verhoor. Ik wed dat je je daarna een stuk beter voelde.'

'Waar heb je het over?' Derwent fronste zijn voorhoofd terwijl hij het zich probeerde te herinneren. 'Ik oefende juist druk op hen uit. Om ze murw te maken.'

'Waarom al die moeite? Ze zouden heus niet breken omdat jij ze vertelde dat ze erbij waren.'

'Zo doe ik dat nu eenmaal,' zei Derwent eenvoudig. 'Zo behaal ik resultaat. Ik ben niet de snelste als het erom gaat iemand in een verhoorkamer te slim af te zijn, maar ik ben er wel goed in ze flink aan te pakken.'

'Letterlijk.' Ik probeerde elk spoor van mijn gevoelens uit mijn stem te weren voor wat er nu kwam. 'Wat is er gebeurd toen John Skinner werd gearresteerd? Hoe is Maeve Kerrigan gewond geraakt?'

'Ze is gevallen.'

'Ze had hulp.'

'Ik heb haar inderdaad geduwd. Maar ik was doodsbang dat ze geraakt zou worden. Ik hou er niet van als vrouwen gevaar lopen. Daar ben ik ouderwets in.'

'Ze zei dat je hoofdinspecteur Godley in bedwang wilde houden terwijl er twee mannen met je collega's aan het vechten waren. Je schoot Skinner te hulp. Probeerde je hem weg te krijgen?'

'Langs een hele meute mannen van CO19? Dat zou zelfmoord zijn geweest.' Hij keek naar Godley. 'Chef, ik zag dat je over de rooie was. Als je hem iets ernstigs had aangedaan, was het met je gedaan geweest. Einde verhaal. Ongetwijfeld. Ik moest je wel tegenhouden, maar voor je eigen bestwil.'

Bryce keek zorgelijk. 'Josh, ik kan het niet geloven.'

'Omdat het niet waar is.' Het zweet stond op Derwents voorhoofd; het kleurde zijn haar donker. 'Charlie, je moet me geloven.'

Als hij hoopte dat hij Godley door hem bij zijn voornaam te noemen aan hun vriendschap zou herinneren, dan had hij zich ernstig vergist.

'Ik kan alleen het bewijsmateriaal geloven,' zei Godley toonloos. 'Het maakt niet uit dat ik liever heb dat er sprake is van een vergissing.' Hij keek me aan. 'Wat is er nog meer?'

Ik knikte naar Bryce en hij legde een mobieltje voor Godley op het bureau neer. Er zaten nog steeds reepjes plakband aan. 'Dit heb ik in de auto van Josh gevonden; het was vastgeplakt aan de onderkant van de bijrijdersstoel. Het klopt met het nummer waarvandaan de berichten afkomstig zijn die de technische recherche in Crowthers mobiel heeft aangetroffen.'

'Ik heb dat ding nooit van mijn leven gezien.'

Godley sloeg met zijn hand hard op het bureaublad. Ik begreep opeens waarom Maeve zo van streek was geweest toen hij in haar aanwezigheid zijn geduld verloor; het was een onrustbarende aanblik. 'Hou op met liegen. Je bent betrapt, Josh. Je hebt verloren. Geef het nou maar toe.'

'Ik ga niks toegeven wat ik niet heb gedaan.'

'Die verdomde telefoon zat in je auto, Josh. Hoe is hij daar gekomen als jij hem er niet hebt achtergelaten?'

Ik was heel blij dat er een bureau tussen Derwent en Godley stond. Het was het enige wat Derwent behoedde voor een vuistslag in zijn gezicht, of erger.

'Ik weet het niet, oké? Ik heb goddomme geen flauw idee.'

'Nou, ik wel.' Na het geschreeuw tussen Godley en Derwent klonk mijn stem absurd kalm en zacht.

'Wat bedoel je met "ik wel"?' Godley staarde me woest aan.

Ik wendde me tot Derwent. 'Je had zojuist gelijk. Er was inderdaad nog iemand die net zo goed toegang tot de chef had, iemand die ook aanwezig was bij de eerste actie om Skinner te kunnen grijpen. Keith Bryce.'

De armen van Bryce lagen op de leuning van zijn stoel en hij duwde zijn nagels diep in de bekleding. 'Wat is dit voor spelletje, Langton?'

'Ik heb je gevraagd me te helpen bij het doorzoeken van inspecteur Derwents auto en bureau.' Ik negeerde de verstikte woede uit Derwents richting. 'Ik zei tegen je dat ik het zelf niet wilde doen omdat ik niet wilde riskeren betrapt te worden. Dat was een leugen. Ik had ze allebei al snel doorzocht, zodat ik ervan overtuigd was dat de telefoon daar niet lag. Ik was er vrij zeker van dat jij het lek was en daarom spoorde ik jou ertoe aan om te kijken of je de verdenking op iemand anders zou proberen te schuiven. Ik heb tegen je gezegd dat ik op zoek was naar die mobiele telefoon. Ik wist niet waar je hem had; waarschijnlijk droeg je hem bij je. Je opperde zelf dat Derwent hem misschien bij zich had. Je draagt erg wijde kleding; eerlijk gezegd zou je een faxapparaat in de zak van je colbertje kunnen stoppen zonder dat iemand van ons het merkt. Ik wilde die telefoon hebben en ik wilde zeker weten dat jij de enige was die hem daar had kunnen stoppen waar hij werd ontdekt. En je bent erin getrapt.'

Godley leek door de bliksem getroffen. 'Maar wat je allemaal over Josh zei...'

'Allemaal redenen om hem te verdenken. Maar ik geloof zijn verklaringen.' Ik wendde me weer tot Derwent. 'Ik weet niet of je me dit allemaal zult vergeven, dus ik kan het net zo goed zeggen. Je bent uitermate onhebbelijk. Je komt over als een enorme klootzak, maar je bent te veel een klootzak voor subtiliteiten. Je trekt veel te veel de aandacht. Je collega daarentegen...' Ik keek naar Bryce. '... van hem vergeet je de helft van de tijd dat hij aanwezig is. Ik weet wel aan wie ik de voorkeur zou geven als mijn spion.'

'Keith...' Godley had weer bleke lippen van ontzetting, maar zijn woede was weggeëbd. 'Waarom?'

Ik had niet verwacht dat hij antwoord zou krijgen, maar ze hadden samen een lange historie, en misschien had Bryce toch nog ergens een sprankje geweten over.

'Het spijt me, Charlie. Ik heb niet eens een goede verklaring. Het ging om het geld.' Hij spreidde hulpeloos zijn handen. 'Ik ben een gokker. Altijd al geweest. Ik gok overal op. Paardenrennen, voetbal, twee vliegen die tegen een muur op kruipen... Het maakt me niet uit. Ik heb duizenden gewonnen, maar tienduizenden weggesmeten. Elaine weet het niet. Ze zou me vermoorden als ze erachter kwam en gelijk heeft ze. Zeven jaar geleden zijn we bijna ons huis kwijtgeraakt. Skinner nam contact met me op en bood aan mijn schulden af te betalen. Ik zei nee. Hij zei dat hij me regelmatig een bedrag zou geven, gekkengeld noemde hij het. Ik hoefde hem alleen af en toe een tip te geven. Het kon geen kwaad. Hij zou ons arrestaties laten verrichten, zodat we niet in een slecht daglicht kwamen te staan, maar hij wilde zelf buiten de gevangenis blijven. Als dat lukte, zou ik er financieel op vooruitgaan.' Hij keek meelijwekkend de kamer rond, maar zag geen medeleven. 'Ik weet dat het verkeerd was, maar ik dacht dat hij zijn imperium toch wel zou blijven leiden, ook als hij vastzat. Wat maakte het voor verschil of hij vrij man was of achter slot en grendel zat?'

'Je had ermee moeten stoppen.'

'Dat besef ik nu ook.' Hij schudde zijn hoofd. 'Ik heb hem nooit persoonlijke informatie over jou willen geven, Charlie. Hij was er gewoon zo goed in om het me te ontfutselen. Een vraagje hier, een vraagje daar. Een suggestie. Soms een dreigement. Hij heeft me bespeeld als een Stradivarius.'

'Ik heb met je te doen.' Derwent had zich opvallend snel hersteld. Hij staarde Bryce aan met een blik van opperste walging. 'Ik kan gewoon niet geloven dat je mij ervoor wilde laten opdraaien.'

'Als het om bedrog gaat is het volgens mij net even ernstiger dat hij mijn gezin in gevaar heeft gebracht,' merkte Godley mild op.

'Je hebt gelijk. Je hebt gelijk. Sorry.' Derwent had het fatsoen beschaamd te kijken. 'Wat gaat er nu gebeuren?'

'Jij kunt gaan,' zei Godley tegen Derwent. Tegen mij zei hij: 'Bedankt, Rob. Ik waardeer het zeer.'

'Wilt u dat ik interne zaken bel?'

'Nee, dat doe ik zelf.'

Bryce zat ineengedoken in zijn stoel en zijn ogen waren vochtig van zelfmedelijden. 'Ik moet Elaine bellen. Ze zullen ons huis doorzoeken. Ik moet het uitleggen.'

'Omwille van vroeger zal ik je deze telefoon laten gebruiken.' Godley had zijn zelfbeheersing hervonden en toonde zich nu ijzig gereserveerd. 'Zodra ik interne zaken heb gebeld en hun heb verteld wat je hebt gedaan.'

Ik volgde Derwent de kamer uit terwijl ik me afvroeg of ik het zou wagen me te verontschuldigen. Hij liep tot een veilige afstand de gang in en draaide zich toen naar me om.

'Je hebt me de stuipen op het lijf gejaagd. Ik dacht echt dat ik er volledig voor zou opdraaien.' Hij grinnikte. 'Maar ik neem je niets kwalijk, hoor. Ik zou hetzelfde hebben gedaan als ik op het idee was gekomen.'

'Ik kon je helaas niet in vertrouwen nemen. Je moest denken dat ik echt geloofde dat je schuldig was om overtuigend te reageren.'

'Had je Charlie verteld dat ik het was?'

'Hij wist er niets van. Hij moest ook overtuigend reageren.'

'Ik dacht dat hij me zou vermoorden.'

'Ik ook,' gaf ik toe. 'Maar dan was ik tussenbeide gekomen.'

'Ik had geen hulp nodig gehad.' Hij trok zijn schouders naar achteren en maakte zijn borst breed. Ik vroeg me af of hij zelf eigenlijk in de gaten had wat hij deed. Het was een gebaar dat zoveel weg had van apengedrag dat het bijna lachwekkend was. De ontbrekende schakel, verdorie, in levenden lijve en wakend over Londen met maximale agressie.

Op dat moment schudde ik hem de hand. Tot mijn eigen verbazing begon ik hem te mogen.

'Je moet wel totaal krankzinnig zijn om Derwent als je mol te vragen. Hij zou een T-shirt aantrekken waar het op stond, alleen al om op te scheppen.' Maeve zou nooit lid worden van Derwents fanclub, hoezeer ik ook mijn best deed haar ervan te overtuigen dat hij oké was. 'Toch kan ik maar niet geloven dat het Bryce was. Hij is zo... onopvallend. Hoe ben je erachter gekomen dat hij het was?'

'Door eliminatie.' Ik draaide in de rondte om alle richtingen te controleren op een stalker voordat ik achter haar aan de treden naar haar voordeur op liep. 'En juist door het feit dat hij zo onopvallend is. Skinner is niet dom. Hij rekruteert de mensen die hij nodig heeft. Een niet al te ambitieuze rechercheur met een gokprobleem is eigenlijk ideaal.'

'Dan vraag ik me wel af waarom Derwent zo heftig reageerde toen hij Cheyennes lijk zag.' Ze zocht in haar tas naar haar sleutels.

'Ik wens je veel succes als je daar achter wilt komen. Hij wilde het ons niet eens vertellen toen zijn baan op het spel stond.'

'Een dezer dagen verspreekt hij zich vast.' Ze duwde haar sleutel in het slot, maar de deur ging open voordat ze hem kon omdraaien. Ze stapte achteruit en botste tegen me aan, meer geschrokken dan ze wilde toegeven. 'Jeetje, Walter, je laat me schrikken.'

Haar huisbaas stond in de deuropening met een gepijnigde blik in zijn ogen. 'Maeve, ik moet je vragen te vertrekken.'

'Dat was ik al van plan. Ik bedoel, ik wilde de huur al opzeggen.'

'Je bent niet langer welkom in dit huis.'

'Waarom niet?'

Hij duwde de deur goed open en ik zag een klein groepje dat dicht opeen op de onderste traptree zat. Het goed bedeelde kindermeisje met haar chagrijnig kijkende, lompe, baardige vriend achter zich en een knappe man die de acteur moest zijn.

'Waar is die ander?'

Walter keek me aan met een blik die dicht bij walging kwam. 'Als je Chris bedoelt, dat weten we niet.'

Maeve was de hal in gelopen en staarde naar haar voordeur, die openstond. 'Wat is er gebeurd?'

'We hebben een inval gehad, schat.' Brody sprong van de tree af en liep naar haar toe. 'Ze hebben je huis verwoest. Mogen ze je niet?'

Ik duwde hem opzij zodat ik kon zien waar hij het over had. 'Shit zeg.'

De muren zaten vol gaten, lange sporen in het pleisterwerk waar iemand een elektriciteitsdraad had gevolgd, gevonden en uit de muur had getrokken. Elk stuk meubilair van enige afmetingen was uit elkaar gehaald en de delen waren netjes opgestapeld: de bank was het belangrijkste slachtoffer. Maeves persoonlijke bezittingen waren opgestapeld tegen een muur van de zitkamer. Ik betrapte me op de gedachte dat het wel handig was als we gingen inpakken, maar ik beheerste me en zweeg. Maeve liep langzaam en als verdoofd door haar appartement. Ik volgde haar als een schaduw en paste op dat ik niet te dichtbij zou komen. Eerst schrik, dan woede; ze was zo voorspelbaar als wat.

De keuken was geruïneerd; de deurtjes hingen los in de scharnieren. In de badkamer lagen de muren op diverse plaatsen open; sommige tegels waren gebroken, andere ontbraken. De slaapkamer was er het ergst aan toe: op vele plaatsen waren alleen nog de tengels te zien en overal lag een dikke laag gruis van het pleisterwerk.

Maeve beëindigde haar inspectieronde in de hal, waar Walter en de anderen stonden te wachten. 'Wie heeft dit gedaan?'

'De politie. Ze hadden toestemming om het gebouw te onderzoeken op afluisterapparatuur. Ze hebben hetzelfde in de andere appartementen gedaan. Ik ga ze een proces aandoen. En jij bent absoluut je borg kwijt.'

'Is dit mijn schuld dan?'

'Ze zeiden dat iemand je had bespioneerd. Ze zeiden dat ze moesten controleren of er geen zendertjes in je appartement zaten. En toen zeiden ze dat ze de andere appartementen ook moesten controleren.'

'Waarom?'

Walter haalde zijn schouders op. 'Dat zeiden ze niet.'

'Hebben ze overal hetzelfde gedaan?'

'Min of meer.' Hij keek zorgelijk. 'Ik heb geprobeerd ze tegen te houden.'

Maeve wendde zich tot mij. 'Belcott.'

'Colin Vale werkte er ook aan,' bracht ik haar in herinnering. 'Hij moet dit noodzakelijk hebben gevonden. Hij zou Belcott niet met zoiets kwalijks hebben laten wegkomen.'

'Is dat die lange, met die bril?' vroeg Szuszanna. 'Hij was aardig. Die andere, niet zo aardig.'

Maeve had haar ogen gesloten. 'Ik kan de gedachte dat hij aan mijn spullen heeft gezeten niet verdragen. Dat is erger dan een inbraak.'

'Voor mij ook,' zei Szuszanna boos. 'Ik heb toegekeken.'

Maeve was te zeer van haar stuk gebracht om het geduld op te brengen naar Szuszanna te luisteren. 'Ik zou een bericht vooraf op prijs hebben gesteld. Een telefoontje zou wel beleefd zijn geweest. Ik had er misschien bij willen zijn, je weet nooit. Ik zie zijn zelfvoldane kop al voor me. Hij moet ervan genoten hebben.'

Ik was iets verderop gaan staan om Colin Vales mobiel te bellen.

'Colin, ik ben hier bij Kerrigan thuis.' Vraag me alsjeblieft niet waarom, dacht ik. 'Wat is er gebeurd?'

'Camera's in de muren en in de meubels. Het hele appartement zat vol afluisterapparatuur: geluid, beelden, de hele mikmak. Boven ook.' Hij klonk gekweld. 'We hebben de bedrading weten te herleiden tot het appartement op de begane grond, tegenover dat van haar.'

Ik keek op; ik stond voor de deur van Chris. 'Ben je binnen geweest?'

'Nee. We hadden toestemming van de bewoner nodig voor de doorzoeking en die konden we niet krijgen, dus moesten we een huiszoekingsbevel gaan halen. We denken dat hij via de brandtrap is vertrokken zodra we in Maeves appartement met het kapotslaan van de muren waren begonnen.'

'Jullie hebben haar toestemming toch ook niet gekregen voordat jullie haar appartement gingen doorzoeken?'

Er viel een korte stilte. 'Ze wist dat er een onderzoek liep. Belcott zei dat we dat als toestemming konden beschouwen.'

'Zei hij dat echt?'

'Ze zou erin hebben toegestemd.'

'Misschien wel, ja.' Het had weinig zin hem tegen te spreken. 'En hoe ver ben je nu met dat huiszoekingsbevel?'

'Ik ben er mee bezig.' Een korte stilte. 'Is Maeve daar ook?'

'Niet lang meer.'

'Mooi zo.' Hij klonk buitengewoon opgelucht. 'Ik wil daar niet zijn als ze het ontdekt van die camera's.'

Ik keek door de hal naar de plek waar ze met Walter stond te ruziën over haar borgsom. Ze prikte met een lange vinger in zijn borst. Vinnig was niet het juiste woord.

In de telefoon zei ik: 'Ik ook niet, man. Ik ook niet.'

22

Dinsdag

MAEVE

Mijn gemoedstoestand was dinsdagochtend niet van dien aard dat ik me redelijk kon gedragen toen ik de deur van de recherchekamer opengooide.

'Waar is Belcott?'

Hij stak ergens achter in de kamer, waar hij schuilging achter zijn computer, zijn hand op. 'Hé, Kerrigan. We verwachtten je al.'

'Hou je grapjes maar voor je.' Ik beende de kamer door en bleef met mijn handen op mijn heupen naast zijn bureau staan. 'Je hebt heel wat uit te leggen.'

'Waarom de andere sekse mij zo ongelooflijk aantrekkelijk vindt?'

Ik sloot heel even mijn ogen en er ging een rilling door me heen, niet geheel en al omwille van het effect. Het idee alleen al, dacht ik. 'Ik vroeg me af waarom je me niet hebt verteld dat je mijn appartement ging doorzoeken. Ik zeg doorzoeken. Wat ik in feite bedoel is het naar de kloten helpen.'

'Het was allemaal noodzakelijk...' begon hij.

'Ik geloof er niets van. Het zag eruit alsof het een halfjaar door krakers was bewoond. Hoe je al die schade binnen een dag hebt kunnen aanrichten is mij een raadsel.'

'Het was de beste manier om te vinden wat we zochten.'

'En dat was?'

'Dat moet je zo langzamerhand toch wel hebben uitgevogeld. Ik dacht dat je zo'n fantastische rechercheur was, Kerrigan.' Hij keek me met een sarrend glimlachje aan. 'Gebruik je intuïtie maar.'

'Je hebt bedrading verwijderd.'

'En heel wat meer ook.' Hij keek langs me heen. 'Ha, Rob. Heb je het haar niet verteld?'

'Het gaat mij niets aan.'

Ik keek om en zag Rob achter me tegen een bureau geleund staan. Hij had een neutrale uitdrukking op zijn gezicht. De avond tevoren was hij nogal stil geweest, maar dat had ik toegeschreven aan oververmoeidheid.

'Wat heb je me niet willen vertellen? Jezus, Belcott, ik ben die spelletjes echt beu. Zeg het. Nu. Of anders zal ik je neusgaten met deze nietmachine laten kennismaken.' Ik pakte het ding op en zwaaide het dreigend onder zijn neus heen en weer.

Hij boog zich opzij, zodat hij om me heen kon kijken. 'Even puur uit belangstelling: vind jij haar mooi als ze boos is? Want als dat zo is, moet je echt je ogen laten nakijken, man.'

'Hou op met tegen Langton te praten. Praat met mij. Dit gaat hem niet aan.'

'Dat zou ik niet willen zeggen.' Alsof hij het zat was me op de kast te jagen ging Belcott overeind zitten en klikte op zijn muis om zijn scherm tot leven te wekken. 'Oké. Ik weet dat je denkt dat ik die doorzoeking van je appartement heb georganiseerd om je kwaad te maken, maar we hadden er in feite een goede reden voor. De video die je fanclub met één lid je heeft gestuurd is afkomstig van een website die we gisteren hebben achterhaald. Hij heet Zabolagee.com.'

'Dat zegt me niks.'

'Dat is nu juist het punt. De oprichters hebben een naam bedacht die bij willekeurig zoeken niet direct in het oog springt; je komt uitsluitend via aanbeveling van mond tot mond bij die site terecht, en de site is alleen toegankelijk voor leden.'

'Hoe heb je hem dan gevonden?'

'Ik heb een vriend bij het CEOP, het centrum ter bescherming van kinderen tegen uitbuiting en misbruik, en misbruik via internet valt ook onder hun werkzaamheden. Hij heeft ons een paar trucjes geleerd om de website bij het videobestand te vinden,' zei Colin Vale, die kwam aanlopen en naast Belcott ging staan, alsof hij het gevoel had dat hij hem moest steunen. Collectieve verantwoordelijkheid en al die onzin, hoewel Belcott zelf hem waarschijnlijk in de stront had laten zakken als het andersom was geweest. 'We zijn erin geslaagd terecht te komen in een aantal van hun met een wachtwoord beveiligde domeinen. En toen is de host ertoe overgehaald mee te werken en ons de IP-adressen te geven van mensen die een bijdrage hadden geleverd.'

'Ze deden het daar in hun broek. Zeiden dat ze geen idee hadden wat erop stond. Ik heb wel gezegd dat het mééste ervan volstrekt legaal was en volgens mij zijn ze toen begonnen ons te overstelpen met informatie.' Belcott klonk zelfvoldaan. Hij kon zijn woordje inderdaad prima doen als het erom ging iemand goed ziek te maken.

'Wat stond erop?'

'Het merendeel van wat we konden zien was het gebruikelijke werk dat je kunt verwachten op een BDSM-website. Dat is bondage, dominantie, sadomasochisme,' legde Belcott uit toen hij me zag fronsen.

'Ik weet niet goed wat ik zou kunnen verwachten. Ik besteed niet veel tijd aan zulke websites.'

'Ik zeg niet dat ik dat wel doe, maar meestal is het een soort nepkerkeromgeving met onderdanige lieden die hun kunstjes doen voor meesteressen en meesters. Pijn, vernedering, gehoorzaamheid – daar beleven ze lol aan. Zabolagee is opgebouwd rond verschillende graden van dominantie, als je begrijpt wat ik bedoel. Op het beginnersniveau heb je de deelnemers die vrijwillig meedoen, volwassenen die afspraken met elkaar maken, wat lichte tikjes.' Belcott leek er veel te makkelijk over te praten. Ik begon te begrijpen waarom Colin Vale zo wit zag.

'Het gaat dan trapsgewijs helemaal naar de top, waar jouw jongens zaten. En daar gaat het om slavernij, marteling, verkrachting. Ook snuff-films, naar het schijnt. Daartoe kregen we geen toegang, maar de technici zijn ermee bezig.'

'Wat heb je wel gezien?'

'Verkrachting waarbij het slachtoffer duidelijk gedrogeerd of buiten bewustzijn is. Verkrachting waarbij het slachtoffer bij bewustzijn is en zich verzet. Uiterst gewelddadig.' Vales stem beefde. 'Ik vond het eerlijk gezegd erg heftig.'

'Op het tweede niveau word je niet al te beroerd van de inhoud, maar werken de deelnemers niet altijd mee, of ze zijn zich nergens van bewust. Camera's in pashokjes en in kleedkamers van sportscholen die blote dames filmen zonder dat ze het weten. Foto's die vanonder iemands rok worden genomen. Er wordt iemand gestalkt en dan worden er foto's van hen gemaakt in hun normale leven, gedurende een periode die varieert van uren tot jaren.' Belcott liet omwille van het effect een pauze vallen. 'En daar vonden we de sectie die aan jou was gewijd, Kerrigan. Met als titel jouw voornaam.'

'Dat verklaart dan waarom Lee me vroeg hoe ik mijn naam spel.' Ik probeerde nog steeds nonchalant te klinken, hoewel ik rilde bij de gedachte dat de foto's die mijn stalker had gemaakt waren gedeeld met zijn medeperverselingen. 'Hij moet ertegenaan zijn gelopen.'

'Het moet wel een populaire sectie zijn geweest.' Weer keek Belcott langs me heen. 'Ik had het niet achter je gezocht, Rob. Het was een echte eyeopener toen we de filmpjes gingen bekijken.'

Ik kreeg het opeens koud. 'Filmpjes. Van binnen in mijn appartement.'

'Langton en jij die tekeer gaan als konijnen. Het was aardig van je het licht aan te laten; ik vind dat infraroodcamerawerk maar niks. Dat doet me altijd denken aan natuurdocumentaires en dat wil je niet als je overweegt om de hand aan jezelf te slaan.'

'Ik geloof er niks van.'

'Wil je het zien? De site is uit de lucht gehaald door de host, maar ik heb de clips uit voorzorg op mijn computer gezet. Ik dacht erover om een verloting te organiseren met als prijs een poosje kijken, en het opgehaalde geld af te dragen aan het nabestaandenfonds van de politie.' Hij draaide zijn monitor opzij en liet me de bestanden op zijn desktop zien. Aan elk ervan hing een klein plaatje en ik zag genoeg om te weten dat Belcott veel meer had gezien dan me lief was. 'Wil je meer zien?'

'Enorme klootzak die je bent.'

'Ik heb ervoor gezorgd dat ze van internet zijn gehaald. Ik heb je goede naam beschermd, Kerrigan. Je zou me op je blote knieën moeten bedanken.' Zijn houding liet geen twijfel bestaan over wat hij van me zou verwachten als ik daar op de grond geknield zat om mijn dankbaarheid te betuigen en ik deed een stap in zijn richting. Ik wist niet goed hoeveel schade ik kon aanrichten in een kamer vol rechercheurs die de technieken van het in bedwang houden van mensen beheersten, maar was desondanks bereid een poging te wagen.

'Ik hoef alleen maar te klikken om iedereen te laten zien wat ik heb gezien. Kom erbij.' Dat was bedoeld voor alle andere teamleden. 'Komt dat zien, kom kijken naar de beste show ter wereld, als je ervan houdt om een ouderwetse neukpartij te zien.'

'Nu ga je echt te ver. Ik grijp je.' Ik liep om Belcotts bureau heen. Ik had zo'n rood waas voor mijn ogen dat ik niet meer aan de gevolgen kon denken. Ik wilde zijn kop van zijn romp trekken.

Rob was me te vlug af. Hij bukte en trok de stekker uit Belcotts computer. 'Als je de stekker er weer in steekt, krijg je er spijt van, Belcock. Ik ga hem laten wissen door de IT-afdeling en ik blijf erbij als ze dat doen.'

Colin Vale knikte enthousiast. 'Ik zei ook al tegen hem dat we dat moesten doen.'

'Stelletje spelbrekers.' Belcott grijnsde naar me. 'Geeft niks. Ik heb mijn herinneringen.'

Er zouden emmers vol bleekwater nodig zijn eer ik me weer schoon voelde. Ik liep bij hem vandaan, maar mijn handen jeukten nog om hem heel zwaar letsel toe te brengen.

'Heb je de bedrading weten te herleiden naar het appartement van Chris Swain of ben je op een andere manier bij hem uitgekomen?' vroeg Rob.

Ik moest hem wel bewonderen om het feit dat hij zich nog steeds op de zaak kon concentreren; hij was waarschijnlijk net zo erg van streek als ik over de inbreuk op onze privacy, en alles wat daarmee samenhing en nu langzaam tot me doordrong. Onze relatie was algemeen bekend. Godley mocht in zijn goedheid de kus die hij had gezien in het ziekenhuis dan hebben genegeerd, als de hele afdeling van onze relatie wist, kon hij bepaald geen oogje dichtknijpen. Een van ons zou uit vrije wil moeten opstappen. Ik luisterde naar het antwoord van Colin Vale, maar mijn hersenen waren grotendeels bezig met het besef dat ik hier mijn langste tijd had gehad.

'We vermoedden al dat er iemand uit het huis van Maeve bij betrokken was, want het IP-adres van degene die het materiaal had gepost was van iemand daar uit de buurt. Het was ons nog niet gelukt de exacte locatie te vinden voordat we met de doorzoeking begonnen.' Een nerveuze blik op Belcott. 'We hadden beiden het gevoel dat we erachter moesten komen hoe ernstig de inbreuk op Maeves persoonlijke omgeving was en of andere appartementen in hetzelfde gebouw er net zo aan toe waren.'

'En?'

'Het appartement boven het hare zat ook boordevol apparatuur, net als de bovenste verdieping. Het was duidelijk dat de bedrading afkomstig was van de woning rechts op de begane grond. In het appartement daar recht boven is niets gevonden; daar woont de huiseigenaar, geloof ik.'

'Hij bespioneerde behalve mij dus ook Szuszanna en Brody.' Ik was nog steeds misselijk. 'Ik dacht dat hij bevriend was met Brody.'

'Misschien vond Brody het niet erg,' opperde Rob. 'Acteurs treden op. Misschien vond hij het wel leuk om bekeken te worden.'

Ik trok een gezicht. 'Alsjeblieft zeg. In elk geval zal Walters leven een raadsel blijven. Maar hij moet hebben geweten wat er gaande was. Ik denk dat hij heeft geprobeerd me te waarschuwen, maar ik dacht dat hij jou gewoon niet mocht.'

'Groots van hem. Hij zal zich er zorgen over hebben gemaakt dat het net te riskant was om zoiets met iemand van de politie uit te halen.'

'O ja, ik weet wel zeker dat hij me niet uit edelmoedigheid of zo weg wilde hebben. Walter en ik zijn nooit dikke vrienden geweest, maar ik geloof niet dat hij veel nobele bedoelingen had.'

Rob keek weer naar Belcott. 'Hoe komt het dat jullie Swain hebben laten lopen? Had je te veel haast om huiszoekingsbevelen voor het hele pand te regelen?'

'We namen gewoon aan dat het iemand van buitenaf zou zijn. En hij wist het meteen toen we begonnen de muren te bewerken; ik bedoel, we konden het immers niet in stilte doen? Hij was al verdwenen voordat we het eerste stel bedrading hadden teruggevoerd tot zijn appartement.'

'Godsamme...'

'Doe nu niet alsof jij het anders had aangepakt,' waarschuwde Belcott. 'Het is niet onze schuld.'

'Maar het was zo'n geweldige kans om hem te arresteren.' Rob was boos en ik besefte opeens dat hij zich echt zorgen maakte over Chris Swain. Die gedachte was ongeveer even troostrijk als verontrustend.

'Toen de Bancrofts eenmaal waren gepakt, moet hij hebben gedacht dat het een kwestie van tijd was voordat hij zelf zou worden gearresteerd, dus is hij gevlucht. Zij hoorden tot de belangrijkste leden van die website; helden waren het, om wat ze met Cheyenne, Patricia en de anderen hadden gedaan.'

'De anderen?' vroeg ik.

'We denken dat ze minstens drie andere vrouwen hetzelfde hebben aangedaan, en dat baseren we op wat we op de site konden zien. Maar we kunnen niet overal bij. We gaan alleen maar af op commentaar van andere gebruikers.'

'O nee.' Ik begon te trillen op mijn benen en leunde tegen het dichtstbijzijnde meubelstuk. Ik was er al bang voor geweest, en collega Stone had het min of meer verwacht, maar toch was het afschuwelijk dat onze vermoedens werden bevestigd. En op dit moment hadden we geen idee hoe we de vrouwen moesten opsporen, dood of levend, of zelfs om wie het ging. Ik stelde me nog drie gezinnen als de Farinelli's voor, die allen wachtten op hun eigen wonder.

'De site heeft ook een forum waarop gebruikers roddels en tips uitwisselen, dat soort dingen. We waren bezorgd dat het nieuws over wat de Bancrofts was overkomen ervoor zou zorgen dat andere leden die aan de inhoud bijdroegen ondergronds zouden gaan. Er moest bewijsmateriaal veilig worden gesteld. We hebben niet getreuzeld.'

Ik had me hersteld. 'Je wilde de kans krijgen een kijkje te nemen in mijn la met ondergoed, Belcott. Maak het niet mooier dan het is.'

'We zijn Swain op een paar minuten misgelopen.' Belcott leek zich nu echt een klein beetje te schamen. 'Hoe meer ik over hem te weten kom, hoe erger ik dat vind. Hij was een van de oprichters van Zabolagee.com. Hij kon overal bij, op elk niveau, en zo heeft hij het materiaal met Cheyenne gevonden. Waarom hij jou dat heeft gestuurd en de aandacht op zichzelf heeft gevestigd is een raadsel, want hij kon jou min of meer bekijken wanneer en zo lang hij wilde. Maar als ik kijk naar wat hij over jou heeft geschreven, moet ik zeggen dat hij behoorlijk ver heen was.'

'Ik dacht dat hij gewoon een oogje op me had. Hij was zielig. Ik nam hem niet serieus.'

'Dat had je wel moeten doen,' zei Colin Vale ernstig. 'Hij mag vrouwen graag drugs toedienen om ze daarna te verkrachten. Hij vindt het niet leuk als ze zich verzetten.'

Rob keek me aan. 'Weet je nog die avond dat je iets met hem en Brody ging drinken? Je leek een beetje high toen ik aankwam.'

'Ik had toen een klap op mijn hoofd gehad,' merkte ik op. 'Ik was net terug uit het ziekenhuis. Het was niet zo gek dat ik me een beetje raar voelde.'

'Heb je je glas leeggedronken?' vroeg Colin Vale.

'Ik heb maar een paar nipjes genomen.' Ik dacht erover na en kwam tot een zeer verontrustende conclusie. 'O shit. Geen wonder dat hij chagrijnig was toen ik niet wilde blijven. En toen kwam jij ook nog, Rob.' Ik begon enigszins hysterisch te lachen. 'Die arme Chris. Dat verliep helemaal niet volgens plan.'

Rob leek het niet grappig te vinden. 'Wat doen jullie eraan om hem op te sporen?'

'We houden zijn creditcards, voor zover we die kennen, en zijn bankrekening in de gaten. We hebben de politie van de regio's waarvan we weten dat hij er heeft gewoond of er vrienden of familie heeft, ingelicht. Alle havens en vliegvelden zijn gealarmeerd en op het landelijke politie-informatiesysteem staat dat hij gezocht wordt. Hij heeft zijn mobiel weggegooid, dus we kunnen hem helaas niet lokaliseren via de zendmasten, en een auto had hij ook niet. Het lijkt wel alsof hij er klaar voor was om van de aardbodem te verdwijnen.'

'Dat zal ook wel. Hij moet hebben geweten dat dit ooit zou gebeuren,' zei ik. 'Hij was niet dom.'

'We vinden hem wel.' Godley was uit zijn kantoor gekomen zonder dat ik het had gemerkt. Hij wist het natuurlijk allemaal al. Het was een actief onderzoek onder zijn leiding. Maar ik werd zo rood als een biet nu ik eraan dacht wat hij van me wist en wat hij eventueel had gezien.

Hij keek me neutraal aan. 'Je hoeft je nu geen zorgen te gaan maken over Swain. Je hebt de hele Met achter je staan en we houden pas op als hij in hechtenis zit. Ik geef je mijn woord.'

'Hij is vast wel zo slim dat hij ver bij me uit de buurt blijft.'

'Maeve, jij bent de eerste fout die hij heeft gemaakt,' zei Rob vriendelijk. 'Ik geloof niet dat hij erg slim is als het om jou gaat.'

'Geruststellend hoor.'

'Ik wil dat je ongerust bent. En voorzichtig. En gezond.'

Ik voelde me opgelaten door zijn oprechtheid, maar het had geen zin meer om onze relatie te verzwijgen. En ik nam zomaar een besluit.

'Zou ik even met u mogen praten, chef?'

'Nu, Maeve?' Godley keek op zijn horloge. Het leek hem niet goed uit te komen. 'Ik was net onderweg naar Lee Bancroft voor verhoor. We zijn nog steeds bezig te achterhalen wie ze vóór Patricia hebben ontvoerd. Ze was beslist niet de eerste, maar Lee wil niet meewerken.'

Ik vond het direct prima; het was toch een gesprek dat ik eigenlijk niet wilde voeren. 'Daarna dan.'

'Goed.' Godley liep al weg, maar bleef toen staan. 'Heb je zelf al met Lee gepraat?'

'Niet sinds die eerste keer. Voordat hij werd verdacht.'

'Wil je het eens proberen? Het kan geen kwaad als hij eens een nieuw gezicht ziet.'

'Uiteraard.' Ik voelde Belcotts priemende blik in mijn rug toen ik met de hoofdinspecteur de kamer uit liep. Zak in de stront, nare griezel, dacht ik.

'Hij heeft naar je gevraagd.' Godley klonk gegeneerd en ik wist direct wat er zou volgen. Ik was hem voor.

'U wilt dat ik met hem ga flirten. Het domme vrouwtje ga uithangen.'

'Hem stevig verhoren heeft niets opgeleverd. Natuurlijk sta je er ver boven, maar...'

Ik glimlachte, maar zonder humor. '"Het doel heiligt de middelen", zou inspecteur Derwent zeggen.'

'Machiavelli heeft het al eerder gezegd.'

'Ik betwijfel of hij er hetzelfde mee bedoelde als Derwent.' We waren bij de deur van de verhoorkamer aangekomen. Ik deed mijn colbertje uit en maakte de twee bovenste knoopjes van mijn blouse los, deed mijn haarspeld uit en schudde mijn haar los, terwijl ik woedend was op Godley omdat hij me had gevraagd dit te doen, maar ook op mezelf omdat ik geen nee had gezegd. Als ik Lee zover kreeg dat hij bekende zou het de moeite waard zijn, hield ik mezelf voor. 'Hoe zie ik eruit? Onprofessioneel?'

'Woest onprofessioneel.' Godley reikte me een map aan. 'Foto's van mogelijke slachtoffers. Ze zijn in de juiste periode verdwenen en sindsdien niet meer gezien.' Het was een deprimerend dikke map.

'Bedankt.' Ik haalde diep adem en blies die langzaam uit. 'Ik ben zover.'

Godley opende de deur en zei over zijn schouder tegen me: 'Ik vind het nog steeds geen goed idee... o, meneer Bancroft. U bent er al.' Nog een bezorgde blik in mijn richting. 'Dat wist ik niet.' En de Oscar gaat naar... dacht ik.

Ik liep met kleine pasjes naar binnen in plaats van met mijn gebruikelijke grote stappen. Ik keek nerveus naar Bancroft, daarna naar zijn advocaat en vervolgens weer naar hem, met de intensiteit van een konijn dat een paar koplampen ziet aankomen.

'Meneer Bancroft. Of... mag ik Lee zeggen?'

'Maeve.' Hij glimlachte. 'Wat leuk je weer te zien.'

'Laten we beginnen met het verhoor,' snauwde Godley; hij deed alsof hij zich ergerde terwijl hij zat te rommelen met de bandrecorder.

'Je hebt me bekeken,' zei ik heel zachtjes, met ogen als schoteltjes. Ik deed alsof ik zei: dit is alleen voor jouw oren bestemd, Lee. Ik wil met jou en jou alleen praten. 'Ik had er geen idee van.'

'We hebben genoten van de voorstelling. En we genoten ervan je in levenden lijve te ontmoeten.' Weer een glimlach. 'Soms zijn de simpele genoegens het fijnst.'

'Was dat het? Een simpel genoegen?' Ik stond mezelf een bedroefde blik toe en beet op mijn lip. 'Ik had er gewoon geen idee van.'

'Hou op met dat geklets, Maeve, en doe je werk.' Godley zette het apparaat aan en zei ogenschijnlijk verveeld de inleidende zinnetjes op, alsof hij ervan af wilde zijn. Hij liet zich op een stoel naast me vallen en ik reageerde nauwelijks op zijn aanwezigheid maar bleef Lee als gehypnotiseerd aankijken.

'Was je nog van plan te beginnen?'

'O. Oké.' Nerveus sloeg ik de map open en sloot hem weer. 'We wilden je vragen naar een paar andere vermiste vrouwen.' Ik wierp een snelle blik op Godley, alsof ik zijn hulp wel kon gebruiken.

'Wie heb je nog meer ontvoerd?' vroeg de hoofdinspecteur op eisende toon. 'We weten dat er meer zijn geweest, Lee. Het waren niet alleen Patricia en Cheyenne.'

'Niemand die noemenswaardig is.'

'Er waren er toch nog drie? We hebben op de website verwijzingen naar hen gevonden. Drie vrouwen die we nog niet hebben opgespoord. Wat is er met hen gebeurd, Lee?'

'Ik heb u niets te zeggen.'

Godley had voorover op tafel geleund; nu liet hij zich achterover in zijn stoel zakken met een air van berusting.

'Misschien...' Ik zei het aarzelend. 'Misschien kun je mij wel vertellen wat er is gebeurd. Met die vrouwen. Zodat ik het kan begrijpen. Ik wil het graag begrijpen.'

Hij haalde nauwelijks merkbaar zijn schouders op, alsof hij de vraag irritant vond, maar het allemaal grappig genoeg was om me mijn zin te geven. 'Ze leden aan intrinsieke veroudering. We hebben ons plezier gehad en toen waren we klaar met ze.'

'Als ze nog leefden, zouden ze jullie hebben aangegeven om wat jullie hebben gedaan. Denk je niet?'

'Misschien wel. Sommigen vonden het leuk.'

Ja hoor, dacht ik. 'Ik moet echt weten om wie het ging, Lee. Omwille van hun ouders. En voor mezelf; ik sta onder grote druk.' Mijn ogen schoten opzij naar Godley. Ik wilde ermee zeggen: help me alsjeblieft, Lee, want de grote boze chef zit me op de huid. Alleen jij kunt me helpen...

'Ik zou wel willen, maar ik kan me niks herinneren.'

'Misschien schiet het je weer te binnen als je deze ziet.' Ik sloeg de map weer open en legde drie foto's voor hem neer. 'Wijs de vrouwen die je herkent maar aan, Lee.'

Hij schudde zijn hoofd, maar dat betekende niet dat hij weigerde, maar dat hij wilde zeggen: 'Ik herken niemand.' Ik legde nog drie foto's neer. 'En deze?'

De foto's waren verschillend van kwaliteit; sommige waren korrelig door het vergroten, andere waren loepzuivere studioportretten. Een ervan was een trouwfoto en toen Lee er zijn vinger op legde werd ik acuut misselijk. 'Die. Ze heette geloof ik... Sadie.'

'Sally,' zei Godley. 'Niet Sadie. Ze was drieëntwintig.'

Lee knikte. 'Ze leefde gescheiden van haar man. Was op zoek naar pleziertjes.'

'En wat vond ze?'

'Dat je een zekere vorm van plezier kunt hebben als je gehoorzaam bent.' Zijn toon was angstaanjagend nonchalant.

'Waar is ze nu?'

Hij keek Godley kil aan vanwege zijn onderbreking. 'U moet haar nu wel vinden, hè?'

'We moeten enig idee hebben waar we moeten zoeken, Lee. Ze kan overal zijn. Hebben jullie haar lijk ergens achtergelaten, zoals met Cheyenne? Hebben jullie haar begraven? Verbrand? In het water gedumpt?'

'We hebben haar begraven.'

'Waar dan?' Opnieuw Godley.

'Dat zullen jullie zelf moeten uitvogelen.'

'Is ze nog steeds in of bij het huis van jullie oom?' Ik weet niet hoe ik op die gedachte kwam; misschien doordat ze zo makkelijk omgingen met de dood, met lijken, met hun eigen slaven in hun eigen wereld. 'Jullie wilden haar niet kwijt, hè? Ze behoorde jullie immers toe, met lichaam en ziel? Ook al hadden jullie alleen haar lichaam nog over?'

'Jij bent niet dom, hè?' Hij leek niet blij met die gedachte.

'Een geslaagde gok.' Godley keek ons beiden dreigend aan. 'Waar precies? In huis? Buiten?'

'Ergens op enige afstand van het huis zelf,' zei ik zacht. 'Ergens waar niemand op uitkeek, zodat de buren niet konden zien dat jullie haar begroeven. Maar ook ergens waar jullie zelf op uitkeken, zodat je een oogje op haar kon houden.'

Hij gaf geen antwoord maar lachte zelfgenoegzaam en Godley knikte en maakte een notitie. We zouden het erf afzoeken op tekenen van verstoring, sporen van ontbinding in de grond. We zouden haar vinden. Als ik het bij het rechte eind had.

'Wil je nog wat meer foto's voor me bekijken?'

'Foto's van jezelf?'

Ik hoefde niet te doen alsof: er steeg een vurige blos naar mijn wangen. 'Alstublieft, meneer Bancroft.'

'Lee.'

'Lee dan. Kijk eens naar deze. Neem er de tijd voor.'

'Zij. Linette.' Hij tikte op een foto van een knap meisje met heel kort haar. 'Zij was de favoriet van Drew.'

'Dat zijn er twee. Wie was de derde?'

Lee boog zich over de tafel, greep de map en trok hem uit mijn handen. Ik leverde geen weerstand. Hij bladerde verveeld door de overgebleven foto's en stopte toen. 'Angela. Zij was de oudste van allemaal. Dat was het probleem. Het duurde te lang om haar zover te krijgen dat ze gehoorzaamde.'

'Wat is er met haar gebeurd?' vroeg ik, hoewel ik het antwoord eigenlijk liever niet wilde horen.

'Dat kan ik me niet herinneren.' Lee schonk me een strak glimlachje. 'Ik geloof niet dat het erg interessant was. In elk geval is ze er niet meer.'

'Je zei ook tegen ons dat Patricia dood was.' Godley klonk boos. 'Hoe weten we dat je niet weer zit te liegen?'

'Ik heb jullie verteld waar je de lijken kunt vinden. Ga graven.' Hij keek mij nog steeds strak aan.

'Waarom hebben jullie Cheyennes lijk teruggebracht en dat van de anderen niet?'

Lee keek langs Godley naar de kale muur en slaakte een zucht.

'Ik denk dat ik het wel weet.'

'En wil je ons dat vertellen, Maeve?'

'Omdat ze haar nooit echt hebben bezeten.' Ik keek nerveus naar Lee. 'Dat klopt toch? Jullie wilden haar niet houden omdat ze niet van jullie was. Dus hebben jullie haar teruggelegd waar jullie haar hadden gevonden.'

'Min of meer. Ze was een vergissing. We hielden niet van vergissingen.'

'Waarom hebben jullie je oom niet ook begraven?'

'Hij is een natuurlijke dood gestorven. We hadden het huis nodig maar hij had het nagelaten aan een goed doel. We konden tegen niemand zeggen dat hij dood was, dus hebben we hem daar maar gelaten en gedaan alsof hij nog steeds rondliep. Als iemand er achter was gekomen, hadden we gewoon gelogen en gezegd dat we niet wisten dat hij daar lag. Dat leek ons een goed plan. Als we hem hadden begraven, hadden we heel wat meer uit te leggen gehad.'

'Heel slim,' zei ik. Mijn blik werd wat minder onschuldig en ik probeerde een heel klein beetje van wat ik werkelijk voor hem voelde in mijn stem te laten doorklinken.

'Goed. Ik ga stoppen met dit verhoor zodat we de technische recherche kunnen inlichten, die de plaats delict zal onderzoeken. Het verhoor is gestopt om nul-acht uur veertig,' zei Godley.

Zodra de bandrecorder was uitgezet vroeg ik: 'Waarom zei je dat Patricia al dood was? Waarom heb je daarover gelogen?'

'Omdat het dood was en wat mij betreft was het van geen belang meer.'

'"Het?"' Ik stond op en merkte dat mijn knieën knikten. 'Laat mij je iets vertellen. Patricia is moediger dan jij ooit zult zijn. Patricia heeft het overleefd. En weet je? Patricia heeft het nooit over jou. Ze praat over je broer, maar over jou zegt ze niets. Patricia weet nauwelijks van je bestaan, en het kan haar beslist niets schelen.'

'Dat is niet waar.'

'Jammer voor jou, maar het is wel zo. Ze kende je naam niet eens.' Ik liep naar de deur. 'Weet je, ze heeft niet eens gevraagd waar je bent of wat er met je is gebeurd. Jij gaat straks je dagen slijten in de gevangenis en zij gaat haar leven leiden, en ik denk dat ze helemaal nooit meer een gedachte aan je zal verspillen.'

Ik was al halverwege de gang en bezig mijn blouse dicht te knopen toen Godley me inhaalde. 'Goed werk.'

'Dat ik hem een paar sneren heb gegeven?'

'Dat je hem hebt laten bekennen.'

'Dat was toch niet zo moeilijk?'

'Het was mij niet gelukt,' zei Godley eenvoudig. 'Je hebt het goed gedaan.'

'Ik heb mijn werk gedaan op precies de manier waarop Derwent en Belcott veronderstelden dat ik het zou doen. Dat geeft me geen geweldig gevoel, om u de waarheid te zeggen.'

'Je hebt ingezien wat die griezel moest horen, en wat hij moest voelen om te gaan praten. Je hebt hem gevleid. Je hebt hem laten denken dat hij boven je stond. En je bent waarschijnlijk de naam en locatie van drie lichamen van vrouwen te weten gekomen, en dat was precies de bedoeling van wat we hier doen. Je hebt ze aan hun naasten teruggegeven. Meer kunnen we in dit stadium niet hopen te doen, maar het is de moeite waard het goed te doen.'

'Dank u.' Zijn lof maakte het een stuk moeilijker te doen wat ik moest doen, maar ik had geen keuze. 'Kunnen we nu even met elkaar praten?'

Godley knikte en ging me voor naar zijn kantoor; hij bleef bij de deur staan en deed hem achter me dicht. Ik wachtte tot hij was gaan zitten en nam toen plaats tegenover hem in zoals ik al zo vaak had gedaan.

'Ik vind het spijtiger dan ik kan zeggen, maar ik wil graag een verzoek tot overplaatsing naar een ander team indienen.'

Hij fronste zijn wenkbrauwen. 'Echt waar, Maeve? Ik had niet verwacht dat je zou willen vertrekken, maar in het licht van alles wat je is overkomen sinds je onder mij werkt begrijp ik je besluit wel.'

'Daar gaat het niet om.' Ik kon niet verdragen dat hij zou denken dat het daarom was. 'Ik heb van elke minuut hier genoten. Ik denk alleen dat het tijd is om te gaan. Om persoonlijke redenen.' Zoals u heel goed weet, dacht ik.

'Als je echt je besluit hebt genomen zal ik het respecteren, maar ik hoop dat je het nog zult heroverwegen. Ik zou het erg jammer vinden om binnen vierentwintig uur twee teamleden kwijt te raken.'

'Twee teamleden?'

'Langton kwam gisteren ook al bij me langs met een verzoek om overplaatsing.'

'Gisteren? Ik snap niet...' Verbaasd brak ik mijn zin af. 'Wat zei hij precies? Waarom gaat hij weg?'

'Om persoonlijke en professionele redenen,' zei Godley. Zoals altijd kon ik niet raden wat hij dacht. 'Als je er meer van wilt weten, moet je het hem zelf maar vragen.'

Ik draaide me om en zag Rob met zijn armen over elkaar door de ramen van het kantoor naar ons staan kijken. Hij beet op zijn onderlip, iets wat hij deed als hij gespannen was. En opeens draaide ik door. Rob moet de uitdrukking op mijn gezicht hebben gezien, want nog voordat ik de deur van het kantoor opengooide was hij al haastig onderweg door de recherchekamer om me tegen te houden.

'Wat flik je me nou, verdomme? Waarom ga jij hier weg?' Ik deed geen moeite zachter te praten, ook al was alle aandacht op ons gericht. Geen van mijn collega's scheen iets beters te doen te hebben dan te kijken hoe wij aan het bekvechten waren, maar ik was te boos om me er iets van aan te trekken.

'Ik heb een beter aanbod gekregen.'

'Onzin.'

'Echt waar. Mijn oude inspecteur zit bij de dienst gewapende overvallen, nu bij de Tower Bridge, en zijn team heeft een vacature voor een brigadier. Godley heeft een goed woordje voor me gedaan. Je weet toch dat ik wachtte op iets nieuws, en een betere functie dan die is er bijna niet.'

Ik wist dat hij wachtte op een functie van brigadier; hij had het examen al maanden eerder gehaald. Deze afdeling, het Flying Squad, deed onderzoek naar roofovervallen en deed op vrijwel elke noodzakelijke wijze aan preventie. Het was een grote afdeling die onder hoge druk werkte en Rob was ervoor in de wieg gelegd.

Ik keek hem twijfelend aan. 'Dus dit heeft niets met ons te maken.'

'Dat zei ik niet.'

'Je houdt van dit werk. Je zou niet weggaan als wij geen relatie hadden.'

Hij dacht even na en haalde toen zijn schouders op. 'Waarschijnlijk niet.'

'En het lag aan mij dat het uitgekomen is, dus zou ik degene moeten zijn die weggaat.'

'Maeve, wees nou eens niet zo eigenwijs en denk even na. Ik heb gisteren mijn baan opgezegd. Voordat iemand die filmclips had gezien.'

'Waarom dan?'

'Omdat ik dit goed wil aanpakken. Ik wil niet meer liegen en stiekem doen en niet langer doen alsof.' Hij trok me in zijn armen en ik liet het toe, hoewel ik moest blozen van het gejoel dat opklonk in de recherchekamer. 'Van mij mag iedereen het weten.'

'Dat is geen goede reden om je carrière op te geven.'

'Wie geeft er ook maar iets op? Ik krijg promotie, weet je nog? Waardoor ik jouw meerdere word en het zou leuk zijn als je voor de verandering eens zou doen wat ik zeg.'

'Echt niet,' zei ik onwillekeurig en hij schoot in de lach.

'Dat verwachtte ik al.'

'En toch vind ik niet...'

Hij schudde me zachtjes door elkaar. 'Maeve, als je nu eens één keer in je leven je mond hield. Geloof me, het is de moeite waard.'

Voordat ik hem kon tegenspreken boog hij zich naar me toe en kuste me. Er was een tijd om te kibbelen en een tijd om toe te geven. Ik negeerde het wolvengehuil, het applaus en de kreten 'neem een hotelkamer', vergat al mijn twijfels en drukte Rob stevig tegen me aan.

Achter ons duidde een zachte klik erop dat de hoofdinspecteur zijn jaloezieën had gesloten.

Dankwoord

Ook nu weer ben ik een groot aantal mensen die me hebben bijgestaan bij het schrijven van dit boek erg dankbaar.

Mijn dank gaat uit naar mijn agent Simon Trewin en zijn assistente Ariella Feiner; ze hebben me enorm gesteund en aangemoedigd en ik heb genoten van hun leuke e-mails. Ik ben ook Jessica Craig, Jane Willis en Zoe Ross, en iedereen bij United Agents zeer veel dank verschuldigd.

Dank ook aan Gillian Green voor haar uitstekende redactionele inzicht, en aan al haar collega's van Ebury Press, met name Caroline Newbury, Ed Griffiths en Susan Pegg. Ik heb altijd grote bewondering voor de scherpe blik waarmee Justine Taylor mijn manuscript redigeert. Ook dank ik Donna Condon.

Ik dank in het bijzonder de medewerkers van de bibliotheek van Earlsfield, een prettige plek om te werken, vol nuttige naslagwerken en afleiding – ik voel me er helemaal thuis.

Ook mijn vrienden en mijn naaste familie hebben een rol gespeeld en ik ben de Caseys, de Hollands, de Kenny's en hun verscheidene nakomelingen dan ook eeuwig dankbaar, net als de Sloanes, de Normans, de Golders en de rest voor hun liefdevolle steun. Rachel Petty was zo aardig om het manuscript te lezen, en ze heeft als altijd met haar commentaar de spijker op zijn kop geslagen. Ook vond ze natuurlijk een los eindje dat ik nog moest vastknopen en ik waardeer dit enorm.

Ten slotte moet ik Edward bedanken, die mijn leven zo de moeite waard maakt, en mijn kater Fred, die er gelukkig niet in is geslaagd het boek te saboteren tijdens zijn bliksemsnelle verrassingsaanvallen op mijn computer, en James, die altijd overal raad op weet.